网络文学研究文丛

荣跃明　主编

突破与转型：新世纪以来网络文学研究文选

袁红涛　编选

東方出版中心

总 序

荣跃明

在有着传统背景的作家和文学批评家看来，无论什么人的任何文字都可以在网上随意发表，如果这种东西也是文学，那么，作家和批评家历经艰辛成长以及因此形成的创作或批评就失去了意义。随着网络文学影响力的日渐扩大和研究的不断深入，现在已很少有人质疑网络文学也是一种文学形态。一方面，网络文学以网络新媒体作为传播媒介，具有新媒体特征，如传播效率高，具有互动性等；另一方面，在网络文学创作、传播和阅读的完整过程中，传统文学批评已经被点击排名、网文分类、作者分级和作者与读者互动等技术方案所取代。换句话说，文学批评对网络文学发展几乎没什么影响，这些都是网络文学不同于传统纸媒文学的显著特征。那么，网络文学需不需要批评？网络文学应该如何评价？至今这些问题仍充满争议。事实上，不是网络文学需不需要批评，现实情况是文学批评根本无法介入网络文学创造、传播和阅读过程。那么，问题出在哪儿？或许，我们应当换一种方式，从传统的文学观念和思维方式中摆脱出来，以一种新的认知框架来重新审视网络文学，即把文学创作、传播和阅读看成是文学生产过程，以获得对于网络文学新的理解和认知。

一、文学生产的传统结构

在文学生产的传统结构中有三类主体：作家(生产者)；期刊、出版社编辑和评论家(传播者)；读者(消费者)。这三类参与主体共同参与了文学生产过程，并构成文学生产场域。

作为文学生产过程，传统文学生产结构中，传播环节居于核心地位。一方面，传播者决定什么样的创作可以发表、出版和传播；另一方面，评论家的评论，既为文学编辑提供选择标准，也为读者理解作品提供框架和方向。如果用符号学的观点来解释文学生产结构各个环节的特点以及作家、评论家、读者各自承担的功能和角色，那么，作家是编码者，评论家是一个解码者，而读者则根据批评家的解码，进行二度解码。

对于作家和作品而言，批评家如何看待，是作家和作品能否成功的关键因素。因此，在传统文学生产结构中，批评家具有无比崇高的神圣地位。

文学生产传统结构中，传播环节具有社会化和组织化双高的特点。这种双高特点源于传播环节是国家文化体制的一部分。一部文学作品首先要在报刊上发表或在出版社出版。而报刊和出版社这样的传播机构，包括刊号、书号等的使用和安排，都要受法律规制和政府管理，而规制方法必然影响批评话语的形态。作家作为生产者，当然有写作自由，但能否为社会承认，并非由作者本人决定，而由传播环节来决定。

所谓文学生产领域的意识形态主导权问题，在传统文学生产结构中，主要是在传播环节中来落实和解决。因为，传播环节的社会化和组织化程度最高，既是规制的对象，同时也是意识形态领导权的实施者。批评家的这种双重身份在传统的结构中得到了统一。

二、当前文学批评的困境

当前,文学批评基本上处于一种失语状态。说它失语,并不是没有人在做文学批评,而是说文学批评本身与文学创作的关系发生了变化,特别是在网络文学中,文学批评已经对文学创作和读者的文学阅读没有多少影响了。由于文学生产基本结构的变化,目前的文学批评家大都不是职业批评家,其职业身份发生了变化。大部分批评家其职业身份是大学教师。在现有薪酬制度中,完全依靠写批评文章谋生,经济上没有独立的可能。因此,许多批评家实际上是大学中文系教师,其主业是教学,然后才是写文学评论。这种变化带来了对于文学批评存在发展的重要影响,即作为兼职的大学教师,其所做的文学批评工作,一般不能进入大学考核体系和学术评价体系。由此带来另一个变化,身为大学教师的批评家,在大学评价体系中日益追求所谓的学术规范,其写作日益转向纯理论研究,很少看文学作品,极端的甚至完全不看小说。文学批评与文学创作的相互疏离已经是一个基本现实。

批评家的职业发展困境当然缘起其职业身份的变化,但是,还有更重要的原因:当前创作有了新的传播平台和手段,创作空前繁荣。现在每年上线发布的长篇小说,据说已达到了万部之多。如此海量规模的作品,无论是对批评家还是读者,都存在着注意力分配问题,即选择什么作品阅读?一方面,以互联网为传播平台的文学生产,逐步形成了类型化发展;另一方面,文学作品销量和文学网站作品的点击排行榜直接取代了文学批评。

网络文学生产对作者和读者关系进行了重构，这种重构的核心变化是作者与读者原有的主客体关系转变成了一种互动关系。有不少研究者以粉丝理论来解释这种互动关系。在粉丝理论的解释框架中，作者与读者之间的互动可以有多种不同模式，两者共同参与了作品的创作过程。

在以传播新技术为基础的文学生产新业态中，技术方法直接取代了批评，无论是作品的按题材或形态进行归类，还是以作品点击排名引导读者对作品的阅读选择，都有成熟的技术解决方案，其中，类型化分类方法是一种核心技术。这种技术环境使批评家成为多余。

在文学生产新业态中，文学批评日益丧失了权威地位。因此，批评家走向两个方向：一是身为大学教师的批评家日渐沉浸于纯理论研究；二是一些批评家索性自己写起了小说。上述两种倾向都导致了批评权威的丧失，同时也加速了文学生产意识形态主导权的旁落。

三、当代文学生产的结构转型

网络文学兴起于20世纪90年代初期，到新世纪，网络文学已经成为文学生产的强大主体，无论是规模数量，还是内容的丰富性，都是传统文学生产所无法比拟的。现在一些经典文学刊物年发行量已下降到一二十万份左右；而一部网络小说动辄可以达到几百万、上千万甚至上亿的订阅量。当然，在许多批评家看来，网络文学不算是严肃文学，规模数量很大，但优秀作品并不多；而知名作家的作品一般也不会在网络上首发。但网络文学的读者主要是年轻一代，他们已经是支撑当前文学发展的主体力量；同时，网络文学发展对年轻一代的思想观念、审美意识和价值取向的影响和形塑，已经不容忽视。

网络传播新技术不仅极大地扩大了文学的有效传播，更重要地是解放了文学生产力，空前扩大了文学创作规模。年轻一代在阅读中不仅通过与作者互动参与创作，更多的人直接投身创作，因为网络技术去中心化的特点，直接撤除了文学创作的门槛，文学创作成为年轻一代表达自我的一种重要形式，当代文青已成为推动文学繁荣发展的重要动力。

事实上，不只是文青成为文学繁荣的主体力量，在文学生产新形态中，资本的力量无孔不入，处处有其身影。某种意义上说，资本介入文学生产，其影响不仅仅是在文学观念、审美意识和价值导向方面，而且是在更大程度上改变了文学生产方式。资本的逻辑总是把经济效益放在首位，其次才是考虑社会的主流价值，资本对于社会主流价值的态度是宁愿选择一部平庸作品，也绝不因为价值观或政治正确问题在经济上冒风险。所以在资本参与的文学生产中，平庸化是一种普遍倾向。但是资本参与的文学生产过程也带来了新的对于文学理论和批评都十分重要的新命题，即文学生产的专业化和分工，这种趋势当然是由资本介入文学生产所推动的。资本因其逐利本性，会去发现生产过程中的风险和最大赢利点，并自发地将这些点区分开来，把这些生产环节转变成为一道道生产工序，并力图把不可控的风险点排除在外，而牢牢抓住最大赢利点，而专业化分工在提升审美形式和艺术表现力等与所谓美学艺术或文学本质的概念内涵以及操作技术等方面，发展出了许多新的形式。

传统文学的发展，是历经长时间的反复阅读和阐释形成经典，即通过反复的批评，去不断发现一部优秀作品中甚至连作者本人都未曾意识到的新意蕴。而网络文学的生产方式使文学经典化的方式发生了根本变化，它不再依靠文学批评来推动作品的经典化，而是在经济利益驱动下，通过一部作品在不同艺术样式体裁上的多次传播，来实现作品的经典化，这是完全不同于传统方式的文学经典化模式。

在网络文学生产新形态中，文学不光只有小说、诗歌等文本形式，还形成了一种称之为超文本的形态，文学可以成为所有艺术的源头，可以转化为不同的艺术样式，戏剧、电影、音乐、舞蹈，等等。文学借助于超文本形式在文化中无所不在。文学超文本形态的出现，其背后是资本的参与和 IP 的形成，而 IP 是更为根本的因素。网络传播新技术在中国的迅猛发展和广泛应用，极大地推动了网络文学和网上文娱产业的发展，由网络文学创作形成的 IP 热潮表明，对于不同形式和业态的文化发展而言，IP 意味着内容资源的资本化，正是借助于 IP，网络文学作品得以在不同的艺术样式中进行两次甚至是更多次的跨界改编和传播。

当前文学生产已经形成了全新的结构形态，其特点是一个多主体的六面体结构，包括：作者、传播者、读者、技术、资本和法律政策。这样一种新结构形态中各个结构因素都有不同于传统结构因素的新特点，而且由于结构因素的增加，两种或两种以上的结构因素相互之间构成的关系更为复杂，这对如何评价和引导文学发展，或者说如何把握文学生产的意识形态主导权，带来了全新的挑战。

四、文学批评话语的重建

马克思说，艺术是人类感性地把握世界的一种方式。对于任何人尤其是青少年来说，文学是人认识和理解世界不可或缺的重要方式，是人生观、价值观、世界观形成和发展的重要基础。

文学创作坚持以人民为中心的价值坚守，在新的文学生产形态中，有了全新的含义，这就是重建文学批评的话语力量，真正发挥文学批评的价值引领作用。

重建批评话语必须从文学生产新结构形态的实际出发，准确把握新结构形态的特点；而组建文学批评家协会、建立文学评论基金、搭建文学批评传播平台等措施要发挥作用，不能局限在传统纸质媒体上，必须要进入新媒体，特别是要根据当前青少年一代文学阅读注重互动性的特点，更有针对性地推进文学评论建设，而且还要在网络文学读者中发现批评家、培育批评家。

另一方面，文学理论要从文学内部研究，进一步转向全方位的研究，把文学看成是文化现象，不仅研究其内部结构，同时也要系统全面地研究文学生产的各种外部关系。总之，文学理论要为批评话语提供观念基础和理论方法，必须在文学生产新现实基础上，为重建文学批评而重新出发。

当前，网络传播新技术极大地解放了文学生产力，但文学批评未能跟随创作进入新媒体，实际上是被边缘化了。而重建文学批评话语本质上就是重新夺回文学意识形态主导权。文学批评要在文学生产活动中发挥应有作用，要有使命担当，承担起引导文学健康发展的重任，这需要从两个方面同时展开批评话语的重建。一是批评话语如何坚持以人民为中心的价值导向；二是根据批评对象发生巨大变化的现实，探索如何在网络传播平台上实现文学意识形态主导权。

基于上述思考，我们组织编选了《网络文学研究文丛》，这套文丛将陆续推出有关网络文学的研究文献汇编、网络文学类型研究、网络文学中外比较研究，以及与网络文学发展有关的各种专题研究。我们希望通过组织编选这套文丛，反映当前网络文学研究的最新动态，深化拓展当前的网络文学研究，同时也为推动网络文学评价体系的构建尽绵薄之力。

是为序。

2018 年 7 月于沪上

目　录

产　　业

批　　评

研 究 反 思

导　言

突破与转型：中国网络文学研究二十年的历程

袁红涛

1991年4月5日，全球第一家中文电子周刊《华夏文摘》在美国诞生。同年，王笑飞创办了海外中文诗歌通讯网（chpoem-1@listserv.acsu.buffalo.edu），是为华文原创网络文学的萌芽。1992年6月28日，在美国印第安纳大学出现了以alt.chinese.text为域名的互联网新闻组（简称ACT）。ACT在海外留学生中产生了深广的影响，大批留学生在上面以汉语发表小说、诗歌、散文等作品。1994年，随着互联网进入中国，网络文学也在国内兴起。1997年，原创文学网站“榕树下”在上海成立，随后几十家网站涌现。1998年，痞子蔡（蔡子恒）创作的小说《第一次的亲密接触》在BBS上连续发布，引发热潮，成为中国本土网络文学第一次冲击波，从此网络文学迅猛发展。有学者因这一事件将1998年视为中国网络文学发展的开端。二十余年来，网络文学的发展，日甚一日地改变着当代文学的面貌和格局，并对传统文学观念和文艺理论形成了巨大冲击。面对这一重大变局，诸多文学研究者积极应对，转换观念，投身网络文学研究，在这一新兴领域取得了突破性成绩，并在这一过程中体察着既有学科体系面临的挑战与危机，努力探索文学研究和研究主体的转型之路。

一 二十年历程

网络文学兴起之初，关注网络文学的主要是网民、文学爱好者、记者等，以笨狸、吴过、元辰、似水流年、俞白眉等人的网络文学评论为代表，主要集中于对网络写手身份、创作经验的介绍和文本阅读的感想。当然，也有文学研究者已经敏锐地注意到网络文学兴起这一现象。上海社科院文学研究所王周生 1995 年刊文《信息时代与文学》，预言“信息时代必将产生属于它的文学”，“作家和文学研究工作者面临新的挑战”。[①] 2000 年是网络文学研究历程中值得关注的一年，这一年里众多作家、批评家集中讨论网络文学，并且表达了初步的理论思考。陈村、张抗抗、张辛欣等作家面对新的网络文学感受不一，[②] 吴俊、戴锦华、王一川等批评家各抒己见。[③]《福建论坛》2000 年第 4 期发表南帆论文《游荡网络的文学》，《文学评论》2000 年第 5 期同时推出两篇论文：《女娲、维纳斯，抑或魔鬼终结者？——电脑、电脑文艺与电脑文艺学》（黄鸣奋）、《网络文学刍议》（杨新敏）。网络文学研究的代表学者之一欧阳友权也在这一时期踏上网络文学研究之路，他开始思考网络文学的特征。[④] 相关研究专著也在这一时期出现。黄鸣奋于 1998 年出版《电脑艺术学》（学林出版社），1999 年出版《电子艺术学》（科学出版社），2002 年出版《超文本诗学》（厦门大学出版社）。2001 年南帆出版《双重视域——当代电子文本的文化分析》（江苏人民出版社），2003 年欧阳友权等人合著《网络文学论纲》（人民文学出版社）问世。此后，网络文学研究相关论文、专著不断涌现，学理形态建设大步向前，已经构成一个重要的学科领域。

在 1998 年前后，信息、科技类刊物对网络文学关注较多，随后文学研究刊物成为主要阵地。近年来，除了原有文学研究报刊《文学评论》《文艺报》《南方文坛》《名作欣赏》等曾长期关注网络文学研究之外，2011 年广东省作家协会主办的《网络文学评论》创刊，是国内第一个网络文学研究理论刊物；2015 年，浙江省作家协会创办《华语网络文学研究》，夏烈任执行主编；同年，山东师范大学网络文学研究中心成立，并创办《网络文学研究》，周志雄任主编。2013 年，中国文艺理论学会网络文学研究会成立，中南大学为该研究会会长单位，欧阳友权当选为会长。全国及各地作家协会、高校是传统的文学批评重镇，这些机构或组建网络作家协会，或创办专门的研究刊物，或成立新的研究社团，显示了既有学科体系面向网络时代转型的努力，只是转型之路依然任重道远。

在国内近二十年的网络文学研究历程中，黄鸣奋、欧阳友权、邵燕君等人的研究之路具有一定代表性。黄鸣奋是国内研究网络文学的首批学者之一。他较早把西方的“超文本”等理论引入到国内，给国内的网络文学研究提供了一种理论借鉴。他著述甚丰，《超文本诗学》《数码艺术学》《互联网艺术产业》等可为代表。欧阳友权不但是网络文学研究的开拓者之一，而且一开始即致力于网络文学研究学科建设。比如他于 2003 年出版《网络文学论纲》，有评论者指出该书的特点在于“从文学基本理论的学理原点上研究网络文学，无论是对于人们正确认识和评价网络文学，还是对网络文学自身的健康发展，抑或是对网络文学理论的创造性建构，都是一件意义深远而又十分紧迫的事情”。[5]此后，他还组织出版了“网络文学教授丛书”“网络文学新视野丛书”“网络文学 100 丛书”等，由此他所率领的中南大学文学院网络文学研究基地以团队的形象日益醒目，成为国内网络文学研究领域的一支重要力量。2008 年，欧阳友权主编、该团队编纂的《网络文学概论》(北京大学出版社)，是我国第一部普通高校网络文学课程的教材。如果说前两位成就来自对网络文学开拓性、持续性研究，那么邵燕君可作为由传统的当代文学研究进入网络文学研究、探索学院派研究转型之路的代表。邵燕君一向致力于当代文学研究，执教北大后组织“北大评刊论坛”，在当代文学批评界影响颇广。然而，她于2010年前后转向网络文学研究，开设网络文学研究课程，并于2015年新建了“北京大学网络文学研究论坛”。她直面传统文学生产机制包括文学批评的危机因而投身网络文学，倡导入场式研究，以求在媒介变革之际引渡文学传统。除了对新的网络文学研究体系的贡献之外，其研究转型之路，将传统的文学学科体系潜在的危机凸显出来，也许对当下的学界更具价值。

二 聚焦与突破

尽管诸多研究者在回望网络文学研究兴起、发展历程的时候，常常认为相比中国网络文学的发展实践，研究不尽如人意处尚多。不过，作为一个新兴领域，网络文学研究在探索中发展，无疑取得了多方面的成就，在基本的学理研究方面建树颇多，对此或可以从以下几个问题为线索进行梳理。

1. 如何定义网络文学?

在网络文学兴起之初，网络写手李寻欢对此的认识是：“我认为它的准确定义应该是：网人在网络上发表的供网人阅读的文学。”⑥这一认识简洁明了，多有学者采用这一说法，从网络文学的生产、传播方式来定义之：“网络文学是网民在网络上发表的供网民阅读的文学。”“在网上‘创作’的文学，是利用网络的多媒体和Web交互等信息技术创作出来的，以互联网为传播媒介的文学。”[7]杨新敏《网络文学刍议》一文对于“网络文学”的界定，曾被广泛引用。不仅是因为他的界定相对缜密，也因为他命名和定义的思维方式，代表了身处传统文学理论体系中的研究者开始认识网络文学的努力。欧阳友权对网络文学的定义采取一个比较宽泛的方式，“网络文学是一种用电脑创作、在互联网上传播、供用户浏览或参与的新型文学样式，它是伴随现代计算机特别是数字化网络技术发展而来的一种新的文学形态”。[8]不过网络文学发展至今已二十余年，关于何谓“网络文学”，尚没有一个普遍接受的定义。不同研究者在展开论述的时候常常会做出自己的限定，或从外延分类上辨识；或从内在特征上界定；或者分层面把握，如：“通过网络传播的文学”（广义）、“首发于网络的原创性文学”（本义）、“通过网络链接与多媒融合而依赖网络存在的文学”（狭义）。[9]有研究者甚至感叹，“对它（网络文学）的严格的学术定义可能永远是不可能的”。[10]

这促使研究者转而思考如何定义网络文学。比如，有研究者更强调其网络性。因为“作为一个文学概念，‘网络文学’的区分属性是‘网络’。正是‘网络’这种媒介属性使‘网络文学’与其他媒介文学分别开来。”从媒介革命视野来定义“网络文学”，以“网络性”为核心属性，“网络文学”“就不是泛指一切在网络上传播的文学，而是专指在网络上生产的文学。”[11]另有研究者视网络文学是人类文学审美的一个历史节点，是文学发展的一个特定阶段和一种特定形态；由此认为如果主要以技术的眼光和工具理性来分析网络文学现象其对网络文学的理论言说往往会变成技术分析的文化读本。[12]也许短期内依然难以有一个普遍接受的定义，不过相比追问“网络文学是什么”，转而思考和辨析如何定义网络文学，或许是另一种更有效进行学术交流、寻求共识的方式。

2. 如何认识网络文学与传统文学的关系？

两者的区别与联系是研究者长期关注和思考的话题，因为这构成了大多数研究者思考的起点。研究者开始面对网络文学主要是因为已感受到它对传统文学的冲击。2000年，南帆即思考“网络空间开启的后纸张时代又会在哪些方面修改文学之为文学的既成规范呢?”他预估网络作为书写和传播工具，将介入文学生产的全过程，改变文学社会学；网络语言将对文学语言产生深刻影响。此外，他也预估了“超文本”对线性文学结构的巨大冲击。[13]尽管“超文本”这一概念被后来有的研究者认为是一个理论误区，与中国网络文学的实践脱节。

随着网络文学的发展，这一认识更为深入、具体。一个比较全面的看法是，两者相比有六个方面差别，分别是媒介载体不同、文本形态不同、主体身份不同、创作模式不同、传播方式不同、功能价值不同。[14]如果说这种认识比较偏于宽泛，那么更有价值的问题是从媒介革命的视野看待网络时代给中国文学、汉语文学带来的冲击。欧阳友权认为数字媒介既以技术力量引发了当代中国文学的转型，又约束和限定了这一转型的内涵，为汉语文学的历史演变扮演了“消解”和“启蒙”的双重角色。[15]许苗苗以“作者”概念的变迁为线索，从文学史、文学理论、媒介转换的角度思考形成壮大于印刷文化语境中的文学理论的不足之处。该文的价值在于，借助于新的媒介时代，从一个侧面揭示了既有文学理论与印刷文化的联系。“当前成熟的研究者所受教育和研究体系依然是印刷文化体系，因此，其批评研究也难免自觉或者不自觉地以印刷文学为参照系，以传统文艺理论规则来要求和约束网络文学。”“与其说网络媒介颠覆了许多旧概念，不如说它给我们提供了一个有关如何看待印刷文化的新角度。”因而“我们应当把早就习以为常的印刷文学观点放在媒介变迁的大环境中，意识到其阶段性，挖掘其媒介根源，明确其跟随媒介转换的趋向”。[16]

邵燕君则以文学史的视野考察网络文学与当代文学、与新文学传统的关系。她强调在网络时代，“新文学”传统遭到致命挑战。她清理了网络文学资源脉络，探讨了“新文学”传统失落的原因，反思当代文学内在的危机，从而指出，未来的“主流文学”不管是以哪一方为“基座”，都必须要以拥有大众的网络文学为“底座”，不理解网络文学就无法真正参与“主流文学”的建构。她最终着眼点在于对当代文学研究自身的深刻反思，强调面对新的文学场域中政治、经济、大众的强大力量，文学精英不能缺席，从这个角度指出理解网络文学是当代文学研究者的责任担当。[17]

3. 如何评价网络文学？

既然日益清晰地认识到网络文学与传统文学的差异、对既有文学理论的挑战，那么就需要建立网络文学的批评原则和批评标准。刘俐俐、李玉平《网络文学对文学批评理论的挑战》一文代表了对这一问题的早期认识，新的批评原则和标准的建立应该与网络文学的特点相适应。

黄鸣奋则梳理了网络传媒问世以来电子文学批评的嬗变。他认为新媒体革命以来，与之相适应的文学批评已经历了三波。电子文学以“文学”为中心词，因此，电子文学批评必须阐明它与传统文学批评既继承又变异的关系，特别要立足于对具体作品文学性的剖析。詹珊在将网络文学批评分为在线批评和非在线批评的基础上，分析了二者在批评者身份、写作目的、表现形式、批评效果等方面的区别，认为它们形成了宏大、崇高、精致与琐细、平庸、芜杂的互补，网内与网外联袂出击的局势。[18]

邵燕君立足于网络文学在中国迅猛发展的现实，指出网络文学已经形成了自成一体的生产—分享—评论机制，也形成了有别于“五四”“新文学”精英传统的大众文学传统。因而不但对传统精英文学的主流地位构成挑战，也对“新文学”以来的文学评价体系构成挑战。“由于网络文学发展速度过快，且对以往的评价体系有着根本性的颠覆”，为了跳出精英文学本位的思维定势，邵文直接从媒介革命的视野展开，从“网络性”的角度讨论网络文学的经典性。网络文学概念的中心不在文学而在于网络，不是“文学”不重要，而是网络时代的“文学性”需要从“网络性”中重新生长出来。所谓“网络性”，即网络的媒介特征。她引进“网络性”与“类型性”对于“经典性”予以重新定义。网络类型经典除了依然具有典范性、超越性、传承性和独创性之外，还要充分考虑到“网络性”和“类型性”的特性构成。[19]

三　反思与转型

在学理研究突破进程中，研究者也日益清晰地认识到自己面临的困难：“面对传媒技术引发的文学转型，研究者必然要面对两大难题：一是没有既定的理论范式可供效仿和参照；二是研究对象变动不居，具有成长的或然性，尚难定格其结构特征。”[20]鉴于网络文学依然在迅疾变化发展过程中，对于网络文学研究的梳理，在总结已有成就之余，或许分析研究过程中的调整与反思、寻求转型的努力与困境更有价值。

研究者于不同阶段梳理研究现状的时候，总是感叹，相对于我国网络文学发展的速度与规模，相关理论研究和学术批评明显滞后。2000 年先行的研究者如此开篇：“网络文学如今已经浮出海面，并显现出一种强劲势头，与之形成鲜明对照的是，对它的理论阐释却一直处于缺席状态。”[21]近期有研究者回望的时候，依然感觉“相对于网络文学发展的速度与规模，相关的理论研究和学术批评明显滞后”。[22] 2011 年北大中文系崔宰溶的博士论文《中国网络文学研究的困境与突破——网络文学的土著理论与网络性》通过答辩。该文对于中国网络文学研究进行了较为深入的批评和反思，认为既有研究的局限表现在西方理论的影响力过于强大；传统文学观念的影响力过于强大，其实质是依然从传统的、印刷文化形成文学理论看待网络文学；国内网络文学研究都将着眼点放在网络文学的个别文本或“作品”内部，却忽略了发生在整个文学“网络”当中的重要文学现象。而近期有研究者总结困境具体表现为：受传统观念和西方话语裹挟，致使网络文学创作与理论批评之间不能很好地接榫；研究对象选取褊狭单一；论述内容空洞宽泛；对我国网络文学市场化和产业化现实的文化价值认识不够。[23] 不同研究者对研究不足多有相近表述，显示出理论创新的难度。这一状况的形成，与研究者的知识结构、与身处的学术体制有着内在联系，因而突破这种困境并不容易。欧阳友权在建构理论体系的过程中，也时时对整个网络文学研究现状进行梳理和评析。近期在清理网络文学研究基点时，他认为既有研究的一个问题在于，“把传统的文论学理简单套用在网络文学身上，用中外经典的文艺理论概念、范畴和理论模式，实施‘六经注我’或‘我注六经’式的疏瀹与反思，急于构建网络文学的理论体系，结果不仅对实际的网络文学现象体认有‘隔’，也于这一新兴文学的理论开启无补，导致网络文学研究的‘聚焦失准’与凌空蹈虚”。[24] 其中应该也包含着对个人研究的反思。比如 2008 年主编的《网络文学概论》一书，作为该领域第一部教材，有力推动了网络文学研究进入大学课堂，另一方面，这本书的框架结构依然有着传统文学理论体系的浓重投影。或者说，这不仅仅是这部教材本身的问题，面对网络文学迅疾发展的实践，以编纂教材、课堂讲授这一传统的文学理论体系传承方式本身就显示出保守性。

认真的检讨是理论创新的必然一步。崔宰溶即在批判性的梳理的基础上，提出了“土著理论”和“介入性研究”的理念。[25]党圣元认为实现网络文学研究理论突围的关键在于，在思想观念上，要厘清网络文学与传统文学之间的关系，认清商业化、市场化、产业化、泛娱乐化是我国网络文学的基本状况和主要现实；在研究重心上，要实现从个别热点作家作品向整个网络文学现实的转移；在理论资源上，要减少对法兰克福学派批判理论的过度依赖，积极借鉴“文化研究”和“传播政治经济学”等理论资源，通过二者的“结合”，实现网络文学研究的理论与批评创新。[26]

理论创新的深入更指向研究主体的调整、转型与全新定位。欧阳友权在清理中国网络文学研究理论基点的基础上，提倡研究者立场的调整，“从上网开始，从阅读出发”，切入现场、贴近实际的学理分析，应成为网络文学研究的基点和路径。他强调：“面对不可逆的文学传媒化语境，网络文学理论批评也将经历一次难以逆转的理论转向和有效言说的方法论选择，这种转向和选择不仅关涉主体回应现实、顺时应变的学术立场，还将影响中国网络文学理论建设的观念导向及其发展路向。”[27]

如果说多位开拓者是在投身网络文学研究这一新兴领域后慢慢地开始调整一个理论研究者的身姿，那么邵燕君则是带着对传统文学研究的焦虑转向网络文学研究之中，其一系列研究成果背后大都隐含着对网络时代的文学研究者立场、方法、学术使命的探求。她首先是因为直面传统文学生产机制的危机，对作为一个传统文学研究者的身份深感焦虑。转向网络文学研究之初，她即认为“我们必须创建出一套专门针对网络文学研究的批评话语系统”，“需要重建一套具有精英指向的评价标准体系”，因为“在资本横行、大众狂欢的时代，越需要建立精英标准，而这正是学院派的义务”。而且，“从一个更长远的角度看，这套批评话语系统的建立不但对网络文学研究有效，也将促进中国学术界原创批评理论的建设”。[28]此后在实际的研究和教学过程中，她对焦虑本身有了更清晰的表达：“面对媒介的千年之变，作为受印刷文明哺育长大、内怀精英立场的学院派研究者，我们该如何调整自己的文化定位和研究方法？”[29]由此，对于研究者立场和方法的调整有了更为具体的回答。为了突破网络文学研究的“外围化”困境，应当深入到网络文学机制的内部，进行“身在网中央”式的“内在性”研究，关键在于研究者自我定位的转身——从学者到“学者粉丝”，从“客观”“中正”“超然”的学者训练中解放出来，让自己“深深卷入”，面对自己的迷恋和喜好，放弃“研究者”的矜持与特权，和粉丝群体“在一起”。[30]与之相应的是研究方法的转型。学者粉也是一种方法论，在学术研究中“承认并肯定自己的欲望和幻想，而同时仍保持学术热情和理论的复杂度”。[31]立场和方法调整的背后，是对于研究者新的学术使命的逐渐自觉。受到麦克卢汉媒介理论的启示，在媒介革命来临之际，要使人类文明得到良性继承，需要深通旧媒介“语法”的文化精英们以艺术家的警觉去了解新媒介的“语法”，从而获得引渡文明的能力，邵燕君由此“顿悟”，“研究网络文学不是为了割裂文学传统，恰恰是为了延续文学传统，而我们的入场式研究可以是一种引导式的介入”。为此，“我们必须从‘象牙塔’进入‘控制塔’，按照网络文学场域自身的逻辑去影响网络文学的发展。只有这样，精英批评的‘引导’才是真正有效的”。[32]

无论是对于中国学术原创理论的建设，还是对于身处转型时代的文化研究者自身价值的定位，网络文学和网络时代的到来，既是空前的挑战，也是重大的契机，更展开了广阔的空间。中国网络文学研究近二十年来的发展历程，相比已经取得的成就，它不断提出的新的问题或许更具价值，因为这些问题不但提示着一个更为开阔的研究空间，而且渐渐清晰地标示着通往新的研究空间的路径。

二十年来，中国网络文学研究成果丰硕，卷帙浩繁。本书主要从这一新兴学科建设的角度，在梳理这一研究兴起、发展历程的基础上，选出不同研究阶段、关于不同论题的若干代表性论文，共 24 篇，分为 6 辑，编成此书，每辑中则按照论文发表时间编排。希望此书能呈现二十年来中国网络文学研究进程一个侧影，并供广大研究者和爱好者参考。本书并非二十年来中国网络文学研究一网打尽式的粹选，然而即使在既有选题范围内由于部分论文授权问题，已颇有遗珠之憾，加上编者目力所限、学养不足，更多有疏漏之处，请广大读者批评。也因此，特别感谢各位作者在网络文学研究中所贡献的值得学界时时回顾的成果，感谢他们对本书编辑工作的支持。

注释：

① 王周生：《信息时代与文学》，《上海社会科学院学术季刊》1995 年第 4 期。

② 陈村：《网络两则》，《作家》2000 年第 5 期；张抗抗：《网络文学杂感》，《中华读书报》2000 年 3 月 1 日；张辛欣：《怎么在网络时代活一个自己》，《南方周末》2000 年 3 月 31 日。

③ 吴俊：《网络文学：技术和商业的双驾马车》，《上海文学》2000 年 5 月；戴锦华：《网络文学?》，《莽原》2000 年第 3 期；王一川：《网络时代文学：什么是不能少的?》，《大家》2000 年第 3 期。

④ 欧阳友权：《网络文学的五大特征》，《社会科学报》2000 年 4 月 27 日。

⑤ 董学文：《〈网络文学论纲〉·序》，欧阳友权等著《网络文学论纲》，人民文学出版社 2003 年版。

⑥ 李寻欢：《我的网络文学观》，《文学报》2000 年 2 月 17 日。

⑦ 鲁捷，王粤欣：《论网络文学的概念及特征》，《新疆师范大学学报》2005

年第 1 期。

⑧ 欧阳友权主编:《网络文学概论》,北京大学出版社 2008 年,第 4 页。

⑨ 欧阳友权:《网络文学研究的视角与热点》,《求索》2005 年第 6 期。

⑩ 崔宰溶:《中国网络文学研究的困境与突破——网络文学的土著理论与网络性》,北京大学博士论文 2011 年。

⑪ 邵燕君:《网络时代:如何引渡文学传统》,《探索与争鸣》2015 年第 8 期。

⑫ 欧阳友权:《中国网络文学研究基点及其语境选择》,《河北学刊》2005 年第 4 期。

⑬ 南帆:《游荡网络的文学》,《福建论坛》2000 年第 4 期。

⑭ 欧阳友权主编:《网络文学概论》,北京大学出版社 2008 年,第 4—12 页。

⑮ 欧阳友权:《数字媒介与中国文学的转型》,《中国社会科学》2007 年第 1 期。

⑯ 许苗苗:《作者的变迁与新媒介时代的新文学诉求》,《文艺理论研究》2015 年第 2 期。

⑰ 参见邵燕君:《网络时代的文学引渡》,广西师范大学出版社 2015 年。

⑱ 詹珊:《在线与非在线网络文学批评之比较》,《福建论坛》2007 年第 10 期。

⑲ 邵燕君:《网络文学的"网络性"与"经典性"》,《北京大学学报》2015 年第 1 期。

⑳ 欧阳友权:《中国网络文学研究基点及其语境选择》,《河北学刊》2015 年第 4 期。

㉑ 杨新敏:《网络文学刍议》,《文学评论》2000 年第 5 期。

㉒ 党圣元:《网络文学研究的当下困境与理论突围》,《江西社会科学》2017 年第 6 期。

㉓ 党圣元:《网络文学研究的当下困境与理论突围》,《江西社会科学》2017 年第 6 期。

㉔ 欧阳友权:《中国网络文学研究基点及其语境选择》,《河北学刊》2015 年第 4 期。

㉕ 参见崔宰溶:《中国网络文学研究的困境与突破——网络文学的土著理论与网络性》,北京大学博士论文 2011 年。

㉖ 党圣元:《网络文学研究的当下困境与理论突围》,《江西社会科学》2017 年第 6 期。

㉗ 欧阳友权:《中国网络文学研究基点及其语境选择》,《河北学刊》2005 年第 4 期。

㉘ 邵燕君：《面对网络文学：学院派的态度与方法》，《南方文坛》2011 年第 6 期。

㉙ 邵燕君：《网络时代：如何引渡文学传统?》，《探索与争鸣》2015 年第 8 期。

㉚ 邵燕君：《网络文学的“网络性”与“经典性”》，《北京大学学报》2015 年第 1 期。

㉛《二十年后——亨利·詹金斯和苏珊·斯科特的对话》，[美] 亨利·詹金斯《文本盗猎者：电视粉丝与参与性文化》，郑熙青译，北京大学出版社 2015 年出版；引见邵燕君《网络文学的“网络性”与“经典性”》，《北京大学学报》2015 年第 1 期。

㉜ 邵燕君：《自序：我为什么要研究网络文学》，邵燕君著《网络时代的文学引渡》，广西师范大学出版社 2015 年。

开拓

游荡网络的文学

南　帆

一

无论人们对于“网络文学”还会产生多少争议，“网络文学”这个概念终于站稳了脚跟。尽管“网络文学”的完善定义有待于理论的进一步修补，但是，文学进驻网络空间并且成为一个活跃的臣民，这已经是不争的事实。现今已经没有多少人否认网络文学的存在。许多人的目光开始越过这个事实向后延伸：网络为文学制造了哪些强有力的冲击？换言之，因为网络文学的出现，传统文学正在或者即将发生哪些深刻的变化？

蔡智恒、安妮宝贝、李寻欢、邢育森这些网络作家的名字渐为人知，网易公司与文学网站“榕树下”的文学评奖均已落下帷幕。检阅过“榕树下”网站的得奖作品之后，资深作家陈村慷慨地赠言网络文学“前途无量”。他在“网络之星”丛书的序言之中说：“有人一口咬定网上的文学作品都是垃圾，那是精神错乱，我们应该怜悯他。有人说网上作品才是文学，那是理想，我们要努力。”显而易见，陈村所青睐的是“网络的原创文学”，即仅仅在网络空间写作和发表的作品。[①] 由于文学爱好者的录入或者网站招徕用户的点击，网络空间存有大量业已出版的世界文学经典或者风靡一时的流行之作。对于这一部分文学而言，网络仅仅是一种征集读者的新型传播媒介。栖息于网络空间的文学不过是纸张文学的电子复制。这一部分文学并没有因为网络而改头换面，甚至提出新的美学设想。相形之下，“网络的原创文学”可能包含了某种前所未有的文学类型。在这一批文学那里，网络不再是计算机屏幕对于书籍纸张的替代；网络的特征介入文学生产——从遣词造句到发行传播——的全过程。

伊格尔顿曾经提议考察艺术的“生产工具”。对于文学说来，书写工具很大程度地决定了文学生产与文学消费之间的互动关系。从龟甲、钟鼎、竹简、缣帛到纸张，新型的文学生产资料不断地改变书写者与阅读者的范围。这不仅派生出种种特殊的文体，同时还不断地重建文学社会学。如同人们的历史考察所发现的那样，书写工具的日益廉价导致了持续的文化民主。书写工具摆脱了权贵阶层的政治、经济垄断之后，文化归还给了大众。大众的通俗语言赢得了文字的记载，甚至赢得了刊印的权利。这不是一个简单的文化事件，这时常还意味着某些发不出声音的匿名阶层开始浮出文化地平线。某种意义上可以说，文化生产工具以及文化传播体系的改变时常是缔造一个新型社会的重要条件。根据安德森的观点，印刷技术的发明对于资本主义社会产生了巨大的作用——安德森称之为“印刷资本主义”。他概括说：“资本主义和印刷技术通过作用于人类语言的不可避免的多样性的命运，使一种新形式的想象的共同体成为可能，这种共同体的基本形态为现代民族的产生创造了条件。”② 现今，一些人将网络空间形容为“后纸张”时代的书写与传播工具。愈来愈多的人意识到，经济、社会民主以及文化形式无不因为网络的介入而产生历史性的转折；对于文学说来，人们逐渐将问题凝聚到这个方面：这一项技术革命是否包含了诱发艺术革命的契机？

很少人有胆量预言，网络文学的兴盛丝毫无损于传统文学的既定规范;但是,人们可以从某些不无委婉的表述之中发现传统文学的抵抗。不少传统文学的作家重复申明:文学的本质从未改变,评价文学的尺度始终如一,他们对于网络文学与传统文学一视同仁。余华断言:“对于文学说来,无论是网上传播还是平面出版传播,只是传播的方式不同,而不会是文学本质的不同。”③“文学的特性将因此——随着作品的发表方式、传播方式和作家成分结构的改变——而发生变化甚或遭到损害吗?”吴俊对于这种问题的回答是肯定的:“作品的文学性取决于它自身的叙述和表现,同其物化的载体(媒介)形式——不管是纸质书刊还是电脑网络——并无必然联系。”④然而,这种观点并没有得到网络作家的首肯。他们看来,“始终如一”的尺度毋宁说证明了传统文学吞并网络文学的姿态。人们可以从一个具体的事件之中发现网络作家的理论异议——他们不信任网络文学评奖聘请的评委:“从网络调查中看出,不少‘网虫’对由王蒙、刘心武、张抗抗等几位知名作家主持评委会感到‘滑稽’和‘不能理解’。因为他们几乎是清一色因写书成名的传统文学作家,对网络知道多少值得怀疑。评委之一的莫言说自己连一次网都没有上过。由这些评委评出来的作品,不仅难以评出真正优秀的网络文学作品,而且也伤害了网民的感情。此外,按何种标准进行评选更是一个棘手的问题。”⑤也有一些传统文学的作家愿意呼应网络作家的观点,例如徐坤。在她看来,网络文学必须产生新的衡量标准。⑥然而,迄今为止,这些标准尚未得到清晰的表述。张抗抗曾经提到她的一次有趣经历。她被聘为“网易中国网络文学奖”的评委之后,打算遭遇一批洪水猛兽式的作品。然而,她的阅读并没有带来太多的惊讶。她说,自己“在进入此次阅读之前,曾作了充分的心理准备,打算去迎候并接受网上任何稀奇古怪的另类文学样式。读完最后一篇稿时,似乎是有些小小的失望——准备了网上写作的恣意妄为，多数文本却是谨慎和规范的；准备了网上写作的网络文化特质，事实却是大海和江河淹没了渔网；准备了网上写作的极端个人化情感世界，许多文本仍然倾注着对于现实生活的关注和社会关怀；准备了网络世界特定的现代或后现代话语体系，而扑入视线的叙述语言却是古典与现代、虚拟与实在杂糅混合、兼收并蓄的。被初评挑选出来的30篇作品，纠正了我在此之前对于网络文学或是网络写作特质的某些预设，它比我想象的要显得温和与理性。即便是一些'离经叛道'的实验性文本，同纯文学刊物上已经发表的许多'前卫'作品相比，并没有'质'的区别。若是打印成纸稿，'网上'的和'网下'的，恐怕一时难以辨认。我不知道那些'异质'的和'另类'的网络成品，就是现在这个样子，还是被初评筛掉删去，成了'漏网之鱼'？因此我们是不是可以认为，任何评奖过程真正较量的不是作品，而是评奖的标准。"张抗抗对于网络文学可能产生哪些冲击表示茫然："网络文学会改变文学的载体和传播方式，会改变读者阅读的习惯，会改变作者的视野、心态、思维方式和表现方式，但它究竟在多大程度上，能改变文学本身？比如说，情感、想象、良知、语言等文学要素。"⑦

尽管如此，人们还是必须谨慎地对待这个问题：文学的本质的确从未改变吗？事实上，许多理论家——例如福柯，或者先前提到的伊格尔顿——早就对这种本质主义的文学定义亮出批判的锋刃。伊格尔顿声称："文学根本就没有什么'本质'。"他奉劝人们抛弃一个幻觉：文学具有永久给定的"客观性"。在他看来，文学之为文学是由特定历史条件指定的，或者说是被特定历史时期的物质实践和社会关系之网"构造"出来的。⑧书写工具以及传播范围无疑只是"构造"文学的历史条件之一。纸张与印刷术的发明极大地扩展了大型叙事作品的流传范围，这多少改变了甲骨文时代的文学本质；网络空间开启的后纸张时代又会在哪些方面修改文学之为文学的既成规范呢？在我看来，这恰恰意味着网络文学不可替代的独特内涵。

二

网络文学的写作仅仅是敲打键盘，网络文学的发表仅仅是按动鼠标把自己的作品送上电子公告牌，网络文学的阅读仅仅是开启一台带有调制解调器的计算机。这个文化交流的回环如此简明——这个交流回环背后的全部细节已经由电子技术解决。在这个意义上，网络文学似乎再度证明了网络的理念：自由与平等。所有的人都可以尽情地写作、发表和阅读。这个交流回环的内部不再存在以任何名义——例如，编辑、印刷成本、权威批评家、有关权力部门，等等——制造的障碍。总而言之，网络空间的权威陨落了。这彻底地改变了网络空间的文学社会学。没有出版机构的编辑守门，不会遭遇难堪而又伤心的持续退稿，资金问题已经无足轻重，怀才不遇的郁闷荡然无存，所有为印刷作品设置的禁区对于网络技术无效。只要自己愿意，一个人可以即刻将所有作品送达公众视域。这样，许多遭受权威以及既定文学体制压抑和遮蔽的声音得到了出其不意的释放：网络空间嘈杂喧哗，见仁见智。王朔曾经是大众传播媒介——包括印刷传媒与电视、电影所代表的电子传媒——的宠儿，他的能言善辩与玩世不恭的“痞子腔”挫败了许多一本正经的理论家；然而，令人意外的是，王朔对于金庸的挑战竟然遭到了来自网络空间的猛烈还击。一大批无视论辩学术规范的尖刻言论涌入电子公告牌，嬉笑怒骂，皆成文章。这里，王朔利用娴熟的反讽而树立的权威被更多的调侃淹没了。网络空间的这方面文字曾经被收集为一册，正式付印出版：《我是网虫我怕谁》——虽然套用了王朔的名言“我是流氓我怕谁”，但是，这个书名还是恰如其分地证明了网络空间的自由和放肆。相对于传统的大众传媒，网络更多地被视为从文化精英手中夺回的公共空间。

网络的发明骤然增添了文学两端的张力。一方面，文学赢得了前所未有的传播范围与传播速度；另一方面，文学撤销了作品发表之前的一切审查机制。文化公共空间最大限度地向私人话语敞开。从某种意义上说，网络文学似乎返回了文学的原始状态：人人都可以无拘无束地利用文学形式抒情言志，或者叙述种种白日梦。这个意义上，网络或许是惊世骇俗之作的温床，或许是陈词滥调的衍生之地。陈村机智地将这种文学写作比喻为“卡拉 OK”式的演唱。⑨如同“卡拉 OK”一样，网络文学的繁盛包含了电子技术制造的文化民主；但是，“卡拉 OK”仅仅回响在演唱包厢之内，网络文学却可以在顷刻之间传遍全世界。如果说，既定的文学体制仅仅相对于纸张的文学，那么，网络文学重新开始了体制之外的写作。尽管某些网络文学仍然渴望文学体制的认可——某些网络作家不惮于沿袭文学评奖的形式或者回归印刷出版的队列，但是，这更像是抢夺体制之内的读者，而不是认同体制的权威。体制之外的写作意味着废除经典体系派生的种种规则，所有的人都从零开始。网络技术已经给出这样的许诺：从零开始的写作照样可以向全世界发表。然而，只要没有被狂欢式的发表所迷惑，所有的人都必须严肃地考虑一个问题：抛弃所有的文学体制，这是一个彻底的解放，还是一个空前的倒退？

不可否认，呼啸而来的网络文学撕开了日益庞大的文学体制——迹象表明，官僚作风与市侩习气已经成为文学体制封锁文学的桎梏。“在心为志，发言为诗。情动于中而形于言，言之不足故嗟叹之，嗟叹之不足故永歌之，永歌之不足，不知手之舞之，足之蹈之也。”——这种不加雕饰的文学冲动正在遭受文学体制的严格盘查。文学在日益精致之中逐渐丧失了率真的品质。这时，网络文学重新缩短了抒情言志与作品发表之间的距离。根据少君——一个定居于美国的华文网络作家——的描述，海外网络文学的兴起即是导源于“异国他乡的忧愁烦闷”；“1991 年 4 月 5 日，全球第一家中文电子周刊《华夏文摘》，在时代风云激荡的思国怀乡深情中应运而生。”除了抒发异乡异客的情怀，这些写作者没有更多的考虑——他们甚至不在乎是否符合既有的文学成规。他说：“1993 年，海外华人为了能够在网络上找到一个以中文交流的地方，在 USENET 上开设了 ait.chinese.text（简称 ACT）。在中文国际网络上，ACT 是经常被提起的一个名词，它是互联网新闻组 ait.chinese.text 的简称。ACT 是国际网络中最早采用中文张贴的新闻组，可以说，有了 ACT，才有了所谓的中文国际网络。”他又说：“1993、1994 年的两年间，ACT 这个新闻组特别活跃，参加新闻组的大部分都是学理工的留学生，而且主要玩主大都是温哥华的。最初不过是非常想家乡，非常想读方块字，读多了，自然也会和朋友交流。而网上的交流只得写。众所周知，网络上的交流是非常方便的，往 BBS 上贴个帖子，你的声音就会被不知多少人听见。打个不太贴切的比方：像‘文革’中往专栏上贴大字报，但是又比贴大字报方便得多、有影响得多。都是海外留学生的课余、业余创造。因此，海外网络文学有着校园文学、留学生文学的许多特点。而且由于作者基本上都是理工科出身，其实谈不上具有多少专业性。难能可贵的是，他们的创作没有流俗，更没有半途而废，虽然很难产生巨作，却也不乏珠玑之篇。”[10]

许多网络作家都体验到了相似的快意：颠覆文学的等级制

度。既有的文学体制保护了金字塔式的结构，金字塔的顶端由一批文化精英主持。他们制造文学时尚，鉴定文学趣味，修订文学传统，控制大部分重要的刊物版面。这一切无疑得到了文学编辑、批评家与学院教授们的默认。对于只有文学冲动而不是训练有素的作者说来，突破文学体制的防线而自由发表作品是一个遥远的梦想。然而，网络的出现似乎一夜之间改变了延续已久的文学社会学。契诃夫的名言仿佛在网络空间得到了实现——大狗与小狗都有权利发出自己的声音。网络制造的文化民主赢得了一片掌声；这时，还有多少人意识到，挑战文学体制必将深刻地撼动文学体制赖以形成的社会关系？上述的挑战业已逾越了文学的疆域而进入经济以及法律范畴。

人们首先察觉到，必须重新界定网络空间的作家身份。或者说，网络空间的作家身份失去了意义。如果说，传统文学体制之下的作家仍然是文化英雄的象征，那么，网络空间的写作者已经不再承担文化英雄的责任。作家的身份、地位、荣誉、文化资本、权力——包括象征性权力——无法在网络空间提供的生态环境之中延续。众多的声音可以一拥而上，坦然地踞守自己的一方空间。张辛欣感叹地说："人的感觉，人的虚构与幻想，已经到了随意在虚拟空间里发表，并且无限繁殖天下的时代，无论如何，剥夺着旧定义的'作家'生存，人人可成作家，并当即发表，贴在读者栏还是正栏，真有什么区别？"[11]这时，网络空间的自由书写成为即时性消费；没有多少人像推敲经典那样精益求精。他们的作品如同杂草一样自由蔓延，也如同杂草一样为人遗忘。许多网站都附有类似的声明：作者文责自负，网站仅仅提供发表的空间而不负法律责任。这无异于放弃了出版机构对于作家身份的鉴定。作家身份的丧失、文学体制的撤除是与精英或者经典那种载入史册的渴求背道而驰的。正如戴锦华所说的那样："一份统计资料表明，在世界范围内，互联网网站的平均寿命只有八天。今日网络空间已到处漂流着废弃的幽灵网站。那么，网络文学似乎应该是最典型的消费文学，它似乎应该比电影更为纯粹地成为'一次过'文化，成为通俗文化的范本。于是网络文学，便成了一种悖论式生存：网络，即时性消费的此刻，文学，作为最古老的艺术，先在地指向着永恒。"[12]从这个意义上说，作家身份的消失与文学永恒性的消失是二位一体的。

另一方面，出版机构还承担了保护作家作品版权的义务。用巴特的话说，"作家"身份是近现代诞生的；[13]"作家"身份是个人主义的产物，尊重个人包含尊重个人产权的一部分——作品版权。人们必须有偿地消费文学作品，这是现代社会遵循的基本观念。作品的版权维护了作家的经济利益。然而，网络空间不仅越过了出版机构，同时中止了版权观念。少君认为，网络文学的成功标志即是被四处张贴和转摘，作家保留的唯一权利仅是署名权。[14]互联网的最大意义即是资源共享，甚至软件也必须被视为无偿分享的天下公器——盗版的概念已经被挡在网络空间之外。文学没有理由抱残守缺，因为稿费而拒绝用户的自由点击。割断作家身份背后的经济脐带，这是网络空间对于传统作家的严重威胁。王蒙、张承志、刘震云、张洁、张抗抗、毕淑敏控告北京在线侵犯版权，这意味着冲突的升级。

许多人想象，文学体制的改变必定会降低文学的高度。泥沙俱下，鱼龙混杂，数量并不会制造文学的辉煌。然而，陈村为网络空间的文学生态进行了辩护："文学的全部的意义并不仅仅在于它有高峰。许许多多的人在文学中积极参与并有所获得，难道不是又一层十分伟大的意义吗？"[15]换言之，这是以文学领袖的名额换取更为广泛的文学同盟。的确，文学降低了高度，但是，文学却进入了更多人的生活——这就是网络空间文学社会学的真谛。

当然，这种表述非常可能遭受网络作家的质疑。他们肯定会提出一个尖锐的反问：文学的高度真的下降了吗？人们依据什么得到这个吓人的结论？这时，人们不得不回到一个基本的文学要素：语言。网络文学的语言是否粗制滥造？这个问题的答案必将是双方分歧的焦点所在。

三

电影和电视是电子技术与影像符号系统结合的产物；许多人预言，文学符号即将式微。出人意料的是，网络空间再度为文字提供了莫大的表演舞台。鉴于网络写作的特殊风格，一些人已经提出了“网络语言”的概念。人们对于这一点几乎没有异议——相对于书面语言，网络语言简朴粗糙。少君承认：“网络文学的基本表现：通俗化、速食化，不过分讲究文句的修饰，不太考虑表达方法。而其中最重要的是：语句构成简单、情节曲折动人和贴近网络生活本身。”“网络的浏览行为注定了网络文学的主流是一种速食文化，而幽默作为一种吸引浏览的行为，无论是大师式的笑中见泪，还是胡闹而已的‘无厘头’搞笑，无疑都是网络民众所喜闻乐见的。”⑯陈村倾向于认为，这是网络写作的必然后果：“工具的变化会带来文风文体的变化，从文学的历程看，书写越来越容易，文字也越来越‘水’。”⑰徐坤告诉人们，她正在越来越习惯于大量运用网络符号写作和交谈：“网络在线书写就是越简洁越好，越出其不意越好，写出来的话，越不像个话的样子越好。一段时间网上聊天游玩之后，我发现自己忽然之间对传统写作发生了憎恨，恨那些约定俗成的、僵死呆板的语法，恨那些苦心经营出来的词和句子，恨它们的冗长、无趣、中规中矩。整个对汉语的感觉都不对头了。我一心想颠覆和推翻既定的、我在日常工作中所必须运用的那些理论框架和书写模式，恨不能将它们全都变成双方一看就懂的、每句话的长度最多不超过十个汉字的网络语言。”[18]徐坤解释说，因为无法免费阅读网络，人们必须快速浏览。于是，短促简捷代替了冗长晦涩，词汇量少、用词简单成为造句的基本规则。如果网络作者日益增多，现代汉语的书写必将遭受重大冲击。[19]

现今为止，网络文学的主导语言无异于传统文学；网络语言仅仅是网络文学的语言资源之一。但是，这并未减轻问题的分量：网络语言正在修改文学的哪些因素？

MM、GG 分别表示“女孩和男孩”，7456 表示“气死我了”，5555 表示“呜呜呜呜”，8174 表示“不要生气”，^O^表示“哈哈大笑”，;-P 表示“吐舌头”——如果这一切无非是网络写作常用的速记符号，人们没有必要过分惊奇。耐人寻味的是，这些符号的背后是否隐含了一个追求——追求语言与实在的重合、对称，甚至重新回到了“象形”或者“象声”时代？如果这些速记符号与简单的造句或者有限的词汇共同预示了一种简单化思维的蔓延，如果这即是速食文化的前锋，人们就不会仅仅用“有趣”这个词形容网络语言。

某些抽象的、脱离实在具象的词汇，表明了人类精神的飞翔高度。“永恒”“理想”“幸福”“零”——这些感官经验无法证实的词汇承担了人类精神结构的一系列重要关节。语言从铢两悉称的实物命名进入形而上的抽象，这是一个巨大的超越。许多时候，文学实验之所以孜孜不倦地启开语言的潜能，恰恰是试图延伸人类精神的地平线。无论是李商隐的“沧海月明珠有泪，蓝田日暖玉生烟”，还是庞德的“人群中这些面孔幽灵一般显现：湿漉漉的黑色枝条上的许多花瓣”，只有诗的语言才能为人们组织如此奇诡的幻象。这里，语言显出了不可思议的弹性和变幻的可能。然而，这一切突然成为网络的累赘。网络的标准语言是清晰的，可视的，易解的，可以立即还原为实物的。《单向度的人》之中，马尔库塞曾经指出操作性语言对于思想的阉割和控制："减少语言形式和表征反思、抽象、发展、矛盾的符号，用形象取代概念。这种语言否定或者吞没超越性术语，它不探究而只是确认真理和谬误并把它们强加于人。"[20]如此，网络语言会不会无意地成为操作主义的帮手？

当然，没有人认为简约是一种罪过。简约是文学的另一面。文学的另一个意义在于，用简约的语言表达出丰富的韵致。网络文学亦然。在《性感时代的小饭馆》《曹西西恋爱惊魂记》《如风》这些网络小说之中，人们可以察觉这种韵致。可是，如果简约仅仅是一种单向的、平面化的、一目了然的语言图像，那么，网络文学的想象高度不得不遭受限制。人们至少可以说，网络语言之为网络语言的旨趣隐含了导致文学干涸的危险。蔡智恒《第一次的亲密接触》被誉为"网上第一部畅销小说"。这部小说一再被各种网站转载，网络用户表现了异乎寻常的热烈。然而，这毋宁说是一部爱情传奇的缩写本罢了。网络聊天室的交往将立体的现实简化为一些不无风趣的对话，红颜薄命的老套子设计了一个煽情的悲剧。相对于传统文学的爱情经典，《第一次的亲密接触》稚气未脱。饶有趣味的是，没有多少人挑剔故事的单薄和肤浅——许多人宁愿认为这是网络时代的浪漫标本。这个意义上的简约更像是文学的后退。但是，我想指出的是，《第一次的亲密接触》的风靡是否暗示了某种界限——这部作品的复杂程度恰巧投合了网络语言简单快速的原则。

人们必须意识到，网络语言并非来自"引车卖浆之徒"。迄今为止，网络空间写作者的文化素养远远超出社会平均线。如果这一批人的意识正在删繁就简，清除一切语言与实在之间不对称的符号阴影，后果是意味深长的。这是操作主义与技术意识形态联合制造的语言风格吗？陈村曾经告诫人们，不要因为网络写作者的理工科出身而轻视他们的作品。[21]但是，不可否认的是，理工科出身者肯定更擅长这种风格的陈述。

这绝不是低估这些作者的智慧与才情。相反，这些作者机智俏皮，妙语连珠。他们的幽默表现了某种智力的优势；同时，他们的幽默还包含了不凡的想象——这些幽默的想象甚至突破了陈陈相因的现实结构而赋予另一种出其不意的秩序。这导致了笑，或者说，人们用笑回报这些不凡的想象。所以，这些幽默是对于平庸、枯燥和刻板的温和打击；某些时候，这些幽默显露了反讽的锋芒。可是，如同人们常常看到的那样，这些幽默多半是局部的，盘旋于字、词、句之间；这些幽默背后的挑战性想象没有扩展至文本的结构，例如果戈理的《钦差大臣》。网络文学的作者似乎意识到，速食式的浏览无法承受过于复杂的结构；因此，他们的幽默仅仅到字、词、句为止。我甚至猜测，这或许是"无厘头"幽默的根源之一。通常的幽默没有耗竭这些作者的想象才情，他们按捺不住继续制造出种种夸张的幽默或者强制性的滑稽——甚至不无恶俗之嫌。人们可以从《大话西游》之中看到，种种"无厘头"搞笑如同精力过剩的嬉闹。文本结构无法容纳的激情倾注到幽默修辞，导致幽默向滑稽的畸形膨胀。

四

布迪尔论述过符号与权力的关系。他赞同这样的观点：社会共同体依赖于符号体系的分享；因此，符号不仅具有沟通功能，而且具有一种真正的政治功能。布迪尔认为："符号权力是建构现实的权力，是朝向建构认知秩序的权力。”㉒文本的结构与逻辑同样隐含了认知的控制。

对于文本结构的大规模反抗可追溯到解构主义。德里达利用语言的差异关系颠覆了语言系统的固定结构，德里达眼里的文本如同一批能指符号放浪形骸的嬉闹——文本的终极意义在这种嬉闹之中分崩离析。罗兰·巴特与福柯都否弃了文本“作者”的地位。解除了作者与文本之间父子式的关系，文本的意义丧失了一个权威的源头。在巴特看来，文本是多维的空间；这里是种种话语片断的交织、结合、对话和竞争，没有哪一个话语片断享有优先权。福柯犀利地指出，作者的功能是阻止文本意义的“膨胀”；这个意义上，作者显然是垄断文本解释的权力表征。㉓不论他们之间存有多少差异，这是一个共同的指向：突破文本之中隐含的种种权力结构，将认知从文本预设的链条式意义轨迹之中解放出来。

巴特曾经对解除了权威控制的“写作性”文本进行了论述：“在复合写作中，一切都在于分清，没什么需要破译了，在每个关节点，每个层面上，结构都能被跟踪，被编织(像丝袜线团一样)，然而，其底部一无所有，写作的空间应被走遍而不可穿透；写作不停地固定意义以便又不停地使之蒸发消散、使之系统地排除意义。”㉔除了巴特本人提供的一些极为奇异的文本——例如《S/Z》、《恋人絮语》——之外，人们更多地将这种描述视为一种理想或者想象。然而，令人惊异的是，这种想象意外地因为网络技术得到了实现。网络空间的“超文本”为巴特的玄妙论述提供了一个实物标本。

据考，“超文本”(hypertext)一词是由尼尔森首创。超文本是一种组织信息的奇特方式：尽管一个信息单位——例如一个词——从属于某一个信息集合体，但是，这个信息单位不受这个信息集合体统一意义结构的约束。如果用户愿意，这个信息单位可以随时利用链接的形式进入另一个信息集合体，或者说另一文本。“K是一个身材高大、肌肉发达的男子，深蓝色的眼睛和迷人的微笑十分性感。除了偶尔的便秘，他有良好的健康记录。”——如果这句话是一个小型的超文本，那么，人们可以轻易地突破线性的文本逻辑而进入意义繁复的空间。只要使用鼠标点击诸如“肌肉”、“性感”或者“便秘”这些关键词，人们就会跃入另一个文本——新的文本可能是对于“肌肉”、“性感”或者“便秘”的阐述；当然人们还可以在新的文本之中另外选择一些关键词点击，于是，第三层的文本还会呈现。从理论意义上说，这是一个无穷的过程。注释、插曲、回叙或者补充介绍不再是文本的边角料，人们可以从一个文本穿行到另一个文本而不必返回规定的中轴线。索绪尔的语言学曾经把语句的陈述形容为横组合；超文本的链接如同任意插入的纵组合，纵组合背后隐藏的可能是一个更为宏大的故事。巴特的“写作性”文本时常受到纸张平面的限制，网络链接技术将纸张平面变为无底的空间。《红楼梦》故事的逐渐展开之中，点击某一个丫头的名字就可能让她喧宾夺主，叉开故事的主线；如果点击贾宝玉嘴里听到《西厢记》，崔莺莺、张生和红娘的故事即将涌入，淹没了大观园的恩恩怨怨。从一个文本的关键词转向另一个文本的关键词，鼠标开启了一个又一个的信息门厅，让用户永无止境地游历网络无数节点。这不仅摧毁了故事之中的人物等级，废弃了种种人为的结构，而且彻底地导致了线性逻辑的解体。于是，中心、主题、主角、线索、视角、开端与结局、文本的边界，这些概念统统失效。这时人们可以说，超文本是一种技术制造的深刻解构——布迪尔所形容的传统符号权力突然碎裂了。到现在为止，网络文学还没有充分意识到超文本的巨大意义——超文本可能修改所有的文学成规。

超文本提供了一个莫大的空间。然而，尽管文本之中的每一个词都可能充当开启另一个文本的关键词，目前网络文本之中的关键词仍然有限。除了软件的支持，如何确定一个文本之中的关键词？这是一个不可忽略的问题。许多时候，文本之中关键词的确定涉及某些知识系统的认可、某种话语传统的承传、某种权威观念的接受，如此等等。总之，曾经控制文本结构与逻辑的一切权力都会按某种程序复活。另一方面，如果超文本隐含的可能得到了全面的实现——如果超文本之中的每一个词都可以充当关键词成为潜入另一个文本的通道，人们会得到什么？并不是所有的人都看到了乐观的前景。这是富有代表性的忧虑："超级文本文学所具有的所谓文本资源的丰富性，文本多义性和阅读开放性如果仅仅出于网上随机选择、提取或组合，或者字典辞书式的资料堆积，而不是来自独特的精神创造，那它就极可能是苍白无力的文本拼贴，由此也就不大可能产生出伟大的文学了。"㉕尽管人们可以论证，超文本意义上"伟大的文学"必然异于纸张时代的标准，但是，人们不得不回答，超文本是否仅仅为了自由地游荡于信息的丛林？德里达用"嬉戏"形容这种游荡，巴特用"欢悦"形容这种游荡的快乐，他们梦寐以求某种反抗单向意义结构的新型文本。现在，超文本技术突如其来地兑现了他们的渴望。事实上，德里达或者巴特们的梦想实现得如此彻底，以至于他们不得不追问另一个后续问题：不计其数的意义会不会等于没有意义？

注释：

①⑨⑮⑰㉑ 陈村：《网络两则》，《作家》2000 年第 5 期。

② 安德森：《想象的共同体》，《学术思想评论》第五辑，辽宁大学出版社 1999 年版。

③⑤⑥⑲ 参见应建《网络文学能否成气候》,《深圳周刊》第 155 期,2000 年 2 月 21 日;余华的观点见《网络和文学》,《作家》2000 年第 5 期。

④ 吴俊:《网络文学:技术和商业的双驾马车》,《上海文学》2000 年 5 月。

⑦ 张抗抗:《网络文学杂感》2000 年 3 月 1 日,《中华读书报》第 3 版。

⑧ 伊格尔顿:《20 世纪西方文学理论》,伍晓明译,陕西师范大学出版社 1987 年版,第 10 页。

⑩⑭⑯ 少君:《第 X 次浪潮:网络文学》,此文系少君在厦门大学、福建师范大学所做的有关"网络文学"的演讲稿。

⑪ 张辛欣:《怎么在网络时代活一个自己》2000 年 3 月 31 日,《南方周末》第 22 版。

⑫ 戴锦华:《网络文学?》,《莽原》2000 年第 3 期。

⑬ 参见巴特《作者的死亡》,《罗兰・巴特随笔选》,百花文艺出版社 1995 年版。

⑱ 徐坤:《网络是个什么东西》,《作家》2000 年第 5 期。

⑳ 马尔库塞:《单向度的人》,上海译文出版社 1989 年版,第 94 页。

㉒ 布迪尔:《论符号权力》,《学术思想评论》第五辑。

㉓ 参见巴特:《作者的死亡》;福柯:《什么是作者》,《后现代主义文化与美学》,北京大学出版社 1992 年版。

㉔ 巴特:《作者的死亡》,但此段译文转自汪民安的《罗兰・巴特》,湖南教育出版社 1999 年版,第 175 页。

㉕ 王一川:《网络时代文学:什么是不能少的?》,《大家》2000 年第 3 期。

(原载于《福建论坛》2000 年第 4 期)

网络文学刍议

杨新敏

网络文学如今已经浮出海面，并显现出一种强劲势头。与之形成鲜明对照的是，对它的理论阐释却一直处于缺席状态。尤其是在中国大陆，学者们不知是缺乏对它的了解，还是不屑与之为伍，总之乏人光顾。我们所能看到的有关网络文学的理论探讨是网络文学的网上同仁评价。只是在网易网络文学评奖过程中，才有几个记者凑了一下热闹。

一

网络文学与别的文学的不同，正在于其定语“网络”二字上。网络文学即与网络有关的文学。我想，它起码有这样两类：一是印刷类文学的网络化；二是网络原创文学。下面分述之。

一、印刷类作品的网络化

打开文学网页，在“黄金书库”“大唐中文”等网站中，扑入我们眼帘的，是许多熟悉的作家的名字：吴承恩、施耐庵、曹雪芹、罗贯中、兰陵笑笑生、鲁迅、巴金、钱钟书、张爱玲、金庸、琼瑶、王朔、莎士比亚、巴尔扎克、奥斯汀、波德莱尔、艾略特、庞德……只要你能想得起来的经典作家和流行作家，几乎都被一“网”打尽了。这些东西能否算作网络文学？有的人认为不行，否则古人睡梦中要找上门来的。不过，我认为，从宽泛的意义上理解，不妨把它们算作网络文学。施拉姆说,媒介就是信息。印刷类文学作品一经搬上网后,它们必然与新的媒介结合而发生这样那样的变化,从而实现了网络化。许多作品被搬上网后,且不说界面被多体化,加上了二维或三维、静止或运动的生动的图画,有的还配上了相适应的各种形式的音乐或配上朗读使它们同时诉诸听觉,不说许多需要注解的地方变成了超文本链接,且这种超文本链接远远超过了其作为印刷类作品时所有的那些注解,而成了与那些相关资料、环境、历史等的广泛联系,从而使作品在读者的阅读中发生巨大的意义增值与转换,即便是人们有意要搞成书籍阅读格式,让你在观览时还亲切地联想起阅读书籍时的感受,它也与印刷物根本不同。在网络中,字形可以任意选择,字号可以放大或缩小,你可以卸载或发送到别的地方,可以轻易复制与编辑,可以迅速查找。如果你觉得这些还并没有改变作品的内容(事实上作为审美产品,这些改变必然要改变其审美效果),那么,它可以转换成不同文字——如果你承认文学作品的翻译就是再创作,你就不能否认此时作品的内容已经发生了改变。换句话说,搬上网后,印刷作品就成了以比特面貌存在的作品,而不再是以印刷文字的方式存在的作品。所以,认为印刷类作品上网后仅仅是使它们的传播范围扩大了,而并没有改变其性质,这实在是欠考虑。

人们界定某种审美对象时,一般从三个方面来探讨:一是它所使用的材料,二是它所借助的媒介,三是它的接受方式。比如说,电视剧所使用的材料是磁带,借助的媒介是电视机,接受方式是在客厅环境中欣赏。那么,印刷类作品网络化后,不仅是在材料上变成了比特,而且媒介是电脑显示器,观赏时也与阅读书籍大相径庭。书籍的内容是直接印在纸上的,你拿到书也就拿到了内容,但网络文学作品并不存在于电脑中,它只是借助电脑作为终端来传输。一本书你可以拥有，但网络作品你若不将它下载下来，下网之后你什么也没有（反过来说，网络中的信息为全世界的网民所共享，印刷类作品上网之后，传输范围空前加大）。你可以说这本小说是我的，但你能说这部网络文学作品是我的吗？我们知道，纪录片中的现实场面并不是现实，而只是现实的影像，那么，上网之后的文学作品也不再是那部作品，而成为它的影像，成了与之不同的网络文学作品了。从观赏方式上说，印刷类作品你可以拿在手里读，不受时间地点的限制，不受环境的限制，但上网的作品却必须坐在电脑跟前读，即使是用手提电脑来读，你也不方便躺着读。阅读方式的不同，必然导致阅读效果和感受的不同。面对这种不同，你还能说上网的作品仍然和原有的印刷类作品一样吗？

印刷类作品的网络化，带来的最大的问题就是版权纠纷。这类作品的原作者并不一定希望自己的作品被搬上网。那些已经去世并且其作品也已超出版权保护期限的作家倒也罢了，因为他们的作品已经成为社会公有财产。但是，那些作品尚在版权保护期限内的作家可就惨了。他们往往一不留神发现自己的作品已经被人悄悄搬上了网，尤其是那些刚刚发表不久，尚在热读中的作品。这就意味着自己的饭碗一下子被人打碎了。前不久，以王蒙、张洁等人为代表，已经开始了对这种侵犯版权行为的诉讼，不过，他们的诉讼要有个结果，恐怕还有赖于相关法律的制定。

再一个问题就是，有的印刷类作品被搬上网之后，又被人随意涂鸦，搞得面目全非。比如金庸、王朔的作品就都被人篡改过。如果有谁要根据某人的小说改编一个电影或电视剧，他必须要经过原作者同意，但在网上，谁要对你的作品涂鸦，从来不会那么以礼相待。如果被篡改过之后作者名字也另署了倒还好一些，要命的是，被篡改之后，作者名字还未变。此时，如果篡改者水平较高，也还不失为杨补丁再世，反之，作者的名声就要在全世界的读者心中变臭了。饭碗被砸事小，名声变臭事大。叫原作者以后可怎么见人？

二、网络原创文学

这类文学作品直接在网络上创作和发表。网络所有的与印刷媒介不同的创作和发表环境以及阅读环境，决定了它与传统的文学创作有着很大的不同。

首先，网络创作手段既简便（对于熟练掌握了电脑写作的人来说是这样）又多样化，使创作速度空前提高，单位时间产量激增，创作效果丰富多样，文学审美表现符号既多媒体化，又充分简化，即便是文字符号也表现出网络所特有的简化形式。网上的时间每分每秒都是金钱，因而人们在网上交流时，为了缩短时间，常常发明一些简化表达式，很快这些简化表达式便成了一种网上公用语言。比如英语交流中的“you're”，在网上变成了“u'r”，而“别跟我玩儿那一套”一句话，居然被一个键盘符号的组合“：?”（侧过头来看）所形成的象形图画表达出来，还有如大笑“：)”、嘟嘴“：(”等等，不一而足，既省时，又有趣，极富创造性。表现的简易性反过来又使网络创作非常随意，可长可短，自由挥洒，不事修饰，粗放草率。就大多数网络原创作品来说，我们可以用一个词来概括，叫“心情故事”。它主要不是供发表的，而是供发泄的，是写着玩儿的。这样的作品，具有强烈的主观表现和自我实现色彩。如果我们注意到，网络写手往往是在 BBS 或 MUD 中冒出来的，就不难承认这一点了。BBS 或 MUD 是一种网上交流的场所，它所满足的是人们向别人倾诉的心理需求。在这里，就像在化装舞会上一样，人们既可以尽情挥洒自己，又不会担心被别人说长道短，不会担心自己的现实处境因此而恶化。自己倾诉了，别人接受了，这就足以让人满足了。

其次，网络发表简单直接。作品随时创作，随时轻轻点击鼠标就可完成发表，绕开了印刷类媒体中的编辑部的角色，绕开了守门人(gatekeeper)，跑到了体制外围。这样，作家没有必要去投合刊物和编辑的趣味，也没有必要去投合大众的趣味，他只需要按照自己的喜好去创作发表，作品只需在网上一贴，就可以招来同好。毕竟，世界之大，同好者还是可以找得到的。这就使创作者可以完全自由地受着本真的"我"的驱使，去自由地表达(或者叫倾诉更合适)。他的想象和幻想可以尽情驰骋，他可以进行真情诉告，他还可以使着性子挥洒才气(至于说他想进行某种角色扮演，这在印刷类读物中已经成为现实，所以根本没有必要对他进行夸奖或批评)。因而我们所看到的网络原创作品往往逞才使气，冷不丁冒出一个绝妙的情节。在这里，你能想到什么，就可以实现什么——当然，只是在一个虚拟的时空中实现。因此，网络作家的创作与其说是为了别的什么目的，不如说是为了"过把瘾"。他是为了表达而表达。网上风头正健、夺得网易第一次网络文学大奖一银一铜的邢育森说："说实在的，在没有上网之前，我生命中很多东西都被压抑在社会角色和日常生活之中。是网络，是在网络上的交流，让我感受了自己本身一些很纯粹的东西，解脱释放了出来成为我生命的主体。"[①] 要网络作家抱有什么使命感、责任感，这如果不是某些理论家的梦呓，至少也是一厢情愿。不过，正因为网络作家们是为了来自自身的情感意志的逼迫而创作，为了个体情感的宣泄而表达，所以，不需要由谁号召他们去坚持人文关怀或澄明存在真相，他们直接就处在这种境遇中。网易为了在"注意力经济"时代提高人们对它的注意力，所以搞了一次网易网络文学奖评选，因为他们知道，只有让网络作家们受人注意，他们自己才可能跟着被注意。但是，遗憾的是，网易错误理解了这些网络作家的需求。我们不讳言有一些网络作家是为走上刊物而练笔，他们确实迫切企求着得到大众的认可，但有相当一些作家并不是为大众认可而创作的，他们只求能找到同好。网易文学奖评出后，主持者请获奖作家迅速与他们联系，计划在一周后推出作者介绍。但是，到现在黄花菜都已经凉了，也不见他们的作者介绍刊出。原因我想如果不是网易人手太少做不过来，那就一定是这些作者们对这种介绍不感兴趣。网上写手往往只有一个虚拟的名字来标志自己，至于自己的生平，是没有几个人肯于告知的。正是依靠这种虚拟化，网络写手们才得以自由地创作、自由地发泄，没有任何顾虑。如果自己在网络中的虚拟名字很响亮，他可能很有一种成就感，但如果自己在现实中被人逮个正着，就时时要担心世人的眼睛了。

当然，这种绕过把门人的发表方式，又使得网络作家们的作品缺少了质量把关。“在现有的网络文学中，‘口水’仍嫌茂盛、佳构尚属寥寥。”[②]就像奥运会是为业余运动员所举办，目的是为了全民健身一样，网络原创文学不存在专业作家，专业作家也不屑于去参与这种不公平的竞争。在承认网络原创文学的自由与多产的同时，你也得承认其中多的是垃圾。不过，尽管这样，我还是更钟情于网络的发表方式。传统发表方式虽然由编辑为我们滤去了许多文学垃圾，但优秀作家被趣味偏狭的编辑所扼杀的惨剧不知有多少。郭沫若要不是有幸被宗白华所发现，说不定早就自杀了呢。巴金也有被前一个编辑把稿子压到字纸篓里，又被另一个编辑发现的故事，甚至在他终于成名之后，他还把以前被退的稿子重新拿出来一篇篇发表。更有一些极为自信的作家在被某一编辑退稿之后，又拿到更有名的杂志去发表，臊得退稿的编辑张口结舌。其实退稿的编辑也很难说没有慧眼，只不过他所退的稿子与其趣味不同罢了。不过话说回来，有多少“婴儿”就这样被编辑连脏水一起泼掉了。尤其是像卡夫卡那样敏感而缺乏自信的作家，被泼掉后也就干脆闭上嘴不呼吸了。再则，网上垃圾虽多，但毕竟给了作家一个自由呼吸的空间。在这里，作家不必担心被编辑枪毙，作家作品依靠读者的频繁点击次数或访问量而实现认可，如果好评如潮，作品就将在网络中被不断转帖，从而得以长寿，如果无人光顾，过上一些时候，也就在网络上像断流的小河一样，逐渐失去痕迹。当然，访问量大的作品并不一定就质量高。在网络上，访问量最大的是一些色情类作品，这样的作品也许无论从文字功底还是从结构布局来看，都乏善可陈，要从中找出深度意义来就更其困难，但由于它唤起了人类某种潜在的欲望并使之在一种想象空间中象征性地获得了满足，所以被许多人经意或不经意地加以访问。

网络作品的价值评定虽然存在许多变数，也不一定就公平，但正如民主制度不是最好的制度，却是一种相对来说不那么坏的制度一样，网络作品的评优方式也是一种相对来说不那么坏的方式，与印刷类作品的评优方式相比，还有其明显的优点。实际上，网络评优比电视评优要公平得多。对于电视来说，可能收视率就是一切。电视节目的收视率还靠了有奖收看、靠了媒体炒作对观众意志的干预，使这种收视率与作品质量的相关性变得更加微弱，何况收视率高并不一定评价就高。虽然在印刷类媒介和电视媒介中都不乏对某个作品的评价，但这种评价本身含金量有多大是大可怀疑的。因为，一、它只是某些评论专业户的意见，二、这种意见还往往受着利益驱动而变形。网络原创作品除了靠点击次数之外，还靠了读者的即时评论。有的网站专门设置了回馈栏，即使没有回馈栏，读者也可以直接给作者发伊妹儿进行回馈。这种评论既非专业性质的，就不敢企求评论的深度，但意见却是最真率无伪的。网络作家更多地是靠这种回馈而不是靠点击次数来进行自我确认的。

再次，网络阅读环境也与印刷品阅读环境不同。网络阅读要坐着读，这一点我们前文已经提及，此外，网络阅读是一屏一屏地读，而不是一页一页地读，虽然我们可以用联机版式视图来了解那些小标题，但每个小标题下有多少内容却不方便了解，通过网络来浏览小说，尤其是长篇小说，并不比通过印刷方式更容易，甚至可能是更不容易。读者必须要具备一定的网络知识，才能够实际上网读取。特别是超文本小说，你一旦进入，就像是闯入迷宫，“曲径通幽处，禅房花木深”，绕也绕不出来，让你以为它有多大呢，实际上占地面积极为有限。超文本思维实际上源起于中国，不信你到苏州园林转一圈体会体会。不过，正如苏州园林是让你悠闲地品味，而不是让你浏览一样，超文本小说也不是让你浏览的。当然，网上信息太多，读者又没有那份品味的耐心，所以网络作品一般都简捷明快。正如邢育森所分析的那样：“网络写作其实很注重简洁明快的风格，不光是武侠。因为人们在网上看东西，一是信息太丰富太多了看不过来，往往是匆匆浏览几眼，二是这几眼一定要把读者留住，拖沓累赘十分的要不得。所以网文大都简洁明快，十分吸引人。”再者，网络文学的接受更是一种对话式、互动式接受。这一点我们后文再谈。如果作品是以多媒体方式制作的，那么，读者的阅读感受还会与印刷类作品的阅读感受大异其趣。在印刷类作品中，阅读时仅仅是在文字与文字之间建立联系，水平较高的读者往往在字缝中阅读。但在网络多媒体作品中，阅读却不仅仅是在字与字之间建立联系，它诉诸读者的多种感觉器官，使读者在多种表达符号的并列、对立、矛盾、错位中实现对作品的更丰富和独特的理解。

二

网络原创文学又可分为三类。一是虽然发在了网络上，但只要质量过关，仍然可以以印刷方式发表的作品；二是虽然可以通过印刷方式发表，却因带有另类色彩而不被印刷媒介所接纳的作品；三是依靠电脑和网络技术写就，离开网络就无法生存的作品。

先说第一类。这类作品的作者往往是习作者或尚未打开局面、未被社会认可的人。他们的创作是业余性质的。如果没有电脑和网络，也许他们将终身不与文学发生关系。正是因为有了电脑，他们得以用电脑进行写作；有了网络，他们得以在一个虚拟化的交流环境中涂鸦。为了网络的交流而涂鸦，使他们的创作充满了激情，而涂鸦过程的延续，又不断地磨练着他们的文章，最终有一天，他们也许一不小心玩儿大了，声名鹊起，发现自己原来还有那么多的文学细胞。这时候，他们开始认真起来，对自己的羽翼小心地加以呵护，对自己的名声也特别在意了。此时，他们便在江湖上频频现身，希冀自己的作品能够被印刷媒体所确认——毕竟，在人们的传统看法中，只有被印刷媒体所确认，这类作品才有了流芳后世的可能。实际上，类似于网易网络文学奖之类的活动，正是这些网络写手被印刷体确认的大好机会。评奖的过程，其实类似印刷体编辑的选稿过程。经过这种筛选，另类性质的作品都已被滤去，文字表达能力太差的作品也被淘汰，剩下的则是能被传统社会所认可的作品。我们不妨以小说类金奖的获得者蓝冰的《相约九九》为例。这部作品写的是一则网恋故事，叙事手法极为传统，平铺直叙，没有什么特色，但爱情写得很高尚。作品能获得金奖，对于作者来说，真是受宠若惊。很有意思的是，作者让人把这部小说做成了装帧精美的图书模样，其对于使自己的作品走进印刷媒体的渴求在此展露无遗。

还有一些网络写手则一开始便带着明确的写作目的——冲击印刷媒介。他们企求通过网上业余的创作而最终被社会所承认，实现做一个专业文学家的梦。这些人把网络看成是一条实现抱负的终南捷径。有朝一日在网上写出名气来，并因此而走进正式出版的印刷品，他们也许会把自己的作品分为两类：一类被印刷媒体看中，享受油墨的馨香；一类虽不被印刷媒体看中，可偏偏作者敝帚自珍，于是拿到网络上让它与读者见面。当然，作者也可能一时心血来潮再到网络上放它几枪，原创一下，就像游子难免回故乡凭吊一番，但让他永久住下去却又为难了他一样。就现在的状况来看，网络上盯着印刷媒介的作者不少。检视这次网易文学奖的获奖作品，绝大多数都认同于社会的主流意识，并表现出一副渴望被接纳的姿态，而其中有的获奖者文字功底之强，令许多在印刷媒体上发表作品的人也不得不对之侧目。经过这次评奖，他们尽可以昂首走入印刷媒体去博取功名了。

再说第二类。正如我们前文所言，网络文学多产自 BBS 和 MUD，这里的作家是隐身的，他的倾诉又是无所顾虑的。现实社会中，或者因为自身的原因，或者因为社会的规范，他只能担当某类社会角色，但在网络中，他则可以通过扮演使自己成为他想要成为的任何角色；现实社会中，或者因为思想意识较为超前，因而与社会主流意识有所牴牾，或者因为审美趣味较为特别，只有少数人会喜欢，不受大众欢迎，或者是在文学形式上带有实验色彩，成败尚在两可，难以在全社会获得普遍认同，这些作家作品只有到电脑网络这样的小众化媒体上来寻求知音。虽然称小众化，但传播范围如此之大，在全世界找到的同志的数量还是相当可观的。相比于发行范围有限的印刷媒体，其受众在绝对数字上并不一定就少。所以，网络是个另类的家，是另类与同好者的最佳约会地。让挑剔的丛维熙所称道的网上著名写手——安妮宝贝大概就可以归入这一类："我觉得自己的文字是独特的，但现在的传统媒介不够自由和个性化，受正统的导向压制太多。就像一个网友对我说的，我的那些狂野抑郁的中文小说如果没有网络，他就无法看到。"她说，她的写作是"写给相通的灵魂看。彼此阅读和安慰。就是如此"。她的小说充满着理想主义的悲凉和激情，这种表达死亡和别离，叛逆和绝望的文字最容易触痛社会的神经，引致大众的反感。

不过，我们所生活的社会毕竟是一个越来越宽容的社会，让各种声音都有发出的自由和受到呼应的自由，逐渐成为人们的共识。"另类"现在已经成为一个时髦的概念。有一些另类的声音也许将来会被社会所认可，但要使这些声音都被全社会所认可，本身就与"另类"一词相矛盾。所以，"宽容"与"认可"是两个不同的概念，社会再宽容，有一些另类声音也只能永远停留在网络这个深海之中，而那些经过乔装可以被社会所认同的声音才有机会在印刷媒体上浮出。邢育森的一些作品就可以归入这一类。他的《活得像个人样》等作品已经被传统媒体所接纳，虽然其另类的底色仍可清晰辨出。这类作品将经由网络作为跳板，最终被印刷媒体所招安，成为印刷媒体上未来的主力军。

这里我们重点谈一下第三类。第三类作品应该说是最典型的网络文学作品，因为它与网络技术所提供的可能紧紧相连。没有网络，也就永远不会有这类作品，而这类作品又只能在网上生存，一旦离开网络，作品也就跟着消失。如果网络文学概念可有广义与狭义之分，那么，这一类应该算是最为狭义的网络文学作品。

首先，多媒体、多门类的综合。在这类作品中，文字只是其中的一种表达符号，此外还有各种声音、各种画面、各种色彩。它除了使文学表达更加生动有趣外，还依靠媒体间性、门类间性来传情达意。各种媒体和各种符号之间构成蒙太奇效果，新的意义从它们的边缘生成。这种追求其实早在中国古代的题画诗中就出现了。王维所讲的“诗中有画、画中有诗”的境界不就是在诗与画的边际生成的吗？我国现代作家兼画家、诗人丰子恺的《护生诗画》中，漫画因为有了诗的搭配而境界顿生。画家齐白石先生所画的螃蟹，如果不是诗，谁知道有什么寓意？但一题上“公子本无肠，横行到几时”几个字，其境界一下子便显示出来。还有一些传统诗人曾实验图像诗，把诗行排列成图形。这些都是在网络出现之前艺术家们所能追求的极致。不过，在网络中，多种媒体间、多种艺术门类间的综合，就远非他们能比了。我们最早见到的网络文学多媒体化的方式是在文字中加入像“:(”(嘟着嘴)、“:?”(撇嘴)或“:)”(大笑)之类由键盘符号生成的像型符号。它构成BBS中彼此交流的特殊字符。现在，这种多媒体化、多门类化的发展则已经走得相当远了。一个叫菲常的网络写手写过《菲常故事之不见不散》，在那里大量地用到了mp3，电子贺卡等网络所特有的东西，这在国内是一件很有创意的事情。不过，从世界范围看，这已经显得太落后了。在许多网络文学作品中，你可以一边听音乐、一边看着动画或真实而流动的画面，看着显示屏上的诗句，听着人给你朗诵。想到这里，我有时难免自问，这还是文学吗？可不是文学又是什么呢？我们不妨在这里把概念放得宽一点，先把文学原有的框范搁置起来。多媒体的使用，毕竟使网络作品更为人所喜欢。小挚说得好，“这就如同样一杯葡萄酒，放在纸杯和放在水晶杯里哪一个更能引人畅饮，结果是不言而喻的”。

其次，超文本化。它有两个意思。一是指读者的阅读有着某种自主权。二是指读者还有批评和再创作的自由权。

读者的阅读有着某种自由权。在超文本作品中，作者在情节发展的每一个转折点都为读者提供了多种阅读选择，读者的选择不同，事件的发展过程就不同，结局也因而五花八门，或者说根本就没有结局，你什么时候读累了，什么时候停止阅读。甚至可以说，在对同一篇作品的阅读过程中，因读者的阅读选择不同，使一篇作品衍生为多篇作品。严格说来，超文本小说是不能用“一部”或“一篇”之类的词来描述的，因为它事实上是许多文本的排列组合。这是一部实在意义上的接受美学。在这样的情势下，读者阅读作品，成为作品得以展开的必要条件。作者在此成了网络互动的导演者。阅读这样的文本的经验更像是查地图，或看油画、看照片，而不像是读书。读者可以沿着作者已经给准备好的许多路径向任何方向移动，在一些超文本文学中，读者甚至可以沿着自己所设计的路径去阅读。全部这些，正如一幅油画，使作品就像在建构中。在前电脑时代，就已经有人进行过超文本实验。法国新小说派的罗伯-戈里耶就曾创作过活页小说——你读完一遍就像洗牌一样把小说的各页打乱，再读又是一部小说。这样读下去，在这些页码的排列组合范围内，随你读多少遍都不重样。拉美作家博尔赫斯的《歧路花园》也体现超文本精神。但毕竟只有在电脑中，这种随机性阅读才真正成为可能。最早的超文本小说是美国作家米歇尔·乔伊斯(Michael Joyce)创作于 1990 年的《发生在下午的故事》(*Afternoon, A Story*)[③]和斯都尔特·墨斯罗普(Stuart Moulthrop)创作于 1991 年的《胜利花园》(*Victory Garden*)[④]，后来波特(Bolter)、乔治·兰多(George Landow)、罗伯特·库佛(Robert Coover)和瑞日克(Rizk)等人也纷纷加盟。超文本小说在超文本中首开先河，继之，查尔斯·狄墨(Charles Deemer)也开始了超文本戏剧(hypertext drama，hyperdrama)的实验。独幕剧《芭拉的遗曲》(*The Last Song Of Violeta Parra*)与传统戏剧一样，既能读又能演。“整出戏实际演出长度为30分钟，地点安排在一栋二层楼房里，八个人物分批在各式房间进行对话，有时因剧情需要而上楼或下楼，并顺势参与另一房间进行中的对话。依时间次序，最后一幕在第二客厅汇集了所有角色，直接向观众交代了一些后续发展。还原成剧本的文字阅读，这些上下楼或转换房间的动作即是超链接的设定处。”⑤ 如今，台湾的李顺兴等人也在搞超文本实验。他的《围城》及《文字狱》等作品可以看作是中文超文本小说的典范。⑥ 早期的超文本小说是在每一段情节之后，排列出几种选择让读者挑，后来则发展为在小说中设置多处链接，你愿意链接就进入新的天地，不愿链接就继续往下读，这些链接处就像论文注释的标志一般，不过，这种标志既可以是文字本身，也可以是图画，还可以是某些特殊符号。如今，超文本与多媒体相结合，使网络小说的叙述日新月异，出现的新可能令人目不暇接。

大陆超文本实验很少见，东北的诗人阿红可算一个。在朦胧诗大争论的年代，他曾尝试用电脑进行随机诗实验。他把许多诗句都输入电脑，然后让它们随机排列，创造新的诗篇。不管成功与否、荒诞与否，这种实验总应该在我国超文本文学实验史上写上一笔。

第二层意见：读者不仅有阅读的自主权，而且还有批评和再创作的自主权。读者随时阅读，可以随时进行评点，大量的回应文字，使网络作家甚至在这种对话中激发灵感，作品越到后来便越见精彩，而不像我们一般所见到的印刷类作品一样，续作总是不如原作，甚至可能狗尾续貂。《第一次的亲密接触》在写作过程中，就有许多读者纷纷回应，为其中的女主角“轻舞飞扬”向作者求情，担心死亡结局的来临。不仅如此，读者与读者之间还就这篇作品展开网上讨论，它构成了网上文学评论的一道令印刷类作品的作者羡慕不已的风景。网络文学的这种对话，有时甚至发展到读者不是给作者提意见和建议，而是索性站出来为作者改上一部分或续上一部分，这时，网络作品就变成了一种接龙游戏，作者与读者也很难分得清了。接龙小说在大陆还是比较多的，比如《地铁》一篇，就有多人在不断地接续。小挚的《聊天室的故事》主体写完之后，请人来写结尾，结果许多网络写手摩拳擦掌，纷纷应试，加上小挚自己所安排的结尾，这篇小说就成了类超文本小说的多结局小说了。这个时候，一方面是接龙者各人的文学功底不同，使接龙小说的整体质量受到影响，整体网络也很难协调，搞得不好，成了“卡拉 OK”，文本走向零散化。但另一方面，有那么多热心的修改者，又会使作品的质量随着时间的推移而逐渐提高，风格也会逐渐走向统一。当然，这时很难谈论个人风格，因为它成了一种集体创作，类似民歌或民间文学了。事实上，从某种本质意义上说，网络文学也确实是一种民间文学。集体创作、集体修改，在流通的过程中不断发生变化，永无定型，因而要说版本，既可以说有多种版本，又可以说根本不存在版本。许多网络文学作家现在还缺乏这种自觉，还以印刷类文学的版权来要求网络原创文学游戏规则，结果是自己一方面面对别人的肢解和改动大光其火，另一方面又对之束手无策、头疼心烦。邢育森就对自己的小说被人篡改大不以为然：“我感觉我的作品没有完整地被世人所了解，而且我还看到了被别人篡改过的文章，比如《网上自有颜如玉》，本来是写的北京高校的事情，却被改成了什么南宁某科什么什么的，而且这个版本四处都有，我看了真是哭笑不得。”其实干嘛要哭笑不得呢？你的作品已经成为大家共有的民间文学，在时空流动中版本不断发生变化是再正常不过的事情了。《第一次的亲密接触》刚刚在网络上爆响，就出现了众多的改编版本，在最重要的一些段落，做出最令人解颐的改编，有许多网络写手不是像邢育森所气愤的那样把痞子蔡的作品转帖后署上自己的名字，恰恰相反，是把自己的作品都署上痞子蔡的名字，以使自己的作品被人所注意。在网络上能不能保有版权呢？能。这便是，把自己的作品用密码锁起来，谁掏了钱就给他把钥匙，就像卖软件一样。担心被人篡改，正如担心被别人署上另外一个名字重新发表一样，是一种名利心在作怪。即便有人署上了他的名字又能怎样？你把那个名字当成你自己的另一个笔名好了。既然追求名利，就不该在这个虚拟世界中游荡，因为在这个世界中，名字只是一个标志而已，与现实生活中的人没有多大关系。既然谁都可以将自由软件加以修改，为什么自由共享的网络文学作品不可以被人修改呢？"就理论上而言，在网络中，文学作品的焦点已从'作者中心''评论者中心'移到'读者中心''文本中心'"，⑦作者已死。

与其为印刷世界的游戏规则费尽心思，不如在网络技术与文学的结合可能性上多动动脑筋。如今在中国大陆，依靠网络技术支撑而形成的文学新形式还很少看到。多媒体技术的运用已经有人在实验，超文本文学实验却难觅踪影。这可能跟我们的电脑与网络发展技术水平有关，也与网络技术和文学的分离有关。如果我们稍加留神便会发现，如今在网络上，有相当多的作家是有着理工尤其是计算机知识背景的。邢育森的职业是网络技术，李寻欢、残剑等人则在搞网络维护。大批职业作家都不懂网络技术，因而只能以传统的方式写作。这种网络技术水平与写作水平的分离，使网络文学中依靠技术支撑所形成的新形式发展很慢。未来的有实力的网络文学家恐怕将是那些兼跨两个行当的人。

三

当我们说网络文学即与网络有关的文学时，同时也意味着从表现内容上来分类，可以分出与网络无关的文学和与网络有关的文学。

当一篇作品表现的是网络生活或体现的是网络文化时，我们有理由称它为网络文学作品。这样的作品也许是发表在网络上的（如痞子蔡的《第一次的亲密接触》），也许没有发表在网络上，而是发表在印刷媒介上的（如《网络时代的爱情》），但它并未改变表现网络生活的事实。痞子蔡的《第一次的亲密接触》现在已经被知识出版社用书面形式出版，还加了一个醒目的眉题："网上第一部最畅销小说"。事实上，它并不是网上最畅销小说，因为它一开始就是被自由阅读的。我们且不打这样的官司，我们要说的是，它虽然已经变成了印刷形式，但它仍是一部网络小说。

问题是，这样一来，事情就被搞得复杂化了。许多网络文学的阅读者都有这种感受：网络文学的表现领域太窄。有的人还认为，网络文学不一定要表现网络生活或网络文化，只要是发表在网络上的文学作品就算是网络文学。我持一种较宽泛的界定态度，即表现网络生活（网络文化）的作品和虽不表现网络生活（网络文化）但在网络上发表的作品，都将它们归入网络文学。这正体现了网络的兼容并包精神。剩下不能算做网络文学的就只剩下发表在印刷媒介上，又没有表现网络生活（网络文化）的文学作品。

这样做的好处是，既可以避免网络文学题材过于狭窄，又可以使网络文学的核心性的东西——网络文化不至于被排除出网络文学之外。

确实,现今的网络文学题材非常狭窄。我们见得最多的,就是网上爱情。其实这很正常。首先,爱情是永恒的题材,无论在网上还是在印刷媒介中,爱情文学作品都是最受欢迎、写的人最多的题材;其次,网上爱情题材多,是因为网络文学大多出自BBS,而在BBS中最多的便是青春期少男少女。他们渴望在网上能够实现自己的浪漫爱情理想。网上恋爱是最为热闹的一个角落。恋爱本身就是青春型、激情型的,少男少女在恋爱中的感伤、痛苦、欢乐、兴奋,都需要借助文学形式加以发泄,所以网络爱情文学蓬勃生长。痞子蔡写了《第一次的亲密接触》,李寻欢写了《迷失在网络与现实中的爱情》,小挚的《聊天室的故事》也是写网络爱情,漓江烟雨的《我的爱漫漫飘过你的网》、蓝冰的《相约九九》,无不是写网络爱情。网络恋爱本身的浪漫与痛苦,凝结成了一篇篇纯情的小说和一首首死去活来的诗,那份真情打动着网上网下的无数人。反过来,这种爱情的单纯与贫乏,也造就了网络爱情小说内容的苍白与模式化。你看过痞子蔡的小说,再看那些后来者所写的小说,总觉得他们都跳不出痞子蔡的框子去。事实上,网络恋爱者都是面对一台电脑,与另一个人产生好感,然后是彼此迫切想要见到对方,是相见或相处后理想的光环隐去,爱情破灭。它与现实生活中的恋爱相比,毕竟本身就内容太少,形式太简单,要让这些网络写手们写得不一样一点,真是难为他们了。由于他们往往是凭着一腔激情去写,许多写手写的还都是真事,或者大部分是真事,所以往往感情真挚、热烈,带给读者的情感冲击力比较强。不过,这种情感故事正像少男少女本身一样没有多少沧桑,所以又总让人觉得浅薄,让走出豆蔻年华的人不屑一顾。与之相应,这类作品往往文笔上比较唯美、抒情,却缺乏力量,不够老到。除了极少的网络写手之外,大部分人都是将一腔爱恋烧制成一篇作品,恋爱季节过去了,也就投笔从商了。一批人老去了，又换上一批新人类，再继之以新新人类，青春节拍将会被一代代人轮替叩响。而那些慢慢把网上写作当成一项爱好的人，往往文笔越来越优美，但激情却慢慢退潮了。所以，要继续写作，他们就不能总局限于网上爱情，而要扩大题材范围，并增大思考生活的深度。其中一批与当下社会主流意识产生认同的网络写手就将转移阵地，进行"诺曼底登陆"了，而剩下的一批被称作另类的作家则将逐渐成为网络文学的主流。

另类，从某种意义上说，正好体现了网络文化的本质的方面。网络本身就是一个多种声音平等共处的世界，主流声音还可以在印刷媒介中生长，另类声音只有网络作为阵地。那些先锋性的探索实验在20世纪80年代还可在大型杂志中显一显身手，进入20世纪90年代以后，就被大众文化几乎完全排除出局。它们的存身之地，以网络最为理想。同人小说、同人诗，圈子文学，只有进入网络，才能找到知音。另类文化，正是网络文化的另一种称呼，虽然它们曾经并在今后也会偶尔进入印刷文化之中。

当我们这样讲的时候，实际上意味着我们把网络文化也包容在网络生活中。网络文化是网络生活的更深一个层面。毕竟，网络传媒的某些特质，会像影视、广告商品一样，带出一种生活方式与思想的革命。网络生活使人们形成了新的生存观念、哲学意识。一些网络文化现象，如"匿名""虚拟""断裂""平面"等，内化为人们一种全新的世界观。反映这样的意识的文学作品，可能其中并没有出现"网络"二字，却仍可视为表现了网络生活。比如痞子蔡的《第一次的亲密接触》，正是对网络的虚拟与真实和人生的虚拟与真实之间的复杂隐喻关系的一种体认。作品中的阿泰不仅在网上虚拟化，而且在生活中也虚拟化，用虚假的感情来欺骗女孩子的芳心。阿泰全部生活的虚拟化，正反衬出了男主角的真实观。男主角昵称“痞子”却实际上一点痞气都看不出，女主角昵称“轻舞飞扬”，但究竟是裙子飞扬还是头发飞扬，也让男主角颇费猜度。小说题目《第一次的亲密接触》正好强调的是实际的接触。这样看起来，这篇小说就不是一篇平面化的、没有深度的作品，而成了网络时代虚拟与真实之间复杂关系的一种隐喻。

即便从这篇网文中我们也可体会到，网络生活与现实生产并不是完全隔离的。网络文化也正是在与现实文化之间的关系中显露着自己的个性。从这个意义上来说，虽然用网络文化内核来界定网络文学，很容易使网络文学与印刷文学之间的关系暧昧不明，但它总比简单地在两者之间划一条分界线要更科学、更符合事实一些。事实上，现在也正有一些网人在做着沟通网络与印刷媒体、沟通网络文学与印刷类文学的工作。假以时日，我们会对网络文学作出更为科学的判断。

注释：

① http://book.szptt.netcn/chuangzuo/wuguo/wuguo.htm.以下未注明出处的地方都出自这里。

② 黄集伟：《文学：从杂志到网络》，《南方周末》1999 年 12 月 10 日第 23 版。

③ 作品的网址为：http://www.eastgate.com.

④ 作品的网址为：http://www.eastgate.com/catalog/Victory Garden.html.

⑤ 引自李顺兴：《谁来共谱〈巴拉的遗曲〉》，时报开卷版 1998 年 4 月 9 日。

⑥ 见《歧路花园》，http://benz.nchu.edu.tw/～garden.

⑦ 陈韵林《网络文学概述》，http://life.fhl.net/Desert/900209/004.htm.

（原载于《文学评论》2000 年第 5 期）

网络文学本体论纲

欧阳友权

伴随着现代数字化技术而迅速崛起的网络文学能否在人类艺术审美的表意链中，以自己的迹化形式镶嵌出文学史的一个历史节点，以媒介转型在文学场域中实现“范式转换”（paradigm shift），是21世纪文学格局中一个期待合法性体认的文学母题，对此需要给予本体论上的学理阐释。

本体论（Ontology）是关于存在的理论，所要探讨的是事物（自然界、社会和人）的本原和本性的存在方式、生成运演及其本质意义的终极存在问题。运用本体论哲学方法探究网络文学，就是回到事物本身，聚焦这种文学“如何存在”又“为何存在”的提问方式，选择从“存在方式”进入“存在本质”的思维路径，从现象学探索其存在方式，从价值论探索其存在本质。即由现象本体探询其价值本体，解答网络文学的存在形态和意义生成问题，以图完成网络文学的艺术哲学命名，探讨构建一种网络文学学理范式的可能性。

一、合法性的“在场”追问

网络文学历史性地出场，首先需要在理论逻辑上解决“存在者”是否存在和如何存在，然后才有可能解决其“存在”的意义和价值问题。尽管网络文学利用传统文学走向式微、互联网快速普及的契机而得到了迅猛发展，但它在对传统文学实施全面“格式化”的同时，也使自己置身于一个期待认可的共时性平面上，导致自身知识谱系和意义模式的“合法性悬置”。

首先是“命名焦虑”。

互联网上的汉语文学诞生于1991年，这一年全球第一家中文电子周刊《华夏文摘》在北美创刊，此后，世界各国相继出现了中文网站。[①]1994年中国大陆以域名“.cn”正式加入网际互联网。从那时到今天，中文网络文学走过了10年时光，但它自身至今仍处于“命名焦虑”期。无论在理论批评界还是在网络写手眼中，对于什么是网络文学，究竟有没有网络文学，怎样才算网络文学等，都存在诸多争议。以《第一次的亲密接触》在互联网上一举成名的台湾写手痞子蔡在《网络文学和我》中说：“如果只要发表在网络上的都算网络小说，那么万一曹雪芹复活，把《红楼梦》贴在网络上，《红楼梦》就是网络小说了吗？”他认为还是等到网络文学更多元化之后，再来界定它为好，“如果现在一定要一个定义，那应该是在网络时代出生的写手在网络上发表的作品，暂时被简称为网络文学”。[②]有人认为“网络文学”是一个难以成立的伪概念：“文学产生于心灵，而不是产生于网络，我们现在面对的特殊问题不过是：网络在一种惊人的自我陶醉的幻觉中被当作了心灵的内容和形式，所以才有了那个‘网络文学’。”[③]还有人提出，所谓“网络文学”并不成立，应该叫“网络写作”更合适（李洁非），仅仅是传播方式不同，构不成文学的本质区别（余华）。也有人说：“网络文学就是新时代的大众文学。”（朱威廉）还有人说文学“取决于它自身的叙述和表现，同其物化的载体（媒介）形式——不管是纸质书刊还是电脑网络——并无必然联系。”[④]网易在2001年的一次调查中发现，有19.7%的人认为网络文学是炒作出来的一个概念，有24.2%的人认为它与传统文学并无根本不同，还有 39.9%的人认为可以用传统文学的尺度评判网络文学。⑤

一件事物的命名是一个约定俗成的历史甄淘和疏瀹过程，任何强制企图或焦虑心态都于事无补。事实上，在互联网风起云涌的今天，⑥已经浮出历史地表的网络文学的“在场确证”正在舒缓这种“命名焦虑”。笔者对此的界定是：网络文学是一种用电脑创作、在互联网上传播、供网络用户浏览或参与的新型文学样式。它有三种常见形态：一是传统纸介印刷文本电子化后上网传播的作品，这是广义的网络文学，它与传统文学的区别仅仅体现在传播媒介的不同；二是用电脑创作、在网上首发的原创性文字作品，这类作品与传统文学不仅有载体的区别，还有网民原创、网络首发的不同；第三类是利用电脑多媒体技术和互联网交互作用创作的超文本、多媒体作品（如联手小说、多媒体剧本等），以及借助特定电脑软件自动生成的“机器之作”，这类作品离开了网络就不能生存，因而，这是狭义的网络文学，也是真正意义上的网络文学。

其次是“父根”与“母体”追问。

命名能为一个漂浮的能指设定一种概念归宿以约定所指，但网络文学能指与所指的背后仍然存在着发生学上的本体论悬置问题，即需要面对“父根”与“母体”的“审祖”式追问。较早便在互联网打拼名气的写手李寻欢认为，网络文学不等于“写网络的文学”，也不是“网络上的文学”，准确地说应该是“网人在网络上发表的供网人阅读的文学”。他提出：“网络文学的父亲是网络，母亲是文学。”网友 Sieg 反对将网络文学本原看成“父根”（网络），而主张“母体”（文学）才是它真正的根。他采用归谬法反驳说，“楚辞是楚人在竹简上发表的供楚人阅读的作品”，可千年后唐宋时期的人阅读写在纸上的楚辞时，它还算不算文学呢？

今天我们在电脑上读楚辞它是不是也算文学呢?[7]网络超文本研究专家黄鸣奋先生认为:作为一个范畴的“网络文学”本身包含着两项基本要素,即“网络”与“文学”。“网络是当代高科技的代表,文学则是人文精神的体现。科技与人文在‘网络文学’旗帜之下的统一,带来了许多值得深入研究的现象。”如作者多是学理工或掌握上网技能的;网络写作要使用自然语言和计算语言双重工具;网上的文学活动既是文学意义上的写作与阅读,又是科技意义上的程序应用;网民不仅从作品中体验到文学趣味,而且感受到科技意蕴;评价网文既要有审美标准又要有科技标准等。因而,“不论我们将网络与文学的哪一方当成父根(同时将另一方当成母体),网络文学都不是简单地继承父母的基因,而是熔铸双方的影响,创造自身的特色”。[8]这类似马克·波斯特(Mark Poster)在谈到电脑写作主客临界性时所言:“计算机写作类似于一种临界事件(borderline event),其边界两边都失去了它们的完整性和稳定性。”[9]然而一旦这两者走向契合与同一,科技与人文就将创造崭新的网络诗学和技术美学。

网络文学是搭乘计算机网络技术的隆隆快车悄然登场的,“第四媒体”的技术之“根”已经深植于它的血脉中;网上写作只要是文学书写便摆不脱人文预设对这种文学潜质的基本厘定,文学基因已成为它“挣不断的红丝线”。因而,“网络”与“文学”联姻应该是“父根”与“母体”耦合后孕育的一种新的文学形态。它拥有文学基因,又依托技术载体,但绝不是两者的简单相加,而是涅槃中的生命化合。海德格尔说:“技术是一种去蔽之术。”“在技术中,决定性的东西并不是制作或操纵,或工具的使用,而是去蔽(revealing)。技术正是在去蔽的意义上而不是在制造的意义上是一种‘产生’。”[10]在网络文学中,技术“去蔽”的不是工具理性的媒介操作,而是审美临照中被技术所遮蔽的审美澄明,是“父根”对“母体”的依恋或“母体”对“父根”的召唤。它们不应该是形而上学的二元对立或逻各斯中心的“执本驭末”，而是“双性同体”的神妙化工构筑出来的文学审美的艺术本然世界。

最后是廓清文学“出场”与文学性“在场”的关系。

如果说世界华语网络文学诞生于海外学子的家国之思，中国本土的网络文学则生成于众声喧哗的BBS(电子公告板)——是一批较早稔熟网络技术的年轻学子用指头打造出一个数字载体的文学乾坤。由于网络契合了文学的自由本性，[11]网民的游戏心态又切中文学的娱乐因子，因而文学走进网络或网络介入文学，自然就有了本体论的逻辑依据。

中国加入互联网后，创生于海外的文学网站“新语丝”(http://www.xys.org)、“橄榄树”(http://www.wenxue.com)、“花招”(http://www.huazhao.com)等迅速挺进中国本土，促使我国的文学网站如雨后春笋般涌现出来。1996年“网络文学”一词正式进入纸介传播媒体，[12]1997年美籍华人朱威廉在上海创立了“世界上最大的中文原创文学网站”“榕树下”(http://www.rongshu.com)，从此，迎来了网络与文学的“蜜月期”。1999年，“新语丝”“网易”“榕树下”相继举行网络原创作品评奖，给火爆的网络文学添了一把柴，此后，一些大型网站(如“榕树下”)一天发布的作品量就以千篇计。[13]“新语丝”网站创下日点击数40万次的纪录，今何在小说《悟空传》在新浪网连载时，下载量竟超过50万次。一批得电脑风气之先的网络写手迅速声名大噪，一些文学网站和网络作品成为网络文化圈的热门话题。

2002年以来，网络文学不像前两年那么火爆，但文学网站仍保持强劲的增长势头。网上的文学也出现两点明显变化：是文学站点个人主页和收藏的网络写手的个人专辑大幅上升；二是网络原创作品发布量呈缩水之势，但作品质量却有所提升，排行榜前列的点击率明显增长，这反映了广大文学网民净化网路、回归文学审美本性的要求。

网络文学的历史性“出场”并不一定就意味着“文学性”的在场；相反，它倒可能构成对文学性新的遮蔽。因为一种新型文学的审美价值确证并不取决于它的载体，而取决于它能否走进人类审美的殿堂，以“文学性”建立其自己的人文价值体系，而这种内质的涵养是需要有丰足的创作实践来疏瀹和铸就的。事实上，自诞生之日起，网络文学就面临科技与人文的宿命式追问：在它所凭附的高科技大树上，结出的究竟是人文审美的丰硕果实，还是会使人类的艺术传统和精神赓续在技术的狂飙突进中花果飘零？在炙手可热的科学势力的边缘，走进网络的文学是否仍秉承古老的传统与价值，朝着人类审美精神的圣地驰骋，还是在科学技术的场域中让文学本体的精神取向经历一次技术理性的“格式化”？因而，文学在互联网中“出场”后，可否在大众文化读图转向、道与言都出现话语转型的背景中，用诗意的寓言铸就网络诗学的新境界，乃至据此重新书写文学的“文学性”，探询重建精神价值深度的可能性，而不是让文学本该有的艺术承担和价值叙事为世俗的感性愉悦和消费文化的平面化所遮蔽，使本该在艺术中得到敞亮的生命意义被工具理性所取代，避免文学应有的审美意义在网络媒体的技术围城中无从置喙，抑或变成欲望生产而价值退场的游戏碎片……这一切都警示我们必须关注网络文学的“文学性”问题，解决好文学“出场”而“文学性”缺席的矛盾。海德格尔说，“美是无蔽性真理的一种呈现方式”，而“遮蔽的否定就是要指出真理的本质中澄明之所与遮蔽之间那种对立”。[14]马克·波斯特认为，文学文本应该是“词语对精神的完全在场，精神对现实的完全在场，三者俱现才是对真理的完全在场”。[15]网络文学有精神对现实的在场，但这里有没有“真理”（文学性）对文学的完全在场与敞亮呢？或者说有没有技术的“去蔽”造成的文学性“遮蔽”呢？对此，我们还需要有本体论上的逻辑清理。

二、本体表征的双重结构

对于网络语境中的文学而言，其本体存在首先表征为互联网上显性在场的文学，即这种文学的存在方式及其范式，然后是其隐性存在的存在本质与价值，即作为文学的“文学性”的意义存在。前者的存在可能会对后者形成存在的“遮蔽”，因为恰如海德格尔所说，本体论永远处在“诗、言、思”的途中，诗不是“在”本身，而是在的缺席，同时也是在的“召唤”。网络文学的文学性就是在由“言”而“思”、由“思”而“诗”的追寻途中所实现的可言说与不可言说之间的生成转换，以及显性存在与隐性价值之间的内在审视。因为“真理从来不是现存的和一般对象的聚集，而是存在的敞开，是所视的澄明，是作为透射描绘出的敞开的发生”。[16]网络文学的隐性存在或本体存在的隐性结构，就是对它的显性存在或它的本体存在的显性结构的“去蔽中的敞亮”、“存在的澄明”，是文学的价值在展示自己时所依存的现象学本体论的先行结构，它使我们得以从技术化的“隐藏之物”进入文学性的“澄明之境”。

先谈网络文学本体表征的显性结构。

网络文学本体的显性存在是一种结构性存在，但它又不同于笛卡尔所谓的“广延物体”的固定性，即一个主客二元分立中可以确证的外部他者。因为电子语言僭越了传统语言分析的边界，置换了对象“在场”与“缺席”的设定方式，用“信息 DNA”的吐纳和“比特”的传播方式替代了“原子”的物理属性，[17]使得自身的本体存在“既无处不在又处处不在，既永远存在又从未存在，既是物质又是非物质”，[18]因而，网络文学本体的显性存在既是物质的（电脑、连接终端的电线、调制解调器、键盘、鼠标、手写板、电子压感笔等硬件设备），又是非物质的，如由“比特”（bit 音译，指计算机二进制数的位）、文本标识语（HTML，hypertext markup language）、万维网（WWW，world wide web）、赛博空间（cyberspace）、多媒体（multimedia）、超文本（hypertext）、超链接设计（hyperlink）、虚拟真实（virtualreality）等组成的互联网媒介传播系统；既是潜在的（平时看不见摸不着），又是显在的（接通网络后尺幅之屏风光无限）；既是客观的广延性存在（可以在任何一个联网节点实施能动操作乃至下载赋型），又必须依靠主体的技术操作才会有存在的出场，否则网络文学既没有存在形态更无从有存在价值，其本体存在将恍兮惚兮虚无缥缈。所以马克·波斯特称电脑写作是“临界书写”，他说：“与笔、打字机、印刷机比较起来，电脑让书写的痕迹失去物质性。”[19]

由此可见，网络文学本体的显性结构是一种“软载体”结构，它与传统文学的“硬载体”（如“文房四宝”的线性书写、纸质印刷品的体积重量）存在方式是大相径庭的。这一结构大抵包含几个相互依存的逻辑层面：

第一层面——媒介赋型：数字化载体的技术螺旋。网络文学的第一存在是数字化技术媒介，即以技术为载体，由“网络”存在走进“文学”存在。由现代电子数码技术引发的“第四媒体”转型，使文学从传播革命的技术螺旋中打造出电子化生态空间，从而生成互联网上的文学美学与技术审美的诗学。

第二层面——比特叙事：链接文本的语言向度。网络文学的第一语言是“比特”语言，基于电子化机器语言的编码与解码构成文学语言叙事。网络写作的双重语言叙事造成了日常写作经验的中断和叙事规则的改写，但比特化交互链接的技术手段却为网络电子文本创造了多媒体、超文本叙事的自由空间。

第三层面——欲望修辞：间性主体的孤独狂欢。网络写作的基本动机通常是自我的欲望表达，电子牧场的孤独狂欢、间性主体的身体修辞、市井社群的"粗口秀"（vulgarity show）策略，解除了生存世界的"面具焦虑"，创造了自由、平等、真实、感性的"大话"模式和躯体化的"欲望修辞学"。

第四层面——在线漫游：赛博空间的虚拟真实。网络的文学的"接口"在于只有"在线"才能"在场"，只有"在场"才能在虚拟的网络世界里"冲浪"或"漫游"。赛博空间（cyberspace）的"虚拟真实"成为在线书写的艺术资源，拟像的符号代码所组成的艺术踪迹，以"能指的星群"重铸网络书写的技术美学，而共时场域的交互与分延则约束着网络文学的艺术边界。

第五层面——存在形态：电子文本的艺术临照。万维网的"电子幽灵"覆盖"地球村"后，以其触点延伸方式实现了咫尺天涯的无纸传播，把"空中的文字"拉近到眉睫之前，让尺幅之屏敞亮信息承载，用远距触摸构成传输隐喻，这一"文化快捷键"的无穷点化让人们充分体验到了目击快感。于是，网络文学以在线资源的全景敞视，铸就了电子乌托邦的艺术临照，以数字化技术强化了文学对现代电子传媒的依赖，既"改造"了昔日的文学形式，又"改变"了文学的存在方式，从而形成了迥异于纸介印刷作品的电子化文字文本、文学超文本和多媒体文本，创造了新的文学范式，使得电子镜像中的文学存在日渐呈现出"文学的艺术化→艺术的仿像化→仿像的生活化"的层级蜕变。

在这里，媒介赋型是载体，比特语言是文本叙事的工具，间性主体的欲望修辞是网络写作的人本前提，在线性的虚拟真实构成赛博空间的书写内容，而电子化作品的存在范式则完成了从纸介书写向数字化文本的艺术转换。这些要素间的有机融合与脉理渗透，就构成网络文学显性的结构存在，亦便是它的本体论存在方式。

再谈网络文学本体表征的隐性结构。

本体论哲学要追求存在与本质的协调一致，就离不开思维与存在的同一，因为理论思维的逻辑需要通过思维与存在的同一的认识论途径，去实现存在与本质相协同的本体论。如果说，存在与本质的协同问题是本体论“何以存在”的前提的话，那么，思维与存在的同一则成为本体论“何以可能”的现实原则。因此，“就文艺美学而言，这种艺术本体论与艺术认识论的同一，使得本体论问题同时也成为认识论和价值论的问题”。[20]本文从现象学角度探讨网络文学的存在方式，又从价值论角度探索网络文学的存在本质，意在把艺术本体论与艺术认识论结合起来，以前者描述网络文学的显性存在，以后者考辨其隐性存在，从而得到对网络文学存在方式与本体价值的完整阐明。

网络文学本体的隐性存在所要廓清的是网络文学的本体价值，或曰从价值论上探索其存在本质。价值是由人的需要产生的理性预设，它要探讨的不是“它是什么”，而是“它应该是什么”或“它可能是什么”，这便是价值论的提问方式。网络文学在现时代满足和开发了人们的什么需要，就是其价值所在。另外，本体价值是对存在方式的“去蔽”，是从显性之中发掘隐蔽之物，进而发现遮蔽中的敞开之物——网络文学的真理性存在。网络文学本体首先是一种感性存在，然后以感性形态表征所包蕴的意义，通过合法性在场去追踪价值的踪迹。网络能否担当起沉重的文学意义之思，取决于它能否以本体存在体现本体价值，将存在方式导入领悟真理之途，使形态表象转换为一种哲思和诗意的寓言，探询在网络文学语境中重建精神价值深度的可能性。

马克斯·韦伯(Max Weber)说过："艺术演变成为一个越来越有意识地把握独立价值的世界，它以自身的权利而存在，不管怎样来解释，艺术都承担了这种世俗拯救工程。它为人们提供了一种从日常生活刻板状态中解脱出来的途径，特别是从理论的和实践的合理化的压力中解脱出来。"[21]网络文学为现代人从都市化生活的重压之下解脱出来提供了一个"孤独的狂欢"之途，但它能否拯救世俗还要取决于它是否足以"把握独立价值的世界"，为文化形态打造意义模式，用价值存在确证其本体存在。为此，把握网络文学的隐性存在须经现象学走进阐释学和历史哲学。如伽达默尔在《真理与方法》第二版序言中所言："理解从来不是对于某种给定'对象'的主体行为，而是对于对象的效果历史的主体行为，换言之，理解属于被理解物的存在。"[22]狄尔泰也在《历史中的意义》一书中说："意义是作为我们领悟生命的方式而显示它自己的作用的。"[23]网络文学的隐性存在就是其"效果历史"的价值存在，也是我们要考察的"领悟生命的方式"。可以说，在网络化语境中，文学的隐性存在是显性存在的去蔽，是现象学"回到事物本身"的本真阐明，对它的揭示就是网络文学进一步展示自身并随之揭示自身本体价值结构的澄明过程。这一隐性的价值结构由这样一些不同层面所构成：

(1) 体制重建——原点解构的谱系转换。网络文学是人类继口头说唱文学、书写印刷文学之后第三种文学形态，是技术螺旋对文学"元典"的疏离和消解，是媒介的"格式化"对文学惯例的悄然置换。但这一文学在消解传统文学惯例的同时，也在知识谱系和文学体制两个层面上重建新的文学"原点"，以自己的方式回答"文学是什么"、"文学写什么"、"文学怎么写"、"文学干什么"等这样一些文学"逻各斯"本题。

(2) 民间立场——在线民主的母语回归。自由、兼容、民主、共享的网络空间用“在线民主”的现代神话构筑文学的民间立场，用“人人都能当作家”的抚慰性幻想激励大众的艺术热情，让文学在消解中心话语和权级模式中，实现文学话语权向民间母语回归，展演消费社会大众文化“脱口秀”的符号权力。

（3）电子诗意——文学性的祛魅与返魅。文学的网络栖居更换了人们对文本诗性的认知与体验方式，用“图文并陈”模式重塑“祛魅”（Disenchantment）的文学审美观；而网络文学在对传统的文学性予以技术祛魅的同时，也在实施电子诗意性对传统文学性的置换，打造网络世界新的艺术灵境。

（4）文化表征——后现代语境的底色。网络文学的后现代底色使它与后现代主义文化精神之间形成了“述愿”（Constative）与“述行”（Performertive）的双重逻辑，构成了文学与社会文化语境在理论逻辑上的内在关联，这种关联所表征的文化镜像，不仅预设了网络文学的文化隐喻，也构成其特有的艺术言说。在此要讨论的问题是：网络文学是怎样表征后现代文化语境的，这种语境隐喻了怎样的文学解构逻辑。

（5）人文蕴含——艺术原道的意义承载。数字化的精神现象学，使得人文理性成为网络文学对抗技术霸权的有效武器，用“意义”承载“精神”是网络艺术生产“原道”的图腾。互联网对人文精神的解构与建构，是网络文学反常而合道的永恒命题，但技术主义和工具理性仍然是网络写作的“软肋”。只有实现高技术与高人文的协调与统一，网络文学才能获得更多的千秋情怀和终极道义，拥有人文精神的底气和骨力，这种文学才可能真正走进一个历史的节点，赢得文学史的尊重。这是网络文学人文原道中最基本的本体论价值。

最后，网络文学的本体论思辨还要从这种文学“如何存在”、“为何存在”的路径进入其“何以存在”的论题，以图从理论逻辑的"正题"与"反题"走向"合题"——将网络文学的本体论分析从"形态"与"价值"层面，延伸至艺术可能性层面，从观念预设上思考其本体的审美建构与艺术导向，如坚守文学的本体论承诺、注重新民间文学的审美提升和实现电子文本的艺术创新等问题，以完成网络之于这种文学的观念重铸，达成网络文学的学理命意。

在网络介入文学之时，历史的辩证法也同时启动。对于恒定的企慕使我们走近网络，关注这种文学的存在方式和存在本质，追寻文学显性的形态构成和隐性的本体价值。实际上任何一种阐释的有效性仍然只是对某种"真理"和"规律"的文化命名和自我目的性选择，对网络文学的本体论阐释自然也不能例外。

注释：

① 1991 年 4 月 5 日，全球第一家中文电子周刊《华夏文摘》在美国诞生，互联网上第一篇中文网络文学作品和第一篇中文网络小说均发表于《华夏文摘》。

② 痞子蔡：《网络文学和我》，转引自吴晓明《网络文学创作述论》，中国人民大学复印报刊资料《中国现代、当代文学研究》2001 年第 6 期。

③ 李敬泽：《"网络文学"：要点和疑问》，载《文学报》2000 年 4 月 20 日。

④ 吴俊：《网络文学：技术和商业的双驾马车》，载《上海文学》2000 年第 5 期。

⑤ http://www.163.com/game/index.html，2001 年 5 月 8 日。

⑥ 据中国互联网络信息中心（CNNIC）2004 年 1 月 15 日发布的第 13 次《中国互联网络发展状况统计报告》显示，截至 2003 年 12 月 31 日，我国已有上网计算机 3 089 万台，与上年同期相比增长 48.3%，而上网用户数也升至 7 950 万，半年内增加了 1 150 万，与 2002 年底相比增加了 2 040 万人，增长率为 34.5%。参见 http://www.cnnic.net.cn/news/105.shtml.

⑦ 李寻欢：《我的网络文学观》、Sieg：《反螺旋立场》，均载《网络报·大众版》2000 年 2 月 21 日。

⑧ 黄鸣奋：《超文本诗学》，厦门大学出版社 2001 年版，第 317—318 页。

⑨⑮⑱⑲ Mark Poster：The Mode of Information，Polity Press in association with Basil Blackwell，1990，p.111，p.102，p.85，p.111.

⑩ [德] 海德格尔:《人,诗意地安居》,郜元宝译,广西师范大学出版社 2000 年版,第 102 页。

⑪ 参见欧阳友权等著《网络文学论纲》第四章:众妙之门——网络文学的学理分析,一、网络:自由的精神家园。人民文学出版社 2003 年版。

⑫ 1996 年《时报·资讯周报》推出了"网络文学争议"专栏,被认为是"网络文学"在我国印刷传媒中的首次正式采用。这次争议的缘由是杨照在该报"人间副刊"上刊出《身份与故事》《老狗》等文章,批评网络 BBS 上的作品质量不佳,引起 BBS 写手们的不满。争论焦点集中在纸媒介与网络的传播差异、垄断与开放、网络文学的品质等问题。参见 http://lantai.myrice.com/old-1ty/shuzi2000/0index.htm.

⑬ 截至 2004 年 2 月 15 日,榕树下网站存稿量已达 2 456 978 篇,创造了网络文学火爆的奇迹。

⑭ [德] 海德格尔:《人,诗意地安居》,广西师范大学出版社 2000 年版,第 124 页。

⑯ M. Heidegger, Poetry, Language, Thought, Harper and Row, 1971, pp.62 - 63.

⑰ [美] 尼葛洛庞帝:《数字化生存》,胡咏、范海燕译,海南出版社 1997 年版,第 3 页。

⑳ 王岳川:《艺术本体论》,上海三联书店 1994 年版,第 327 页。

㉑ Gerth, H. & Mills, C. W. (eds), From Max Weber: *Essays on Socialolgy*, New York: Oxford University, 1946, p.342.

㉒ Hans-Georg Gadamer: *Truth and Method*, New York, The Comtinum Publishing Co., 1975, p.XIX.

㉓ [德] 狄尔泰:《历史中的意义》,中译本,中国城市出版社 2002 年版,第 58 页。

(原载于《文学评论》2004 年第 6 期)

变革

超阅读：数码时代的文本变革

黄鸣奋

电子超文本的勃兴，是20世纪下半叶最令人瞩目的现象之一。60年代中期，它仅仅是美国学者纳尔逊头脑中的奇思妙想。80年代中叶，随着光记录技术的进步，超文本日益广泛地应用于单行电子出版物。从90年代初开始，由于超文本标识语言(HTML)的问世、万维网(WWW)的建立，超文本在赛博空间中不胫而走，成为在线电子出版物最为流行的形式。在一定意义上，超文本是作为线性文本的对立物而出现的。由于超文本势力日盛，与之相适应的超阅读(hyperreading)正深入人们的生活，引起学术界的重视。本文试图剖析超阅读的特性，评介相关研究的成果，并探索超阅读扬长避短的途径。

一、超阅读的特性

基于印刷术发展起来的传统文本，以线性文本为其主流。多数出版物通过章节设置、页码标注等方式规定了阅读顺序，读者的任务似乎就是逐章、逐节、逐页、逐段、逐行以至逐字往下读。当然，这不是说传统的文本就没有非线性因素，百科全书从总体上说便不是为线性阅读而设计的，人们通常只是根据自己的需要查阅它，并非依次通读。因此有人将百科全书视为超文本的雏形，这是不无道理的。尽管如此，超文本真正成熟是数码时代的事情。数码化固然仍为线性文本保留了一定的空间，但是，它所看好的其实是以非线性为特征的超文本。如果我们将超阅读的特征界定为非线性的话，那么，它无疑是与超文本相辅相成、在电子时代获得崭露头角的机遇的。如今广为人知的“冲浪”“巡航”等譬喻，很大程度上是相对于超阅读而言。它们既说明了超阅读有别于传统阅读的特点，又展现了超阅读特有的魅力。

不过，在将超文本与阅读联系起来时，我们有必要区分两个相关的概念：一是对于超文本的阅读，二是以超文本的方式来进行阅读。尽管超文本本身可能包含了许多交叉链接，因而提供了非线性阅读的可能性，但如果我们不使用这些链接的话，超文本（通常是在一个节点的范围内）用浏览器读起来或许和一般意义上的文本并没有什么差别。由此看来，超文本在一定条件下可以用非超文本的方式来阅读。反过来，非超文本在一定条件下也可以用超文本的方式加以阅读。例如，打开印刷在纸面上的散文时，即使其中没有现成的注解，也没有标明引文，但是，我们完全可以一边跳来跳去地读，一边查找手边的辞典，或对照其他散文，试图找到文本之间的联系。有人认为：这一意义上的阅读（即以超文本的方式进行阅读）便是“超阅读”，它适用于一切文本（包括成套的文本）。上述两个概念的区分，事实上牵涉阅读过程中人所固有的受动性与能动性。由自身信息的结构所规定，每种阅读材料都有与之匹配的阅读方式，这体现了人在阅读时的受动性；从自身的知识储备、阅读能力、兴趣爱好等条件出发，每个人都可以对自己的阅读方式有所抉择，这体现了人在阅读时的能动性。因为上述矛盾的存在，我们有必要更严格地界定超阅读的外延与内涵，将狭义超阅读理解为针对超文本的非线性阅读，而将针对线性文本的线性阅读称为传统阅读。

为简明起见，下文仅将针对超文本的非线性阅读列为研究重点。

与传统阅读相比，超阅读的特点主要体现在以下几方面：

追随链接以把握文本间性。任何意义上的阅读都涉及材料的节点与链接两方面，用传统的术语来说，也就是文本单位和文本间性。以线性文本为主流的印刷品使得阅读经常定位于相对孤立的作品或文献（文本单位），文本间性隐而不显（除非加注或作特别说明）。与此相反，超阅读材料以链接的形式突出了文本间性，从而大大便利了读者的视野在文本之间的迁移。印刷文本本质上是选择性与排外的。任何印页、任何卷宗，都只能包容一定数量的词语；读者可以参考其他文本，但为此必须翻检藏书，到书店购买或者上图书馆借阅。这类活动本身不是阅读，读者却必须为此花费时间和精力，有时还得耗费金钱。相比之下，网络化超文本本质上是包容的：文本的大小几乎可以视人们的愿望而定，任何文本都可以被链接到数量近乎无限的其他在线文本，访问这些文本链接只需要一点点时间或努力。

实施跳跃以进行网上冲浪。如果说传统阅读以连贯性为特点的话，超阅读的特征则在于跳跃性。连贯性具有两方面的依据：从主观方面来说在于人类思维的逻辑性，从客观来说在于传统文本相对严密的结构。这两方面的依据互为因果：阅读结构严密的传统文本有助于训练人的逻辑思维，逻辑思维训练有素的人易于把握传统文本内在的结构。正因为如此，为了促进儿童的心理发展，有必要引导他们条分缕析地阅读各种以连贯性见长的范文。传统阅读虽然有上述不可抹杀的功效，但也存在易使思维陷入各种条条框框的缺陷。例如，科举时代讲究“起承转合”的八股文，从破题、承题、起讲，中经入手、起股、中股、后股，而以束股结束，看起来似乎结构紧凑、易学易教，实际上形式死板、束缚性灵。与此相比，超阅读比较重视自由联想的作用，相对充分地体现了读者的能动性。如果说自由联想是超阅读的主观依据的话，那么，相对多样的路径设置则是超阅读的客观依据。当这些路径通过网络媒体彼此相通、在不同路径之间实现跳跃成为可能时，传统意义上的“读者”便向网络媒体的“冲浪者”转化。

提供选择以实现阅读的个性化。传统阅读通常面对的是定型的文本。形式上相对稳定的传统文本往往成为存在“终极解释”的客观证据，这种终极解释的主观原因则是对解释者权威性的认可。在不少情况下，原作者因其意图被作为释读文本的参照而享有权威地位，由原作者手定的文本则成为一切传世之作的基准。版本考订也好，文字训诂也好，都服从于上述权威和基准。如果找不到原作者或者原创文本，那么，声望卓著、功力不凡的学者便可能成为权威，由他们所校定的文本相应可能成为基准。超阅读根本否定终极解释的存在，这种否定建立在以下认识之上：其一，超文本是一种开放的作品，鼓励充分发展读者的阅读潜能。因此，不同读者对同一超文本作出不同解释，是顺理成章的事情。其二，超文本赖以安身立命的网络媒体以“平等”作为自己的特色。因此，不同解释之间的关系，并非压制与服从。换言之，话语霸权在超阅读中没有市场。

必须指出：与传统阅读相比，超阅读的历史还相当短暂，而且，目前人们对二者的关系仍存在不同看法。一种看法认为超阅读和传统阅读并没有什么本质差别。例如，美国科罗拉多大学的 P. W. Foltz 曾对传统阅读和超阅读进行比较研究，其成果以博士论文的形式发表，题为《线性文本与超文本中的读者理解和策略》。他在文中报告自己的实验结果时，就持这样的观点。问题在于：这一实验本身存在很大的局限。它的做法是从现成的本科生经济学教科书中选取部分内容，分别制成电子线性文本和电子超文本，然后就理解的速度和精确性等项目对非经济学专业学生进行测试。测试用的超文本仅仅包含 6 018 个单词、26 个节点、17 个横向链接，而且，这些节点本身又是根据原作的段落标题设计的。这种状态下进行的超阅读，毕竟和网络用户接触在线超文本的体验有不小的差距。当然，这不是说超阅读就与传统阅读不存在共同之处，然而我们应当比较全面地看待二者之间的关系。

二、超阅读研究

关于超阅读的研究，可以追溯到第二次世界大战期间担任美国总统科学顾问的布什。他在 1945 年所发表的一篇文章中，就设想了超越印刷文本局限的新的阅读方式。虽然布什受时代限制，将这种超越的技术基础认定为缩微胶卷，但这篇文章从总体思路上对后人颇有启发。纳尔逊、恩格尔巴特等人在 60 年代中叶所追求的超阅读，便是沿着布什的思路加以拓展的，只不过当时的技术基础已经转移到计算机。关于超阅读的研究，80 年代末开始形成高潮，至 90 年代堪称成果迭出。

超阅读流行之前，人们在心理学和教育学等领域已对传统阅读进行了大量研究，某些成果已在实践中获得应用。上述研究的目标之一，是弄清哪些主客观要素对阅读效果有影响。这些因素包括：读者背景知识、阅读动机、认知能力，文本的结构形式、题材类型，提示的诱导、从众的压力等。这类研究原则也适用于超阅读。除此之外，人们还试图寻找影响超阅读的特殊因素，其中之一是显示器的分辨率。实验表明：同一个文件分别呈现在纸面和屏幕上时，就阅读速度而言，前者高于后者。但是，若显示器的分辨率提高，则阅读速度加快。这说明：阅读速度事实上并非取决于文本的结构。因此，对阅读和超阅读的比较研究，必须以二者拥有相等的分辨率为前提。从理论上说，要想弄清超阅读的奥妙，首先得将超文本特性和在特定装置上阅读它的体验上加以区分。为电子超文本的特性所决定，在超阅读领域人们更多地探讨人机界面的设计规则，分析链接、组织与调用信息的方法。为此，人们不仅运用了计算机科学，而且引入了心理学、阐释学、工程学、概率论等原理。例如，Spiro 和 Jehng 等人在 90 年代初所做的研究就援引了认知心理学理论；Susana Pajares Tosca 对链接作用的探讨则运用了语言学理论，她以此获得纳尔逊奖。

以要素研究为基础，人们正在试图建立超阅读模式。这种理论尝试大致有两种不同的取向。第一种是移用或借鉴传统阅读理论模式，像 V. Balasubramanian《超文本入门》就是如此。他的理论来源主要是语义学和符号学。另一种是着眼于超阅读所固有的特性，将链接取为中心范畴。例如，Nicholas C. Burbules 认为：人们通常关心节点而非链接，链接的价值被低估，原因在于链接的易用使之看起来像是捷径、转移的迅捷使其自身来不及被反映，一切看起来仿佛自然而然。其实，链接很值得研究，理由如次：其一，并非一切链接都浑然无别。超文本的作者设置链接有一定的考虑，读者选择与追随这些链接也有各种各样的原因——有时出于他们所特有的方式，有时由常规所预示，有时出于对作者设定这些链接的意图的猜想。其二，在读者遭遇超文本之前，链接就已存在。在多数情况下，读者并不了解超文本的作者，对他们的理智、偏见、动机和信用都一无所知。运用与定位超文本中的链接，是使作者的默许假设及价值观豁显的主要方式。其三，链接不仅连接既定的两个文本，而且改变材料被阅读与理解的方式。两个相连的文本的单纯并置就会产生一定的影响，更不用说对链接本身加上说明或标题。作者当然可以用链接来表达一定的意图，虽然这种意图并不一定能为读者所把握。

Burbules 对链接修辞非常感兴趣，他说自己从修辞的角度来描述不同种类的链接，为的是强调它们的多样性、强调它们非中性的意义，希望人们将链接当成一种有待评价和探询的修辞运动。修辞有意无意地暗示着选择，昭示着假设，带来了效果。因此，超阅读不仅仅是单纯追随摆在我们面前的链接，而且意味着对它们的意义加以阐释、对它们的合适与否进行判断。在网络上，超文本固然为一个个的作者所拥有，但是，这些页面并非孤立存在，因此，作者必须对自己所创造的网页负责任。读者也必须摆脱自己对网络所持的简单消费者的倾向，学会区分简单的信息与链接的信息，抵制页面上那些花哨的东西的诱惑，培养批判性的超阅读能力。在这方面，有三条值得注意：其一，读者必须掌握与网络设计、制作有关的技巧，迨所谓“能作方能评”。其二，必须认识到不论网络是个多么富于弹性的结构，仍然具有一定的组织性，不可能对于各种文化群体和个人都一视同仁。网络不仅是人的思维方式的外化，而且以其反馈改变人的思维方式。人们创造工具，工具在为人们服务的同时反转过来改造人。网络与人的关系同样是如此。其三，必须认识到不管网络如何庞大，仍然有些重要的东西未被收入。任何链接都在包容某些联结点的同时排除了另一些联结点，任何路径都在开拓某一通道的同时甩开了其他通道，任何修辞都既是揭示又是隐瞒。因此，我们必须在阅读“存在”的信息的同时阅读“不在”的信息。如果读者拥有批判能力的话，网络可以提供巨大的发现、集成的机会；如果没有这样的能力，网络可能是一个操纵人、歪曲人的可怕的媒体。这些见解是相当精辟的。

如果说一定的理论模式总是和一定的阅读规范相联系、因而大致相当于我国古典文论所说的“规矩”或者“法”的话，那么，阅读策略则与“巧”相通（作为范畴的“规矩”与“巧”最初见于《孟子·离娄》等文献），同样是一个值得研究的课题。即使在纵览线性文本时，读者也采用了某些策略。循规蹈矩地逐字、逐句、逐段地阅读的情况固然存在，但这种阅读通常只是相对于非常重要、难度又很大的文本而言的。如果不是这种情境，读者往往试图根据文本提供的标题、强调性字段（在中文出版物中通常以黑体字排印）等提示进行跳跃式阅读。换言之，阅读并不一定是连贯的。一项研究表明：除将文本从头读到尾之外，读者还可能先将一段读完，然后再重读该段各个句子，或者有目的地回到文本中先前读过的任何有关的句子。在阅读时，读者不止利用一种策略，显出种种弹性。可见，阅读并非总是按单一顺序进行的静态过程。策略的运用取决于读者在相应领域的知识、目标、技能及文本特性等。这一原则亦适用于超阅读。米歇尔·德索托在《日常生活实践》一书中说：“简而言之，空间是被实践了的地点。由都市规划所定义的几何性街道在行走者（的脚步下）转化为空间。同样，阅读行为也是经由对某一特定地点的实践所生成的空间；一部被书写的文本，亦即一个由符号系统所组成的地点。”(P695)超文本的路径好比是德索托所说的街道，阅读则像行走一样，由行人的脚步将这些街道转化为空间（即阅读空间）。没有行人，街道便失却了存在的意义或价值，由一条条街道所组成的都市也就成了庞贝式的死城。都市中的街道，除沿用历史自然形成的墟集外，通常是根据一定的规划加以建造的，支配它们是体现一定价值观的程序与规则。要想在街道上行走，就难以抹杀这些程序与规则的影响，行人通常也并不直接向这些规则和程序加以挑战。尽管如此，行人有时仍拒绝墨守成规，在行走时运用一定的策略（如抄近路、翻墙等）。人们在从事阅读活动时，也有自己的策略。这些策略并无一定之规，也难以为一定的意识形态所支配。超阅读的境界，因此可以区分为三种，即"无法""有法""无法之法"。作为最高境界的"无法之法"，是"从心所欲不逾矩"，是对理论模式的心领神会，对阅读技巧的得心应手。在超阅读策略研究方面，虽然有了一些研究成果，但数量较少，有待深化。

三、超阅读评价

随着计算机的普及、万维网的流行，超阅读正在逐渐走俏，其长处与短处都日益清楚地显现出来。如何使之扬长避短，已经成为具有理论价值和实践意义的课题。

写作此文时，笔者曾就超阅读的优点征求了 Marlene M、Hologram、Erhnamm、Idiotboy、Pcgirl79 等八位在线网友的意见，他们从不同角度谈到了开拓阅读空间的问题，归纳起来主要有以下几方面：其一，超阅读将范围由文字材料扩大到图片、动画以至视频，进而使视觉感知和听觉感知有机结合，这是利用超文本来导引不同符码的材料实现的。其二，超阅读改变了囿于某一中心文本的模式，通过追随链接以获得多样化的说明，特别是利用网络媒体的漫游特性、下载功能、检索服务来扩展信息来源，使读者的眼界大为开阔。其三，超阅读注重动态交互，这种交互具有相互激发、益人神智的作用。

除了开拓阅读空间之外，超阅读的长处主要在于实现建构学习，培养阅读个性两方面。

研究表明：超文本的潜能暗合于建构学习理论。对于那些复杂的、非决定性的知识领域，那些要求高度"认知弹性"及容忍模糊性的知识领域来说，超文本与学习的联系显得特别重要。"学习"和"理解"都是通过制造联系来起作用的。我们对于某一事物达成理解，是在将它置于同我们已知的其他事物的联系之时。人脑与记忆自身是"超环境"：我们不是将新的信息作为离散的、孤立的事实来加以学习，或者说，如果我们这样做的话，不可能长时间地记住它们。我们能够掌握得最好的信息，是那些可以结合进入我们已有的知识的材料，经常是通过复杂的、多维的联想连接。正是通过将新的材料结合进入原有的认知结构的方式，人们实现了由信息到知识的转化。在建立活跃的、新奇的联想模式的过程中，首要文本和补充材料之间的线性关系消失了。不仅如此，平常认为是"单一"的文本也开始消解，分离为一系列独立的节点。将这些节点联系起来，正是超文本之所长。由此看来，超阅读事实上就是一种建构学习。

传统教育对学生的训练是以文本为基础进行的。文本代表了相对固定的思路、相对权威的观点、相对强制的要求，不论是教师对于文本的解释，还是学生对于文本的理解，归根结底要以是否合乎文本原意来判定。由此而训练出来的学生或许在思维条理性、收敛性方面有其所长，易于服从权威，接受社会所灌输给自己的仿佛是天经地义的规范。但是，他们在思维的创造性、知识的创新性、开拓进取的勇气等方面可能有所不足。相比之下，以超文本为依托的新型教育具有独特的优点。超文本的价值，在于引导学生摆脱传统文本及连同课堂练习而来的标准答案的束缚，寻找对于材料独一无二、个性化的组织方式。经过超文本建构的训练，学生在思维的发散性和创造精神上可望有较大的提高。

超阅读的上述优点固然已经获得比较广泛的肯定，但它所潜藏的缺陷亦招致了批评。大致而言，这种缺陷主要表现在方向感、逻辑感和历史感的丧失方面。

方向感是和人类活动的计划性相联系的。传统阅读中已有“精读”与“泛读”的区分，尽管如此，相对受重视的毕竟是前者，“熟读深思”是基本要求。相比之下，超阅读引以为荣的是“漫游”。“游”而至于“漫”，不论是漫无边际、漫无目的，还是漫无止境，都比“读”而“泛”更进一步，随机性占据了相当重要的地位。所谓“随机”，事实上可以用心理学所谓“刺激—反应”模型来解释。“漫游”，指的就是用户在网络上沿着超文本的链接随机地从一个网页浏览到下一个网页。在这种情况下，页面所提供的刺激是决定用户反应的主要因素，与计划性相联系的方向感由此而弱化。当然，不是说计划性在超阅读过程就完全不起作用。所谓“计划”，表现为有目的地按一定的要求或步骤查找信息，当用户打开引擎、根据搜索结果进行阅读时，情况就是如此。不过，检索所得尽管根据匹配程度高低排了序，但为了避免“沧海遗珠”，用户往往不得不实施穷尽式阅读。在这种情况下，有时读上数十篇甚至数百篇，却仍然找不到所需要的材料，这是另一种意义上的丧失方向感。

人们为何需要阅读文本？一种可能是捕捉信息、了解世界，另一种可能是反思自我、训练思维。我们在阅读过程中不仅发现别人、进入别人的世界，而且进行反观，观察自己的内心，同时在进行比较，这种比较是进行自我调整的根据。因此，在考察超文本阅读时，必须注意相辅相成的两方面：一方面是人们如何评判超文本，另一方面是超文本如何潜移默化地改变人们的思维模式。如果教师不再向儿童讲解文本层系，如果基于三段论的预期在阅读过程中不再起引导思路的作用，如果阅读实践无法继续为读者提供逻辑思维的范本，人们是否还能像过去那样进行严密的思考，值得怀疑。这是超阅读招致非议的原因之一。

早在20世纪30年代，本雅明在思考机械复制时代艺术的命运时，就指出了原作的“氛围”(aura，又译“灵韵”)因复制而丧失的问题。人类复制信息的活动已经由手工复制、机械复制进入数码复制阶段，受到影响的不仅仅是艺术原作，而且是广义的精神产品。澳大利亚Monash大学历史系教授Graeme Davison写过一篇文章，题目就叫《历史与超文本》。在文章中，他引述了Sven Birkerts的《谷腾堡的挽歌：电子时代阅读的命运》一书中的观点，认为超文本与网络将擦除作为被书写的记忆之积淀的时间感，而这种时间感恰恰是我们的历史感的基础。为了理解上述看法，让我们想象一下进入图书馆的情景。书架上的那一排排书，都在无声地叙说着某种历史。我们从书籍之多可以想象得到人类在过去的岁月中所已积累的知识之丰富，从书籍的尺寸、印张、版式、装订等方面的差异又可以萌发岁月的沧桑感。一旦这些书籍都被数字化、以网页或文件的形式出现在电脑屏幕上，那么，不仅书籍“汗牛充栋”的历史感没有了，而且，看不到旧书发黄的书页与新书崭新的书页之间的差别，也闻不出旧书的霉味与新书的油墨香之间的区分。我们对于过去的感觉，不仅仅是由语言建构的，而且由印刷品及其在图书馆中的堆积加以具体化。在这一意义上，电子超文本所能传达的时间感远不如印刷品。因此，书籍的数字化意味着时间感的消失，或者说历史的深度被消解。

超阅读的长处和短处都是客观存在的。根据辩证法的观点，我们不能简单地说传统文本已经过时而加以摒弃，但也不能因为超文本在某些方面尚不成熟而将它弃置一旁。考虑到计算机与网络技术日新月异的发展速度，笔者认为超阅读的前景是光明的。虽然如此，要想使超阅读造福于人类、有益于文明，无疑必须注意扬长避短、因势利导。具体地说，可从完善导航机制、实现自动连贯、确立价值标准入手。

传统阅读的最大优势(同时也是最大劣势)是根本不用担心“歧路亡羊”。超阅读在使读者体验到“曲径通幽”之乐趣的同时，可能带来让人无所适从的烦恼。正因如此，有必要完善导航机制，避免在浩瀚的信息海洋中迷路的危险。对于读者来说，在文本中穿行不像在超文本中航行那样承载巨大的心理负荷。为了简化超文本读者的任务，必须提供附加的导航特性。这类特性在文本中也有，像目录和索引就是如此。但是，超文本的结构比文本复杂得多，比较有效的解决办法是提供地图。读者从地图中不仅可以了解超文本由几部分构成，而且可以把握各部分之间的联系。一项研究表明：在提供地图的条件下，用户能够较迅速地回答主试就超文本所提出的问题。但是，在同样研究中，有人却得出如下结论：不论回答问题的准确性或所耗用的时间来说，有否地图并无差别。他们还发现：在有地图的条件下，被试倾向于访问更多的节点。航行的风格在很大程度上是因用户的任务而定的。获得探索信息空间之指示的被试更多地利用导航特性，获得回答既定问题之指示的被试则更多地利用索引特性。由此看来，读者的目标和背景知识决定了一项特性是否有用，要想完善导航机制，必须考虑到读者的类型及阅读时可能的反应。我们不妨对浏览者、用户和合作者加以区分。浏览者是偶然、好奇的读者，没有明确的目的，随意所之。要想为他们提供帮助的话，可以从让他们知道如何返回入手。为此，要有目录或地图显示他们先前所做的选择，使之可以方便地回到所经过的某一节点而不致迷路。用户有明确的目的，上网是为了查找一定的信息，因此，他们最需要的是弄清整个超文本的组织、自己所需要的信息的定位。合作者希望对超文本施加活跃甚至永久的影响，如加注、修改与补充等。他们对于不允许作任何修饰的“只读”模式最有意见。在设计导航机制时，要注意“量体裁衣”“对症下药”。

超阅读以跳跃为特色，这对于拥有相关知识背景的人来说是很相宜的。不论跳到超文本的什么部分，这些人总能迅速地将该部分的内容纳入自己的认知框架中。与此相反，缺乏背景知识的读者往往对彼此交叉、四通八达的超文本感到困惑，每一次改换路径都意味着进入陌生的语境，都意味着原有的思路的中断。有鉴于此，某些超文本的实验者尝试性地让计算机自动在每一文本单位的开头加上一段说明性的文字，使得跳跃性的阅读连贯化。为了做到这一点，必须先对整个超文本进行命题分析，确定循着不同路径所进行的跳跃有哪些破坏了命题之间的逻辑联系，为了建立或恢复这些联系需要补充哪些内容。应当说明的是：这样的自动说明并非总有必要，也并非总有可能。为了判定自动说明是否有可能，必须从理论上区分若干超文本类型，让作者在开发时就清醒地意识到实现自动说明需要什么样的技术支持。为了判定自动说明是否有必要，必须从理论上建立若干读者模式，让真正的读者在进行超阅读时根据自己的水平与爱好对号入座。

超阅读在否定终极解释的同时，造成了各种解释都具有同样价值的假象。“公说公有理，婆说婆有理”的后果，必然是思想上的离心主义、行动上的莫衷一是。应当看到：超文本的确给我们提供了强有力的阐释工具或阅读手段，然而，它自身是有惰性的，没有自行作出选择的能力，选择什么样的链接来进行跳跃，归根结底是人的价值判断在起作用。因此，我们有必要在超阅读中引进历史的维度、确立某种公认的价值标准。上述过程本质上是再造经典。经典性不是文本孤立的特性。任何一种文本被作为“经典”，都是相对于其他文本而言的，或者是由于该文本与其他已被视为经典的文本的相似性，或者是由于该文本与其他已被视为非经典的文本的差异性。因此，一种文本被确立为经典的过程，既是亲合化（相对于其他经典而言），又是疏远化（相对于非经典）。在文本演变过程中，存在试图上升为经典的一般趋势，同时也存在试图解构、叛离经典的特殊趋势。经典通常处于文本世界的中心，非经典则处于文本世界的边缘。大体而论，传统文本世界是以经典为中心的，经典意味着权威性、稳定性、与主流意识形态的一致性。超文本就其主导趋势是非经典的，因为它所依赖的网络出版系统给予非经典性的作品以出版的机会、非经典性作家以成名的机会，并且，改变了追求永恒、垂范后昆的观念。尽管如此，我们还可以看到相反的趋势存在：一方面，在传统文本世界中，仍存在解构经典的趋势，这就是说，某些经典在一定的条件下丧失了它们的权威地位，原因也许是社会条件、意识形态的变化。经典成了历史的经典，而非现实的经典。另一方面，在超文本世界中，同样存在再造经典的趋势，这就是说，某些超文本精华不仅享有较高的知名度，并且作为有价值的文献而被保留、被仿效。网络出版既为非经典性文本的发表提供了便利，同时又为经典性文本的形成创造了条件。前者更多地体现在 BBS 上，后者更多地体现在专题网站的建设上。在一个非常自由与宽松的出版环境中，经过竞争，仍会形成优胜劣败的局面。对于这个问题，应持辩证的观点。

参考文献：

[1] GOULD, J. D., & GRISCHKOWSKY, N. 1984. Doing the same work with hard copy and with cathode ray tube (CRT) computer terminals[J]. **Human Factors, 26.**

[2] GOULD, J. D., ALFARO, L., FONN, R., et al. 1987. Why reading was slower from CRT display s than from paper[A]. In **Proceedings**

of the ACM CHI + GI'87[C]. Toronto, Canada: ACM.

[3] LANDOW, GEORGE P. 1994. What's a Critic to Do? Critical Theory in the Age of Hypertext[A]. LANDOW, GEORGE P. EDIT. **Hyper/Text/Theory** [M]. The Johns Hopkins University Press.

[4] BURBULES, NICHOLAS C., Rhetorics of the Web: Hyperreading and Critical Literacy[EB/OL]. http://www.ed. uiuc. edu/facstaff/burbules/ncb/papers/rhetorics.html.

[5] GOLDMAN, S. R., & SAUL, E. U. 1990. Flexibility in text processing: A strategy competition model[J]. **Learning and Individual Differences**, 2(2).

[6] 朱立元，张德兴，等.西方美学通史·二十世纪美学下[M].上海：上海文艺出版社，1999.

[7] FOLTZ, P. W. 1993. **Readers' comprehension and strategies in linear text an hypertext**[D]. Unpublished Doctoral dissertation. University of Colorado, Boulder.

[8] DAVISON, GRAEME. 1997. History and Hypertext[EB/OL]. http://www. unimelb. edu. au/infoserv/ahc/discussions/Davison.html.

[9] MONK, A. F., WALSH, P., & DIX, A. J. 1988. A comparison of hypertext, scrolling, and folding as mechanisms for program browsing[A]. In D. M. J. &. R. WINDER (EDS.), **People and Computers IV**[C]. Cambridge: Cambridge University Press.

[10] HAMMOND, N., & ALLINSON, L. 1989. Extending hypertext for learning: An investigation of access and guidance tools[A]. In **People and Computers V**[C], Nottingham, UK.

（原载于《厦门大学学报(哲学社会科学版)》2001 年第 1 期）

数字媒介与中国文学的转型

欧阳友权

在不到20年的时间里，当代中国文学即遭遇了两次巨变，一是始于20世纪80年代末的“边缘化”退缩态势，二是在世纪之交出现的“数字化”媒介的冲击。第一次变动让文学失去了轰动效应，而第二次则使文学开始步入存在方式与表意体制的技术转型。究其原因，如果说前者是源于经济体制转轨的社会掣肘，那么后者则是信息科技的革故鼎新对文学渗透和与文学博弈的必然结果。时至今日，第一次变动形成的文学震荡庶几归于平静，而数字媒介下的文学转型才刚刚拉开序幕。问题的重要性还在于，数字媒介对当今中国文学的影响已远远超出媒介和技术层面，而关涉其生存与走向，因而特别引人瞩目。

随着互联网的迅速普及和手机等数字通讯工具的广泛使用，网络文学、手机小说、博客书写、电脑程序创作、赛博朋客小说、多媒体和超文本文学实验等纷纷在文坛浮现。这些依附于数字化技术的新媒介作品，对文学的嬗变形成了强大的推力，也对文学传统的历史赓续形成较大的阻力。这种情形究竟是给文学带来了春天还是不幸？问题的症结还在于，面对数字媒介下的文学转型，我们如何正确利用新媒介的技术特性来提升文学性，进而在数字化语境中开辟文学的新境，增强文学的魅力，而不是被技术牵着走，使技术手段遏制文学的生命力，更不是让文学传统在数字技术的狂飙突进中花果飘零。于是，关注并探讨数字媒介下的中国文学转型，已成为急迫并事关中国文学发展的重大课题。

一

如果说19世纪是火车和铁路的时代，20世纪是汽车与高速公路的时代，那么，21世纪就是电脑与网络的时代，一个数字为王的时代！确实，以数字化技术为依托的“第四媒体”已成为当今社会不可抗拒的技术力量，无论从覆盖广度还是影响深度看，数字媒介都是当今最具彰显力和关注度的媒介现象。1996年4月，来自世界各国的网络专家共聚北京，他们曾激情满怀地宣布：“一场汹涌澎湃的计算机网络化、信息化的世纪风暴，正席卷着世界的每一个角落：从东到西，从南到北，从亚美利加到欧罗巴，从亚细亚到澳新大陆，从阿拉伯到阿非利加……不分种族，不分肤色，不分语言，不分地域，不分国度，信息化已经成为不可逆转的历史进程！”“百万年蒙昧，数万年游牧，几千年农耕，几百年工商，如今，正经历一场前所未有的巨变，由工业时代迈向信息时代。”① 十年时间过去了，信息社会的巨变仍在加速。

这个以数字通讯和互联网为标志的信息时代以超乎想象的速度步入中国——1994年我国以“.cn”的域名正式加入国际互联网，1997年中国互联网络信息中心(CNNIC)首次对我国网络使用情况进行统计，结果表明，截至该年10月31日，我国上网计算机有29.9万台，上网用户有62万人。而到2006年6月30日，我国网民人数已达1.23亿，联网计算机有5 450万台。② 不到十年，上网人数猛增近200万倍，联网计算机增长180多万倍，这样的发展速度是历史上任何一种媒体都不可比拟的。据国家信息产业部最新统计显示，到2006年6月底，我国的手机用户已超过 4.26 亿户，手机普及率已达每百人 32.7 部，2006 年上半年手机短信的发送量就有 2 029.6 亿条。[③]可见，互联网、手机等数字媒介已成为当下中国人生活中普遍使用的联系工具。

数字媒介与汉语文学的联姻是在 20 世纪 90 年代初。1991 年北美留学生用中文在互联网上张贴的思国怀乡之作大约算是最早的网络文学雏形。[④]1994 年我国正式加入国际互联网后，创生于海外的汉语文学网站如“新语丝”“橄榄树”“花招”等，迅速挺进其母语本土，赢得国内文学网民的青睐。90 年代中期以来，得风气之先的港台网络文学写手的作品（如台湾痞子蔡的《第一次的亲密接触》等）影响到内地，引发了一波又一波的网络文学热潮。“新浪”“网易”等门户网站上文学频道的点击率节节攀升，注册域名的汉语文学网站和个人主页，以及网络原创作品，均以几何指数增长，一个网站一天的作品发布量就以百篇甚至千篇计。[⑤]一次次网络文学评奖活动使热门的网络小说从网上火到网下，与传统文学争夺读者市场，带来了网络文学的出版热……一时间，网络文学，这个数字媒介文学的领头雁，伴随网络的广泛使用而一片红火，与传统文学创作的疲惫之态形成鲜明对照。笔者用“百度”搜索引擎查询了几个与数字媒介文学相关的关键词，得出的结果列表如下：

类　别	找到相关网页（篇）	类　别	找到相关网页（篇）
网络文学	8 680 000	网络文学写手	157 000
网络原创文学	755 000	网络文学论坛	4 960 000
网络小说	34 900 000	网络文学定义	134 000
网络诗歌	155 000	多媒体文学	163 000
网络文学书库	2 520 000	超文本小说	114 000

（续表）

类　别	找到相关网页（篇）	类　别	找到相关网页（篇）
数字艺术	1 290 000	手机小说	966 000
数字媒介文学	2 670	博客文学	3 750 000
手机文学	344 000	电脑程序创作	2 730

数据来源："百度"网站搜索引擎，查询时间：2006 年 9 月 28 日。

时至今日，可以毫不夸张地说，正如古代的四大发明改变了人类的文明史一样，数字媒介的出现已经为文学艺术乃至整个社会文化带来了重大的历史性转变，这种转变正以不可抗拒的力量让文学处在挑战与选择之中。今天谈文学和文化，不能不谈数字媒介；要了解当今文学的面貌与走势，也不能回避数字技术力量给予文学转型的巨大影响。这种影响正通过文学的生存背景和表意体制两个核心层面日渐凸显出来。

从外部的生存背景上说，数字媒介对社会文化生态的全方位渗透，导致文学存在方式大范围转向"数字化生存"，从技术媒介本体上改变了文学的阅读、写作和传播方式。当"以机换笔"、网络阅读、"比特"叙事、手机作诗等技术方式成为习以为常的文学表达方式时，网页挤占书页、"读屏"多于读书、纸与笔逊位于光与电，便是文学必须面对的现实。这时，麦克卢汉（M. McLuhan）所预言的"地球村"，[⑥]吉布森所说的"赛博空间"（Cyberspace），[⑦]马克·波斯特描述的"信息方式"，[⑧]尼葛洛庞帝提出的"虚拟现实"和"信息 DNA"[⑨]等，都成了文学创作、传播和欣赏的技术平台和社会文化背景。当人类的生存被数字技术浸染和改变，文学的生存也就难逃"数字化生存"的藩篱。如今，几乎所有的传统文学作品都被数码复制而储存在网络资料库中，众多网站、文学主页、个人博客中的原创文学更是汗牛充栋，难以计数。我国国民人口中有近十分之一是网民，近三分之一是手机用户，这个庞大的人群均有可能成为数字媒介文学的潜在作者和读者。

数字媒介的广泛覆盖使大量的阅读行为来自网络，大量的文学写作已不再是文字书写，而是操作数字界面完成“比特”的压缩处理与解码转换，昔日的“爬格子码字儿”变成了轻松的符码输入，乃至把人的艺术想象和语言表现一道交付给机器完成。作家叶永烈曾欣喜地描述以机换笔的畅快淋漓：“从此，我在写作时不再低头，而是抬起了头，十个指尖在键盘上飞舞，就像钢琴家潇洒地弹着钢琴。我的文思，在噼噼啪啪声中，凝固在屏幕上，凝固在软盘里。”[10]“榕树下”文学网站主编朱威廉说：“Internet的无限延伸创造了肥沃的土壤，大众化的自由创作空间使天地更为广阔。没有了印刷、纸张的烦琐，跳过了出版社、书商的层层限制，无数人执起了笔，一篇源自平凡人手下的文章可以瞬间走进千家万户。”[11]较早出道的网络写手李寻欢则从文学体制找到数字媒介写作的技术优势：“在过去的文化体制里，文学是属于专业作家、编辑、评论家们的事情，他们创作，发表，评论，津津有味，却不知不觉间离‘普通人’越来越远。……现在我们有了这个网络，于是不必重复深更半夜爬格子、寄编辑、等回音、修改等复杂的工艺了。想到什么，打开电脑，输入，发送——就OK了。你甚至可以在几分钟之后看到读者给你的回应。”[12]这一新媒介语境，为文学延伸出一个新的历史地平线——人类的文学在经历了蒙昧时代的“口头说唱文学”和农耕与工业文明时代的“书写印刷文学”之后，终于被技术的战车带进第三个历史嬗变期——数字媒介文学或曰网络文学阶段。如今，文学作为被因特网率先激活的审美资源，已全方位介入数字媒体之于艺术成规的转型和技术美学的书写。

而从自身的表意体制来看，数字媒体对文学构成要素的技术重组，造成了艺术表征关系的深刻变化，改写了文学与现实之间原初的审美关系。这里有表征内容和表意符号两个环节。

传统的文学表意体制是基于笛卡尔主客“二元分立”的哲学观念，它先验地预设了文学内容之于物质现实的依存性，作品所表现的总是人与现实世界之间的艺术审美关系，并且用语言的符号中介去表征这种关系。此时主客之间的界限是清晰有效并蕴含审美制衡的——创作要基于主体对感性现实的理解，反映客观的现实生活，让作品呈现出艺术与外部世界之间的人文关联性。数字媒介写作则有所不同，在这里，如尼葛洛庞帝所说，“比特”已取代“原子”而成为人类社会的基本要素，[13]创作需要面对和处理的是数字符号与虚拟空间，而数字虚拟中的主体与客体、艺术与生活的界限是模糊甚至是混淆的，创作者需要在对技术的依赖和对物质现实的信仰之间寻找一个平衡点。于是，数字媒介作品往往长于表征自我化或虚拟化的感性世界，而不是社会的“百科全书”和艺术化了的“人生镜鉴”。它把艺术与生活的依存关系衍生为写作与超现实的虚拟关系，不仅艺术与现实间的“真实”关联被抹去了本体的可体认性，主体与现实之间的审美体察也被赛博空间所隔断。于是，文学对现实的艺术表征，就变成了文学与数字虚拟世界之间的互动生成，创作成了一种马克·波斯特所形容的“临界书写”，[14]文学作品的表征内容最终成为对文学生成要素的一种技术置换。

在表意符号方面，数字媒介的技术特质是复制、仿真和拟像，它正以“图像”表意来挤压甚至排斥“文字”表意。当图像被当作文学对于现实和主观关联物的符号中介时，它就会被当作现实本身——用图像的直观性替代自然物的在场性。艾尔雅维茨在《图像时代》里曾引用米切尔（W. J. T. Mitchell）的话来说明图像符号表意对现实认知的巨大干预：

> 图像是一种伪称不是符号的符号，从而伪装成（或者对相信者来说，事实上能取得）天然的直接性和存在性。词语则是图像的“另类”，是人为的，是人类按照自己的意愿武断地生产的，这种生产通过把非自然的元素引进世界——如时间、意识、历史，并通过利用符号居中的疏远性干涉——而中断了自然存在性。[15]

数字媒介中的“比特”作为软载体符号（可以是图像或词语），正在利用技术仿像的新的表意体制，伪装成具有自然的直接性和呈现性。它通过将非自然、非真实的成分引入创生性赛博空间，并运用超文本或超媒体符号思维的外在干预，形成自然呈现的中断和现实表征的阻隔。其所导致的数码虚拟人为而任意地对人的愿望的生产，会形成人与现实真实关系的遮蔽和文学表意方式的图像化转型。这时候，人与艺术对象世界之间出现了聚焦置换——电子文本所要表现的要么是仿真的符码世界，或曰“虚拟现实”（virtual reality），要么表现图文增殖而现实缩水的超文本世界。创作不过是符号仿真的选择性运用，其表意形态不再是在话语能指与符号所指之间寻求现实的对应性，不再是在传统的主客分立的世界中设定审美关联，而是用异质性的图像符号表意消解原有的话语表意体制，将图文语像引向文学的意义表征。这便是数字媒介时代所普遍出现的“图像转型”“符号内爆”的技术依据。在这种情况下，作为纸质“语言艺术”的传统文学不得不迅速移至后台，而把中心舞台让位于影视、计算机创作等视听艺术。这也许是数字媒介不可抗拒的技术力量影响中国当代文学的深层原因。

二

数字媒介对当今文学转型的推力是媒体与技术联姻的文化结果。在麦克卢汉所说的新媒介新技术构成了社会肌体的“集体大手术”⑯时代，文学如果不能避开新媒介犀利的锋芒，就只能借助这种媒介来打造自己新的文化命意。一部文学史，就是媒介变迁拉动文学逻各斯命意延伸的文化传播史。早期语言媒介传播形成的部落族群与“熟人社会”，创造了“杭育杭育”的临场文学和歌、乐、舞三位一体的经验审美；文字书写媒介的创生智慧所形成的规范化艺术惯例，把文字的凝练诗意和彼岸想象性推进到言志、传情的人文高峰，而印刷术的发明又加速了知识的普及，使得民族文化、国家利益和主流话语成为文学审美意识的观念设定，让理性的审美追求成为普适性的艺术法则。晚期资本主义的技术革命和文化逻辑催生了电影、电视、广播等电子媒介的兴起，创生了开放、多元的审美取向，引发了艺术受众的市场化细分，也刺激了现代人感官享乐化的文化消费，加速了媒体的权力化和商业化。这些早期电子媒介对传统文学的技术解构和观念颠覆，已显露出后来数字媒介下文学转型的征兆，以至于让麦克卢汉对电子媒介的强力提出入木三分的警示：“媒介的‘内容’好比是一片滋味鲜美的肉，破门而入的窃贼用它来涣散思想看门狗的注意力。”⑰

数字媒介对文学发展的影响力比此前的所有媒介都要广泛、深刻和迅捷得多——这不仅包括文学创作、欣赏、传播的方式，也包括文学文本的存在形式和功能模式，还有文学生存、生长的整个生态环境和文化语境，从而对文学转型扮演“消解”和“启蒙”的双重角色。

借助数字媒介的平民化叙事，促动文学向民间意识回流，让文学从专业创作向“新民间写作”转型，是新媒介给予当下中国文学转型的第一推力。以计算机网络为代表的“E 媒体”，先验地预设了兼容和平权的机制，技术化“在线民主”强化了在线写作的民间立场，激发了社会公众的文学梦想和艺术热情，让文学在消解中心话语和权级模式中，实现话语权向民间的回归，正如一位文学网友所言：“平民话语终于有机会同高贵、陈腐、故作姿态、臃肿、媚雅、世袭、小圈子等话语并行，在网络媒体上至少有希望打个平手，并且感受到，网络就是群众路线，网络文学至少在机会均等上创造了文学面前人人平等的局面。”⑱网络媒体是一个反中心化、非一元化的虚拟世界，它漠视权威，消除等级，拒斥英雄情怀和盛气凌人，无论是达官贵人还是黎民百姓，在这里都是平起平坐的网民。因而，网络写作常以平民姿态、平常心态写平凡事态，用大众化、生活化的叙事方式，展示普通人本真的生活感受。于是，崇拜平庸而不崇尚尊贵，直逼心旌而不掩饰欲望，虚与委蛇和矫揉造作让位于任性率真，鲜活水灵冲淡了呆板死气，所有这些便成为数字媒介写作最常见的模式。

众所周知，文学的根基在民间，文学发轫之初本属“民间文化”的。远古初民感性生存的精神诉求是文艺起源的人类学基点。那时，文学话语权属于所有社会成员，生活中每个言说者都可成为行吟诗人，机会均等与创作自由成为那个时代高扬的艺术旗帜。后来，随着社会分工的出现，文学在走上高、精、尖的道路时，逐渐脱离大众而将专有的表达技艺演绎成文学的权力话语和文化垄断，把庶民文学的“众声喧哗”转化为象牙塔中的个人吟咏和文人间的应和酬答。主流意识形态赋予文学以社会责任，文人道义给予作家以审美承担，文学创作和欣赏都成了精英的事业和少数人的特权，“创作高台”和“传播壁垒”的双重关卡使文学中的民间审美意识日渐稀薄，社会主流文学离民间、民众和民俗的母体越来越远，文学活动由众声喧哗变成“你写我读”的布道与聆听，由此形成了千百年来文学话语权的垄断模式。

数字媒介的出现改变了精英书写的陈规旧制，网络传播重构的公共空间向民间大众特别是文学圈外人群开启，于是重新确立了民间本位的写作立场。网络构筑的“平权”意识使文学得以回归民间母语，实现平民化叙事和表达民间审美意识。尽管目前的“网络民间”基本上还是个“都市民间”或“知识化民间”，但数字媒介创作的开放和民间姿态仍然是文学观念的一大进步，也是文学生产力的一次新的解放。因为全民参与文学的诗学意义在于：它革新了文学旧制，颠覆了文学等级观念，消除了“贵族书写”，打破了专业作家对舆论工具的垄断，分享了社会精英、文化贵族的话语权。作家陈村说过，文学史素来都不是杰作史，“许许多多的人在文学中积极参与并有所获得，难道不是又一层十分伟大的意义吗？”[19]

数字媒介对当今中国文学转型的另一推力表现为：用技术方式为文学活动赢得了更大的艺术自由度。恰如有研究者所言，网络写作最明显的特点是它的高度自由：“它不像传统写作那样依靠作品的出版和发行实现社会的最终认可，因而不仅摆脱了资金和物质基础的困扰，更重要的是……署名的虚拟性和隐蔽性，使写作者实现了真正的畅所欲言。”[20]如前所述，互联网等数字媒介的一个突出特点就是在虚拟空间为用户提供自由。文学本来就是自由精神的产儿，它源于人类对自由理想的渴望，对自由世界的幻想，又以“诗意的栖居”为人类精神打造自由的精神家园。数字媒介的出现为文学装备了自由的引擎，为文学更充分地享受自由、更自由地表达插上了翅膀。可以说，数字媒介之接纳文学或曰文学之走进数字媒介，就在于它们存在一个兼容而共享的逻辑支点：较大的自由度。“自由”已成为文学与数字科技的结合部与黏合剂，数字媒介的自由表达为我们赢得了科技与人文相得益彰的更为广大的时空。

数字媒介推进的文学自由，是在突破文学成规的过程中实现的。以网络写作为例，其写作的非功利性首先改变了原来的创作动机。多数人上网写作都是出于某种交流欲望、宣泄诉求甚至游戏心态，往往不求获得文学名分、版税收入和社会地位，这样写起来就容易做到无拘无束、任意挥洒，以“无我”之心态表达“真我”的情怀。作家张抗抗曾形容说：“无论大鱼小鱼，在网络世界里自由漫步，发问与应答、痛苦与欢乐，都是悄然无声。岸上的人听不见他们的发言，他们的话是说给自己和朋友们听的。那些声音发自孤寂的内心深处，在浩渺的空间寻找遥远的回声。网络写作者的初衷也许仅仅只是为了诉说，他(她)们只忠实于个人的认知，鄙视名誉欲求和利益企图——这是最重要和最宝贵的。”[21]另外，网络写作的匿名性质提供了虚拟身份的自由，消解了文学的“责任焦虑”。互联网拆除了创作者身份等级的藩篱，只要愿意人们都可以上网写作和让写作上网，因为在网上没有人知道你是谁，“大狗小狗”都可以在这里“汪汪”叫上一通。再者，网络传播技术为网民提供了发布作品的自由，它用“无纸传播”实现了文学的无障碍传播，解决了作品“发表难”这一关键问题。互联网的节点融通性拆除了创作成果“出场”的围栏，降低了作品资质认证的门槛，使来自民间的文学弱势人群有了发布作品的平等权。数字技术以比特代替原子，用“软载体”消弭作品的重量和体积，又以蛛网覆盖和触角延伸的方式把“文学的海洋”拉到每个读者的眉睫间，使人在尺幅之屏可阅尽文学春色，充分满足万千读者对文学“在场”的期待，使昔日的“踏破铁鞋无觅处”变为“得来全不费工夫”。还有，网络的交互性特征还为文学接受创造了交往的自由。在网络上，作者与读者、读者与读者的交往变得平等而迅捷、自由而直观。一个作品上网立即可以得到来自读者的反馈，不仅有点击率的记录、排行榜的公示，还有直言不讳、不留情面的真话或“酷评”。这个用鼠标“拉”来的神奇世界，能将万千曼妙尽收眼底，让悠悠永恒在一刹那收藏，文学“隐含的读者”直接走进了网民的“接受屏幕”，作品的“召唤结构”迅即印证着网民的“期待视野”，作者、读者、批评家的彼此沟通和身份互换，就这样轻松地共聚在一个自由的平台。

数字媒介对今日中国文学转型还有一个推力是，突破了原有的文学惯例，对文学体制的历史演进探索了新的可能。数字化媒介用不同的技术工艺对文学实施“在线手术”，让传统的文学体制与活动机制遭遇拆解和置换，这里有几个为人熟知的常规表现。比如，文学媒介由语言符号向数字符号转变，文学突破了“语言艺术”的阈限，减少了对语言单媒介的依赖，实现了符号载体的“脱胎换骨”；与之相关，作品形态由“硬载体”向“软载体”转变——用“比特”替代了“原子”，用“符码”替代了“物质”，用“空中的文字”替代了“手中的书本”；文学类型的分化与文学边界的模糊，纪实与虚构、文学创作与生活实录、文学与非文学的界限被逐步抹平，传统的文学分类方式变得模糊或淡化，一些新的文体如“聊天体”“接龙体”“短信体”“对帖体”“链接体”“拼贴体”“分延体”“扮演体”以及“废话体”[22]等不断涌现；还有更为明显的是文学传播方式的根本改变，如由“推”(pushing)传播向“拉”(pulling)传播的转换，由单向传播转换为多向交互式传播，由迟延性传播转换为迅捷性传播等，从物质、时间、空间三位一体上突破了原有的藩篱，实现了文学的无障碍传播。

更深层次的突破则表现在思维和观念上。在思维方面，源于技术更新，数字媒介写作由传统的“字思维”转变为工具理性的“词思维”。键盘与界面的数码书写创造的是一个“铅字无凭、手稿遗失”的时代，机器的规则代替了汉字的结构规范，数字操作颠覆了铅字权威，“输入”代替“书写”的直接结果便是“词思维”对“字思维”的替代。以机换笔后，创作主体的艺术思维没有了执笔“戳”字时的语言形象相伴，也没有了笔意和书法，甚至没有了“文化”，没有了“文章千古事”的道义约束和“手稿时代”严肃与执着的创作心态，以及因纸张变黄发脆而产生的历史感。有一篇文章《遗失手稿的时代》说得好：“电脑写作使敲击键盘代替了执笔手书，速度的成倍增加使书写具有了某种一泻千里的快感，思维因书写过慢而受阻的现象也大大地减少了。这使得写作比以往更接近‘心想手书’的同步状态，也使作者（尤其是诗歌作者）能更好地捕捉稍纵即逝的意识流；而且，熟练的键盘操作使‘手书’成为一种近似于无意识的行为，‘手书’意识的减弱，使作者能把更多的注意力集中在‘心想’上，这样的写作状态更自然、更真实，并减少了书写意识过强时易造成的理性对于初始情感的扼杀。”[23]可见，这一革命性的变化远非技术操作层面显现得那么简单，它影响的是创作者的艺术思维——“词思维”的直观与快捷使表达“提速”，但却挤占了“字思维”的理性过滤和思想沉淀，把文学创作的意义生成全部交给了感觉的播撒，消弭了文字书写时的深思熟虑和因表达“延迟”而凝练的语言诗性。并且，技术复制、删改、位移和运字如飞的便捷可能造成“文责”承担感的减弱、文字垃圾的滋生和文学韵味的消失；写作的随意性和信息的频频更新亦会消弭文学的精粹，导致快餐文化的膨胀；而手稿的消失也会使读者无从考据作品的写作时间、心境、修改踪迹乃至私人化的背景和人格魅力方面的东西，造成文学性的平面化和碎片化，失去时间的纵深感和历史深度。

文学观念上的变化突出表现为重新确立“自娱娱人”的功能

范式。传统的文学创作主要是精英书写，追求的是“文以载道”“有补于世”，乃至于“畅神比德”“立言立心”而成“不朽”。大凡文学都要高标一定的精神向度，注重涵养人的道德家园，给人以情感的亲切抚慰与心灵皈依的启迪，使人性更加丰满和灵魂得到净化；都要体现终极关怀，用艺术灵犀展开对精神彼岸自由王国的向往、叩问与追寻，通过求真、向善、爱美的理想化诉求获得信仰之光；都要有现实的民生关注，使自身成为社会文明的火炬，以便用优秀的作品鼓舞人心……

这些文学功能模式在数字媒介时代日渐成为一个渐行渐远的历史背影，并且被后现代观念视为“宏大叙事”（grand narrative）或“元叙事”[24]（metanarrative）（利奥塔）及“表征危机”[25]（representational crisis）（波德里亚），而需要施以“范式转换”。数字媒介语境中的文学行为，它不是救世济民而主要是表现自我，不企求终极关怀而注重抒发性情，不求崇高宏大只求兴之所至的淋漓表达。就像一网友所说：“只要比李敖更狂傲，比王朔更痞气，比金庸更平庸，我就将在网络里打造天堂！”[26]李寻欢《边缘游戏》《数字英雄》的搞笑煽情，邢育森《活得像个人样》的浪漫和悖谬，龙吟《智圣东方朔》的“文侠”智慧和东方式幽默，以及 flying-max 的获奖小说《灰锡时代》表现出的黑色幻想和生存狡智等，都是以自娱娱人、轻松谐谑的特点在网上网下广为传播。笔者曾对十大文学网站的原创作品作过调查，结果表明：爱情、搞笑和武侠题材位居前三位，其中搞笑的作品约占作品总数的 17％，那些 BBS、聊天室、新闻组、讨论区和个人博客里的文字如果也算文学的话，这类作品的比例会更大。

可以说，数字媒介下的文学功能，开始大范围由社会性尺度向个人化标准转变，从“寓教于乐”转向了“自娱娱人”。新媒介作品犹如“电子面条”，旨在使自己一显身手，让网虫们开胃解馋，既不希冀编辑或出版商认可，也无需社会权力话语的首肯。创作者要的就是“孤独狂欢”的感觉，只要能畅神达意、开心解颐，玩着自己的心跳，又能让人叫好，便是“数字一族”所要的一切。学水利专业的博士痞子蔡说他上网写小说就像“不穿鞋的奔跑”，就要一个“爽”字，自己在网上一夜成名不过是“擦枪走火”击中了文学。安妮宝贝称自己写作《告别薇安》时，是“在写着一本写在水里的小说”，“它好像是黑暗中的一场幻觉”。网络创作是如此，网上欣赏何尝不是这样？网民漫游网络完全是跟着感觉寻找快乐，很少有意义的探究和隐喻的延宕，不像书面阅读那样亦步亦趋依据语言符号的间接转换去达成再造性想象的彼岸性。敞开抚慰性幻想和快感消费的满足，才是新媒介活动所要摁住的“文化快捷键”，于是文学功能在其中自然就发生了巨变，也比原来更为丰富多彩了。

三

数字媒介对中国文学的转型有不可否认的积极作用，但也应该看到，它又有消极解构和品质异化的一面，甚至给文学的健康前行带来不可忽略的阻遏与伤害，“米勒预言”提出的“文学消亡论”即源于此。[27]笔者同意米勒先生“电信时代文学不存”的某些分析，但不能接受他的结论。因为文学消亡也就标示着人类精神和审美的消亡，亦即表明人类生存的无意义乃至于消亡。不过，米勒预言的意义在于：应该充分认识电信技术对当今文学转型的不可逆转性，特别是对新媒介给予文学的负面影响必须有清醒的认识，对其所导致的文学异化更应引起警觉。

首先是数字媒介对于文学性的技术化消解，从而造成文学的非艺术化趋向加剧。文学走进数字媒体是时代的必然选择，但文学的数字化生存并不就是艺术的胜利。网民的“文学在线”一旦不是为了文学性的目标，纵使文学被数字技术纳入新媒介的丛林，它生长的也未必是艺术审美的果实。以网络文学为代表的数字媒介作品数量庞大，但艺术质量不高乃至于文字垃圾泛滥却是不争的事实。作品发表“门槛”的降低和作者艺术素养的良莠不齐，使得“灌水”之作充斥网络空间。有“网络”而无“文学”，或则“过剩的文学”与“稀缺的文学性”形成的鲜明反差，已成为新媒介作品的最大诟病和严重制约网络文学发展的瓶颈。

深而言之，这种状况与数字媒介对语言的诗性特质施加技术“祛魅”(Disenchantment)不无关联。数字化比特叙事所创造的是图文语像汇流的技术文本，在此，文学很容易由间接形象的“语像”(language iconography)转化成直观的“图像”(structured image)，昔日的“语言艺术”变成了图文兼容的界面文本，那种通过书页文字解读和经验还原以获得丰富想象的间接性形象，已让位于图文兼容、音画两全、声情并茂、界面流转的电子快餐。此时，文字的诗性、修辞的审美、句式的巧置、蕴藉的意境等，一道被视听直观的强大信息流所淹没，语言文字独有的魅力被技术“祛魅”或“解魅”了。数码技术的“无所不能”和数字信息的“无远弗届”，正在把最大众化的“祛魅”工具交到每个数字用户终端。昔日“纸面”凝聚的文学性被“界面”的感觉撒播碾碎，文学表达对技术机器的依赖，无情地分割了原有的美与审美，用过剩的符号信息制衡了文字的蕴藉体验。当作品的“界面”流动淹没“纸面”沉淀的思想时，文字写作与阅读时的那种风格品位和诗性魅力便荡然无存了。众所周知，汉语文字内视性、蕴藉性、想象性和彼岸性的细嚼慢咽、心灵内省和思想反刍，本是文学审美的高峰体验，欣赏者对文字表征的间接形象思而得之、感而悟之、品而味之,“此诗之大致也”。[28]但在网络文学等数字媒介作品中,文字的速度阅读和多媒介的相互干扰,不断解构文字品味时的“澄怀味象”(宗炳),“余味曲包,深文隐蔚”(刘勰)和“境生于象外”(刘禹锡)的想象性审美体验,消解了文学韵味的主体沉浸感和审美意象的丰富想象力。这样的作品似乎不再拥有“有意味的形式”[29]和“艺术里的精神”[30],文学的诗性特质被电子“仿像”(simmulacrum)的技术操作拆解,文字的隽永美感让位于图文观赏的快感,艺术欣赏变成了感官满足和视像消费,文学应有的品质就这样给“电子幽灵”吞噬了,“文学性”——这个文学审美的内蕴支点和文艺学建构的核心命题也失去了持论的现实基础。

主体承担感的淡化导致文学作品的意义缺失,是数字媒介下文学受阻和异化的又一表现。数字媒介里的文学行为具有实时、互动、跨境、跨文化、跨语言传播的特点,又有着匿名交流、孤独狂欢、行为自律的特性。在网络的虚拟空间里,人们揭去了生活中的各种面纱,消除了现实里的社会角色,尽可以用真实的自我袒露心性而与他人交流,可以用最“无我”的方式实现最“真我”的传达,这是数字媒体的优势。但与此同时,作品“在场”与作者“不在场”,又将导致创作主体观念的虚位和作者承担感——文学承担、审美承担、道德承担和社会承担的缺席。由于创作者身份的虚拟和游移不定,许多网络创作在“无我”与“真我”的双重游戏中放弃了主体的艺术使命,回避了不该回避的社会责任。作者全凭自律而无他律,因为他无需为人民代言、为社会立心,也毋庸给艺术的进步以承诺,甚至不再秉持文学传统的赓续和艺术规范的服膺。结果,文学生成中应有的价值承载、意义深度、审美创新和社会效果等艺术期待,均失去了合理的逻辑前提。有网友这样表达自己失去主体承担时的困惑:

> 我想每个人都很迷茫，到底自己在网络里寻求些什么呢？寻求心灵的安慰？寻求感情的寄托？寻求一刹那的刺激？寻求不变的承诺？或许是孤独时想上网找个人消磨自己的寂寞；或许是悲伤时想上网找个人发泄自己的痛苦；或许是失意时想上网找个人倾诉自己的落魄。大家都在这个虚幻的网络里寻找各自永不凋零的塑胶花。㉛

而另一位网友则真实地解释了这一困惑：

> 到论坛里走走看看，是自己的愉快，别人无权说三道四；到论坛里说不说话，是自己的愿意，别人无权指指点点；到论坛里大闹天宫，是自己的选择，别人无权刻意阻挡；到论坛里说话不多，是自己的习惯，别人无权要求改变。仅此而已。㉜

于是，文学的精神品格和价值承担、人类的道德律令和心智原则，终于让位于个体欲望的无限表达，在线写作的修辞美学让位于意义剥蚀的感觉狂欢，虚拟空间里失去约束的主体和得到解放的个体，最终得到的只能是消费意识形态的文化表达。这导致许多网络作品拒绝深度、抹平厚重、淡化意义、逃避崇高，封堵了文学通往思想、历史、人生、终极意义、理性价值的路径，消弭了文学应有的大气、沉雄、深刻、庄严、悲壮等艺术风格和史诗品格，抛开了文学创作者所应担负的尊重历史、代言立心和艺术独创、张扬审美的责任。

数字媒介下文学经典引退形成的文学信仰消退和地位下滑，也可看作是数字媒介对今日文学的一大负面影响。文学经典是基于艺术积累并由特定审美文化命意所标持的价值规范，数字化媒体打造的是大众文化、新民间文学，而不是典雅的精英文化或“纯文学”，数字化写作常以委地如泥的“渎圣化”思维，将精英文学时代崇高的文化命意改造成快乐游戏，就像瓦尔特·本雅明所说的那样用作品的“展示价值”替代“膜拜价值”。[33]经典是由时间的历史累积而成的认同标准，它总是以“缺席的在场”方式被历史性地延迟出场，而数字媒介写作却只在当下的空间共享着交互的过程。当技术媒介越来越以自己的祛魅方式揭去文学经典的神圣面纱，抛弃、回避和挤兑其认同范式、深邃意旨、生存空间时，文学还有能力用“经典”为人类圈起一个理性的精神家园吗？技术平权下的数字化文学是“寄生”而“易碎”的，它根本不给人品味和反思的时间，不仅难用经典的标准评价它们，甚至无从形成评判标准。文学网民以快捷的技术操作游弋于虚拟的快乐世界，他们不会去刻意追求经典性与精致性，所要做的只是如何更充分地展示自己和被人欣赏，所诉求的也是自况而非自律，所追求的更是“当下”和直观，而不是经典、深度与意义。此时，文学经典逐渐枯竭的力量已无法抗拒，它及其所依存的体制要么认同新媒介的合法性，要么在数字媒体面前隐遁皮藏和沉默不语。

新媒介消解文学经典的一个重要原因在于：数字化复制与拼贴技术造成艺术创新观念的淡化。经典是一种审美发现，一种艺术原创和个性独创，而数字媒介写作重发表不重发现、重表达不重原创，它用机械复制与技术拼贴消弭了原创与仿拟的界限，如本雅明指出的，“技术复制能把原作的摹本带到原作本身无法达到的境界”。[34]尼葛洛庞帝也认为：“数字化高速公路将使‘已经完成、不可更改的艺术作品’的说法成为过去时。给蒙娜·丽莎的脸上画胡子只不过是孩童的游戏罢了。在互联网上，我们将能看到许多人在‘据说已经完成’的各种作品上，进行各种数字化操作，将作品改头换面。”[35]于是，经典艺术和艺术经典的观念一道无可避免地遭遇技术的解构：一方面数字技术的无穷复制改变了艺术经典的恒久沉积，转移了人们对经典的审美聚焦；另一方面，艺术复制用技术干预造成了原创观念中断和文本诗性的语境错位。复制就是本源，拼贴即是生成，文本生产成了“文化工业”，符号仿真成了文本诗意天然合理性的依据，真正的艺术性和艺术的经典性倒成了被遗忘的隐喻。恰如有评论者所言：“经典写作那种可供反复阅读、欣赏的情况在网络写作中将不复存在。一千个哈姆雷特中的九百九十九个已经死去了，只剩下一个还在此时此地嬉皮笑脸，做抓耳挠腮的快乐状。……经典文学写作的黄昏已经来到。”[36]经典不再，文道焉存，一旦昔日被膜拜的经典从文学地平线上消逝，经典所代表的那一整套审美规则和艺术理念将复何以求？

四

在数字媒介迅速成为这个时代的“元媒体”(metamedia)和“宏媒体”(macromedia)时，人们不会怀疑它对文学的强势覆盖和敏锐渗透的威力，却不免担忧和反思文学的命运和前景。媒介革命已成为催动新世纪中国文学转型的技术引擎，但这一语境中的文学能否真正延伸成为文学发展的历史关节点，推进转型中的文学健康前行？在由传播媒介引发的文学新生与守成的博弈过程中，中国文学是否还有创新的活力？基于此，我们必须确立新世纪中国文学发展和建构的理念，以确保在不可抗拒的技术力量面前，还有足够的自信悉心地呵护文学，使它既能坚守又有发展。此时，我们需要找到能顺应新媒介变革，又能福佑中国文学前行的建设性维度。

转变观念、调整对文学的理解方式、建构数字媒介语境下的文学观，这是当下文学创新的前提。尼葛洛庞帝说过，“计算不再只和计算机有关，它决定我们的生存”。[37]现在看来，数字媒介决定的不仅是我们的生存，还有文学艺术的生存。正所谓“文变染乎世情，兴废系乎时序”，[38]变则通，通则久。当“数字化生存”成为人类不可逆转的生存方式，文学的数字化存在就将成为文学史的现实存在。此时，最需要做的就是高扬通变的旗帜，重塑与之相适应的文学观念。电脑艺术、网络文学、手机创作等，是与知识经济时代的高科技环境相适应的，是这个时代的文化和文学表达。我们只有立足现实、超越传统、实现知识视野和观念模式的更新，才会有文学的进步与创新的活力。今天，数字媒介的技术力量，已经使文学的存在方式、功能方式，文学的创作、传播、欣赏方式，文学的使用媒介和操作工具，以及文学的价值取向和社会影响力等，都发生或正在发生着诸多新变，因而传统文学的观念形态也必须在思维方式、概念范畴、理论观点、思想体系和学理模式等总体构架上有所革新，这样就可以由观念转变推动理论创新，由理论创新达成理论创新体系。由此，我们才能把数字媒介对于文学传统的挑战变成文学在涅槃中再生的契机，在迎接挑战中建设数字媒介语境中的新文学。

在这个过程中，文学仍然需要践履人类赋予其精神原点的价值承诺，让新媒介成为建构新世纪文学的有效资源，这是我们必须坚守的立场。面对传统文学与数字媒介文学并存的发展格局，应该以兼容和互补的立场，确立文学多元发展的层级模式，让数字媒介文学成为传统文学的必要补充和有效延伸。需要确认的是：数千年延续下来的文学传统及其精神原点永远是本位和本体的，它们是文学发展之根和文学观念之源，需要亘久的绵延和持续的坚守，即使文学要变也要将之视为改变的依据，任何新媒介文学都需要将它作为发展的前提，并以不断创新的业绩给传统的文学精神以生命滋养，而不是让数字媒介淹没伟大的文学传统，用工具理性覆盖文学的本性，用新媒介的技术力量吞噬文学的审美品格。质言之，文学是一种人文精神性的价值存在，它浸润的始终是创作者的审美情怀，释放的是审美化的诗性魅力，营造的是人性化的心灵家园。当一种文学止于媒体突围却尚未实现艺术创新和价值重建时，人们对它的疑虑是必然的，因为它自身的历史合理性是未经证实，也是处于悬置状态的。如果数字媒介文学的时尚意义大于审美意义、媒体革命多于艺术创新、传播方式胜于传播内容，它一定得不到现实的承认和尊重，其合理性亦将不复存在。从此意义上说，新媒介文学永远需要从传统的精英文学中汲取营养，坚守人文审美的价值承诺，并用新媒介拓展文学的新空间与新价值；同时，传统文学也要在调整与转型中吸纳新媒介文学的新鲜经验，在丰富和改变自身中重塑文学的新境界。

总观中国文学发展史，一次次的媒介变迁从未中断文学精神原点的历史赓续，倒是新媒介的不断涌现赋予了文学更替以新的资源。历代文人的写作由甲骨、钟鼎、木牍、竹简而绢帛纸张，由刻刀到毛笔，由毛笔到铅笔、钢笔、圆珠笔，这些书写工具和文字载体的更替和进化，并没有阻碍反而推进了文学的进步和发展。进入 20 世纪后期，人类发明了电脑和网络，诞生了数字媒体，键盘鼠标和界面操作逐渐改变了传统的书写印刷和纸页阅读。毋庸置疑，这场媒介革命必将引起文学的巨变。但是归根结底，媒介还只是创作工具，载体和传播工具的改变，不会改变文学的本质与品格，不可能也不应该改变人类赋予文学的精神内涵。“变”中的不变与“不变”中的变，永远都是相对而辩证的，数字媒介只能给文学传统以新鲜的力量，而不能成为它的掘墓者。有作家敏锐地看到这一点："网络文学会改变文学的载体和传播方式，会改变读者阅读的习惯，会改变作者的视野、心态、思维方式和表现方式，但它究竟在多大程度上能改变文学本身？比如说，情感、想象、良知、语言等文学要素。"[39]另有作家给出了这样理性和乐观的答案："只要人性没有变，只要人类对美、对爱、对理想和幸福的追求没有改变，那么，文学的本质就不会改变。不管科技如何革命，不管书写的工具和传媒如何花样翻新，文学仍将沿着自身的规律走向未来。"[40]这是理智和令人信服的见解。

面对新变的媒介载体和不变的文学本性，还要确立一个调控、引导与主体自律的约束机制。互联网上的虚拟生活及其自由写作就像一个开放的实验室，把人性的丰富性与创造性、个性的多样性与局限性，都鲜活毕现地展示在公众面前。在这个虚拟、自由、兼容而共享的空间，极容易出现滥用自由、膨胀个性、无限张扬欲望的现象，从而导致意志薄弱者放弃伦理责任和道德约束，也容易使他们视网络空间为"电子烟尘"的集散地，甚至是藏污纳垢的"无沿痰盂"。我们不愿看到的是，网瘾、网恋、网络黑客与计算机病毒等负面文化，以及网上欺诈、网络黄赌等网络犯罪现象的滋生，不时地玷污网络空间，甚至让虚拟世界的道德败坏成为现实社会德行失范的诱因，导致造福苍生的信息科技偏离其人文的准星。因而，实施对数字媒介的必要控制，倡导网络空间的主体自律，其所涉及的不仅仅是个人的操守品格，还关涉这种文化空间的净化与健康，乃至于社会的精神文明、文化建设、社会和谐与可持续发展等一系列问题。

如前所述，数字媒介在给予主体以较少限制和更多自由时，可能导致这里的文学活动松懈本该秉持的艺术操守与道德承担，而让信手涂鸦之作、无效乃至于有害信息挤占文学空间。有一网络写手这样说："在网上，不想要法律就没有法律，不想被管制就不被管制，不想有规则就放弃规则——还有什么东西比网络更让我们疯狂的呢！"[41]不过应该看到，事实上，即使是最自由的网络空间，也要保证自由与限制的统一。姑且不说这里存在着人文伦理和相关法规的限制，计算机视窗系统（如 Windows）尚未开放的"信息源代码"就是一种天然的约束和限制，而"电子牧场"潜在的技术监控更是无时不在，高技术背后的知识权力结构无时不在地左右着显见的信息权利分配，这是赛博社群的自治伦理和网际生活的自我伦理共同构筑的虚拟生活的伦理框架。因此，"必须在双重视域之中考察电子传播媒介的意义：电子传播媒介的诞生既带来了一种解放，又制造了一种控制；既预示了一种潜在的民主，又剥夺了某些自由；既展开了一个新的地平线，又限定了新的活动区域"。[42]

于是，健全"他律"与"自律"并存的约束机制，也许是庇佑新媒介文学健康前行和发展的必要前提。在此，"他律"指的是国家调控的法律法规约束，当然也包括研发必要的技术软件[43]以监控网络的不良信息，设置文学主体行为的"数字边界"，倡导或引导高品位的文学艺术创作；而"自律"则是培育主体在数字媒介下的信息伦理观念，倡导"慎独"精神，以自我约束坚守文学的人文本位。因之，与传统文学一样，数字媒介文学仍然是人的精神现象学和人类的精神家园，仍需打造灵魂的健康，培植坚挺的精神，在技术与艺术的融合中添加人性化的伦理装备，重视信息科技之于文学底色的价值赋予，要借助新媒介作好自己的"道德文章"。说到底，网络上的自由写作还是个人自由与道德限制的统一，一个网络写手如何利用这种自由与限制之间的张力，首先必须遵循信息空间的公共秩序。譬如，上网写作需要像传统写作那样遵循一定的创作规律，又需要服从电脑操作的技术规范，而这两种约束都必须基于个人、社会和他人的共同需要，统一于科技伦理、人文操守和艺术审美的共同设定。这样就会有利于文学创新、技术进步和人性健全的共同理想，让新媒介文学更有效地促进人类社会走向和谐与文明，而不是本末倒置，造成技术对德性的排斥或机器对心灵的伤害，更不是把人和文学都变成"技术的奴隶"，导致科技发展水平与人文道德、文学创新之间的深刻矛盾和巨大落差。如果说科技以人为本，文学以人为限，那么数字媒介时代的文学就要在科技与人文之间架设艺术的桥梁，它只能为技术的人性化加载伦理的亮色，而不是用数字技术的锋刀斩断道德底线和艺术良知。

与此相关的是，数字媒介语境中的新文学构建还要解决另一重要问题：即文学的技术化或曰文学对数字技术的依赖。数字媒介源于高新信息技术，新媒介引发的文学转型首先是由技术载体的分野引起的。但技术不等于文学，技术优势也不等于文学强势。说到底，文学是源于人的精神和心灵而不是技术，技术只是文学借助的工具，它应受制于文学的艺术目的，为创作者遵循艺术规律插上创造的翅膀，而不是以技术优势替代艺术规律。毫无疑问，文学艺术的发展离不开技术进步，但文学的价值命意又是超越技术的。计算机网络技术无论多么神奇，它仍然只是技术而不是文学。技术可以具有"艺术性"，而文学艺术则不能"技术化"，因为技术作为文学的道具，它永远代替不了文学的创造。技术要转换成为文学是有条件的，它只能在两个层面与之结缘：一是工具媒介，二是理解世界的观念。前者是文学创作借助的手段，后者才是真正让技术介入文学内核并对之施加影响的决定性因素，即技术化生产方式导致的人类理解世界方式的变化，以及由此产生的人对自身与世界的审美关系的深入体察和把握。当前的一些新媒介创作如网络文学等，之所以被讥为“灌水”“马路黑板”“乱贴大字报”等，就在于它们多是在工具层面体现数字媒介的技术特性，却未能在理解世界的方式上进行审美创造，以至出现以游戏冲动替代审美动机、以工具理性替代诗性智慧、以技术的艺术化替代艺术的技术性等“非文学化”或“准文学化”的现象。技术是功利的操作，文学是精神的凝聚；技术像庖丁解牛一样实现驾驭规律的自由，文学创作则如春蚕吐丝般酿造生命的境界。同理，数字媒介技术能为文学插上科学的翅膀，但它飞翔的目的地应是艺术审美的殿堂而不是技术的作坊。

技术进步会给未来的文学创造增加更多的技术含量，但新世纪的中国文学转型最需要的并不在技术媒介的升级换代，而是借助新技术提升作品的艺术水准与审美价值。在传媒技术愈来愈艺术化的创作语境中，文学有时还需要摆脱对技术的依赖，与技术霸权的“赢家通吃”相抗争，让新世纪的中国文学遵循艺术的规律而不是屈从技术的设定。只有这样，才能用数字化传媒重铸中国文学的历史，在复杂多变的社会和文化语境中创造属于自己的文学辉煌。

注释：

① 陆群等：《网络中国》，兵器工业出版社，1997 年，第 48 页。

② 2006 年 7 月 19 日 CNNIC 发布《第十八次中国互联网络发展状况统计报告》，http://www.cnnic.net.cn/html/dir/2006/07/19/3994.htm，2006 年 9 月 28 日查询。

③ 新华网北京 7 月 20 日发布（记者冯晓芳）《全国电话用户超过 7.9 亿户 手机用户达 4.26 亿》，2006 年 9 月 30 日查询。

④ 1991 年的 4 月 5 日，全球第一家中文电子周刊《华夏文摘》在美国诞生，此后，遍布世界各国的中国留学生联谊会主办的中文网站和文学主页大量涌现，所发布的内容多为海外游子思国怀乡之作。迄今能见到的第一篇中文网络文学原创作品是署名张郎郎的杂文《不愿做儿皇帝》，发表于 1991 年 4 月 16 日《华夏文摘》第 3 期；第一篇中文网络原创小

说是一篇小小说，名为《鼠类文明》（作者佚名），发表于1991年11月1日《华夏文摘》第31期。

⑤ 如1997年底创办的网络原创文学网站“榕树下”（www.rongshu.com），截至2006年10月21日已经积累作品3 509 592篇，当日发布作品724篇。

⑥ 马歇尔·麦克卢汉：《理解媒介——论人的延伸》，何道宽译，商务印书馆，2000年。

⑦ 威廉·吉布森：《神经漫游者》，雷丽敏译，上海科技教育出版社，1999年。

⑧ 马克·波斯特：《信息方式——后结构主义与社会语境》，范静哗译，商务印书馆，2000年。

⑨ 尼葛洛庞帝：《数字化生存》，胡泳、范海燕译，海南出版社，1997年。

⑩ 叶永烈、凌启渝：《电脑趣话》，文汇出版社，1995年，第121页。

⑪ 朱威廉：《文学发展的肥沃土壤》，《文学报》2000年2月27日。

⑫ 李寻欢：《我的网络文学观》，百度搜索：2006年10月2日查询。

⑬ 尼葛洛庞帝：《数字化生存》，第3页。

⑭ 马克·波斯特：《信息方式——后结构主义与社会语境》，第150—151页。

⑮ 阿莱斯·艾尔雅维茨：《图像时代》，胡菊兰、张云鹏译，吉林人民出版社，2003年，第26页。

⑯ 麦克卢汉说，“新媒介新技术构成了社会机体的集体大手术”，见《理解媒介——论人的延伸》，第100页。

⑰ 马歇尔·麦克卢汉：《理解媒介——论人的延伸》，第46页。

⑱ 假道学：《戏说网络文学》，“白鹿书院”网站：http://book.qu-zhou.com/wlwz/0607/duanp/003.htm，2006年10月2日查询。

⑲ 陈村为首届网络原创文学奖《网络之星丛书》所做的序，花城出版社，2000年。

⑳ 赵宪章：《网络写作及其文本载体》，见《文体与形式》，人民文学出版社，2004年，第313页。

㉑ 张抗抗：《网络文学杂感》，《中华读书报》2001年3月1日。

㉒ 如时下在互联网上热炒的“废话诗歌”、“废话写作”讨论和“赵丽华诗歌恶搞事件”。2006年9月30日，一批当代“废话诗人”在北京召开新闻发布会，对外界的各种疑问集体作出答复，使“废话体”网络写作产生了更广泛的影响。参见新浪网“新浪读书”，2006年10月16日查询。

㉓ 任晓文、林剑：《遗失手稿的时代》，见孙洁、李露璐编：《网络态度》，安徽教育出版社，2001年，第18—19页。

㉔ 让-弗朗索瓦·利奥塔：《后现代状况：关于知识的报告》，车槿山译，三联书店，1997年。

㉕ 让·波德里亚：《消费社会》，刘成富、全志钢译，南京大学出版社，2001年。

㉖ 云中君：《网络文学进阶三步曲》，见孙洁、李露璐编：《网络态度》，第175页。

㉗ 美国厄湾加州大学教授希利斯·米勒(J. H. Miller，1928—　)1997年在《文学评论》第4期发表了《全球化对文学研究的影响》一文，初步提出"文学终结论"的观点；2001年第1期的《文学评论》又发表了米勒《全球化时代的文学研究会继续存在吗?》，该文从德里达的名作《明信片》开始提问，依次论述了印刷技术以及电影、电视、电话和国际互联网这些电信技术对文学、哲学、精神分析学甚至情书写作的影响，提出："在特定的电信技术王国中，整个的所谓文学的时代(即使不是全部)将不复存在。""新的电信时代正在通过改变文学存在的前提和共生因素而把它引向终结。"

㉘ 明人王廷相在《与郭价夫学士论诗书》中说："夫诗贵意象透莹，不喜事实黏著。古谓水中之月，镜中之影，可以目睹，难以实求是也。……言证实则寡味也，情直致而难动物也。故示以意象，使人思而咀之，感而契之，邈哉深矣，此诗之大致也。"

㉙ 克莱夫·贝尔：《艺术》，周金环、马钟元译，中国文联出版公司，1984年。

㉚ 瓦西里·康定斯基：《论艺术里的精神》，吕澎译，四川美术出版社，1986年。

㉛ 颍都墨人：《我们为什么来到网络》，刘学红编：《网上江湖》，第115页。

㉜ 白云：《随便说说》，刘学红编：《网上江湖》，第142页。

㉝ 瓦尔特·本雅明：《机械复制时代的艺术作品》，王才勇译，中国城市出版社，2002年，第94页。

㉞ 瓦尔特·本雅明：《机械复制时代的艺术作品》，第9页。

㉟ 尼葛洛庞帝：《数字化生存》，第261—262页。

㊱ 敬文东：《网络时代经典写作的命运》，百度搜索：http://www.baidu.com，2006年10月18日查询。

㊲ 尼葛洛庞帝：《数字化生存》，第15页。

㊳ 刘勰：《文心雕龙·时序》。

㊴ 张抗抗：《网络文学杂感》，《中华读书报》2001年3月1日。

㊵ 赵丽宏：《网络会给文学带来什么》，《2000中国年度最佳网络文学》序，漓江出版社，2001年，第3页。

㊶ 云中君：《网络文学进阶三部曲》，见孙洁、李露璐编：《网络态度》，第175页。

㊷ 南帆：《双重视域——当代电子文化分析》，江苏人民出版社，2001年，第4页。

㊸ 如近年电脑软件市场出现的“巡视软件”、“黑名单软件”、“因特网内容选择平台”、“中性标签系统”等，就可以通过技术手段过滤掉一些网络上的违法或有害信息。

（原载于《中国社会科学》2007年第1期）

"超文本"的兴起与网络时代的文学

陈定家

进入21世纪以来，起于青萍之末的网络风潮，悄然演化成天落狂飙之势，径直把我们带进一个"数字化生存"的世界。毫无疑问，互联网的横空出世写下了有史以来最伟大的神话。就文学这个以神话奠基的审美王国而言，一经网络介入，便立刻引发了大河改道式的族类迁移和时空跳转。千百年来辉映人类心灵世界的流岚虹霓，正被虚拟为诗意灵境中电子赋魅的天光云影。在整个审美意识领域，"网络文学"的"生成与生长"以及"超文本"的"兴起与兴旺"，已经成为文学世纪大转折的根本性标志。"超文本"研究也受到越来越多的关注，并成为中外文论与批评界一个开坛必说的"关键词"。但毋庸讳言，对"超文本"这个从数字技术领域引入的新概念，学术界的相关研究仍缺乏应有的人文烛照和审美关怀，中西贯通、文理兼容的诗学化深度阐释更为少见。可以说，"超文本"的兴起已成为网络时代文学研究最迫切的课题之一，因为"超文本"研究已成为理解文学图像化、大众化、肉身化、快餐化、博客化、手机化等时代倾向的核心内容与逻辑前提。

纵观文本发展史，从陶塑、骨雕、铜铸、缣文、帛书的文字形态到印刷文本的"粉墨登场"，由"泥与木"到"铅与火"再到"光与电"……在经历了一系列渐变与突转后，整个"表意"家族正经历着从A到B，即原子(Atom)到比特(Bit)的快速跃迁，一个全新的"超文本"世界轰然洞开。在这里,"超文本"鼻祖范瓦纳意在借"机"拓展人脑联想功能之"所想"几成现实;克罗齐所倡导的艺术与语言的"同一化"也不再是梦幻,"人人都可以是作家";雅各布森所谓的"支配因素"与"辅助因素"之间的张力空前增长;普通读者也可以像诗人一样在瑞恰兹所描述的各类"冲动"之间建立"稳定的平衡状态","写读互动"也成了"博客"们的日常游戏;罗兰·巴特所预言的理想化文本的许多特性基本上都已变成诗学常识;……但我们也不无遗憾地看到,"超文本"在催生大众审美狂欢的同时也制造了惊人的文化垃圾。按照"超文本"理论家乔治·兰道的说法,数字化"超文本"只不过借助网络技术的帮助,完成了结构主义以来文本理论家与批评理论家的设计而已,为"超文本"提供标志性特点之一的"超链接"(hyperlink)其实并非从天而降的神赐妙品,它的核心内容早已存在于巴特、德里达和克里斯蒂娃等人的文本理论中。它在实现前人梦想的同时也为今人带来了新的难题。目前,中国文论界在这个领域的研究还远未达到国际水准,虽已出现了《超文本诗学》、《网络文学本体论》、《网络叙事学》等重要著作,但总体上仍处于理论建构的起步阶段。

当然,"超文本"及其相关研究毕竟只是蓓蕾初放的新鲜事物,从崭露头角到渐成气候都需要一个发展过程。但目前已不难看出,随着"超文本"的日益普及,文学创作、传播与接受正在经受前所未有的革命,相关研究也处在风生水起的关口。基于这一认识,我们有理由得出了这一结论——"超文本是连接历史与未来的桥梁"。虽然目前多数人一时还难以真切地看到太多的动人景观,但已很少再有人怀疑,在这个"桥梁"的另一端确实存在着一个异彩纷呈、前景无限却又危机四伏、处处陷阱的全新世界。

一、传统文本的“超文本”性

20世纪60年代的欧洲，“造诗机器”和“取消文学产权”等思想相当盛行，超现实主义“自动写作”的构想令人神往。当时法国一个名为Oulipo(Ouvroir de Litterature Potentielle，意即“潜在文学的开启”)的文学团体十分活跃，这个团体大胆地尝试过各种异想天开的“自动写作”的文学实践。其中，特里斯坦·查拉(Tristan Tzars)“制造一首诗”的建议就令人难忘：

> 拿一张报纸。/拿一把剪刀。/在这张报纸里选一篇文本，长度和你要写的诗相当。/剪下文本。/然后仔细剪下这篇文本里的每一个词，把它们装进一个包里。/把包轻轻地晃一下。/然后依照字条从包里取出的顺序，把它们一张一张地拿出来。/精心的把它们粘起来。/你要的诗就成了。①

这种荒谬不经的“造诗”方式，让人联想到当下网络语境中流行的“恶搞”，对这种“歪门邪道的艺术”大约一笑置之足矣。但假如我们联想到中国甲骨文时代那些历史风云人物求神问卦的情形，或者“计算机写作软件”的运行原理，我们就有理由对查拉疑似亵渎缪斯的“剪贴诗学”另眼相看了。众所周知，文字作为文本的“细胞”，原本就隐含着文本的众多特征，特别是中国文字所包蕴的天然诗性基因和“细胞”间的亲和力，使汉语文本具有超强的结构张力和意义弹性。查拉也许想不到，他的“建议”于汉语竟然比法文更为适用。例如，同是20世纪60年代，中国学者周策纵写过一首“字字回文”的回文诗，足以将查拉的“剪贴诗学”演绎成一种“造诗经典”。回文诗原作由如下20字组成一个封闭的圆环，没有标点符号，为了排版方便，这里暂且斩断“圆环”，将其一字铺开：

星淡月华艳岛幽椰树芳晴岸白沙乱绕舟斜渡荒

这20个字，不管从哪个字起头，也不论从哪个方向开始，只要每5个字一句，顺序读来，正反都是一首五言绝句：

1. 星淡月华艳，岛幽椰树芳。晴岸白沙乱，绕舟斜渡荒。
2. 淡月华艳岛，幽椰树芳晴。岸白沙乱绕，舟斜渡荒星。
3. 月华艳岛幽，椰树芳晴岸。白沙乱绕舟，斜渡荒星淡。

……

40. 荒渡斜舟绕，乱沙白岸晴，芳树椰幽岛，艳华月淡星。

除了汉语外，不知世界上是否还有其他语言能够如此“回文”？尽管笔者知道英语中也有大量有趣的“回文”，例如一句有关拿破仑生平的妙语就可以倒过来读：ELBA SAW I WAS ABLE。但由于英文的音、形、义、性、数、格等的行文要求极为刻板，因此，字字回文断无可能。叶维廉认为，在这首诗里(或应说在这40首诗里)，读者已经不能用“一字含一义”那种“抽思”的方式理解作品了；每一个字像实际空间中的每一事物，都与其附近的环境保持着线索与关系，这一个“意绪”之网才是我们接受的全面印象。尽管回文诗中的语法是极端的例子，但不能否认，在适度解放的情况下，中国古典诗的语法，利用“若即若离、可以说明而犹未说明的线索与关系”，而向读者提供了一个由他们直接参与和感受的“如在目前”的意境。②

其实，中国古典诗歌这种打破语法规则的现象绝不只限于回文诗，叶维廉一再声称周策纵的回文诗只是“极端的例子”。但实际情况是，类似于回文诗式的超越语法规则的非逻辑性、非顺序性特征，在古典诗词中不仅十分普遍而且形式多样。有论者认为，中国诗歌文本的奇异变化就如万花筒般令人目不暇接：“婉转雅致的集字诗”、“点铁成金的借句诗”、“争奇斗艳的地名诗”、“机敏奇巧的神智诗”、“傲然耸立的宝塔诗”、“峰回路转的叠翠诗”、“晴空展翅的飞雁诗”、“缭绕升腾的火眼诗”、“旋乾转坤的盘中诗”、“颠倒成文的回文诗”、“妙趣横生的数字诗”、“璀璨夺目的嵌字诗”、“五彩缤纷的谜语诗”、“万水归宗的同尾诗”、“奇异幽雅的竹叶诗”、“玉盘落珠的叠字诗”、“柳暗花明的巧转诗”、“嬗递顶针的连环诗”、“珠联璧合的连珠诗”[③]……优秀的诗篇如同串串珠子，闪烁着耀眼的五光十色，真是斑斓纷呈，妙处难与君说！

所谓字字珠玑，打散了还是珠玑。当然，笔者并不认为周策纵的回文诗是诗之极品，相反，这样的回文诗充其量只是古已有之的文字游戏而已，说到底也只是20个可以勉强读成类似诗句的汉字。不过，说回文诗是游戏之作也没有贬低的意思。其实很多回文诗是具有极高艺术造诣的，唐代著名诗人皮日休和陆龟蒙之间的唱和就有一些是精彩的回文诗，如陆龟蒙的《晓起即事寄皮袭美》。大文豪苏轼平生写过不少游戏之作，如《纪梦》就是一首回文诗：“空花落尽酒倾缸，日上山融雪涨江。红焙浅瓯新火活，龙图小碾斗晴窗。”这首诗倒过来读似乎更有东坡神韵，特别是“缸倾酒尽落花空”一句，曲尽其妙地描摹出诗人豪饮过后的莫名惆怅之态，悲欣莫辨，倒转回环，如醉如梦，颇有太白遗风。周策纵说自己的诗“妙绝世界”，大约妙在字字回文上，但周诗的“一串珠子”却始终未被打散。

如果打散周策纵的"念珠",将其重新组合,必然会得到许多不同的结果。如将已有的40首诗歌的第一、三句顺读为第一、二句,将第二、四句倒读为第三、四句,便又可读出40首。第三、一句顺读为第一、二句,将第四、二句倒读为第三、四句,便又可读出40首。如果按照查拉的"剪贴诗学"规则,打破平仄、押韵和文从字顺的限制,将有多少"新作"问世呢?计算结果是"20的阶乘(20!)",即可以"剪贴"出20×19×18×17×…×5×4×3×2×1首"新诗"。这显然是个令人震惊的天文数字。

也许这类捣碎又重塑的文字游戏离真正的文学还有相当的差距,但就结构意义而言,我们常说的"解构"与"重构"其实也正是这样的文本游戏。我们注意到,"解构"与"重构"传统诗文,一直是骚人墨客津津乐道的游戏,直到今天仍然大有"玩家",而且还有"大玩家"。如王蒙就是一个把玩"解构"与"重构"游戏的"顶尖高手"。王蒙在《双飞翼》一书题记中说自己——心有"双飞翼",迷醉诗与文。痴情《红楼梦》,着魔玉谿生。他多次强调自己半生钟爱李商隐,特别是他的"无题诗",尤其是《锦瑟》。他说自己"也不知中了什么魔,心里老是想着《锦瑟》,在读书上发表了两篇说《锦瑟》的文章……仍觉不能自已"。他默诵《锦瑟》的诗句:"锦瑟无端五十弦,一弦一柱思华年。庄生晓梦迷蝴蝶,望帝春心托杜鹃。沧海月明珠有泪,蓝田日暖玉生烟。此情可待成追忆,只是当时已惘然。"他感到这些字、词、句在自己脑海里"联结、组合、分解、旋转、狂跑",开始了布朗运动,于是出现了以下同样的七言诗:

锦瑟蝴蝶已枉然,无端珠玉成华弦。庄生追忆春心泪,望帝迷托晓梦烟。日有一弦生一柱,当时沧海五十年。明月可待蓝田暖,只是此情思杜鹃。

全是使用《锦瑟》里的字，基本上用的是《锦瑟》里的词，“虽略有牵强，却仍然可读，仍然美，诗情诗境诗语诗象大致保留了原貌”。④

在王蒙先前发表于《读书》的两篇文章中，他已多次操演过这样的文字游戏：把《锦瑟》诗的字句彻底打乱，然后将其重新组合，他将这种文本的解构与重构戏称为“颠倒锦瑟”。除了前面引用的一首“王记”锦瑟诗外，王蒙还别出心裁把《锦瑟》改编成如下绝妙的长短句：

杜鹃、明月、蝴蝶，成无端惘然追忆。日暖蓝田晓梦，春心迷。沧海生烟玉。托此情，思锦瑟。可待庄生望帝。此时一弦一柱，只是有珠泪，华年已。

作者依据《锦瑟》编撰的对联同样颇有雅意：

此情无端，只是晓梦庄生望帝。月明日暖，生成玉烟珠泪，思一弦一柱已。

春心惘然，追忆当时蝴蝶锦瑟，沧海蓝田，可待有五十弦，托华年杜鹃迷。

王蒙的这些将微型文本改头换面的小把戏，表面看来只能限于篇幅较小的文本中，但实际上也存在着推而广之的可能性。王蒙曾把他的“颠倒锦瑟”的游戏扩大到李商隐其他的《无题》诗中，同样产生了奇效。如将“锦瑟无端”与“相见时难”掺和起来重新排列组合，同样可以得到美妙的诗作：

相见时难别亦难，东风无力百花残。庄生晓梦迷蝴蝶，望帝春心托杜鹃。晓镜但愁云鬓改，夜吟应觉月光寒。此情可待成追忆，只是当时已惘然。

锦瑟无端五十弦，一弦一柱思华年。春蚕到死丝方尽，蜡炬成灰泪始干。沧海月明珠有泪，蓝田日暖玉生烟。蓬山此去无多路，青鸟殷勤为探看。

这样的“集句”游戏还可扩展到其他诗人的其他作品。如果放开游戏的字数限制，这类改写、集句等游戏与严肃创作间的界限便渐渐模糊起来，于是，文本与“超文本”的差异也渐被增减的字数掩盖了踪迹。王蒙的文本游戏说明，《锦瑟》这样的微型文本是可以打散后重组的，那么，大型文本如一篇小说是否可以如此“颠之倒之”、“散之合之”？答案是不言而喻的。

20 世纪 80 年代初，叶朗先生出版了一部研究“中国小说美学”的论著，在该书序言中，叶先生提到了英国作家 B.S.约翰逊[⑤]的《不幸者》。这部小说的主要内容是写作者到一个城市报道足球，这是他一位好友生活过的城市，但友人已于两年前病逝。小说的基本特点是把过去与现在互相掺和在一起，把对足球队报道和对朋友的回忆任意交织在一起，时间顺序被彻底打乱了，但是，这种任意性和装订书发生了矛盾，因为装订书必定有一个固定的顺序。于是，作者决定让小说以一种新面貌与读者见面。他把自己的小说变成了活页文本，根本就不装订，而是像扑克牌一样装在一个盒子里。这种小说在结构上所体现的美学思想和文学观念，与传统文论自然有很大差别。[⑥]这部由 27 个章节组成的小说除了开头和结尾两个章节相对固定外，其他 25 个单元的顺序可以随机排列，读者可以按照自己喜欢的任何次序进行阅读。

由于当时中外学术交流的资料非常有限，大多数人并不知道约翰逊使用的这种“扑克牌”小说的创立者是法国小说家马克·萨波塔。萨波塔早在1962年就创造了“活页小说”(即“扑克牌小说”)《第一号创作：隐形人和三个女人》。小说要求读者“读前请洗牌，变幻莫测的故事将无穷无尽地呈现在您的眼前”。它在形式上有如下特点：(1) 全书149页(中文版)，加上作者的前言和后记共151页；(2) 全书没有页码，不装订成册，只将活页纸装在一个适合于存放扑克牌的盒子里；(3) 每页有500—700字不等的小说故事，正面排版，背面空白或像扑克牌一样点缀一些装饰性图案；(4) 每页的故事独立成篇，犹如微型小说，但全书合起来可成为一部完整的作品，犹如长篇小说；(5) 阅读前应该像洗扑克牌那样将活页顺序打乱，每洗一次，便可以得到一个新的故事，据推算，文本排列组合的方式高达10^{236}种，这个惊人的数字，使这一作品成了任何读者一辈子也读不完的小说。这种游戏式的叙事方式，有学者称其为“最典型的纸介印刷的超文本作品”。但相对于电脑上的比特叙事来说，纸笔书写的“超文本”作品不仅互文链接的容量和难度受到限制，而且欣赏效果也不能与前者同日而语，更何况网络“超文本”还具有纸质书写所不可能具有的多媒体优势。⑦

《第一号创作》的形式如此新颖独特，一出版就在法国文坛引起轰动，并旋即被译成英、德、意等多种文字。流播所及，读者无不被其新奇的形式深深吸引。这种别出心裁的扑克牌式结构，巧妙地宣告了作者在文学文本创作中的有限作用，把读者从阅读的桎梏中解放出来，给读者的再创造留下广阔的空间，任读者在作者留下的空白里升华出意义。正如作者所言：“每部小说作品，既是知识性的宝库，又是趣味性的迷宫。读者从中吸取做人的知识，同时也寻求一种尽兴的消遣。”只不过萨波塔的迷宫从哪里来，到哪里去，中间怎样左拐右颠,都随读者之兴,他的"尽兴消遣"是一种难为的高智商的智力游戏。⑧

如前所述,《第一号创作》除了前言后记之外,151页的组合顺序高达10^{236},即在1的后面加上236个零!这比周策纵的20个字组成40首诗的例子更为神奇。王蒙把义山诗的解构链条剪断,然后按照诗歌结构原则重新拼接,其结果如新瓶装旧酒,没有产生与原诗迥然不同的新作。扑克小说的情况似乎有所不同,正如作者所言,作品根据读者"洗牌"后所得页码顺序的不同,作品中的主人公有时是个市井无赖,是个盗窃犯和强奸犯;有时他又是法国抵抗运动的外围成员,虽身染恶习,但还不失爱国操守;有时他简直就是一个反法西斯占领的时代英雄……这种情况对埃尔佳也一样,按照某种编码,她可能是一个童贞尚未泯灭的少女,竭力维护自己的贞操,但最终还是成了男人施暴的对象;按照另一种编码,她虽然也曾纯洁过,但她逐渐沦落成一个放荡成性的女人;按照另一种编码,她甚至还可能是混入法国内部的德国间谍,四处搜集抵抗运动的情报——正是小说文本流动、变幻的扑克牌结构,使整个小说像魔方一样变幻不定,回味无穷,令人眼花缭乱。⑨当有人问及为何不把书装订成册时,作者不无幽默地反问道:"生活中的事都能用一根万能的线穿起来吗?哪儿去找这样一根万能的线呢?"⑩

马克·萨波塔的"活页小说"不仅类似于电影的"蒙太奇"和绘画的"拼贴术",在原理上与前文所说的回文诗也如出一辙,在结构技巧方面二者难分轩轾。在此,所有小文本都有各自的门户,但文本之间却又千丝万缕相勾连,那些经文本碎片连缀起来的线索,可以说就是读者心中那些飘浮不定、瞬息万变的情思、心绪、趣味、意念、偏好等看不见的东西。不难看出,任何文本都有与其他文本相连的潜能。从这个意义上说,所谓"超文本",不过是把文本潜藏人心的“链接意愿”以专门的标识符号呈现于PC界面而已。

今天，人们已清晰地认识到：“文本不仅仅是某种形式的‘产品’(product)，它也指涉了解释的‘过程’(process)，并对其中所蕴含的社会权力关系进行一种揭露的‘思维’(thinking)，它的意义是开放的，有待读者解释的。更重要的是，文本的互文性被充分关注，诸多理论流派的代表都对其进行了阐释，形成了一种表征文本系统全新的存在方式的文学理论。而且，随着计算机和网络技术的发展，文本的互文性被现实地呈现出来，文本从而走向了超文本。”⑪

二、网络“超文本”的魅力

“超文本”是网络最为流行的电子文档之一，文档中的文字包含有可以自由跳跃到其他字段或者文档的链接，读者可以从当前阅读位置直接切换到超链接所指向的任何其他位置。这些“链接”点通常使用“超文本”标记语言书写。作为一个计算机常用术语，“超文本”其实就是一些不受页面限制的“超级”文件，在“超文本”文件中的某些单词、符号或短语起着“热链接”的作用，这些通往其他页面的热链接，构成了超越既定文本的超级文本网络。

当我们把“文本”作为一个文艺理论与批评概念使用时，最基本的含义虽然还是“文字形式”，但其引申义却远不限于文字形式了，正如有学者指出的：“文本的观念已经扩展到绘画、行为、衣着、风景——总之，一切我们附着意义于其上的事物。通常在狭义上，我们用以为例的文本是有着文字的物理存在，然而文本的关键是，它们都具有意义。”⑫从此意义上讲，“超文本”自然也不限于“文字形式”。

“超文本”最大的优越性在于，它把文本潜在的开放性、阅读单元离散性等特点和盘托出，使文本潜在的“互文性”彰明昭显。它与罗兰·巴特、德里达等孜孜以求的“理想文本”具有许多相似的品格。有学者称，德里达秉承了希伯来先知的狂热、以色列人出埃及的神勇，把犹太人的差异精神不动声色地熔铸到结构主义理论中。“历史上，尼采明知理性庄严，偏要鼓吹酒神疯癫；海德格尔抓住存在差异，不惜大动干戈；利维纳斯反感笛卡尔的我思，就竭力标榜他人之见；出于对意识的疑虑，弗洛伊德竟一头扎进潜意识的深渊”。[13]德里达的著名“延异论”即源于以上形形色色的差异(difference)。

德里达将“差异”改写一个字母，发明了“延异”(différance)一词，其基本含义是“产生差异的差异”，它一面表示文字“在场”与“缺席”两种状况之间的不同，另一面还表示这种“不同”中所隐含的某种延缓和耽搁。德里达的“延异”，在时空方面既没有起源性界限和固定标准，也没有确定不移的目的和发展方向，更没有在现时表现中所必须采取的独一无二的内容和形式。……这实际上是将结构理解成无限开放的“意指链”，而“超文本”则使这种意指链从观念转化为物理存在，从而创造了新的文本空间。[14]德里达从传统文本中提炼出的“延异”说，竟然将网络“超文本”无限开放的魅力和局限展露无遗。这不能不说是一个理论奇迹。

由此可见，通过传统文本研究“超文本”可以说是顺理成章的事情。事实上，传统文本与“超文本”之间并不存在天然的鸿沟。例如，法国学者乌里奇·布洛赫(U. Broich)曾把传统文本的互文性指涉方式概括为六点，它们竟无一不适用于“超文本”的情形：(1) 作者死亡：一部作品不再是某一作者的原创，而是交互写作的文本混合，因此传统意义上的作者不复存在；(2) 读者解放：互文性会使读者在文本中读入或读出自己的意义，从众声喧哗中选择一些声音而抛弃另一些声音，同时加入自己的声音；(3) 模仿的终结和自我指涉的开始：文学不再是给自然提供的镜子，而是给其他文本和自己的文本提供的镜子；(4) 寄生的文学：一个文本可能是对其他文本的改写或拼贴，以致消除了原创与剽窃之间的界限；(5) 碎片与混合：文本不再是封闭、同质、统一的，它是开放、异质的，破碎和多声部的，犹如马赛克的拼贴；(6)“套盒”效应：在一部虚构作品中无限制地嵌入现实的不同层面，或使用暗示制造无限回归的悖论。“网络文学的比特叙事文本就是这样一种‘漂浮的能指’方式，它是一篇篇被不断书写并可能被重新改写的意义螺旋体，其指涉的无限累加使它呈现为一个无穷庞大的堆积物，一种网状的扩张性文化结构。”[15]毋庸讳言，今天，即便是“超文本与网络时代的文学研究”，也正在变成这样的“螺旋体”和“堆积物”，更遑论海涵地负的“超文本”了。

在传统文本中，铭、刻、刊、印等生产方式使经典成为具有稳定特性的“不朽之物”，古埃及人把王对神的忠诚刻在金字塔上，希伯来人把上帝与摩西的立约刻在石板上，古罗马人把共和国的法律铭刻在铜表上，中国古代的某些统治者把求神问卜的结果烙印在甲骨上……它们代表中心的权威和永恒的渴望。直到今天，人与人之间的信任、信赖与信誉仍离不开“合同为文”或“立字为据”。相比之下，“超文本”没有固定的结构，没有稳定的形态，没有不变的规则，没有可靠的界限，因此，它失去了传统经典文本那种明确的中心地位和稳定的权威性，但是，作为人类进化史上自“钻木取火”以来最伟大发明的互联网，也给“超文本”带来了传统文本永难望其项背的艺术魅力和技术优越性。

首先，互联网吐纳天地、熔铸古今的博大胸怀，使“超文本”具有超乎想象的包容性。照兰道的说法，整个互联网原本就是一个硕大无朋的“超文本”，它最大的特点就是，能无与伦比地凸显出文本潜藏的“互文性”，使文本之间相互依存、彼此对释、意义共生的潜能得到最充分的呈现或迸发。“超文本”另一非同寻常的力量在于，它能轻而易举将传统文本千年帝国的万方疆土，悉数纳入比特王国的版图。因此，在“超文本”面前，任何辉煌灿烂的传统文本都将黯然失色。

我们知道，每一部经典文学作品都是一个既自足又开放的世界。例如，曹雪芹的《红楼梦》原本是一部遗失了结尾的残稿，自这部“天缺一角”的奇书问世以来，它一直吸引着骚人墨客的“补天之作”，据一粟编著的《红楼梦书录》所列，颇有脸面的续作就有 30 部之多。它的残缺破损之处，反倒为雪片翻飞的续作留下翩翩起舞的“互文性”空间。谁料这种“结构性缺憾”，反倒成全了“残书”的“互文性无憾”？对此，王蒙感叹：“请问，有哪一位小说家哪一部小说有这样的幸运，有这样的成为永久的与普遍的话题的可能？此时无声胜有声，此书无结束胜有结束。不让《红楼梦》有一个符合标准的结尾乃是最好的结尾，不让完成就是最好的完成。这简直是天意，苍天助‘红’！要说遗憾，这遗憾与整个人类、对世界对人生的遗憾，与‘前不见古人，后不见来者，念天地之悠悠，独怆然而涕下’的遗憾相共振。正是这种遗憾深化了《红楼梦》的内涵，动人得紧，善哉《红楼梦》之佚去后四十回也。”[16]这种动情的赞叹固然不乏精彩与精辟，但王蒙把《红楼梦》说成空前绝后的“经拉又经揣，经洗又经晒”的文本就未免有些绝对了。说到底，《红楼梦》也不过只是网络“超文本”的基本细胞而已。对成功的名著，海明威曾有过著名的“冰山之喻”。如果说 80 回“红楼”是飘浮于海面的冰山，那么它沉浸在水中的主体部分，理应是一个相对开放的“互文性”世界。离开了这个比文本本身丰富得多、精彩得多的“互文性”世界，再美的“红楼”，也不过是极尽雕梁画栋之绚烂的一堆土木砖石而已。

与“超文本”相比，即便是《红楼梦》这样的皇皇巨著也明显有其致命弱点——形式与内容的双重局限。吴伯凡在《孤独的狂欢》中把专论“超文本”的章节命名为——《“超文本”：从“死书”到“活书”》。他把一切纸媒文本称为“死书”，因为它们不仅装订“死板”、印刷“刻板”、编排“呆板”，在内容上说也万万不及现实社会的生气勃勃、多姿多彩，在不断发展的真理面前它们更加显得焦虑无依、进退失据。禅宗的创立者为了避免常青的真理之树因“刻板”而“死于言下”，甚至提出“不立文字”的极端主张。因此，即便是《红楼梦》一样壮丽的冰山，与“超文本”的浩渺汪洋相比，也只能显出一滴水珠般的微妙。尼葛洛·庞蒂说过：“印刷出来的书很难解决深度与广度的矛盾，因为要想使一本书既具有学术专著的深度又具有百科全书的广度，那么这本书就会有一英里厚。而电脑解决了这个矛盾。电脑不在乎一‘本’书到底是一英寸厚还是一英里厚。如果有需要，一台网络化的电脑里可能具有 10 个国会图书馆的藏书量。……即使我把美国国会图书馆的所有书下载到我的电脑里，我的电脑也不会增加一微克的重量。”⑰

“大而无外”的网络空间这种“不知轻重”的品格赋予了“超文本”无限的延展性，“超文本”也因此具有无中心、无构造、无主次的灵活多变的特点，显然，这是传统文本向往已久却永难企及的理想境界。按照罗兰·巴特的说法，传统文本也并非封闭的孤城，那些被阅读的文本，貌似自成一体的小世界，实际上那只是为对话提供一个相对静止的场景而已。巴特在《S/Z》中所设想的理想文本，就是一个网络交错、相互作用的无中心、无主次、无边缘的开放空间。文本根本就不是对应于所指的规范化图式,就其潜在的无穷表意功能而言,"理想的文本"是一片"闪烁不定的能指的群星",它由许多平行或未必平行的互动因素组成。它不像线性文本那样有所指的结构,有固定的开头和明显的结尾,即便作者提笔时情思泉涌,搁笔时意犹未尽,但被钉死于封面与封底之间的纸本至少在形式上是一个相对独立的小世界,全须全尾,有始有终。

传统文本的情况是,有一千个读者就有一千个"哈姆雷特","超文本"的情况要复杂得多:同一读者也可以读出一千个"哈姆雷特"来。在"超文本"语境中,古今中外所有的"经学家"、"道学家"、"革命家"、"才子"和"流言家"的知识背景都浑然混合一体,没有孔孟老庄之别,也没有儒道骚禅之分,希腊罗马并驾齐驱,金人玉佛促膝而谈……一切学科界限,一切门户之见,在"超文本"世界里都已形同虚设。面对网络世界的浩瀚无垠,让人联想到黄兴《太平洋舟中》的慨叹:"茫茫天地阔,何处着吾身?""超文本"像一个既没有此岸也无彼岸的大海,承载着无数船只,虽然没有故土却处处都是家园,无尽的连接、无尽的交错、无尽的跳转、无尽的历险……网上冲浪者就像那汪洋中的一条船,但他永远不用担心迷失方向。因为,网络备有包举宇内、吞吐八荒的引擎,它总能让人在文本的汪洋中随时准确地找到航道。

其次,"超文本"使文学得以解放经典的禁锢,冲破语言的牢笼。它不仅为创作、传播与接受提供了全新的媒介,它还让文学家和艺术家看到了表情达意走向无限自由的新希望。众所周知,妥善处理思维的多向性与语言的单线性之间的矛盾,一直是白纸黑字的"书面写作"必须跨越的铁门槛。刘勰曾感叹"意翻空而易奇,言征实而难巧",陀思妥耶夫斯基也曾深深地体验过"语言的痛苦和悲哀"。而"超文本"写作则正是将"翻空易奇"、千头万绪的“网络”变成一个整体的制作过程。“文不逮意”似乎不再是作家的心头之患。从这一点看，今天的作家是幸运的，他们找到了“超文本”这一解决传统作家“言意困惑”的有力武器。

世界万物之间原本就是一种非线性关系，所谓线性关系不过是非线性关系中的特例而已。现实世界中并不存在纯粹的线性关系，这就如同现实生活中根本就不存在像理论一样纯粹化的直线一样。由于“超文本”使用的是一种非线性的多项链接，“写读者”[18]可以随心所欲地在相互连接的节点之间轻快跳转，形形色色的文本在聚合轴上任意驰骋。守着方寸屏幕里这个无限开放的“超文本”世界，便足以“观古今于须臾，抚四海于一瞬”。

从文学创作的角度看，作者的思绪路径往往是复杂、闪烁、诡变、不可意料的，关于这一点，《红楼梦》或《管锥编》都是生动的例证。从“超文本”的起源看，人脑本质上就是“超文本”最初的母本，它是既呈现多姿多彩又符合规律规则的奇妙混合体。可以说，互联网和“超文本”既是人脑的产物，同时也是人脑的摹本。它们的大多数奥秘都早已在观念和实践的层面悄然成形于传统文本的潜能中。

从文学接受的角度看，读者的联想往往和作者的思路一样错综复杂，千回百转。《红楼梦》(第23回)中林黛玉听《西厢记》就是经典的例子：黛玉听到“原来姹紫嫣红开遍，似这般都付与断井颓垣”，十分感慨缠绵；听唱“良辰美景奈何天，赏心乐事谁家院”，不觉点头自叹。听了“则为你如花美眷，似水流年”这两句，不觉心动神摇。又听见“你在幽闺自怜”等句，亦发如醉如痴，站立不住，便一蹲身坐在一块山子石上，细嚼“如花美眷，似水流年”八个字的滋味。忽又想起前日见古人诗中有“水流花谢两无情”之句，再又有词中有“流水落花春去也，天上人间”之句，又兼方才所见《西厢记》中“花落水流红，闲愁万种”之句，都一时想起来，凑聚在一处。仔细忖度，不觉心痛神痴，眼中落泪。

在林黛玉的脑海里，“姹紫嫣红”、“良辰美景”、“如花美眷”、“流水落花”等脆弱美丽、清雅虚幻的形象，以互文的形式构成了盘根错节的“超文本”——眼前耳边，戏里书外，往日今朝，千头万绪，凑聚一处。于是她点头自叹，与作者形成了同声相应、同气相求的忘情交流，并渐入如醉如痴的共鸣境界。此时，读者与作者、语言与情感、戏文与诗文、心境与环境、黛玉与莺莺、《西厢记》与《红楼梦》……样样浑然一体，全然没有分别。至此，“心痛神痴、眼中落泪”的究竟是听《西厢记》的林黛玉，还是写《红楼梦》的曹雪芹？抑或是“神痴”于“林妹妹”的读书人？对于一个沉浸于《红楼梦》的读者而言，这一切不过是一团虚幻而杂乱的思绪与情感而已。如此复杂的审美体验，是很难给那些缺乏知识或缺少心境的读者带来应有的艺术想象的。相比之下，网络“超文本”对经典作品的通俗化、快餐化、图像化、影视化、视频化等，为满足不同层次文学经典消费的需要提供了多种渠道和途径。“旧时王谢堂前燕，飞入寻常百姓家”，“超文本”把高雅艺术从贵族的深深庭院带到了大庭广众中间。

更为重要的是，在网络语境中，作为“超文本”组成部分的每一作品都将“从符号载体上体现文本与文本之间的关系，或者某一文本通过存储、记忆、复制、修订、续写等方式，向其他文本产生扩散性影响。电子文本叙事预设了一种对话模式，这里面既有乔纳森·卡勒所说的逻辑预设、文学预设、修辞预设和语用预设，又有传统写作所没有的虚拟真实、赛博空间、交往互动和多媒体表达”。[19]为此，不仅文学经典平添了多重身份并获得了千变万化的本领，一般作品也可能在无休止的变形改造过程中成为优秀作品。

“超文本”的网络链接，让作者和读者可以在无穷尽的阅读可能性中肆意游荡。“写读者”如同乘坐洲际旅行的空中客车，可以忽略时间的存在恣意逍遥地穿越于天南海北。在网络的登录处，最初的文本或许会如机场的跑道一样清晰，但随着游览眼界的不断扩大，一条条道路渐渐变得模糊起来，作为网上逍遥客，我们究竟“从何而来，向何处去”有时也变得不再明确，开始的目的地在缤纷多彩的旅途中已变得无足轻重了，那些曾经魂牵梦萦的城市因尽收眼底而顿时丧失了神秘的魅力。事事变得如此轻而易举，样样得来全不费工夫了。

所有神话般的惊人变化，都源于这样一个秘密——“超文本”背后隐藏着一个比特化的“文献宇宙”（Docuverse）。[20]正是凭着这个“思接千载，视通万里”的“Docuverse”，“超文本”才能施展魔法把“写读者”带到一种理想的艺术境界：“刹那见终古，微尘显大千。”

第三，“超文本”不仅穿越了图像与文字的屏障，弥合了写作与阅读的鸿沟，而且还在文学、艺术和文化的诸种要素间建立了一种交响乐式的话语狂欢和文本互动机制，它将千百年来众生与万物之间既有和可能的呼应关系，以及所有相关的动人景象都一一浓缩到赛博空间中，将文学家梦想的审美精神家园变成更为具体可感的数字化声像，变成比真实世界更清晰逼真的“虚拟现实”。对文学而言，这是一场触及存在本质的革命，那种认为“超文本”写作不过是“换笔”的说法纯属肤浅的皮相之论，套用麦克卢汉的说法，数字化对文学的影响“不是发生在意见和观念的层面上，而是要坚定不移、不可抗拒地改变人的感觉比率和感知模式”。[21]因此，“超文本”是文学存在本质的易位。作家先要把数字符号转化为语言文字，其次，文本形态也由硬载体（书刊等）转向软载体（网），在电脑中数字书写和贮存都已泯灭了物质的当量性。

这种转变说明，真正的“超文本文学”只能存活在网络上。如迈克尔·乔伊斯的《下午》、麦马特的《奢华》等就是如此。此外，真正的“超文本”应该永远处于开放状态，著名的“泥巴游戏”(MUD)其实就是一部永远开放、永未完成、多角互动的集体创作的小说。多媒体是网络文学可以利用的又一重要资源，它使我们不仅沉浸在纯文字的想象中，还让我们直接感觉与之相关的真实声音、人物的容貌身姿及其生存环境等，甚至我们还可以与人物一起生活，真正体验人物的内在情感和心理过程。因此，真正的网络文学在叙事方法上与传统文学存在巨大差异。[22]如网络小说《火星之恋》在讲故事的过程中，不断有音乐、图片、视频相伴。在这里，体裁、主题、主角、线索、视角、开端、结局、边界这些传统文学的概念已统统失效。读者只需把鼠标轻轻一点，文本、图像、音乐、视频等数字化军团便呼啸而来，偶有感想还可率尔操觚，放开手脚风雅一把，互动一次。

只要登录某个文学网站就会看到，不少文学作品都有同名的“电影版”或“游戏版”，这些电影版与游戏版当然是极为不同的，但它们都能极为娴熟地利用先进的数码技术追求声光效果，强化感官刺激，使传统文学的艺术效果在互联网上得到魔幻般的展示和张扬。这种将“声”、“图”、“文”三个王国完美和谐归为一统的新媒体技术，在网络问世前就由影视艺术工作者捷足先登了。但影视艺术对于接受者来说，在时空上都有严格的要求和限制，而在网络世界里，艺术参与者在时空上则拥有更大的“自由度”。此外，网络不仅是文字的理想载体，而且还是声音与画面的极佳载体。在网络上，我们常可以读到“会说话”、“会跳舞”的文学名著。虽然，就目前的情况看，网络上配有音乐和图像的文学作品，在形式上与电视文学作品（如电视散文）没有多大差别，但网上众多相关评论和无数的相关链接，却隐藏着电视所无法比拟的精彩世界。在其他很多方面，网络文学和网络艺术的灵活性和综合性是传统文学甚至传统影视艺术都无法比拟的。还有一点尤其值得引人注意，那就是网络技术在影视艺术领域得到了出神入化的运用，并取得了一系列辉煌成就，这为网络时代文学的生存和发展提供了极为可贵的借鉴。

"超文本"与超媒体的结合，极大地促进了文学图形化与声像化的步伐。影像作为一种更加感性的符号，它的日臻完美将对书籍——书写文化的保存形式——造成巨大压力，也使文字阅读过程中包含的理性思考遭到了剥夺。尼葛洛庞帝曾经指出："互动式多媒体留下的想象空间极为有限。像一部好莱坞电影一样，多媒体的表现方式太过具体，因此越来越难找到想象力挥洒的空间。相反地，文字能够激发意象和隐喻，使读者能够从想象和经验中衍生出丰富的意义。阅读小说的时候，是你赋予它声音、颜色和动感。我相信要真正感受和领会'数字化'对你生活的意义，也同样需要个人经验的延伸。"[23]其实，"超文本"不仅是我们"个人经验的延伸"，作为新兴媒介，它本质上也可以说是"人的延伸"。

三、"超文本"的局限与陷阱

"超文本"的问世无疑是传统文学生产与消费的一次伟大革命。这场深刻革命具有必然性、必要性，令人欢欣鼓舞，但它同时也给文学的生存发展制造了空前的危机。事实上，"一切以印刷媒介为基础的现代精神生活形式——它们以'距离'、'深度'和'地域性'为生命内蕴——所面临的深刻的存在论危机，即使算不上一个终结，亦堪称一次脱胎换骨的转型"。[24]近年来风雨满城的文学终结论，主要是针对电子"超文本"颠覆文学传统这类情况流传起来的。被誉为"继弗洛伊德和爱因斯坦之后最伟大的思想家"的麦克卢汉曾提出了"媒介是人的延伸"的著名论断,他认为,媒介与人的关系是相对独立的,不同媒介对不同感官起作用。书面媒介影响视觉,使人的感知呈线状结构;视听媒介影响触觉,使人的感知呈三维结构。[25]按照麦克卢汉的说法,"超文本"语境中的文学大约已不能再简单地称为文学了。如果一切文学作品都已转化为"超文本"形式,那些宣告文学终结的理论似乎真的有理有据。至少,"超文本"化将是传统文学一次历史性的大转折。

生,还是死,这大约是进入新世纪以来文学界面临的最为深刻的焦虑。2000 年,作家张辛欣说:"21 世纪恐怕根本不是纯文字阅读时代,平面阅读,是不是像老辈子听戏一样,是小众的退化行为?盘根错节的文字编织术,是不是像 16 世纪的荷兰画派的精心工笔,一种太古老的手艺?……在未来的新时代,看书翻书的动作,是一个少数人的古典动作吗?E 书不需要纸,屏幕可以扩大,而新形式的书,仍然是沉默的阅读的吗?作家发声和沉默的文字究竟是什么关系?是不是破坏了文字本身的美感?是不是像电视出现一样,声图俱全,使文化大流行并大流俗?"[26]这类悲欣交集的文字遍布媒体,触目皆是。

> "娱乐阅读"、"读图时代"不值得欢呼,更不能够讴歌为时代进步,没有深度的阅读会使人心智枯竭、心灵生锈。正面的引导当然要使人学会分辨不同目的、功能和层次的阅读:浏览、专题、研究、拓展、创造,步步前进,在充实的生活中逐渐向网络阅读和纸媒阅读的深度进军。……我们不能让图片遮蔽文字、游戏取代阅读、娱乐替代思考。……我们不能够在培养网络人和动漫人的同时又造就一代文字阅读

的文盲。[27]

书写文化依赖于文字符号系统。文字的能指与所指是疏离的，这种疏离本身即已包含了人类思维对于外部世界的凝聚、压缩、强调或删除，电子媒介系统启用了复合符号体系，影像占据了复合符号体系的首席地位。崭新的符号体系形成了新型的艺术，新型的艺术产生了前所未有的文化和政治功能。电子媒介系统提供了消愁解闷的大剂量的迷幻药，使人们放弃了对历史不依不饶的提问，而"虚拟生存"的数码技术更显示出不可估量的前景。南帆甚至认为，除了入口的美味佳肴，"比特"可以随时制造一个令人向往的天堂。"超文本"的局限与妙处也正在于此——分明虚无一物，俨然包罗万象！让人看不清，究竟是福音还是陷阱。

更为新奇的是，非线性"超文本"拆穿了故事只能向结尾发展的神话。网络文本没有边界，只有无尽的环节和不断的展开，每个"超文本"页面都可以作为通向其他"超文本"的电子门厅。在这种情形下，就如德里达所说的，创造性叙述的核心从作家转到设计文本联系的制作者手中，或是利用这些联系的读者手中。"传统文本中的固定框架撤除了，读者冲出了情节式叙述逻辑的拘禁，凭借鼠标从一个空间跃入另一个空间，但是，如果将这种纵横驰骋当作读者的自由，将是一种错觉。事实上，读者只是进入了一个软件设计师重新配置的叙述关系网络。这个改换制造了解放的假象，并在假象的背后设置了更为强大的控制。"[28]这种尴尬境况表明数字媒介系统控制下的文学，同样难免解放与控制的双重交织。

人类文明是否真的像尼葛洛庞帝所断言的发展到了一个临界点？所谓的"数字化生存"果真是现代人注定无法逃避的谶

语？现代技术革命在大幅度推动社会进步和改善物质生活的同时，是否一定要留下无数意念中的奇幻诱惑和谜一般令人困惑的现代神话？现代人匆忙涌向“网络新大陆”，仿佛找到了一只逃避过去、通向未来的诺亚方舟。“作为一个敞开的全新世界，计算机网络对于许多富于好奇心的人确实产生了一种‘挡不住的诱惑’。……一位尚未入网的朋友在看过网上漫游的演示后大发感慨地说：现在忽然觉得自己就像刚从树上下来那么原始！”[29]这种感慨其实只是网络社会无数“正常”的奇怪感受的一种正常表达而已，因为网络社会是由无数惊人的奇迹组成的，网络本身就是一个史无前例的迷人神话。

有人认为网络就是现代版的“巴比塔”，它将给人类带来无比美好的全新的文明，它不但能轻而易举地实现人们的愿望，甚至在帮你实现愿望的同时，还为你设计了无数你根本就没有想过的愿望。它为人类创造幸福生活提供了无限广阔的前景。但也有人担忧，网络这个伟大的神话，实际上是人类发展史上最大的一个陷阱！网络召唤人们逃离“原子”组成的现实家园，纷纷奔向“比特”组成的“太虚幻境”，它把现代人变成了匆匆过客——现实生活也因此成了一个失去家园的驿站。应该说，这样的担忧并非多余。仅就网络文学而言，其纷繁芜杂、失衡失范的情况的确十分严重，网络“超文本”的局限与陷阱随处可见。

第一，由于“CtrlC＋CtrlV”大行其道，“千部一腔，千人一面”几成绝症。机械复制给文学所造成的所有缺陷都加倍地出现于“超文本”的写读之中，“数字化的冷酷宇宙吞噬了隐喻和转喻的世界”。[30]“韵”的瓦解，艺术膜拜价值的丧失在所难免，这些在本杰明那里就已“言尽矣”。这里着重谈谈“超文本”被肆意曲解为“抄文本”的“剪贴诗学”问题。克里斯蒂娃说：“一切时空中异时异处的文本相互之间都有联系，它们彼此组成一个语言的网络。一个新的文本就是语言进行再分配的场所，它是用过去语言所完成的‘新织体’。”[31]在克里斯蒂娃看来，每个文本都是直接或间接的引用语或仿造语的大集会；每个文本都是对另一文本的吸收和改造。任何作品的文本都是由许多引文的镶嵌品构成的，是其他文本的吸收和转化。按照诗人T.S.艾略特的说法就是初学者“依样画葫芦”，高手则“偷梁换柱”。马歇雷甚至对“创作论”进行过哲学层面的清算，他根本就不信有什么平地起楼或另辟蹊径的创作，任何作者都不过是在运用前人的文本“制造”新文本而已。甚至有人说，《红楼梦》全凭“曹雪芹的抄写勤”，《管锥编》也无非是“钱钟书抄千种书”。于是，“天下文章一大抄”竟成网络写作暗流汹涌的谶语。

毫无疑问，满腹经纶者的旁征博引自然与不学无术者的投机取巧不可同日而语。鲁迅讲“拿来主义”却不忘消化、吸收和创新，毛泽东讲“古为今用，洋为中用”则更强调“推陈出新”。如果不加甄别，恶意克隆，为名利计，为稻粱谋，剽窃他人作品，冒充自己的成果，这种行为于作者是一种行窃，于读者是一种欺骗。当然，我们也应该看到，赝品与原作之间也并非毫无互文关系，正如有机物之于排泄物一样，什么时候也无法割断二者间，几乎是必然的联系。但那不过是一种与审美文化精神和社会道德理想相背离的情况而已。古人赋诗撰文，在讲究“无一字无来处”的同时更标榜“点石成金”式的“化腐朽为神奇”。如果只有前者，没有后者，“文必先秦，诗必盛唐”，空有互文而毫无创新，或者是互文变成赘文，其结果就是新作与旧章一同腐朽，一同成为古董或垃圾。

更令人不安的是，许多“超文本”写读完全混淆了抄袭与创新的标准。萨莫瓦约说：“乔伊斯以剪贴和粘贴（scissors and paste）为写作的主要目的；普鲁斯特则是‘文献串联（paperoles）’，它通过在手稿上连接或叠加一连串的文献来延展作品。”[32]由此可见，即便是“剪剪贴贴”，只要别具匠心，也同样可能成为不朽的艺术。反倒是那以独创名义制造的文化垃圾令人无法容忍。例如，悬河裂岸的信口开河，话语失禁的讲经布道，随地便溺的文字发泄，哗众取宠的视频“恶搞”……这些网络“灰客”的危害常常有甚于“黑客”，它们制造的“尘暴”已给赛博空间造成了严重污染。

第二，主体的过度分散和传统艺术惯用手法的纷纷失效，使“超文本”写读失去了往日的艺术魅力，文学赋予主体的那种诗意对话和审美交往，蜕变成了网络写手恣情快意的文学发泄，“脱帽看诗”的适意与优雅变成了网上冲浪的“随波逐流”。艺术与生活、精英与大众的界限正在逐渐消失。在这个所谓的“数字化时代”，越来越多的人正在变成为机器的一部分（或者说被机器延伸），信奉“效率就是生命”的现代人长期处于一种非我的“耗尽”(Burnout)状态，“超文本”的设计者意在借“机”(Memex)扩展(Expend)体验世界的能力，结果反倒让人“无法体验完整的世界和自我，无法感知自己与现实的切实联系，无法将此刻同历史乃至未来相依存，无法使自己统一起来，这是一个没有中心的自我，一个没有任何身份的自我。在人不自觉地物化为机器的附属后，世界已不是人与物的世界，而是物与物的世界，人的能动性和创造性消失了”。[33]网络主人已身不由己变成了网络奴隶。

马克·波斯特在《德里达与电子写作》一文中，分析了电子写作对由西方思想的伟大传统所刻画的主体形象的消解。他说：“笛卡尔的主体是站在客观世界之外的，那个位置能使主体获得关于相关的客观世界的某些知识；或是康德的主体，它既作为知识的本源立于世界之外，又作为那种知识的先驱对象而站在世界之内；或是黑格尔的主体，它处身世界之内，改变着自身，但因此而实现了世界存在的终极目的。我认为电子写作分散了主体，因此不再是电子写作出现以前那样起着中心作用了。”[34]

如果说传统文本是一个“日月经天，江河行地”的“地球人”世界，那么，漫无边际的网络文本就是一个“天地齐一，和光同尘”的“太空人”世界，这里的太阳和月亮都不过是浩瀚星河中的两粒普通的沙尘。读者与作者之间“众星捧月”的关系业已消逝。因此，在“超文本”世界里，对于任何“写读者”来说，不但柏拉图“代神立言”的崇高理想遥不可及，就连巴尔扎克那种要当一个时代秘书的愿望也成了过世狂人的幻想。不但如此，甚至有人断言，21 世纪原著将不复存在，传统作家也必将消亡。2007 年初，高调复出的王朔就声称自己“再也不出纸媒书了”，他要走美国头号畅销书作家斯蒂芬·金的《子弹骑士》的路子，在互联网上以“超文本”的形式发行自己的新作。可谁知道，这个书面世界的文学“大腕”是否从此消失于网络江湖？

杰姆逊曾把“主体性的丧失、距离感的消失以及深度模式的削平”描述为后现代艺术的特点，这些都恰好与网络写作暗合，因此，有人将“超文本”说成是“网络版的后现代主义”。目前，大多数写手最通常的做法是将作品贴于 BBS，优秀作品可以张贴在精品区，有点经典意味的收到文集里面，然而，一旦入了个人文集便大有入了“棺材”的意味，很少有人翻看。古人说“江山代有才人出”，网络则是“分分秒秒出才人”。当然，这也许并非坏事，但我们对此却不可盲目乐观。一位网络写手说：“文章的耀眼时刻，其实就是在新鲜出炉子的那几分钟，网友点击之时。这种网文的独特载体，决定了网文要有快餐意味，不快成吗？一日一更新，甚至几分钟的时间，便被淹没在贴海里了。”我们不得不面对这样一个无情的事实：在网上每个人都只是一个 IP，每个人都只是一个匆匆过客。

第三,个性的恶性张扬和泛滥成灾的无聊“灌水”已成为“超文本”写作的一大公害。在博客、BBS、QQ、CG、动漫、网络游戏、视窗广告、视频“恶搞”等充斥页面的互联网上,形形色色的新鲜玩意儿无不制造严重的混乱:随手涂鸦、信口瞎话、胡编乱造、生拉硬套、低级趣味、色情暴力不一而足。当然,张扬个性和强调娱乐也有种种复杂的表现。有批评者指出:“网络文学与纯文学的最大区别,正是在于说不得的话,可说而不必说的话,网络文学非说不可,一说再说,生怕读者弱智,几近密不透风,让人喘不过气来。就像现在某些所谓生活流的戏剧、电影、电视剧,从头至尾絮絮叨叨,名义上打着‘再现生活’的旗号,实则在欺骗观众,没有半句潜台词,不留一抹想象的空白。这种情况在网络文学形成伊始,还好一些。后来便急剧恶化,使网络文学成为一个偌大的文学垃圾场、情感临摹地。虽然有些情感可能是真实的,但文本却更加倾向歇斯底里的自我宣泄以及对读者无聊的媚惑。”[35]当然,“超文本”也不乏“一刀封喉,一剑毙敌”的凶悍泼辣之作;“絮絮叨叨”与“一剑封喉”这两种极端不同的风格,都是个性恶性张扬的例证。

第四,网络已经介入文学生产的全过程,“这彻底改变了已有的文学社会学,网络空间的文学权威陨落了。……网络语言的‘速食化’倾向将对文学语言产生深刻影响。此外,网络技术形成的超文本对于传统的线性文本结构具有巨大的冲击力量”。[36]对这种“深刻影响”和“巨大的冲击力量”,我们有理由为之欢呼,也有理由为之忧虑。

正如“数字化生存”并不等于“诗意的栖居”一样,高科技迅猛发展也不都是艺术的福祉。……直拨电话、电脑传

> 真、光纤通信、电子邮件等的确方便快捷，却又消弭了昔日那种“望尽天际盼鱼雁，一朝终至喜欲狂”的脸红耳热的幸福感。还有高速公路上的以车代步和蓝天白云间的睥睨八荒，的确让人体验到了激越和雄浑，但同时又排除了细雨骑驴、竹杖芒鞋、屐齿苍台的舒徐和随意。[37]

毕竟，网络带给文学的不只是“现代性”的创造效率和“全球化”的传播便利，它也同样带来了形形色色的广告陷阱和机械复制的文化垃圾。

网络时代最明显的变化是，昔日艺术家特立独行的万丈光芒已经变得越来越黯淡，传统艺术生产独唱的歌声，将被分工精细的大合唱彻底淹没。今天，电脑进入影视制作领域，对传统表演艺术提出了挑战。有人感叹银幕荧屏将失去真正的艺术家，电影电视将被电脑退化到魔术时代。网络写作的命运也不容乐观，由于写作主体的转移和“分散”，人人都可以在网上率性而为，信笔涂鸦，传统的功利主义和唯美主义被声色娱乐和情感倾泻的强烈冲动打得落花流水，文学正在被网络进化/退化(?)为一种“游戏”，一种随心所欲的“游戏”。王安忆曾有过“网络写手类似于音响发烧友”的说法。这个“发烧友”的比喻看似随手拈来，实则大有深意。发烧友对技术和器材的兴趣远胜于音乐本身。同样，在多数“超文本”的“写读者”心中，软件的升级也远比文学的神韵来得重要。

有趣的是，在本文的写作过程中，笔者每次输入“写读者”的全拼时，电脑上总会同时跳出“亵渎者”和“泻肚者”字样。它似乎在提醒我们，决不能听任时尚的“写读者”变成传统的“亵渎者”或废话的“泻肚者”，而这也恰巧是本文反复强调的论点。试想，一个单词的拼写尚且埋伏着诸多变异，在无边的网络世界里,我们就能够想象和理解到底隐藏着多少陷阱？这是颇为值得提高警惕的！

注释：

① 蒂费纳·萨莫瓦约：《互文性研究》,邵炜译,天津人民出版社,2003 年,第 72 页。

② 叶维廉：《中国诗学》,三联书店,1992 年,第 27—28 页。

③ 林戈编：《诗趣趣诗——奇妙的中国诗林之旅》,文联出版公司,1999 年,第 1 页。

④ 王蒙：《双飞翼》,三联书店,2006 年,第 22—23 页。

⑤ B.S.约翰逊是 20 世纪 60 年代著名前卫作家,行为怪异,屡出惊人之举,如在小说页面上钻孔,使用由灰到黑的纸张暗示小说主人公病患加重,写“活页小说”等。1973 年,约翰逊因躁狂症和穷困潦倒而自杀。据报道,英国小说家乔纳森·科埃以一本记述 B.S.约翰逊的传记作品《类同怒象》赢得了萨缪尔·约翰逊奖,该奖项由 BBC 四频道主办,堪称英国最著名的非小说类年度图书奖。

⑥ 参见叶朗：《中国小说美学》(北京大学出版社,1982 年)第 8 页。

⑦ 欧阳友权：《网络文学本体论》,中国文联出版社,2004 年,第 76 页。

⑧⑨ 王彬,涂鸿：《〈第一号创作〉结构探析》,《天府论坛》2001 年第 2 期。

⑩ 萨波塔：《第一号创作：隐形人和三个女人》序,江火生译,湖南人民出版社,1988 年,第 1 页。

⑪ 刘绍静：《从文本到超文本——解析 20 世纪西方文学文本理论》,www.chki.net。

⑫ 贝维尔：《什么是超文本》,《国际哲学季刊》2002 年第 4 期。

⑬ 赵一凡：《后现代史话》,见金惠敏主编《差异》第 2 辑,河南大学出版社,2004 年,第 29 页。

⑭ 费多益：《超文本：文本的解构与重构》,《哲学动态》2006 年第 3 期。

⑮⑲ 欧阳友权：《网络文学本体论》,www.chki.net。

⑯ 王蒙：《双飞翼》,三联书店,2006 年,第 163 页。

⑰ 参见吴伯凡：《孤独的狂欢》网络版,“超星图书馆”。

⑱ 在“超文本”系统中,读者成为集阅读与写作于一身的“作者—读者”。为此,罗森伯格杜撰了一个新单词“写读者”(wreader)来描述这种“超文本”阅读过程中“读写界限消弭一空”的新角色。显然,这个新单词是将作者(writer)与读者(reader)两词截头去尾后拼合而成的。

⑳ Docuverse 是尼尔森自创的新词,由 document(文献)和 universe(宇宙)

截头去尾而成。

㉑ 麦克卢汉：《理解媒介》，何道宽译，商务印书馆，2000 年，第 46 页。

㉒ 参见方舟子：《网络化的文学》，http://www.peopledaily.com.cn/专题汇总：网络文学。

㉓ 尼葛洛庞帝：《数字化生存》，谢泳译，海南出版社，1997 年，第 17 页。

㉔ 金惠敏：《媒介的后果》，人民出版社，2005 年，第 187 页。

㉕ 麦克卢汉：《理解媒介》，第 2 页。

㉖ 张辛欣：《怎么在网络时代活一个自己》，《南方周末》2000 年 3 月 31 日，第 22 版。

㉗ 何道宽：《从纸媒阅读到超文本阅读》，http://www.donews.com。

㉘ 南帆：《电子时代的文学命运》，《天涯》1998 年第 6 期。

㉙ 李河：《得乐园・失乐园》，中国人民大学出版社，1997 年，第 7 页。

㉚ Mark Poster (ed.), *Jean Baudrillard: Selected Writings*, Stanford University Press, 1988. p.147.

㉛ 布洛克曼：《结构主义》，李幼燕译，商务印书馆，1987 年，第 162 页。

㉜ 蒂费纳・萨莫瓦约：《互文性研究》，第 25 页。

㉝ 吴冠军：《数字化时代：危机与精彩同在》，“榕树下”，20020108。

㉞ 王逢振编：《网络幽灵》，天津社会科学出版社，2000 年，第 65 页。

㉟ 参见 2001 年 10 月 23 日 10:33，京报网：北京日报。

㊱ 南帆：《游荡网络的文学》，《福建论坛》2000 年第 4 期。

㊲ 欧阳友权：《网络文学：挑战传统与更新观念》，《湘潭大学社会科学学报》2001 年第 1 期。

（原载于《中国社会科学》2007 年第 3 期）

网络时代：新文学传统的断裂与“主流文学”的重建

邵燕君

如今，网络文学的发展强势已是有目共睹。[①]如果说在新世纪的第一个十年间，网络文学对“主流文坛”的冲击还局限在文坛内部，经过被称为“网络文学改编元年”的2011年，随着《宫》《步步惊心》《后宫·甄嬛传》等一部部穿越剧、宫斗剧的热播，电影《失恋三十三天》（改编于豆瓣“直播帖”）的席卷，“网外之民”也身不由己地“被网络化”，文学网站开始取代文学期刊，成为影视改编基地。一位颇具洞见的新媒体研究者更提出，随着2012年城镇人口首超农村人口、“两基”（基本普及九年义务教育和基本扫除青壮年文盲）的历史性完成，“主流文艺”将进入“新文艺，新时代”——“新中国”以来，以“工农群众”为核心受众的“人民的文艺”将转换为以城镇网民为核心受众的“网民的文艺”。[②]网络不再是年轻的“网络一代”自娱自乐的亚文化区域，而将成为国家“主流文艺”的“主阵地”。

从文学内部而言，更需关注的是，随着文学期刊的边缘化和纸质出版的夕阳化，网络测评系统越来越被传统体系所借重。不但网上红了的作品容易被出版，甚至一些出版社准备出版的作品，也会被先放到网上试试。如此一来，网络文学的内部标准，从“写什么”到“怎么写”，都会折射进传统体系。似乎不用多少争辩争夺的过程，网络文学从“自成一统”到“暗接正统”已经

“自然”发生。数年前就有大型文学网站的“掌门级”人物宣称，网络文学已经是“准主流文学”，[③]几年来的众多举措也都显示了其向“主流化”方向“挺进”的努力。[④]那么，到底何谓“主流文学”？原来居于“主流”地位的文学如何突然变成了“传统文学”？其“主流”地位是如何失落的？面对文学媒介的“千年之变”、文学价值体系的“百年之变”和文学制度转型的“五十年之变”，“主流文学”如何在各方争锋中重新进行定位调整和力量整合？是否可能重建一个“精英”与“草根”良性互动的“文学金字塔”？这些都是不容回避的严峻问题。

何谓“主流”？

正当“主流文学”突然遭逢“谁将入主”挑战的当口，一本名为《主流——谁将打赢全球文化战争》[⑤]的书也在流行。这本由法国记者马特尔撰写、2010年出版的畅销书重点不在理论的探讨，而是通过大量采访，对美国、日本、韩国、印度等具有国际影响力的文化产业进行了深入报道，其关注点在于“全球文化战争”——美国电影如何在好莱坞、华尔街、美国国会和中情局的共同作用下成为世界主流文化？迪士尼、索尼等国际文化资本如何以并购等方式占领各国市场？日本如何通过漫画、流行音乐等实现其“重返亚洲”的战略？印度如何通过与好莱坞结盟来抗衡中国？伊朗如何成为各国媒体争夺的目标？非洲如何成为欧、美、中、印巴等共同争夺的市场？总之，文化战争将怎样重塑新的地缘政治？谁将赢得全球文化战争的胜利？耐人寻味的是，这本全方位报道全球文化战争的书虽然几次遗憾地谈到中国的文化保护壁垒政策，却没有正面谈到中国的文化产业，或许暗示了“崛起”的中国并不是一个拥有价值观输出能力的文化大国，而是各种流行文艺的被输出国。

在大量实证考察的基础上，马特尔提出的观点是：主流是由多数人共同享有的一种思想方式和文化方式。主流文化是一种大众文化，也是流行文化，是一个国家的"软实力"。在序言中，作者引用"软实力"概念的发明者、美国克林顿时期国防部副部长约瑟夫·奈的话说，"软实力，是一种吸引力，而非强权"，"软实力"需要通过价值观来产生影响，而负载这种价值观的正是大众流行文化。

仔细解读一下这里的"主流"概念，可以发现它背后有四个关键词：大众、资本、精英、权力。大众流行文化居于最表一层，背后是政治、经济、文化各路力量。在资本的运作下，精英通过流行文化打造大众的"幻象空间"，将权力关系植入大众的情感—欲望结构。高明的"软实力"岂止是吸引力，甚至可以是媚惑力，"软"到几乎隐去一切"规训""引导"痕迹，发乎于"人性本能"，止乎于"普世价值"，才具有真正强大的实力。

这个"主流文化"的概念与法兰克福学派所批判的作为"社会水泥"的"文化工业"并无本质差别，差别在于精英的站位上。"主流文学"里精英的站位不是外在的批判者，而是内在的建构者。这也并非是屈服或权宜之计。自20世纪50年代以后，文化精英对大众文化的态度已经发生转向。以罗兰·巴特《神话学》为前导的解构主义理论、以英国伯明翰中心为重镇的文化研究理论都对法兰克福学派和利维斯主义的保守精英主义立场进行了颠覆，大众文化被认为是"积极的过程和实践"。美国大众文化理论家约翰·费克斯更主张"理解大众文化"，[⑥]在他开创的粉丝文化研究中，提出生产力和参与性是粉丝的基本特征之一。粉丝的生产力不只局限于新的文本生产，还参与到原始文本的建构之中。[⑦]以后的粉丝文化研究者也倾向认为，"粉丝经济”最大的特点是生产—消费一体化，粉丝既是“过度的消费者”，又是积极的意义生产者，于是产生了一个新词粉丝“产消者”（Prosumer，由 Producer 和 Comsumer 两个单词缩合而成）。亨利·詹金斯等学者还主张以“学者粉（Aca-fan）”[8]的身份进行“介入分析”（Intervention Analysis）。[9]在法兰克福学派猛烈抨击大众文化半个世纪之后，大众文化不但天下滔滔而且反客为主，并在各国政府力量的支持下成为“主流文化”。今天，再延续法兰克福学派的批判立场已经意义不大，特别在文化研究在 20 世纪 70 年代发生“葛兰西转向”之后，外在于大众文化的消极批判态度远不如积极地介入更有建设性。葛兰西提出的“文化领导权”（Cultural Hegemony）理论的核心要点是，统治阶级的文化要占据“文化领导权”，其前提是能在不同程度上容纳对抗阶级的文化和价值，为其提供空间。这样，大众文化就成为阶级对抗和谈判的场所了。此后布尔迪厄提出的“文学场”理论更指出，“文学场”是一个政治力量、经济力量和文学力量相互斗争的“场域”，各方为了取得自身的合法性，为了控制这个场的“特殊利润”处于不断的斗争之中。[10]今天，我们谈论“主流文学”，首先要建立的一个观念是，它不是一个固定的概念，而是一个斗争、谈判的场所，精英力量只有进入这个“场”，并且确实占有相应资本，才有说话的资格。

在全球“主流文化”模式参照下，中国当下“文学场”的格局确实独具特色。一方面，1949 年以来建立起来的一整套文学体制和管理体制仍然完整存在并且有效运转，但以文学期刊的“边缘化”和“老龄化”为标志，“体制内”文学已经越来越“圈子化”，从而失去了大众读者；[11]另一方面，在资本运作下进入集团化的网络文学已经建立起日益成熟的大众文学生产机制，不但拥有了数以亿计的庞大读者群，也建立起一支百万作者大军，然而，必须小心翼翼地接受体制管理，寻求体制接纳。在二者之间，以学院派为代表的文学批评精英力量多年来与五四新文学传统脉络下的“严肃文学”“纯文学”共生，对骤然坐大的网络文学大都怀有法兰克福学派倾向的拒绝态度，在一个“草根狂欢”的时代，与网络文学的关系基本是互不买账、各说各话。以中国国情来看，这样一种“文学场”格局，尤其是体制与资本两种力量的对峙和博弈将会在很长一段时间内存在，而精英文学的强大传统也不会在短期内衰退。在这个意义上，笔者认为，中国“主流文学”的定义未必依照资本主义体系的“国际惯例”。我们的“主流文学”未必是拥有最大众读者的，但必须是对最大众读者有引导力的，也就是说，决定其“主流”地位的不是读者的占有量，而是是否拥有“文化领导权”。“主流文学”可以是对“大众文学”有“文化领导权”的“精英文学”，也可以是获得了“文化领导权”的、为“精英文学”留下足够空间的“大众文学”。

谁居“主流”？

按照这一概念，一直以来以“主流文学”自居的“体制内”文学确实已经难当其实。根本原因还不是其失去了大众读者，而是对于体制外“另起炉灶”生长起来的大众文学（网络文学之外还有畅销书以及以畅销书机制为依托的“青春文学”）。无论在文学标准、文学资源还是文学传承上都失去了引导力。而拥有大众的网络文学可以称作“主流文学”吗？恐怕也不能。不是因为网络文学还没有完全被“体制”接纳、认可，而是它未能承担起负载中国社会“主流价值观”的责任——或许这是一个过于苛刻的要求，因为对于转型期的中国来说，“主流价值观”本身尚处于模糊状态。然而，对于一种借助新媒介优势快速成长的大众文学，网络文学如能在自身发展中充分调动互联网的民众参与力量，积极参与转型期中国“主流价值观”的打造和传播，则更能为“荣登大宝”积累经验。毕竟，“主流”的概念里不是只有大众和资本，还有精英和权力，这个权力并不完全是显性的体制权力，更是靠精英力量运作的隐性的“文化领导权”。可惜，目前以商业化为主导的网络文学更关注娱乐功能，对于参与打造“主流价值观”的使命并未显示出积极的承担意识。

2009 年初盛大文学 CEO 侯小强（此时盛大文学刚刚组建不久，号称“网络文学航空母舰”[12]）在对“主流文学”发出挑战，提出“网络文学走过十年之路，成为准主流文学”时，他的主要依据是，网络文学是“主流的网络读者的选择”，“被读者认同的文学才是主流”。[13]这种说法并不陌生。事实上，自 20 世纪 80 年代中后期文学进入“市场化”转型阶段以来，不断有从“纯文学”阵营走向市场的作家或改版期刊都持此说，以“读者喜欢”、“好看”这样似乎无需证明的笼统判断论证自身的合法性。[14]这实际上显示了在混乱的转型期，文坛对于“主流文学”的定位和功能、“主流文学”与“大众流行文学”以及“纯文学”的关系等一系列理论问题认识都比较模糊，乃至失语。读者到底为什么会喜欢？“好看”的要素是什么？事实上，大众从来都不是白纸一张，没有一种天然存在的、“本质化”的“大众口味”，他们的“天生口味”都是被喂养出来的，是被古今中外各种流行文艺打造出来的。一个国家如果不能生产出可以满足本国大众精神和娱乐需求的“当代主流文艺”，他们的“空胃”就会成为各方神圣安营扎寨的“黑屋子”。[15]没有新的，就吃旧的，没有自家的，就吃别家的。

如果我们考察一下当下中国网络文学中的主要类型，就可以摸索到其主要文化资源。这资源大致可以分为三类。一类是中国传统文化资源，既有被五四新文学传统指定为经典的雅文学，如四大名著，以及偏于这一脉络的现当代作家，如张爱玲、白先勇；也有被当年的新文学压抑下去的种种“旧文类”，仙侠鬼怪，蝴蝶鸳鸯，官场黑幕，以及这一脉络的当代港台武侠言情小说。这些构成了玄幻、穿越、武侠、官场、都市、言情等类型的主要资源。第二类是美国好莱坞大片、网游以及包括科幻、奇幻(Fantasy)在内的欧美类型文学，特别是科幻文学关于未来宇宙的推演设定和《指环王》《哈利·波特》等奇幻文学打造的魔法世界，构成了以“九州系列”为代表的中国奇幻小说(以纸版为主)和以“小白文”[16]为代表的网络玄幻小说想象力的来源之一。第三类是日本动漫，尤其是其中的耽美文化，[17]是“耽美文”“同人文”[18]的直接来源。当然，网络文学的各种类型，特别是其中最具有中国本土和时代特色的新类型，如玄幻、穿越、盗墓等，都是综合以上各文化资源的再创造。

盘点中国网络文学的文化资源，我们不难发现一个触目惊心的事实，在古今中外的文化传统中，单单是五四以来确立的新文学传统被绕过去了，而新文学传统正是一向居于“主流文坛”的“正统文学”一脉相承的传统。为什么被“主流的网民”选择的大众文学单单绕过了这一最主流的传统？这一大师辈出、感动了几代中国人、有力地参与了中国现代国家建构的伟大传统，这些年来一直被国家文艺管理制度、文学生产体制、学院体制和中小学教育体制置于垄断性的保护地位，居然被不见硝烟地暗度陈仓，这一切是如何发生的？这是我们讨论建构“主流文学”之前必须审查反思的。

新文学传统是如何被“绕过去”的？

以今日“网络大众”的“自然选择”而反观，五四新文化运动建立起来的新文学传统有三个突出的面向：以启蒙价值为基础的精英化，以西方文学为师的现代化，以及延续千年的印刷文明的文字化。洋派的新文学一直存在着“民族化”“大众化”的障碍，文字的艺术也一直受到影像艺术的冲击，而在网络时代，新文学传统在这三个方面都遇到了更致命的挑战。

第一，是启蒙价值的解体。

五四新文学的建立得力于欧洲启蒙主义的引进，“新时期文学”的崛起与80年代“新启蒙运动”共生。而网络时代则是一个“后启蒙”(the Post-enlightenment)的时代，这未必与网络直接相关，也不是中国单独的状态，而是“冷战”结束后东西方共处的人类“普遍处境”，这就是齐泽克在《意识形态的崇高客体》一书中揭示的“启蒙主义的绝境”：今日的意识形态，尤其是极权主义的意识形态不再需要任何谎言和借口，“保证规则畅通无阻的不是它的真理价值(truth-value)，而是简单的超意识形态的(extra-ideological)暴力和对好处的承诺”。[19]这显然走向了启蒙理性的反面，因为启蒙主义假定人的理性和理想可以战胜一切卑污。为什么一切变得如此明目张胆？根本原因就在于人类已经没有“另类选择”。2011年10月9日齐泽克在“占领华尔街”的街头演讲中，也活生生地向我们演示了大洋彼岸的抗议者们“梦醒之后无路可走”的彷徨：“我们知道我们不要什么。但是我们要什么呢？怎样的社会组织方式可以代替资本主义？怎样的新领导者是我们需要的？记住：问题不在于腐败或贪婪。问题在于推动我们放弃的这个体系。”[20]

“启蒙的绝境”抽掉了现实主义文学的价值基石，其“严肃性”的价值也必然遭到质疑。当年五四先贤之所以弃宽择窄从多种文类中选择现实主义为唯一正统，正是因为现实主义文学具有“认识世界、改造世界”的功能。但如果世界是不可改造的，

“睁了眼看”又有何意义？意义系统的危机不但使现实主义文学本身遭困，使其曾具有的“主流文学”功能大大降低，也使其对消遣性文学的压抑力量逐渐瓦解。面对来自精英系统“娱乐至死”的批评，网络文学一方不以为然，并且堂而皇之地宣称“YY 无罪，做梦有理”。[21]在他们看来，既然“铁屋子”无法打破，打破后也无路可走，为什么不能在白日梦里“YY”一下，让自己“爽”[22]一点？“网络一代”本来就流行“轻阅读”，在文学资源上的选择，自然会避开面目端肃的鲁郭茅巴老曹，选择轻舞飞扬的蝴蝶鸳鸯；避开相对陌生的西方样式，选择骨子里熟惯的中国笔法。

第二，“85—95 独孤一代”的横空出世。

“网络一代”是“读图一代”，也是“独孤一代”。这不仅指他们大都是独生子女，更是指他们在文化上也像是孤儿，是“喝狼奶长大”的一代。以前，人们经常用 80 后、90 后称呼“网络一代”。[23]而从网络文化的角度考察，更准确的概念是“85—95 一代”，因为这是受日本 ACG 文化（Animation 动画、Comic 漫画、Game 游戏）影响的第一代人，[24]深受耽美文化浸润，具有浓郁的“宅腐”[25]特征。“宅男”和“腐女”是构成目前网络读者的两大重要“族群”。他们也是美国好莱坞大片、英美日韩剧以及《指环王》《哈利·波特》“吸血鬼系列”等这些超级国际流行文艺的铁杆粉丝。

我们经常说现在“三年就是一代”，决定“一代人”和“一代人”之间的代沟是什么？就是要看他们是什么流行文化喂养大的。如果我们把学校推荐给中小学生的阅读书目和他们私下里流传的作品做一个对比参照，会发现两者几乎不搭界。学校推荐书目上的是喂养“亲一代”长大的经典，对于“子一代”来说，它们基本是一种文学知识。而让他们尖叫不已的东西，对于父母而言，可能是完全陌生的。在这里，我们不能不承认“先进媒介”

的覆盖力，尤其对于自从识字以后时间就被学校和补习班分割殆尽的中国小孩而言，ACG 文化才是他们一心奔向的乳娘。这个乳娘喂养的不仅是艺术审美观，同时也是世界观、人生观、价值观。一方面，我们不能不警觉地看到，由于这些年中国“主流文艺”弱势，“网络一代”的三观塑造深受他国流行文艺的影响。[26]另一方面，我们又不得不清醒地看到，这些流行文艺不仅满足着“网络一代”的感官需要，同时也满足着“独孤一代”的心灵需要——科幻作品是在启蒙理性杀死上帝后，对宇宙秩序和终极意义的重新设定；《指环王》、《哈利·波特》等奇幻作品借助前基督教的凯尔特文化，在奥斯维辛之后重论善恶的主题，并最终让正义战胜邪恶；“耽美文”和“吸血鬼系列”在 20 世纪 60 年代“性解放”引发“性泛滥”导致“爱无能”之后，通过重设性别或人鬼的禁忌，再度讲述爱情的神话。这些文化都是在西方启蒙运动之后兴起、流行的，属于“后启蒙”文化，它们是对启蒙理性的反拨、反动或补充，属于正统文化之外的民间文化、被压抑的边缘文化、抵抗的亚文化。当启蒙理想打造的现实乌托邦遭到质疑后，流行文艺借助“后启蒙”文化在“第二世界”里建造“异托邦”，[27]用最时尚的方式重唱“古老谣曲”的母题，重新给人带来信心和安慰。如果说，喂养“亲一代”长大的是五四先贤从启蒙文化脉络引进的正统文学，喂养“子一代”长大的就是“后启蒙”脉络的大众流行文艺，双方的“代沟”隔膜不仅在媒介鸿沟上，也在文化渊源的错位上。而在一个“后启蒙”的时代，一种不包含“后启蒙”文化的文艺很难对时代命题作出有力的回应，很难成为名副其实的“主流文艺”。

第三，消费社会大众文艺机制欠缺。

尽管面临“启蒙的绝境”和“媒介革命”的双重挑战，但这毕竟是人类的“普遍处境”。居于正统已近百年的新文学传统在网络时代突被悬置，原因还是应该在中国当代文学机制内部找。显而易见的事实是，网络是全球的，而网络文学却是中国风景独好，流行文艺高度发达的欧美日韩，网络文学的发展都没有中国兴旺蓬勃。反过来说，中国网络文学的过度发展，正反映了中国的流行文艺机制的欠发达。网络文学的出现终于使亿万流行文化消费者有了一个本土基地。

然而，顺着这一思路，我们容易忽略的是，中国流行文化生产机制的欠发达，正是新中国成立以来建立的社会主义文化制度设计的结果。在那套文化制度里，今日四处觅食、正被资本瞄准的消费大众，原本应该是被社会主义文化教育的人民群众，被培养的“业余作家”，之后是被启蒙文化引导的读者，乃至“文学青年”。换句话说，今日在消费文化层面暴露出如此大的空位，正是主流文坛整合能力失效的表征，那套曾在20世纪50至70年代以独特方式成功运转、在20世纪80年代焕发巨大生机的“主流文学”生产机制，未能伴随中国社会20世纪90年代以来向消费社会的转型而完成自身转型，未能及时建立起一个适应消费社会的、具有中国特色的“主流文学”机制，以致逐渐丧失了对大众文学的“文化领导权”，也中断了新文学建立以来一直致力于的“大众化”方向的努力。

应该说，欧化的新文学在大众接受方面一直力不从心，虽然新文学取得了正统地位，但旧文学只是被压抑下去了，在普通读者间一直有着更广大的市场（最典型的例子就是鲁迅在母亲面前败给张恨水）。新文学真正取得“压倒性胜利”是在1949年以后，其“压倒性”并不仅在于政策上的压制取缔，更在于艺术上的转化吸收。特别是经由赵树理等“人民艺术家”的卓越努力，以及包括“样板戏”在内的“革命文艺”的创造性实践，将“旧文学”中有生命力的要素“批判地吸收”进革命文学，成为内化其叙述模式和快感模式的“潜在结构”。新时期初期，文学没有雅俗之分的困惑，“伤痕文学”、“改革文学”、“知青文学”的主题是全民共同关注的，依托的现实主义手法（此时还遗留着一定的“工农兵文艺”模式），经过多年普及也是读者熟悉的。直到接近 80 年代中期“寻根文学”、“现代派文学”、“先锋文学”相继兴起，新时期的“文学共同体”才开始解体。一方面是“主流文学”越来越“雅”，一方面是金庸、琼瑶等港台通俗文学大举进军。与此同时，城市体制改革起步，文学期刊“断奶政策”出台，整个社会开始向消费形态转型。

应该说，这是一个十分关键的时期，以往靠社会主义文学体制支撑的文坛大一统格局将要被打破，进入政治、经济、文学各种力量相互博弈的“文学场”。“主流文学”的主导地位不能再只依靠制度力量在权力秩序中建立，而是在相当程度上要借助“文化领导权”的整合力量。以今日的“后见之明”，“主流文学”此时应该以积极主动的态度面对文学的分化和转型，大力建设中国本土的通俗作家队伍和通俗文学生产机制，并重新调整自身的导向定位，从以往的“严肃文学”、“纯文学”移向更有涵盖性和笼统性的“精英文学”——尽管在“启蒙的神话”破灭以后，重建精英价值的“文化领导权”存在着悖论式的难题，毕竟，“严肃文学”和“纯文学”还存有巨大的“剩余能量”，这能量不仅在作家队伍里，也在读者的普遍期待中。如果“主流文学”能够平衡内部格局中传统和创新的力量，以“纯文学”为旗帜打造高雅的“小众文学”，以现实主义为导引，建设严肃的“大众文学”，或许这个以精英为导向的“主流文学”还是有可能建立起来。

可惜，此时“主流文坛”对“变局”的理解只在“市场化的冲击”和“通俗文学的侵袭”的层面，其反应基本是消极被动的。以“回到文学自身”为口号躲进象牙塔，名为坚守，实为退守。对于新时期以后开始创办并在读者间产生越来越大影响的各种带有通俗文学性质的报刊，如武侠类的《今古奇观》、侦探类的《啄木鸟》、民间故事类的《故事会》、小小说刊物，以及伴随打工浪潮孕育而生的各种打工文学杂志，都未予以充分重视。即使关注，也是按“纯文学”标准要求其提升“文学性”，其结果反而是使读者大量流失。这种消极的态度在变局发生之初尚有可理解之处，长期的延续则与“纯文学”意识形态下膨胀的傲慢心态有关。这正是我们要深入反思的。

“纯文学”意识形态的负面影响

我们说今日文坛的“正统”与五四新文学传统一脉相承，主要是指其面向现代化的精英性，在不同的历史时期，这种精英性可能表现为文化精英性、政治精英性或文学精英性。虽然，现实主义一直是“法定”的主导原则，但这些年来实际居于文坛主位的并不是现实主义文学，而是作为“先锋文学”后裔的“纯文学”，“文学性”代替“严肃性”成为镇山法宝。被网络文学视为挑战对象的“传统文学”也主要指“纯文学”，而不是指传统的现实主义文学。[28]

这悄悄的位移发端于1985年“先锋文学”运动发起的“形式变革”。那场以“回到文学自身”为口号的文学运动其实有着明确的意识形态挑战指向，倡导者以西方现代主义文学样式为基本参照，试图从纯粹形式的角度，挑战现实主义的定于一尊，从而把文学从“文以载道”的工具乃至政治宣传的工具的地位上解放出来，确立文学的自足价值。这场文学运动并不是“反启蒙”的，而是80年代“新启蒙运动”的一部分。然而这场旁敲侧击式的“革命”并没有如一些倡导者预期的那样，从形式变革进入到意识形态抗争，反而以“非政治”的姿态在“告别革命”的语境下落入了80年代真正居于主流的“新启蒙意识形态”。正如贺桂梅在《新启蒙知识档案——80年代中国文化研究》一书中指出的，“回归文学自身”的“纯文学”本身是一种意识形态，从80年代的“非政治化的政治”，到90年代的“去政治化的政治”，其背后的理论支撑也从80年代强调审美世界不但自身自律自足并且可以作为“现实世界样板”的“诗化哲学”，转为90年代适合自由市场主体意识的专业主义。[29]在此过程中，“纯文学”也失去了其反抗政治体制的张力关系，卸去了先锋的爪牙，十分无害地寄身于作协体制之内。

如果从文学史的进程来看，“先锋文学”运动的发起有其历史必然，它所进行的“叙述革命”和“语言革命”的探索也对汉语写作的发展有突破性推进。然而，由此衍生的“纯文学”意识形态则对这些年来“主流文学”的发展产生了相当大的负面影响，这些负面影响今日从文坛多重变局的视角观察尤为明显。

首先，导致文坛格局内部失衡，自伤其根。

“先锋运动”本是一场由“新潮编辑”、“新潮评论家”发起、初出茅庐的青年作家打头的激进形式实验，如果不是“纯文学”意识形态的催化，再怎么炫目，也不会在两三年内发展成席卷整个文坛的主流。而当时的文坛却是“整体向西”，在求异求变的大势所趋下，敢于坚持走现实主义老路的作家，即使像路遥这样的大作家，即使他拿出《平凡的世界》这样的后来被时间证明的经典之作（基本也可以说是唯一对网络文学产生深入影响的“新时期文学”经典[30]），在当时也备受冷落压抑。而构成新时期中国作家主体队伍的正是像路遥这样出身乡土、自学成才、在价值观和审美观乃至情感结构上都相当传统的现实主义作家。面对“纯文学”大潮的席卷，他们要么赶鸭子上架，要么甘于边缘寂寞。正值文学“失去轰动效应”的当口，这一刀又从内部伤了文学的根。现实主义写作从此元气大伤，不但削弱了“主流文学”的整体实力，也加速了文学期刊与读者亲密关系的解体，“专业—业余”作家培养体制的解体。

其次，未建立起“小众文学”平台，“新文青”自立门户。

虽然在“纯文学”理念的召唤下，“主流文学”主动抛下大众而奔向小众，但却始终未能凝聚培养起一个以高雅文学为旨趣的小众群体，更没有在市场化转型中，凭借“大社”“名刊”的权威声望和各种资源积累建立起一个小众市场，从而在网络时代完成“华丽转身”。这一点可以从“80后”“90后”中的新一代“文青”自立门户得到反证——郭敬明、韩寒、张悦然、笛安等80后作家在被主流文坛的接纳不久后，都纷纷在畅销书机制的运作下创办文学杂志，[31]且大都以“纯文学”为旗帜；2005年创办的豆瓣网几年内汇集数千万用户，被称为“全国文青基地”，2011年底推出的“豆瓣阅读”更开始直接建立中短篇小说的下载收费平台，被称为“网络时代的‘纯文学’移民”。[32]这场绕过文学期刊的网络内“移民”有可能从内部撬开“主流文坛”，吸纳“纯文学”队伍中的有生力量，打破目前网络文学“类型化”一统天下的格局，实现网络文学内部的分化分层。这一切都说明当代青年中不是没有“文学青年”，而是这些“文学青年”不再凝聚在主流文学期刊周围，不再与前辈作家（包括“纯文学”作家）有师承关系。这固然有体制方面的多重原因，也与“纯文学”理念的片面性有关。如果当年的“先锋运动”不刻意割裂文学形式和内容的关系，那些生吞活剥来的西方现代派、后现代派技巧，尽管当时是超前的，但随着中国急速的现代化进程，早晚要落地生根，与本土经验打通。西方现代派文学正是在两次世界大战的灰烬中产生的反思启蒙文化的文学，与“后启蒙”文化孕育的流行文艺互为雅俗，更具有反抗性和挑战性，最能吸引“独孤一代”的“新文青”。试想，如果这些“新文青”能在以“西方文学现代派、后现代派传人”自命的“纯文学”作家那里找到某种共鸣，怎会不如见父兄，心悦诚服？但事实上是，那些文学理念当时是舶来的，此后依然是“不及物”的。那些“凌空蹈虚”的“纸上空翻”恐怕也只有在“纯文学”神话的麻醉下，在作协体制的支持下，才能孤芳自赏多年。当“新文青”自立门户，“先锋文学”这些年在语言革命、叙述革命中积累的文学经验也无以传承。其实，“纯文学”被网络文学一方称为“传统文学”还算是客气的，因为只有被继承的传统才可称为传统，否则只能叫“博物馆艺术”。

最后，“背对读者”，自弃“文化领导权”。

“纯文学”的口号是“背对读者写作”，从“文学场”的理论解读，“以输为赢”正是“小众文学”的生存逻辑甚至生存策略。[33]然而，“小众文学”的蜜糖，对于“主流文学”而言，却是不折不扣的砒霜。如果不是一种意识形态式的笼罩力量，我们很难想象，一直承担弘扬“主旋律”任务的“主流文学”，为什么会在那么长的一段时间内，如此漠视读者“看不懂”的呼声，任由读者在失望中离开，并傲慢地要求读者“提高欣赏水平”。

正是这傲慢导致了违背常识的偏见。精英引导型社会的一个根本原则是，相信读者是应该被引导的，可以被引导的，也必须被引导的。但关键是如何引导。通常，一种精英价值观要深入人心需要两道“转译”，一道是由理念转译成文艺，一道是由“精英文艺”转译成“大众文艺”。[34]即使在“政治挂帅”的年代，文艺主政者还需要想方设法将革命理念灌注到群众喜闻乐见的形式中去。中国传统的“文以载道”也讲求“言之无文行之不远”。消费社会更需要“道成肉身”，消费者没有义务去“主动提高欣赏水平”，相反，他们有权利要求按照他们既有的口味和水准被满足、被吸引、被提高，被“寓教于乐”。要求大众读者像中文系学生那样精研细读“有挑战性的文本”，这样的想法既不现实也不合理。“纯文学”的傲慢是一种末世贵族式的傲慢，在消费大潮汹汹来临之际“躲进小楼”，在“去政治化”语境之下“回到自身”，实际上是自弃“文化领导权”。因为，一种不能引导“大众”的“小众”仅仅是“少数”，不再具有精英导向。

结语：如何重建“文学金字塔”？

以上对于网络文学资源脉络的清理，对于新文学传统失落原因的探讨，对于当代文学内在危机的反思，应该说，都只是为“主流文学”的建构勘查地基。在全球文化战争背景下的网络时代，真正具有“文化领导权”、代表中国“主流价值观”的“主流文学”到底是什么样貌，或许我们现在谁都无法描述，但至少，它必须是有高度整合力和创造力的，并且必然是具有中国特色的。

在这个意义上，笔者提出建构“文学金字塔”的设想。这个作为“主流文学”的“文学金字塔”应该是以重新调整定位的精英标准为导向的，整合进所有“传统的”“网络的”“体制内的”“体制外的”等各种文学资源中有生命力的力量，也为各种“小众文学”和“先锋文学”提供空间。它必须是分层、互动、开放的。所谓分层，就是要承认居于“塔尖”的“精英文学”与居于“塔座”的“大众文学”各有其读者定位和文学定律，不能以统一的标准一概论之；所谓互动，就是虽然大家各司其职，但仍有一套互通互认的价值系统，“塔尖”为“底座”提供精神参照和艺术更新，“底座”为“塔尖”聚“人气”，接“地气”。只有形成良性互动，文学才有持续性发展动力。所谓开放，是指对相关艺术门类的开放，与影视、

ACG 等媒介艺术共通。再说句悲观的话，在笔者看来，未来担纲“主流文艺”主导门类的，恐怕既不是文学，也不是影视动漫，而是电子游戏。文学除了作为“脚本基地”以外，要保持自身的艺术地位，必须向精英方向发展，同时与“最先进媒介”的艺术保持互通，从而与大众保持互通。

至于这个“文学金字塔”是以何方为“基座”建构起来的，是拥有“大众”和经济资本的网络文学一方，还是拥有“精英”和政治资本的“主流文坛”一方，这就要看双方博弈的结果了。近几年，我们可以看到双方都在积极动作，[35]这个博弈的过程会让我们真切地体会到，“主流文学”是一个“斗争和谈判的场所”。这里需要提出的是以学院派为代表的文学批评精英力量的站位问题。今天从事当代文学批评的研究者大都是读启蒙经典长大的，深受法兰克福学派等精英理论的洗礼，对于以网络文学为代表的大众流行文学，在外批评易，入场介入难。然而，不入场就没有话语权。未来的“主流文学”不管以哪一方为“基座”，都必然要以拥有大众的网络文学为“底座”，不理解网络文学就无法真正参与“主流文学”的建构。目前在这个场域内，政治、经济、大众的力量都很强大，最缺乏的就是文学精英力量。一方的弃权只能让其他力量增大“控制场内特殊利润”的机会。也就是说，对于当代文学研究者来说，理解网络文学，积极参与“主流文学”的建构，是时代向我们提出的新任务。如果从国家文化战略的角度来看，这也是一种责任担当，是对“感时忧国”的五四传统的精神继承。

注释：

① 据新华网报道，截至 2011 年末，全国网络文学用户达 1.94 亿，网络文学作者达一百多万人，每年有三四万部作品被签约。

② 庄庸：《新文艺，新时代》，待发。

③ 侯小强(盛大文学 CEO)：《网络文学到底是不是主流文学?》，载《新京报》2009 年 2 月 11 日。

④ 2008 年 7 月盛大文学成立后，高调开启了一系列活动，如 2008 年底的“30 省作协主席小说巡展”，2009 年 3 月的“首届全球华语原创文学大展”，6 月与《文艺报》合作召开的“起点中文网四大作家”研讨会，7 月与鲁迅文学院合办“网络文学作家培训班”，等等。主动向官方示好的并非盛大一家，2008 年 11 月“中文在线”也通过同中国作协旗下《长篇小说选刊》合作，开展“网络文学十年盘点”的活动，该活动动用了全国二十余家纯文学刊物的编辑力量读稿评分，巧妙地完成了网络文学学术性活动的“体制化”操作。尽管在最初的对接中难免迂回摩擦，网站的主动攻势还是有力地撬动了主流文坛。

⑤ [法] 弗雷德里克·马特尔：《主流——谁将打赢全球文化战争》，刘成富等译，商务印书馆 2012 年版。

⑥ [美] 约翰·费克斯：《理解大众文化》，王晓钰、宋伟杰译，中央编译出版社 2001 年版。

⑦ [美] 约翰·费克斯：《粉都的文化经济》，陆道夫译，收入陶东风主编《粉丝文化读本》，北京大学出版社 2009 年版。

⑧ 指将自己认同于粉丝的学术研究者，或将自己认同于学术研究者的粉丝。

⑨ “介入分析”与其说是概念，不如说是一种研究态度和文化实践，即更积极地接近和参与文化研究对象的态度。参阅 2011 年 6 月北大中文系韩国留学生崔宰溶博士答辩通过的博士论文《网络文学研究的困境与突破——网络文学的土著理论与网络性》第三章第一节“土著理论和介入分析”。

⑩ [法] 皮埃尔·布迪厄：《艺术的法则——文学场的生成和结构》，第 262—270 页，刘晖译，中央编译出版社 2001 年版。

⑪ 参阅拙文：《传统文学生产机制的危机和新型机制的生成》，载《文艺争鸣》2009 年第 12 期。

⑫ 2008 年 7 月，盛大文学有限公司成立，在起点中文网之外，又收购了晋江原创网、红袖添香网，宣称要打造“网络文学的航空母舰”，此后又收购了小说阅读网和潇湘书院，2009 年收购榕树下，2010 年初其官网信息宣称，已占据国内网络原创文学 90%以上的市场份额。

⑬ 侯小强(盛大文学 CEO)：《网络文学到底是不是主流文学?》，载《新京报》2009 年 2 月 11 日。

⑭ 典型的代表是《北京文学》1998 年第 9 期以“好看”为宣言的改版，见以编辑部名义发表的改版公告：《我们要好看的小说——〈北京文学〉吁

请作家关注》。

⑮ [斯洛文尼亚] 斯拉沃热·齐泽克：《斜目而视：透过通俗文化看拉康》，第13页，季广茂译，浙江大学出版社2011年版。书中通过对一个短篇小说《黑屋子》的分析，来阐释"幻象空间"是如何发挥作用的。"黑屋子"是一个空洞，一个屏幕，一个供人投射欲望的"幻象空间"。

⑯ "小白文"是在网络文学中非常火暴尤其在"网游一代"中极受欢迎的一种文类，与其说是一种文类，不如说是一种写作风格。"小白"有"小白痴"的意思，指读者头脑简单，有讽刺也有亲昵之意；也指文字通俗、意思浅白。"小白文"以"爽文"自居，遵循简单的快乐原则，主人公往往无比强大，情节是以"打怪升级"为主，所以"第二世界"的内部逻辑不甚严密，基本属于"低度幻想类"幻想文学。

⑰ "耽美"(たんび)一词最早是出现在日本近代文学中，为反对"自然主义"文学而呈现的另一种文学写作风格，日文发音"TANBI"，本义为"唯美、浪漫"之意，耽美即沉溺于美，一切可以给读者一种纯粹美享受的东西都是耽美的题材，BL(Boy's Love，即男—男之爱)只是属于耽美的一部分。但就目前而言，我们提及耽美大多指的是与BL相关的文化现象，"耽美"也就被引申为代指男性之间不涉及繁殖的恋爱感情。这种感情是"女性向"的，不仅作者和受众基本是女性，而且对立于传统文学的男性视点，纯粹从女性的审美出发，一切写作的目的都是为了满足女性的心理、生理需求。

⑱ 我们现在常用的"同人"这一概念，来自日文"DOUJIN"的发音，取其"由漫画、动画、游戏、小说、影视等作品甚至现实里已知的人物、设定衍生出来的文章及其他如图片影音游戏等创作"之含义；在英文中，"同人文"通常被称为"粉丝小说"(Fan-fiction)，字面意思为粉丝创作的小说。维基百科将其定义为"Fans以原著的设定和人物创作的故事"。"同人"从来就不单指"耽美同人"，但"耽美同人"是"同人"作品中的很大一个分支。

⑲ [斯洛文尼亚]斯拉沃热·齐泽克：《意识形态的崇高客体》，第42页，季广茂译，中央编译出版社2002年版。

⑳ 引文来源：http://www.occupywallst.org/article/todayliberty-plaza-had-visit-slavoj-zizek/。

㉑ 比如，中国首个"类型文学概念读本"《流行阅》的创刊卷里，有一篇署名dryorange的文章《YY无罪　做梦有理》，夏烈主编，新世界出版社2008年版。

㉒ "爽"和"YY"的含义都很复杂，需要从上下文的语境中理解。简略来说，"爽"不是单纯的好看，而是一种让读者在不动脑子的前提下极大满

足阅读欲望的超强快感，包括畅快感、成就感、优越感，等等。“YY”即汉语“意淫”的拼音字头，发音为“歪歪”。此语源于曹雪芹的《红楼梦》，意指在不通过身体接触的前提下，视觉所见后通过幻想达到心理极大满足的行为。网络用语中的“YY”不一定和性有关，泛指一切放纵幻想的白日梦。

㉓ 实际上，在他们的内部又有细分。如80后分85前和85后，90后分94前和94后，用他们自己的话说，85前的80后更像70后，94前的90后更像80后。

㉔ 自1980年12月中央电视台引进第一部国外动画《铁臂阿童木》以来，中国开始有了能够看着日本动漫长大的第一代人，即80后。事实上日本的御宅文化起源于20世纪80年代初期，而耽美文化虽早在60年代初就已在日本兴起，但直到90年代后期才进入中国大陆，因此当下真正带有“宅腐”属性的网民大多于1985—1995年出生。参见肖映萱：《“宅腐”挺韩——“85—95”的逆袭》，见《网络文学评论》总第3期，花城出版社2012年版。

㉕ “宅男”概念起源于日本“御宅”(おたく)一词，原指对ACG具有超出一般人的了解程度、鉴赏能力、游戏技能的人群，这一概念经由台湾再传入大陆，意涵发生了一些变化，泛指不善与人相处，或是整天待在家，生活圈只有自己的人群。“腐女”是“腐女子”的简称，源自日语，由同音的“腐女子(ふじょし)”转化而来。“腐女”与“耽美文化”有血缘关系。“腐女”就是对“耽美”情有独钟的女性，通常是喜欢此类作品的女性之间彼此自嘲的称谓。“宅腐”，也作“腐宅”，可作“腐女”和“宅男”的合称，也可理解为兼具腐、宅两种属性。宅腐并不排斥，就是说，有“宅男”，也有“宅女”，有“腐女”，也有“腐男”。

㉖ 2011年秋季学期，笔者在北大中文系开设的“新世纪网络文学研究”讨论课上，做了一次特别的调查，请同学们说出对自己的“三观加一观”(人生观、世界观、价值观，我特意加上审美观)影响最深的艺术作品(不局限于文学，包括影视动漫，但我也强调可以包括最经典正统的文学作品)。结果令人惊诧，85后的学生，尤其是接近90后的学生，对他们影响最深的是日本动漫，他们的核心价值观，包括那些正面积极的价值观，如勇敢、忠诚、友谊，都是日本动漫给他们的。中华文艺里唯一能够对他们产生深刻影响的是金庸。夸张一点说，如果没有金庸，中华文艺全军覆灭。

㉗ 异托邦(Heterotopias)是福柯晚年提出的一个概念。王德威教授曾借用这个概念分析中国的科幻小说，非常有启发性。按照王德威的归纳，“异托邦”指的是我们在现实社会各种机制的规划下，或者是在现实社

会成员的思想和想象的触动之下，所形成的一种想象性社会。它和乌托邦(Utopia)的区别在于，它不是一个理想的、遥远的、虚构的空间，而是有社会实践的、此时此地的、人我交互的可能。参见王德威：《乌托邦，恶托邦，异托邦——从鲁迅到刘慈欣》，《文艺报》2011 年 6 月 3 日、6 月 22 日、7 月 11 日连载。

㉘ 如侯小强就在《网络文学到底是不是主流文学?》一文开篇时称："很多人喜欢把纯文学和网络文学以对立面的方式放到一起，网络文学甫一出现，便是如此，直到现在网络文学走过十年之路，成为准主流文学，仍然有很多人如此。最近在想这两者之间的关系，有了豁然开朗的感觉：纯文学从始至终根本就是个伪概念，被读者认同的文学才是主流。"载《新京报》2009 年 2 月 11 日。

㉙ 贺桂梅：《"新启蒙"知识档案——80 年代中国文化研究》第六章，"'纯文学'的知识谱系"，北京大学出版社 2010 年版。

㉚ 如笔者认为目前网络文学中最有"大师品相"的作家猫腻就在《间客》一书的后记中称"我最爱《平凡的世界》"，是其学习的两大样板之一。

㉛ 2006 年 10 月，郭敬明主编的《最小说》创刊(长江文艺出版社)；2008 年 6 月张悦然主编的《鲤》创刊(江苏文艺出版社)；2010 年 7 月，由韩寒主编的《独唱团》(山西书海出版社出版，华文天下文化图书有限公司运作发行)经千呼万唤终推出创刊号后停刊；2010 年 12 月由笛安主编的《文艺风赏》、落落主编的《文艺风象》创刊(长江文艺出版社)。此外，2011 年 3 月，70 后安妮宝贝主编的《大方》创刊(十月文艺出版社，新经典文化有限公司)；2008 年 10 月饶雪漫主编《最女生》创刊(万卷出版公司，万榕书业)；2009 年 4 月蔡骏主编的《谜小说》创刊(新世纪出版社)。

㉜ 白惠元、范筒：《豆瓣阅读：网络时代的"纯文学"移民》，《网络文学评论》2012 年总第 3 期，花城出版社 2012 年版。

㉝ [法] 皮埃尔・布迪厄(Pierre Bourdieu)：《艺术的法则——文学场的生成和结构》，刘晖译，中央编译出版社 2001 年版。

㉞ 参阅孟繁华、程光炜《中国当代文学发展史》(修订版)第三章第一节中，关于延安"文化领导权"建立的过程中，"新文学"如何被"转译"成人民群众喜闻乐见的"民族化的革命文艺"的论述。北京大学出版社 2011 年版。

㉟ 网络文学一方，近年来有两个"精英苗头"的动向特别值得关注。一个是出现了具有"大师品相"的精品，如获 2010 年起点中文网年度作品的《间客》(猫腻)，参阅拙文《在"异托邦"里建构"个人另类选择"的幻象空间》，《文艺研究》2012 年第 4 期；一个是前文谈到的豆瓣网 2011 年底推

出“豆瓣阅读”，尝试“网络时代的‘纯文学’移民”。“主流文坛”一方，除中国作协的一系列举措外，2011 年广东、浙江两个省作协也有突破之举，广东作协创办了国内第一个网络文学研究刊物《网络文学评论》，浙江作协启动了全国首个“西湖·类型文学双年奖”的评选。两项举措都旨在打通精英批评通向网络文学的研究通道。

（原载于《南方文坛》2012 年第 6 期）

作者的变迁与新媒介时代的新文学诉求

许苗苗

自从网络文学一词进入公众视野，相关争论便不绝于耳：什么是网络文学？网络文学有何特性？网络文学带来了哪些新体验……但涉及创作主体的讨论却并不多见。因为即使文学换了载体，由纸媒到网络，创作主体依然叫“作家”，不过是在称号前加上“网络”二字，从写字转变成键盘输入而已。然而，网络文学的发展实际却突破了这些习见。有媒体和相关人士爆料，说许多知名 ID 背后，其实是团队创作，三五个写手轮番上阵，一部动辄百万字的网络长篇半年就完成，简直速度惊人！不仅团队创作并不鲜见，一些软件作品甚至让人惊呼：机器比人写得还好！事实究竟如何？媒介转换到底能够在多大程度上引起文学观念的变迁？面对这一抽象的大问题，不妨从文学中的“作者”概念着手，以管窥豹，探寻媒介变迁时代文学理论的新变化。

一、作者的生成

文学创作的主体一般被视为具体的个人：这不仅是我们的习见，也进了权威的教科书，如“文学活动作为一种意识活动必然是个体的活动……否认作家、诗人的个体性，也就否定了文学创作的自主性和创造性……休谟把个体的自我说成是一些知觉的复合，荣格把艺术家归结为超个体的、普遍的集体人和工具，否定个体自我的实际存在，是错误的”(童庆炳 106)。这种说法虽然为人们所接受，却并不符合文学史的实际，如果将“作者”放在文学发展的漫长历史中就会发现，单一作者的出现竟是相对晚近的事情，越是久远的文学作品，可考的作者越多。文学创作的主体是一个在历史中变化的范畴。

其实在东西方文学史的尽头，我们几乎都找不到单一的作者，如中国最早的诗歌总集《诗经》，我们只知道“王官采诗”，连采诗的王官是哪位都没有记载，遑论那三百零五篇的作者。当然搞笑一点的说法是许多乐府诗都有一位伟大诗人的署名，他叫“无名氏”，这“无名氏”是否有点像古希腊的“荷马”呢?

“荷马”是谁？他为何能创作出《伊利亚特》和《奥德赛》这般伟大的作品？17 世纪意大利哲学家维柯在其代表性著作《新科学》中，通过词源学考古给出了答案:《荷马史诗》背后隐藏着众多作者，是古希腊民间诗人的集体成果。“荷马”一词是一个“诗性的类概念”，它源自“盲人”，指那些流浪乞讨的盲人歌者。《荷马史诗》流传于歌者的吟唱中，沉淀在歌者的记忆中，随着他们迁徙的足迹和传承，走过了不同的地域和年代，才能最终形成如此丰富的规模。①同样，莎士比亚究竟是不是如今我们所编辑的《莎士比亚全集》的唯一作者也尚存疑问。那时，许多戏剧根本没有完整的剧本，表演很大程度上依赖剧团和演员的再创作;还有许多剧本匿名出版，很少写明由某个作家所作——除非这个作家非常有名。就算是署名的版本，也可能与作家没有任何关系，只是一种销售策略。因此，莎士比亚在世时就已经遭到过将别人的作品冒充为自己所作的指责。直至如今，“经过几个世纪的筛选，我们仍不能认定哪一部戏或一部戏的任何一部分是莎士比亚的个人原创”(格里尔 165 - 166)。

中国古代四大名著也笼罩着作者疑云。施耐庵是说书艺人还是落魄书生？他对《水浒传》是编写还是记录？这些问题虽还存在争议，但其中以《武松打虎》为代表的许多段落在当时的书场中广为流传却是不争的事实。如今我们仅能断定是施耐庵将当时不同派别说书艺人口中的故事细加遴选，从口头转为文字。由于说书主要靠艺人的表现力，所以谁来记录并不受重视（汪花容 81－89）。从已明确的金圣叹评点《水浒传》并托古人之名改写一事看来，对文学作品匿名或假托他人之名改写、修订在那时十分常见。所以尽管如今施耐庵的名字已经和《水浒传》捆绑在了一起，但有关其作者的谜题却依然挑战着后人。类似的情况并不少见，《三国演义》由罗贯中在《三国志》和《三国志平话》基础上，结合民间传说和戏曲、话本写成，又经清代毛宗岗父子改定为 120 回本。[②]《西游记》在吴承恩落笔之前就早有唐僧取经的民间传说和元末明初杨讷所作的杂剧等积累。[③]相比之下，唯有《红楼梦》明确为曹雪芹原创。但这也留下了更大遗憾：我们只能凭借脂砚斋片言只语的点评以及程伟元、高鹗的“细加厘剔，截长补短”，[④]从诸多版本中揣测原貌。其中种种的疏漏和不完美，是作者未及修订，还是遭他人改动，或者出于权力、亲情、避讳考虑不得已而为之？一切都成了红学家和红迷们津津乐道的事。

这些中外文学史上的名著，尽管作者的身份不够明确，但作品的艺术价值和社会影响力却并未受损，它们都不需要与唯一作者对应。因此从文学发生角度来看，唯一作者并不是必需的。一些相关说法和认定，现在看来虽然毋庸置疑，却并非天经地义。对唯一作者的要求是怎么来的，它又是怎样不断加强自己的合理性，并最终成为权威观念呢？这或许可以从对创作过程的神秘化想象、不易更改的书面文字、产权观念的出现这三个方面来加以阐释。

将作品与个体作者相联系，首先源于人们对写作能力的神秘化想象。

在古代优质教育资源垄断，以文章取士、诗赋留名的社会环境下，文学才能与人的命运前途紧密关联。那时没有“写作课”、“作家班”等专业、系统化的训练，对文字的驾驭能力被视作天赋的才能，与制造业、手工业甚至绘画、音乐等习得技艺有根本区别。所谓“文章本天成，妙手偶得之”（陆游《剑南诗稿·文章》），这双妙手的主人必然具有某种别人无法企及的灵性。像七岁咏鹅的骆宾王，七步成诗的曹植，其声名固然来自华彩文章，但灵光闪现的那一瞬却无疑使天才的形象更加生动。人们试图描述创作灵感，却无形中将其神化。它无迹可寻，陆机形容“来不可遏，去不可止”（《文赋》），刘勰说它“规矩虚位，刻镂无形”（《文心雕龙·神思》）；它倏忽即逝，李贺用“诗囊”捕捉、薛道衡在“吟榻”上苦候；它近乎迷狂的酣醉和睡梦，所以李白“斗酒诗百篇”，张煌言“诗魔偏向睡魔生”（《梦中得句》）。总之，个人的创作过程无法因循。

同时，文学作品有移情效应，能跨越时空引起共鸣，阅读的虽是文字，却像在和真实的“人”交流。人们会将由作品引发的情感投射到作者身上，把创造性思维解释为具体个人的才华和灵感，从而将作品与作者一一对应。

其次，作者得以确定的前提是书面文化与印刷文化，包括文字版本的确定性和权力意志对统一标准的推行。

自从有了文字记载，书面文学和口头文学就被区别开。但这种区别在古代“经传”和“诗词”中却基本看不出来，因为它们都是纯文人的文体，并不面向大众。即便是来自民间的“国风”、“乐府”，也因其歌谣形式而区别于日常用语，且不断地被纯化和经典化。只有当话本和小说出现、流行以后，口头文学和书面文学的相互交融、影响才逐渐显现。在同时存有口头和书面版本的文学作品中，作者的身份问题就特别突出。有学者在研究扬州评话后指出：口头艺人的作品始终是变化的，即便同一个表演者的每次表演也都会出新；不同派别的艺人可以演同一个题材，在各自的诠释中再创作。可见，口传文学是开放、博采众长的，不同作者在演绎中倾注了自己的心血。而在书面文学中，一旦成为文字，作品固定下来，文本就完成了，其作者也随着文字版本固定（汪花容 81－89）。因此，唯一确定的"作者"离不开文字，一旦将文学定义放宽，将评话等口头文学、民间文学收纳进来，在更宽阔的视野中突破文字和印刷的局限，唯一作者的说法就不成立了。

文字固定了作品，但早期书面文学并不强调作者，而是开放文本，任人探讨。在不同的记录和刊刻过程中，难免夹杂编印者的意见、态度和选择倾向，不同刻本是秉持某种学说的标志。古代推崇"名正则言顺"，标志着根源的正统，认定的唯一性。对不同版本作者的明确和认可，从中选定权威，是对思想根源的追溯，是一个认同的过程，与文学艺术成就没有直接关系。中国国土辽阔，方言众多，南北方仅凭口语很难交流，因此，统一文字对古代帝王意志的准确传达有至关重要的作用。书写下来的文字以其官方效力、统一形式和确定性而具有权威意义。而随着印刷术的普及和发展，抄写、刊印如果不加限制，这种权威必将衰落。因此，版本的筛选需要一个标准，这个标准不论是皇权还是大儒，都是唯一的。有了这种唯一确定性，才方便对文学思想统一控制。

至此，版本对"唯一确定性"的需求已经明确，但这种需求又是如何转移到作者个体身上的呢？既然任何作品都是人类文化发展的结果和结晶，且将作品放在一个开放的环境里能够去芜存菁的话，为什么要将文学作品的归属固定下来，为什么不将它放在一个开放的环境里去迎接社会环境的选择和历练呢？在这其中，现代资本的力量和由之生出的版权观念发挥了主要作用。

让我们再次回到 1 600 年左右的英国，那正是莎士比亚声名鹊起之时，莎翁剧本也在这一时段走过了转变的关键：不少剧本最初印行时并无署名，“在当时盛行改变旧作和合写剧本的情形下，戏剧界的作者意识一般来说是比较单薄的……可是后来(1598 年以后)的版本扉页却署上了作者莎士比亚的全名”。因为当时，“莎士比亚的大名已经成为出版商的一个卖点……但同时，如果剧团可以成为出版商的更大卖点，那么作者的姓名也就自然被隐去了”(格里尔 170)。由此可见，当时出版物署不署名，署谁的名字，其实取决于书商。莎士比亚戏剧是大众艺术，不依靠官方赞助或门徒捐助，其剧本的印刷和刊行受市场导向尤其严重。在署名与否的问题上，完全由出版商说了算。那时，英国的出版资质由皇家授予出版商，相关法规旨在保护出版者利益，作者对不署名或任意署名的情况皆习以为常。他们无法预见，现代意义的版权制度还需要整整一个世纪漫长的历程才能建立起来！直到 1709 年《安娜法令》诞生，世界上才出现了第一部保护作者权益的法律。而它的诞生，也完全是利益的选择：“在保护作者利益的现代著作权制度中，可以看到商品经济契约的色彩，法律以对作者权益的专有保护，换取作者源源不断的创作。”(王晓先等 48)作为老牌资本主义国家，英国在对版权、专利的保护制度方面均走在前列，而我国“虽早在宋代就有类似近代西方版权制度的萌芽，却并未能生成知识产权这一私权制度，一定程度上是受到儒家轻利取义价值取向之伦理法律文化的某种制约性影响”(胡朝阳 85)。由此，在资本力量的需求下，作品的署名逐渐清晰、固定。可即便如此，“作者”仍然是多变的。如香港著名新派武侠作家古龙，其小说大量代笔已成公开。在“古龙”这个名字背后，不仅有得其神髓的弟子丁情，有武侠作家于东楼、司马紫烟，还有刘氏三兄弟联手合成的“上官鼎”。由于古龙稿约不断、粉丝众多，其人又放诞任性，连载其作品的报刊经常面临稿源断供的危险，所以便组织起了一个庞大的古龙代笔后备队。再后来，市场上甚至出现了署名“吉龙”“台龙”“右龙”的武侠书，分明是出版商冒用作家名声鱼目混珠。可见，版权意识是由社会资本力量推动的，对作者身份的明确、固定，很大程度上是商业经济发展对利益最大化的要求。在署名背后，并不一定是亲笔创作。署名可以看成作者对其名称使用的授权。需要唯一、明确地固定下来的，并不是创作作品的人，而是由出版作品获得收益的人。

由此，可以说对于个人才华和灵感的崇拜、书面文化和印刷文化的出现、近代资本主义制度的版权观念的形成等三方面力量共同完成了对唯一的、确定的作者概念的塑形。

二、理论的维护

把对作者唯一、确定性的要求放在整个文化发展的历史进程中看，它不是文学的必要条件，但是，从另外一个角度来看，这是不是文学的“进化”呢？我认为，应当将其看作文学的发展和精细化，但不能以单一的线性思维将其看作替代性的进化。唯一确定的作者观念不是天然的和必然的，而是印刷文化这一特定语境的结果。

印刷媒介文化巩固了作者的唯一性和确定性，将单个的作者建构为文学的生产者，并通过高度抽象的文学理论使文学的个体化生产演变为一种文学的必然属性。应该看到，文学理论从萌芽到繁荣，从零散到体系化，完全处在印刷文化的进程之中。理论的探索和争鸣来自对文学文本的反复细读、阐释、再解读，也来自后续过程中形成的一系列相关文本。只有确认相同的对象，才能形成商榷和争论，而正是印刷媒体固定文本和大量复制的能力，才为文学理论提供了可重复、可讨论、可传播的同一对象。如今的文学理论在印刷文化中发展和繁荣，因此，它必然适应和维护印刷文化，推崇与印刷媒介相符的文学形式，以表明自身的合理性、同时维护自身赖以生存的文化土壤。印刷文化所要求的作者的个体性在文学理论中得到了巩固和维护。

在强调文学个体化生产的印刷文化大语境中，"风格"概念的提出和其后的形式主义理论或许是其中最有代表性的理论话语。

说到风格，人们首先会想到法国的人文主义作家布封，在他入职法兰西学院的演讲《论风格》中，布封将文学作品看成作者本人的印记和标志，认为风格"是作者放在他的思想里的层次和调度"(布封 147)。因此"风格即人"，成为其风格理论最精辟的概括。可以说风格范畴的提出，是现代形式批评的开端，并把人们对文学作品内容的关注转向对作家作品独特品性的重视。其后歌德在其《自然的单纯模仿、作风和风格》一文中，把风格看成是艺术成就的极致，认为作家创作须经由单纯的客观模仿阶段和主观表现作风的阶段，才能达到主客观结合的理想境界，即炉火纯青的风格展现阶段。[⑤]至此，关于风格的一切讨论都与文学的个人化生产紧密相连。

其实中国古代也早有"文如其人"的说法，如苏轼的"其文如其为人"(《答文潜书》)，袁枚的"诗如其人"(《随园诗话》)，还有"以文知人"[⑥]的说法等，这些都将文艺作品和作者独特的人格联系在一起，故钱钟书在其《谈艺录》里，将"文如其人"与"风格即人”放在一起讨论，有了中西文论的贯通（童庆炳 375）。

“风格”也罢，“文如其人”也罢，不仅仅是个人品性、气质的流露，更显示出对文字运用和修辞表达的个性化追求。在印刷时代，文学创作就是用文字编码。那些对文字掌控能力强的作者长于此道，运用不同修辞手法把自我的个性从人类共通情感中凸显出来，因此深入讨论风格，必然会进入到文学作品的语言文字层面。

如果从语言文字入手来看待作品，就不能不提俄国的形式主义批评。因为这一理论流派的焦点就落在作品的语言文字上，或者说语言文字的文学性问题上。俄国形式主义批评家、语言学家雅各布森等提出的“文学性”概念和什克洛夫斯基的“陌生化”理论，意在寻求文学的本质特性。这一派理论的主张者认为，文学性是一个语言层面的概念，正是个性化，陌生化、与日常用语不同的语言才使文学得以成立并区别于其他艺术门类。他们的理由显而易见：在音乐中，人们以旋律、节奏和力度来达成交流；在绘画中，人们以色彩、笔法、光影来传达意境。这些艺术形式所用的表达手段和材料都并非来自日常生活，而是经过提炼的形式语言。所以文学语言也应该具有自身的独特性，与日常用语保持距离。所谓保持距离就是关注语言的纯形式因素而剔除其日常生活内容，使话语的“组织、节奏和音响大大多于可从这句话中抽取的意义”，文学语言应该“系统地偏离日常语言”。对文学和文学语言的这一要求，实际上暗含着文学创作和个体写作的对应要求。因为所谓“陌生化”的语言，“改变和强化普通语言，系统地偏离日常”[⑦]的语言，其能指大于所指，并非源于人类的共通经验，只能来自个体对语言的特殊运用方式。它强调词语的独特性，打上了诗人和作家鲜明的个体印记。

这种对文学语言独立的原创性的强调，把文学固定在了个人上面，排斥了明快的、通俗的、显浅的大众文化。因此，有关“文学性”的说法是基于文字的印刷文化发展到一定阶段的产物。

当我们强调文学理论对作者唯一性的维护时，不能只关注单一的理论话语，还要关注时代的理论语境。应当看到，在形式主义文学理论发展的同时，也是西方各种心理学理论繁盛的时期，其中弗洛伊德的精神分析理论之所以最为艺术家和艺术理论家们所看好，正是因为其强调了个体心理的独特性。精神分析理论将文学创作看成作家力比多的转移或升华，也可以看成作家的白日梦。梦境是最神秘和最具个人色彩的精神现象，是不相雷同、无法分享的经验。由此，文学创作是极为个人化的。作家复杂的人格特征，受到无意识影响，表露在文学作品里，也带上了深深的个人印记。[8]这一理论后来成为文学理论的补充，进入了各种版本的文学理论教科书，并深刻地影响了现代派文学实践。[9]那些广泛使用独语、梦呓、自由联想和意识流手法，企图挖掘个体内心奥秘、还原心灵体验的现代派小说就是其产物。

可见，印刷文化不仅酝酿了唯一确定的作者，还不断以文学理论对其强调和论证，使之合法化、体系化。直到20世纪中叶，拉康、巴特、福柯等开始质疑唯一至上的作者，人们才听到了异样的声音。结构主义者声称“作者已死”，“作者”可以是一种功能，可以是一种结构，却不一定是唯一的、有个性的创作者。大量互文性文本揭示了作品间的种种牵连，似乎也预示着半个世纪后新媒体文学中作者、作品、读者之间不停变动、无尽互联时代的到来。

三、新媒介时代的新文学诉求

文学离不开媒介，无论其表达形式是口传、文字还是网页，都难免受到媒体文化的塑形。报刊、电视、广播曾被并称为三大媒介，此三者，无论传播形式如何，都是单向的，由一个中心发布者向受众辐射，因此，从传播角度来说，都可以被纳入“印刷文化”的大范畴。马克·波斯特把这种“信息制作者极少而信息消费者众多的播放型模式占主导地位”的时期称为“第一媒介时代”，而多向、互动、去中心化的互联网则引领我们进入“第二媒介时代”，展示出不同的文化特质，孕育了新的文学样式、新的作者和读者、新的文学创作过程。因而，在以网络为主角的新媒介时代，文学理论也需要随之发展，以面对文学的新诉求。

网络媒介时代，出现了不少新的文学形式。

早期网络文学中，最让人眼前一亮的是几位台湾诗人的“数位诗”实验，成果有视觉诗、多媒体诗、互动诗等。视觉诗在网络页面上排列出色彩变幻、翻滚跳跃的文字，动态呈现作者的思维过程；多媒体诗穿插声音、图像，通过艺术通感强调诗歌的审美感受；互动诗则由读者点击选择进入下一步骤，诗歌内容因选择的不同而各异。这些诗歌必须联机阅读，有的还能做出即时回应，显然不是以往书本杂志所能做到的。

数位诗兴起并繁盛于 1998 年至 2000 年间，它们的作者很早就接触到当时还很新潮的互联网，掌握了技术优势，所以数位诗可以看成是精英之作。随着互联网的普及，其“打破话语垄断”的力量逐渐凸显，挑战阅读习惯的精英作品迅速被庞大的网民群体淹没并淘汰，取而代之的，是民众自娱自乐的通俗小说。如今，国内研究者所谓“网络文学”一词即专指这类占文学网站作品主体的超长篇类型化小说。这是中国出版发行体制下的独特现象，西方并无对应者。[10]因此下文不涉及国外情况。

与意在挑战受众阅读习惯的数位诗相比，网络小说显然要通俗得多，许多网络小说在人物设置和故事情节安排上和纸媒小说没有太大区别，然而作为网络文学，它们依然具有印刷品所无法呈现的新质。如网民喜爱的游戏小说、修真小说、同人小说等，都在某种程度上更新了以往对文学的认识。以“名著同人”为例，这是一种依托名著，由网民进行类似前传、后续、别传等改写的衍生故事。与传统“续书”尽量贴近原作、无限趋向作者本意的追求不同，网络同人不受原作风格、意愿的限制，而是最大化地突出读者对原始文本再创作的欲望：在“穿越同人”里，已知结局的当代人回到古代，依靠记忆趋利避害，重构因果设定；在“魔幻同人”里，原著角色呼风唤雨，对情节进行戏剧性反转。“四大名著”是同人中很受欢迎的对象。拿《红楼梦》来说，我们读到八十回之后，关注点就落在了高鹗续书是否符合曹雪芹原意上。而网上的“红楼同人系列”却是读者伸张个人意愿，改写、颠覆经典，花样百出、切磋交友的开放语境。在此系列下，大观园里众女儿们可以拥有全新的身份、未知的巧遇、搞笑的对话、完满的结局，更重要的是，她们体现了古典红楼在当代网民心目中的解读方式。由于《红楼梦》原作电子全本已免费上网，且关键词定位十分便利，在同人作品交流区，常常会看到天南地北的读者在线争论。双方虽然并非面对面，但屏幕上的对象却完全是“同一个”（区别于印刷品中“相同的两个”）。借由这一共同对象可以消除空间距离，阅读和讨论的现场感由此产生。有的读者一开始看好某同人作品，后逐渐不满，便亲自操刀，从“同人”的某一阶段闯入，开始创作新的“同人”，从而产生了同人系列。

同人小说是一个作者在原作之下对各种元素的组合，同人系列则是多个作者对作品的共同拼贴，它将印刷文本的封闭系统改造为在线不断扩展的过程，具有强烈的后现代特色。阅读同人小说应当既熟悉原初文本，又了解同人创作，对作品的讨论、争执及其推动作者思路转变的轨迹也不可放过。虽然一些情节比较完整的同人小说出版了纸质版本，但印刷媒介却无法展现出同人小说所赖以存在的网络语境。

不难看出，无论是数位诗还是同人小说，都已超出了印刷媒介，它们是互联网这个新媒介酝酿出的全新文学形式，印刷媒介中的作者概念已无法涵盖网络作者。新文学形式呼唤新的理论支撑。原有文学理论中“作者”的定义与网络文学“作者”实际的偏差就显示出这种需求。

创作数位诗的诗人原本就是印刷文化中的精英，具有超越印刷媒介的欲望。但是，他们先锋的探索却很快销声匿迹了。以台湾诗人李顺兴在曾颇被看好的“歧路花园”网站中推行的“AI(人工智能)写作”来看：它要求作者编写程序控制词语，生成具体诗句的任务则由电脑完成。这种做法虽然能更新形式体验，却对作者提出了技术挑战。其沉寂的原因，李顺兴分析说，“电子智能写作是一个吊诡的理论，毕竟，既懂软件编程，又有较高文学创作能力的人太缺乏了”(穆肃 2008)。确实，以当前阶段网络技术的普及程度来看，只有极少数人能以一己之力达到网络诗歌实验对灵感、韵律、文学性、媒体性的综合追求。网络媒体的表现力、传播容量所需要的较高媒介素质以及组织运作能力与印刷文学对单一作者的限制相抵触。在两方强大力量对作者苛刻的筛选下，网络上新文学的探索无以为继，故而早早没落了。

即使是大众化、通俗化的同人小说也蕴含着新的作者需求。网络通俗小说是普通民众的狂欢，对背景知识、写作技巧、网络技术都没有太多要求，但其作者同样有印刷文化所不具备的特质。他们打破了印刷文学对作者身份的限制。由于网络写作、发表的随意，大部分作者都处于起步阶段，作品浅薄直白、漏洞百出。从印刷文学角度看，在写作技巧方面过于欠缺。但网上有一类读者专门追新人连载，特别喜欢找漏洞、揪辫子，在评点和调笑中与作者互动。笨拙的入门级网络写手激励了高明的读者，双方在“写作—阅读”和“练习—指导”的过程中完成作品，共同组合成新型的互动式作者。另外，在线连载的网络小说等于在思路的发展中完成，与印刷媒体中完整呈现的成型作品不同，网络创作在粉丝的催促、赞美，反对者的唾骂，以及两派阵营的对峙中写作。这使孤单的个人创作，成为一种基于群体情感和交流的动态行为。单个作品无数的衍生话题以及将作品链接转发、议论的过程，作者与粉丝的线上、线下交流等，都提高了网络小说的卷入效果。网上最受欢迎的小说类型叫作“小白文”，即直白、浅近，无阅读挑战者。越是这类作品越能吸引不同层次的人放下负担参与讨论。在没有边界的讨论中，所有参与人员都成为延续话题的生产者。

除呼唤新作者外，网络文学也酝酿了新的读者、新的文本样式、新的结构等。目前，这些新质还停留在现象阶段，如果缺乏理论的自觉，不对其进行归纳、分析和定位，这些新特质在印刷文化强大的习见中就只能以零散的实验形式存在，甚至面临转瞬便淹没在网络浩海中的可能。

要使网络文学区别于印刷文学，必须做到理论的独立和创新，同时，对网络文学的价值进行审思。

现阶段网络文学以文字为主要表达形式，延续了不少印刷文学的特点。因此，人们少不了以固有的文学理论为参考，以印刷文学规则要求网络文学，甚至出现网络向印刷看齐、写手向作家致敬的情况。但关注网络文学就应当将着眼点落在其与印刷文学的分野上。使“网络文学”这一概念成立的，是“网络”，起决定性作用的是其媒介特性。

互联网打破了印刷媒体一统天下的格局，网络文学在学习、吸收印刷的基础上力图超越，发展出新的类型和特质。面对新媒体文学，以原有文学理论范畴去观照，必然遭遇不少盲区和模棱两可的议题。印刷时代的文学理论不适应网络，网络文学呼唤独立的理论体系。在建立网络文学理论体系过程中，当务之急就是改变网络文学试图向传统对应，靠拢、致敬，以求被纳入印刷文学理论体系的状况。作为新生现象，网络文学缺乏的不是存在的合理性，而是独立的勇气。网络文学已经用作品数量、在线阅读收入、图书市场销量等辉煌的成绩证明了自己。然而，人们没想过，许多网络大神每天上万字更新的背后，不是强悍的体力，而是读者"催更"的呼声下，由团队保持的更新数量和速度。人们不知道，像"查理九世""九州系列"等热门作品，其主题的构思、语言的修饰、情节的取舍，是市场数据调查基础上进行的运作。人们没发觉，许多小说在与游戏签约后，内容有了新变化，角色更丰富、性格更鲜明，情节更复杂。这并非写作者的意图，而是适应游戏市场用户喜好，方便改编的伏笔。这些出色的新媒体创作经验之所以秘而不宣，只是因为"多个作者""集体创作""团队协作"等说法，是印刷文学的禁忌。而如果从新媒介角度看网络文学，这类此前不敢触碰的话题却能迎刃而解——文学媒介变了，作者必然会变，"他"可以是最初文本写作者、可以是审读和评阅者、可以是作品群里催更的粉丝，也可以是出版者和投资商。在网络文学创作的动态发展中，"作者"无法局限于确定的个人，它是文本生产的类概念。

谈论网络文学，要强调其与印刷文学的不同，这是其独立性的基础。随着网络文学现象壮大，瞩目网络文学的专业研究人员也逐渐增加。但当前成熟的研究者所受教育和研究体系依然是印刷文化体系，因此，其批评研究也难免自觉或不自觉地以印刷文学为参照系，以传统文艺理论规则来要求和约束网络文学。

在网络文学出现之初,这种情况在所难免,因为人们看待新事物时,总会从自己最熟悉的层面出发去予以定位和衡量。但如今,面对网络文化日益凸显的与印刷文化之不同,面对越来越多青少年从印刷品转向屏幕阅读,如果还一味以网络文学作品追求印刷文学的规范,就难免有削足适履之嫌。

网络文学和印刷文学不同,不应当时时以旧观念约束新现象,但这也不是说印刷文学自此便被替代甚至消失。作为人类思维和情感的产物,文学的视域里永远无法忽略前人的建树。网络文学的意义,不在于排行榜上网络新手的收入超过了老作家,而在于它更新了印刷文化中的文学观念。媒介的发展不是线性、单向的更替,而是相互渗透、缠绕,相互影响和启发的,体现出不同文化的差异。

媒介的更新引起文化观念的更新。新媒介虽然还不足以整体撼动印刷文化,但已揭露出其不足。与其说网络媒介颠覆了许多旧概念,不如说它给我们提供了一个有关如何看待印刷文化的新角度:习见的来源只是习惯,没有什么概念"理应如此",文学不一定是文字写出来的。网络创造了能与印刷文化相比较的新文化。正如印刷文学与口传文学不同,为适应新媒介,文学还需要身体、文字之外更多的表达方式。我们应当把早就习以为常的印刷文学观点放在媒介变迁的大环境中,意识到其阶段性,挖掘其媒介根源,明确其跟随媒介转换的趋向。

注释:

① 参见邱紫华:"维柯《新科学》中的诗学理论",《外国文学评论》1(2002):143-148。

② 参见中国科学院文学研究所中国文学史编写组编:《中国文学史》(三)(北京:人民文学出版社,1979年)838-841。

③ 参见中国科学院文学研究所中国文学史编写组编:《中国文学史》(三)

(北京：人民文学出版社，1979 年)902－905。

④ 参见“关于本书的整理情况”，曹雪芹、高鹗：《红楼梦》(北京：人民文学出版社，1964 年)1－6。

⑤ 参见蒋原伦：“批评的自省与创造——批评心理研究札记”，《文学评论》5(1988)：92－103。

⑥ 参见吴建民：“文如其人”，《文艺心理学大辞典》，鲁枢元、童庆炳、程克夷、张晧主编(武汉：湖北人民出版社，2001 年)377。

⑦ 参见特雷·伊格尔顿：《二十世纪西方文学理论》，伍晓明译(北京：北京大学出版社，2007 年)2。

⑧ 参见弗洛伊德：《梦的解析》，赖其万、符传孝译(北京：作家出版社，1986 年)491－507。

⑨ 参见张晧：《弗洛伊德》，鲁枢元、童庆炳、程克夷、张晧主编《文艺心理学大辞典》(武汉：湖北人民出版社，2001 年)644。

⑩ 有关国外网络文学情况，参见许苗苗：“网络文学研究：跨界与沟通——贺麦晓教授访谈录”，《文艺研究》9(2014)：78－85。

参考文献：

[1] 布封.论风格.译文，1957(9)：146－151.

[2] 杰梅茵·格里尔.思想家莎士比亚.毛亮译.北京：外语教学与研究出版社，2007 年.

[3] 胡朝阳.论知识产权制度的社会适应性.法学论坛，2007(3)：84－89.

[4] 穆肃.台湾网络文学十年之惑.东莞日报，2008 年 11 月 17 日：B01－B04.

[5] 马克·波斯特.第二媒介时代.范静哗译.南京：南京大学出版社，2001 年.

[6] 童庆炳主编.文学理论教程.北京：高等教育出版社，1992 年.

[7] 汪花荣.口传文学与书面文学：从扬州评话到《金瓶梅》——丹麦汉学家易德波教授访谈录.文艺研究，2014(1)：81－89.

[8] 王晓先等.知识产权制度建立的历史必然性分析.知识产权，2012(4)：46－51.

(原载于《文艺理论研究》2015 年第 2 期)

写作

话语方式转变中的网络写作

——兼评网络小说十年十部佳作

马 季

这十多年来，网络写作究竟给当代中国文学生态带来了什么，是建构还是破坏？是整合还是分化？尽管各种观点不一，这仍然是个无法回避的话题。早期的网络写作，比如痞子蔡、安妮宝贝、李寻欢、邢育森，甚至今何在、江南等，基本属于个人化写作，强调作品的唯一性和不可复制性，无论在主观上还是客观上，都没有摆脱传统的文学审美经验。早期网络写作所谓对纸媒写作的颠覆，主要体现在传播方式、阅读方式，或者说是表达形式方面，在文学建构上只是蹊径独辟并未另起炉灶。大约从2003年开始，特别是在2004年以后，穿越、架空、玄幻等明显异质于纸媒写作的网络写作方式开始出现。此后，在商业模式的推动下，网络写作进行了能量的结构性重组，随之进入爆炸期，网络写作由此迅速经历了由个体话语到集体话语的重要转变。今天，在新一代网络作家唐家三少、我吃西红柿等人的作品当中，以类型化为表征的集体话语，已经成为主流话语方式，早期网络作家的影子荡然无存。如果从文本分析角度出发，仔细考察网络文学的发展脉络，并且延伸到对网络写作的阶段性和整体性思考，我们或许能够发现，话语方式的转变正在使网络写作脱离既有的、被确认的文学审美经验，成为独特的写作形态，进而引发审美价值等一系列争议。理论批评对这一写作方式陷入了阐释困境，也可以理解为当代中国文学进入新的整合期，面临多种可能性，审美标准的弥散是其标志之一。

那么，新一代网络作家的写作，到底是前进了还是后退了呢？从文本样式上看，它们既有别于西方畅销书路径，又跨越了港台大众文学模式；从审美特性上看，它们的网络特征更趋鲜明，与纸媒写作产生了明显的断裂，大量作品只适合网络阅读。我注意到学界有人对这一现象表示担忧，这是完全可以理解的，因为从文学发展历程上看，个体话语代表文学进入到一个新的发展阶段，重新回到集体话语，似乎意味着一种历史性的倒退。在我看来，相对于当代中国文学近二三十年的急速前行与寻路之旅，目前的停顿、甚至倒退是很自然的事情，将其视为积蓄能量的一种战略调整，未尝不可，何况纸媒文学正陷于困境当中，未来之路其实迢迢，这是其一。其二，从历史上看，民间性是中国文学产生重要作品的本源与土壤，网络写作现场的丰富性与多元化，包括作为类型化写作在内的大众文学的蓬勃兴盛，将为未来产生重要作品培土、立本。

除上述特性之外，我对网络文学的独特价值作过一些理论上的解释，其中有这样一个主要观点：与“传统文学”的差异性，恰恰是网络文学的可取之处，那里存在新的文学可能性。这个观点还可以做这样的延伸，即文学创作本无定法，贵在探索。一个停止的、模式化的文学是没有希望的，因为生活在变化，所以文学必然会变化，只有变化的文学才是活的文学。那么，我们是否可以建立这样的表述框架，在一定程度上网络文学就是变化中的传统文学，前者从后者中分离出来，试图摸索新的道路……我研究网络文学，经由的大约正是这条路子。说到理论研究，必然是在大量文本分析的基础上条分缕析，扫除迷雾，辨析真相，才能获取有价值的认知。在长期追踪网络文学的过程中，我对其中人气最旺的作品进行划分、归类，着重考察它们区别于“传统文学”的特质，解释其“变化”的主客观原因，并力求确认其价值。目前，经历十多年发展的网络文学，作品海量，仅长篇小说一项就有数百亿字节，而且类型众多，我也只能大致根据时间的顺延和创作手法的变换，遴选其中10部具有明显网络写作特征的佳作进行述评，网络写作的话语转变由此可见一斑。

一、《悟 空 传》

（戏说、无厘头类，今何在著，光明日报出版社 2002 年 8 月首版）

在中国俗文化里，“西天”是个很重要的概念，相对于能感受到的皇权，它具有神秘、传奇与嘲讽等多种含义。玄奘到“西天”去取经，拿回的到底什么东西？这个东西对国家意义何在？对“天下”有什么用处？这一切老百姓并不知道，也弄不明白。老百姓关心的是在取经过程中发生的故事，孙悟空这个老少咸宜的人物，因此让读者难以忘怀，他不仅有胆识，有血性，而且善于思考，不畏强权，关键是，他还不失童心，具有开阔的胸襟和自由精神，敢于嘲笑权贵，也敢于大胆自嘲。

《悟空传》是早期网络文学最重要的作品，篇幅短小，语言精练，在艺术上达到了较高的水准。并非无意义的搞笑，其主要意图是借助孙悟空等人物思想情感的变化，揭示我们今天所处之物欲社会的现状。因为，唯有这样的“特殊”人物，才有可能对现实世界形成突破，而自身不被击垮。应该说，香港电影《大话西游》的创作理念对《悟空传》产生了直接影响，没有前者，后者的问世是难以想象的。正如《大话西游》虽脱胎于《西游记》却不走寻常路一样，脱胎于《大话西游》的《悟空传》同样创造了自己独特的话语方式。这一话语方式与网络世界的自由、开放意识相结合，产生了巨大的能量。同样的故事核心，可以创造不同的文学世界，这是《悟空传》额外的收获。

二、《此间的少年》

（情感类，江南著，西北大学出版社 2002 年 9 月首版）

一座古老而充满阳光的校园，里面正上演着年轻的侠义故事，这就是江南笔下的汴京大学。故事虽然以宋代嘉祐年为时间背景，透过师生们各异的生活，我们看见的却是 20 世纪 90 年代中国社会的基本风貌。理想的失落，物欲的攀升，身处历史大变革之中的莘莘学子，精神世界和肉身在逐渐分离。在这个意义上，借用金庸小说人物关系，号称射雕英雄大学生活版的《此间的少年》，无疑是一部现实主义作品，一部从有梦的青春到无梦的现实的心灵成长小说。《此间的少年》里有一个强烈的气场，在一个看似和平、宁静的世界，一个只有笑、没有泪的安乐窝里，真正的哀愁是他们正在失去本该属于他们的少年的莽撞。青春年代本是侠的世界，或者说侠本是青春年少的标志。但这一切只能“象征性”地在演绎中存在。

江南的创意并非空穴来风，他试图在“此与彼”的人生境界比照中找到自己的表达形式。杨康和穆念慈的爱情，一个经典的爱情故事被现实消解了。壮志不再凌云，并不是谁的过错。杨康尽管仰望天空久久发呆，却不用面对生死劫难，郭靖只是利用打开水、倒垃圾、蹬三轮时展露一下他的稚拙可爱，而慕容复的痴狂也没有了用武之地……汴大经历了风光的百年校庆，迎来了新校长东方不败。与此同时，汴大的老校长、令狐冲的假想敌独孤求败默默退出了曾经属于他的舞台。侠的世界被“平凡”生活彻底遮蔽，暗示不切实际的校园梦想终将破灭，一切愤懑都会成为滑稽的表演。

话说回来，让《射雕英雄传》、《天龙八部》作为本文阅读背景，只能算是作者的一个文本尝试——类似于精神空间的超链接，也许能够起到扩大人物遐想空间的作用，但两者的审美关系是非实质性的。如果有读者将他们进行对比阅读，就会发现，他们之间不存在渊源和承袭。不过它也说明了网络写作的大胆神游与别具一格，没有传统写作那样多的顾忌与限制。《此间的少年》的故事始于开学，结束在毕业。校园是此间，社会则是彼间了。此间有着令人难忘的爱情、友情，有着不大不小的争执、无奈和醋意，也有率性、耍酷与较真，以及憧憬与失落，奋斗与彷徨……这一切是那么真实、自然，那么贴近我们的感觉器官，令我们内心隐隐作痛，但它转眼间竟然成为虚空。对青春的回忆和怀念，一定是伤感的，这是所有成长小说的共同主题，但江南摒弃煽情笔法，以机智幽默书写伤感情绪，是其出类拔萃、胜人一筹的地方。要说《此间的少年》的缺陷，那就是过于温和而失去了批判精神，或者说对现实的怀疑态度没有找到落脚点。这使我自然而然想到了塞林格的《麦田里的守望者》，此间少年似乎缺少了一点“守望意识”。

三、《英 雄 志》

（武侠类，孙晓著，京华出版社 2003 年 5 月首版）

《英雄志》是 10 部佳作中唯一的台湾网络小说，以 350 万字的超大容量在网络上连载多年，其艺术质量远远高于声名卓著的《第一次的亲密接触》。网络上曾经流行这样一句话：金庸封笔古龙逝，江湖唯有英雄志。虽是溢美之词，却也足见其影响之大。

《英雄志》的主要贡献在于，当人们认为武侠小说已经走入绝境无法前行时，它横空出世，挽狂澜于既倒，为这一小说样式的未来开辟了新路。在继承金庸、古龙武侠精神的同时，《英雄志》一举打破以往武侠小说“成人童话”的套路，让人物身上多了一份烟火气息、俗世情怀，给人生之路平添了一份崎岖坎坷，体现出现实主义深度和人文关怀精神。作者对武侠小说内容与形式的突破，显而易见，并且取得成效。

《英雄志》中的男一号卢云是武侠文学中的一个崭新的人物形象，一个真正意义上的文人、书生形象。如果说金庸成功的秘诀在于他对中国文化的精辟理解和独到诠释，那么，孙晓则在直面人性、直面社会、直面现实方面有所建树。郭靖也好，韦小宝、令狐冲也罢，他们似乎是来无影去无踪的人物，但卢云不是，他所蒙受的一系列挫折，让人深刻体会到了人世间的悲凉，他的痛让我们感同身受，他的坚毅让我们汗颜。这是作家对世界独特认知的结果，也因此，它的深刻性、丰富性，导致读者年龄偏大，并或多或少被涉世不深的读者所误解。

《英雄志》在痛苦与苍凉中建立了自己观察人生的坐标，写尽了人生的无奈。杨肃观、秦仲海、卢云、伍定远，四个主角的理想与现实相互冲突，并产生剧烈碰撞。在互相牵制中，他们的武功、智谋和人格得到了淋漓尽致的展示。何为“是非”、何为“正道”，这是个几千年来人类一直在思索的难题，卢云面对的正是这个拷问灵魂的难题。在人格尊严被践踏的环境里，他艰难地完成了自我人格塑造。捕快伍定远所坚持的底线“人道”，使他在齐家灭门后的幸存者齐伯川被杀后，不屈不挠地追缉昆仑派。而秦仲海的终极反抗与毁灭之道与杨肃观视生命如草芥，视万事如尘埃的一成不变的“修罗之道”等，均可看出作者的思想深度和人文关怀意识。

《英雄志》依托“土木之变”、“夺门之变”构建叙事框架，使用的仍然是传统武侠小说的招数，但并未因此进入对历史的模式化解读。比如，在处理卢云的情感问题上，作者打破了以往武侠小说英雄美人死去活来、几乎互为修辞的常规。《英雄志》中的爱，残酷，却真。类似的细节并不少见。面对金、古武侠小说已经建立的强大审美趣味，《英雄志》敢于冲破固有的模式，先破后立，令人敬佩。或许有人会这样问，金、古作品里的英雄形象十分鲜明，《英雄志》里谁是英雄？是啊，似乎没有哪一个称得上是绝对的英雄。然而，这正是《英雄志》的过人之处，因为武侠精神只有遭遇现实，才会攀越人类精神的高度。《英雄志》中的英雄是踏在土地上的英雄，而不是飞在天上的英雄。

当然，《英雄志》也存在很严重的缺陷。这部作品格局宏大，但由于作者驾驭能力有限，几乎失去了对结构的把握，大规模的铺垫情节，难避拖沓之嫌。在语言上，也露出了粗糙简陋的痕迹。在叙事方式上并未超越前人，与金庸的精于设计相差甚远，与古龙的剑走偏锋无法抗衡。另外，这部小说基本上是按照传统写作方式进行创作的，具有现代意识，但网络特征并不鲜明。

据说，作者孙晓早年在台湾地区从政，曾经有过一番抱负，最后因为无法接受政治黑暗而退出政界，之后写了《英雄志》。这个传说未经确认，如果是真实的话，倒也能够说明一些问题。至少可以解释小说里为什么会出现那么多迥异于金庸、古龙武侠的无奈、妥协和悲情，以及对残酷事实的冷静描述。最后，我解释一句，这部小说，不在于讲英雄如何成其为英雄，而在于讲“英雄”所应具备的精神，讲“英雄之本色”对于人的重要性。英雄志，其中的“志”已经包含了这个意思。

四、《最后一颗子弹留给我》

（军事类，刘猛著，中国社会出版社 2004 年 8 月首版）

在将《最后一颗子弹留给我》归入军事类小说的同时，我充分理解和尊重作者本人的意见，并且我自己也认为，它不仅仅只是一部军事小说，而是以军事为题材的多主题、多向度的小说。小说以主人公小庄的从军经历和退伍后的生活为主线展开的描写，两个时空交替的出现，使军旅生活成为表达作者思想情感的一个载体。

小说以众多的配角人物为副线，塑造了一大群军事干部，包括大军区副司令、特种兵大队长、中队长、野战军的团长、连排班长等。但是，刘猛回避了走传统军事小说的路子，他并不是在搞什么突破，而是完全改弦易辙，在另一个叙事空间里，寻找军旅生活状态下的人的思想情感脉络，其中包含了作家个人对战争、国防、军事改革的独特认知。但它毕竟是小说，哲思性的东西必须落实到一系列人物身上，才具有感染力。国家的军事战略必须通过人去实现，这是个很简单的道理，而这个人是现代人，有复杂的思辨能力和充沛的情感，有他自己对战争的理解。《最后一颗子弹留给我》其实是暗藏反战思维的，然而选择和平谈何容易，它同样需要勇气，那就是阻挡“最后一颗子弹”的气概。小庄想做的正是这样的一个军人，在他灵魂深处，他的怀疑和热爱同样值得人们思考。现代战争多数是跨国界、跨地区的，这就要求此类文学书写具有更加开阔的胸襟和国际思维。在复杂多变的国际环境中，狭隘的民族主义不可取，简单的议和主义更不可取。显然，《最后一颗子弹留给我》在这方面的努力，已经成为网络写作的成功案例。顺便提一句，这部作品在网络上被海外读者誉为“中国第一部真正具有国际意义的军旅小说”。

五、《诛　仙》

（玄幻武侠类，萧鼎著，朝华出版社 2005 年 6 月首版）

《诛仙》是网络玄幻武侠小说代表作品，在网络类型小说中具有开创性。

《诛仙》讲述少年张小凡历尽艰辛战胜魔道的曲折经历——正道与魔道的道德对立、强烈的悬疑色彩和魔法氛围、千奇百怪的武功、似是而非的传统文化，夹杂着动人心弦的爱情故事，使它具备了一个网络文本成功的要素。《诛仙》很好地继承并开发了传统文化资源，以老子《道德经》“天地不仁，以万物为刍狗”的思想贯穿全文，同时糅合西方魔幻表现手法。从思想内容到表现形式，既有传承也有创新，深得读者喜爱，因此获得“新民间文学”美誉。

按照既定的艺术标准，无论在形式上还是内容上，都很难给《诛仙》一个准确的定义：传统道德小说？网络爱情小说？抑或魔幻现实主义？似乎都不够准确，因此产生了一个中西合璧的名称“玄幻武侠小说”。这恰恰体现了网络文学的包容性、开放性和多样性。这还仅就网络小说《诛仙》而言——以这部小说为母本，又诞生了网络游戏和动漫作品《诛仙》——以文学的形式通过网络传播，又在网络上被改编为娱乐作品。可以这样说，《诛仙》的传播过程是网络时代文学向娱乐作品转换的范本。这个过程是从严肃到通俗、从文学性到娱乐性的改变，此现象比传统文学作品的影视改编更具时代意义与商业价值。由此可证，网络已经具备了完善的从产生到传播再到娱乐化改编的文化传播流程。

《诛仙》是在线写作的样板之一，它在发布之初不是一个完整的文本，而是边写边发。这部作品从 2003 年开始在网络出现，发表一部分后，先在台湾出版，后回到大陆出版，2007 年完本。由于作者起笔时没有完整的构思，而是采取写一章谋一章的方法，情节及结构随意性大，后半部分出现生编硬套等败笔，明显虎头蛇尾。这也是长篇网络文学作品的通病。

六、《随波逐流之一代军师》

（架空历史类，随波逐流著，人民文学出版社 2006 年 4 月首版）

《随波逐流之一代军师》虚构了一段历史，准确地讲是由几段历史糅合而成，同样，作者笔下的王朝也是一个子虚乌有的朝代，但是，我们似乎又很熟悉小说中的历史场景……不能不说作者成功地“架空”了历史，虽然在网上受到热捧，但小说表达的核心问题却一直无人谈及——作者对独立价值观的思考。我以为，这正是这部小说达到较高审美层次的关键。

《随波逐流之一代军师》拥有一个比较完整的叙事构架和清新的文笔，因此无形中将读者的目光引向了故事层面。作者将主人公的命运放在了王朝变革的前夜，天下一统大势所趋，南楚国势衰败，走下历史舞台在所难免，任何人也挽救不了。江哲（随云）对此有清醒的认识，早就切断了为南楚卖命的念头，可见他并非是个吊书袋的文人。因此，他遭遇一代豪杰李赞就是偶然中的必然，他们的会合，必然会加速时代的变革。其实作者的态度是很明确的，学识过人，聪慧绝顶的随云一心向往无拘无束、闲云野鹤的生活，对政治并无多少兴趣，但命运弄人，身不由己，只好随波逐流……果真这样简单吗？又不尽然。“随波逐流”还是一个反题，如果拆解开来分析，亦可解释为“随时代之洪波，逐朝廷之暗流”。一实一虚，乃是对人性深处的追问。

小说的主线清晰明了。江哲以出众的才华向雍王李贽说天下形势，但并未立即加盟，他是个文人，文人必然是清高的。在多次被居心叵测之人逼迫出谋划策后，他认准了李贽。大雍萧墙之乱给了江哲施展才能的机会。为了李贽上位，江哲终于出手用计，诱使太子失德、凤仪门逼上谋反，揭开了新的历史。在雍王李贽代替太子成功登上储位后，江哲曾经悄然离去，显示出他的文人气节，同时也看出了他的谋略，因为他明白，日后定有更大的暗流。李贽登基成为雍帝后平北汉，继而南下灭楚，一统天下。作者在风轻云淡中道尽了江哲复杂的内心世界，可谓不著一字、尽得风流。在别人眼中，他是辉煌的。但作为士大夫的他毕竟是南楚的叛逆，发小陆灿对旧主的坚守又怎能不令之动容？何况大雍文武百官对他的特殊地位多有忌惮；与他相爱的长乐公主留在长安，夫妻聚少离多，他的精神世界里只有一个小顺子能够依托。这样的凄凉是无法言说的。在平北汉过程中他出现了一些失误，可以解释为内心焦虑的折射。

应该说，对主人公江哲的成功塑造，寄托了作者努力建构人生美好境界的理想，国难时需要豪杰，平安时需要顺民，所谓治国安邦，安身立命，谁不心向往之？而身在高位的江哲深知，随洪波易，逐暗流难，能够随波逐流，而不沉没者，庆幸当中也包含着几分悲哀。小说所涉及的价值观问题，直指我们这个物欲横流的时代最缺乏的精神归依。

《随波逐流之一代军师》与其他描写历史战争的小说很不一样，它侧重于对人物内心的开掘，而忽略了对血淋淋战争场面的描述，这是和作者追求的淡雅文风相一致的，但也少了些许历史的深厚感。必须提及的是，这部小说的叙事结构比较特殊，主人公江哲既是叙述者，也是被叙述者。小说是在江哲看着南楚遗臣刘奎的《南朝楚史》，同时通过自己的回忆展开故事的。在《南朝楚史》中他是被叙述者，而在回忆中，他是叙述者。两个文本的交叉，造成了人称等一些细节上的阅读困难，但同时也丰富了叙述空间，不失为一次对文本表现形式的积极探索。

七、《明朝那些事儿》

（历史类，中国友谊出版公司 2006 年 9 月首版）

从这部小说的名字我们就能感受到这个时代的文化气息：以轻松、随意和闲适的姿态，努力消解对历史沉重阅读的畏惧。这样的写作路径暗合了网络时代的文化心理诉求。这是从外部来分析《明朝那些事儿》的阅读环境，一旦进入内部，小说的成长空间当然有其自身的节律。从中国历史看，明朝的确是个深藏机锋的话语场，给叙事者提供了一展身手的舞台，而说到市场，这几年恰逢国学热处于井喷期，《明朝那些事儿》作为网络化历史叙事的代表作品，可谓占得了天时地利人和。

有人总结说，类似当年明月这样的作者很像中国古代的说书人，我认为，这个类比是有一定道理的。从叙事手法上看，《明朝那些事儿》的夹叙夹议、对历史人物心理活动的大胆推测，以及借古论今的演绎技法，正好传承了这一文脉。更重要的是，民间话语作为网络平台上的“离离原上草”，正勇敢呼唤着“野火”和“春风”的到来。因此，民间历史研究与小说叙事的机缘，通过网络在今天得以重新整合，进而产生了新的历史叙事的空间。当然有人反对这种叙事，指责它搅乱了历史真相，甚至混淆了是非。在此我再次重复自己的观点，不可将小说当历史去读，反之也不应该拿历史作为衡量小说的标准。它们本来就是两个独立的逻辑系统。我们过去的历史小说严格根据史实叙事，如今，这种创作方法已经被证明不是唯一的历史叙事途径，更何况，不同价值取向的作者根据史实叙事，其结果仍然是南辕北辙。

简单地说，《明朝那些事儿》是一本以自己的观点讲述历史，并借用历史事件折射现实问题的故事集成。它的主线完全忠实于《明史》，从核心人物到重要事件，都是有影有形的，和所谓的戏说、大话又不一样。当年明月所以能够走红网络，原因在于他使用了现代读者能够接受的叙事方式，把那些已经既定的历史人物形象“激活”，也就是说，这部作品的创新性不是运用架空、重塑等表现手法，而是实现了叙述方式的转换——把重的历史变为轻的故事，把严肃的考据变为生动的讲述——体现出网络平台新的读写关系。其实通俗历史写作早就流行于港台，柏杨先生所做的努力开一代叙事之先河，但时代的发展不可能裹足不前，《明朝那些事儿》便是这条河流的某种延续。

按照传统观点，写历史小说的人至少得是半个史学家，而当年明月并非历史专业出身，他对《明史》的研究大概只能说是玩票状态，但我想这并不妨碍他在叙事上找到自己的空间，有关《明朝那些事儿》的论争都是建立在这个基础上的。进一步说，这种写作还涉及草根文化与精英文化的抗争，当年明月作为民间叙事的代表，获得民众的广泛认可，是理所应当的事情。

八、《鬼 吹 灯》

（恐怖、悬疑类，天下霸唱著，安徽文艺出版社 2006 年 9 月首版）

自从以《鬼吹灯》为代表的盗墓小说兴起，一股掺杂东方神秘色彩的现代探险故事开始在网络蔓延，有心的读者或许不难发现，这些小说夹杂着多元文化的元素，其情节、笔法、故事背景和精神诉求，既有中国古代传奇小说的痕迹，也有好莱坞惊悚大片和游戏的影子，它会让人联想起志怪小说、僵尸鬼故事、恐怖片、灵异小说、游戏《魔兽世界》、电影《深渊》、《异形》和《古墓丽影》等。读者并不排斥大杂烩，问题是你是否能吸引他。在这个嘈杂的世界中，涓涓细流早已被遗忘，人们膨胀的眼球充满了血丝，死死盯着离奇古怪的幻想世界。无疑，《鬼吹灯》的网络暴红暗合了这一心理需求。当然，这也没有什么不好，读者的选择自有他的道理。

《鬼吹灯》的故事由一本主人公家中传下来的秘书残卷为引，纵横天下千里寻龙，历尽艰难险阻，那些龙形虎藏、迷窟生烟、天坑深潭诡异无比，昆仑山大冰川下的九层妖楼，中蒙边境野人沟中的关东军秘密要塞，消失在塔克拉玛干黑沙漠中的精绝古城，神山无底洞中的尸香魔芋花，云南丛林中的虫谷妖棺，西藏喀喇昆仑山中的古格王朝无头洞，陕西的龙岭迷窟……处处陷阱，危机四伏，步步惊心，环环紧扣，蹦极式的极限挑战比比皆是。

按照作者天下霸唱自己的说法，《鬼吹灯》是一部探险小说，根源于易学的风水，是贯穿其中的经脉。虽然书中包含着众多元素，但只有“探险”二字能概括其精髓，绝非单纯的盗墓小说，也绝不是恐怖灵异和老掉牙的推理悬疑小说。他这样说也许有一定的道理，但如果我们仔细分析，可以发现其中具有“另类童话”的特质，这类作品客观上给活在现实理性世界的现代人端上了一盘“幻觉盛宴”。在这个崇尚财富的年代，《鬼吹灯》等盗墓小说里面千年古墓幻化出的尸体、奇宝、奇特景象等成为模糊的财富象征，阅读的过程会让人不自觉地陷入探险的自我模仿当中——感觉自己正通向神奇的财富之路！

《鬼吹灯》前后两部共8册，故事的发展出现了前后脱节现象，成了探险集式的故事汇本，可见作者在构思尚未成熟时即匆忙动笔，在把握全局上还有待改进。

九、《杜拉拉升职记》

（职场类，李可著，陕西师范大学出版社2007年9月首版）

杜拉拉，“职业的一代”，草根出身，外企白领，做着一份不高不低的人事行政经理的工作，拿着一份不高不低的薪水，经历着职场的跌宕起伏。这是70年代生人的标本式特点，也是第一代跨国外企人的生存境况。

《杜拉拉升职记》有两条主线，一条讲的是她从一家小民营企业到著名外企的奋斗过程，一条讲的是她和公司大客户部总监王伟的恋爱过程，与描写职场生存的老辣直接相对称的是，作者在情感描写上也相当细腻而富有情趣，将这场属于办公室恋爱范畴内的爱情故事写得一波三折。《杜拉拉升职记》的成功绝不是一个偶然，它切合了职场女性的心理特点，可以算是为职场女性量身定做的成功学，和以往写给男人看的职场小说有很大的区别。20世纪90年代的职场小说，多数是商战题材，以企业老总争斗为主线，不仅心狠手辣，而且挟带官场之威，俨如厚黑学博弈。跨国外企并不讲这一套，逻辑系统发生转换，现代职场女性开始唱主角，她们显然对厚黑学兴趣不大，也不希望自己给人留下这样的印象。

杜拉拉姿色中上，智商也谈不上出类拔萃。在高等教育普及得不错的年代，口袋里揣一张大学文凭的满大街都是。她能做得到的事情，一般人就有可能做得到。当然，她是个努力的人，通过不断进取改变自己的命运。作者李可对杜拉拉的定位，既不是灰姑娘，也不是惊艳女郎，而是个普通人。普通人当然就有普通人的需求，除了升职以外，还要感情寄托，作品的爱情部分虽然着墨不多，但也有所揭示，工作不是一切，斗争不是永恒，懂得享受生活人生才更加充实。

《杜拉拉升职记》第二部《华年似水》是第一部的升级版，是为经理人打造的职场人生进阶篇，或许因为多了一份“创意”，实用性得到了提升。但在叙述上似有说教之嫌，对诸多问题的分析和看法，不再通过细节表现，而改由杜拉拉口述，场景和其他人物的作用木偶化，缺少打动人的力量。

十、《盘　龙》

（幻想类，我吃西红柿著，太白文艺出版社 2009 年 1 月首版）

《盘龙》一书作者我吃西红柿原名朱洪志，1986 年出生，在苏州大学读书期间开始网络小说创作。2008 年，《盘龙》以丰富的想象力和尚显稚嫩的文笔创造了网络文学的点击神话，总点击量已经超过一亿。《盘龙》是一个励志故事，主要讲述龙血战士后代林雷·巴鲁克的成长历程。从一个平凡的人类，到成为玉兰位面最好的恩斯特魔法学院的学生，超越学校的天才少年迪克西，修炼成为圣域强者，最后突破成为神级强者，整个过程中，“魔武双修型”的林雷从没有一刻停止过修炼，当然他有四个神分身和本尊，加起来等于是五个人，所有在分身修炼的同时，其他分身和本尊可以不受影响的做其他事情。从下位神一直修炼到中位神，最后终于成为上位神，最后灵魂变异、炼化四枚主神格，成为突破宇宙限制、跳跃到鸿蒙空间的第一人，中间发生了特别多的故事——有初恋的失败、有父母之仇、有德林爷爷的帮助、有雕刻的神奇、有好兄弟的友情、有恶魔城堡的任务、有紫荆山脉的阻困、有四神兽家族的重担、有位面战争的历险、有贝鲁特爷爷的嘱托——最后终于全家团圆、兄弟团聚，林雷修炼成为鸿蒙空间的掌控者。

在修炼成就上，林雷是个伟人，但是在生活中，林雷又是一个平凡的人。他关心自己的亲人和朋友，有仇必报，会为他人着想。他也热爱生活，在地狱天祭山脉还抽空自己做菜吃，也尽量多抽时间陪伴妻子和子女。为了和自己关系不太大的四神兽家族，多次和八大家族对战、险中求胜。这些亲情和正义感，让他成为一个有血有肉的人，而不是一个只知道修炼的机器。《盘龙》实际上是运用幻想手法，表达一个励志的主题，人物的成长历程才是小说所要表现的核心内容。对于这样的网络小说，如果我们耐心阅读，也许就不会排斥其“娱乐”价值。

关于小说创作的原创力问题，文学评论界已有广泛讨论，其基本结论是，近年来的小说创作原创力明显衰减，作家无意识地重复自己，重复别人，已经成为一种惯性。为什么会出现这样的状况？我个人认为，20 世纪后 30 年从事创作的小说家，在今天，有百分之八十已经被时代所淘汰，他们在新世纪十年中的创作几乎失去了文学价值，更不要说标杆作用了，尽管他们名望还在。或许悲哀正在于此。“求求你，别再写了！”有人发出这样的声音，我表示理解。

纵观以上十部网络小说，它们有一个共同的特点，就是创新精神。应了一句俗话：不走寻常路。话说回来，不是传统作家没有这样的意识，而是从根本上说，我们所处的时代发生了巨变，真正的断裂已经产生，一部分人被淘汰出局，是极其正常的现象，一点也不奇怪。而勇于挑战，敢于尝试，在强大传统面前另起一行的网络写作，对中国文学在新世纪的发展所发挥的作用，将随着时间的推移逐渐显现出来。然而，创新何其难，需要智慧与勇气，尽管如此，有时候还会半途而废……艰难中的攀行，又怎能不犯错误呢？我因此有了另一个观点，对于网络小说创作，一定要持宽容的态度，鼓励创新，允许犯错；同时，传统写作也要不断提升创新精神。需要强调的是，商业化导致了大量文本复制——网络创作的跟风现象非常严重。因此，对极少部分原创性作品，应该给予更多的关注和保护。

（原载于《文艺争鸣》2010 年第 10 期）

网络小说的类型化问题研究

周志雄

网络小说自问世以来，以其快捷、互动、大众化趣味形成了繁荣的态势。从早期的痞子蔡、安妮宝贝到后来的树下野狐、天下霸唱、当年明月、南派三叔，其作品的通俗类型化倾向日益明朗，文学网站普遍采用以职场、军事、言情、架空、盗墓、穿越等类型为作品分类，网络文学大赛的参赛作品也明确分成校园类、奇侠类、悬疑类、军事类、言情类、都市社会类等板块。在网站、书商、读者的多重合力之下，畅销书市上引起读者关注的被影视所青睐的，多是穿越、历史、玄幻等类型小说。据评论家白烨统计，“2011 年小说出版总量达到了 4 300 多部，除去少数中短篇小说集之外，长篇小说应在 4 000 部以上。其中传统的严肃文学类小说约在 1 000 多部，近 3 000 部的长篇小说应为类型化的网络小说”。[①]这些类型化网络小说占据了四分之三的图书市场，其中的一些畅销作品通过影视剧、游戏改编广为传播，成为一条文学阅读、消费产业链。

面对网络通俗类型化小说的兴起，写作群体越来越大，读者也越来越多，作为一种时代的文化现象，已经引起了作协管理部门的重视。相关的作者被纳入中国作协的体制内，鲁迅文学院通过基层选拔，对一些优秀的网络类型化小说写作者和网站的文学编辑进行培训，中国作协以修改评奖条例的方式将他们的作品纳入评奖机制和轨道中。到目前为止鲁迅文学奖和茅盾文学奖无力评出一部网络文学作品来，这固然与网络小说还不够成熟有关，但也不容否认，网络小说多的是类型化的通俗小说，与纯文学追求思想的深度、艺术的创新性的评价标准难免会有冲突。一方面网络类型化小说已引起人们的日益重视，另一方面如何评价网络类型化小说，如何看待网络类型化小说与传统小说之间的关系，学术界对此并没有深入的理论思考，面对网络小说的膨胀式的扩张挤压纯文学的阅读市场，学术界并未作出有效的回应。

一

小说类型化是小说发展成熟的一个历史阶段，类型化小说在理论上是与非类型化小说（现代小说）相对的概念。在中国古代，小说的兴起是市民社会形成后带来的结果，小说的基本功能是“补史之阙”，在人们的业余时间供人一乐，唐以前小说的基本观念是“琐言”，是“稗官”的记述。类型化小说主要是针对以娱乐为目的的通俗小说而言，小说的类型化是在小说的发展历史中自然形成的，研究者将题材相同，旨趣相近的小说归为一类，形成小说的类型。如鲁迅的《中国小说史略》比较系统地对中国古代小说的类型进行分类，将小说分为志怪小说（六朝）、传奇小说（唐）、话本小说（宋）、讲史小说（元、明）、神魔小说（明）、人情小说（明、清）、讽刺小说（清）、狭邪小说（清）、侠义公案（清）、谴责小说（清）等类型，《红楼梦》为人情小说，《水浒传》《三国演义》为讲史小说，《西游记》为神魔小说。小说类型规定着叙事的题材内容，包含着基本的叙事方法，对题材的处理形成一种大体上的规约。比如志怪小说，是以奇人、怪事为题材，讲史小说是以历史上的英雄人物为叙述对象，谴责小说是以社会黑暗面为表现对象，神魔小说幻想存在着天上、地上、地下三界，借助艺术想象建构一个神、人、鬼共舞的世界。类型化小说在价值观念上没有先锋性，不是激进的，而是持中的，是对传统价值的维护和发扬，如除暴安良、为朋友两肋插刀、重义轻利、舍己为人、锄强扶弱、信守诺言等。类型化的小说在人物的塑造上常常是类型化的，福斯特所说的扁形人物多，圆形人物少。在写法上，讲究故事性，情节的戏剧性强，线索连贯，有头有尾。小说的类型化有助于读者对小说的选择，不同的类型对应着不同趣味的读者。

中国近代社会以来，梁启超提倡小说革命，小说大兴，小说的类型化空前繁荣，“在中国文学史上，大概没有哪一代作家像‘新小说’家那样热衷于对小说进行分类，并借助于类型理论来推动整个创作发展。”② 五四以后的小说提倡思想启蒙和艺术创新，注重个性、审美价值，现代小说对古典小说进行改良，在“人的文学”“活的文学”“真的文学”“写实文学”“平民文学”等旗号下，确立现代文学的写作标准，写作注重对现实生活的描绘，强调真实的情感，写法上“选材要严，开掘要深”，③ 对通俗化的类型小说极端排斥。五四文学革命对旧小说的批判，如对“诲淫”、“诲盗”的小说的批判，功不可没，但他们对通俗小说评价过低，如同严家炎先生所言：“他们重写实而轻想象，重科学而轻幻想，重思想功利而轻审美特质，对神话、童话、武侠、志怪类作品很不理解。他们把《西游记》《封神榜》《聊斋志异》均看作为‘非人的’文学，把《聂隐娘》《红线》乃至《三国演义》《水浒传》中某些情节指斥为‘迷信’而对整个作品不予肯定。”④ 五四新文学的传统成为 20 世纪中国文学的主流，中国现代文学史上有张恨水、还珠楼主、王度庐、朱贞木、郑证因、白羽等通俗小说名家，有“社会反讽派”“帮会技击派”“奇情推理派”“悲剧侠情派”等通俗小说类型，但通俗小说在 1949 年后的大陆文学史中一直是一块空白，幻想类、神话类、武侠类小说被一扫而空，只有在台、港等地区，才产生了金庸、梁羽生、倪匡、梁凤仪、琼瑶等有影响的通俗小说作家。

小说类型化在纯文学领域也有某些回响，比如通俗文学的表现形式在抗战文艺中受到重视，中国传统叙事的优长（如采用大众熟悉的套路情节、人物类型，并注重故事性、传奇性）被变相地吸收，通俗文艺惯用的“复合模式”被纳入抗战文艺。[⑤]新中国成立后十七年文学中，通俗类型化的笔法也运用在革命小说中，《红旗谱》《林海雪原》《三家巷》《新儿女英雄传》《野火春风斗古城》《铁道游击队》等在人物塑造、故事叙述、作品结构等方面，都带有很鲜明的通俗类型小说的特点。再如新时期以来，小说分为伤痕小说、改革小说、寻根小说、新写实小说等，既是文学思潮，又是小说类型，这些小说当然不是通俗类型化小说，但这种题材、写法类型化的小说演进模式，反映了文学与现实文化语境之间的对应关系，类型化只是对小说题材的一种简要概括，而没有审美上的高下评价。

网络类型化小说接续了传统通俗类型化小说的传统，又有了新的发展。评论家白烨将网络类型小说分成十大类：“(1) 官场\职场（如《杜拉拉升职记》《浮沉》）。(2) 架空\穿越（如历史题材、皇帝戏）。(3) 武侠\仙侠（如大量模仿金庸之作）。(4) 玄幻\科幻（如宇宙文学）。(5) 神秘\灵异（如《新西游记》之类）。(6) 惊悚\悬疑（如侦探文学、盗墓文学）。(7) 游戏\竞技（如保健文学、药膳小说之类）。(8) 军事\谍战（如打仗、间谍、武器系列）。(9) 都市\情爱（如打工文学、爱情肥皂剧）。(10) 青春成长（如中学生文学）。”[⑥] 这是对近些年网络小说类型的一种归纳，基本反映了网络小说的总体现实状况。所谓官场、职场、武侠、侦探、军事、都市小说等类型，也不是网络出现之后才有的，只是这些题材的小说通过网络媒介出现了繁荣的景象，并有了一些新的发展。比如玄幻小说，是对传统神魔小说的发展，也兼收了修真、科幻小说的元素。穿越小说，既有时空穿梭的想象性继承，也吸收了历史小说、言情小说的元素，融进了现代的精神理念。

一种网络类型化小说出现后，被众多写作者“跟风”，才能形成类型化的推进与发展。如《悟空传》（今何在）的走红，引发了《悟空前传》（路飞的小猪）、《情癫大圣》（唐三藏）、《唐僧前史》（慕容雪村）、《沙僧日记》（林长治）等“重话西游”系列作品的产生。其他如《诛仙》（萧鼎）掀起玄幻小说热，《明朝那些事儿》（当年明月）引领历史小说热朝，《盗墓笔记》（南派三叔）、《鬼吹灯》（天下霸唱）刮起盗墓风，《双面胶》（六六）、《蜗居》（六六）引发现实伦理小说热等。2006 年穿越小说成为网络热潮，代表性的穿越小说如波波的《绾青丝》、桐华的《步步惊心》、晓月听风的《清宫、晴空、净空》、金子的《梦回大清》等，这股热潮影响了图书市场的走向，2007 年作家出版社宣布，该社以 12％的版税，各 10 万册的首印量签下《木槿花西月锦绣》《鸾》《迷途》《末世朱颜》，它们是被百万网民评选出的“四大穿越奇书”。[7] 网络类型化小说的出现是文学市场与网络媒介结合的产物，2003 年网络 VIP 阅读收费成功实行，对于网络写作者来说，通过网络连载，赚取读者的点击，获得收入，必须要紧紧地抓住读者，必然要走小说大众化的路子，写作类型化通俗小说成为写作者的首选，这些小说通过紧张的情节、戏剧化的故事，以“悦读”的快感机制来赢得读者的点击率。网络连载的方式与传统武侠小说在报刊上的连载极为相似，由此出现网络通俗类型化小说写作热潮。

需要追问的是，网络类型化小说的意义是否仅仅停留在文学市场的意义上呢？

二

网络小说的作者大多是非职业作家，他们可能没有专业作家那么高的文学修养，没有那么成熟的写作经验，在网上写作的文字也没有纯文学刊物发表的作品的精致，但网络小说作者来自生活的底层，他们在写作中会不自觉地将自己的生活写进作品，在表现生活的广度和呈现生活的鲜活性上，往往超越了纯文学作家。网络文学写作群体多为青年写作者，他们大多或处于大学教育阶段，或处于工作、人生、情感的迷茫期和焦虑期，他们的业余写作，往往记录了他们最鲜活的生活感受，表现了原生态的时代现实。

这里首先需要纠正这样一种观念：认为通俗类型化的网络小说靠幻想写作，而远离生活的现实，这种看法无疑是片面的，网络类型化小说并不只是穿越、玄幻的代名词，还有贴近生活现实的作品，就是那些穿越、玄幻类作品，也是以作者的生活经验为基础展开的想象。网络小说凡是写得好的，无不是融入自身生命体验，对世态人心洞察入微的作品。其实在现代通俗小说中，《老残游记》《海上花列传》以及张恨水的小说等是很贴近现实的，这些作品表现了当时的社会生活情状，小说中人物的个性、命运无不打上了时代的烙印。

“从历史发展的视角看，网络文化是社会文明的体现，是社会进步的表征。”[⑧]网络小说表现了时代发展变化的文化生活现实，网络小说与当代现实生活的联系是紧密的。职场小说《杜拉拉升职记》（李可）为读者打开了职场的生活面：职场有职场的规则，机遇、磨炼、智慧、才情、汗水在职场中都不可缺少，职场如战场，优胜劣汰的机制很残酷。这篇小说在网上受到读者的追捧，成为年轻人的职场入门书。《第一次的亲密接触》的文学性并不高，但提供了一种网络恋情的生活现实，让人们知道恋爱可以通过网络来进行，为人们普及了网络恋爱的基本知识。小说中带有“痞”性的实用的恋爱技法，也为网友读者所喜欢，有生活实用教科书的功能。《亮剑》(都梁)、《遍地狼烟》(李晓敏)以新的视角重写革命史，塑造了“泥腿子”出身的老大粗型的，不按常理出牌的，个性粗犷的，有缺点的革命英雄李云龙、牧良逢形象，他们粗中有细，有勇有谋，擅长发挥主动性，敢于“亮剑”，个性中蕴含着一种新的时代精神，有鲜明的时代气息。小说对抗战中国民党正面战场的作用重新认识，对国民党高级将领的塑造也比以往更丰满，改写了以往被意识形态所固化的人物形象内涵。“网络社会脱胎于现实社会，正是在现实社会的进化发展之中，出现了网络技术，并逐渐影响、改变了人们的交往形式、生存方式、生活状态、思维方式、社会结构……”[9]《亮剑》所蕴含的“铁血精神”也是我国经济发展、国力增强，中国军人的价值观念调整后的产物，应对新的国际形势，粗糙、凌厉，有血性，有智谋，敢于承担，敢于“亮剑”的“铁血精神”应得到尊重和发扬。《草样年华》(孙睿)、《粉红四年》(易粉寒)、《大四了，我可以牵你的手吗》(黄湘子)等校园题材的网络小说，艺术上很粗糙，涉世也不深，没有很深的思想含量，但这些小说写出了青春成长的迷茫和当代大学生的精神生活侧面，以亲历者的叙述揭示了当代大学生所面对的生活问题，以喜剧化的方式呈现了一种青春化的审美情趣。[10]拓跋鼠的《从噩梦到天堂：离婚四年的成长史(性、爱、事业及其他)》是天涯论坛上是一篇人气很高的帖子，流水账般地记录了生活的点点滴滴，这是一个男人经历婚姻、爱恋与精神成长的日记，有生活的迷茫与困惑，也有步步成熟的精神历程。如作者开篇所说：“静下心来写写自己的经历，不仅能够审视自己所走过的路，还能从中总结经验和教训，让自己获得提升。”这些生活总结是贴近生活的，让无数经历相似的读者从中找到了共鸣点。以六六的《蜗居》《双面胶》等作品为代表的写实小说，以女性视角和女性立场，对城市化进程中中国当代城市家庭所面对的问题展开细致的叙述：零零碎碎的生活琐事，城市女与农村男结婚后的价值分歧，农村老人与城市老人因为年轻人的联姻成为亲家所带来的价值冲突，高房价对青年人生活的挤压，政府与开发商勾结强拆迁所引发的问题，政府公务人员的腐败问题，“小三”所带来的新的情感伦理问题，等等。小说中扑面而来的生活气息，让读者看到了自己生活周围的人，也看到了当代社会生活的变化。

那些穿越、架空的历史小说，并不是完全的胡编乱造，而是有着一代人的精神印迹在其中。《新宋》（阿越）、《步步惊心》（桐华）、《梦回大清》（金子）等穿越故事让现代人穿越时空进入古代，因为他（她）们有现代人的先知先觉，他们利用现代人的知识和现代人的精神理念，在一个充满斗争的古代社会中获得了步步成功，编造的故事和天马行空的想象中寄托的是一个人渴望成功的愿望，在一个勾心斗角的政治斗争社会中，他们以智慧化解矛盾，在想象的世界中实现个人的精神价值。穿越小说往往和宫斗、恋爱等题材缠绕在一起，它与近些年来历史小说的流行相互呼应，特别是与秦始皇、武则天、雍正皇帝、清代帝王系列故事一脉相承，它在中国式的人事关系中，书写人世的纷争。很明显，网络小说写作者在历史史料的研究方面不如凌力、二月河等历史小说作家，他们借助想象，通过生活经验、历史知识、科技知识重返古代，书写个人的精神梦想，其中的看点是人情世故和世道人心。还有些作者的个人经历非常独特，给读者打开了生活的另一扇窗子。如在《我的老千生涯》（腾飞）中，作者写到自己在赌场上的生活经历，让读者了解到赌徒的心理，赌场的潜规则，赌场给人带来的毁灭性的打击。看过这篇小说的人，会对赌徒以及赌场的惊人黑幕故事有深入的了解。

网络类型化小说的兴起，是广大民众自身创造力得以解放的结果，它使文学活动以新的方式展开，广泛的多职业化的生活经验成为他们书写的源泉，年轻人的生活梦想是他们书写的内动力。所谓一代人有一代人的文学，在一定意义上是由一代人有一代人的生活题材来决定的。在五四时代，是个性解放的时代要求形成文学反封建的主题，革命文学的兴起也是时代的必然要求所致。新中国成立后，政治抒情诗、革命历史斗争题材的小说是时代要求的产物，有很强烈的时代特色。20 世纪 80 年代的伤痕文学、反思文学、改革文学，是社会思潮的反映，文学是与生活同步的。表现时代是文学的重要功能，文学是一种在新闻之外对时代发展带有情感体温的文字记录。在参与社会的发展进程，书写时代经验的意义上，网络文学是不可忽视的，网络小说能引起读者的共鸣，很大程度上是由小说中的生活经验带来的。我们常说文学是表现现实的，在思想深度上，网络类型化小说无法与纯文学相比，但在广度上，网络小说比纯文学领域要宽得多。

三

对网络类型化小说的批评很多，但有些研究者并未深入地研读网络小说，仅凭印象得出一些批评性的结论，诸如：“许多悬疑小说为悬疑而悬疑，只求感官刺激，抽空思想内涵，缺少艺术含量；许多恐怖小说充斥大量的虚幻、荒诞、暴力和凶杀描写，对于青少年读者精神世界的消极影响也是实实在在的；盗墓小说的文化价值观念、架空小说的人类文明价值观念和穿越小说的历史价值观念，普遍都有待矫正。”[11]实际上，这样的结论是经不起推敲的。这样的批评让人想起1994年鄢烈山在《南方周末》撰文《拒绝金庸》，说自己没读过金庸小说，却知道武侠小说“有如鸦片，使人在兴奋中滑向孱弱”。[12]说到根本，这样的看法是偏见在前，得出的结论自然难以令人信服。

网络类型化小说最遭人诟病的是故事的类型化，据说网络类型小说可以根据需要进行自行配置，相关情节分为“未婚怀孕”“别后重逢”“青梅竹马”“婚后相处”“办公室恋情”“青春校园”“姐弟恋”“暗恋成真”“日久生情”“斗智斗勇”等十大类。[13]有写作经验的人都知道，类型模式只是一个大体上的框架设计，类型的重要性在于，它是和读者的阅读期待和已有的心理接受模式相对应的，类型化小说很容易吸引读者的原因也在于此，但一部有创造性的类型化小说，真正能打动读者的，还是其语言功力，其作品本身的内容，其生活经验的提炼，其对人生、人世的洞察力，其布局谋篇、结构作品的能力，其情节想象的“意料之外，情理之中”。优秀的网络类型化小说写作者是有基本“写作功力”的，又是能发挥自己精神个性的写作者。读者也是有鉴赏力的，并不会只是沉浸在俗套的故事中。网络给通俗故事提供了艺术发展的空间，通俗艺术如何发展，网络小说做出了一些有益的探索。

这里以猫腻的《间客》来说明这个问题。小说故事曲折饱满，人物个性生动，小说对人情世故的表现很生动细致，江湖义气，生死之交，很有传奇性，也很感人。这部小说综合了通俗小说的多重因素：(1) 政治黑幕。对现代政治黑幕的揭露有现实意义，今天的社会依然需要“间客”的理想，社会正义、公平是否得以实现，依然需要不断地重建和拷问。(2) 玄幻小说。八稻真气，星际战场，联邦、帝国、西林三个不同的星球空间，上天入地，高科技战争，关于机甲的战斗故事，充满了想象力。(3) 言情小说。一个男子和多个女子的故事。主人公许乐是卡里斯玛式的人物，小说采用传统的英雄传奇的路子，让一个人改变一个时代。许乐也是典型的“种马”式的人物，小说以众星捧月式的人物关系烘托了男性的光辉。(4) 战争小说。这是一个人对抗联邦政府的战争，个人英雄主义的强大无以复加，是好莱坞影片《第一滴血》式的对抗。

《间客》又是一部现代的小说，一部梦想的小说，一部青春热血的小说，一部朝气蓬勃的小说。小说中所有的英雄人物都是年轻人，英雄出少年，那个帕布尔总统当年也有青春理想。这是一部英雄传奇成长小说，小说表现了关于青春成长的叛逆主题，林半山、李封、邰之源等有作为的青年人都背叛了自己的家庭。小说歌颂了青年人追求自由的乐观精神，许乐代表永不屈服的精神个性，永远忠于自己内心的激情，让人读来热血沸腾。人物的对话很精彩，人物的辩论很有激情，正面直接，不绕弯子。对人物的内心世界，表现很细致。人物个性鲜明，许乐、李封、邰夫人、邰之源、怀草诗、钟瘦虎、杜少卿，都很有个性，各个不同，又都有发展和变化。小说带有通俗小说的外形，故事波澜起伏，总是将难度放在前面，不断地设置障碍，让主人公克服障碍。结构很完整，布局完美，线索埋伏，起承转合得当。小说有网络小说的特点：不受篇幅限制，可以无限地正面展开一个人的故事，可以直面每一个细节，每一个场面，每一场战斗的详细过程。人物对话可以无限展开，充分发挥想象力，不搞情节隐喻，这是以作者的生活经验为基础的。综上分析可以看到，《间客》的成功就在于很好地借鉴了现代“成长小说”的经验，有现代精神向度，汲取了各种通俗文学的写法，又充分发挥了网络小说的优势。

网络类型小说因在网络连载，不可避免地带有网络特性，如交互性，在写作中会因为读者的意见介入而对写作思路作出适当调整。很多成功的网络作家都不约而同地谈到网络读者对自己的帮助。鲍鲸鲸的《失恋三十三天》是豆瓣网上的一个直播帖，写作这篇作品时，作者正处于失恋之中，创作是作者和读者一起探讨如何走出失恋的一个过程，粉丝读者以讨论的方式参与了创作。读者的介入，特别是一些有文学鉴赏力的读者的介入，会在一定程度上使小说减少漏洞，故事的设置、人物的刻画、主题的深化等都会相应完善。为吸引读者的眼球，提高点击率，网络小说常采用一些商业性策略。2013 年参加中国第二届网络文学大赛的作品《富根》在搜狐网上连载后不久，改名为《猎情诱爱：欲壑粉黛》，这部小说改后的名字很抢眼，以“欲”为叙事动力，章节的标题如“艳遇”“双蝶戏水”“姐夫不在家”“骑男霸女”“那晚她少了些狂野”等都有很浓的荷尔蒙气息，有“标题党”意味，但这种商业策略只是小说的表层。而实际上，这部小说以主人公富根为中心，向我们描述了人性的真与假、善与恶、美与丑，故事内容丰饶、饱满。小说采用倒叙、插叙的叙事手法，故事里套着故事，引人入胜。故事结构宏大，人物关系错综复杂，人物命运扑朔迷离，悬念迭起，作者有较高的驾驭故事的能力。细节、场面写得入情入理，对人情世态的体察颇见功力。

在网络时代，网络类型化小说的写作者群体结构庞杂，人数众多，素质差别大，大多没有经过严格的写作训练，因而网络类型小说总体上给人一种“垃圾化”的印象。在巨量创作的金字塔的顶端，我们有理由期待好的作品，网络读者对类型化小说的阅读要求提出了新的要求，这是对写作者的挑战。陈平原在谈到当代武侠小说的时候认为：“后起的武侠小说，有能力博采众长，将言情、社会、历史、侦探等纳入其间，这一点，其他小说类型均望尘莫及。”[14]金庸、梁羽生的新武侠小说所以能产生广泛的影响，就在于他们的小说发展了传统的武侠小说，为武侠小说注入了现代的思想和新的内容，他们的小说中的侠义建立在独立、自由、正义、爱民的基础上，而不是旧武侠小说中那样一味地仇杀与好斗。新武侠小说吸收了中国传统文化的内容，儒家、道家、墨家、佛家的思想，琴棋书画、诗词歌赋、民俗风物、历史传说、武术斗技、风水星相，人物的气质，情节的波澜曲折，都带有浓郁的民俗风情意味。梁羽生对中国古典诗文的吸收，白羽接受五四新文学传统，金庸重视西方现代文艺，古龙对日本小说的借鉴，是他们的武侠小说获得成功的原因。新武侠小说还广泛吸收了现代电影、戏剧的手法，丰富了小说的表现力。这种广泛吸收的融合与创造的趋势在网络小说中初见端倪。如蔡骏的小说将心理推理和悬疑、知识介绍结合起来，形成了综合的阅读效应。何马的小说《藏地密码》有“神秘配方”，“至少关涉了三个似是而非的知识系统：藏传佛教的历史与传说；藏獒的知识与传说；最后一个是青藏地理及探险”，“呈现出了各种不同的叙述可能，正是这种可能性，给读者的阅读带来了未知的阅读快感和兴奋，也更加增强了西藏文化的神秘之感。”[15]

“类型体现了所有的美学技巧，对作家来说随手可用，而对读者来说也是已经明白易懂的了。优秀的作家在一定程度上遵守已有的类型，而在一定程度上又扩张它。而总的说来，伟大的作家很少是类型的发明者，比如莎士比亚和拉辛，莫里哀和本·琼生，狄更斯和陀思妥耶夫斯基等，他们都是在别人创立的类型里创作出自己的作品。”[16]在纯文学领域尚且如此，对于网络写作者而言，借助一定的类型模式，是必然的选择，借助网络资源，借助网络传播平台，综合借用已有的文学传统资源，发展网络类型化小说是摆在网络写作者面前的任务。武侠小说家古龙曾说："武侠小说既然也有自己悠久的传统和独特的趣味，若能再尽量吸收其他文学作品的精华，岂非也同样能创造出一种新的风格，独立的风格，让武侠小说也能在文学的领域中占一席之地，让别人不能否认它的价值，让不看武侠小说的人也来看武侠小说！"⑰对于来自不同职业的网络小说写作者来说，生活在网络时代的个体生活体验与通俗文学形式的融通是网络类型化小说发展的根基，在经济高速发展，矛盾纷繁，社会问题迭出的时代，网络媒介为类型化小说的发展提供了广阔的空间，借鉴、融炼、创造，书写时代个体经验，创造新的文学，这意味着网络写作者必须经历由"自发"到"自觉"，由"业余"到"专业"，由"大神"到"大师"的变化。古龙是就武侠小说来说的，这其实是所有通俗类型小说所面对的未来，也应是网络类型化小说的未来。

注释：

① 宋庄：《2012 的网络文学初探》，《工人日报》2012 年 2 月 20 日。
② 陈平原：《论"新小说"类型理论》，《中国现代文学研究丛刊》1991 年第 2 期。
③ 沙汀、艾芜、鲁迅：《关于小说题材的通信》，《中国现代小说理论经典》，计红芳编，苏州大学出版社 2008 年版，第 229 页。
④ 严家炎：《金庸小说论稿》，北京大学出版社 1999 年版，第 18 页。
⑤［韩］崔瑛祐：《"抗战通俗"：抗战文艺的"变格"叙事》，《山东师范大学学报》2012 年第 5 期。
⑥ 韩小蕙：《文学类型化意味着什么？》，《光明日报》2010 年 9 月 7 日。
⑦ 路艳霞：《四大"穿越"书签下高版税》，《北京日报》2007 年 7 月 13 日。
⑧ 冯永刚：《网络文化时代青少年道德教育中的价值冲突及调适》，《山东师范大学学报》2012 年第 6 期。
⑨ 汤文隽、金晶：《网络社会中社会主义核心价值体系认同规律》，《东疆学刊》2013 年第 1 期。
⑩ 周志雄：《恣意飞扬的青春——论大学校园题材的网络小说》，《理论学刊》2008 年第 8 期。
⑪ 马相武：《把握类型文学的发生脉络与发展趋势》，《中国艺术报》2008

年 10 月 7 日。

⑫ 鄢烈山:《拒绝金庸》,《南方周末》1994 年 12 月 12 日。

⑬ 范昕:《网络文学催生海量文字垃圾》,《文汇报》2012 年 7 月 17 日。

⑭ 陈平原:《超越“雅俗”:金庸的成功及武侠小说的出路》,《当代作家评论》1998 年第 5 期。

⑮ 阿来:《〈藏地密码〉有“神秘配方”》,《扬子晚报》2008 年 5 月 6 日。

⑯ [美] 韦勒克、沃伦:《文学理论》,刘象愚、邢培明等译,生活·读书·新知三联书店 1984 年版,第 268 页。

⑰ 古龙:《多情剑客无情剑·代序》,中州古籍出版社 1994 年版,第 8 页。

(原载于《南京社会科学》2014 年第 3 期)

网络女性写作的生产与生态

徐艳蕊

网络女性写作已经成为当代女性阅读活动的重要来源，用户的需求使得女性网络原创网站在近几年获得了迅速发展。据2014年8月1日由Alexa官网查询的数据表明，女性文学原创网站中流量最多的是晋江文学城，在世界网站中排名3 179，在国内排名505。其他几个著名的"女性向"原创网站红袖添香、潇湘书院、起点女生网等也拥有丰富的用户流量。尽管就整体规模、商业化部分的盈利额度而言，"女性向"①原创网站与"男性向"②原创网站仍有距离——比如起点的流量排名是世界第2 075位，中国第254位，但是从空间分布上来讲，"女性向"原创网站的读者群却覆盖面更广，其中晋江文学城海外流量更是达到了54.9%，来源涵盖了中国台湾、澳门，以及美国、香港、日本、韩国、加拿大等多个地区，而起点的海外流量比例则是27.3%。在这些大型的女性网络原创网站之外，还有许多大小不一的"女性向"非商业化写作站点，这些站点也吸引了许多的参与者。

网络女性写作的活跃已经形成了一个"她"的江湖：不仅产生了自己的文坛"领袖"、评论家、策划人、活动组织者，还发展出了许多周边衍生活动：插图、配乐，制作MV、广播剧，cosplay。这些活动，目前虽然已经有商业资本的介入，但是大部分的劳动并无薪酬，只以同好社群的形式来维系——观念和趣味的共享，以及社群成员之间的感情支持。

本文将从网络女性写作内容的生产和生态入手，讨论在商业机制与文学机制的张力场中，作者是如何选择她们的创作路径，读者又是如何进行阅读、评价和回馈的；而在这些创作和阅读实践中，性别因素又起到了什么样的作用。本文认为，尽管商业机制近几年有了较大发展，网络女性写作的原初动力仍然是对文学本身的喜爱和执着。但与精英文学和“男性向”网络文学不同的是，网络女性写作保留了更多社群共享的性质，女性网络文学作品的价值和意义、作者的声望和权威，是由这个绝大多数成员为女性的社群共同生产的。由女性主导的网络女性写作，不仅有着非常活跃的文学实践，而且也是草根女性探讨性别议题的重要场域。

尤其想要强调的是，本文花费了不少篇幅来讨论网络女性写作中读者活动的效用和影响。网络文学的特点之一是读者、作者互动，这在网络文学研究领域已经成为一种共识，但是这种互动是如何展开的，又是在哪些层面上发挥效用的，却还没有获得过充分讨论。所以本文重新估量了读者活动的价值：读者的评论、推荐、催文等系列活动不但本身是内容生产的重要组成部分，更是读者以情感回馈的方式向作者支付的报偿。读者的支持和感情投入是作者最重要的文化资本。

一、付费与共享——网络女性文学生产的多重机制

近些年，流量的增加，VIP 付费阅读机制的确立，越来越便利且多样化的阅读端口，与出版、影视和游戏业密切的合作，使得网络文学的商业机制日趋成熟。网络写作的顶级“大神”靠写作赢得了丰厚回报——据《华西都市报》发布的 2013 年“网络作

家富豪榜"透露，位居榜单前三名的网络作者年版税收入分别是：唐家三少 2 650 万元，天蚕土豆 2 000 万元，血红 1 450 万元。[③]"网络作家富豪榜"的绝大多数成员是男性，不过女性作者的战绩也不可小觑，《步步惊心》的作者桐华，年版税可达数百万元。[④]另有传闻流潋紫从《后宫—甄嬛传》中获得的净收入超过千万元。[⑤]

继起点于2003年确立VIP收费阅读制度之后，一些女性写作网站如红袖添香、潇湘书院、晋江文学城也陆续启动了VIP付费阅读模式，并积极地向出版业、影视业和动漫游戏业寻求合作。正是因为这些商业举措的成功，才造就了上述所说收入百万、千万的"大神"。这些大神的成功，很容易给公众造成网络写作即商业写作的印象。但实际上，在全国数百万网络写手当中，只有少数作者可以依靠写作获得丰厚报偿。[⑥]而大多数写手，要么收入非常微薄，要么根本毫无收益。造成这种局面的原因，一方面是因为网络文学门槛较低，入行无需资历审核，业内竞争残酷，加上知识产权保护不力，导致盗版猖獗；而另一方面，是因为网络文学群体，最初是由写作爱好者基于表达、分享的理念聚合而来的，有些作者上网写作不为获利，只为兴趣。而后一点，在网络女性文学领域中，表现得更加突出。

早期知名的"男性向"站点，要么已经收纳整合进商业写作机制中去，要么已经改弦更张，与此不同，一些早期的"女性向"写作网站从建站至今仍然坚持着同好社群的主张，并一直有资深成员持续维护和经营，比如1999年建站的露西弗；虽然不断有同好网站因各种原因关闭，但同时又不断有新的兴趣小站建立起来。甚至在一些大型的商业化写作网站，比如晋江，仍然有相当数量的人气作者选择不加入VIP制度。会不会参与商业写作，这里面固然存在是否适应VIP制度和商业阅读口味的问题，然而另外一个维度也不可忽视，那就是对网络写作理念理解的差异。商业写作的支持者认为阅读付出的费用能够使作者的劳动有所回报，有助于职业作者的培养，能够使读者看到更为成熟、精彩的故事；另一些人则认为，网络写作的基本理念是自由表达和分享，最理想的状态是你写你想写的东西，与同好一起讨论和欣赏，读者的热情是最好的回报。后一种理念，在耽美（又称 BL，以男男恋为基本设定的故事）文类中特别盛行，而耽美文类现在已经成为网络女性写作中的一个重要板块。

作为同好分享性质的写作和阅读，与商业化写作和阅读一起，共同构成了女性网络写作的整体生态系统。如果不能同时看到这两个方面，就无法对网络女性写作生产和流通机制有全面的理解和把握。甚至，如果要深入解读商业化机制的引入对网络女性写作的影响，也必须先把同好分享写作的因素考虑在内。

从表面上看，商业机制与同好分享似乎是相互矛盾的，因为同好分享的理念和基于这种理念生产的内容，以及打着同好分享性质所进行的盗文活动，都影响到了商业利润的增长。但是，从发展的角度来看，网络写作商业模式的顺利发展，非常依赖自由分享式写作所培养出来的网络作者、读者、阅读趣味和习惯，即便在商业化日益成熟的今天，自由分享式的写作也依然是商业写作的试验田和储备库：许多新的故事类型恰恰是在创作者的写作实验中酝酿出来并开始流行的，比如女尊文（以女尊男卑为基本世界设定）、女强文、变身文（穿越男变女或者女变男）、百合文（又称 GL 文，女女恋）等。这些文类早期出现的时候都带有浓厚的游戏、实验的性质，是在逐渐得到读者喜欢之后才慢慢变成一个有着相对稳定的基本设定的文类或亚文类。这些文类或亚文类，和耽美文类非常相似，在商业销售中也拥有一定市场，但是至今仍然保留着浓厚的自由书写和社群共享的性质。

二、“有爱”与“有钱”——网络女性写作的动力来源

那么，在这个既带有一定的商业化性质，又兼具兴趣共享气氛的场域中，女性网络作者如何展开写作？

网络女性文学发轫于20世纪90年代末，最初的两种常见类型是言情文和耽美文，后来又衍生出了女尊文和百合文。写作体制基本采用了章回小说的形式，故事的展开经常以爱情的发展为基线，这样的一种格局，很难得到从精英文学的浸润中成长起来的职业文学评论者的完全接纳。即便在近几年，对网络文学的整体评价已有所提高，对网络女性文学的评论，也常常带有一种下视的姿态。比如研究者唐晴川、李珏君曾这样评价红袖添香旗下小说：“消费时代网络文学女性写作不断在揣摩和迎合读者的需求和审美取向……文学本该具有的艺术担当被世俗的感性愉悦所遮蔽，对人类的伦理道德规范构成了较大的挑战。”⑦另一位研究者亓丽评价说：“网络言情小说是一种趋向于大众化的审美，它追求世俗化的感官享受，价值取向多表现为休闲娱乐和消遣，其文学本身和社会的价值往往被忽略……但却是女性心理状态和情感需求的最真实最放松的释放，是草根阶层的女性创作者和女性读者共同努力营造的爱情乌托邦。”⑧

视网络女性写作为感官消费、丧失了文学应有的品格的观点，是一种颇为通行的看法，即便是在一些女性主义者眼中也是如此。但是，从网络女性作者和网文爱好者的眼中看来，这远没有触及全部的现实。

笔者近十年来一直追踪观察网络女性文学的发展，与这一领域的各种活跃力量有过深入交流，并于2011年开始，与合作

者杨玲一起正式访谈了39位圈内人士，包括作者、网站站长、版主、出版商、书友俱乐部组织者、资深读者、网络音乐制作人，并对其中的几位进行了长期的追踪访谈。通过这些田野活动所得到的信息，与通常人们对女性网络写作的印象有很大差距：利润的因素在整个圈子的运转中并不能起到决定性作用，而情感投入的作用则远超想象。

起点女性频道的资深作者希行，代表作《名门医女》(2013年)曾获粉红票榜第一名，完结之后纸质版随即出品，在内地、香港和台湾销售，给作者带来不菲的收益。在访谈中被问及为什么写作的时候回答："写网络小说是从2008年开始，在此之前一直喜欢写作，不是写作，应该说是讲故事……偶然的机会看到了第一本网络小说《回明》，当时就震惊了，天下还有这样好玩的故事！顿时一发不可收拾，开始看网络小说，看得多了，就觉得我也应该能写，便开始写了。"希行原本以为写作只是工余的兴趣，同时能顺便赚点零花钱，但是在成功之后，她发现和丰厚的写作收益相比，她的本职收入反而成了零头。在被问及喜欢写作和用写作赚钱的关系时，希行认为这两种因素对自己都很重要："支撑我写下去的是兴趣和金钱，这两者缺一不可，只有兴趣没有利益，食人间烟火的我做不到长期坚持，但只有钱却不是我喜欢写的类型，我也做不到。"希行是商业写作中比较成功的范例，但是她的成功并不是依靠贩售爱情梦想，而是擅长讲述技术流故事，比如描写身为医生、药师的女主角如何发挥所长，赢得世人的肯定和尊敬："我觉得女人的生活不该是爱情，还有很多别的事，我希望女子们坚强勇敢快乐自信，没有人依靠的时候我们还有自己，不管什么时候，我们都可以靠自己，用自己的手，吃自己的饭。"⑨

喜欢写作，并能够从中获得收益，对于草根女性作者来说有着多重意义。女性网络作家中有不少人是辞了全日制工作的年轻妈妈，在家务、母职还不能计入社会劳动、获得经济报偿的今天，利用育儿、家务间隙进行写作给她们带来的收益使她们觉得活得更有尊严。同时经济收益也给了女性作者合理化的写作理由，就如同一位不愿意透露笔名，有两个孩子的妈妈作者所说的，因为写文有经济回报，才可以有充足理由对孩子的爸爸、奶奶说，给我一点自己的时间，我要写作。

伍尔夫在《一间自己的房间》中曾设想过，如果莎士比亚有一个才华横溢的姐妹，在那个时代会有什么遭遇：醉心艺术的天才女性，被内心的冲动指引离开家门，却不能够像她的兄弟那样获得实践冲动和才华的机会，在被欺凌、哄骗和压榨殆尽之后被埋葬在路边；她的坟冢很快被车马压平，痕迹消失无踪。她认为女性要有一个自己的房间，才能获得实践创作冲动的机会。[10]而网络写作则为草根女性提供了一个虚拟的"自己的房间"，并提供了从中获得生活保障的可能性。

但是，尽管有些网络女性作者对能够用写作换得报酬感到欣慰，另外一种担忧也不容忽视：这种写作机制很可能会使文学被商业利益绑架，使作者成为码字的民工，使作品成为生产流水线上被批量组装的玩具。如果网络写作是封闭管理、高度体制化的血汗工厂的话，这种担忧可能成为普遍现实，但是网络实际上却是开放的和流动的，一定范围内为作者提供了不同的发展路径：完全投入商业化写作只是其中的一种，根据自己的需求在收益和兴趣之间灵活地进行平衡是另一种，再或者，可以全凭兴趣、不问收益。

在晋江发文的耽美作者阿堵，完全贯彻了兴趣写作的思路。阿堵迄今免费发布了四篇故事《红尘有幸识丹青》、《一生孤独掷温柔》、《附庸风雅录》和《鱼跃龙门记》。在这四篇故事里，阿堵传达了她对人生的理解："在我自己心里，《丹青》是关于美的故事,《温柔》是关于善的故事,《风雅》是关于真的故事。下一个,想写个自由自在的故事。于是有了《鱼跃龙门记》。”⑪因为是兴趣之作,所以作品里熔铸了许多作者个人的喜好:绘画、书法、金石、篆刻、诗词、文章、科举、职官及士林风尚等。利用这些要素,阿堵描摹出了一个充满风情雅韵、礼义才情的古典中国。金石丹青、功名文章,甚至家国天下,这些境界在历史上主要由男性创造并阐释——“红袖添香夜读书”,读书的是男儿郎,女性的职责是添香。但是通过耽美的男男恋设定,女性也可以带入其中的一方想象自己成为士林表率,与所爱之人携手并肩、齐家治国平天下。所以阿堵的故事虽然用了男男恋的设定,表达的仍然是非常女性化的想象和诉求。阿堵对古典才情、文人风骨的描摹非常受欢迎,书友纷纷要求出版实体书。阿堵将实体书的收益捐赠给了“大爱清尘”公益基金,用于治疗尘肺病人和帮助失学儿童复学,捐助的发票拍照之后在微博上发布。⑫

由上可见,无论是商业化还是非商业化,这些作者都是在很认真地进行着她们的写作实践。那些我们所熟知的非常具有“文学性”的要素:想象、探索、交流、表达,对人性的解读,对生活的观察,对美好品质的追求,都可以在这里得到体现——以一种通俗的、女性化的视角。非常有趣的是,这些被称作“写手”的作者们常常怀有一种非常理想化的文学信念,深信她们的表达除了娱乐之外,也可以对社会产生积极的影响,这与那些视其为浅薄罗曼司制造者的观点形成了一种奇异的错位。而在这两种不同观点的博弈中,读者往往选择站在作者一方。

三、读者和作者——支持、评价与赋权

网络文学特有的一边写作一边发布、读者可在文下留评随

时参与讨论的模式，曾经使文学评论者非常担心：这种模式会不会造成作者盲目迎合读者，使独立的、个人化的文学创作失去了应有的品格。然而不管批评家如何理解，作者对于这些可以直接在文下显现的反馈意见非常珍视，因为这些评论所提供不只是对故事的观感，更重要的是，它们是读者向作者的劳动所支付的情感报偿。

在笔者所做的访谈中，作者无一例外都非常重视读者的反馈。金大是晋江的驻站作者，迄今专栏已被收藏近 11 800 次。从 2005 年以来，已经有了 28 篇完结文。长时间的投入写作需要毅力和耐心，当在访谈中被问及为什么会坚持写作的时候，她回答："完全靠读者的热情支持。"她认为晋江的商业化并不彻底，VIP 作者的收入并不理想。但是她仍然很喜欢这种自由的写作氛围，因为自由的氛围造就了非常活跃的读者群体，这个群体给予作者的支持足能抵消收益的不足。[13]晋江的新晋作者缘何故，2012 年开始写文，2014 年创作了大热文《重征娱乐圈》，她的看法与金大非常相似，认为自己坚持写作的最大动力就是读者的期待，每天在正职工作结束之后再回家埋头于键盘，觉得非常辛苦，但是想到专栏下面还有很多的读者在等着看故事，就觉得自己有责任努力写下去。同样的，她也比较喜欢晋江的写作气氛，认为保留了比较多的文学梦想，适合有爱好的人。[14]

2009 年杨玲在她的《粉丝、情感经济与新媒介》一文中援引了"情感经济"的概念，来说明粉丝对偶像的情感支持如何转化成市场购买力。[15]而在网络女性文学领域，读者对所喜爱作者的支持，并不是只有转换成购买力才能生效，情感本身就具有支付功能，可以通过各种形式报偿作者：文下的书评，QQ 群里的鼓励，论坛上的讨论和推荐，建立帖吧，甚至是为作者筹建独立的网站并长期维护，希望借此凝聚更多的同好支持作者，这一切都形成了一种巨大的促进网络文学再生产的力量。

作者在写作过程中不仅非常依赖读者所给予的感情支持，作者在圈子里的声望、地位和影响力，也与读者群的活动有直接关系。与精英文学作者的地位需要权威机构的审核和认证不同，网络写作圈中作者的价值，更多需由读者的反馈来决定，尤其在那些自由分享气氛比较浓厚的社群情况更是如此。读者回馈的信息量越大，投注的感情越多，作者相应就会有更高的声誉和影响力。在女性网络文学领域，许多被称作“大手”或“大神”的姑娘，其实从写作得来的收入非常有限，但是读者对她们的文字的喜爱和认同度却非常高。

比如说风弄，是网络写作耽美圈中最有影响力的作者。她2002年开始在露西弗发文，很快赢得了许多读者的喜爱。写作日趋成熟之后辞去原本的工作，成为台湾威向文化有限公司的专职签约作者。迄今已出版了五十余种著作，其中特别受欢迎的系列小说《凤于九天》，已经出版了29册，第30册正在酝酿中。而其唯一的一本言情小说《孤芳不自赏》，除了汉语的简体、繁体和漫画版之外，还被翻译销售到波兰、越南等地。风弄在内地、香港和台湾，甚至东南亚、欧美都有活跃的粉丝。作为圈中当之无愧的“大手”，常有人猜测她如何收入丰厚，但对风弄进行面对面访谈的时候，她坦言写作并没有使她变得富有，她收入的最大部分是来自投资理财；如果不是投资比较成功，她没有办法坚持这么多年写自己喜欢的东西。风弄的作品主要在中国台湾出版，而台湾市场较小，出版数量非常有限。在大陆，耽美作者处境尴尬，出版和销售受限较多，大多数读者接触的都是网络上的盗版。

写耽美收益微薄，而且要承担更多的舆论压力，这在网络文学圈中已经成为共识。但是风弄仍然觉得她的写作是有价值的。当被问及她的写作动力源自哪里的时候，她说是因为觉得生命太有限、太虚渺，希望能够留下一些更为长久的、美的和有价值的东西，希望自己所想的、所写的，能使读者产生触动和共鸣，哪怕只有那么一点点，也使她觉得自己的努力没有白费。[16]

借男男恋框架展开情节的耽美，在许多人眼中被目为怪异。而这种文类最具代表性的作者，却有着非常传统的文学价值观，这种鲜明的对比，从另外一个侧面印证了 Hockx 十年前对中国网络文学的观察：尽管被视为“通俗文学”，网络写作社群却从来没有放弃参与“崇高”文学的努力。[17]面对质疑，风弄认为耽美也是在表达爱、喜欢和愤怒这些人类最基本的情感需求，只不过耽美故事中情侣的双方都可以非常坚强、硬朗，与男女恋情的模式很不相同；耽美通常充满了反抗精神，反抗社会、父母、男人设立的障碍。同时她还觉得喜欢耽美的姑娘通常会有更为独立的人格、个性，较少依附他人。[18]

而风弄的读者，也持有相近的观点。素素，另外一个 ID 是“弄弄的小跟班”，是风弄的资深粉丝。在对素素的访谈中，当问到为什么会喜欢风弄的作品时，她说：“喜欢感人的故事，喜欢故事里人物的善良。尤其喜欢故事里的强受，因为我讨厌女人柔弱，一直认为女人要靠自己努力来实现自身价值，和男人之间的关系应该基于互相欣赏，强受折射出我对女人的期望。”[19]另一位资深粉丝青儿，从 2003 年左右开始看风弄的小说，喜欢这个作者是因为：“文笔流畅不艰涩，故事性好，易读性强，感情描写好。”[20]对于网络文学与纯文学之间的关系，读者们也进行过自己的思考：“功利性？我不知道别人在风弄的文中看到了什么，但我知道我看到了风弄在写作时字斟句酌的艰辛，也正是想着读者、想着感恩的心让风弄的文章吸引了更多的人，也感动了更多的人。……事实上，不管是‘纯文学’论还是‘纯学术’论，都让我觉得不可思议。每个人都有自己的价值标准，在看到违背自己标准的行为时，人们总会有这样那样的非难，殊不知此时的自己恰恰成为世俗偏见的代言人。”㉑

Radway在她对罗曼司的研究中，对读者的活动给予了非常积极的评价，认为读者的解读赋予了言情小说更加丰富的内涵。她所研究的读者活动主要是指读者对文本的多向度阅读体验。㉒但是在女性网络文学领域中，读者的活动更加主动、多样化，并且有时候，读者的书评、讨论、推荐，本身也成了这个领域中重要的内容生产，许多专注于写评、经营论坛的读者，甚至会成为圈中著名的评论人、组织者，有着不弱于作者的声望。

前文提到过的风弄的粉丝青儿，曾经担任风弄在晋江粉红论坛的版主，所有工作完全是自愿和无薪酬的。粉丝Moon，曾经在乐趣上建立了风弄的小站“月夜下”，除了风弄外，吸引了很多当时刚出道或者已经有一定影响力的作者来发文。这些作者发布故事完全是免费的，而版主、版工对网站的维护也是无偿的。虽然这个小站现在已经关闭，但是从那里成长起来的作者有些已经成为一些大型原创网站的驻站作者。曾经是月夜下活跃成员的素素，自己出资，与几位同好一起，于2008年设计和建立了“风弄无声”风弄官方论坛，论坛的管理层包括了中国和加拿大等地的读者。风弄无声有一个子版块，专门发布读者对风弄作品的评论，到目前总共汇聚了860多份长书评。㉓除此之外，风弄还有各种不同的读者群和书友群，在新浪微博的粉丝截至2014年8月底已达到34万余人。风弄每次参加动漫展会的时候，都会有大批粉丝来支持。2014年7月在美国参加AX展会的时候，㉔风弄遇到了许多非华人粉丝，其中包括她小说英文版的网络翻译者，㉕以及讲西班牙语的墨西哥裔粉丝，后者是在网上看了由英语翻译成西班牙语的《凤于九天》而喜欢上风弄的。

或许程度和规模有所不同，风弄所遇到的情境是圈子里许多成名的作者都经历过的。这些作者的声望，正是由这些热心参与写评、讨论、建立论坛、组织活动的读者赋予的。读者的支持和感情投入，在这个圈子里，是一个作者所能够掌握的最重要的资本。甚至还不止于此，许多读者还会向作者申请授权，为故事配乐，改编成广播剧，将作品传播到更多的领域，以此表达对作家、作品的喜爱。所有的这一切，当然都是无偿的，甚至经常需要制作者自己出资购买或租用设备来完成。㉖

结　语

如果从时间轴追溯女性网络文学历史发展的沿革，可以发现基于爱好和共享而产生的写作是最初的源起，并直到现在仍然在为网络文学的发展提供灵感和动力，而稍后出现的商业机制则为网络写作注入了新的活力，为培养更成熟的职业作者提供了契机；如果从空间上远眺女性网络文学的整个版图，能够看到主攻商业销售的写作，以及完全基于爱好和分享的写作，都是女性网络写作谱系中不可分割的区划。充分的商业化写作与完全的兴趣式写作，并不是断然割裂的板块，而是如同谱系的两端，被中间大片渐变式的过渡区域紧密联结。而实际上作者在这些区域里是可以不断流动的：可以始终如一坚持职业化发展，可以自由发挥才情想象，也可以在不同的时间段有不同的规划。因此与其把女性网络文学看作是一种文学类型，不如把它看成是一个基于网络平台建立起来的、聚集了不同种类的写作方式的文学实践场域，在这里，那些我们所熟知的、已成为惯例的“文学”要素——想象、探索、交流、表达，对人性的解读，对生活的观察，对美好品质的追求，都可以在这里得到体现，只是使用了与精英文学不同的风格和样式。尤其重要的是，这些包括了写作、阅读、评论和交流的文学实践是非常女性化的，从成长、恋爱、婚姻、育儿、家庭关系，到梦想、野心、情欲，以及女性在社会化过程中所受到的压抑、可能性的解决办法，都可以得到表达和讨论。这种讨论以多种形态呈现，有可能精致，有可能粗糙，有些很世俗，有些则沉重晦涩，但总体而言却非常富于生机和活力："在这个网络空间中，读者和作者形成了一个积极的、支持性的社群，在这个社群中的活动可以使这些作者与读者免于男性主导的精英文化圈的审查和批评。通过在线的文学生产和消费，中国妇女获得了一种新的言语和叙事形式去超越传统的性别角色，拆解生产—再生产性别边界的权力机制；即便现在这种超越和拆解，主要只能在想象的空间中展开，也仍然是意义重大的。"[27]因此，女性网络写作不但是非常"文学"的，也是非常"女性"的。对它的认知需要通过更多的田野经验、更灵活的解读方法去丰富和充实。

注释：

① "女性向"一词源于日语，原指针对女性需求设计的文化消费品。在中国的网络原创文学领域，"女性向"一般是指女性作者基于女性视点所展开的书写，表述女性的欲望和诉求，与保留了基本的男性视点、针对男性读者生产的"男性向"网络文学相对。"女尊"和"耽美"可以说是"女性向"网络文学的典型文类，近年来网络言情文类也逐渐脱离了纸媒时代港台言情男强女弱的单一格局，表达出更为复杂、多元的女性想象和诉求。网络的出现为"女性向"文学空间的形成提供了技术支持，出现了晋江、红袖等"女性向"文学网站。相关论述可参考肖映萱：《剽悍的"小粉红"：论精英粉丝对晋江"女性向"网络文学的影响》，广东省作协主办：《网络文学评论》第 5 辑，广州：花城出版社 2014 年版。

② "男性向"文学原创网站的海外流量比例总体低于"女性向"文学原创网站。前者除起点外，纵横中文网的海外流量比例是 15%，17K 文学网是 6.9%；后者中潇湘书院的海外流量比例是 40.2%，言情小说吧是

42.1%。以上数据来源于 Alexa 官网 8 月 1 日查询结果。

③ 张杰：《中国网络作家富豪榜发布　唐家三少蝉联榜首》，2013 年 12 月 3 日，http://news.qq.com/a/20131203/004237.htm。

④ 张晓洁：《桐华：小女人的快乐事业》，《IT 经理世界》2012 年第 8 期。

⑤《“后宫第一人”流潋紫》，2013 年 5 月 7 日，http://news.ifeng.com/gundong/detail_2013_05/07/25010260_0.shtml。

⑥ 王芳等：《网络作家生存状态揭秘：收入千万者全国 50 多人》，2013 年 6 月 1 日，http://news.sina.com.cn/s/2013-06-13/102527385965.shtml。

⑦ 唐晴川、李珏君：《论网络文学女性写作的叙事特征——以盛大公司旗下红袖添香网站为例》，《小说评论》2011 年第 6 期。

⑧ 亓丽：《女性主义视野中的当下网络言情小说》，《文学评论》2012 年第 1 期。

⑨ 来源于 2014 年 7 月 11 日对希行的访谈。

⑩ 吴尔夫：《一间自己的房间》，贾辉丰译，北京：人民文学出版社 2003 年版，第 40—41 页。

⑪ 阿堵(网名)：《鱼跃龙门记》后记，2014 年 8 月 1 日，http://www.jjwxc.net/onebook.php? novelid=1837737&chapterid=163。

⑫ 两次捐助信息发布时间为 2013 年 7 月 4 日，2014 年 3 月 26 日，详见阿堵(网名)的新浪微博，阿堵通宝：http://weibo.com/adutongbao?topnav=1&wvr=5&topsug=1。阿堵微博的签名颇能体现耽美作者的心态：横眉冷对千夫指，一生孤独掷温柔。

⑬ 来源于 2014 年 8 月 7 日对金大的访谈。

⑭ 来源于 2014 年 7 月 3 日对缘何故的访谈。

⑮ 杨玲：《粉丝、情感经济与新媒介》，《社会科学战线》2009 年第 7 期。

⑯ 来源于 2011 年 5 月 24 日对风弄的访谈。

⑰ M. Hockx, “Links with the past: mainland China’s online literary communities and their antecedents”, Journal of Contemporary China, 2004, 13(38): 105-127.

⑱ 来源于 2014 年 2 月 28 日对风弄的访谈。

⑲ 来源于 2014 年 8 月 3 日对素素的访谈。

⑳ 来源于 2014 年 8 月 4 日对青儿的访谈。

㉑ Kristy(网名)：《读弄宝宝的〈纯文学〉》，2009 年 5 月 19 日，http://www.fengnong.net/bbs/viewthread.php? tid=18279&extra=page%3D11。

㉒ J. A. Radway, *Reading the Rromance: Women, Patriarchy, and*

Popular Literature. Chapel Hill：University of North Carolina Press，1991. pp.123－125.

㉓ 风弄文章评论感想，“风弄无声”子版块，http://www.fengnong.net/bbs/forumdisplay.php? fid=25&page=1。

㉔ AX展会，即Anime Expo，每年独立日临近的周末在美国举办的动漫展会。

㉕ 风弄小说的英文译文网址 http://sookybabi.livejournal.com/50818.html。

㉖ 与网络原创音乐圈和自制广播剧圈的联结，女性网络文学比“男性向”网络文学更为密切，而在女性网络文学中，又以耽美圈为最。源自2014年6月9日、2014年8月23日对菊丫头的访谈。菊丫头曾参与网络古风音乐与网络广播剧的制作。

㉗ 徐艳蕊：《媒介与性别：女性魅力、男子气概及媒介性别表达》，杭州：浙江大学出版社2014年版，第95页。

（原载于《北京大学学报（哲学社会科学版）》2015年第1期）

超长与微短：互联网时代“文学”的两副面孔

王小英

引言：互联网时代的文学形态

互联网时代已经成为继农业时代、工业时代之后人类发展史上的第三个发展阶段。工业文明带来劳动的分工和知识及学科体系的分化，现代意义上的文学便是这一进程中分离出来的产物，而所谓的文学传统也是后来梳理追认的结果。[①]“西方的‘文学’观念只有 200 年左右的历史。”[②]中国现代意义上“文学的定型是中西日复杂互动的结果”，[③]互动虽然可以向上追溯至明代，但具有实质意义的互动发生于 19 世纪末 20 世纪初。无论在中国还是西方，现代意义上的“文学”都是工业文明中印刷技术下塑形的，与从传统到现代的社会转型同步，如周宪所提及的“不同的历史时期会根据特定语境的要求，强调文学的不同功能”。[④]但问题是在人类第二个时代形成的文学，到第三个时代将会如何调整自身以适应新的变化？

要回答这样一个问题，需要考虑到新的时代特征和整个世界领域的情形，尤其是那些较快进入互联网时代的国度发生的变化。但这些国家又在经济、文化、政治制度、社会结构形态方面是如此的不同，以至于考察本身或许成为一种不太可能的事。考察某一具体国家在既有的大致稳定的社会文化框架内，文学所产生的变化，不仅可能而且必须。本文便是针对中国互联网时代最典型的文学，也即网络文学的两种表现所作的一个分析和判断。

中国以及韩日的年轻人似乎比其他国家的人更热衷于，或者说更早热衷于在互联网上进行想象性的文字涂鸦，由此造成了网络文学的兴盛和网络文学相关产业的兴起。其中尤以中国的情形最为突出。中国的网络文学包罗万象，有文化产业集中运营的网络小说，也有以写作者自己随意发布为主的诗歌、散文和戏剧等。至于发布的平台，既有商业性网站提供的文学空间，也有自发性论坛提供的版面，还有自己申请的博客、个人空间、微博、微信等。中国网络文学的种种形态中，目前有两种倾向十分明显，其一为网络小说越写越长，如这几年有名的网络小说动辄几百万字，《回到明朝当王爷》约 370 万字，《星辰变》约 285 万字，《斗破苍穹》约 533 万字，《盗墓笔记》约 389 万字，《鬼吹灯》和《后宫甄嬛传》算是较短的，但也分别有 200 万和 150 万字，多是超长篇；其二为微文学的兴起，短小便捷，如微小说 140 字以内，微博 140 字以内，微信朋友圈 200 字以内，微信公众号群发 600 字以内，短信文学每条 70 字以内。传统小说中，虽然关于长中短篇的划分有所差异，但程度较小，一般而言长篇 10 万字以上、中篇 5 万—10 万和短篇 1 千字—1 万字、微型小说 1 千字以内，相较于这些划分节点，网络文学要么超长，要么极短。太长的一般是商业文学网站上的小说，太短的又不知道能否界定为“文学”。面对网络文学的超长，在 2014 中国网络文学年度好作品评选⑤中，甚至改变了长中短篇的划分标准：30 万字以下的为短篇，30 万—100 万字之间的为中篇，100 万字以上的为长篇。这种划分可以说是写作实践倒推分类标准改变的典型例子，不过这也说明了另外一个问题，即互联网时代的长和短具有别样形态。

一、网络小说的超长：当代文化语境中的选择

1. 超长的成因：存储可能、商业驱动与内在动力

关于文学网站上为什么成功的网络小说特别长，学者们大致有两种归因：第一，相较于印刷媒体的版面篇幅限制，网络存储空间近乎无限，存储成本接近于零，所以为"长"提供了客观可行性；第二，商业网站上的网络小说以字数论收入，而前10万字左右基本上属于"试吃"部分，所以不长就得不到收入，而越长收入越多，积累的粉丝也越多。第一种，可以说是互联网突破印刷物理空间限制的技术特征造成的，第二种却不仅是互联网时代的特点，也是文学商业化后经常出现的现象，属于资本驱动使然，这种现象在文学史上也非第一次出现，[6]只是印刷时代，在报纸杂志书籍的印刷篇幅有限的情况下，不可能有这么长而已。故，"长"有经济利益驱动的原因，但能够动辄几百万甚至上千万字之长，却是在数字技术支持下能够达到的新高度。

其实，除了以上提到的两种原因之外，还有一个类似的现象也应该引起我们的注意，即从世界文学发展的角度来看，20世纪现实主义小说中已经出现了"长河小说"(roman-fleuve)潮流，如罗曼·罗兰的《约翰·克里斯朵夫》，普鲁斯特的《追忆似水年华》，高尔斯华绥的《福尔赛世家》，马丁·杜·伽尔的《蒂波一家》，李劼人的《大波》三部曲。长河小说的字数已经达到百万字以上，它们大都以一个家庭或家族为线索。甚至，19世纪下半叶左拉的《卢贡·马卡尔家族》(包含20部长篇小说)也可以算是长河小说之一。至于长河小说的特点或者说缺点，如瑞典皇家学院常务秘书哈儿斯特龙在马丁·杜伽尔获诺奖后所说

的：“这类小说的实质，无论就其主要方面还是细节方面，都在于反映的准确性而不在于各部分之间和谐的均衡；它没有固定的形式。”⑦这种特征与长篇网络小说的优缺点相一致。所以，以巨幅来写作小说，可能不仅是网络写手的冲动，在文学发展的内在动力中，有这么一种把握总体世界的内在冲动。西方马克思主义学者卢卡奇热烈地提出“总体文学”（total literature）观为现实主义辩护时，所依据的就是这一点，如他所推举的巴尔扎克的例子即是一个典型。巴尔扎克的《人间喜剧》即是试图包罗万象的总体文学的例子，而巴尔扎克的作品和长河小说的区别，仅在于其没有将笔墨聚焦于一个人物（家族）的完整生命历程。巴尔扎克写作的状态与今日之网络写手“码字”的疯狂和紧张状态相差无几，也很难想象巴尔扎克如果不是为了还债是否会写出如此多的作品。故而，经济利益驱动不能算是网络小说长之过。类似的例子，我们在文学史上不那么经典的，通常被认为是通俗小说作家的大仲马和柯南·道尔身上也可以找到。因此，是否商业驱动，是否太长，也不能成为否定网络小说长的根本理由。“通俗文学”中很多在时间的沉淀中变成了“经典”，不同的是，在今时今日沉淀可能发生的方式已经与以往不同。

超长的网络小说有其生产理由，但随之而来的一个问题是，假如都超长，那么谁又有时间去看？按照教育部规定的高中生阅读速度每分钟600字的标准来算，读完300万字的长篇小说约需83小时，假如每天心无旁骛地阅读8小时，也需要10天多。实际上，网络小说的阅读并非是按照这种方式进行的。那么网络小说的长是如何显现的？在较少职业性的网络文学读者的情况下，网络小说如何被阅读？

2. 发布的形式策略：渗透时间空隙的连载与排版

与产生于市民社会的印刷小说不同的是，网络长篇小说是注意力经济下的产物。这一点从网络刚开始普及时的短篇流行，到后来网络技术较为普及时的长篇流行，我们可以较为清楚地看到其中的内在联系。网络技术越是普及，意味着网络的接触率越高，也就意味着信息量的扩增，在这种情况下，需要“长时间”阅读的网络小说如何成功地吸引注意力就越发成为一个问题。观察网络小说的超长时，我们会注意到超长的网络小说几乎无一是一次性全部发完的，都是以连载的方式渐次发布的。

“连载”并不是网络小说的首创。章回体小说中的“且听下回分解”，就是传统评书艺人分时段连载说书留下的痕迹。清末民初报刊开始盛行时，报纸副刊刊载的小说也是连载。无论是张恨水的《八十一梦》，还是沈从文的《边城》和鲁迅的《阿 Q 正传》，最初的发表形式都是报纸连载。可见，连载并不是制约作品质量的关键，高明的作者总能够在一定的篇幅内找到合适的作品表现方式。到了当代，无论是诉诸听觉的广播连续剧还是视觉的电视连续剧、系列电影，用的都是连载的方式。“连载”是维持旧客户的重要手段，这一点不仅适应于文化产品，也适应于非文化产品，连超市、美容院等都通过变相的“连载”手段，即“会员卡”的方式来吸引回头客。可见，“连载”文化是商品经济的一大重要特征，也是插入人们日常生活缝隙的手段。但网络文学的连载除了上述原因之外，还有其自身的特点。

网络文学的连载将长篇小说分成若干部分，或者更准确地说将若干部分逐次连接为一个长篇小说。作者可以存稿一点点发，但这并非必须，重要的是把握发布的节奏和时间节点。也就是说，网络文学的“巨大篇幅”实际上是通过“分段”的形式展现的，按照现在的发布规律，每次更新大约在 3 千到 1 万字。开始几次更新会多些，后面少些。假设作者更新的速度较快，每天 1

万字，对于追更的读者而言，其实仍旧不算太多。按照每分钟600字标准来算，约16分钟即可读完。此外，更新和发布还有时间上的考虑，一般为中午12点，晚上7、8点或深夜。这些时间点是吃饭休息睡觉时间，在这些时间中，抽个如厕时间即可看完，而在这些时间里，一般人也都会选择去阅读一些轻松的东西。因此，网络小说内容特点上的“轻松”是与其阅读群体的阅读方式直接相关的。

换言之，也即网络小说这种符号文本被接受是在人们的符号生活流中，与人们生活之生理本能相关事件中发生的，从这个角度来看，它是“无功利”的，与课堂上为了应付考试而用尽心思地去学经典文本不同，也与继承中国博大精深的文化传统这一宏旨无关。但网络小说接受的“无功利”，并不等于其“无目的”。其唯一的目的，即是“自己想看”，为的是愉悦自己。与之相应，连载也是一种放松策略。连载的好处在于，可以成功地将长篇小说变成短篇小说，同时又可以保持有长篇小说的凝聚力。故而，这种形式更适宜于碎片化的时间和空间。因此，如果我们将目前流行网络小说的主题内容纳入考虑范畴的话，就不难发现，关于“一个人的成功”是其叙事主流，或者说是一种“愿望—情感共同体”。[⑧]从马斯洛的需要层次理论来看，人有审美的需要和自我实现的需要，网络小说能够提供自我实现的审美想象性解决方案，阅读网络小说也是一种较高层次的需要满足。

其次，专业性文学网站的网络小说在排版上一般都是用较为稀松的排版形式，这是网络小说之媒介呈现。如起点网的页面生成程序，会自动在小说的段前和段后留空行。这种形式通常在诗歌排版中出现，所以不妨称之为“类诗形式”。起点网自动生成的“类诗形式”如下：[⑨]

第一章三鬼爷(上)

“哗啦——”一声，漂在河水中的李七夜被人捞了上来。

“啊”的一声，李七夜大叫一声，被捏人中醒了过来，他一醒过来，第一个反应就是——跳起来，一“跳”起来，顿时让李七夜有些不适应自己的身体，打了个踉跄，差点摔倒。

“我，我的身体！”低头一看，自己身体竟然完好无损，李七夜又惊又喜，做了千百万年的阴鸦，终于夺回自己的身体，就算是经历万难、见过无数风浪的他，也都不由一时激动。

段前段后留空行，几乎是所有电脑界面显示的网站文字文本(文学文本和非文学文本)的特征。而且，在网络小说中，短句短段比长句长段更为普遍，这可以说是针对电脑屏幕特点的一种视觉审美选择。电脑屏幕比手机大，屏幕上呈现的内容更多，超链接也更多，更容易分散读者的注意力，故而多采用短句、短段，段与段之间留有空白成为网络小说的常用排版技巧。网站自动在段与段之间生成空行也是出于缓解视觉压力的考虑。由此，即便是一次更新上万字，它呈现出来的依旧是一个个的片段。非专业性的文学论坛，虽然有些并未自动设置段前空行，但帖与帖之间的距离自动形成的较大区隔，仍然是在化长为短。

由此可见，网络文学的超长并非真的超长，而是可以塞进很多时间空隙和留有很多空间缝隙的短篇。长的实在形式是连续性的短。于是，在国内新时期长河小说中出现的弊病(片面追求长度、语言粗糙、结构失衡等）在长篇网络小说特定的阅读方式中感受并不明显。并且，分散性的、插入生活缝隙的短，势必还要解决另外两个问题：抵抗遗忘和干扰。抵抗干扰是网络超链接“噪声”多必须要解决的一个问题，从信息论的角度而言，有一种方式，即增加“冗余度”，反映在网络小说中也即“注水”。抵抗遗忘的常见方式是重复、套路化、程式化。世界各地的民间故事、神话传说，甚至大众文化，从叙述学上来看，最典型的特征就是程式化和套路化，或者用阿多诺的话来说即“标准化”，以至于结构主义叙述学家研究文本的情节特征的时候，最常着手的就是这些。近年来，网络小说的类型化也可以说是与这种传播方式相关的。重复、套路化是不断加深印象，抵抗遗忘的路径之一，也是能够让阅读轻松化的有效手段。从雅各布森的语言传达六因素说来看，冗余的传播是高度交际传播，在于保持和强化已有的社会关系。而交际传播从心理学上讲是“自我驱动”的需要，目的在于自己被注意、识别、接受，确认自己是某一特定群体或文化中的一员。所以，网络小说的超长有其存在的合理性。

二、信息海洋中的短：微文学的符号形态

与超长的网络文学形成对照的，是极短小的微文学。这种文学竭力在极短的文字篇幅之内传达出丰富的意义，由此造成以小搏大的印象，甚至有人将其与《论语》《诗经》等短文传统联系起来，希冀借此复兴中国凝练简短的短文传统。但这显然是一种盲目的文化乐观主义。《论语》《诗经》是农业时代的产物，它的特点是信息量少，当时的书写速度慢。短信微博是信息爆

炸的互联网时代由指端出来的微短篇。二者不可同日而语。

1. 微文学的注意力经济学与终端显现

与超长篇小说一样，微文学也是注意力经济下的产物。美国学者约翰逊在其《短！微讯息时代写作的艺术》中指出微讯息是“言语注意力型经济时代的表现”：⑩

> 注意力经济是网络和新兴社会化媒体引发的信息革命的产物。每一个可以上网的人，都能访问到难以想象的、浩如烟海的文档、数据库、图片、视频、音频讯息，用“信息超载”来形容此情此景已经不够了。超量信息让我们可怜的注意力超负荷运转，对此我们已经谈了很多，大多在探讨如何过滤和消费来自不同媒体的信息。这一社会问题的形象代表是脸色苍白、忙碌到昏昏欲睡的网络极客，他们观看YouTube视频、下载MP3、追踪博客文章，并在“工作时”着魔似的查看电子邮件。

但微文学的兴起，从技术上看与手机作为网络终端直接相关。手机携带方便，但屏幕有限，况且使用手机娱乐的时间也总是碎片化的时间。碎片化的时间不太适合集中阅读，所以微文学就为这种短时间使用、小屏幕阅读的情形提供了适宜阅读的样态。微信、微博、槽厂等都主要在手机上使用，除非群发号，很少有在电脑上发微博微信的。所以微文学的兴起，是匹配特定技术产品的需要，当然，特定技术产品的生产又是出于满足人们生活工作的需要。微文学实际上也是信息泛滥时代人们不由自主的一种选择，是一种阅读焦虑的表现。

最新发布的第12次全国国民阅读调查显示，2014年中国成年人的读书阅读率为58%，数字化的阅读接触率为58.1%，而在数字化的阅读当中，增长最快的是手机和微信的阅读——“用户碎片化阅读方式显著，每天平均阅读时长为21分钟，主要集中在三个场景：睡觉前占32%，在洗手间占15%，在路上占10%。”[11]碎片化阅读穿插进的生活空间，都属于非工作，准备工作或准备休息的时间段内的空间，这些空间对碎片时间的塑造是，这段时间的利用不能太耗神，最好不耽误其他事，属于被打发掉的时间。因此，与被打发掉的碎片时间相应的，也应是轻松短小的能够随时开始接收和终止接收的短小文本。

篇幅短，意味着必须在一定的字数之内，将自己想要表达的意思传递出来，并引人注意。这就意味着表达技巧的重要。从表面上看来，短是一种限制，实际上并非文学的天敌。词牌《十六字令》全词16字，日本的俳句17字，中国的绝句20（五言绝句）、28（七言绝句）或24（六言绝句）字，律诗40（五言律诗）或56（七律）字。有的体裁，字数多了反而难以驾驭，也写不好，如排律整体水平明显偏低。由此看来，互联网时代，70字或140个字的限制其实并不算苛刻。于小说而言，140字的篇幅会更要求其讲究技巧，如景物描写的排斥，空间的淡化等。这一点与长篇网络文学的片段式显现是一致的，只是程度上更加极致化，都要遵循碎片化的发布阅读习惯。理论上看似乎少写就能写得稍微好些，但实际上，微文学与网络小说一样，要想在信息海洋中存活，都需要“快”。否则，就不会被刷出来。短信、微信和微博，被注意到的通常只是最新的，很少会有人回过头来反复品味咀嚼。“速度快”就意味着不能够“吟安一个字，拈断数茎须”，无法炼字太久。但反过来，粗制滥造的短也无法引人注意，因此有了所谓的“微风格”艺术，如标题党。微文学的短和网络小说的超长其实是相通的，都是为能在时间碎片中吸引尽可能多的注意力。为了能适应时间碎片，因此自身需要碎片化，为了能反复吸引时间碎片，因此需要将自身连续化。但这并不意味着超长与微短的等同。其区别在于，短不太需要注目于结构，所以更多地表现为“段子”而非“篇章”，长却不能不顾及整个布局安排。不过，将短连载为长，却有可能使“段子”的缺陷呈现于长篇之中。但是微文学带来的最大问题，不在于阅读，而在于：通过手持终端的 APP 在网络上发表的东西那么多，哪些是文学哪些又不是文学呢？被冠之以微“文学”的很多文本，文体模糊，统称之为“文学”的话，要么需要更新“文学”的观念，要么就会令其“被文学”，“被文学”既是对这种新兴文本形式的限制，也是对既有文学形式的误导。

2. 模糊的边界：褪色的文学分界线

朋友圈微信的发布方式通常是拍照＋文字，微博上图片少些，文字多些，但这些是文学吗？我们通常理解的文学是“语言的艺术”，这种语言是狭义上的口头语言和文字语言，尤其是文字语言，虽然也有一些边缘状态出现，如插图小说，但从来都构不成对这一界定的有力冲击。但近年来，随着视觉转向的到来，图文之间的关系变了，如罗兰·巴特观察到的：“这是一个重要的历史逆转，图片不再用来解释文字，反过来文字结构性地寄生在图片上。这种翻转的代价是，在传统的解释模式中，图片起到的作用为，当主要信息（文本）被体验为内涵，需要一个解释时，图片插曲般地使其回归外延；目前二者的关系为：图片不再阐释或‘实现’文本，而文本用来纯化、片面化或理顺图片。”[12]（笔者译）在这种图文关系翻转的情况下，图文并存的究竟是插图小说，还是插文图片？

正如很多学者注意到的，“多媒体”文本频繁出现，包含图片、声音、文字语言在内的作品是网络文学，尤其国外数码文学的一大特点。问题是，这些还是不是文学，“数码文学”的说法显然将之归于“文学”，但包含影像的“数码文学”又在何种程度上不是“数码影像”呢？当文学文本的符号，不再以指向信息本身的语言符号为主导，文学的边界也就开始模糊。雅各布森在区分文学和其他言语行为时，提出文学是指向信息本身的语言行为，他将这一特质命之为“诗性”。但他的前提是文学是语言行为，然后才是指向信息自身。假如说具备指向信息本身的特征，却不是语言符号，那么还是文学吗？雅各布森并没有正面回答这个问题，而是在皮尔斯符号三分法（指示符、像似符、规约符）的基础上，提出了他并未命名的“第四种符号理论”，第四种符号也即“符号意指自身，只具有最小的指称性组成部分，即诗性（审美）功能成为其主导功能”。[13]中国很多学者将这些文本称为“泛文学文本”（如蒋荣昌、周宪、胡易容、谭真谛等），可以说是心同此理。可惜“泛文学”并没有达成普遍共识，大部分学者所秉持的还是传统的、狭义的“文学观”。但狭义的文学观在互联网时代的瓦解不仅速度快，且态势猛。

如果说在电脑屏幕上显示的“数码作品”，还可以通过专家学者强行命名为“数码文学”的方式将之拉入“文学”大营的话（即由上而下的方式，通过占据媒介话语权的方式特地给予“文学”的限定），那么在博客、QQ空间上，在手机、iPad等便携式手持终端，用微信、微博等发出来的带图片（图像、声音）和文字的信息，是文学又非文学。因为这种发布方式与原先的印刷垄断权发生了冲突，其要义只在于“发”，而至于发的是哪一类，除了网站设定必须选择之外，完全可以忽略不计。正如先民们“情动于中而行于言，言之不足故嗟叹之，嗟叹之不足故咏歌之，咏歌之不足，不知手之舞之，足之蹈之也”。[14]现代意义上中国“文学”的分界线，并不是由下而上划分的，而是由某些知识精英参照西方及日本的方式，由上而下而划出来的。互联网时代，当知识精英们因日渐失去垄断媒介话语权的途径，而失去划定“文学”界限的权力时，“文学”未被命名和归类前的原生态性也就日渐显现。

目前举办的各类微文学大赛，习惯于采用定向投稿的方式。这种方式其实也是通过自上而下的方式圈定“文学”。但这么一来，“微文学”大赛中的“微文学”与进入我们日常生活中的“微文学”就已经完全不同。前者是“命题作文”，后者是“生活常态”；前者是“故意”文学的狭义文学，后者是“无意”文学的泛文学；前者属于文学行为艺术，后者属于文学生活实践。微文学大赛实际上是对微文学的限制，与互联网时代新媒体对生活世界的改变关系不大。因为新媒体条件下，实际情况更多的是，我们经常性地，以不管是否文学的方式，进行“泛文学”创作。

智能手机的高普及率，以及智能手机的多向度符号捕捉能力，在相当的程度上决定了以文字形式存在的微文学不可能是主导，或者说微文学将以一种更为复杂的介于狭义的“文学”和“非文学”之间的“泛文学”态势存在，原先文学的分界线已经褪色。相较于文字的抽象，图片的具象更能记录瞬间的场景，声像的同时捕捉使得过去变成在场，因此有人发出了“智能手机杀死中国文学”[15]的判断。以既有的狭义的“文学”观看，智能手机的确在“杀死”文学，但换个角度而言，智能手机也让更多的指向信息本身的符号文本出现（声音、影像、图片、游戏等），所谓人人都需要“刷存在感”，其刷的手段就在于呈现各种各样指向信息本身的“泛文学”文本，所以我们也完全可以说，“智能手机使文学浴火重生，迎来第二春”。当“文学（也即泛文学）”与存在感结成同盟之后，它就必然如存在一样成为人生的重要命题。从这个角度而言，文学不是没了，而是无处不在了，“日常生活审美化”借助自媒体的力量融入个体行为生活之中。

三、速度"文学"：短暂性时代价值观的呈现

狭义"文学"的消亡与广义"文学"的扩张，这种趋势在智能手机普及的时代愈加明显和突出。文学网站上网络文学的"文学"身份，是文学网站给捆绑、赋予的。尽管有人不认同网络文学是文学，但仍然不妨碍它的名称中带有"文学"二字。然而我们在博客、个人主页、社区中，写下的一段文字，不论是日记、随笔还是涂鸦，就变得暧昧不清。没有强制性的型文本[16]赋型，文本的"文学"身份就成了问题，以至于我们经常称之为"网络段子"、"博客文学"。这种情形如果说在电脑屏幕显示的网络上，只是主要出现在"暧昧不清"的论坛上，表现为传记体的写作和虚构性的文学经常让人迷乱、难辨真假的话，那么在微文学中，它就成了一种普遍性的存在。微博、微信、短信等在自媒体上发表的微文本，其主导身份会随着人与人相对关系的变化而变化，或娱乐或劝服或展示，不一而足。如芬兰符号学者埃罗·塔拉斯蒂所认为的，"每个人希望自己很重要，希望对自己和他人都充满意义，渴望被人理解，这种欲望成为有意义的行为的出发点。因此，符号本身不再是关注的焦点，取而代之的是对话，不仅包括人与人之间的对话，也包括人与文本之间的对话（阐释、言说）"。[17]从这个角度而言，它们是文学或不是文学或许都不是一个问题，或者说是一个无关紧要的问题。可以肯定的一点是，随着互联网时代的到来，文学的分界线已经褪色，用唐锡光的话来说，即文学面临的是想象共同体的重现，我们需要研究的是当代文学生活。[18]在网络文学的超长和微短中，我们所看到的文学生活运转规律是高速、碎片和多样。

新的社会化媒体造就了人与人之间新的沟通交流方式，非面对面的，超越原先地理空间和物理时间限制，却又凭借手持网络终端无处不在的沟通，扫除了原来经济、编辑上的种种障碍，让信息竞争比原来任何一个时代都激烈得多。信息海洋挑战了人生而有限的注意力，也是产生迷茫的根源，信息激烈竞争造成的结果是注意力经济。互联网上新的互动方式，使超长的网络小说不能不考虑读者的意见进行写作或者发表调整，这一点已经被诸多论者注意到，唐锡光将其称为“互读”。互读导致文学作为想象共同体的重建，而这种互动方式的特征是“短暂性”和快速度——长的要截短了发，发的频率又要高。同样，微文学的特征也是短暂性和高速度。

美国人阿尔文·托夫勒在《未来的冲击》中，将“短暂性”视为现代生活的基本特征，赵勇深以为然，并且将之进一步视为一种价值观。[19]无论短信、微博、微信还是长篇网络小说，都带有很强的展示性，看完（浏览完）就意味着信息寿命的终结。短暂性的另一面是易变性。胡泳在以具体事实谈到互联网同传统媒体的区别时，提出：“互联网同传统媒体完全不同。互联网赋予个人前所未有的力量去影响媒体。他们利用这一媒体做什么，怎么做，和谁一起做，都是可以由他们自行决定的事情。”[20]当千千万万个不同的个体可以自由运用互联网媒体时，通过这些个体塑造出来的信息必然会有千差万别。因此，易变性是网络的特征，微文学就是易变性的结果。

在一个视觉文化充盈的时代里，“对于文化消费者来说，以前需要通过阅读（read）获得的东西，如今却可以通过观看（watch）全部解决。于是，眼睛已经不需要与文字叫板，越来越多的迹象表明，它已经光剩下与影像调情的功能了”。[21]这也就是很多学者意识到的带有后现代特征的、视觉的文化形式。如果说印刷出来的文学以线性的方式倡导一种沉思和理性，那么视觉影像文化推崇的主导方式则是一种快感的体验。视觉文化对速度文学推波助澜。其实从人类接受文学的速度来看，由歌唱到吟诵到朗读到默读到看再到浏览，是一个加速度的过程，加速意味着信息量的增大，同时也意味着单位信息能够分配的时间愈来愈少，越来越无暇仔细琢磨。视觉影像文化这里，可以说是几次加速之后的又一次提速，这次提速的结果是文字靠一面印象的“标题党”，图像靠感官的瞬间捕捉可能。在无暇看完一长段话的时候，在没有耐心来完成一个长时间段的影片欣赏的时候，又有谁会去琢磨这是不是文学？所谓这么一个学理问题，在实际生活中其实不是问题。恰是在现实生活不成问题的文学的微化和泛化，重新构成了我们的文学生活。无论是超长的网络小说还是极短的微文学，都是速度文学，追求快和新。但在大量的信息轰炸下，人极易产生麻木之感，于是互联网时代的文学生活不同于以往，它碎片化、娱乐化、时时更新，五彩斑斓，但从某种层面上看却又缺乏质的变化，“必须常新又必须常常相同”，[22]如大众文化一样以伪个性化的方式铸造标准化。“科技中介下，随着社会财富的积聚和生存方式的变化，大规模的灾荒和瘟疫逐渐变成小范围的区域图景，全球性的人际间社会活动和交际虚拟化、网络化，人越来越活在人心的历程中。”[23]互联网时代加强了短暂性的世界观，在碎片化的文学符号生活中，我们领略文学碎片，但却在某种程度上追求一种永恒和连贯——超长网络小说中的宏大主题频频出现，微博、微信朋友圈、QQ空间的时时更新显示的是自我的持续存在。但这两种现象之中，孕育着激烈的矛盾因子：强烈的求新求变渴望中又希冀“自我”的连贯和超越。继承传统和追求变革几乎在每个时代都存在，然而从没有如此广泛地搅动普通人的日常生活。互联网时代，文学的两副面孔，正是信息技术支持下，普通人文学生活中短暂性时代价值观的展示。两副面孔相通而不相同，似乎很好地顺应了新的信息社会生存方式，不过也隐藏着巨大的危机，即信息焦虑的危机。“信息焦虑主要产生于信息传递的速度和信息本身质量的矛盾。”[24]面对巨量信息的无法把握，惧怕失去重要信息的恐惧，注意力在时时更新的信息面前疲劳致死，个人精力能力的有限性与信息数量及更新的无限性形成无法克服的矛盾，这些都让原本问题已经很严重的现代性焦虑变本加厉。“焦虑是存有肯定自己以对抗非存有的经验。后者是减损或毁灭存有之物，如侵略性、疲累、无聊以及终极的死亡。”[25]尽管超长和微短的文学有可能是对日常现代性焦虑以幻想、游戏的方式进行的治疗和缓解，但其信息本身也以巨量快速传播的形式出现，成为塑造信息焦虑情景的一部分，有可能进一步加重信息焦虑。

综上所述，互联网时代代表性的文学，也即网络文学呈现出的两幅面孔——超长的网络小说和极短的微文学，都是注意力经济下的产物，传播垄断权的消解造成的信息泛滥构成了它们的生存语境。超长的网络小说需要化长为短、调适自己的发布形态和屏幕呈现以便挤入碎片化的生活时间。微文学以由下到上个体自发的方式，成功地挑战了由上而下设定的“文学”边界。网络上多种符号聚集的超能力，声音影像符号对以语言符号为主的文学基本形态构成巨大冲击，却造就了多种形式的泛文学文本的流行。由于文学（泛文学）文本的自指性、游戏性，互联网时代的文学可能会部分缓解现代性焦虑，但其本身又以海量信息造成新的信息压力下的焦虑，这或许正是互联网时代文学信息矛盾性特征，其走向如何，我们将继续跟进。

注释：

① 这种考察确认在伊格尔顿的《文学理论导论》及张法的《“文学”一词在现代汉语中的定型》，《文艺研究》2013 年第 9 期中都有论述。

② 周小仪：《文学性》，《外国文学》2003 年第 5 期。

③ 张法：《“文学”一词在现代汉语中的定型》，《文艺研究》2013 年第 9 期。

④ 周宪：《文学理论导引》，高等教育出版社 2014 年版。

⑤ 2015 年由上海市作协、劳动报社、上海网络作协联合主办。

⑥ 如启蒙时期的英国小说家丹尼尔·笛福就是如此，笛福写小说是为了赚钱，而当时的计酬方式又是按字算钱，所以除非迫不得已，他绝不同意删除一个字。

⑦ [瑞典] 哈尔斯特龙：《授奖词》，载吴岳添编选《马丁·杜加尔研究》，中国人民大学出版社 1992 年版，第 357 页。

⑧ 康桥：《网络文学的愿望—情感共同体——读者接受反应批评之一》，《南方文坛》2013 年第 4 期。

⑨ 截图来自 http://read.qidian.com/BookReader/3258971，57110090.aspx，2014 年 10 月 24 日浏览。

⑩ [美] Christopher Johnson：《短！微讯息时代的写作艺术》，赵燕飞译，人民邮电出版社 2012 年版，导论部分。

⑪ 罗凰凤：《3 亿人常用手机》，《钱江晚报》2015 年 4 月 22 日。

⑫ Roland Barthes, *A Barthes Reader*, Edited by Susan Sontag, New York: Hill & Wang Pub. 1983. pp.204 - 205.

⑬ 江飞：《“第四种符号”：雅各布森审美文化符号学理论探析》，《符号与传媒》2014 年第 2 期。

⑭ 郭绍虞：《历代文论选(册一)》，上海古籍出版社 2001 年版，第 63 页。

⑮ 参见 http://pinglun.eastday.com/p/20140929/u1ai8367921.html，2014 年 10 月 12 日查询。

⑯ 型文本，也即指明文本所属集群的显性框架因素，参见赵毅衡《符号学》(南京大学出版社 2012 年版，第 146 页)中关于型文本的论述。

⑰ 魏全风：《符号与存在——塔拉斯蒂存在符号学简述》，《符号与传媒》2011 年第 2 期。

⑱ 唐锡光：《想象共同体的重建与当代网络文学生活》，《山东大学学报(哲学社会科学版)》2014 年第 4 期。

⑲ 赵勇：《大众媒介与文化变迁》，北京大学出版社 2010 年版，第 195 页。

⑳ 胡泳：《信息渴望自由》，复旦大学出版社 2014 年版，第 6 页。

㉑ 赵勇：《整合与颠覆》，载《大众文化的辩证法》，北京大学出版社 2005 年版，第 96 页。

㉒ 赵勇：《整合与颠覆》，载《大众文化的辩证法》，北京大学出版社 2005 年版，第 64 页。
㉓ 何炜：《神话宇宙图式：新媒介的“扩增现实”与赛博人格》，《符号与传媒》2011 年第 1 期。
㉔ 梅松丽、曹锦丹：《信息焦虑的心理机制探析》，《医学与社会》2010 年第 10 期。
㉕ [美] 梅洛·梅：《焦虑的意义》，朱侃如译，广西师范大学出版社 2010 年版，修订版序。

（原载于《社会科学》2015 年第 10 期）

论网络诗歌的观念变革

吕周聚

诗歌与网络的联姻给中国诗歌带来了翻天覆地的变化，网络不仅改变了诗歌的生存状态与命运，而且改变了诗歌的观念。诗歌观念涉及诗歌是什么、写什么、如何写、为何写等复杂问题，在如潮水般的网络诗歌面前，原来已经清晰的"诗歌是什么"这一问题又变得模糊朦胧起来，并滋生出了许多新的问题：网络诗歌是一种诗歌现象，还是一种文化现象？网络诗歌是否是一种独立的诗歌形式？网络诗歌的观念与传统诗歌观念之间是一种什么样的关系？网络诗歌的本质是什么？它与传统诗歌相比，是否发生了本质性的变化？这些问题，既涉及网络诗歌的本质问题，又与当下乃至未来的网络诗歌创作有着密切关系，我们有必要对其进行深入系统的研究探讨。

一

网络诗歌是一种全新的诗歌形式，它是如何创作出来的，它与传统的纸质诗歌有何差异？这是引发大家广泛关注讨论的问题。

在中国，"网络诗歌"这一概念的出现落后于网络诗歌创作的实践，且由于网络本身的复杂性与丰富性导致人们对"网络诗歌"产生不同的理解与阐释。当下我们所讨论的网络诗歌是从纸质媒体向网络媒体转化过程中的产物，因此它必然地带有传统纸质媒体和现代网络媒体的双重特征，这也正是网络诗歌具有广义和狭义之分的内在原因。所谓广义的网络诗歌，是指在网络媒体上创作或进行传播的诗歌。换言之，只要在网络上存在的诗歌都属于网络诗歌。所谓狭义的网络诗歌，是指运用网络语言技术创作并通过网络传播阅读的诗歌，此类诗歌无法转换成纸质媒体，脱离了电脑网络就无法存在。“网络”是网络诗歌得以存在的基本前提，因此从网络的角度切入来理解、界定网络诗歌也就成了研究网络诗歌的一个主要切入口。尽管当下学界对网络诗歌观念理解的侧重点有所不同，但基本上都准确地把握住了诗歌和网络的密切联系，将“网络”作为“网络诗歌”区别于传统纸质诗歌的本质特点。对网络诗歌而言，电脑网络是非常重要的。电脑网络是一种信息传播、接收、共享的虚拟平台，这个虚拟平台是人类历史上一项非常重要的技术发明，它不仅改变了人类的生活方式，而且改变了中国诗歌的写作方式，改变了中国诗歌的生存命运，甚至在很大程度上改变了诗歌的性质。电脑网络技术是一种集语像、图像、声音于一体的超级综合技术，这使得网络诗歌成为一种新兴的超级综合艺术。电脑网络为人们提供了更加强大的创造空间和创造技术，由此而创作出来的网络诗歌具有了超越以往任何艺术的综合特征，成为一种地地道道的超级综合艺术，被人们称为“第九艺术”。

在某些人看来，网络诗歌依然是运用文字语言进行创作，因此它与传统的纸质诗歌没有本质的区别。这种观点表面上看来不无道理，但仔细考察便会发现它所存在的局限性，因为它只看到了网络诗歌的表面，而没有看到其深层的变化。电脑网络技术诞生的前提是计算机语言（computer language，又称编程语言）的出现，它由数字、字符和语法规划组成，它们按照一定的逻辑排列组合成计算机的各种指令，由此完成人与计算机之间的对话，并设计出各种可以供人们运用的程序设计语言，如 java、C^{++}等，这些程序语言由计算机专家设计出来并被广泛应用于计算机编程之中。那些熟悉精通计算机语言的人可以运用各种程序设计语言进行网络诗歌创作，他们所创作出来的诗歌就是狭义的、真正的网络诗歌。而大部分人并不熟悉计算机语言，因此这些人只能运用编程专家已设计好的最简单的编码方式（如五笔、拼音等）输入文字进行诗歌创作，这样创作出来的诗歌就是广义的网络诗歌。由此可见，网络诗歌创作涉及复杂的电脑网络技术。但无论是运用哪种编程语言来进行创作，都不同程度地改变了网络诗歌的创作、传播、存在形态，给网络诗歌带来了新的特征。

电脑网络是用比特（bit，指经过信源编码的含有信息的数据）、符号（symbol，指经过信道编码和交织后的数据）来进行编码传输的，比特具有无限贮存、软载体传播和压缩转换三个基本特点，由此形成一种共时场域，这个共时场域具有交互与分延的功能，人们可以在这个场域中进行交往互动（communication）。与这一共时场域相对应的是赛博空间（cyber space，又被译为“异次元空间”“多维信息空间”“电脑空间”“网络空间”等），它是控制论（cybernetics）和空间（space）两个词的组合，指电脑和网络中的虚拟现实，它是综合运用计算机技术、现代通信网络技术和虚拟现实技术而形成的以知识和信息为内容的新型空间，是人类用知识与智慧创造出来的用于知识交流的人工虚拟现实世界。这个虚拟空间与文学创作之间存在着高度契合，因为二者在本质上都是虚拟的、想象的，都是用知识（文字）、智慧创造出来的虚拟现实。赛博空间给诗人们提供了任意驰骋的艺术空间，诗人可以尽情地、自由地在虚拟的空间里为所欲为，中国新诗人所追求的自由诗境界终于成为现实。

网络诗歌是用数字化符号来进行创作传播，这种数字化符号是一种动态、多维、直接呈现的具象符号，表现为屏幕中可触可感的视觉、图像、声音，而传统的纸质诗歌是通过文字符号来进行创作传播的，文字符号是一种静态的、平面的（一维）、间接呈现的抽象符号（象形、会意字的图像功能减弱），读者需要通过文字符号的想象理解在自己的大脑中将作品文本加以转换从而创造出一个新的虚拟世界。网络诗歌的这一特性使它具有了传统纸质诗歌所不具备的一些基本特征，给网络诗歌创作提供了新的工具，网络诗歌"如何写"成为大家普遍关注的问题。

从世界互联网发展史的角度来看，20 世纪 80 年代中叶是因特网（Internet）发展的初期阶段，这一时期出现了基于调制解调器（modem）和电话线通信拨号的 BBS（Bulletin Board System，英文缩写 BBS，电子公告牌系统）及其相互连接而形成的 BBS 网络，具有下载或上传数据、阅读新闻、与其他用户交换消息等多重功能。BBS 是纯文字性质的，功能相对来说比较单一。BBS 的出现为中国网络诗歌的发展提供了千载难逢的良机，中国初期的网络诗歌大多都是在 BBS 上写作发表的，从这一角度来说，BBS 是中国网络诗歌诞生传播的摇篮。在互联网刚在中国出现时，电脑网络还是新贵，只有一些重要的科研机构、高等院校才有电脑网络。当时国内拥有电脑网络的大学网站上开设了 BBS 门户网站的讨论社区、新闻栏目，如清华大学的"水木清华"、北京大学的"未名"等，它们成为网络诗歌最早表演的舞台。这些网站渐渐代替了曾经一度非常流行的校园纸质刊物（大多为民间刊物），诗人们拥有了更加自由的写作发表空间，每个人都可以在网站上发帖（发表诗歌）、回帖（唱和、评论），传统意义上的诗歌文本发生变化，诗歌的创作、传播、阅读模式正在悄然发生转型。由于BBS是纯文字的，因此在BBS上所创作发表的诗歌与传统的纸质诗歌好像并无本质上的差异，只是将纸质上的文字搬到了网络上而已，变化的只是其传播方式，其写作方式并没有发生本质变化。BBS具有信息量大、信息更新快、交互性强等特点，能够满足一般诗人的写作需求，因此在当时得到了快速的发展，即使到了电脑网络高度发展的今天仍有一定市场，是许多诗歌网站、论坛的主要存在形式。BBS给诗人们提供了一个自由、共享和参与的虚拟空间，诗人们在BBS上创作发表的诗歌成为一种开放的文本，由传统的只读文本变为现代的可写文本，诗歌创作处于一种未完成状态，或者说处于一种现在进行时。传统的纸质文本一旦写完之后就处于一种完成状态，只可阅读，不可随意更改。如果作者对纸质文本进行修改，那它就成了另一个独立的文本。BBS上的诗歌写作呈现出一种未终结性，作者可以随时随地根据需要来进行修改，不同的读者可以在不同角度、不同的空间、不同的时间来进行阅读理解，不断地提出各种问题，并进行批评、修正，作者与读者处于一种互动状态，读者成为作者的一部分，或在一定程度上影响着作者的创作，或在一定程度上参与写作，诗歌文本不再是封闭、同质、统一的，而是开放、异质、多元的，充满了众声喧哗，人的思维的开放性与赛博空间的开放性形成异质同构，这样，诗歌的审美特性（含蓄、朦胧、歧义）与网络的技术化审美特性（未完成性）融为一体，形成网络诗歌独特的审美特征。

20世纪末，随着因特网的快速发展，电脑网络渐渐得到普及。与此同时，基于HTTP协议发展而来的多媒体网页开始盛行，纯文字式的拨号BBS和BBS网络已经逐渐被Web网页所取代。相对于BBS而言，Web网页具有更加强大的功能，这就为网络诗歌的进一步发展提供了良机，为狭义的网络诗歌的产生提供了必需的条件。狭义的网络诗歌是指网络诗人运用网络符号语言和电脑网络技术创作出来的融图、文、声、像于一体的“超文本”链接。超文本即“网络中的每一作品都将从符号载体上体现文本与文本之间的关系，或者某一文本通过存储、记忆、复制、修订、续写等方式，向其他文本产生扩散性影响”。[①]通过这种“超文本”链接产生的超文本诗歌不但不同于传统的纸质文本，而且不同于在BBS上创作发表的网络诗歌。诗人们掌握了网络符号语言和电脑网络技术之后所创作出来的网络诗歌丰富多彩，产生了一批具有代表性的“超文本”诗歌：代橘的《危险》是回环式超文本链接，用动画安排文字表现意识流动的过程；须文蔚的《凌迟——退还的情书》中的文字是动态排列，在动画中加上 AVA 程式强化动画的效果；苏绍连的《风雨夜行》运用FLASH 技术来表现已故外公出现的梦境，将文字与图案融为一体，读者可通过移动鼠标来产生狂风暴雨的效果，成为一种诗歌TV；毛翰的《天籁如斯》运用多媒体技术将文字、音乐、图片整合为一体，将神秘的通感（如音色交感）转化为可视可感的艺术现实，成为一种典型的多媒体诗歌；若玫的《若玫文集》（www.netwonder.com/ruomei）是一部融诗、画、音乐于一体的多媒体艺术作品，其内容是古香古色的图片与诗文，以婉转轻柔的“迷笛”（MIDI，乐器数字接口标准。一种乐谱格式，是可以在电脑上演奏的电子音乐）作为背景音乐，将文字、图片与音乐融为一体，是多媒体诗歌的代表。此外，文坛上还出现了摄影诗、多向诗、新具体诗（视觉诗）、超级链接（hyper link）等新的网络诗歌形式，声音、图像、动画成为一种新的互文，形成一种倚重技术编程语言的新兴网络诗歌。此类网络诗歌都是创意与技术的结合，创意要求网络诗歌要有新意，而非传统诗歌的老调重弹；同时，诗人必须运用复杂的网络技术将诗人的创意——独特的思想、富有新意的想法直观地呈现出来，创意与技术产生了一种新的艺术张力。从这一角度来说，每一首超文本诗歌都各有一个独特的艺术形式，其后期加工难度大、费时多，很难一蹴而就，而这也正是狭义的网络诗歌数量少的深层原因。

当然，我们也应看到，当下大部分的所谓网络诗人只是掌握了在网络上用汉字书写的简单技术，而并没有掌握复杂的超链接、多媒体等电脑网络技术，因此他们难以创作出真正的网络诗歌。桑克认为网络诗歌创作可以一种集体合作的方式来进行："合作可能是比较好的一种方式，诗人提供文本（他必须对网络技术有一定认识），工艺美术师提供设计，网络工程师提供技术制作等。这样产生的诗歌将给接受者提供更多的视听享受，如诗歌 MTV、活动图像、诗人朗诵的声音等等。"② 这是在目前形势下网络诗歌发展的一种可能性与可行性。也许，随着电脑网络技术的普及，未来的诗人们可以掌握并灵活运用电脑网络技术来创作网络诗歌，到那时，网络诗歌就会成为一种常态的诗歌形式。

二

诗歌写什么？这是一个众说纷纭的古老话题，在今天的网络诗歌中又成了一个新话题。诗歌所面对的世界大致可分为三种：一是客观的物质世界；二是主观的精神世界；三是客观世界进入主观世界经过主观的消化之后所形成的第三世界，或者说是作者将自己的主观思想情绪移入客观事物之中，以新奇的感觉想象创造出来的由智力构成的"新现实"。网络世界是一个虚拟世界，应该属于一种"新现实"。电脑网络技术是由人发明出来的，因此它必然在一定程度上带有人文的色彩。网络技术作为一种新的艺术表现形式，必然地呈现出新的思想内容。易言之，网络诗歌的“如何写”与“写什么”之间具有密切的关系，网络诗歌全新的艺术表现手段必然呈现出新的思想内容。

与传统诗歌相比，网络诗歌的本体是否发生了变化？对这一问题，人们持不同的观点。传统诗歌观念认为，诗歌的本体是“抒情”“言志”，通过语言文字而呈现出来的“情”“志”要有韵味、诗味，由此来看，网络上所发表的大部分广义上的网络诗歌的本体并没有发生变化。然而，与传统诗歌相比，网络诗歌尤其是狭义的网络诗歌又的确在很多方面发生了变化，它以“游戏”来代替传统的“抒情”“言志”，多媒体技术、超文本技术、超链接技术使这种新的“游戏”成为现实。“游戏”的乐趣代替了诗味、韵味，或者说，在狭义的网络诗歌中，诗味、韵味已不像在传统诗歌中那样占主导地位，其所占的比重已经大幅下降。

在传统的诗歌写作中，“抒情”“言志”受到现实的和道德的多重束缚。儒家将诗学与道德伦理融为一体，赋予诗歌以道德伦理内涵，形成了“思无邪”“温柔敦厚”“兴观群怨”“乐而不淫，哀而不伤”等中国传统诗学理论。儒家的诗学观念对中国诗歌创作产生了深远影响，在这种诗学观念的影响下，诗歌担负着“文以载道”的重任，诗人扮演着卫道者的形象，中国诗歌中所呈现出来的基本上都是中规中矩的正能量，偶尔有涉及负能量的作品不是被扼杀在摇篮之中，便是受到严厉的批判。到了电脑网络时代，这种情况发生了变化。电脑网络是一个虚拟的世界，诗人们如同戴着面具（以笔名的形式）出现在电脑网络上，加之他们的作品无需经过现实的编辑之手编辑即可发布在网络上，这给他们的创作提供了极大的自由空间。他们中的许多人都是处于青春期的青年人，正处于青春叛逆期，对传统的诗教持反叛的态度。他们突破了“思无邪”的界限，甚至专门以表现“邪”作为自己的诗歌追求，于是，被压抑、禁锢了多年的欲望如同被从魔瓶里放出来的魔鬼，逐渐膨胀，成为网络诗歌的主角。

日常生活是世俗化的生活，是每个人的基本常态的生存方式，其最基本的表现形式便是所谓的吃喝拉撒睡，锅碗瓢盆、油盐酱醋成为日常生活的基本构成部分。换言之，日常生活是与人的生存欲望密切相关的。在日常生活状态下，人们表现出来的主要是一种世俗化乃至庸俗化的本真欲望，这种世俗化的本真欲望是与崇高、神圣、伟大相反的。网络诗人从本真欲望出发对虚假诗歌进行反叛，以自我性情的自然流露为旨归，反对假大空和矫揉造作的抒情。从这一角度来看，网络诗人在网络诗歌里所要表达的思想观念表现为两个方面：一方面是对传统道德观念的反叛，另一方面则是对亚文化传统的回归。

网络诗人写作处于一种虚拟的状态之中，他们拥有更多的自由空间，可以自由地抒写自己感兴趣的东西。他们将自己的日常生活不加筛选随意地写到诗歌里面去，有些人甚至不是为了呈现日常生活的美，而是为了写日常生活而写日常生活，他们率真任性，甚至有点恣意妄为，他们以“真”作为自己的抒写标准，力求将日常生活的原生态呈现出来，将自己在日常生活中的本来面目呈现在读者面前，并将之上升到美学的高度来予以体认，这与后现代主义的理论是相一致的。“在这个审美化的商品世界里，百货商场、商业广场、有轨电车、火车、街道、林立的建筑及所有陈列的商品，还有那些穿梭于这些空间的熙攘人群，都唤起了人们如今半数已被遗忘的梦想，有如来往人群的好奇与记忆，经常受到来自背景分离、变化的景象所刺激，并通过解读那些物品外表所散发的气息，产生出了某些神秘的联想。就这样，城市中的日常生活有了审美的意义。”③ 这样，日常生活就成为审美对象，自然也就成为网络诗歌的表现对象。于是，日常生活中的鸡毛蒜皮、油盐酱醋、吃喝拉撒、刮风下雨、上班下班等司空见惯的事情纷纷出现在网络诗歌中。网络诗人力图通过诗歌的形式将其日常生活记录下来，甚至将自己的私生活诉诸诗歌，他们事无巨细地将日常生活细节呈现在诗歌之中，希望借此使其平凡的生命在诗歌中得到保存与延续，但问题也随之而来。由于诗人们已习惯了日常生活，他们的思维已经定势，结果此类诗歌大多是对日常生活中的事件、人物的叙述或描写，满足于对日常生活表象的呈现或再现，没有能力穿透现象把握其本质，导致生活的本质被生活的表象所淹没，所谓的诗歌也就成了如同流水账一样乏味的文字记录，日常生活美学理论与日常生活诗歌实践之间存在着较大距离，这是当下网络诗歌创作的一大趋势，也是网络诗歌的一个亟待解决的重要问题。

人是一种欲望的动物，且人的欲望无穷无尽，结果人沦为了欲望的奴隶，人被欲望所异化，这在所谓生活在当下的现代人身上表现得尤为突出。在现代社会中，随着商品经济社会的繁荣发展，人的欲望不仅合理化了，而且合法化了，其结果是导致欲望的泛滥。自然，欲望有各种各样的存在形态和表现形式，权力、物质、金钱、肉体是其主要的表现形式，对于日益边缘化的诗歌来讲，权力、物质、金钱已与诗歌没有了多少关系，诗人唯一能够把握的便是自己的肉体。于是，肉体写作、身体写作、躯体写作便成为诗人们追求的目标。部分诗人嫌肉体、身体、躯体过于模糊，于是便采取更加激进的态度，大胆地提倡"下半身写作"，要"从肉体开始，到肉体结束"，他们追求诗歌写作的贴肉状态，追求原始生命力的再现，"性"这一神秘的生命现象堂而皇之地出现在了网络诗歌之中。下半身也好，性也好，原本皆是客观存在的日常生活因素，是习以为常的生命存在，但传统的禁欲思想却将它们视为洪水猛兽，它们长期受到禁欲思想的压抑禁锢，隐居在人的日常生活的幕后，成为个人生活的隐私，不被他人所了解，更不被允许进入诗歌的写作范畴，即便偶尔有人逾越雷池禁区，其作品也被列为禁书，不允许出版传播。到了网络时代，网络的自由写作与传播给此类题材的作品提供了生存空间，荷尔蒙旺盛的诗人们便开始赤裸上阵，大张旗鼓地提倡下半身写作，这其中最有影响者，便是沈浩波。沈浩波和其朋友在2000年7月发起创办了《下半身》同人诗刊，发表了《下半身写作及反对上半身》一文，在文坛上引起了很大反响，成为下半身诗歌写作的理论宣言。沈浩波是先锋诗歌网站“诗江湖”的版主，这就为下半身诗歌在网络上的传播提供了方便之门，下半身诗歌也因此而广为传播，在文坛上产生了很大影响，他也因此而成为文坛上颇具争议性的诗人。沈浩波以“流氓诗人”为荣，具有“我是流氓我怕谁”的匪气，在他的诗中，表现出一个成年男性在面对女性诱惑时力必多的翻滚涌动，这些欲望原来被压抑在内心深处成为一种潜意识，而他用诗的形式将其呈现出来。除了沈浩波之外，朵渔、伊沙等也是下半身写作的大力倡导者和实践者，他们的作品以性为调味剂，混合着荷尔蒙的气息，朵渔的《爱与做爱》、伊沙的《阳痿患者的回忆》堪称这方面的代表作。与男性诗人相比，女性诗人在下半身写作方面态度更为大胆积极，简直令男性诗人自惭形秽，巫昂的《青年寡妇之歌》、尹丽川的《为什么不再舒服一些》堪称这方面的代表作。以沈浩波、巫昂为代表的男女诗人都属于70年代后出生的一代，他们有着共同的文化背景和兴趣爱好，他们的诗歌不是以描写色情为目的，他们只是将性、情色作为调味品来营构自己的作品。在他们的作品中有一种智性因素，这使得他们的下半身写作具有了思想的闪光，具有了用身体思想的特点。

现代社会工业化进程的一大衍生物便是各种垃圾的大量出

现，生活垃圾、工业垃圾层出不穷，环境污染成为影响人类生存的一个重大问题。随着信息化社会的发展，又出现了新的垃圾品种——网络垃圾、信息垃圾。在垃圾遍地的现代社会中，出现了一群特殊职业者——拾垃圾者，拾垃圾者与诗人之间存在着潜在的关系："拾垃圾者或者诗人——二者都与垃圾有关，都是在城市居民酣睡时孤寂地操着自己的行当，就连他们的姿势都是一样的。"④这样，"垃圾"与诗人、诗歌之间发生了密切关联，出现"垃圾派"诗歌也就成了水到渠成的事情了。以徐乡愁为代表的"垃圾派"诗人以"垃圾"标榜，创办了民间刊物《垃圾派》和网络刊物《垃圾派》，后来又单独出版了《垃圾派（诗歌）专号》和《垃圾派理论专号》，在"垃圾派"的旗号下聚集了一大批诗人。"垃圾派"的确是一个堪称"垃圾"的诗歌流派，里面充斥着各种各样的"垃圾"，弥漫着各种各样的气味。他们以"垃圾"为荣、以恶搞为手段来解构传统文化的崇高、伟大、优美，追求一种审丑崇低的价值观念，反饰、反崇高、反优美、反神圣成为他们的追求，"垃圾"堂而皇之地进入诗歌，不仅成为诗歌的表现对象，而且成为一种诗学观念和诗学追求。垃圾派标榜"崇低向下"，以此来表达他们特立独行的思想品质。他们违背传统的道德习俗和审美习惯，作出一些不合乎道德规范要求甚至触犯法律规章的行为，诸如损坏公物、大喷脏话等，以此发泄自己内心的不满。他们胸无大志，不求上进，眼睛往下看，徐乡愁的《我的垃圾人生》可视为"垃圾派"的诗歌宣言，在黑色幽默中表明了他们异于常人的人生态度和诗歌追求。在"垃圾派"看来，思想、文化、道德、伦理、知识、传统等都是虚伪的，只有垃圾才是真实的。他们用解构思维，将有价值的东西解构成为垃圾。"垃圾派"诗歌如同现实中的垃圾一样，其构成成分非常复杂，其中不乏真正的垃圾，也有可以变废为宝的潜在财富。诗人们将潜意识中那些被压抑的情绪"垃圾"

宣泄出来，而这些情绪大多是一种负面的能量，从心理学的角度来说对诗人个人来说未必是坏事，但其在社会上所产生的却是一种负面的影响。诗人将现实生活中的各种“垃圾”呈现出来，揭示出社会上所存在的各种落后的不合理的社会现象，从这一角度来说，诗人“崇低”到了地面，接了地气，具有了现实主义的人文情怀，这是“垃圾派”诗歌内含的合理因素，也是他们诗歌转型的方向与目标。诗歌如何处理社会垃圾、精神垃圾，如何将垃圾转化为精神财富，这是需要“垃圾派”诗人们思考的问题。

如上所述，部分网络诗人以日常生活写作、下半身写作、垃圾写作来标新立异，网络诗歌在“写什么”方面的确发生了很大的变化。这种变化固然拓宽了网络诗歌的表现领域，产生了部分有价值的作品，但大部分的网络诗人只是处于盲目的跟风状态，缺少对日常生活、欲望的独立思考，从而导致网络诗歌在题材内容上的大量复制，真正有创新价值的作品寥寥无几。

三

诗歌何为？这是一个古老而又新颖的诗学问题。对于这一问题，在不同的时代不同的人们的回答是不一样的。中国传统诗学观念强调诗歌的功利性，无论是古代还是现当代，许多诗人在强调诗歌宏大的政治、道德教化功能的同时，也将诗歌视为捞取个人功名利禄的工具与手段。在中国社会进入市场化经济时代之后，诗歌渐渐被边缘化，诗歌的载道功能与换取功名利禄的功能都受到严重影响，一方面，诗人很难对重大的政治事件、社会事件发声，即使发声所产生的影响也非常有限；另一方面，在市场经济下诗歌很难换成功名利禄，虽然近几年文坛上偶尔也有诗人获得各种不同的文学奖项（尤其是政府类的奖项，如鲁迅文学奖）并随之获得功名利禄，但随之传出的相关负面信息常常让读者大失所望。在这种社会文化语境中，“诗歌何为”这个原本已经清晰的问题又渐渐模糊起来。部分网络诗人对这个问题有了新的理解，在他们看来，诗歌是一种非功利性的游戏，既不用来获得功名，也不用来获得利禄，它只是一种情绪的宣泄，是一种唯美主义的技术游戏。高度发达的电脑网络给游戏提供了新的空间，电脑网络游戏成为一种流行的时尚，这只要看一下网络上流行的各种游戏和那些网络上瘾症患者，就可以窥一斑而知全豹了。

目前国内正式出版的诗歌刊物，或者能够发表诗歌作品的相关报刊，基本上都是政府类刊物，这些刊物强调诗歌的教化功能，要求诗歌作品须与当前的主旋律合拍，这是编辑们在抉择稿件时的一个重要标准依据。而网络诗歌不需要经过编辑、主编们的层层审查，不需要经过出版社（商）的市场考察，他们自己可以决定自己作品的命运。诗人们多年来倍受压抑的写作激情以近乎变态的方式爆发出来，许多原本已远离诗歌的诗人又重新回到了诗坛，蓝蝴蝶紫丁香是其中的代表。她声称：“到了网络以后，我又对诗歌重新产生了浓厚的兴趣，我频频出现在诗歌网站论坛，我在无休止地进行肆无忌惮的灌水。所谓的灌水，不是指发口水帖一类的东西，而是不断地发帖回帖，以文字为水，以话语为水，以情感为水，以诗为水，不断地灌水。思维会越来越活跃，灵感会不断地喷发出来。奇思妙想，在灌水的时候层出不穷。不断地灌水，不断地给诗歌注入新的东西，不断地实验，不断地创造，也不断地分享灌水的快乐。”⑤ 以前由于种种的束缚限制，她几乎放弃了诗歌创作，有了网络之后，她重新焕发了诗的激情，通过不断“灌水”获得的是快乐而不是功名利禄，这是网络诗歌创作的非目的的合目的性。诗人获得快乐的基本前提是创作自由，没有了种种条条框框的限制，没有了编辑的审查，诗人愿意写什么就写什么，愿意怎么写就怎么写，愿意在哪儿发布就在哪儿发布，诗人们进入了一种相对自由的境界，可以根据自己的主观意愿来进行创作，许多诗人在没有任何酬劳的条件下乐此不疲，通过敲击键盘在虚拟的网络上发布自己的诗歌作品，他们发表的作品数量非常可观。可以说，高科技的网络成就了中国网络诗歌的空前繁荣。从这一角度来看，中国网络诗歌表现出一种大众化、娱乐化的倾向，反对诗歌的功利化、政治化，游戏、宣泄、娱乐成为其主要特征，诗人的创作目的发生了变化，诗歌的题材内容与艺术形式随之出现了新的变化。

在网络世界里，自由与平等是密切相关的，诗人之间、诗人与网管之间是一种平等的关系，纸质刊物世界中等级森严的关系消失了，没有了编辑、主编，没有了特权，“自由、平等、兼容和共享，就是互联网世界的基本精神和准则”。[6]在传统观念里，诗歌是一种小众化的高雅艺术，只有少数人才享有诗歌创作与阅读的权力，大多数的民众被拒斥在诗歌的大门之外。现在，网络媒体打破了传统精英权力的垄断，广大网民获得了进入诗歌大门的权力。大众化、波普(pop)化的网络带来了一种新的文学观念——玩文学，文学不再是载道的工具，不再是宣传的利器，而是成了一种游戏玩耍的存在形式。网络诗歌的价值取向由艺术真实转向了虚拟现实，诗人们实现了技术化的“在线民主”——人人平等，每个人都是诗人，每个人都是诗评家。蓝蝴蝶紫丁香认为，诗歌应该更多地体现出一种游戏精神，“没有谁，可以告诉我们网络诗歌要怎么写；没有谁，可以告诉我们网络诗歌应该怎么写。我们写诗，我们可以用最自由自在的形式；我们游戏，我们可以用最自由自在的语言。我们生活在e时代，我们幸运。我也没有必要回避我自己。我好玩，我也思想；我思想，我好玩。我游戏，我写诗；我写诗，我快乐。自从我来到了网上，重新找到了我的生命，我选择了一个叫蓝蝴蝶紫丁香的网名，就注定了我要在网络上快乐地疯狂，我喜欢在诗歌里找寻一种自由游戏的冲动”。[⑦]蓝蝴蝶紫丁香的这段话非常具有代表性，诉说出了e时代网络诗人的共同心声。他们将诗歌创作当作一种网络游戏，在游戏中获得自己的自由与快乐。在和平时期，他们不再承担忧国忧民的大任；在小康化的时代，他们不再担心温饱问题，他们通过诗歌寻找自己的快乐，或者将自己的快乐蕴藏在自己的作品之中，甚至将诗歌作为一种行为艺术，在创作的过程中获得自己的快乐。

艺术创作自由的极致便是进入一种狂欢（carnival）的状态，其典型特征便是无等级性、宣泄性、颠覆性、大众性，形成一种“去中心化”（decentralization）的广场文化，这种狂欢在网络诗歌中成为现实。于是我们看到，爱情、搞笑、调侃、滑稽、幽默成了网络诗歌多元化的主题风格形式，自恋、宣泄、游戏成了网络诗人创作的目的追求。于是，口水诗、梨花体、羊羔体、乌青体出现了，有的诗人甚至迷恋于自动化写作，发明出了诗歌自动写作软件，诗歌成了一种纯粹的文字游戏，网络诗歌创作成了一种纯粹的网络游戏。网络诗歌是通过电脑书写、网络传播的方式来存在的，它与纸质媒体诗歌是有所不同的，其技术性更强，对技术的依赖性更大，甚至可以说没有现代电脑网络技术就不会有网络诗歌的存在。从这一角度来说，网络诗歌是一种现代技术性的诗歌文本形式，网络诗歌美学也就成了一种网络技术美学。

从广义的角度来说，网络就是一个无边无际的游戏场，给网友们提供游戏玩乐的空间与机会。网络游戏自然可以分为许多形式，网络上流行的各种游戏大多依靠暴力、色情、刺激来吸引玩家，其画面、音响、色彩等美学形式与网络技术融为一体，形成一种真正的网络技术美学。作为一种网络游戏，网络诗歌自然也离不开网络技术的支持。如前所述，网络诗歌有广义与狭义之分，广义的网络诗歌虽然也需要网络技术支持，但其所需要的网络技术相对比较简单；而狭义的网络诗歌对网络技术要求非常高，复杂的网络诗歌与网络游戏在本质上是一样的，它将诗歌文本与网络技术融为一体，丰富的想象力、崭新的创意、复杂的网络技术、深刻的意蕴和多样化的审美融合创造出一种自由的诗歌形式，网络诗歌一跃而成为一种审美的游戏。

依靠现代化的网络技术，网络诗人们创造出了许多富有新意、只能在网络上存在传播的网络诗歌作品。网络技术不仅给诗人提供了实现自己创意的可能性，而且给读者提供了参与创作的机会。曾一度流行的接龙诗是一种将诗歌与游戏结合在一起的新的诗歌文本形式，诗人与读者之间可以进行互动，读者可以将自己的想法接续到原来已有的诗歌文本之上，完成自己从读者到作者的身份转换。接龙诗可以在不同的作者（读者）手中接力完成，如同一场接力赛跑，一棒传一棒，接龙诗因此而获得了异常的生命力，它可以不断地生长。从这一角度来说，接龙诗是一种开放的诗歌游戏，它处于一种未完成状态，可以随时地发生变化，参与者既可从中获得游戏的快乐，也可以获得诗歌创作的成就感。网络诗歌中的超文本依靠超链接技术创造出复杂的诗歌文本形式，这种超文本只能用电脑技术创作、在网络上生存传播，是一种纯粹的技术性诗歌，这种诗歌呈现出的是现代网络技术的创意而非传统的诗歌意境。多媒体诗歌是将文字、音乐、绘画融为一体的诗歌形式，其优美的文字、动听的音乐和精美的画面互为依存，产生一加一大于二的格式塔审美效应，可以将其视为传统诗歌的通感技巧在网络世界里的变种形式。

通过上述分析可以发现，电脑网络的出现的确给诗歌创作带来了新的变化，新的创作方式、传播媒介给网络诗歌带来了变化，在“写什么”问题上空间更加自由，范围更加宽泛，基本上没有了限制；在“如何写”的问题上出现了重要的变化，除了传统纸质诗歌创作常用的表现方式外，电脑网络给诗歌写作提供了大量的新的表现手段，电脑无所不能的超强能力赋予网络诗歌以新的文本形式——接龙诗、图画诗、多媒体诗、超链接诗、动画诗等，与传统纸质诗歌相比已发生本质性的变化，并且这种新的网络文本是无法移植到纸质媒介上来的，只能生存于电脑网络上；在“为何写”这一问题上，网络诗歌已摆脱了传统的载道观念和现代的为政治服务的观念，更多地强调诗歌的娱乐宣泄功能，网络诗歌成了一种众声喧哗与大众狂欢，娱乐、游戏、消费成为网络诗歌观念的核心。由此可见，从纸质媒介到网络媒介的变化，的确带来了诗歌观念的变化，诗人们对诗歌“写什么”“如何写”“为何写”等诗学问题有了新的理解，从而导致网络诗歌观念发生转型，我们不能再以传统的诗歌观念、标准来衡量评判它。

注释：

① 欧阳友权：《网络文学本体论》，中国文联出版社 2004 年版，第 71 页。

② 桑克：《互联网时代的中文诗歌》，《诗探索》2001 年第 1—2 辑。

③ ［英］迈克·费瑟斯通：《消费文化与后现代主义》，李精明译，译林出版社 2000 年版，第 33 页。

④ ［德］瓦尔特·本雅明：《发达资本主义时代的抒情诗人》，王才勇译，江苏人民出版社 2006 年版，第 80 页。

⑤ 蓝蝴蝶紫丁香：《为网络诗歌鼓与呼——在首届“福建青年诗人交流会”上的发言》，《诗歌报》论坛，诗歌理论与诗歌批评版。

⑥ 巫汉祥：《寻找另类空间——网络与生存》，厦门大学出版社 2000 年版，第 16 页。

⑦ 蓝蝴蝶紫丁香：《论中国网络诗歌的游戏精神》，《诗歌报》2013 年 1 月 14 日。

（原载于《山东社会科学》2016 年第 3 期）

产业

网络文学的付费阅读现象

傅其林

作为汉语抒写的中国网络文学迸发出耀眼的光芒，在2000年沉寂之后随着新型文学制度的形成，尤其是新型文学产业模式的建构再次成为中国当代文学经验的重要维度，在当代世界文学格局中也是独树一帜的。近年来，在产业化的复杂链条上逐步完善的网络文学付费阅读机制作为网络文学发展的新聚焦显得格外令人瞩目，网络写手和传统作家自觉不自觉地被卷入这个日益升温的文学消费的市场机制之中，如何从学理上理解和评价这种复杂现象已不容回避。

从根本上说，网络文学的付费阅读是中国网络文学产业化进一步推进和完善的必然。中国网络文学的产业化进程虽然仅有十余年，但是它伴随中国市场体制的突飞猛进旋即走向成熟。付费阅读也从2002年开始在短短几年中波及起点中文网、天下书盟、幻剑书盟、天鹰、17K小说等重要原创文学网站，这些网站虽仍然把文学作品的一部分免费提供给读者阅读，但是只有付费之后才能继续阅读或者得到某些完整的文学作品。文学网站从如何注册付费、如何充值、如何折扣等不同层面形成了法定有序的便捷路径，读者通过网上银行、手机、固定电话等方式支付一定数额的费用就成为文学网站的VIP成员，自由地畅游网络文学世界。这无疑是网络文学纸本化的出版产业模式和广告赢利模式的延伸，是对网络文学影视化模式的突破，是网络文学自身的赢利模式的开发。从这个意义上说，这是网络文学最基本的市场机制的构建。付费阅读不是网络文学借其他产业模式将自己产业化，而是网络文学自身产业化的呈现，是网络文学自身开掘出来的一条血路。

网络文学的付费阅读机制的形成具有革命性的意义，可以卓有成效地推动中国原创网络文学的良性机制的打造，为良莠不齐的汉语网络文学建立合理性规则，营造富有活力的网络文学生态，为网络文学的健康发展创造潜在的契机。

第一，付费阅读能够促进网络文学价值的规范性建构。网络文学是纯粹私人情感的宣泄，是“以我手写我心”的绝对自由，还是一种新型的公共性和意义的分享，一种新的交往领域，这可以通过付费阅读加以检视。以往在价值评价上过多地凸显前者的意义，而付费阅读中介机制把作者和读者的共同纽带的联袂放在了核心地位，也就是说文学的意义应该是作者和读者的共同的规范性诉求，而不是单方面的孤芳自赏和私人欲望之发泄，这对网络文学的发展无疑是极为必要的，有可能催生新型的意义生产机制和共享领域。这是对现代性的人文价值的重构，把网络文学重新融入现代性的规范性框架之中。随着互联网各种制度的逐步规范，网络文学制度也因之得以萌生，开始走向成熟。

第二，付费阅读有望推动网络文学原创，提升网络文学的质量。汉语网络文学一直作为重要的文学现象或者大众文化现象被学界关注，特别从其价值之优劣方面得到深入讨论，而事实上优秀的网络文学作品仍然是相当缺乏的。汉语网络写作在突破媒介限制和旧有制度约束的条件下显得无限自由，成为每个人皆能为之的随意抒写，这在带来抒写震惊之同时必然导致网络文学的庸俗泛滥。这一方面是因为网络写手层次不一，另一方面是因为没有一个合理的机制来保证网络写作的质量。而付费阅读通过利益之链条与作者建立契约，只有优秀的网络文学作品才值得付费，愿意被读者增值阅读。因此，付费阅读带来的利益以及随之而来的网络写手的职业化与市场化使写手得以全身心地倾注于网络文学抒写，即使作者自由地展示自己的文学才华和网络文学创意，也使之必须发挥极致，向读者提供最优秀的文学作品。2008 年 7 月成立的盛大中文网整合晋江原创、起点、红袖添香三个网站，实行付费阅读，作品前半部分免费，后半部分按千字 2—3 分钱收费，写手与网站五五分成。结果，盛大中文网 2009 年的收入比上年翻了好几番，2008 年的销售额近亿元。在盛大中文网上，目前年收入过百万元的作者超过 10 名，收入 10 万元以上的作者超过 100 名。作者的自由和独立以及职业化成为推动网络文学创作的重要因素，如果作者创作不出优秀作品，就不可能获得付费阅读的机遇，即使偶然获得也不能形成良好而稳定的赢利模式，而优秀的作品通过付费阅读形成持续的价值链，市场赢利反过来促进网络文学质量的提升，可以从纷繁复杂的网络文字中淘出优秀作品，形成经典网络文学的价值标准。付费阅读既是作家职业化形成的重要条件之一，也是对网络文学作家的知识产权的肯定和保护，这对网络文学的健康发展和网络优质写作的激励无疑是有裨益的。

第三，网络文学的付费阅读也给读者带来了新的意义。由于付费阅读，读者形成了区别性意识和主体性观念。付费阅读和免费阅读的根本区别在于，前者通过货币建立了读者的主体性地位，认可了读者的价值分享和评价的权利。通过建立市场交换双方的主体性，交流和对话就可能在更高的层次上、更多元化的精神需求上展开，而不是像免费阅读那样读者潜在地充当被授予、被给予的角色，内含臣属的被动性，作者也在这种免费阅读中处于主体抒写身份难以确认的状态之中，这就是为何大多数网络写手隐藏自己的真实姓名而代之以临时符号的主要缘由。此外，付费阅读由于经费的保障可以为读者营造温馨的阅读环境和气氛，尤其可能避开各种广告的干扰带来文学审美经验的中断以及阅读兴致的泯灭。因此，网络文学的付费阅读机制能够促进网络文学写作和阅读的良性互动，是汉语网络文学发展走向成熟道路之上的必然趋势，它意味着读者对网络文学的认可度的提升，标志着网络文学已经融入整个文化产业结构之制度性框架中。

但是，付费阅读存在着悖论。付费阅读对汉语网络文学发展的积极意义不容厚非，不过付费阅读本身也蕴涵着天使的幸福和灾难两副面孔，具有付费和阅读的二重性，面临功利性和非功利性的悖论。

首先，权威可信的网络文学价值评价机制仍然缺失。虽然网络文学通过付费阅读可以自发形成评价机制，优秀的作品阅读的人数多，获得的收益也多，评价机制通过收益建立了起来。在全球化的今天，市场决定商品价值乃至调控人文价值逐步成为可能，一分钱一分货，不仅就普通商品而言而且就网络文学而言均有效。但是这种评价机制仍然有其限度，不能形成优秀的网络文学作品的权威标准。网络文学的文学价值标准不能仅仅依赖于点击数量的累计，还要取决于阅读的文学共识，甚至取决于网络文学自身的独特性，乃至取决于少数人的慧眼。何况，由于网络文学付费阅读成为网络文学产业化的重要环节，文学网络运营商为获得更多利益必然利用各种手段进行炒作提升人气，甚至利用网络技术手段进行虚假统计，诱使读者付费阅读，这不仅不会促进汉语网络文学的发展，反而导致网络文学的灾难。

其次,付费阅读带来的商业功利性影响了网络文学的深度阅读。文学阅读是人类对语言的审美经验的品鉴,古代的诗词赏鉴、现代文学杂志和书籍的私人化阅读,均使读者处于沉醉状态,通过阅读建立起文学的价值意义。现代文学阅读尽管面临文学性和市场货币的悖论,但在阅读实践中文学性的独立仍然是可能的,文学作品在市场上进行交易,读者一旦购买作品后就脱离市场,轻易地忘却功利性而进入文学世界。但是,网络文学的付费阅读直接处于交易状态,文学阅读总是被商业性的功利所纠缠,纯粹的文学审美经验也就难以寻觅,文学阅读缺乏深度,文学阅读更多的是被动的消费而不是意义的寻觅和人生价值的体悟。有人认为:"网络文学不是让我们用静态的方式去慢慢地琢磨。你完全可以一目十行地去读。网络文学是欣赏思维,欣赏这种想象力是怎么样迸发的。"倘若如此,付费阅读就更强化了泛化阅读、消遣阅读,文学阅读也就沦为文化快餐。

再次,就现状而言,网络文学的付费阅读仍然面临诸多困境,网络文学处于运营商支配下的作者写作和读者阅读,作者和读者没有到达与运营商平等共享的高度。由于对运营商的依附,作者沦为不断生产文字的工人,为利益再生产文字,为填补读者大众的欲望而疯狂抒写,所抒写的多是模式化的玄幻文学、情欲文学,叙事手段和语言表达几乎脱离不了传统通俗文学的窠臼。网络上堆积的是数量众多、每部字数动辄上百万的长篇小说,利益的增加几乎完全凭借文字数量的扩充。扪心自问,有多少人读完了这些长篇小说,有多少人能够读完这些文字,有多少人愿意读完这些作品?付费阅读凭借欲望的刺激和难以确信的点击率赢得读者的付费,不付费读者的阅读就被迫中止,而付费之后发现只是躯壳一个，欲望不但没有满足反而萌生新的欲望，欲望的辩证法在网络文学的付费阅读中昭然可见。这是当下汉语网络文学的付费阅读的心理机制，但这种机制不可能推动网络文学的繁荣，反而使网络文学更加大众化、欲望化、机械化，成为消费文化的重要部分，而难以进入纯文学的视阈，如此看来“十年网络写作越写越水”之说不是没有道理的。更可悲的是，不仅某些运营商费尽心机挖掘利益之源，一些网络写手亦精心挑逗读者，对如何刺激读者、如何利用读者、如何抓住读者、如何迎合读者似乎熟稔于心，完全以他律之眼光定位文学写作，几乎失去文学创作的自律品格和尊严。这种以利益链形成的运营商和作者的联盟对读者造成了极大的伤害，这也是对文学的伤害，是文学的堕落。汉语网络文学刚起步就走向了产业化的道路，没有诞生多少优秀作品就开始推行付费阅读，深化炒作与商业策划，违背了文学艺术的根本价值，有可能丧失文学和技术的嫁接而催生的文学实验的新机遇，过早地使网络文学陷入文学和商业纠缠的危险旋涡。

网络文学的付费阅读是汉语网络文学发展的必然趋势，但是这并不必然推动网络文学精品的涌现。读者的需求是多样的，既需要大众作品，也渴求实验性的精品。网络文学发展需要精英作品作为主导，网络文学的付费阅读也需要网络精品作为支柱，而不应仅仅依赖纯粹欲望性的模式化写作，否则网络文学的付费阅读难以得到读者的普通认可，必然以失败告终。因此，人们应该正确地评价网络文学的付费阅读现象，以有效的运营机制和规范性的网络文学评价体系，切实建立付费阅读的市场公信力，避免付费阅读的消极影响，挖掘其蕴藏的无限生机，推动网络文学产业化进程，形成良好的网络文学生态，以促进汉语网络文学的大发展、大繁荣。

参考文献：

[1] 网络阅读三分钱看一千字，超级写手赚了上百万.都市快报，2010-01-28.
[2] 付费阅读下的网络小说创作备受质疑.解放日报，2009-07-07.

（原载于《学习与探索》2010年第2期）

产业化背景下的文学网站景观

禹建湘

如今，网络已经广泛地进入人们的生活当中，影响着人们的生活方式和生活态度，网络由此成为一种社会工具，一种生产力。网络不但为人类生活的信息传递提供了新的选择，而且给文学的发展提供了新的载体，文学借助网络实现了一种拓展，这种拓展一方面降低了文学的门槛，让草根文学得以拨云见日，另一方面也促进了文学与产业的融合。文学网站、网络写手和文学自身在产业中各自获得发展空间，文学网站运营商在产业盈利模式中获得收益，网络写手通过产业化的运作，实现其写作的成就感，写作积极性得以保持，网络文学作品的价值也得以体现。当以起点中文网为代表的文学网站进行收费阅读制度后，文学网站就此走上了盈利通途，各种文学网站井喷式地建立起来，文学网站义无反顾地走向了产业化经营的道路，掀起了网络文学产业的浪潮。

一、在线阅读网站井喷增长

如果从 1995 年知名 BBS“水木清华”的原创武侠版块算起，网络原创文学发展到现在已有十多个年头。早在 2004 年，“中国大陆有以‘文学’命名的综合性文学网站约 300 个，以‘网络文学’命名的文学网站 241 个，发表网络原创文学作品的文学网站

268个”。如今不但文学网站的数量惊人，而且文学网站随着虚拟产品的商务化，也迎来新的发展空间，一些电子杂志、网刊、手机报及其他网络文学作品的衍生品开始成为网站新的盈利点。再加之文学网站越来越受到传统媒体和企业的关注，网络文学的实体化运作以前所未有的力度来进行，文学网站的产业化趋势已成燎原之势。

网络文学由萌芽至兴盛，离不开文学网站这样一种平台。目前，在线阅读文学网站和电子书下载文学网站是主要平台。

1. 在线阅读文学网站

这是文学网站最主要的形式，也是最早产业化的文学网站。根据网站推出的主要内容，在线阅读文学网站一般分为“原创文学在线阅读网站”和“文化文学在线阅读网站”两大类。

“原创文学在线阅读网站”为当今网络文学世界中最火爆的网站种类，比较著名的原创文学在线阅读网站现有30多个，而其他大大小小的各类原创文学网站已达100余家，大量的个人文学网站等各类后起之秀也在陆续进入人们的视野。其中，起点中文网、小说阅读网、红袖添香、晋江原创网、潇湘书院、看书网、凤鸣轩、幻剑书盟、快眼看书、四月天、新浪读书、小说读一读、连城书盟、世纪文学、17K文学网、玄幻小说集、万壑松风、翠微居、言情小说网、逐浪小说、爬爬书库、原文小说、烟雨红尘、好心情文学、我爱玄幻网、心动言情网、希望大陆、言情小说吧、就爱读小说、MSN小说、今日小说排行榜、小说天下网等网站，等等，是各大导航里出现频率最多的，也是评价较高的文学网站。这些文学网站，都能吸引上百万的会员注册，每天的点击量都是千万级的。

“文化文学在线阅读网站”则是以经典名著、名家大篇或文学论坛的形式出现，其受众群体多为具有一定知识功底以及文化素养的人。这些网站也推出一些原创文学，但浏览点击量不如专门的原创文学在线网站高，这主要与网站的多数受众的年龄和文化水平有关。现在比较著名的文化文学在线阅读网站有腾讯读书、搜狐读书、百度国学、且听风吟、读者、故事会、诗歌库、国家图书馆、青年文摘、西陆文学、榕树下文学论坛、豆瓣读书等。这些网站一般设有名家大篇、经典名著、文学论坛、文化博客、原创区等栏目。

2. 电子书下载文学网站

这类网站比较少，多以当红网络小说的下载为主要功能，其版权从原创文学网站购买，网站盈利的主要方式是收取下载费用。这类网站多按书目类别来划分，一般分为网络原创、经典文学、报纸杂志等类别。网站整理出来的小说十分全面、细致，读者下载十分方便，因此浏览点击量也比较高。网站提供多种格式的小说下载方式，包括 TXT 格式、JAR 格式、UMD 格式、CHM 格式等，并支持多种下载介质，可供手机、MP3、MP4、PSP、NDS 等多种电子设备阅读。现在比较著名的电子书下载文学网站有飞库网、虹桥书吧、搜娱电子书、我爱电子书、金沙电子书论坛等。

从早期最知名的榕树下到现在的起点中文网，文学网站伴随着我们一起见证了网络文学江湖的风风雨雨。以文学产业化为基础，文学网站以井喷之势涌现，据各大网站统计，目前国内有上千家网站提供网络文学内容，包括原生型文学网站、门户网站的文学频道以及个人文学网站，但现在网络上浏览人数最多的是原创在线阅读网站。

在 2007 年网络文学发展高峰论坛暨国情调研项目“全国文学网站年度调查报告”合作网站遴选及签约活动中，评选出了十大最具影响力的文学网站和单项奖。这十大最具影响力文学网站是：起点中文网、17K 文学网、红袖添香、逐浪文学网、幻剑书盟、榕树下、晋江原创文学网、烟雨红尘、不死鸟原创文学网、小说阅读网。而十大单项奖包括：最佳原创平台起点中文网、最具发展潜力文学网站 17K 文学网、最具投资价值文学网站逐浪文学网、最具人气文学网站红袖添香、最佳新锐文学网站钱江观潮、网络文学杰出贡献网站起点中文网。这些评选一方面说明了文学网站数量的众多，另一方面说明文学网站在社会中影响力越来越大。

在网络文学产业化发展潮流中，文学网站呈井喷之势，但在众多的文学网站出现之际，一些文学网站因运作困难而退出人们的视线，即使像榕树下这样的网络文学网站先驱也不能幸免，一度面临关闭困境，直到被盛大文学收购才起死回生。这说明文学产业一方面激发了文学网站的挤入，但同时文学网站在目前还存在很大的风险。

文学网站的风险主要表现在几个方面。第一，出于成本考虑或网站本身影响力的原因，原创作品缺乏，书籍内容不丰富。尤其是那些以转载为主的网站，各站转载内容大同小异，很难吸引网民，盈利很难。第二，一些资金不够雄厚的文学网站，在强势资本的介入下，很难自保，要么破产，要么被收购，如黄金屋被收购就是典型的例子。第三，盗版对文学网站来说是致命的打击，如明扬这个文学网站就因饱受盗版的困扰，元气大伤。第四，一些文学网站，在实体出版方面出师不利，从而削弱了盈利能力，如翠微、天鹰、幻剑、龙空等大批文学网站在实体出版方面都不顺，网站发展受到影响。第五，文学网站经营理念不清晰而导致失利，这既涉及产业化的方式，也涉及网站在文学和商业之间如何定位的问题，如榕树下、幻剑书盟的衰落就是在文学与商业之间摇摆不定而导致运作失当。从以上分析可以看出，尽管当前文学网站因趋利原因而井喷涌现，但隐忧已现。

二、网站栏目设置吸引眼球

文学网站为了吸引读者，就想尽一切办法使栏目设置有看点，以期一下子抓住读者眼球。文学网站栏目设置的本质是推荐文学产品的一种营销手段，如此，其栏目设置不可能按照中国图书分类法，那样会过于呆板与正统，缺乏新颖性。文学网站一般是根据自己的特色，以各自标准来设置栏目。但大体离不开以下几个基本依据：

1. 依据体裁设置栏目

这是早期诸多文学网站栏目设置的重要依据，因为从体裁入手既能方便网站的日常管理，也方便读者根据传统的文学分类进行快速选择。如最早的榕树下网站就直接设置为小说、散文、诗歌三大版块，然后分别进行细分。红袖添香网站则设有“小说频道”和“文学频道”两大类，其中“文学频道”又分为小说、诗歌、散文、歌词、剧本等体裁。

2. 依据主题设置栏目

目前，依据网络文学的主题进行栏目设置几乎是每个网站的必选项。因为在整个网络文学中，小说占据了绝大部分比例，这样，对小说再进行细分从而设置醒目的栏目就显得非常重要。而这种栏目的设置，主要是根据小说的独特模式而创立新的类别，并且在网络文学的发展过程中，逐步形成了一些约定俗成的类别。其中玄幻、奇幻、都市、言情、武侠、历史、科幻、耽美、同人等几乎是每个文学网站的必选栏目。只是不同网站的侧重点各有不同，比如起点中文网侧重玄幻，红袖添香侧重言情，各网站还会根据自己的特长进行进一步的栏目细分。但是从总体上来看，以上主题设置几乎成为各网站“共同遵循的原则”，都以此为依据对所有网络小说进行基本的分类。

3. 依据特色设置栏目

各文学网站都有自己的特色栏目，而特色栏目的设置能为读者提供差异化的选择。比如起点中文网设有原创版、女性版、图书版、手机版；小说阅读网设有女生版和男生版；新浪读书除了正常的网页版外，还设有手机版和博客版。还有一些文学网站利用网络特有的技术进行栏目设置，如榕树下的“有声文学馆”，是一个超文本栏目，推出的是带朗读的文学作品，起点中文网则有“漫画推荐”。另外，有的网站还推出全本栏目，这是指连载完结的作品版块。还有的设有作品比赛或有奖征文栏目，如红袖添香就设有言情大赛和武侠大赛这两个栏目。

各网站依据以上几个方式综合设置栏目，不同的网站会有不同的设置和排列顺序，这取决于网站的风格倾向和特定主题的数量。如起点中文网主打玄幻，幻剑书盟津津乐道于《诛仙》的成功，而红袖添香把言情小说栏目排在首位，榕树下则特别推荐鬼故事。在幻剑书盟网站中，奇幻、武侠等都是一个独立的栏目，但没有玄幻、仙侠、竞技等栏目，只有奇幻栏目下有“西方奇幻”“东方玄幻”“都市异能”“虚拟架空”四个子栏目。其中，“西方奇幻”与起点中文网的栏目是一样的，“东方玄幻”在起点中文网归在玄幻栏目里面，“都市异能”在起点中文网归在都市栏目里面，而“虚拟架空”是在起点中文网玄幻栏目下的“异世大陆”和“转世重生”这两个子栏目中。这表明，不同网站倾向不一样，栏目的设置顺序或侧重点就不同。

但作为网络小说这一体裁，要进行各种栏目的设置，不是一件容易的事情。总的说来，文学网站的栏目设置有如下一些特点：

1. 题材交叉

当小说被过于细分后，题材交叉就不可避免，栏目设置就具有多元交叉的特性。比如起点中文网的栏目分类就有一些互补性，在它的“都市·言情”栏目里面，都市大类里面有个“青春校园”，言情大类里面有个“菁菁校园”，这样就很好地照顾到了校园类这个题材，解决了一些逻辑上的矛盾。还比如，在榕树下网站，文学频道设有鬼故事栏目，写手群的社区也设有聊斋栏目、鬼话连篇栏目，另外，小说栏目的爱情城市、社区栏目的情感世界、社团栏目的情感地铁，以及社区栏目中的太可乐了和爆笑列车栏目，等等，都是多元交叉的。还比如，在红袖添香里面，文学频道中设有小说，而在小说频道中也设有小说、读书频道也有小说，在文学网站中，像这种栏目交叉出现的情况经常发生。

2. 风格混搭

这主要是为了让喜欢某一种主题的读者，通过混搭栏目的设置，也能顺便浏览到另外的主题，以培育更广泛的阅读兴趣。如女性读者一般喜欢言情类小说，那么网站在言情类栏目中，会有意地混搭一些其他主题的作品。如起点中文网在“都市·言情”栏目中特意设置了奇幻架空（玄幻型）、快意江湖（武侠型）、纯爱耽美（惊险型）、宫闱情仇（历史型）等各种不同的主题版块。

3. 新颖凸显

网络文学相对于传统文学来说是新生事物，产业化更是文学发展的新阶段，所以，为了突出网络文学特有的一些主题，网站很多栏目设置极富新颖性。如魔法校园、异能都市、都市重生、宫闱情仇、星际战争、三国梦想、现代修真就很能吸引人，一些新的版块如网络游戏、电子竞技在文学版块里也很常见。

4. 传统保留

网络文学虽然开创了许多新的领域，但一些爱好传统题材的读者也不能忽视,所以网站在设置栏目时要考虑一些偏好传统的读者。很多网站都有一个明显指向传统的子栏目,比如起点中文网的“武侠·仙侠”中的传统武侠,“都市·言情”中的浪漫言情,“历史·军事”中的历史传记等,栏目名称朴实无华,意思明了清楚,深得爱好传统文学的读者喜欢。

5. 数量均衡

为了培养忠实的读者群,一般来说,任何一个栏目,都会设置相对数量的子栏目,以便于读者进行多种选择,所以,文学网站栏目设置的数量是相对均衡的。不会出现某些栏目的主题过少的现象。

通过对当前运作比较良好的文学网站的考察,笔者发现,那些栏目设置得当的网站,其营销效果就相应要好得多。而要成功地设置好栏目,有几个方面要注意:

第一,栏目名称要准确而稳定。文学网站的栏目设置要注意栏目名称的统一性,有时一个字的替换,或者一个字的增减,都会引起读者的误解从而导致查询不便。而目前有些文学网站在这方面还不太注意,如幻剑书盟,在首页中设有言情栏目,但当点击到其他栏目,如读者专区,言情栏目就消失了,而出现了一个女性栏目,而这个女性栏目的链接就是言情小说栏目,这种栏目的随意改变给读者造成了很大不便,当然也影响了网站的点击率。还如红袖添香,在现代诗歌栏目链接中,就遗漏了青青子衿这个子栏目。榕树下首页的鬼话连篇栏目,点击进去却成了聊斋夜话栏目,而这又是榕树下不同版块中的两个子栏目,这很容易造成读者的厌烦,从而丧失阅读的兴趣。文学网站栏目的设置要尽量细致而准确,最好不要让读者跨页面、跨栏目查阅同一类型的文学作品。

第二,数据库要统一合理链接。网站是根据不同的主题来设立栏目的，一定要建立统一的统计数据库，这样，即使读者从其他口径链接进入，也可以找到目标作品，从而杜绝作品漏查的可能性。最有效的方法就是当鼠标经过某栏目时，屏幕自动出现类型说明，或者出现子菜单告诉读者栏目内容，如搜狐读书频道就有清晰的栏目子菜单供读者选择。还比如，起点中文网虽然在都市大类里面有个青春校园、言情大类里面有个菁菁校园，但在“都市·言情”栏目里都有链接，喜欢校园题材的读者点击进入，青春校园和菁菁校园就都能看到。再如红袖添香，在首页用现代诗歌和古体诗歌代替含义不太明晰的如歌行板和诗风词韵是很好的方法，读者点击现代诗歌和古体诗歌分别对应如歌行板和诗风词韵。但红袖添香的其他链接有点问题，如从文学频道进入可以看到的青青子衿栏目，如果读者从首页的诗歌栏目进入，就看不到了，这样青青子衿因网站不合理的链接而被读者冷落了。

第三，榜单要有梯度的指导性。在时间上，榜单分天榜、月榜、周榜、总榜等，要拉开梯度范围，并且更新速度要快。在空间上，要形成复合性强的榜单，一是参与主体要广泛，形成读者、读者群、写手、写手群、编辑、编辑群的集合体。二是参与方式要多样性，要有专题、评论、收藏、点击量等各种方式，形成推荐品牌。三是要有创造性，比如可以按不同主题类别统计出各自的点击量，从而更有针对性地进行作品推荐。

三、产业化诉求全线出击

网络文学被称为“成年人的童话”，其快餐式的写作与阅读符合现代生存的节奏，因而受到现代人的追捧。近年来，以刊载网络文学为主要经营方向的门户网站方兴未艾，并在商业价值的驱使下，网站培养出一大批出色的网络写手，推出大批炙手可热的网络作品，网站也由此获利。

以起点中文网为代表的文学网站通过“VIP 制度”进行收费阅读，从而实现网站的盈利。在此基础上，文学网站将一部分优秀作品以实体书的形式进行出版，赚取出版费。与此同时，文学网站利用自己的媒介平台，积极扩展广告业务，赚取高额的广告费用。这些产业化的运作为网站带来了丰厚利润，从而掀起了网络文学产业的浪潮。

在网络文学产业的浪潮中，盛大文学无疑是网络文学产业的大鳄。盛大首席财务官吴兆菁曾透露，在盛大的非游戏收入中，贡献最大的是盛大文学业务，主要的收入来源是网民的付费阅读。盛大文学拥有国内 80%以上的原创网络文学，占据了网络文学市场 90%以上的份额，拥有 380 万注册网民，其中 30%来自海外，分布在全球 200 多个国家和地区。盛大文学日均访问量 4 亿次，日最高访问量达 5 亿次。通过整合国内优秀的网络原创文学力量，盛大文学拥有“起点中文网”“晋江原创网”“红袖添香”“榕树下”“小说阅读网”“言情小说吧”“潇湘书院”7 家国内知名的原创文学网站。盛大文学专注于运营文学版权，为电子收费阅读、线下出版、电影、游戏、动画等提供有版权的内容。盛大文学有限公司目前拥有日发布量超过 6 000 万字，拥有 30 万部以上的原创小说版权，约有 430 亿字，在大约 85 万写手中，盛大文学签有中国最有商业价值的近万名作家的全版权。有研究报告预测，未来几年，盛大文学注册网民可能达到 1 亿，将成为一个年收入 2 亿美元的业务。

在网络文学产业模式上，盛大文学采用的是全版权运营的商业模式，所谓全版运营，是指一个产品的所有版权，包括网上的电子版权、线下的出版权、手机上的电子版权、影视和游戏改编权，以及一系列衍生产品的版权等，以版权为核心，在版权的所有渠道上扩张、销售，包括阅读收费、无线阅读、影视改编、游戏改编、线下出版等多个领域的版权开发。

除专注于网络文学产业以外，盛大文学也积极向多媒介跨越发展，积极拓展无线业务，成立盛大文学无线公司，通过其无线阅读运营平台及与电信运营商、手机厂商的战略合作，向手持终端网民提供无线阅读服务。通过与“聚石文华”和“华文天下”两家图书出版公司以及“聚星天华”图书策划公司的长期战略合作，充分挖掘其拥有的中国原创文学版权资源。此外，还有与网络文学相关的大批影视、动漫、游戏等相关文化产业的发展，盛大试图成为全球最大的华语原创文学基地、版权运营基地。

在充分挖掘自身盈利潜能的基础上，盛大文学还把目光投向了传统作家，以期提高网络文学的含金量，从而获得更多读者认同。2008 年侯小强从盛大空降到起点中文网出任 CEO，就迅速采取行动，吸引传统文学作家加盟起点中文网。如 30 省作协主席擂台赛，郭敬明加盟起点，韩寒与网络作家 PK，一系列噱头让人看得眼花缭乱。其实质就是，网络文学光靠网络写手难以支撑整个文学产业，必须从传统文学领域里寻找新的产业资源和发展动力。2009 年 3 月，盛大文学启动“首届全球华语写作原创大展”，投入 1 000 万元用以鼓励作家写作，还将投入 8 000 万元搭建立体的作品包装和版权营销平台。这不仅是一项优秀作家和新媒体时代文学作品的集结和展示，更是以文学为核心，整合影视、版权、无线阅读等多方资源，形成一个完整的产业链条。

对于网络文学的产业浪潮，中国投资咨询网分析表明，其发展前景相当乐观，就目前的发展状况，还只能算是“星星之火”。文学网站可能会走大型门户网站的发展道路，将会在海外建立分站，向庞大的海外华文市场拓展。与影视机构进行深入合作，或者独立开发影视作品，拍摄以网络小说为剧本的影视作品，更大范围地占领文化市场。开发无线阅读平台，利用3G无线通信技术将文学作品送到读者手上。按照网络文学现在的发展势头，如果再配以潜力的发挥和充分的市场挖掘，前景不可限量。

但不可忽视的是，在网络文学产业浪潮不可阻挡之际，我们要警觉，文学网站的道路不可能是一帆风顺的，网络文学产业不只是有蛋糕，还有荆棘。一方面是网络文学产业的规律还有待于进一步探讨，其盈利模式还有待于进一步挖掘，在文学与商业的天平上要找到一个最佳的平衡点。另一方面，知识产权保护的欠缺对文学网站始终构成巨大威胁，在 2009 年 12 月 17 日的“网络文学版权研讨会”上，有一个数据显示，目前国内大型盗版网站约有 10 万家，中小型盗版网站有数百万家，每年盗版市场规模高达 50 亿元，而同期正版市场的规模仅为 1 亿多元。由此可知，文学网站要在未来成为文学的圣殿，还有很多事情要做。

参考文献：

[1] 詹新慧，许丹丹.2004 年网络文学状况及未来发展分析.出版发行研究，2005(7)：19－24.

[2] 中国产业竞争情报研究中心.2009—2012 年中国网络文学商业运营投资分析及前景预测报告(上下卷).中国投资咨询网：http://ocn.com.cn/reports/20091037wangluowenxue.htm，2011－12－10.

（原载于《中南大学学报》2012 年第 2 期）

价值链视角下我国网络文学产业化模式研究
——以盛大文学为例

郭新茹　王　桢　巢　丽

一、中国网络文学兴起的时代背景

伴随着网络技术的不断发展与普及，十多年来我国互联网用户呈现井喷式的增长趋势。据 2012 年中国互联网络信息中心(CNNIC)发布《第 29 次中国互联网络发展状况统计报告》显示，截至 2011 年 12 月底，中国网民规模达到 5.13 亿。[①]作为互联网经济的时代产物，网络文学以其较短的生产周期、快速而便捷的内容传输渠道、与读者较强的互动体验式阅读等特点，越来越受到消费者的青睐。截至 2012 年末，我国网络文学用户数为 2.33 亿，年增长率达到 15.2%。[②]与此同时，我国数字出版收入也从 2000 年的 15.9 亿元增至 2011 年的 1 377.88 亿元。[③]

另一方面，3G 乃至 4G 数字技术的发展正在逐渐推动人们阅读方式的转变，无论在车站、学校等公共场所还是家庭聚会等私人空间，随处可见人们捧着手机、iPad 等数字终端阅读器自得其乐。据第十次全国国民阅读调查报告显示，2012 年我国 18—70 周岁国民上网率为 55.6%，其中 97.9%的网民表示上网进行与阅读相关的活动。截至 2012 年 12 月底，我国手机网民规模为 4.2 亿，占整体网民 74.5%，其中智能手机网民规模达

3.3亿，占手机网民79.0％。④

面对人们阅读习惯变化所带来的消费需求的变化，网络文学⑤的产业化之路也日趋成熟，众多企业都纷纷转型或通过入股、并购等资本化运作来分得网络文学市场中的一杯羹，从2004年盛大收购起点中文网所拉开的收购文学网站的序幕，到2009年方正与中国图书搜索整合资本创办渠道商番薯网，再到2012年当当网发布电子阅读产品“都看”，一系列我国最早从事出版的技术商、传媒等相关企业瞄准了市场的先机，通过嵌入网络文学产业链的创意、整合、版权服务等不同的环节、创新运营模式来获得更多的利润，在此过程中网络文学产业链的整体协作效率也在日益提升，产业链上的各主体成员之间表现出协同共生的关系。网络文学产业竞争模式已经颠覆了传统的文学出版产业中单个企业之间产品和服务的竞争，而是逐渐演化成了产业链之间的竞争。

二、我国网络文学产业链发展现状

我国网络文学产业链目前呈现出产品内容娱乐化、长尾经济凸显、双边市场广泛应用、产业链环节间关联更加紧密等发展态势。为了更好地探寻我国网络文学产业化模式，在此，笔者从价值链的视角，对我国网络文学产业的发展现状进行梳理分析。

1. 以内容提供者为主体的产业链上游

网络文学产业链的上游主要是指网络文学的创作者、制作者或集成者，在狭义的网络文学中主要指网络平台上的网络写手与签约作者。他们主要依靠盛大文学这样的渠道平台商将自身的产品（服务）推广出去，通过事先约定好的协议与渠道平台商进行利润分成。以盛大文学的网络作家为例，2012年第一季度，盛大文学旗下6家原创文学网站作者总数超过160万名，其中优秀的作者可按点击率和字数获取稿费。[⑥]在内容为王的时代，网络写手在网络文学产业链中应该处于主导的地位，但由于我国网络文学的内容提供者进入门槛较低，资源成碎片状、零散状，再加上缺乏有效的传播平台，表现为内容多而渠道少，则容易遭到产业链中游的渠道提供者的压榨。

2. 以渠道提供者为主体的产业链中游

网络文学产业链中游主体是对产业链上游主体所提供的内容和服务进行资源的整合，利用技术优势搭建和管理客户友好型的电子商务平台，目前我国网络文学产业链中游主体主要是由渠道提供者（平台构建者）组成的，一般包括B2B、B2C网络平台运营者、电信运营商等。其中，网络文学的网络运营平台主要是以起点中文网、红袖添香、潇湘书院等为代表的文学网站；而电信运营商则是为手机内容、服务产品提供与用户接触的渠道，手机文学阅读必须依靠电信运营商才能呈现在手机终端，再按流量或无线增值服务收费分成。

网络文学产业链中游最受到拥有丰富资金、技术的企业青睐，商业模式最为多样化。但随着信息技术的趋同性与获得的便利性，“内容为王”的时代特征越来越凸显，渠道商长久的利润的来源越来越离不开强大内容资源的支撑。盛大文学之所以成为网络文学的领头者，正是得益于其庞大的作家队伍所提供的质量上乘的文学作品。

3. 以终端技术商与销售商为主体的产业链的下游

网络文学产业链下游主要指终端技术商和销售商，一般包括电子终端制造商、在线支付平台、零售商等。

在电子终端方面，国外有十分著名的苹果iPad、亚马逊Kindle、索尼的Reader系列；而在国内涉足阅读终端的主要有汉王、方正、津科、华为等电子书厂商，与诸如联想、华硕、爱国者、纽曼 IT 厂商，以及互联网企业如盛大文学“锦书”、当当网“都看”等。终端阅读器一定程度上作为产业链终端，具有一定的排他性。最典型的模范当属美国苹果公司，它所建立的 APP Store 唯有苹果产品才能进入使用，而各种高附加值的图书期刊阅读软件则对消费者有着巨大的吸引力。

目前我国网络文学产品的支付途径非常多，很多平台的网络文学产品的支付方式包括银行卡、固定电话、手机短信、支付宝、微信等；手机出版物则采用流量转换方式计费，从手机话费中直接扣除。正如消费者若习惯使用支付宝就会降低使用淘宝以外其他购物网站的使用概率一样，一旦消费者习惯于使用一种终端产品或者一种支付方式，就会形成路径依赖并自我强化这种依赖，因此开通便捷的数字出版终端产品、支付平台和零售途径，以便实现与消费者的终端对接，在网络文学产业链中变得极为重要。

4. 以版权增值服务商为主体的衍生产品

网络文学版权运营是指通过信息网络，开展网络文学版权生产、分销、转让的经营行为，包括网络文学版权生产、网络文学收费阅读、网络文学实体出版、网络文学无线出版以及网络文学改编网络游戏、电影、电视剧等。其主要运作群体是版权增值服务商。⑦

当网络文学作品通过各种阅读平台的终端送达到消费者手中的时候，网络文学作品的价值通过读者的阅读率进行了市场化的检验，好的网络文学作品会通过读者之间的口碑相传，与原创的网络作家形成正反馈效应，通过各种互动与付费方式来激励作者创造出更优秀的网络文学作品，同时，一些不好的作品也会由于太少的读者去关注而被市场所淘汰。在此过程中，众多的商家看到了优秀网络文学作品所拥有的强大的消费者基础以及超额利润，纷纷通过对网络文学版权的再次开发获得更多的利润。版权增值服务商也因此开始在整个产业链中扮演着越来越重要的角色，并逐渐形成了“一义多用”的产业开发模式。在此过程中，通过对版权衍生产品的多样化的开发，在满足消费者多样化需求的基础上，将网络文学的内容价值发挥到最大化，带动了与网络文学相关的影视业、游戏业等其他产业的创新与发展。

三、我国网络文学产业化模式——以盛大网络文学为例

在我国网络文学产业化方面，我国学者的研究主要集中在网络文学的盈利模式与版权运营的制约因素等领域。如闫伟华(2010)提出网络文学已经形成了以付费阅读为主，包括线下出版、无线阅读等在内的赢利模式。[⑧]王行丽(2011)介绍了盛大文学网络文学帝国的形成以及发展迅速的原因，并分析了以版权交易为核心的产业链在发展过程中所遇到的两大制约因素。[⑨]白寅(2010)将网络文学的产业化运作分为“内吸式”和“外推式”两大类。[⑩]路春艳、王占利在2012年分析了网络文学影视改编今年迅速兴起的市场因素。[⑪]吴琰(2010)探讨了网络文学影视改编的风险，如题材、内容的设限、剧本工程量大等问题。[⑫]吴玲玲(2011)提出将网络广告分为两类，并对植入性广告进行了重点剖析。[⑬]黄霄旭(2012)针对目前网络文学版权保护面临的制度法律两方面困境，提出相应的解决对策。[⑭]

盛大文学全称盛大文学有限公司，是盛大集团下负责文学业务板块的运营实体，自2004年开始涉足网络文学领域，逐步

收购了起点中文网、红袖添香网、言情小说吧、晋江文学城、榕树下、小说阅读网、潇湘书院七大原创文学网站以及天方听书网和悦读网，控股了晋江文学城，将国内90%的原创文学网站收入麾下，成为国内最大的民营出版公司。盛大文学旗下各个文学网站还与优秀作者进行签约，提供“管家式服务”，并获得版权代理。盛大文学通过整合国内一流的网络原创文学力量，并通过线下图书出版，网络文学版权改编等方式进行版权内容的数字化运营，构筑起了庞大的网络文学帝国(其网络文学产业链的构成见图1)。笔者认为，我国网络文学已经形成了以版权交易为核心，配合广告运营的产业化模式。盛大文学作为我国目前最大网络文学的整合与传输平台，其产业化的模式极具代表性，从中可以窥见我国网络文学产业化模式发展的概况。

1. *在线付费阅读*

付费阅读通常被认为是B2C模式在网络小说产业中的延伸，指通过线上或线下的支付途径来阅读一些作品。2003年起，起点中文网首先实施网络文学的在线付费阅读这一模式，这是网络文学步入产业化的标志性事件。付费阅读主要有以下几种特征：一是对网上优秀作品进行签约，前半部供读者免费试阅，后半部需付费阅读；二是以章节为单位，按每千字二分钱的价格进行销售，如仅选择部分感兴趣章节，费用更低；三是作者可获得用户付费额的50%到70%作为基本报酬，且按月结算；四是作品创作发布销售反馈以分钟为间隔，体现作者与读者的实时互动；五是尊重版权，严格准入，每个作者须提供真实身份，对新上传作品必须声明版权所有权。[15]盛大文学收购起点中文网之后，对其旗下的文学网站依然采取“微支付”的收费模式，即前半本书免费，后半本书以每千字2分到3分的价格售出，与读者建立直接联系。

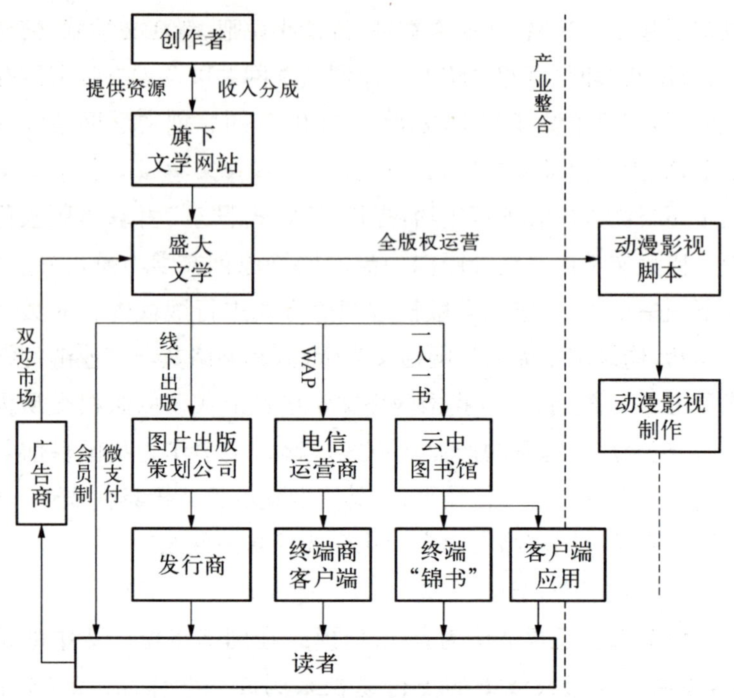

图 1　盛大文学产业链构成图

付费阅读不仅让各文学网站挖到了自己的“第一桶金”，并且已经成了文学网站的一套稳定的盈利模式。目前，付费阅读仍是盛大文学旗下各文学网站的主要赢利渠道。但是由于盗版的存在再加上网络文学首选免费的阅读习惯使单一的收费制度难以支撑文学网站的进一步发展。单一的付费阅读模式调查报告数据显示，在整体网络文学用户中，只有 9.4％的用户在网络文学阅读过程中产生过花费。[16]因此，学网站想要开拓更多的赢利空间，必须在完善付费阅读这一模式的基础上，开拓更多的产业化模式。

2. 无线阅读

无线阅读是相对于在线阅读方式而言的，是指通过移动阅读设备终端的阅读方式。近几年来，由于3G乃至4G智能手机的普及，网络文学用户由PC端逐步向移动终端转移，再加上手机携带轻便，相对于台式电脑更能覆盖用户的碎片时间的特征，使手机成为网络文学用户的第二大阅读设备。此外，手机阅读对于网络文学的运营商而言，其通过手机支付的模式解决了向终端收费的问题，因此，无线阅读市场越来越受到网络产业运营主体的关注。

为了抢占移动互联网终端入口和无线阅读市场，盛大文学从2008年开始就进行了其产业布局：2008年，盛大文学与电信运营商中国移动达成战略联盟，进军无线阅读市场；2009年，盛大文学与卓望信息技术合作举办首届“3G手机原创小说大展”，进军3G手机文学市场；2010年盛大文学与诺基亚、华为等手机终端厂商展开合作，在其手机中内置“盛大书童”，将自己的网络文学产品、客户端推广到3G手机；此外，盛大文学还与WAP网站如梦网书城或其他文学类网站开展内容合作和渠道合作，将自身的内容在其网站上设置专区。甚至在2012年6月6日，盛大推出了自己的智能手机——Bambook手机，以确保能将自己的阅读应用软件装在消费者的移动阅读器终端上。这一系列举措使盛大文学的无线业务在2009年、2010年和2011年分别贡献了576.3万元、6 041.5万元、1.741亿元，占总收入的比例分别为4.3%、15.4%和24.8%。[17]从2010年3月到2011年12月，中国移动阅读基地为盛大文学带来了1.15亿次独立移动用户访问量，单以2011年第一季度为例，盛大文学无线业务的营收达到5 277万，超过了在线业务，其中大部分均来自运营商的阅读基地业务分成。[18]盛大文学提供的内容在中国移动手机阅读基地原创畅销总榜前十名中占比60%，在原创畅销总榜前百名中占比50%。[19]

3. 线下出版

网络文学的线下出版，是指将网络上的文字、图片等提交出版社，印刷成书。网络文学的出版对象一般是点击率比较高的作品，比起传统出版物，有着更加广泛而稳定的读者人群，因此拥有非常广大的市场前景，盛大文学顺利进入线下出版业务便是有力的证明。盛大文学 2009 年进入线下出版业务，目前旗下拥有“华文天下”(2009 年收购)、“中智博文”(2010 年收购)和“聚石文华”(2009 年创立)三家图书策划出版公司。其主要通过向传统连锁书店、网上书店以及经销商出售图书等出版物获取收入。如图 2 显示，2009 年及 2010 年，盛大文学线下业务营收分别为 3 592 万人民币、1.85 亿人民币，增长迅猛，在总营收中占比也从 27%提高至 47%。2009 年及 2010 年，出售书目总数分别为 350 万、1 830 万；截至今年第一季度，书目出售数为 600 万，去年同期为 160 万。[20]

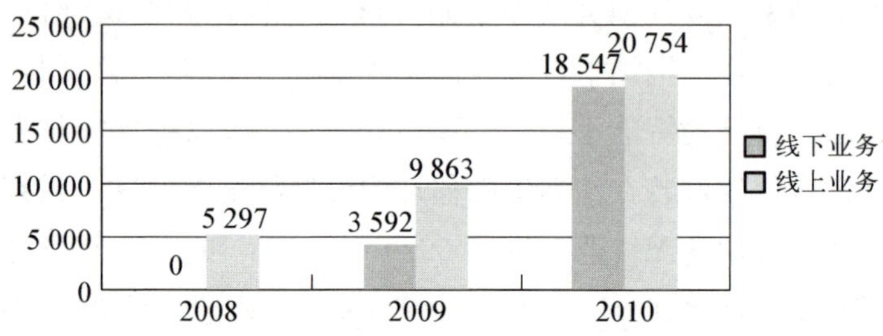

图 2　盛大文学线上/线下业务营收年度变化(2008—2010)

4. 衍生品的产业化模式

网络文学经过十多年的发展逐渐向衍生领域渗透，成为其他产业特别是文化产业的素材和创意的重要源头。近几年，网络文学和游戏、影视产业的结合愈加密切，网络游戏改编的游戏、影视剧更是炙手可热。在此，笔者主要从分别以《盘龙》《步步惊心》从游戏改编模式和影视改编模式两方面来分析网络文学在衍生领域的运营模式。

(1) 游戏改编模式

从《鬼吹灯》到《星辰变》再到《斗破苍穹》《盘龙》,近两年来,网络小说为改编成网络游戏提供了强大的基础。其中以起点白金作家我吃西红柿的《盘龙》最具有代表性,无论其在业界口碑还是模式运营方面都有值得借鉴的地方。

首先,网络文学改编的游戏拥有先天的广大群众基础。根据CNNIC《第25次中国互联网络发展状况统计报告》中调查结果,显示"在使用网络游戏的网络文学用户中,有57.5%的用户愿意玩网络文学改编的游戏,该比例高于整体网络文学用户近20个百分点;网络文学用户在游戏中的付费能力较强,使用过网络游戏的用户中,有58.8%的用户在游戏过程中产生过花费"。[21]而《盘龙》在自小说连载开始的13个月里,有10个月占据起点中文网推荐榜第一,点击数达80 017 564,在2009年2月中旬的百度热门搜索TOP50里,《盘龙》更以316 340搜索量击败"小沈阳"成为网络搜索最热关键词。[22]如此强大的客户群体是《盘龙》改编网游取得成功的重要基础。

其次,网络文学改编的游戏一方面由于在题材上占有了很大的优势,有利于改变国产网游题材上同质化现象严重的局面。另一方面网络小说改编的网游使游戏的任务设置更加引人入胜,游戏的内容更加丰富。再者,网络文学完整而厚实的世界观,更是国产游戏创意的重要源头。2009年盛大游戏牵手盛大文学,共同将起点中文网作家我吃西红柿的著名小说《盘龙》改编为客户端、web、手机三大平台类游戏,而多平台则必然会对网游素材产生庞大的需求。而盛大网络文学强大的内容创作与整合能力恰恰迎合了这种需求。

同时,值得注意的是,此次盛大游戏并非直接与盛大文学合作，而是首次引用了版权转让的竞价机制，在与国内几家网游巨头通过竞价方式的购得《盘龙》网游改编权的，其所支付的315万元的改编权，也刷新了网络小说游戏改编权转让价格的最高纪录。

(2) 影视改编——以电视剧《步步惊心》为例

随着网络文学内容价值的不断凸显，影视改编也越来越受市场的欢迎，2011年是网络文学改编影视集体爆发的一年，从《杜拉拉升职记》《失恋33天》到《裸婚时代》《步步惊心》《美人心计》《甄嬛传》等，网络文学改编影视不断引发收视热潮，并且正在改变着流行影视文化的格局。2011年全年盛大文学共售出版权作品651部，其中旗下7家文学网站影视改编售出74部。[23]在众多成功的网络文学改编影视中，电视剧《步步惊心》网络文学的属性表现得最为突出，其成功的经验更是值得后来的网络文学改编影视借鉴。

首先，被改编的网络文学一般在开拍之前便拥有庞大的群众基础，并且其受众更加年轻化，这些受众的消费能力也大于传统的收视群体。在盛大文学组织的全球写作大展中，北大文学社与组委会在现场派发的200份问卷调查显示，97%的大学生读过网络文学，六成以上的大学生有网上阅读的习惯。[24]网络小说所积累的强大人气，不仅为改编剧收视率提供了保障，也为改编剧的宣传推广节约了大量的成本。

小说《步步惊心》号称是“清穿鼻祖”，在穿越小说这一题材中享有很高的地位，在改编之前便拥有非常高的人气。电视剧《步步惊心》在开拍之后便一直占据着新浪话题榜的前十位，其话题在各网络论坛经久不息，可谓未播先红，这与小说《步步惊心》之前的群众基础是不可分割的。

其次，网络文学的题材和内容已经过了市场考验，暗合了影视剧创作的规律。虽然网络文学浩如烟海，良莠不齐，但网络小说在连载创作的过程中，具有作者和读者双向互动的特点，网络文学作者往往会根据读者反馈的评价修改其作品，使其更符合读者的需求，这是传统小说难以做到的。网络文学与电视剧的市场接受度都深受读者与观众的偏好的影响。网络文学在改编成电影、电视剧之前已经与读者之间进行了良好的沟通，使改编的电视剧创作更符合观众的喜好。电视剧《步步惊心》改编自网络作家桐华的同名畅销清穿小说，由上海唐人电影制作有限公司获得改编版权。故事讲述了现代白领张晓因车祸穿越到清朝康熙年间，成为满族少女马尔泰·若曦，并且身不由己地卷入"九子夺嫡"的纷争的故事。作为穿越剧，主人公恣意游走在历史和现实之中，满足了观众的猎奇心理，因此，《步步惊心》2011年9月在湖南卫视首映就创下1.71的收视率，一直保持了全国同时段节目收视率第一名。而在反映电视剧网上收视率的指数网络点击率上，《步步惊心》的表现更是格外突出。根据《娱乐数据库》提供的数据，截至2013年4月，《步步惊心》电视剧的网络总点击量仅次于《甄嬛传》和《新还珠格格》，排名第三，达到了32亿次，并且成为单集网络点播量最高的电视剧，见下表。㉕

表1　网络点击量超过10亿电视剧单集播放量排行榜

排名	电视剧名称	每集平均播放量（万）	集数	播放量（亿）
1	步步惊心	9 142.86	35	32
2	甄嬛传	9 050.00	76	68.78
3	宫锁心玉	7 662.86	35	26.82
4	轩辕剑之天之痕	7 352.78	36	26.47
5	北京爱情故事	7 333.33	39	28.6

（续表）

排名	电视剧名称	每集平均播放量（万）	集数	播放量（亿）
6	爱情公寓（第三季）	6 400.00	24	15.36
7	我是特种兵之利刃出鞘	5 902.63	38	22.43
8	夫妻那些事	5 711.76	34	19.42
9	我是特种兵	5 504.00	25	13.76
10	爱情公寓（第二季）	5 445.00	20	10.89
11	爱情睡醒了	5 282.50	40	21.13
12	男人帮	4 883.33	30	14.65
13	AA 制生活	4 692.11	38	17.83
14	法证先锋 3	4 583.33	30	13.75
15	新还珠格格	4 560.20	98	44.69
16	宫锁珠帘	4 551.35	37	16.84

5. 广告培育模式

目前网络文学的广告根据其表现形式主要可以分为两种类型：一是传统的文学网站广告，另一种是网络小说的植入性广告。前者的运作已经比较成熟，而植入性广告由于其通过软文的植入，对受众来讲具有“润物细无声”的效应，更是未来网络文学广告培育发展的重点。

（1）传统的网络文学网站广告

常见的传统文学网站广告主要包括横幅广告、弹出窗口广告、声音广告、视频广告以及文字链接等多种形式。我国传统的文学网站广告运作已经比较成熟，覆盖率也较高。

作为中国网络文学网站的领军者，2012 年 3 月盛大文学开始尝试一种 AA 广告模式。这种模式是将一部分收费书籍改为免费看，网上书籍中带有广告，网络用户在网上看书的同时也会看到这些广告。盛大文学作为典型的双边平台，一方面对投入其平台上的广告商收取相对高额的费用，作为其向网络作家支付费用的收入来源和自己公司盈利的一部分，另一方面通过向部分网络用户免费开通此平台即用户不需要付费阅读来赢得更多的读者的加入。盛大文学起初开创 AA 广告引领免费阅读这一模式的主要目的在于遏制网络文学严重的盗版侵权问题。[26]目前盛大文学的这一模式尚处于测试阶段，一旦测试成功，公司很可能会进行大面积推广，网络文学用户可以采取付费阅读与容忍广告的免费阅读两种模式进行阅读，这一举措在扩大客户基础的同时，也满足了不同的阅读者多元化的需求。

（2）植入式网络文学广告

植入式广告是指某企业将其具有代表性品牌符号、企业文化通过剧情植入、道具植入等方式融入影视或舞台产品中的一种广告方式。目前，国内的植入式广告主要集中在影视、游戏等方面，而文学领域包括网络文学尚属植入式广告的薄弱环节。

相对于传统文学，网络文学的植入性广告具有独特的优势：① 依托连载的写作方式，在短时间内覆盖大量的活跃网络用户，具有较强的时效性。② 作者会根据自身的情节将广告巧妙地植入其中，易于达到自然、不生硬的效果，同时网络小说一般都比较充满想象，会给读者有耳目一新的感觉，使读者易于对广告留下印象。③ 网络文学经过线下实体书出版和影视改编等，可以增加植入广告的曝光次数，带来更多的展示机会。

作为植入式网络文学广告，红袖添香的原创小说《踢踢兜丽江之恋》可谓是成功的典范。小说讲述了两个在丽江相遇的年轻人，踢踢兜和点炕木，背负着各自的秘密，在十天的旅途中爱上了对方，但最终只能擦肩而过的故事。随着连载的进行，人们会发现这本书其实是踢踢兜服饰做的一个广告宣传：女主人公“踢踢兜”是一个服饰品牌之名 ttdou，而书的作者亦即男主人公的名字“点炕木”的谐音“.com”，两者相加就是“ttdou.com”——正是该服饰品牌的网站地址；[27]小说出版后，极大地提升了品牌的知名度。从这本书达到的效果看来，广告植入的恰当，不但不会影响小说本身，反而会促进小说和商品的销售。

目前，我国植入式网络小说广告正处于初级阶段，如何以一种潜移默化的方式在文学创作中发掘广告商业利益，使植入性广告有度、自然、流畅，将成为包括内容提供者、渠道提供者在内的价值链各环节需重视的问题。

四、我国网络文学进一步的发展趋势与注意问题

由盛大网络文学的产业化之路可以看出，我国网络文学产业经过十多年的发展，盈利模式已经从单一的在线付费阅读，逐步向无线阅读、合作出版、衍生改编、网络广告等多种模式并存的方向发展。以版权交易为核心，配合广告运营的产业化模式成为我国网络文学产业化运营的主要模式。但在其创新发展的过程中，需要注意以下几个问题。

1. 如何加强版权保护

在我国，人们享受免费的数字出版产品的习惯造成了我国大部分数字出版企业收费模式单一，只能依靠双边市场向广告商收费。而网络文学盗版商抓住了网络文学法律监管空白这一空隙，通过内容复制、盗版链接和恶性搜索这三种方式对网络文学盗版侵权，以更低的价格来吸引广告商的加入而获取利润，如网络文学用户只要巧妙利用关键词检索，就能绕过付费机制而

免费看到文章。盛大文学CEO侯小强表示，盛大文学排名前十的小说平均被盗版800万次以上，最受欢迎的作品在百度上有5 000多万条链接，[28]盗版侵权严重侵害了网络文学著作权人的合法权益，扰乱了网络文学的正常秩序，最终影响着整个网络文学产业的可持续发展。

虽然正版网络文学网站也采取了一系列反盗版技术措施，比如DRM技术、以图片显示文字并覆盖水印、采用OCR软件无法识别字体等，但由于我国网络用户的版权意识淡薄，[29]再加上维权成本过高，所以取得的效果甚微。因此，在我国版权保护法不完善，相关部门监管不力的情况下，加大盗版的成本，增强网络文学作者的维权意识，完善网络文学版权保护体系是亟待思考的另一个问题。

2. 如何规避内容的同质化

一种类型网络文学作品成功了之后，就会出现大量跟风之作，所谓“男盗墓、女后宫”便是如此，出现了部分故事和叙事方式的模式化的现象，部分网络文学的创作者单纯为了迎合网络用户的偏好而进行的类型化、流水线式作业，导致了大量类型单一、情节雷同的文学作品，降低了网络用户的阅读质量，限制了网络用户的体验范围，这是网络文学用户使用率下降的重要原因之一。截至2011年6月底，中国网络文学用户规模为1.95亿，与2010年底持平，渗透率有所下降，从2010年12月的42.6％降至40.2％。[30]此外，网络文学的内容提供者和产品创造者受到渠道提供者的限制，渠道商的选择标准往往并不是以质优为先，而是以商业利益为重，这必然会损害真正潜心创作写手的积极性。因此，在商业利润的诱因下，如何激励网络作家潜心创作精品，避免主导方文学网站过多地介入网络文学创作环节，打破长篇小说一枝独秀的局面，引导诗歌、散文、短篇小说等多元化的网络文学体裁的作品百花齐放进而推动网络文学产业的可持续发展是亟待研究的问题。

3. 如何加强内容监管

互联网的迅速普及降低了文学创作与发表的门槛，使网络文学的创作不再是作家的专属。由于网络写手的素养良莠不齐，网络文学在给文学注入新鲜血液、带来活力的同时，也不可避免地带来了网络文学内容的良莠不齐，网络文学的创作呈现出低俗化的倾向。此外，随着网络文学商业化运作的成熟，点击率成为网络写手们追求的重要目标，功利化色彩愈加明显，色情、暴力等低俗元素成为网络写手吸引用户的元素。

网络文学的低俗化倾向对网络产业和网络用户都产生了巨大的负面影响，特别是对于青少年用户。青少年是网络文学的主要用户群体。“在各年龄段网络文学用户中，15—24 岁年龄段的用户比例达 51%；30—39 岁年龄段的用户比例为 18.4%；50 岁及以上用户群体占比最小，仅为 1.8%。”[31] 因此，政府相关部门以及网络文学运营商如何加强对网络文学内容的监管，屏蔽色情暴力等不良内容对网络用户尤其是青少年群体的毒害，推动网络文学产业的健康发展是一个亟须关注的问题。

注释：

① 数据来源：《中国网民规模达 5.13 亿，互联网普及率仍不到四成》，中国新闻网，链接：http://finance.chinanews.com/it/2012/01-16/3606902.shtml.

② 第 31 次 CNNIC 报告第四章：网民互联网应用状况[EB/OL].来源：腾讯科技 http://www.chinaz.com/news/2013/0115/289623_2.shtml，2013-01-15.

③ 中国新闻出版研究院. 2011—2012 中国数字出版产业年度报告[R].2012.

④ CNNIC 发布《2012 年中国移动互联网发展状况统计报告》[EB/OL].CNNIC

http://www.chinamedia360.com/newspage/20130516/E4BA883C94AD793D.html,2013-05-16.

⑤ 网络文学广义上是指通过互联网发表或传播的小说、散文、诗歌、连载漫画等文学作品。狭义上是指通过互联网首次发表的网络原创文学作品,本文涉及的网络文学主要是指后者。

⑥ 王鑫蕾.盛大文学首度盈利.坚定数字出版信心[EB/OL].http://www.pcpop.com/doc/01792/792003.shtml,2012-05-10.

⑦ 中国互联网信息中心.中国网络文学用户调研报告[R].2010:7.

⑧ 闫伟华.网络文学发展的赢利模式及增长空间——以盛大文学为例[J].中国出版,2010(12).

⑨ 王行丽.盛大网络文学产业链发展分析.赤峰学院学报(科学教育版),2011(01).

⑩ 白寅.网络文学产业化的新趋势及其后果[J].学习与探索,2010(02).

⑪ 路春艳,王占利.互联网时代的跨媒介互动谈网络文学的影视改编[J].艺术评论,2012(05).

⑫ 吴玲玲.网络文学的产业链分析及其发展趋向[D].浙江工业大学,2011(12).

⑬ 田士威.论网络文学发展的趋势[D].河北大学,2008(6).

⑭ 黄霄旭.网络文学版权保护的现状与未来——基于对盛大文学的分析考察[J].出版科学,2012(01).

⑮ 傅其林.文学网站的产业化与中国网络文学的发展[J].贵州社会科学,2008(10).

⑯ 中国互联网络信息中心(CNNIC)第27次《中国互联网络发展状况统计报告》[R].2011.

⑰ 网易科技.盛大文学营业结构:无线业务增长迅猛[EB/OL].http://tech.163.com/12/0225/09/7R3L130N000915BF.html,2012-02-15.

⑱ 曾航.盛大文学借力中移动[EB/OL].http://tech.ifeng.com/intemet/detail_2012_08/10/16698890_0.shtml,2012-08-10.

⑲ 秋实.盛大文学资源整合效果显著　线上业务营收翻倍[EB/OL].http://www.sootoo.com/content/252033.shtml,2013-03-09.

⑳ 牛牛.盛大文学2011年活跃付费用户数量超120万[EB/OL].http://www.sootoo.com/content/244929.shtml,2012-02-25.

㉑ 中国互联网络信息中心(CNNIC)第27次《中国互联网络发展状况统计报告》[R].2011.

㉒ 腾讯网.《盘龙》将由盛大活化成三大类型游戏[EB/OL].http://games.qq.com/a/20090724/000328_1.htm,2009-07-24.

㉓ 于帆.盛大文学推介适合影视改编的网络小说[EB/OL].http://www.cflac. org. cn/ys/dy/dyzx/201211/t20121105 _ 154887. html，2012 - 11 - 05.

㉔ 陈云红.网络文学也能出经典[EB/OL]. http://sztqb. sznews. com/html/2009 - 12/20/content_899039.htm,2009 - 12 - 20.

㉕ 新浪娱乐.电视剧网络点击率 48 部过 10 亿仅 1 部央剧[EB /OL]. http://ert.sina.com.cn/v/m/2013 - 04 - 16/14283901301.shtml,2013 - 04 - 16.

㉖ 网络文学盗版形成了一条完整的灰色产业链：网络原创文学作品上传更新后十分钟即可被盗版网站盗播。盗版网站通过搜索引擎进行推广，以获得网络流量，然后以“广告联盟”为盈利途径，获取巨额广告收益，而盗版网站、搜索引擎与“广告联盟”则按照一定比例分取收益。

㉗ 刘艺琴，刘艺.图书植入广告运作模式及策略探析[J].编辑之友，2012(2).

㉘ 环球网.盛大文学借力中移动　侯小强痛斥恶性竞争[EB/OL].http://tech.huanqiu.com/in-ternet/2012 - 08/3011766.html,2012 - 08 - 10.

㉙ 2010 年中国网络文学蓝皮书调查数据显示，在了解作品为盗版时，有 56.34％的用户会选择“与我无关，照常阅读”，33.70％的用户会选择“尽量不读”，只有 11.06％的用户“拒绝阅读，寻找正版”。

㉚ 中国互联网络信息中心(CNNIC)第 28 次中国互联网络发展状况统计报告：网民互联网应用状况[R].2011.

㉛ 中国互联网络信息中心(CNNIC)第 27 次《中国互联网络发展状况统计报告》。

参考文献：

[1] 顾江.文化产业经济学.南京大学出版社，2007：187.

[2] 周利荣.我国数字出版产业链整合模式分析.出版发行研究，2010(10).

[3] 曹胜孜.当前数字出版的相关问题及思考.科技与出版，2009(03).

[4] 贺子岳，邹燕.盛大文学发展研究.编辑之友，2010(11).

[5] 张新香，胡立君.数据业务时代我国移动通信产业链整合模式及绩效研究——基于双边市场理论的分析视角.中国工业经济，2010(06).

[6] 陆臻.数字出版盈利模式创新——以苹果和盛大文学为例.编辑学刊，2012(01).

[7] 张新香，胡立君.数据业务时代我国移动通信产业链整合模式及绩效

研究——基于双边市场理论的分析视角.中国工业经济,2010(06).
[8] 王鹏涛.基于流程再造视角的数字出版产业链创新研究.科技与出版,2009(04).

(原载于《文化产业研究》第 8 辑,上海人民出版社 2014 年)

场域共振：网络文学 IP 价值的跨界开发策略

向　勇　白晓晴

在“互联网＋”和“内容为王”的文化产业语境下，文化企业对网络文学作品的多维度改编和商业化变现已成为常态，网络文学作品越来越频繁地成为 IP 价值延展的原点和根基，扮演着促进产业融合与文化创新的重要角色。IP 是“Intellectual Property”或“Intellectual Property Right”的简写形式，被译为“知识产权”。文学场的概念源于布尔迪厄的场域理论，“一个场域可以被定义为在各种位置之间存在的客观关系的一个网络（network）或一个构型（configuration）”。[①]劳动分工使社会世界产生了各种场域，比如权力场、艺术场、文学场、经济场等。场域的边界具有一定的模糊性，场域中始终存在着正统与异端的斗争，每个独立场域都具有一定的相对自主性，不受其他场域规则的直接支配。

随着互联网的普及，网络文学场域从传统文学场域中裂变出来，具有独特的运转规则与组织结构，场域中的行动者主要由互联网用户构成，拥有互联网时代全新的惯习。在布氏理论中，惯习是由知觉思维、外部影响和个人行动组成的，印在个人内在属性中的综合性系统。网络文学的 IP 化，使网络文学从原生时代进入资本时代，网络文学场出现了前所未有的新面貌，形成了具有时代特色的场域结构和运转方式。网络文学作者、网络文学平台、IP 开发企业主体和 IP 文化产品消费者之间形成了一个巨大的关系网络。场域行动者处于不同的结点上、占有不同数量和类型的资本，他们的占位随着资本的变化而变化，从而推动着网络文学场的运转。

一、商业逻辑下的网络文学场变迁

布尔迪厄曾将文学场分为限制性生产场与大规模生产场。限制性生产场指“为艺术而艺术”的场域，推行“拒绝唯利是图”的生产模式，以追求高艺术水平为创作导向，肯定艺术家的独立性创造活动。限制性生产场内部充满了斗争，行动者们争夺文化资本，渴望优越地位。大规模生产场是“为经济而艺术”的场域，它看重的是文化艺术产业化的经济逻辑，关注传播、读者需求、发行量与经济效益，注重将文化价值转化为商业价值，经济资本是其斗争的主要动力。

20 世纪 90 年代中期，随着互联网正式进入中国、网吧在大陆的兴起，网络文学在我国开始出现并开启了文本原生时代。互联网提供了一个交互性与实时性的平台，网络文学网站吸引大量作者驻站写作，作者以连载的形式随时发布自己的作品，读者则以追文的形式阅读并评论，作者通过回复评论与读者交流，作者与读者之间的沟通是实时对等的。作者在创作文本的时候常常会关注读者的意见，并有意识地把故事打造成读者喜欢的样子或者出其不意的样子。读者的点击数与评论量可以将作品推上网络文学网站中的排行榜，排行榜自身的宣传作用又可以吸引更多的读者来阅读作品。因此，此时的网络文学场域是一个“限制性生产场”，精彩的故事与出色的文笔是决定场域行动者占位的重要因素，网络文学作品是网络文学场域内部的封闭性生产物。

在网络文学发展产业化的背景下，网络文学场域越来越多地受到商业逻辑的影响，与各种媒介传播、内容生产子域之间产生了复杂而多元的相互作用。自 1999 年开始，蔡智恒的热门网络作品《第一次的亲密接触》在北京知识出版社出版并热销，从此我国网络文学开启了市场化、产业化的探索进程。2001 年，电影《第一次的亲密接触》在北京放映，尽管票房收入并不理想，但这是最早改编为电影的网络文学作品。2003 年 10 月，“起点中文网”推出首批 VIP 在线付费阅读作品，正式开启了付费阅读的产业化新模式。2012 年，为进一步加大对电影产业的扶持力度，国家电影事业发展专项资金管理委员会出台了多项政策鼓励电影产业的发展。时至今日，影视改编已经成为网络文学 IP 开发的热门方向。近年来，网络文学作品通过版权交易的方式渗透进影视、游戏、动漫等文化场域，网络文学场的资本结构发生了显著变化，与其他场域之间的相互作用越来越频繁。

二十余年的时间里，随着全产业链发展模式的兴起，IP 多元开发成为文化产业内容变现的有效途径。网络文学的 IP 化重组着网络文学场的结构，网络文学场逐渐由“限制性生产场”转化为“大规模生产场”，通过付费阅读、纸质出版和多向度改编等途径，源源不断地输出优质 IP，联合其他文化生产场域生成经济资本与象征资本，充分发挥网络文学版权资源对文化产业多领域的强力支持作用。

二、网络文学 IP 的文化资本属性分析

“资本是积累的劳动，（以它的物质化形式或者它的整合化、内化的形式）当被行动者们或者行动者集体在私有化、排他性的基础上占用时，资本使得他们能够占用以具体化或活生生的劳动为形式的社会能源。”② 布尔迪厄把资本分为四种类型：经济

资本、文化资本、社会资本和象征资本。文化资本具有三种形态，分别是身体化的形态、客观化的形态和制度化的形态。IP 是一种特殊的文化产品，因其受到著作权法保护，既具有文化资本客观化的形态，又兼具制度化的形态。文化产品通常具有两面性，就其物质性方面而言，它表现为经济资本；就其象征性方面而言，它则表现为文化资本。场域中行动者的占位直接取决于资本，不同的资本类型可以互相转化。

1. IP 跨界流转的资本转化机制

近年来，作为内容资源的网络文学 IP 的改编和再创作成为热门现象，文化企业抓住优质网络文学 IP 源头，将其改编成电影、游戏、动漫等文化商品，已经成为投资风险较小、回报比率较高的一种 IP 孵化方式。2015 年的高热度电视剧《花千骨》《琅琊榜》和《芈月传》均改编自网络小说；改编自网络小说的电影《九层妖塔》《寻龙诀》等票房均超过 6 亿元。

资本的本质属性是增殖，为了实现不断增殖，文化资本只有在运动中——即不断地生产和再生产，才能转化成经济资本。文化创意机构等场域行动者通过跨界复制优质 IP，来推动其不断实现商业变现。版权将非物质性的文化内容封装起来，使自由的原生内容成为文化商品，文化商品承载的版权内容通过原创和改编(即生产和再生产)在运动中实现增殖，不断增加的象征性财富又可以转化成更多的经济财富。可以看出，文化资本理论能够清晰地解释 IP 的成形原因与运转逻辑，经济资本对文学场的入注推动了文化内容的版权化，版权制度的成熟又反过来促进文化资本向经济资本的转化。

网络文学作者在与文化企业签约后，其作品被版权化并能够产生经济价值。当其他场域的行动者用购买版权的方式引进文学场中的优质 IP，IP 就通过“原生文化资本——经济资本——

次生文化资本”的转化过程进入另一场域，成为电影、动漫、游戏等其他场域的改编蓝本，改编而成的文化产品继续承载 IP 并借势升温。这一过程是两个不同场域之间的一次相互作用，其作用的结果是文化资本的复制。

2. 流转型 IP 的文本特点

尽管网络文学的 IP 化是一种文化产品开发的低风险形式，但并不是所有的文学作品都具有多元开发的商业价值，甚至是网络文学场域中的高人气作品也未必都能成为具有跨界转化性的 IP 内容源泉。相对于只能在网络文学场域内部引起反响的封闭型网络文学 IP，流转型网络文学 IP 具有以下特点：第一，众创文本。网络文学原作要具有一定的人气基础，读者在小说的创作过程中给出了大量的反馈和丰富的意见，小说在网络文学网站有较高的点击量和评论量，在网络小说排行榜上处于前列。第二，话题文本。作品要具有一定的话题性，在贴吧和论坛等社交网站上有自己的粉丝群体和交流圈子等。在 IP 改编作品推向市场后能够引起一定的社会反响。另外，作品话题要符合时代价值观并贴合文化热点。第三，创意文本。小说需题材新颖，脱离同质化倾向。虽然大量穿越类小说在网络上都有很高的点击量和评论数，但是网络小说的读者数据是在数年内累积的，而穿越类影视作品已经使受众产生了审美疲劳。因此，网络小说排行榜中的翘楚不代表优质的影视剧本，版权费天价的高人气作品未必能被改编成票房大热。其他文化企业在挖掘优质文学 IP 的过程中需要有敏锐的市场触角和较高的美学追求。

三、IP 跨界开发的场域共振策略

布莱恩·摩尔安在布尔迪厄的场域理论基础上，提出了“可供性场域”的概念。可供性可理解为一种相互作用，包括行为主体、客体特征和行为三个要素，强调行动主体与客体之间的互动体验。可供性环路中包含着技术材料要素、社会要素、经济要素、时间要素、空间要素和代表性要素（代表性要素主要是审美性的，但也会源于一些正式或非正式的材料、健康或合法性方面的考虑）。每一种要素都为文化生产场域提供着一种可供性。在某种创意产业的语境下，不同的要素构成了一个多面向的环路或集合，由任何一种要素开始都可以形成相同的渠道、循环、连接或属性，这个环路或集合建构了一个行动者网络。[③]也就是说，在文化生产场域中，文化产品是在一个经济系统中经过多元持续的交换和互动后产生的结果。因此，其所包含的价值也是社会互动与多方协商的产物。在多个场域行动者的合作下，不同文化产品共同承载的 IP 是多个场域互动协商的产物。因此，IP 开发所获的经济效益和舆情口碑也不仅仅取决于文化企业的改编和管理，还取决于整个可供性环路内部的多种要素，这些要素共同影响着 IP 系列产品的水准和生命力。包括文化企业、媒介平台和受众在内的多种场域行动者都被这些要素所影响。同时也在创造着新的可供性要素，共同建构 IP 串联下的复合场域，进而共同创造 IP 系列产品与 IP 多元价值。

场域的概念源于物理学，指物体周围传递重力或电磁力的空间。共振的物理学定义指一物理系统在特定频率下，以比其他频率更大的振幅做振动的情形。IP 串联下的多场域发展策略可以用“场域共振”的概念来概括，表示在互联网时代，场域行动者之间的通力合作使文学场、电影场、游戏场等文化生产场域达成的一种良性作用方式。这种共振是一个处于平衡状态的可供性复合场域，多个文化场域在优质 IP 的串联之下生成相互作用力，在多方协力作用下达到价值开发 1＋1＞2 的效果。这种相互作用力是多种可供性要素相结合的体现。每一种要素都参与构成场域行动者所施加的作用力，并且这些作用力反过来影响场域行动者的决策，从而达成一种处于平衡状态的可供性环路，即实现场域共振。

四、场域共振的分类与实施要点

通过区分由IP连接的场域类型，可以将达成共振的复合场域分为纵向延展型和横向整合型两种：

1. 纵向延展的闭合场域共振

纵向延展的IP多元开放是一种一源多用的商业模式，指在唯一IP的基础上进行多维度的改编和再创作，并对多种IP产品的传播和营销进行整合。在场域理论的视角下，一源多用中的每一“用”都处于一个独立的子场域中，如IP改编电影属于电影场域，IP手机游戏属于游戏场域。在IP串联的条件下，场域间存在的相互作用力多元而复杂，并且共同构成了一个复合场域。复合场域中的产品受众都是明星IP的粉丝，粉丝的规模不断发生变化，但是该群体不会发生身份转化。因此，纵向延伸的复合场域具有一定的闭合性。IP的粉丝通过消费文化产品产生评价，这些评价信息又通过互联网平台反馈给文化企业，成为一种可供性要素，为文化产品进一步开发提供素材和方向。文化企业一般可以通过以下策略构建纵向延伸的共振复合场域：

第一，形式优势互补。网络文学IP具有完整的故事线索与丰满的人物形象，这些是IP内容的核心价值，是其他衍生产品开发的创意之源。文学作品在人物形象塑造和故事情节叙述上是最详尽的，给读者以丰富的想象空间；影视作品的优势在于将人物故事可视化，强化视听感受，并且可以充分利用明星效应赚取票房和收视；游戏的特点在于提供实时的人机交互和社交功能，具有较强的主观操作性和角色沉浸感。文化企业在处理文学作品改编的过程中，需要区分不同文化产品给消费者带来的不同价值，电视剧、电影、游戏等衍生文化产品的开发要发挥自身优势，强化不同的文化体验，达到围绕内容源开发的多类产品之间形成优势互补。以《花千骨》系列产品为例，电视剧《花千骨》以 195.2 亿的播放量摘得了 2015 年网络播放量冠军，同名手机游戏产品取得了首月游戏充值额近 2 亿元的成绩。通过数据可以看出，电视剧能够满足观众阅读小说不能获得的视听感受；手机游戏可以弥补小说和影视作品不能带来的互动性和代入感。多种文化产品达成联动互补，使《花千骨》这一网络文学 IP 实现了价值开发的纵向延伸。当然，优势互补的前提是纵向链条上的每一步开发都能创造优势。在产业化大背景下，通过 IP 串联的系列文化产品的开发不能只注重商业价值而忽视艺术价值。文化企业对 IP 的选择和改编不能放松要求，即使是注重经济效益的大众娱乐产品，也应该有相对较高的文化追求和美学自觉，应该试图培养大众的高级审美趣味，杜绝快餐式的文化生产与文化消费，这才是产业长远发展的理想状态。

第二，内容编码独立性。在 IP 的串联之下，文化企业对不同产品的开发应该保持相同的调性。但是，每个场域内部的规则不能直接决定其他场域的规则和结构，其中的场域规则包含文化产品的编码语言和表达方式。以改编电影为例，小说的撰写需要文学语言塑造人物形象来展开故事；而电影的创作需要专业的电影语言进行拍摄和剪辑。电影戏剧类作品的叙事重点在于表现冲突、强化共鸣；而小说常常通过人物内心世界的细致描写来增强感染力。小说的内容编码主要受作者个人经历和读者反馈意见的影响；而电影的改编拍摄受到的影响因素就要复杂得多，编剧要结合消费者需求、投资方要求与原作内容主线进行再创作，可谓在钢丝上起舞。再以改编游戏为例，小说故事构成了游戏的世界观框架，但故事并不是游戏的制胜核心。在角色扮演成长类游戏（RPG）中，关卡系统、技能系统和社交系统是游戏玩法的核心元素。在多人在线网络游戏中，以剧情为线索的 PVE（Player VS Environment）板块其实是为 PVP（Player VS Player）板块以及社交系统而服务的。角色的成长性及突破性、PVP 系统的技巧性和游戏的社交黏性才是一款成功角色扮演类游戏的内核。2015 年火爆一时的手机游戏《花千骨》，没有突破主流 RPG 游戏的设计格局，技巧性和创意性也十分有限，因此在《花千骨》电视剧结局后，游戏的下载量和在线人数也迅速下降。原生 IP 创作者在对衍生产品生产给予监督的基础上，应该尊重并鼓励其他场域的行动者独立改编和创作，运用专业的编码语言和编码方式完成作品，在优质 IP 影响力的基础上创作出在自身场域的价值评估标准中优质的改编作品。

第三，产品周期持久性。优质的 IP 在原生网络文学场域中有着自己的粉丝群，在 IP 流转的过程中，惯习的影响使粉丝不断追随新的 IP 产品。当 IP 电影或 IP 游戏符合甚至超出了粉丝的期望值，那么他们对该 IP 系列产品的忠诚度会得到提升。开发商可以通过一个优质原生 IP 打造出一系列文化产品，从而收获一个固定增长的粉丝群体。IP 纵向开发达到的场域共振状态可以使原生 IP 粉丝的品牌忠诚度保持很长的时间。著名的 IP 开发案例“哈利·波特”系列就是如此，其小说、电影的成功让哈利迷们多年保持对 IP 的热情。虽然电影和小说已经成为过去时，但哈利系列的衍生产品依然具有很强的市场活力，美国的“哈利·波特”主题公园每年都迎来来自世界各地的游人。日本的很多优质 IP，如《火影忍者》《海贼王》等作品，其漫画的连载和动画的播出几乎是同步的，动画的制作进度稍落后于漫画，每一期连载的内容量很小，创作周期可以长达十多年之久，期间还推出了剧场版电影、游戏和多种衍生产品。不同于一般的完结文学作品 IP 的线性流转，这种开发模式是对 IP 的一种不紧不慢的立体式开发。在保持粉丝忠诚度的方面具有更强的黏合力，大幅延长了系列文化产品的生命周期，适用于系列小说的改编和开发。

纵向延展的复合场域具有相对的闭合性，产品生产围绕固定的 IP 内容源，在多个场域间通过动态竞合完成共振。闭合性复合场域能够在集中的 IP 内容基础上开发出发散性的多门类产品。随着复合场域中的文化资本不断增殖，IP 的文化影响力不断扩大，经济资本转化率也得到显著提升。

2. 横向整合的开放场域共振

横向整合的开放性场域指多个原生 IP 的整合性文化产品开发，以及 IP 助推下的其他非文化产品的开发。IP 开发的横向整合可以发生在纵向链条的任意一个环节，以某一产品开发的场域为原点，整合在切面上的其他场域，实现横向开放性共振。横向整合的多个场域通常由文化品牌或内容平台串联。文化创意企业可以通过以下两种方式将不同场域的合作进行整合：

第一，品牌化内容联动。文化品牌可以将旗下的文化产品进行多向整合，达到横向场域共振的效果。从美国漫威的漫画改编电影的案例中，我们可以借鉴到内容横向整合的经验。2008 年起漫威停止将自己的漫画 IP 卖给好莱坞，转而自己拍摄电影，该公司接连推出了《钢铁侠》《雷神》等 11 部超级英雄电影，截至 2015 年全球票房总计 83 亿美元。漫威在一系列超级英雄电影中，创造了一个统一的世界观，打通了人物故事背景，通过不断将故事情节串联，将英雄们的人生经历逐渐完善。漫威还让不同的英雄主角们到其他电影中客串配角、反复登场，形成了一个庞大的超级英雄亚文化生态圈。漫威用纵横交错的故事主线与人物关系，用漫画电影以及衍生产品牢牢地将受众包裹其中。超级英雄文化是场域行动者的惯习元素，打通了每一个独立 IP 的受众群。

又如迪士尼动画王国，迪士尼公司联合了自己一众优质 IP 资源，将其经典形象汇集并创造了一个动画王国。新形象可以持续被添加进这个王国，经典形象通过故事延续与产品创新保持自己的吸引力，这种组合 IP 已经成功地打造了一个以迪士尼文化理念为入场信念(doxa)的复合场域。复合场域中同样存在着布尔迪厄所说的异端与正统的斗争，新的动画形象和文化产品不断涌现，旧的动画符号依然在维持自己的市场活力，争夺着资本和受众。在这种复合场域的斗争中，场域资本在时间的推移下不断增殖，IP 价值开发实现了最大化与长久化，文化品牌能够建构出一个具有持久生命力的亚文化的有机体。网络文学中的形象在图像化之前，很难被整合在一起。但是，当文学 IP 进入视觉开发阶段，人物可视化的形象就可以被融合进新的场景或故事，延长旧 IP 的生命力，协助新 IP 打开市场。横向共振具有一定的开放性，文化企业可以不断添加新的内容、构建新旧关联来延长文化符号的生命力，推动文化品牌的长期繁荣。

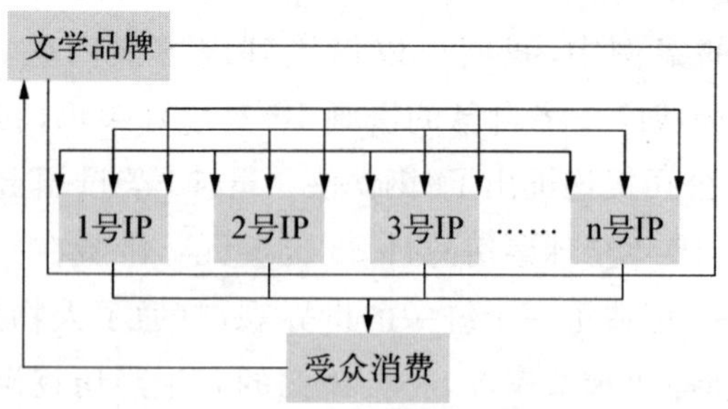

图 1　品牌化内容联动复合场域

第二，平台化价值补贴。文化企业平台可以在营销 IP 产品的同时，将 IP 文化价值渗透到平台运营的方方面面。以互联网公司打造的内容平台为代表，平台通过对原生 IP 进行开发，借助 IP 的影响力反哺平台的非文化产品推广，能够实现 IP 内容产品对平台其他产品线的价值补贴。横向整合的开放性还表现在 IP 的粉丝群可以转化成其他场域中的行动者，进而影响不同场域中的资本结构。以乐视平台对《芈月传》的 IP 价值开发为例，2015 年底，乐视视频平台播出了由网络小说改编的战国古装巨制《芈月传》。截至最后一集，该剧收获了 113.2 亿的播放量。《芈月传》不仅通过商业赞助、视频广告、海外版权销售为乐视赚取收益，还成为乐视的明星 IP 源，推动非文化产品的销售。乐视用芈月系列"会员机"和"纪念机"的形式推广超级手机、超级电视等非文化产品，仅 2015 年"双十二"一天就获得了 5.1 亿元的销售额，实现了由单一内容拉动整个平台的产品销售和品牌推广。在乐视平台的整合下，IP 的文化价值渗透进其他横向相关场域，通过文化资本的跨界增殖来吸引其他场域行动者的注意，进而促进文化资本向经济资本的转化。电视和手机的潜在消费群体和《芈月传》的受众群体存在交集，交集中的大量人群都在芈月 IP 文化价值的影响下转化成了电视和手机的实际消费者。乐视成功地通过单一优质 IP 推动了整个平台的商业变现，充分带动了平台串联下的多场域横向共振。

总的来说，纵向场域延展与横向场域整合是可以相互结合、相辅相成的。在过去的几年里，很多文化企业过于关注版权收益却忽视产品质量、过于关注开发效率却忽视整体经营，最后造成衍生产品质量下降、IP 多元开发虎头蛇尾，IP 价值很快就被榨干了。不同的文化场域具有不同的客观结构和运转规则，在 IP 多元开发的过程中，场域行动者要拥有全局性的视野和前瞻性的思维，在多方面通力合作，以故事驱动为核心，针对市场需求，实现版权资源各种形态的转化。文化企业只有充分考虑复合场域中的可供性要素，深刻认识场域中和场域间存在的网络关系，才能够整合多场域的联动运转，达到场域共振的效果。

从根本上讲，IP 在不同场域间的流转就是要通过挖掘和转化文化产品的多种价值，实现价值开发最大化，塑造文化产品持久的生命力，推动文化资本向经济资本转化，在文化和经济的双重维度上使优质 IP 推动文化产业发展，创造更多的社会财富。场域共振的概念强调优质 IP 在流转过程中，各个场域不是独立运转的，而是场域之间存在着“巧创新”的作用力，正如共振的物理学概念一样，系统需要特定的频率，过高或过低都不能达到共振的效果。因此，在 IP 跨界开发的过程中，不是投入越多经济资本就越能提升文化产品价值，也不是拥有了优质 IP 的影响力就可以走捷径。场域共振的概念试图从宏观层面入手，提供一种独立化创作与合作化管理的思路来解决不同场域的关系问题，同时也提供了几种网络文学 IP 的跨界廾发模式。但是，也存在着对 IP 产品多元价值和行动者开发策略研究等方面的局限性，需要进一步从其他的理论视角入手来解决微观问题。

注释：

① [法] 布尔迪厄、[美] 华康德：《实践与反思：反思社会学理论》，中央编译出版社 1998 年版，第 134 页。

② Pierre Bourdieu. *The Forms of Capital in Education: Culture, Economies, Society*. Oxford University Press. 1997. p.46.

③ Brian Moeran. *The Business of Creativity: Toward an Anthropology of Worth*. Left Coast Press. 2013. p.50.

（原载于《现代传播》2016 年第 8 期）

批评

网络文学对文学批评理论的挑战

刘俐俐　李玉平

网络文学是网络文化的重要组成部分。网络文化正在对社会生活生产方式发生着重大影响，网络文学也必然对社会文化发生重大的影响。网络文学已经成为当代中国文学的一个重要组成部分。不了解网络，意味着即将被未来的历史所抛弃；而不了解网络文学，则意味着对当下文学发展了解的不全面，对于传统文学的认识也必将是片面的。我们对网络文学的关注点是，它对于既有的文学理论发生了怎样的影响，向文学理论提出了哪些问题。网络文学作为一种新的文学生产方式，是前所未有的书写，它在写作方式、传播方式、发表方式和接受方式等方面，都深刻地改变了传统的文学过程，由此，它对于文学理论提出的问题肯定是多方面的、开放的。未来有志于文学理论研究的学者不得不关注网络文学现象，思考其引起的理论问题。

我们所关注的问题是从网络文学的评奖活动起步的：诸如，网易公司与文学网站“榕树下”（http://www.rongshuxia.com）联办的网络文学评奖、“当代华人极短篇大展暨线上征文比赛”等。文学评奖是传统纸媒文学的事情，现在网络上也出现了。此外，“榕树下”所设的《每周精选》栏目，在本质上也是评比和遴选优秀作品。征文比赛和评奖的出现，客观上表征了筛选标准的存在。其实，文学网站所用的标准是一个方面，我们文学理论关注这个现象，研究网络文学的批评标准，是另一个方面。

本文关注的正是网络文学的批评原则和批评方法。

一、批评原则应该取决于网络文学的功能

网络文学可以区分为两种。其一，网络仅仅是载体，所载的是此前用传统方式书写的文学，并且是已经历久而成为经典文学。现在，人们看到了网络具有的巨大的传播力量，从而将这些经典文学输入网络，使之在网络这个巨大而迅速的载体上被更多的读者阅读。这种情形是传播意义上的。其二是在网络上书写、发表、被阅读和产生互动效应，由此而具有仅仅属于网络文学特点的文学样式。这种网络文学正是我们所关注的，因为这种情形是以前传统文学所没有的，网络不再是计算机屏幕对于书籍纸张的替代，网络介入了文学生产，从遣词造句到发行传播的全过程，所引发的问题也最为突出。

网络文学产生最为直接的原因是它的快捷、方便、充分地自由和个人主义。那么，网络文学的功用也就迥异于传统文学。由于网络文学是一个全新的事物，所以，从其产生的最初原因和条件来做发生学的考察，应该是科学并且可行的。网络文学是在虚拟的空间发表的。由于是虚拟的，所以没有版面的限制，没有审稿人的关卡，这使得任何具有一定写作水平和写作欲望的人都可以将自己的所谓作品粘贴上去。这对一些在纸媒的传统文学刊物发表文学作品屡屡受挫的人来说，不啻是柳暗花明又一村。从网络技术来说，世界范围内的汉语网络文学是相互关联、彼此呼应的，这样不论写作者和阅读者身处何处，都可以在互联网这个虚拟空间进行文学活动。如果说，这是一种外在的客观条件.可以呼应和承载人的精神内涵，那么人的精神需求就

是网络文学产生的内在原因了。

我们通过两个个案来具体考察网络文学产生的内在原因。

其一是海外华文网络文学的产生。最早的华文文学网站的拓荒者主要是北美留学生。1991 年忘笑飞创办了海外中文诗歌通讯网(chpoeml@listserv.acsu.buffalo.edu),中间经过 1993 年 10 月方舟子开始在海外中文诗歌网上张贴他自己的诗集《最后的预言》,再经由方舟子与古平等人于 1994 年 2 月创办第一份网络中文纯文学刊物《新语丝》(http://www.xys.org),以邮递目录的形式刊发诗歌和网络文学。1996 年 10 月,《新语丝》建立了万维网主页。影响较大的还有诗刊《橄榄树》(http://www.wenxue.com),它是诗阳、鲁鸣等人在 1995 年 3 月成立的。由世界各地中国学生学者联谊会主办的电子杂志有美国的《华夏文摘》《威斯康星大学通讯》《布法罗人》《未名》,加拿大的《联谊通讯》《红河谷》《窗口》《枫华园》,德国的《真言》,英国的《利兹通讯》,瑞典的《北极光》《隆德华人》,丹麦的《美人鱼》,荷兰的《郁金香》,日本的《东北风》等。这些刊物都在不同程度上成为网络文学的温床。第一篇中文网络小说《奋斗与平等》(少君著)就是 1991 年 4 月在《华夏文摘》上发表的。

从熟悉计算机的留学生由于寓居海外产生对故土的眷恋和浓郁的乡愁,到通过网络用中文系统地将这种乡愁样的东西抒发出来,粘贴在互联网上彼此阅读,这是充分地借用互联网的便利条件而抒发文学情怀,是人文精神与现代科技相互结合而产生的现象。这个过程向我们昭示了网络华文文学的产生内在的精神动因是对故国的思恋,是传统意义的怀旧情绪,从创作心理分析,属于失意情绪以及创伤性体验。这种情绪和体验,如果得不到抒发,心理就会失去平衡,而用文学的方式书写出来发表在文学刊物上,对于这些留学生来说,可能还有一定的距离,而网络恰好提供了这样一个发表和交流的所在。

其二是国内比较成熟的“榕树下”文学网站。“榕树下”网站设有互动社区，用一些具有文学意味的“关键词”作为链接的媒介，组织文学写作。我们考察的主要是《每周精选》栏目。这里已经有了限制：只遴选相对来说成熟的、艺术水准较高的作品，也就意味着有些作品没有被选上，实际上等于有了编辑的审稿机制。从《每周精选》的“非常小说”“爱情故事”“聊斋故事”“随笔小札”等栏目看，倾诉个人感受，尤其是孤独的、寂寞的、不如意的、落魄的以及怀旧的情绪为主要内容。在这里，文学主要用来倾诉和宣泄心里的郁积。比如《每周精选》第 26 期的“非常小说”栏目选录的左手的小说《王宁拿起了刀》，就是写善良老实的王宁在现实生活中终究是个失意者，被奸诈的、诡计多端的唐伟所算计的故事，倾诉的是失意者的情绪。“随笔小札”栏目则有《消失的“德元”》，是对一个传统的小吃店的今昔对比，在现代生活冲击下日渐衰败的描写，感伤的、怀旧的情绪极浓。在 25 期的“随笔小札”中有一篇《写在白驹过隙间》，表达的是生命苦短的感受：“忽然感到很恐慌：人的生命不过如此——刚开始的时候，我们慢慢长大，然后念书，从小学到中学再到大学，接着毕业，参加工作、结婚、生子、最后慢慢老去……那一刻，我感到生的惘然与无奈。”

通过这两个个案的考察，可以整理出这样一些比较稳定的看法：

第一，从网络文学的书写对象来说，不在意描写广阔的社会生活和纵深的民族性的历史性命运，也不执意思考很深入的问题。网络文学的兴趣主要在于抒发极具个人色彩的情绪和感受，而不在于这些情绪和感受具有的社会历史价值和深度。如果对于这些情绪和感受进一步深入分析，还会发现，沉淀在其底层的既有个人主义的内涵，也有传统的理想破灭后消沉、颓唐的后现代情调。比如，寂寞这种感受，就是最个人化、不容易附着在任何社会性生活之上，所以可以说是没有来由的情绪和感受，在传统的文学中，如果不与某种社会历史生活相关联的寂寞，由于一般被认为是没有什么价值的，所以发表是比较困难的。但是，在网络的原创文学中，却存在着较多充分地个人化、没有任何社会历史因素的寂寞的抒发。比如，在“文化研究”网站(http://www.culstudies.com)的 BBS 有一篇原创的被网友称为是“因夜而至”的诗《寂寞，是网的那一端》，全诗是这样的：“寂寞，原本也有手的，它挠得你心，一丝丝生疼，不见血。寂寞，是你手中的鼠标，点开了一页又一页，却点不开心中的那个结。寂寞，是无法格式的程序，总在一日日耗尽内存，挤满了，却又感到空落。寂寞，是在人多的地方，想说，无法说，欲哭又没有泪。寂寞，原本也有手的，它挠得你心，一丝丝生疼，不见血。你在网的那一端，我无法触摸。”为什么会是这样？这是由于网络写作的资源在很大程度上是来自网络。网络促进了跨文化接触的频繁化。中国本土的“网络写手”，或许是由于经常上网的缘故，不仅对于世界各地的风云变幻更加洞若观火，而且更多地接受了发达国家的思想观念，更频繁地追踪(甚至追逐)时尚。中国的现实世界还在为实现小康而努力奋斗时，赛博空间却已弥漫着某种后现代情调，这不能不对网络文学的基调有所影响。这个影响的表现之一，就是在所抒发的个人感慨中，含有后现代情调。

第二，网络文学的功能发生了变化。以往传统的文学不仅是为了抒发个人的一己情怀，作家还常常有为国家和民族言说的欲望，所以，一般是借助描写广阔的社会生活和历史，曲折地传达自己的感受。而现在的网络文学直接就是为了个人，主要功能是泄导人们心理淤积，使人们获得心理平衡。如何认识文学功能的这种变化？是个好现象还是意味着文学的堕落？社会心理学认为，人的心理具有巨大的能量，如果不平衡则会出现问题，一个社会是这样，一个人也是这样。网络文学的出现并没有取代传统文学，传统文学依然发挥它的功能，而网络文学则起着它自己的作用。网络文学为人的心理抒发提供了另一种渠道，在客观上表征了个人享有更多的自由。尼葛洛庞帝在《数字化生存》中预计到的，数字化生存必将分散权力，分散的后果必然是个人享有更多的自由，这就是尼葛洛庞帝所说的个人化，“这里的个人化，不仅仅是指个人选择的丰富化，而且还包含了人与各种环境之间恰如其分的配合。其间，机器扮演的角色是使这种配合能够接近过去没有机器时的自然与和谐。这就要求机器对人的了解程度和人与人之间的默契不相上下。人不再被物役，而是物为人所役。在科技的应用上，人再度回归到个人的自然与独立，不再只是人口统计学中的一个单位”。

第三，从文学形态来看，网络文学个人化特性凸显，相应地就是个人倾诉的文学形态。还以“榕树下”网站的《每周精选》为例，虽然它依旧沿用传统文学的文体来设置栏目：诸如“非常小说”(小说)、“爱情故事”(故事)、“随笔小札”(随笔、散文)、“诗路花语”(诗歌)、“平心而论”(杂论)。但是无论怎样的文体，叙述和描写都是个人化和心理化的，具有很强的倾诉色彩。倾诉被谁倾听呢？网络特性使网络文学的写作者知道，虚拟空间中至少有一个他人在倾听自己的诉说，从而获得心理安慰。这也就是有学者指出的，文学对象上网，这意味着文学主体可以指望自己的作品在网上找到受众、觅得知音。在BBS区的讨论窗口，常常有所谓的“主题”，串联起网友同一方面的感受，形成互文性。比如“榕树下”网站的主题“八月主题诗会：‘我们都还活着’”，要求网友所写的诗作第一行必须是“我们都还活着”，然后再接下去写自己所想写的诗句。于是，“我们都还活着”就成了一句关键句，各个网友以此开头所写的诗作彼此之间具有了互文性，共同构成了一个庞大的文本。这个关键句的提出，实质性的作用是组织不同作者的写作意向，在客观上使彼此就同一个方面的感受互相倾诉。

韦勒克和沃伦在《文学理论》指出，“文学的本质与文学的作用在任何顺理成章的论述中，都必定是互相关联的……物体的本质是由它的功用而定的：它作什么用，它就是什么”。从前面我们对网络文学的书写对象、网络文学的功能到网络文学的文学形态的分析和初步结论，可以得出如是看法，网络文学的批评原则和标准是应该有别于传统纸媒的文学批评原则和标准的。关于这个问题，是有所争议的。一些传统文学的作家认为，网络文学的本质与传统文学并没有什么区别，评价文学的尺度始终如一。余华说：“对于文学来说，无论是网上传播还是平面传播，只是传播的方式不同，而不是文学本质的不同。”吴俊说：“作品的文学性取决于它自身的叙述和表现，同其他物化的载体（媒体）形式——不管是纸质书刊还是电脑网络——并无必然联系。”但是，网络作家却不认同这样的看法，在他们看来，如果用“始终如一”的尺度，那毋宁说明传统文学吞并了网络文学。意见的不一致，恰恰说明这是个值得讨论的问题。

二、网络文学批评原则相关的几个问题

1. 虚拟空间与物理空间的关系及民族文化认同问题。从我们前面的考察可见，无论是海外华文文学，还是国内诸如“榕树下”这样的文学网站，确实存在文化认同和吸收后现代文化因

素的事实。那么，在评价网络文学中抒发的情绪和感受的时候，我们自然会思考网络文学在全球化过程中与民族文化认同、与现代性的关系问题。

互联网是在现代科技与现代性在全球迅速发展的语境下发生的。正如安东尼·吉登斯所言，全球化与自我认同是世界现代性运动的两极。“事实上，现代性的显著特征之一在于外延性(extensionality)和意向性(intentionality)这两极之间不断增长的交互关联：一极是全球化的诸多影响，另一极是个人素质的改变。”这个现象很有意思，一方面，惟其因为有了现代化科技，才可能有互联网，也才可能有网络文学。网络是一个虚拟空间，它跨越国界和语言，《电脑网络空间独立宣言》中说：“我们正在创造一个所有人都可以自由进入的新世界，不会由于种族、经济实力、军事力量或者出生地的不同而产生任何特权或偏见。”“在这个独立的电脑网络空间中，任何人在任何地点都可以自由地表达其观点，无论这种观点多么的奇异，都不必受到压制而被迫保持沉默或一致。”是超越时空限制的。另一方面，民族国家是在物理空间中存在的。民族国家本能地保护自己的文化传统，而生活在某一民族国家的人们，以及在某一民族文化母体中成长起来的人们，本能地热爱自己的文化，眷恋自己的故土，而当这样的情怀受到遏止或者没有更好的渠道抒发出来的时候，人们自然地诉诸文学。诉诸文学也是世界现代性运动的两极之一的自我认同的一种表现。

那么在虚拟空间和物理空间之间有怎样的关系呢？在我们看来，物理空间是一个人文化所属的温床，任何一个人都是在一个特定的民族、特定的国家和特定的地域上生存和成长起来的。海外华文文学的写作者无论身处何处，他们最初的文化形成和所属都是中国传统文化。在现代性运动的两极的一端，他们的文化认同还是归属于中华民族文化的。这可以从海外华文文学所表达的情绪和感受中得到印证。在中国的文学网站的文学作品中,尽管有所谓的后现代的情调,但是,从表达方式到表达的内容,还是具有中华民族文化的特点的。因此,我们以为,虚拟空间虽然是通行无阻的,但是物理空间中存在的民族国家的影响是不可低估的。我们不同意尼葛洛庞帝的看法,他认为,发展中国家的下一代同样自如地生存于数字化环境之中;物理空间对于网络生存无关紧要。“民族国家的许多价值观将会改变,让位于大大小小的电子社区的价值观。”从我们对华文文学网站的考察可以知道,这不是事实。事实是,民族文化所培植的文化认同能力在网络书写中以种种微妙的细腻的方式渗透在网络文学的文本中,认识到这一点,可以进一步确定我们建立网络文学批评原则与批评角度的必要。

2. 网络文学与传统文学的关系与批评原则确定的问题。正如物理空间中存在的民族国家与网络的虚拟空间相关一样,网络文学与传统文学的关系也是一个值得思考的问题。因为网络文学与传统文学具有血肉相连的关系是一个事实。

(1) 从网络作为传播媒介来看,网络所载重要内容之一,是此前用传统方式书写的文学,并且已经历久而成为经典文学。这表明人们看到了网络具有的巨大的传播力量,从而将这些经典文学输入网络,使之在网络这个巨大而迅速的载体上被更多的读者阅读。

(2) 既然在同一种媒体中,网络原创文学就势必会在传统经典文学那里吸取资源。在网上进行文学书写的网民,必须具备初步的文学修养,其所写的东西才能够让其他网络文学阅读者体验到文学趣味。任何一位网络文学写作者都不是白纸一张,而是在已经有了一定的文学阅读经历之后参与到网络原创文学中来的。

（3）从网络文学的创作、发表、接受的全过程来看，虽然没有传统刊物的审稿关卡、没有发表的限制，但是，从目前已经出现的一些现象看，传统文学的评奖征文大赛等运作方式也被网络文学所吸收。如前所述，“榕树下”网站已经有了《每周精选》，事实上意味着已经有了筛选、竞争的因素，而且近似于传统文学的选刊。而文学评奖更是传统文学的奖励、筛选的机制。

（4）从网络文学的文本来看，传统文学的因素是怎样渗透和发生影响的呢？在对“榕树下”网站的考察中，可以作出如下概括：首先，是在语词和典故的运用方面。语词包括比喻的方式、句式的继承等，典故是传统文化的结晶，其中渗透了传统文化的底蕴。尽管网络作家们比如少君，他自己就说：“网络文学的基本表现：通俗化、速食化，不过分讲究文句的修辞，不太考虑表达方法。而其中最主要的是：语句构成简单、情节曲折动人和贴近网络生活本身。”但是其实传统文学的渗透还是存在的。比如前面提到的随笔《写在白驹过隙间》，“白驹过隙”的形象和蕴涵都是来自中国传统文化中的典故。其次，是在抒发的情绪和表达方式上。比如前面所考察的海外华文文学中的“怀旧”情绪，就是中华民族文化中一种传统情感，表达方式也有传统文化的痕迹。再其次，传统文学的运作方式也渗透在网络文学中，比如前面提到的网络文学评奖和《每周精选》。在情绪的表达和情绪的意象方面，传统文学作为优秀的资源，往往是在互动中，以互文性的方式发生作用。比如前面我们列举的诗《寂寞，是网的那一端》，由于是在BBS区里，所以，后面的跟帖中有一个是这样的：“文逸的这篇文章怎么渗透着一丝伤感？”另一个跟帖是这样的：“好玩，我以为是散文诗呢。弄首冯至的《蛇》玩玩。”然后引来了冯至的《蛇》：“我的寂寞是一条蛇，你万一梦到它时，千万啊，不要悚惧！它是我忠诚的侣伴，心里害着热烈的相思：它想那茂密的草原，你头上的，浓郁的乌丝。它月影一般轻轻地从你那儿轻轻走过；它把你的梦境衔了来，像一只绯红的花朵。黑夜里的显示屏总能闪出寂寞。”显然，这是借助于经典作家的情调来支撑同是网民的原创作品的文学意味的。已经有学者指出，网络华文文学的前景取决于以下几方面的关系：一是网络文学和传统文学的关系。二是大陆汉语网络文学和其他国家与地区的汉语网络文学之间的关系。三是全球范围内汉语和其他语种的网络文学之间的关系。当然，它不可避免地要受网络技术及其社会应用的影响。

3. 网络文学的批评标准与传统文学批评标准的同构问题。网络文学与传统文学具有密不可分的关联，还有一个理论上的支持。韦勒克和沃伦在《文学理论》一书提出了“文学作品的存在方式”的问题。他们先后排除了所谓的诗是一种“人工制品”(artefact)，具有像一件雕刻或一幅画一样的性质；文学作品的本质存在于讲述者或者诗歌读者发出的声音序列中；诗是作者的经验等，最后他们得出结论：文学作品是一个由几个层面构成的体系，每一个层面隐含了它自己所属的组合。当这样确定文学作品存在方式和本质的时候，那么，某部文学作品即便被烧毁，版被毁掉，只要还有人能够背诵下来，它就是依然存在着的。在现象学家茵伽登的文论中也有这个思想。

如果我们将这个思想运用到网络文学中，只要网络文学具有韦勒克和沃伦所说的那几个层次，那么，文学的几个层次是网络中存在，还是在纸质的书中存在，都是一样地具有文学性质，并不因为是在网络中而改变文学的性质。显然，这样推理出来的观念，就为承认网络文学也是文学奠定了基础。那么，承认了其文学的本质，文学批评的标准如何确立？即对于网络文学我们拿什么样的标准去批评？是否应该制定一套仅仅适用于网络文学的批评标准？这是我们文学理论所必须解决的问题。

在我们看来，虽然这个若干层次所组成的文学作品的存在方式，可以作为文学批评的切入点，对于网络文学来说，也是适合的。但是，网络文学毕竟是个新的文学书写方式，也就是说，网络的特征介入了文学生产——从遣词造句到发行传播的全过程。第一个层次，即语音语义层次。网络文学的语言一般是通俗化的、幽默简单和粗糙的。这个特点从产生的比较早的《第一次的亲密接触》开始，就具有了雏形。这与传统文学通常都具有的典雅、工整是不同的。网络文学是速食化的，不讲究文句的修饰，不太考虑表达方法，但是却有语言狂欢的倾向。由于可以是匿名的，可以是化名的，所以，在语言层面放纵自己，追求宣泄的快感，往往成为某些书写者的主要目的，由此我们必须把握语言的这一特点。第二个层次，句子和句子所组成的意群。在句子组成的意群中，各样事物扑向读者，与生活本身不一样的感受随之产生。网络文学的这个层次的特点是散淡、随意，往往还有意识流动的色彩。在第三个层次，即已经形成的形象或者意象及其隐喻的层次，网络文学由于有较强的倾诉性，所以在形象的细致刻画和营造方面往往用力不够。第四个层次，文学作品的客观世界，这是存在于象征和象征系统中的诗的特殊“世界”，这个层次与特定的视角和感受相关。第五个层次，是形而上的层次。茵伽登认为，客体层次指涉的是一种“形而上质”。当然并不是每一部作品都具有形而上质，只有优秀的文学的艺术作品才具有形而上质。对这个层面的意识，涉及我们对文学的完整理解。茵伽登还认为，从审美态度出发去意向文学的艺术作品，所构成的作品的最顶点就是一种特殊的形而上学性质的出现。既然是这样，那么，形而上质也必然产生文学性。在网络文学中很少见到形而上的层次。

从以上对于网络文学的几个层次特点的大致概括，可以提示我们注意网络文学批评与传统文学的批评具有同构的一面，同时网络文学也有自己的特点，这都是我们在建设网络文学批评原则时值得注意的。

4. 超文本网络文学对既有文学理论和传统批评原则的挑战问题。在我们看来，真正给既有文学理论和传统批评原则带来一场哥白尼式重大革命的是超文本网络文学。尽管在中文网络文学世界里，超文本网络文学还属于凤毛麟角的稀有品种——大陆的超文本网络文学还处在草创阶段，台湾也只有为数不多的几个超文本文学网站，但是，研究网络文学，如果忽略了代表网络文学发展方向的超文本网络文学无疑是不全面的。

超文本（Hypertext）是一种全局性的信息结构和文本模式，它将不同的文本通过关键词建立链接，使文本得以交互式搜索。节点（Nodes）、链接（Link）、网络（Network）是定义超文本结构的三个基本要素。节点是存贮信息的基本单元，又称信息块，每个节点都是一个独立的文本（此处的文本，包括文字、声音、图像、动画等，即所谓的超媒体），它表达一个特定的主题。链接表示不同文本（节点）间信息的联系。它可以由一个文本指向其他文本，或从其他文本指向该文本。超文本文学是一种以网络为（写作和阅读的）载体，以超文本技术为支撑的新型文学品类。超文本文学作品在文本内部设置有超文本链接点，提供不同的情节走向供读者在阅读时选择，不同的阅读选择会产生不同的结局，因此也称为多向文本文学。从文学作品类型划分，有超文本诗和超文本小说等，另外还有超文本批评。

超文本网络文学至少在以下几方面对既有文学理论和传统批评原则带来了颠覆性的挑战。

第一，非线性文本结构。传统文学文本（包括某些网络文学）呈现出一种线性结构，并以字、词、句、段、篇章、标题的形式固定下来，而且每一页都编了页码，其情节通常完整连贯，一气到底。超文本文学超越了个别文本的局限，将众多文本通过关键词的链接互联为一个树状的网络系统。在这个系统中不同的路径纵横交错，读者可自由选择路径进入文本。超文本文学将传统文学静态的封闭的线性结构，转化为富有弹性的开放的网状非线性结构。非线性的书写系统代替传统的线性叙事，情节的原因和结果不再是严密的对应关系，文本内部结构松散，语意断裂，但又呈现相互关联和贯通的特征。对于超文本网络文学的批评必须由传统文学批评的逻辑学范式向现象学范式转变，充分凸显超文本网络文学的多元性、不确定性和未完成性。

第二，消弭了阅读（包括批评）与写作的界限。传统文学中的作者和读者（包括批评者）角色受到了挑战。在超文本文学中，读者成为集阅读（批评）与写作于一身的作—读者（Author-reader）。罗森伯格（Martin E. Rosenberg）甚至将读者（reader）与作者（writer）两词斩头去尾后，合在一起生造了一个单词"wreader"表示这种特殊的角色。首先，读者（包括批评者）可以直接参与超文本文学的创作活动，有限度地决定文本的结构和发展方向。作者只是为超文本文学的路径选择提供了多种可能性，具体选择何种路径，这完全取决于读者。因此，超文本所强调的是迥异于传统的文本观，即不存在本体意义上的原作，一切文本都依读者的活动而转移。同一超文本文学，在不同的读者那里会呈现出不同的结构和面貌。而且，读者还随时可以通过增添新文本（包括情节、人物以及自己的感想、对于文本评论、相关的参考资料等）来创造新的路径，使之成为整个文本的一部分。再有，超文本文学真正实现了读者与作者的互动交流。传统文学读者和作者在时间和空间上相互分离，无法实现互动交流，超文本文学却可以通过网络实现一对一、一对多或者多对多等多种形式的作者与读者、读者与读者之间的共时交流。另外，作者还可以通过文本的点击率、读者在该文本所停留的时间等统计资料和读者对于其作品的评论，更全面地了解读者的反馈信息，更有效地实现与读者的互动交流。

第三，超媒体。超文本网络文学真正实现了不同艺术门类、传播媒体之间的跨媒体互文性。超文本文学打破了传统文学的体裁分类以及文学与非文学的界限，它将文学与图像、音乐、动画等进行链接，从而形成了诸种艺术门类的众声喧哗，产生了既是文学又不是文学的艺术形式。超文本文学的互文性不仅表现为文字文本与文字文本的互文，还表现为图文互文、视听互文。所谓“图”不仅包括二维的图像、图表，而且包括三维的视频和动画。超文本文学以视为主，但完全可以加入各种听觉成分。各种媒体的交叉互文使超文本文学营造出一个由三维图像构成的、具有高度沉浸感的虚拟现实(virtual reality)。超文本文学的超媒体特性要求对其批评不能再局限于纯粹的文学批评，必须打通不同艺术门类间的壁垒，将文学批评与绘画、音乐、广播、影视、动画，甚至广告、时尚等艺术批评和大众文化研究有机地联系起来。

此外，超文本网络文学还对一些雄霸文学理论和文学批评几千年的重要命题和概念造成了巨大的冲击。超文本文学不再以再现真实的现实世界，表现作者的思想感情为旨归。它更注重文本本身——纵横交错的网络系统、不断延伸的非线性结构，竭力凸显能指，淡化甚至消解所指。超文本文学不再专注于文学之外的目的，它不是传达预先设计好的作者意图的媒介，它本身即是意图：内容和媒介、目的和手段合而为一了。传统文学理论和批评中的表现、再现、艺术真实、生活真实、文类、主题等概念在超文本网络文学批评中已发生变异，有的甚至完全失去效力。在此，我们仅举一例。传统文学中，语言文字仅仅是一种符号，通过它，作者与读者得以沟通，文学活动得以维系。无论是把语言文字看成工具还是本体，一般来说都不会像书法艺术那样，语言符号本身成为描写和表现的对象，直接参与文本意义的生成。在超文本网络文学中，语言文字不仅仅是描写和表现的手段，而且它本身也成为描写和表现的对象。例如一首名为《西雅图漂流》的超文本小诗，打开网页，整整齐齐写着这样五行字：我是一篇坏文字/曾经是一首好诗/只是生性爱漂流/启动我吧/让我再次漂流。当读者点击诗上端的链接“启动文字”四个字，这诗中的文字就开始抖动起来，歪歪斜斜地朝网页的右下方扩散开来，像雪花一样飘飘洒洒，并逐渐溢出网页，游离我们的视线，电脑屏幕上的文字逐渐稀疏起来……

这时，一种失落感和孤独感在读者心里油然而生，舍不得它们全部散落和游离屏幕的心理迅速增强。于是，读者就会像急切地抓住落水的孩子或远去的亲人那样，不得不赶快按下“停止文字”按钮，然后再按一下“端正文字”按钮，《西雅图漂流》恢复了原样。我们还可以通过点击诗中的“文字”或“漂流”，打开另一首题为《文字》或《漂流》的小诗。

网络文学作为比特与缪斯碰撞的产物，给传统文学带来了一场深刻的变革。科技与人文的交互渗透，形成了新的文学生长点。虽然目前网络文学尚未产生经典化的结果，并且是粗糙的。但是正如法国文学批评家蒂博代所说：文学不能归结为若干部杰作。“如果不是有成千上万很快就将湮没无闻的作家维持着一种文学生活的话，那就根本不会有文学，也就是说，不会有大作家。”韦勒克和沃伦在《文学理论》中也表达过对于三流、四流作家的作品的价值的肯定。在他们看来，各个层次的文学共同构成一个时代文学的总体面貌。而且他们对于学院派反对研究现存作家提出了批评。他们说：“如果过去许多二流的甚至十流的作家值得我们研究，那么与我们同时代的一流或二流的作家自然也值得研究。”网络文学，作为现时代的文学，是对这个时代情绪和情感方式的记录，对其研究具有重要的文学史意义和资料价值，同时，也对新型科学技术与文学的交融以及文学自身的发展具有前瞻性。

如上思考是我们建设网络文学批评原则和批评标准所必需的，至于这个批评原则和标准本身的本体，那将是另一篇论文的任务了。

参考文献：

[1] http://bbs.culstudies.com/topic.asp? TOPIC_ID=1598&FORUM_ID=42&CAT_ID=8，2003.8.17.

[2][8] 尼葛洛庞帝.数字化生存.海口：海南出版社，1996.译者前言.15.

[3] 韦勒克，沃伦.文学理论.北京：三联书店，1984.18.

[4] 余华.网络和文学.作家，2000 年第 5 期.

[5] 吴俊.网络文学：技术和商业的双驾马车.上海文学，2000(5).

[6] 吉登斯.现代性与自我认同.北京：三联书店，1998.1.

[7] 刘吉，金吾伦.千年警醒：信息化与知识经济.北京：社会科学文献出版社，1998.278.

[9] 少君.第 X 次浪潮：网络文学.参见南帆.游荡网络的文学.http://www.culstudies.com/rendanews/displaynews.asp?id=558.

[10] 黄鸣奋.网络华文文学刍议.http://www.culstudies.com/rendanews/displaynews.asp?id=557.

[11] 乐黛云教授在近年发表的论文中多次强调，20 世纪后半叶，人类正经历着认识论和方法论的重大转型，即从逻辑学范式过渡到现象学范式。逻辑学范式是通过抽象和概括的内容分析，最后归结为形而上的逻格斯，寻求事物背后的本质和必然性。现象学范式研究的对

象是活生生的存在、行动，感受着痛苦和愉快的身体，现象学研究的空间是一个因主体的激情、欲望、意志的变动而变动的开放的拓扑空间。从第二种范式出发，人们习惯的深度模式被解构了：现象的后面不一定有一个本质，偶然性后面不一定有一个必然性，能指后面也不一定有一个固定的所指。

[12] http://www.vcu.edu/engweb/ReReadingTheorychapter.htm.

[13] 蒂博代.六说文学批评.北京：三联书店，2002.8—9.

（原载于《兰州大学学报》2004年第5期）

网络传媒革命与电子文学批评的嬗变

黄鸣奋

不论什么时代，文学批评都有其具体对象。20世纪中叶以来与信息科技相伴发展的特殊文学批评对象是电子文学。根据国际电子文学组织所下的定义，它包括如下类型：超文本小说与诗歌（万维网内外），出现于Flash（或运用其他平台）的动态诗歌，要求观者加以阅读（或具有文学性）的计算机艺术装置，对话性人物（以“聊天虫”知名），交互性小说，取电子邮件、短信或博客形式的小说，由计算机（通过交互或基于开始时赋予的参数）生成的诗歌与小说，允许读者向作品文本投稿的合作性写作项目，开发新写作方式的文学表演，等等。在我国，由具体的历史条件所决定，网络文学特别繁荣，并因此成为电子文学的代名词。我们将网络文学理解为电子文学的一个分支，更准确地说，它是电子文学发展到网络时代所采取的具体形式。网络传媒已经有半个世纪左右的历史，这么大的跨度允许我们在研究与之相关的文学批评时可以从追溯既往认识现实、把握未来；网络传媒至今仍然在社会需求的驱动和信息科技的拉动之下不断推陈出新，这么快的速度要求我们在谈论与之相关的文学批评时切记与时俱进的重要性。正是基于上述认识，本文将对与新媒体革命进程相适应的三波文学批评加以探索。

网络传媒世代

西方以主机与终端互联为特征的网络建设始于 20 世纪 50 年代，以主机互联为特征的网络建设始于 20 世纪 60 年代。当时计算机网络主要是科技界为共享大型机的计算能力而建设的。虽然它同时满足了有关科技人员彼此交流的需要，因此也是传媒(算是网络传媒第一代)，但其主要功能和报刊、广播、电视之类大众媒体殊别迥异。那是科技精英的世界，以指令为核心，擅长编程者得天下。20 世纪 80 年代，计算机网络迈开了传媒化的步伐。1981 年，法国电信(French Telecom)建立全国网络 Minitel。1983 年元旦，TCP/IP 协议取代先前的网络控制协议，阿帕网从此转变为互联网。与此同时，私营化、商业化、大众化成为大势所趋。早期网络传媒就是这样一步步发展起来的。20 世纪 90 年代万维网兴起之后，互联网逐渐成为易学易用的媒体，有志当信息时代弄潮儿的文学爱好者开始在那儿建设自己的新大陆，包括用运营商所提供的免费服务建设文学 BBS、个人文学主页等。世纪之交，出现了文学网站商业化、网络作品多媒化、网志服务博客化等现象。目前，网络传媒第三代呼之欲出，它将信息跨媒体流动当成主题，与诸网融合的大趋势相适应。

每个传媒世代都存在对应的文学观念，存在作为其代言人、宣传家、辩护士或引导者的理论家。这种现象使得网络传媒与文学批评的关系呈现出某种相对鲜明的时代特征。新媒体革命第一波的弄潮儿将文学的本质理解为信息，引入编码、解码等信息论术语阐释文学创作和文学鉴赏的奥妙；第二波的代言人以挑战者的姿态对待既有文学传统，将文学的功能理解为赛博空间中的自我表现，像拓荒者那样进入这个新世界；第三波的憧憬者与应和者将文学的本质理解为计算宇宙的有机组成部分，认为兼容与和谐是文学发展的必要条件。

自从网络传媒问世以来，每个历史时期都可能存在对它持不同态度、着眼于不同侧面、反映出不同立场的文学批评。这种现象使得网络传媒与电子文学批评的关系变得纷繁复杂。尽管如此，各个时期的电子文学批评仍然有其可辨认的特点：第一波电子文学批评主要关注并推动电脑技术在文学领域的应用，热衷此道的批评家数量不多，但其中不乏编程高手，他们往往同时就是电子文学的创作者。第二波电子文学批评主要关注通过新的传播手段建构数据自我，展示自己的个人魅力与见解，涉足于此的批评家数量明显增加，在线文学社区成为他们与创作者交流的公共空间。第三波电子文学批评更多关注在线文学社区的相互协作、基于不同媒体的文学的相互转变与流动，具备更恢弘的眼光。网络传媒世代交替实际上是媒体发展历史的缩影。不论是口语媒体、书面媒体、印刷媒体抑或电子媒体，都经历了由草创期、兴盛期到泛化期的发展。草创期的新媒体为了替自己的存在争取合法性，往往认同于传统媒体；兴盛期的新媒体为了替自己的发展开拓空间、取得传播领域的主导地位，往往激烈地展开对传统媒体的批判；泛化期的新媒体已经具备将旧媒体纳入自身发展轨道的实力，往往表现出对它们的亲善与友好，同时又必须准备迎接更新的媒体的挑战。随着特定媒体的发展，认同或依附于它们的文学类型及相应的文学批评自然也随之发生各种变化。所不同的是：先前各种媒体的世代交替相隔时间比较长，而网络传媒更新换代之快却是众所周知的，原因之一是作为其技术基础的计算机的可编程性。因此，我们在半个世纪中所经历的电子文学观念与批评的变迁虽然惊人，却不是不能理解的。当然，这种更新换代虽然往往由某些 IT 巨头所拉动、呈现出全球性的特点，但仍然受到各个国家和地区具体历史条件的制约。与此相类似，电子文学及其批评的发展虽然与全球信息基础设施的建设密切相关，但仍然存在不平衡的状况，这在很大程度上是由特定国家和地区的社会条件及文学传统决定的。

电子文学批评第一波

从 20 世纪 50 年代初到 80 年代末，不论网络传媒、电子文学或电子文学批评，都处于草创期。

现今可考的最早的电子文学出现于德国，以卢茨（Theo Lutz）在大型计算机上进行数据库编程，重组卡夫卡小说《城堡》（*The Castle*）所形成的“随机文本”（Stochastische Texte，1959）为代表。早期电子文学虽然在计算机上诞生，但主要通过印刷品与公众见面，20 世纪 60 年代法国潜能文学工场（OULIPO）的作品就是如此。其后，软盘、光盘以至网络渐渐成为电子文学的重要载体。现今可考的最早的传统文学网络化尝试要数美国伊利诺斯大学哈特（Michael Hart）的谷腾堡项目（Project Gutenberg，1971），其时因特网的前身所拥有的不过区区 100 个左右用户。在原创的意义上，西方网络文学的起源可以追溯到 20 世纪 80 年代法国的可视图文作品，如《失落的对象》（*L'Objet Perdu*）等。美国前卫艺术家凯奇（John Cage）所创作的离合诗曾在虚拟社区 The WELL 发表（1985）。它们跻身于世界上最早的网络文学之列。

从 20 世纪 50 年代末到 80 年代末，是西方电子文学筚路蓝缕的时期。有关作品自然而然构成了文学批评的对象。卢茨是以德国美学家本斯（Max Bense）为核心的斯图加特群体的成员，所做的诗歌实验无疑深受本斯关于人机合成、随机创新等理念启发。这个群体围绕电子诗歌所进行的切磋琢磨很可能就是电子文学批评的滥觞，值得电子文学批评史或媒体考古学的研究者深入探寻。这30年左右的电子文学批评具有三个显著的特点：

(1) 与其说是关注电子文学本身的审美特质，还不如说是关注计算机的潜能；与其说是关注作为传媒的网络，还不如说是关注自成网络(即依靠链接形成多节点、多路径)的超文本作品。之所以如此，主要原因是电子文学还无法找到自身的准确定位，计算机网络作为传媒的作用也还没有引起社会各界的足够重视。

(2) 与其说是由职业评论家或一般读者进行批评，还不如说是由创作者自述门道。当时用以支持电子文学写作的软件数量稀少，从事电子文学写作的人很可能就是写作软件的开发者。他们对用自己独立(或与人合作)开发的软件写出的作品的评论，自然具有双重权威性(不仅具备传统作者相对于作品解读的权威性，而且具备程序员相对于软件解读的权威性)。在这一意义上，英国吉辛(Brion Gysin)、巴西卡茨(Eduardo Kac)等诗人，美国米翰(James Richard Meehan)、莱伯维茨(Michael Lebowitz)等自动写作程序开发者，法国阿拉莫(ALAMO)等文学群体所写的创作谈，都值得书上一笔。美国作家乔伊斯(M. Joyce)和博尔特(Jay D. Bolter)联合撰写的《超文本与创造性写作》(1987)堪称其时电子文学批评的代表作。乔伊斯是有史以来第一部严肃的电子超文本小说《下午：一个故事》(*Afternoon: a Story*, 1986)的创作者。所使用的超文本软件“故事空间”(Storyspace)是他到耶鲁大学人工智能课题组当访问学者时与博尔特等人一起开发的(1984—1985)。

(3) 电子文学批评与其说是通过网络传媒发挥影响，还不如说仍然诉诸传统媒体。《超文本与创造性写作》在美国计算机学会主办的第一次超文本会议（Hypertext' 87）上宣读，又通过会议论文集传播。本时期电子文学批评的另一篇重要文献、超文本小说家莫尔斯洛普（Stuart Moulthrop）的论文《超文本与"超真实"》（1989）也是以类似的途径传播的。第二次超文本会议（Hypertext' 89）安排了以"超文本、叙事与意识"为题的专题讨论，旨在推动信息科学家、文学理论家、文本写作者与文本系统设计者关于超文本之含义的对话。考虑到美国计算机学会在业界所享有的权威性，这次专题讨论对于扩大电子文学的影响无疑具有重要作用。

电子文学批评第二波

在电子文学批评第二波阶段，最值得重视的是号称"网中之网"的"万维网"的登场。万维网自身处于不断更新的过程中。大致说来，Web 1.0 以数据为核心（1990— ），Web 2.0 以人为核心（2004— ）。前者考虑更多的是数据层面的集成，后者考虑更多的是社会层面的集成。

在这一时期，不少传统文学批评家表现出强烈的危机感。例如，普林西顿大学克兰认为文学已经死了，原因至少有以下几条：其一，20 世纪 60 年代，在社会激进主义影响下，浪漫主义观念与理想丧失了活力，被它们一度成功抵制的功利主义所推翻。其二，技术革命促成印刷文化迅速向电子文化转型，以屏幕文化取代原先享有权威性的书面文本的权威性。如今的学生在寻求真理过程中更相信计算机屏幕而非印刷的页面。其三，文学评论解构了传统文学，宣布它本身没有意义，指责它对妇女与非白人的意识形态偏见，因而加速了其解体。

与此同时，信息科技给文学带来新生的希望。20 世纪 90 年代初，编程语言诗歌在Perl脚本语言社区中流行开来。1990年3月中旬，美国程序员、作家沃尔(Larry Wall)率先用自己在1987年创造的Perl语言写出了第一首代码诗。活跃于20世纪80年代中叶的国际电子咖啡屋(The Electronic Café International)、90年代初的电子诗社(Telepotics)等群体是网络文学的前导。1993年，最早的网络艺术、超文本小说站点之一Alt-X Online Network登场。同年，美国芬克豪泽(Chris Funkhouser)利用MOO创作诗歌。1994年，纽约州立大学布法罗分校成立了电子诗歌中心。1995年，加拿大诗人、程序员安德鲁斯(Jim Andrews)建立了诗歌网站Vispo.com。超文本诗人柯克(Alexis Kirke)成为英国第一种互联网诗歌刊物《边沿》(*Brink*，1995/6)的主编。大约与此同时，以《报童》(*Newsies*，迪士尼电影，1992)热为契机，英语网络文学开始大量以Web主页形态出现(1995)。美国桑德海姆(Alan Sondheim)1994年以来将“互联网文本”(Internet Text)当成哲学、心理学、语言学、身体与虚拟性的中介来研究，编有《在线：网络主体性》(1996)。在拉美，出现了委内瑞拉的*Letralia*(1996—)、智利的*Escritores.cl*(1998—)等电子文学刊物。

这一时期的电子文学批评经历了如下重大变化：一是将重点由单行超文本转向万维网文学。从观念的角度看，作为媒体的单行超文本(基于软盘或光盘)与万维网是一致的，都具备非线性的特点。所不同的是万维网以互联网为平台，使用超文本标识语言(HTML)建构，通过超文本传输协议(HTTP)运作。从用户的角度看，万维网易学易用，所带来的影响之一是“高手下岗”(不再需要输入复杂的命令。只要在图形界面浏览器上点击，即可“冲浪”)。这一点一般的用户都能感受到，遑论早期前卫电子文学作家、评论家。就此而言，美国布朗大学著名的超文本宣传家库弗(Robert Lowell Coover)在亚特兰大乔治亚学院召开的数字艺术与文化 1999 年会议上所作的主题演讲"文学超文本：黄金时代的过去"具有代表性。

二是批评家所持的态度由激进趋于平和。不论是网络传媒早期吹鼓手，还是网络文学早期宣传家，几乎都表现出某种偏激的态度(库弗就是如此)。他们讴歌网络传媒无与伦比的革命性作用，宣称电子文学(特别是电子超文本文学)所代表的是与传统文学的决裂，向公众许诺这些新事物将带来高度的信息自由、社会民主、文学繁荣、理论创新等美好前景。由此而激起的反弹也是相当激烈的，网络传媒被当成未来恶托邦的诱因，网络文学则被当成"垃圾文学"、"厕所文学"。2001 年互联网泡沫破裂，人们不再相信所谓不受经济规律支配的"新经济"，激进的电子文学批评家所宣传的各种言过其实的主张也失去了市场。现实教导他们必须冷静。与此同时，网络用户的数量仍以几何级数增长，网络传媒的地位已经确立。在这样的背景下，传统文学批评家对网络传媒、网络文学发生了远胜于以往的兴趣，传统的文学批评方法在电子文学中找到了更多的用武之地。比利时洛伊(Jan van Looy)等人主编的论文集《细读新媒体：电子文学分析》(2003)可以为证。正如编者所说，这是第一种专门应用"细读法"于电子文学的出版物。

三是中西电子文学相对态势的逆转。当新媒体革命的第一个浪潮和第二个浪潮到来时，我国的网络文学创作和批评处于严重的劣势。自 2000 年以来，我国大陆网络文学创作、批评与研究趋于繁荣，数量和速度后来居上。此外，还出现了如下值得注意的现象：(1) 电子文学在我国以网络文学为代表，网络文学又以网络小说为代表，重视社会关怀和艺术想象。相比之下，西方电子文学长期以技术含量较高的实验诗歌为主，涉及社会问题时往往带有激进主义色彩。(2) 我国网络文学产业化自 2004 年以来取得重大进展,创造出一个个奇迹,如单个网站收藏作品超过 300 万篇、日增作者千名以上、注册用户上千万人、每日更新超过 3 000 万字、日点击量超过 3 亿、年收入近亿元等。相比之下,西方虽然率先进行网络作品收费阅读实验(著名恐怖小说大师斯蒂芬·金 2000 年就有此举),但始终未能形成规模化的网络文学产业。(3) 我国的电子文学批评在线离线都相当活跃。在线主要形式有 BBS、聊天室、主页、博客等;离线形式有评介、笔谈、论文、编著、专著等。除专业文学评论家、文学研究者、文学爱好者的努力之外,来自政府、媒体与产业界的支持和激励起了重大作用。与创作情况相适应,我国电子文学批评同样以网络文学(特别是网络小说)为主要对象。若就网络文学论著(印刷版)数量而言,我国很可能超过西方任何一个国家(这是笔者近三年来对美国国会图书馆、哈佛大学图书馆和中国国家图书馆藏书多次考察所证实的)。尽管如此,在创新性方面我们仍存在明显不足,尚未完全摆脱传统文学批评所谓"失语症"的痕迹。

电子文学批评第三波

如今,新媒体革命的又一波浪潮正在到来。它以网络传媒的泛化为标志,涉及第二代互联网、第三代移动通信、第二代 GPS、数码电视等诸多领域。2006 年以来,Web 3.0 逐渐成为业界热门话题,所概括的是网络在新的历史条件下的多种发展趋势,如诸网融合、智能化、语义化、星际化等。与之相关,后媒体美学成为西方理论界关注的热点之一。网络传媒发展史也就是媒体生态变革史。在新媒体革命第一波到来之际,传统媒体并没有将网络传媒真当一回事;第二波到来之际,传统媒体大叫

“狼来了”，却不能不在竞争加剧时强调共生关系；第三波到来之际，网络传媒已经显示出将其他媒体纳入自身发展轨道的趋势。类似的情景也见于文学领域。在电子文学草创期，传统文学没有把它当成一回事；网络文学作为电子文学的分支崭露头角时，面对来自传统文学批评的压力，不能不努力争取自己的话语权；如今，电子文学（在我国主要是网络小说）已经趋于成熟，甚至引来传统文学的艳羡。在媒体革命浪潮的推动下，电子文学显示出可观的发展前景。

马克·吐温曾说：“据我看，评论文学、音乐和戏剧这个行当，是各行各业中最下贱的行当，实在没有什么价值——肯定没有多大价值。”如果他的这种说法成立，那文学批评早该寿终正寝了。不过，文学批评并没有死，而是随着历史条件变化而更新。当前，如何在信息科技日新月异、网络传媒影响倍增的历史条件下把握文学批评的机遇，成为令人感兴趣的问题。事实上，“网络传媒下的文学批评”有三种可能的含义：一是借助网络传媒所开展的文学批评（对象是文学，但不限于网络文学），二是透过文学对于网络传媒的批评（目标是网络传媒，所依据的作品来自网络内外），三是针对网络文学的批评（出发点可能是多种学科或现实需要），以下分别阐述。

一是就借助网络传媒开展的文学批评而言，我们不能不关注酝酿中的新条件、新机遇、新形式。(1) 在不远的将来，互联网会成为真正的世界电子百科全书，各种数据都将像网页一样易于访问与链接，不论作家或批评家都能从中汲取无穷的知识。(2) 在线资源将能够根据用户的请求进行跨浏览器投递，网络文学作品因而可以随时根据需要显示出其不同侧面（从代码、框架、链接到实时访问情况）。(3) 高度智能化网络可望通过大规模开掘文学网站的数据（如作品题材、体裁、风格、手法）与访问量之间的关系来预测未来的热门作品。(4) 未来的网络传媒将以可被计算机理解的方式描述事物(语义网)。借用心理学的术语,它将建立基于学习的"神经联系"(语义链接),具备学习能力,我们所输入的文学作品都将为计算机所掌握。由网络应用造成的问题,也将由网络发展来解决。以杜绝抄袭为例,将来网络传媒会自动告诉您所输入的文本哪些要避嫌,重复性言论将被抵制,以免浪费大家的时间与精力。(5) 网络传媒可以根据需要随时把地理信息映射到文学作品中,为所提到的每个真实地名提供对应的空间数据和属性数据。(6) 未来的网络传媒可能是全视频的 3D 世界。如果用户喜欢,以语言为手段所进行的文学描绘随时可以自动转换为 3D 场景。(7) 歌德所说的"世界文学"将拥有更丰富的含义,不只是既成作品的集合,而且是参与性活动。任何一部大型文学作品的开发者都可通过网络找到志同道合的合作者,全球性实时文学协作将成为可能。(8) 打破文化界限、在科技与文艺领域都游刃有余的新型作者成长起来,生产者与消费者之间不再存在清晰的界限。(9) 统一网络、普适计算、按需媒体等理念将成为现实,文学作品将可以在许多媒体上自由流动,并允许用户根据授权进行自定义。

二是透过文学对于网络传媒的批评而言,值得注意的议题至少有:(1) "数码土著"(Digital Natives,借用哈佛法学院帕尔弗里等人的提法)将更鲜明地表现出与前辈迥然有别的特征,如流动自我、多重人格和另类角色等;(2) 网络垃圾、网络色情、网络诈骗等丑恶现象仍是"社会病"的重要内容;(3) 国家之间(甚至国际组织之间)的网络战很可能就在哪天发生;(4) 生产的虚拟化将削弱现实企业组织的根基;(5) 不同国家、地区、社会阶层之间的数码鸿沟有可能进一步扩大;(6) 电子货币在线流动将使全球金融体系面临更大风险;(7) 云计算将导致科学共同体重构；(8) 网络教育可能加剧智商与情商不成比例的现象；(9) 网络传媒将日益成为社会文化建设的基础，以至于让人们将它所营造的景象当成现实本身；(10) 社会伦理的约束力因为虚拟化而进一步削弱，快乐主义成为至上原则；(11) 社会礼仪可能由于网络带来的扁平化而严重失序；(12) 法律将发现自己在调整海量信息瞬间跨国流动所涉及的种种关系方面日益力不从心；(13)“艺术”通过网络进一步泛化，丧失自己应有的特性；(14) 全景监视和无政府主义都与网络升级同比增长；(15) 政治行为将由于频繁的在线互动而具备高度表演性；(16) 有关虚实关系的哲学篇章必须重写，因为虚拟往往先于现实而存在；(17) 作为历史教化之依据的逻辑因果关系将受到网络游戏惯例和情趣的严重挑战；(18) 网络拜物教或许会甚嚣尘上。以上所列或许仅仅是某种可能性，但却应当引起必要的警觉。

三是针对电子文学的批评。这种批评的重点首先是电子文学作品，同时还包括相关社会关系与运营过程。以网络文学为例。它离不开网络技术，其批评自然不能回避相关操作系统、网络协议和应用软件(包括所寓托的文化观念)对文学的影响，也不能回避既有微博客、随身播、维基、频简联合供稿(RSS)等各种服务以及即将伴随 Web 3.0 推出的新服务的作用。电子文学以“文学”为中心词，因此，电子文学批评必须阐明它与传统文学批评既继承又变异的关系，特别要立足于对具体作品文学性的剖析。当然，电子文学批评还应当进行本体论、类型学意义上的考察，区分电子文学自身的外延与内涵，厘清它和电子游戏、音乐视频、传统文学等形式的转化关系。电子文学所涉及的社会关系包括由创作主体、鉴赏主体、传播主体等各种“节点”相互“链接”构成的人际网络。围绕这些主体展开的文学批评既是传统作家论、读者论和中介论的延伸，又不能不正视网络条件下身份模糊化、虚拟化、交互化特点。电子文学所涉及的运营过程立足于它满足人类需要的具体方式、活动环境及更新机制，相关批评自然要研究电子文学在创作、鉴赏、传播过程中所使用的各种技巧，它所面临的伦理、法律、政策等各种社会规制，以及当前产业化、垄断化、全球化过程中出现的种种现象。

在世界范围内，文学批评确实有过危机。例如，当文学批评家竭尽所能引导文学创作向内转时，文学作品丧失了必要的社会关怀，社会也就丧失了对于文学价值的应有重视；当文学批评家苦心孤诣引导文学向外转时，文学作品被解读为无所不包的文本而淹没了自身的特质，社会也就抹杀了文学存在的合法性与合理性。虽然这两种转法在世界各国不是同步的（有时甚至是同时而逆行的），但到头来往往是文学批评家自己转晕了。尽管如此，吃一堑，长一智，从整体上看文学批评仍然大有可为。而且，我国有可能成为电子文学批评新的增长点，因为我们现在已经拥有世界上库存量最大的网络原创作品，同时也拥有世界上数量最多的专业文学研究者、最为产业化的网络文学体制。近些年来，我国与发达国家在网络建设方面的差距逐渐缩小，信息化程度大为提高，综合国力大为增强，网民数量、手机用户数量已经跃居全球第一；我们在吸收与消化西方各种社会科学研究成果（包括数码艺术及电子文学理论）之后，正在趋向自主创新。这些都是有利条件。

综上所述，新一波文学批评可能以信息宇宙为背景，其前提是文学创造力极大释放，保存文学作品的条件空前便利，文学跨媒体流动的可能性大为增长。如此海量的作品，挑战人类读者的阅读与理解极限；如此天马行空的想象力，挑战批评家自身的生活经验与知识积累；如此迅速的更新速度，挑战批评家与时俱进的能力；如此另类、跨文化的审美趣味，挑战批评家的包容性。

机遇与挑战并存，关键是我们的文学批评要有前瞻性。

参考文献：

［1］Electronic Literature Organization. What is Electronic Literature? http://www.eliterature.org/.

［2］Kernan，Alvin. The Death of Literature. New Haven：Yale University Press，1990.

［3］Sondheim，lan，ed. Being on Line：Net Subjectivity. New York：Lusitania，1996.

［4］Coover，Robert. Literary Hypertext：The Passing of the Golden Age. Keynote address at the Digital Arts and Culture conference，Atlanta，GA，October 29，1999. http://nickm.com/vox/golden_age.html.

［5］Looy，Jan van，Jan Baetens，eds. Close Reading New Media：Analyzing Electronic Literature. Leuven：Leuven University Press，2003.

［6］马克·吐温.马克·吐温自传.许汝祉译.南京：江苏人民出版社，1981：332.

（原载于《探索与争鸣》2010 年第 11 期）

网络文学的“网络性”与“经典性”

邵燕君

文学的“经典性”通常意味典范性、超越性、传承性和独创性。它不仅是衡量文学作品的标尺，其本身就是文学标准变化的风向仪。每一次文学变革运动都是一次经典重塑的过程，媒介变革自然更具颠覆力量。

进入网络时代以来，中国的网络文学获得了举世瞩目的迅猛发展。[①]特别是2003年以后在资本力量的催动下向类型化方向发展以来，网络文学不但形成了自成一统的生产—分享—评论机制，也形成了有别于五四“新文学”精英传统的网络大众文学传统。这不但对传统精英文学的主流地位构成挑战，也对“新文学”以来的文学评价体系构成挑战。随着网络文学日益“坐大”，网络文学的“经典化”问题日益被关注。网络文学也能拥有自己的经典吗？人们在问这一问题时，通常还是以传统精英文学的经典定义作为参照。在这一参照系下，我们最多可以引进通俗文学的尺度。但不管我们如何自觉地另建一套批评价值尺度，都难免受限于精英本位的思维定势，落入为网络文学辩护、论证其“次典”地位的态势。如果从媒介革命的视野出发，中国网络文学的爆发并不仅仅是被压抑多年的通俗文学的“补课式反弹”，而同时是一场伴随媒介革命的文学革命。“网络文学”概念的中心不在“文学”而在“网络”，不是“文学”不重要，而是网络时代的“文学性”需要从“网络性”中重新生长出来。所以，对于网络文学的“经典性”的讨论，我们不妨跳过通俗文学这一步，直接从媒介革命的视野展开，从“网络性”的角度讨论网络文学的“经典性”。

一、跳出“印刷文明”的局限

从媒介革命的角度出发，意味着需要跳出哺育我们长大的印刷文明的局限——这正是麦克卢汉在半个世纪之前发出的那句著名警句“媒介即信息”提示我们的。

麦克卢汉指出，媒介和社会的发展史同时也是人的感官能力由“统合”—“分化”—“再统合”的历史。拼音文字发明之前，部落人感觉器官的使用是均衡的。拼音文字的发明打破了部落人眼、耳、口、鼻、舌、身的平衡，突出了眼睛的视觉。从古希腊荷马开始的文字时代在人类社会持续了约两千年，而直到 15 世纪谷登堡印刷术的出现才最终结束了部落文化，保证了视觉偏见的首要地位，进一步加重了感官使用失衡的程度。以电报发明预示的电子革命的来临，尤其是电视和网络多媒体的出现，则恢复了人的感官使用比例的平衡，使眼、耳、口、鼻、舌、身重新均衡使用，在一个更高的层次重新统合化。电子时代由于人的感觉器官重新统合化，人们比分割化的过去更多地使用形象思维。形象思维尽管是人类最早的思维方式，然而它又是综合的思维方式。逻辑思维是人类的高级思维方式之一，然而它又是单一的思维方式。在更深广的意义上，形象思维包括了逻辑思维。麦克卢汉猛烈抨击了西方建立在拼音文字基础上的理性文明导致的个人主义、专业主义、工业主义和民族主义，认为电子时代可以使人所有感官深度参与，在“地球村”的愿景上重新“部落化”。他对电子革命可能带来的“地球村”的乌托邦想象是以前文字时代为蓝本的。在他看来，以媒介技术的发展变化为基本判断标准，人类社会发展划分为三个历史阶段：前文字时代/部落时代、古登堡时代、电子时代。我们以往认为的人类真正进入文明的印刷时代，在他这里恰恰是“文明割裂的时代”，是两个伟大的“有机文明”之间的过渡。②

麦克卢汉的观点提醒我们从人类文明整体发展的“大局观”审视人与媒介的关系。在这一视野下，“纸质文学”虽然在时间上是与“网络文学”最近的，却不是最具亲缘性的。从生产—分享机制和文学形态上看，与“网络文学”最具亲缘性的文学应该是前印刷时代的“口头文学”。从《荷马史诗》到莎士比亚，从《诗经》到“说部”“聊斋”，这些口口相传的“舌尖上的文学”，更是即时互动的“网络文学”的“活的源头”。而从“自然村”到“地球村”，从“脸对脸、面对面”到“相聚在二次元”，“网络文学”必然发展出其全新的媒介特征。

如果我们认可印刷文明很可能是两大有机文明之间的过渡文明，至少不是终极文明，那么，想必也能接受，文学的发展轨迹未必是线性的，而是螺旋性上升。在这一前提下，当我们考察网络文学的“经典性”的时候，可以引为参照的，就不是“纸质文学”的标准，也不是更具亲缘性的“口头文学”的标准，而是“经典性”如何在“口头文学”“纸质文学”发展进程中，以各自的媒介特性呈现出来的。“内容一经媒介必然发生变化”，这正是“媒介即信息”这一论断的重要内涵。

这样的研究前景无疑是令人振奋的。我们无需再讨论“网络文学是否可以拥有自己的经典”这样的问题，这其实是一个伪命题。媒介革命已经不以人的意志为转移地发生了，在不久的将来应该不再存在“网络文学”的概念，相反，“纸质文学”的概念会越来越多地被使用。因为网络将是所有文学、文艺形式的平台，“纸质文学”除了一小部分作为“博物馆艺术”传承以外，都要实现“网络移民”。目前各种居于“主流”和“非主流”的文学传统、文学力量都要在新的媒介平台上重新争夺“文化领导权”。不过，“纸质文学”的“网络移民”绝不是原封不动地“穿越”，而是要经过脱胎换骨的“重生”。来自古老传统的“经典性”必然要穿越印刷时代，以“网络性”的形态重新生长出来——不管经典之作何时问世，“经典性”的萌芽都被携带在胚胎里，而考察这一胚胎形态的生长过程才是我们今天的研究任务。

二、网络文学的“网络性”

从媒介革命的角度出发，“网络文学”的核心特征就是其“网络性”。严格来说，“网络文学”并不是指一切在网络发表、传播的文学，而是在网络中生产的文学。也就是说，网络不只是一个发表平台，而同时是一个生产空间。我们至少需要从以下几个方面理解“网络文学”的“网络性”。

首先，“网络性”显示“网络文学”是一种“超文本”（HYPER TEXT），这个概念是相对于“作品”（WORK）、“文本”（TEXT）提出的。

我们在传统意义上所说的“作品”是印刷文明的产儿。印刷术解决了跨时空传输的问题，但封闭了所有感官，只留下视觉，并且把创作者和接受者隔绝开来。这就需要一群受过专门训练的作家和读者系统地“转译”和解读——作家们在一个时空孤独地编码，把所有感官的感觉“转译”成文字，读者在另一个时空孤独地解码，还原为各种感觉。这种超越时空的“编码—解码”过程，使文学艺术具有了某种神秘性、永恒性和专业性。即使是最低等级的大众读者也必须识文断字，具备一定的在形象思维和抽象思维之间转换的能力，并且在一定程度上与作家共享某种“伟大的文学传统”。

从结构主义—后结构主义的理论谱系上看，印刷时代的“作品”是典型的结构主义的概念。“艺术家”是孤独的天才，他们谛听神的声音，创造出具有替代宗教功能的艺术品，这样的“作品”是一个封闭完整的世界，读者和批评者的人物只是探索出其中隐藏的真理而已。20 世纪六七十年代，后结构主义理论家罗兰·巴特几乎与麦克卢汉同时提出了“文本”概念，打破了“作品”的封闭完整性，“文本”是无限开放的，读者不仅拥有创造性解读的权利，甚至具有创作自己“文本”的权利。而“网络文学”则是“超文本”，它由“节点—链接”的“网络”构成，链接的目的地可以通往内部，也可以通向外部另一个“超文本”。网络技术使“超文本”具有了无限的开放性和流动性。

出于各种原因，中国网络文学的发展没有走西方“超文本”实验的道路，而是以商业化的类型写作为主导。“超文本性”在这里表现为其“网站属性”，每个网站本身就像一个巨大的“超文本”。如果说“作品”意味着一个向往中心的向心力，“超文本”则意味着一种离心的倾向。我们可以说“作品”的时代是一个作者中心、精英统治的时代，“超文本”的时代是一个读者中心、草根狂欢的时代。

其次，网络文学的“网络性”是根植于消费社会“粉丝经济”的，并且正在使人类重新“部落化”。

在网络文学的生产过程中，粉丝的欲望占据最核心的位置。网站经营很大程度上利用了“粉丝经济”，有人称之为“有爱的经济学”。粉丝既是“过度的消费者”，又是积极的意义生产者。他们不仅是作者的衣食父母，也是智囊团和亲友团，和作者形成一个“情感共同体”。从媒介革命的角度分析，这种根植于“粉丝经济”的“情感共同体”正是网络时代人类重新“部落化”的模式。在麦克卢汉看来，在印刷时代以前，人们生活在一个彼此息息相关的部落化社会中，印刷文明使人从部落中独立出来，也孤立起来。而电子技术作为一种“人的延伸”，它与轮子（人类腿脚的延伸）、房子（人类皮肤的延伸）、文字（人类视觉的延伸）不同的是，它延伸的是人的中枢神经，“在电力时代，我们的中枢神经系统靠技术得到了延伸。它既使我们和全人类密切相关，又使全人类包容于我们身上。我们必然要深度参与自己每一个行动所产生的后果。我们再也不能扮演读书识字的西方人那种超然物外和脱离社会的角色了”。③或许历史的发展未必如麦克卢汉预计的那样乐观——人类打破印刷文明建构的“个人主义”、在“地球村”的愿景上重回彼此密切相关的“部落化”生活——但至少重新“圈子化”了。只有在重新“部落化”或“圈子化”的意义上我们才能真正理解“粉丝文化”那样一种“情感共同体”模式，这不但是一种文学生产模式，也是一种文学生活模式。

第三，网络文学的“网络性”指向与 ACG（Animation 动画、Comic 漫画、Game 游戏）文化的连通性。

网络文学方兴未艾，但我们不得不清醒地意识到，作为“文字的艺术”，它本质上是印刷文明的遗腹子。几百年来，文学居于文艺的核心位置实际上是印刷文明技术局限的迫不得已。互联网时代最盛行的是 ACG 文化，未来最居于核心的文艺形式很可能是电子游戏。根据媒介变革的理论，每一次媒介革命发生，旧媒介不是被替换了，而是被包容了，旧媒介成为新媒介的“内容”（如“口头文学”是“文字文学”的内容，“纸质文学”是“网络文学”的内容，文学是影视的内容，而这一切都是电子游戏的内容），而旧媒介的艺术形式升格为“高雅艺术”。当电子游戏君临天下的那一天真正到来的时候，文学，即使是寄身于网络的文学，除了作为一种小众流行的高雅传统外，主要将以“游戏文本”的形态存在——并非人类在印刷文明时代形成的一系列关于文学的标准和审美习惯都要被废弃，而是要如麦克卢汉所言引入“新的尺度”。必须把“新的尺度”带来的“感官比例和平衡”的变化引入对文化的判断标准之中。

对于网络文学创作者和研究者而言，我们不得不面对这样一个残酷的事实——网络文学尚未获得合法性就已经开始准备被边缘化。但这并不意味着，在此期间网络文学不能出现一批经典化作品，也更不意味着不能形成其不可替代的经典化传统。只是我们在考察其“经典性”时必须同时考虑到其过渡性，特别是与 ACG 文化的连通关系。

三、“网络性”对雅俗二元对立结构的瓦解

在“网络性”的意义上讨论“网络文学”的“经典性”，首先要确立的一个前提是，把“经典性”与那种一以贯之、亘古不变的“永恒价值”脱钩。在这个问题上，笔者明确反对以《西方正典》作者哈罗德·布鲁姆为代表的那种带有文化保守倾向的审美精英主义的观点，而站在他所说的“憎恨学派”的一边。[④]

如特里·伊格尔顿在《文学原理》[⑤]一书中所言，“文学”就像“杂草”一样，不是一个本体意义上的概念，而是一个功能意义上的概念。如果说“杂草”是园丁需要拔除的一切东西，“文学”可以相反，是被人们赋予高价值的写作。这就意味着“文学”不再是一个稳定的实体，拥有永恒不变的“客观性”。什么样的写作可以算作“文学”？什么是“好文学”？都是一时一地的人们价值判断的

结果。价值判断与判断者“自己的关切”密切相连，本身必然是不稳定的，随着历史环境的变化而变化，但又不是随心所欲的，“它们根植于更深层的种种信念结构之中，而这些结构就像帝国大厦一样不可撼动”（第14页）。这个隐藏着的价值观念结构，就是意识形态的一部分。在这个意义上，“永恒的经典”的说法就是一种彻头彻尾的“妄见”，“所谓的‘文学经典’以及‘民族文学’的无可怀疑的‘伟大传统’，却不得不被认为是一个由特定人群出于特定理由而在某一时代形成的一种建构（construct）”（第11页）。只要历史能够发生足够深刻的变化，未来很可能出现一个社会，人们不再理解莎士比亚，也不需要读懂他，因为以那个社会的情感和思维方式，人们不再能从莎士比亚那里获得任何东西。虽然很多人会认为这种社会状况将是一种可悲的贫乏，但未必不可能是进化的结果，“不考虑这种可能是武断的，因为这种社会状况可以产生于普遍全面的人的丰富”（第11页）。

网络时代发生的一个最深刻的社会变化就是，网络的媒介特性为瓦解精英中心统治提供了技术可能。“超文本”和与ACG文化的共通性，打破了创作的封闭状态和“作家神话”，甚至“个人作者”也不被认为是必需的，[⑥]由此，“天才的原创性”“个人风格”等信条也就烟消云散了。“粉丝经济”决定了网络文学只能以受众为中心，判断什么是文学、什么是“好文学”的，不再是某个权威机构代表的“特定人群”，而是大众读者自身。

在印刷时代虽然大众通俗文学也相当发达，但一直存在着“精英文学”和“通俗文学”两个系统，“通俗文学”无论拥有多庞大的读者群也是“不入流”的，而“精英文学”无论多小众，也握有“文化领导权”。“精英文学”必然是高雅的、难懂的，大众要么敬而远之，要么以谦卑的态度学习。哈罗德·布鲁姆也承认，“经典的原意是指我们的教育机构所遴选的书”。[⑦]“西方正典”的形成在相当大的程度上是英国文学成为一个正式学科建立的结果。自从经典确立以来,高雅文学和通俗文学之间就始终存在着竞争,不断有通俗文学登堂入室,被布鲁姆奉为“经典的中心”的莎士比亚,本身正是由通俗成为经典的写照。[8]中国自五四“新文学”建立以来,通俗文学一直处于被压抑状态。但1990年代“市场化”转型以后,通俗文学的影响力日益扩大,“超越雅俗”逐渐成为学术界的主导倾向。到20世纪末网络文学兴起的时候,金庸的经典化地位已基本确立——这或可以象征着印刷时代末期雅俗合流的大势所趋。

网络革命不但打破了精英文学—大众文学之间等级秩序,而且根本取消了这个二元结构。在“网络性”的主导下,未来的网络文学将不再分“精英文学”和“大众文学”,只有“主流文学”和“非主流文学”,“大众文学”和“小众文学”。那些针对各种特定人群、特定趣味的“非主流文学”或“小众文学”,有的可能更高雅,也有的可能更低俗;有的可能更先锋,也有的可能更保守。它们将形成一个“亚文化”空间,与“主流文化”之间保持既对抗又互动的张力关系。

目前的“网络文学”以类型小说为主,但也不是铁板一块。随着2012年互联网进入“移动时代”,针对移动受众阅读时间碎片化的特点,一些主打“小而美”的APP终端应运而生,如韩寒主编的《ONE·一个》,中文在线推出的“汤圆创作”,专门发表短篇小说的“果仁小说”,以及2011年底就上线的“豆瓣阅读”。此外微博、微信公共账号也是相当活跃的个人作品发表平台。这些“小而美”有很浓的“文青”色彩,某种意义上可以看作当年被资本“一统江湖”压抑下去的“网络文青”的复活。与此同时,传统文学期刊也开始进行“网络移民”,如由《人民文学》杂志推出的“醒客”也于2014年7月上线。各种具有“纯文学”追求的网络平台的出现，极大丰富了网络文学的生态，使网络真正成为一个媒介平台，而不是网络类型小说的专属平台。但是，它们不再可能形成一个“精英文学”系统，高居于网络类型文学之上，而是将进入到网络环境中本已存在的“非主流”或“小众”文学圈中，为居于主流的大众流行文学提供文化思想和文学探索方面的借鉴资源，推动其发展，但难以再形成“文化领导权”。

我们必须意识到，网络时代也是文化全球化的时代。在资本主义文化体系中，居于主流的、承载一个国家主流价值观的“主流文学”只能是大众流行文学，这是大众读者的阅读趣味决定的，也是文化工业的性质决定的。⑨21世纪的中国已经置身于全球化体系之中，我们的“主流文学”可能会因为特殊的文化制度而颇具“中国特色”，但也不再可能是由文学精英和政治精英联手打造的精英文学的大众化版本。由精英启蒙、教育、引导大众的历史时期已经终结，各种精英力量只能隐身其后发生作用。⑩目前，拥有最大量读者的文学就是网络类型小说，它能不能分层、分化，形成一个内在的精英指向，从而担纲“主流文学”的职能？能不能以“网络性”的形式重新让文学的“精灵”长出翅膀？这正是我们考察网络类型小说“经典性”的重要意义所在。

四、“网络性”“类型性”与“经典性”

对网络类型小说的“经典性”的考察，必然涉及“经典性”与“网络性”“类型性”之间关系的问题，也就是要引进“网络性”和“类型性”的尺度对“经典性”重新定义。

从“网络性”的角度出发，正如上文谈到的，网络时代经典的认证者不再是任何权威机构，而是大众粉丝。不再有一条神秘的“经典之河”恰好从每一部经典之作中穿过——任何时代的大众经典都是时代共推的结果，网络经典更是广大粉丝真金白银地追捧出来的，日夜相随地陪伴出来的，群策群力地“集体创作”出来的。经典的传承也是在当下进行的，没有“追认”一说，并且是否被传承本身就是确认一部作品是否经典的重要指标之一。在网文圈内，如果一部作品不但走红后很快引来众多跟风者，几年后还被后来居上的“大神”们借鉴、改装、升级换代，往往会被称为“经典”。而他们反复致敬的前辈大师之作，会被认为是“传世经典”。所有的“传世经典”都曾经是“当代经典”——“网络性”放大了人们经常忽视的经典的“当下性”，经典的“超越性”在于它穿透了那个孕育它的时代而不是超离了那个时代，正是对于本时代的“盈满状态”使其获得了“穿越”的力量。

根植于“粉丝经济”的“网络性”，使原本依据读者不同口味而形成“类型性”获得了新的生机。“类型”是一个古老的文学概念。即使在雅俗文学的秩序内，“类型”也不是通俗小说的专属特性。类型化倾向是文学创作的一种普遍特征，它与人类基本欲望的固定表达方式相关，“类型是一系列贯彻同一种内在确定性的文本”（亚里士多德）；[11]与作家写作经验的积累和读者的阅读期待相关；“类型就是一套基本的成规和法则，随着时代的变化而变化，但总被作家和读者通过默契而共同遵守”（罗兰·巴特）；[12]也与文学研究的分类有关，“在文学批评中指文学的种类、范型以及现在常说的‘文学形式’”（艾布拉姆斯）。[13]但文学的类型化倾向与类型文学不同，后者是文学类型化倾向的固定形式。它是为满足读者某种既有阅读预期（如题材、情节模式、情感关系、语言风格，等等）的文学生产，因而被认为是通俗文学，并且是通俗文学的基本存在方式。类型小说的发展依赖于媒介发展，可以说，每一次媒介革命（出版、报刊、网络）都带来一次类型文学的繁荣，而这一时期的类型文学样式也与新媒介特征密切相关。这也无怪乎中国的网络空间刚一打开，网络类型小说就旺盛蓬勃地生长起来。

中国网络文学发展十几年以来，产生的“类型文”的丰富性是古今中外前所未有的：既有从西方舶来的，如奇幻、侦探、悬疑、言情，又有从中国古典小说继承的，如玄幻、武侠、官场、世情，还有在“拿来”“继承”后发扬光大的“耽美”“穿越”等，更有本土原创的“盗墓”“重生”“宅斗/宫斗”“练级”等。在各种“文”的大类下，还有各种分类更细的小类或变化更快的“流”，如“仙侠·修真”类中有“修真流”“洪荒流”，“玄幻·练级”类中有“凡人流”“无限流”，“都市言情”类中有“宠文”“总裁文”，“清穿文”之后有“清穿种田文”，等等。正是借助网络媒介提供的细分和互动功能，网文类型才得以层出不穷、变动不居。每一种“文”、每一种“流”都“戳中”不同粉丝群独特的“萌点”，那些生命力强大、可以衍生无数变体的类型文，大都既根源于人类古老的欲望，又传达着一个时代的核心焦虑，携带着极其丰富的时代信息，并且形成了一套独特的快感机制和审美方式——网络文学发展十几年来成为中国最大的“欲望空间”和“幻象空间”，甚至形成了一套“全民疗伤机制”，[14]如果要考察当下中国人的生存状态和精神欲求，应该说没有一种文学创作比网络类型小说更具“盈满状态”的了。

“类型化”为网络类型小说抵达“当代性”提供了经验模式和欲望通道，但其固有的商业性、程式化、娱乐性会不会与“经典”要求的文学性、原创性、思想超越性之间具有天然冲突呢？这正是我们从“类型性”的角度重新探讨网络时代“经典性”问题时，必须事先排除的几个误区。

首先，类型小说的商业性不排斥文学性。在雅俗文学的体系架构内，作者的创作动机被认为是有本质分界的——“纯文学"是诉诸自我表达的,"俗文学"是为满足读者欲望的。作为类型小说"本分"的商业性,在"纯文学"一边堪称"原罪"。这样一种楚河汉界的形成貌似天然,其实是有其特定历史背景的——进入 19 世纪后,资本主义粗鄙的功利主义将中世纪欧洲的各种有机社会组织全面拔起,艺术家失去了贵族保护人,又尚未在新兴的资本主义市场找到消费者。在与政府和市场的双重决裂中,"文学场"开始形成。根据布尔迪厄的"文学场"理论,"文学场"的"自主原则"(如"为艺术而艺术")建立在一种"颠倒的"经济原则上: 输者为赢。艺术家只有在经济地位上失败,才能在象征地位上获胜。"文学场"的内部等级建立在不同形式的"象征收益"上,如声望(prestige)、成圣(consecration)、知名度(celebrity)。在这个意义上,"文化场"是一个"信仰的宇宙"。纯艺术的生产者除了自己产生的要求外,不承认别的要求,只朝积累"象征资本"的方向发展,而"象征资本"可以再转化为经济资本。[15]这一逻辑虽然十分有利于形式实验和创新,毕竟是一种产生于特定历史环境下带有口号性的原则。不过,在 20 世纪 80 年代中期,这一高蹈的信念却特别契合于同样急于摆脱政府和市场双重压迫的中国文学界的普遍心理,被奉为"纯文学"的神圣律条。很多作家开始"背对读者"写作,这是致使以文学期刊为中心的传统文学在"市场化"转型过程中迅速被边缘化的重要内因之一,[16]而其观念惯性仍延续至今。

如果"纯文学"真的是"背对读者"的,且不说如何生存,也违背了小说兴起的原始动因: 交流的需求。[17]从交流互动的意义上说,鼓掌和投币只是读者两种不同的回报方式。互联网的本质不是商业而是分享,粉丝文化的核心要素是影响力,影响力如同象征资本,可以转化为商业资本也可以不转化。目前的互联网写作中也存在一些非盈利的网站、论坛,即使对以赚钱为首要目的的商业类型小说而言，“有爱”和“有钱”也是双重存在的动力源，其文学价值和商业价值可以并行不悖，甚至相辅相成（参阅本书徐艳蕊《网络女性写作的生产与生态》）。可以这么说，卖得好的类型小说不一定是好类型小说，但好的类型小说一定是好卖的。因为类型不是任何人预先设定的，而是多年来“好看”文学经验的积累，能成功调动这些文学经验的小说必定是“好看的”，也会是“好卖的”。当然，这里的“好看”标准不是由专家认定，而是由粉丝认定的。“经典性”的作品必然是一流粉丝推出的，对更大众的读者也有广泛的影响力。

其次，类型小说的程式化不排斥独创性。

类型小说的最大特点就是有一套约定俗成的套路，所谓“程式化”就是为了保障其最优化地实现娱乐化功能的快感机制。这其实是该类型在长期发展过程中积累起来的最有效的满足读者快感的成规惯例。按照这些套路，一个平庸的写手也能生产“大路货”，而再具个性的作者也不能随意打破这些套路，否则就违背了与读者的契约。程式化是保证类型小说作为一项文化产业得以繁荣的技巧基础，但会不会限制一个作家的原创性？对于这个问题的思考，我们仍然需要跳出印刷文明的限制，从网络时代人类重新部落化的角度思考人们“文学生活”方式的改变。

印刷时代是一个孤独的时代，文学的功能在于使孤独的个人更好地与自己对话，如布罗姆所说：“西方经典的全部意义在于使人善用自己的孤独，这一孤独的最终形式是一个人和自己的死亡相遇。”（《西方正典》，第 21 页）所以，他会把作家的原创性指向“陌生化”，一种人类前所未有的、天才的、个人的神秘创造。虽然他认为经典作家都处于深深的“影响的焦虑”中，但其竞争的对象却只是同一系列的经典作家——那条神秘的“经典之河”必然穿过的人。如他关注莎士比亚与乔叟、但丁之间的竞争，而对与他同期的戏剧家们不屑一顾。事实上，莎士比亚更是在与他同辈戏剧家的竞争中成为经典大师的，他在文学史上表现出的“陌生性”很可能是同期作家的时代共性。在一个文化全球化的时代，纯粹的“陌生性”难以存在，所谓作家的“原创性”，不如称为“独创性”。网络时代的读者不再追求“众人皆醉我独醒”的孤独感，而是迷恋于在一个“情感共同体”内的集体沉醉，他们迷恋的“大神”既要“独具魅力”，又要负载一个群体的欲望投射，太多的“陌生感”是不能被接纳的。

对于类型作家而言，“影响的焦虑”更直接表现为生存危机，既有同行紧逼，又有前辈压顶。粉丝们可不是好伺候的，资深粉丝都是专家级的，对各种桥段了如指掌，对前辈作品如数家珍，除非能在前辈搭起的“危楼”上再加一层，否则，谁会奉你为“神”？正如陈平原在谈到类型小说成规与创新性关系时所言，这些艺术成规“与其说是缩小了作者的独创性，不如说是帮助说明了独创性”。[18]一种有足够生命力的类型可以跨越时空在不同代作家手中花样翻新。那些堪称大师的类型小说作家不但能把该类型的各种功能发挥到登峰造极，往往还能融合其他类型的精华，甚至进行“反类型”的创新（如金庸大师的最后两部作品《天龙八部》和《鹿鼎记》，前者是武侠小说的集大成之作，后者则是有意的“反武侠”之作）。从一定意义上说，类型文学就是在类型化和反类型化的抗衡张力中发展的，所谓类型经典的“大师”就是“规定动作”跳到满分之后还能跳出自己风格的作家。

第三，类型小说的娱乐性不排斥严肃性。

就像商业性是类型小说的“本分”一样，娱乐性是类型小说的“天职”。但是，娱乐性就一定是严肃性的天敌吗？难道娱乐性就只能满足人的本能欲望，不能托起价值关怀吗？如果是这样，“寓教于乐”又如何谈起？将文学的娱乐性完全等同于消遣性，从而与严肃性、思想性对立起来，这仍然是延续了“新文学”传统建立之初奠定的价值模式——五四先贤们当年迫于救亡图存的压力，从西方引进现实主义定为唯一正统，将消遣性的类型小说作为传统腐朽的“旧文类”压抑下去。1949 年以后，文艺大众化工作也是由革命大众文艺承担的，对代表资本主义腐朽文化的通俗文学进行严厉批判驱逐。如上文所述，在全球资本主义文化体系中，承载一个国家主流价值观的“主流文学”必定是大众流行文学。对于文学研究者和管理者来说，面对拥有如此庞大读者群的网络类型小说，建设性的态度是如何引导其将快感机制与“主流价值观”对接，积极参与“主流文学”的建构，而不是继续怀傲慢与偏见将之定位在消遣性的“快乐文学”的位置上。

网络类型小说无疑是快乐的，但在快感的高速路上，思想也同样可以飞奔。特别是一些幻想类小说（如科幻小说、奇幻/玄幻小说），尤其适合宏大命题的探讨。事实上，随着启蒙价值的解体，现实主义文学“赋予现实世界以意义与形状”的功能遇到严重障碍，早已开始变得“不再可能”，这正是现代主义小说兴起的一个重要内因。[19]中国网络文学发展十几年来，最繁盛的类型文都是幻想类的（奇幻、玄幻、科幻）。那些“架空”的世界，既是欲望满足空间，也是现实折射空间、意义探讨空间。许多原本在现实主义文学中讨论的现实命题、人性命题，诸多现代主义文学勘查的人类悖论困境，都被放置在“第二世界”特定的“世界设定”和“世界观设定”下重新探讨。一些注重“情怀”的作家正在努力寻求在“第二世界”重新立法，将人们“爱与怕”引向对道德、信仰的思考，重建人们的道德底线和心理秩序。至少在笔者看来，这些年来中国类型小说中的优秀作品（包括刘慈欣《三体》为代表的科幻小说，科幻小说先于网络文学的以期刊为中心发展起来）对严肃命题的思考，其尺度之大、深度之广、现实关怀之切，远非号称精英文学的传统写作可比。当然，这些既有极高娱乐性又有相当思想性的作品，目前在网络类型小说中还算少数，但能在“小白当道”的商业竞争环境中脱颖而出，[20]说明衷心拥戴它们的“高端粉丝”不在少数，其影响力也不在“小众”。一批超越“大神”级别的具有“大师品格”的作家开始出现，一个相对成熟的“高端粉丝”群逐渐形成——这意味着中国网络类型小说的经典时代开始到来了。

五、“网络类型经典”的初步定义和研究方法

只有在承认类型小说也可以同样具有文学性、独创性和思想严肃性的基础上，我们才可以讨论网络类型小说的“经典性”。在讨论有关定义时，既要参照“经典性”曾经穿越“口头文学”“纸质文学”等多种媒介形式的“共性”，如典范性、超越性、传承性和独创性，又要充分考虑到“网络性”和“类型性”的特性构成。

从这三重视野出发，笔者姑且尝试概括出以下的网络类型经典的“经典性”特征——其典范性和超越性表现在，传达了本时代最核心的精神焦虑和价值指向，负载了本时代最丰富饱满的现实信息，并将之熔铸进一种最有表现力的网络类型文形式之中；其传承性表现在，是该类型文此前写作技巧的集大成者，代表本时代的巅峰水准，在该类型文发展进程中具有里程碑的意义。并且，首先获得当世读者的广泛接受和同期作家的模仿追随；其独创性表现在，在充分实现该类型文的类型功能的基础上，形成了具有显著作家个性的文学风格。广泛吸收其他类型文以及类型文之外的各种形式的文学要素，对该类型文的发展进行创造性更新。

以上定义的概括主要还是从理论层面出发，真正有效的定义必须通过创作实践的检验，在经验的提炼和理论论证之间反复推演。其中一项重要的基础性工作是，从网文发展 15 年以来的进程中，梳理出最有代表性的类型文（尤其是具有中国本土特色的新类型），挑选出具有代表性的作品——它们可能是引爆这一流行类型的“第一本书”，可能是这一类型发展到高潮的集大成之作，也可能是此类型落潮后再度出现的“反类型”的重生之作——进行深入剖析。从而挖掘出这一网文类型的文学渊源、独特的世界设定、世界观设定、核心快感机制（爽点）、人物设置、审美特征，以及促使这一类型流行的国民心理趋向和隐蔽其后的“如帝国大厦般不可撼动”的意识形态心理结构。㉑这些作品本身未必是经典之作，但却蕴含着经典要素。只有把这些鲜活的网络原生要素提炼出来，在此基础上建构的网络类型经典体系标准，才能在网络空间落地生根。

麦克卢汉的媒介理论常使人误解他在欢呼印刷文明的崩解。恰恰相反，他一再警戒媒介变革可能带来的文明中断。如 16 世纪古登堡印刷技术兴起时，当时注重口头传统的经院哲学家没有自觉应对印刷文明的挑战，很快被扫出历史舞台，随之而来的印刷术的爆炸和扩张，令很多文化领域限于贫乏。“倘若具有复杂口头文化素养的经院哲学家们了解古登堡的印刷术，他们本来可以创造出书面教育和口头教育的新的综合，而不是无知地恭请并容许全然视觉形象的版面去接管教育事业。”㉒

在媒介革命来临之际，要使人类文明得到良性继承，需要深通旧媒介“语法”的文化精英们以艺术家的警觉去了解新媒介的“语法”，从而获得引渡文明的能力——这正是时代对文化精英们提出的挑战和要求。具体到网络文学研究领域，我们不能再扮演“超然”的裁决者和教授者的角色，而是要“深深卷入”，从“象牙塔”转入“控制塔”，[23]通过进入网络文学生产机制而发挥影响力。一方面，“学院派”研究者要调整自己的位置，以“学者粉丝”的身份“入场”；另一方面，要注重参考精英粉丝的评论，将“局内人”的常识和见识与专业批评的方法结合起来，并将一些约定俗成的网络概念和话语引入行文中，也就是在具体的作品解读和批评实践中尝试建立适用于网络文学的评价标准和话语体系。这套批评话语应该是既能在世界范围内与前沿学者对话，也能在网络文学内部与作者和粉丝对话。研究成果发表的空间也不应只局限于学术期刊，而是应该进入网络生产场域，成为“意见领袖”，或对“意见领袖”产生影响。比如，如果学者们提出的网络类型经典标准能够影响粉丝们的“辨别力”(Discrimination)与“区隔”(Distinction)，[24]甚至在点击率、月票和网站排行榜之外，再造一个有权威影响力的“精英榜”，那么就能真正“介入性”地影响网络文学的发展，并参与其经典传统的打造了。

注释：

① 据中国互联网络信息中心(CNNIC)2014 年 1 月发布的第 33 次中国互联网络发展状况统计报告。网络文学近年来稳步高速发展，网络文学用户 2009 年 1.63 亿，2010 年 1.95 亿，2011 年 2.03 亿，2012 年 2.33 亿，2013 年 2.74 亿。

② 参见马歇尔·麦克卢汉：《理解媒介——论人的延伸》(增订评注本)，何道宽译，南京：译林出版社 2011 年版；《古登堡星汉璀璨》，杨晨光译，北京：北京理工大学出版社 2014 年版。

③ 马歇尔·麦克卢汉：《理解媒介——论人的延伸》(增订评注本)，何道宽译，作者第一版序。

④ 布鲁姆以“审美价值”为核心的经典研究有鲜明的针对性，他对当代一些流行的批评理论持反对态度，称之为“憎恨学派”(school of resentment)，包括新马克思主义批评、女性主义批评、拉康的心理分析、新历史主义批评、结构主义符号学等，因为这些批评观念常常主张颠覆以往的文学经

典，并特别重视社会文化问题。参见哈罗德·布鲁姆：《西方正典》译者序言，江宁康译，南京：译林出版社 2005 年版。

⑤ 特里·伊格尔顿：《二十世纪西方文学理论》，伍晓明译，北京：北京大学出版社 2007 年版。

⑥ 参见许苗苗：《"作者"的消解——媒介的转换与文学观念的变迁》，《当代西方文论与中国文论建设》论文集，中国文艺理论学会、曲靖师范学院人文学院主办，2014 年 4 月。

⑦ 哈罗德·布鲁姆：《西方正典》，江宁康译，第 11 页。

⑧ 参见斯蒂芬·格林布拉特：《俗世威尔——莎士比亚新传》，辜正坤、邵雪萍、刘昊译，北京：北京大学出版社 2007 年版。

⑨ 参见弗雷德里克·马特尔：《主流——谁将打赢全球文化战争》，刘成富等译，北京：商务印书馆 2012 年版。

⑩ 参见拙文：《网络文学的崛起与"主流文学"的重建》，《文艺评论》2014 年第 11 期。

⑪ 转引自让-玛丽·谢弗：《文学类型与文本类型性》，载于拉尔夫·科恩主编：《文学理论的未来》，陈锡麟等译，北京：中国社会科学出版社 1993 年版，第 416 页。

⑫ M. H. Abrams：*A Glossary of Literary Terms*，转引自陈平原：《小说史：理论与实践》，收入《陈平原小说史论集》，石家庄：河北人民出版社 1997 年版，第 1316 页。

⑬ M. H. Abrams：*A Glossary of Literary Terms*，转引自陈平原：《小说史：理论与实践》，收入《陈平原小说史论集》，第 1316 页。

⑭ "全民疗伤机制"一说的提出者是目前正在美国加州大学戴维斯分校攻读人类学博士学位的周轶女士。2013 年 12 月周女士在笔者于北京大学中文系开设的网络文学研讨课上做专题报告时提出此说，尚未正式发表。笔者提前借用，特致感谢！

⑮ 参见皮埃尔·布迪厄：《艺术的法则——文学场的生成和结构》，刘晖译，北京：中央编译出版社 2001 年版，第 99—100 页。

⑯ 参见拙文：《传统文学体制的危机与新机制的生成》，《文艺争鸣》2009 年第 12 期。

⑰ 如克林斯·布鲁克斯在《小说鉴赏》中开篇所言："当夜色笼罩着外边的世界，穴居人空闲下来，小说便诞生了。"主万等译，北京：中国青年出版社 1986 年版。

⑱ 陈平原：《小说史：理论与实践》，收入《陈平原小说史论集》，第 1322 页，此处为引用法国学者基亚的说法。

⑲ 参见斯拉沃热·齐泽克：《斜目而视：透过通俗文化看拉康》第一部分

第三章，季广茂译，杭州：浙江大学出版社 2011 年版。

⑳ 目前的网络“大神”中有“文青”“小白”之分。“小白”有“小白痴”的意思，指读者头脑简单，有讽刺也有亲昵之意；也指文字通俗、意思浅白。“小白文”以“爽文”自居，遵循简单的快乐原则，粉丝群年龄和文化层次较低。2012 年末，著名网络文学评论网站“龙的天空”有人提出“中原五白”之说，包括我吃西红柿、唐家三少、天蚕土豆、梦入神机、辰东。“文青”通常指一些“有情怀”的作家，代表作家有猫腻、烽火戏诸侯、骁骑校、愤怒的香蕉、烟雨江南、方想等。“文青”的粉丝团人数不及“小白”，但文化层次和忠诚度更高。著名“文青”作家的收入也很高，猫腻就是起点的“白金作家”，2010 年曾凭“最文青”的小说《间客》打败《凡人修仙传》《斗破苍穹》两部高人气的“小白文”，摘得“起点中文网年度作品”桂冠，该奖完全靠粉丝投票决出。

㉑ 这是笔者本人目前正在从事的一项工作，选取“西游故事”“奇幻”“玄幻”“盗墓”“历史穿越”“小白文”“现代官场”“清穿”“宅斗”“都市言情”“耽美”等十数种类型文的代表作品进行解读，成果将编为《中国网络类型经典解读》（暂名）一书，预计 2015 年由北京大学出版社出版。本文为该书导言主体部分。

㉒ 马歇尔·麦克卢汉：《理解媒介——论人的延伸》（增订评注本），何道宽译，第 92 页。

㉓ 麦克卢汉谈到，在技术前卫的时代，“为了防止社会中不必要的破坏，如今的艺术家倾向于离开象牙塔，转入社会的控制塔。正如高等教育不再是虚饰或奢侈，而是电力时代生产和操作设计中绝对需要的设施一样，在塑造、分析和理解电力技术所创造的形态的力量和结构时，艺术家的作用是必不可少的”。马歇尔·麦克卢汉：《理解媒介——论人的延伸》（增订评注本），何道宽译，第 85、86 页。

㉔ 辨别力（Discrimination）与区隔（Distinction）也是约翰·费克斯提出的粉丝的基本特征之一。粉丝会非常敏锐地区分作者，推崇某些人，排斥某些人，在一个等级体系中将他们排序，这对于粉丝是非常重要的。参见约翰·费克斯《粉都的文化经济》（收入陶东风主编：《粉丝文化读本》，北京：北京大学出版社 2009 年版）。

（原载于《北京大学学报（哲学社会科学版）》2015 年第 1 期）

网络文学评价标准问题反思及新探

单小曦

目前，关于网络文学评价标准的讨论，已成为中国当代文学理论与批评界的热点和焦点。深化这一讨论，反思各种关于网络文学评价标准观点的得失，进一步研讨网络文学评价标准的建构原则、探索更具学理性的评价尺度系统，对推动网络文学批评和网络文学生产的健康发展具有至关重要的意义。

一

当前，学界已经或显或隐地提出了一些网络文学评价标准建构的设想和见解。下面讨论三种代表性观点。

第一种代表性观点可概括为网络文学的“普遍文学标准说”。这种说法认为，不存在网络文学，只存在文学和非文学，因为文学只有一个标准，这个标准不是以媒介来划分的，网络文学“不过是文学写作在网络上的直接呈现而已”，“现有的文学评价体系完全有能力对其作出评判”，因此，没必要“为网络文学新建一套评价体系”。[①]“普遍文学标准说”另一常见看法是，承认有网络文学，但网络文学首先是“文学”，“评价网络文学，首先要运用文学的标准、小说的标准。文学的艺术性追求、思想性、审美观赏性，语言的特点与叙事的风格，表现人性的深度与人文色彩，这些评价体系当然适用于网络文学”。[②]那么，这个一般的、普遍的、现有的文学标准来源何处，究竟指的是什么呢？综合持论者的相关言论和知识背景不难发现，这一文学标准来源于西方审美现代性思想，它就是西方现代精英文学的评价标准。在中国则是“五四”新文学和 20 世纪 80 年代推崇的纯文学标准。其具体内容比较复杂，但其核心无外乎自我、自由、超越、追问终极、人文精神、历史理性、现实关怀、审美自律、形式创新，等等。那些所谓“文学的标准、小说的标准”，不过是这一标准的具体表述或别样演绎。

审美现代性的文学评价标准，体现着人类思想文化和艺术追求的一种高度，本身无可厚非，问题是，倡导者在推崇这一评价标准的同时，也将之建构成某种超历史、超语境、超场域的绝对、永恒、普遍的真理，建构成衡量一切文学形态优劣得失的唯一尺度。这种观念可以说已深入人心，甚至构成了某些论者的文化无意识，以至于一谈论文学，不管具体情况，就会自觉不自觉地掏出这把尺子丈量一番。而事实上，经过西方反本质主义思潮洗礼之后，那种超越具体条件的抽象文学和作为普遍真理的文学标准已受到质疑。《牛津英语词典》称现代意义上的文学“是在最近才出现的”，对此，彼得·威德森说：“所谓‘最近’指的大致是 19 世纪与 20 世纪。因此，这更是历史建构的概念，而不是什么‘本质的’、‘原初的’概念。”③在希利斯·米勒看来，以审美现代性为核心观念的“文学”(literature)“只是最近的事情，开始于 17 世纪末 18 世纪初的欧洲”，它“不可避免地与笛卡尔的自我观念、印刷技术、西方式的民主和民族独立国家概念，以及在这些民主框架下言论自由的权利联系在一起”，在新媒介时代，这样的文学正面临着终结的危险。④换言之，审美现代性的文学观念与评价标准不过是西方近现代社会历史和机械印刷文化的建构物。使用这一标准评价网络文学并非完全不可以，但它的使用限度只能划定在笼统的和间接的意义范围内。网络文学的“普遍文学标准说”却将之作为直接而绝对的尺度加以使用。它先是把这一特殊标准人为拔高为普遍、永恒的真理，随后利用占据文化话语权的特殊位置，把这一评价标准套用于网络文学，最后常常得出网络文学是垃圾的结论。可见，这一做法隐含着浓重的本质主义思维方式和文化霸权思想。

第二种代表性观点可概括为网络文学“通俗文学标准说”。把网络文学视为通俗文学，是当代文学研究领域中一些学者的基本观点。在他们看来，“网络小说属于通俗小说”，⑤网络文学在当代文学中“位置很清楚，就是通俗文学”。⑥持论者承认，网络给这种当代通俗文学带来了“网络化”特点，网络化应该成为第一个评价标准。但由于他们大都是从传播形式上理解网络化的，这一标准也就成了一个无关痛痒的尺度。“通俗文学标准说”还以真实性或现实性标准衡量网络文学，认为通俗文学的一个重要价值“在于它的存真性，是一种为历史留下见证的照相式的存在”，在此方面，通俗作家远远超过了“五四”新文学作家的创作。⑦在网络文学中，玄幻小说、穿越小说、武侠小说“表面上是飞到了十万八千里以外，但根子还是在现实的土壤里，这些小说是在通过幻想的镜子来照见现实。幻想、梦想机制在通俗文学中是很基本的配置”。⑧此外，这类观点还认为通俗文学是为满足人类精神领域中的“非高雅”部分而存在的，能否“给读者安慰、趣味和快感，让他们获得消遣性的心理愉悦”，是评价通俗文学的重要标准。⑨“在进行通俗娱乐文化产品的体验当中，受众实际上是在追求刺激多巴胺的分泌，进而产生愉悦的感觉，以‘奖赏效应’弥补现实中的挫折导致的各种焦虑。”⑩这样，“能否为读者提供各种强烈、鲜明、绵长、殊异性的快感与美感体验，是作为重要的接受反应效果评价，是评判网络文学作品高下的基本要素”。[11]

网络文学的“通俗文学标准说”看到了网络文学不同于一般的或“传统文学”（多指印刷精英文学）的特殊性、具体性，也以此为基础，试图确认出更为具体的评价标准。但这类观点把网络文学与印刷精英文学区别开来的同时，又把印刷通俗文学的特质移植到网络文学上，再以通俗文学标准作为网络文学评价标准。这与“普遍文学标准说”如出一辙，其要害在于，混淆了印刷文学和网络文学、印刷文学评价尺度和网络文学评价尺度的界限。实际上，网络文学范式已经打破了精英文学/通俗文学的二元划分，它既可以很“精英”，又可以很“通俗”。例如，我们很难把烟雨江南、酒徒、骁骑校、猫腻、烽火戏诸侯等网络作家的创作说成是精英的还是通俗的。网络文学的真实性标准显然是非常偏颇的。玄幻、科幻、超能、修真、历史架空等典型的网络文学类型恰恰是反现实、超现实的。这类创作不仅没有模仿、反映、再现客观现实，而且有意远离客观现实，以“网络化技艺”方式创造“虚拟现实”和“可能世界”。那种认为网络小说“根子还是在现实的土壤里”的说法，还停留在文学必然以客观现实为“本体”这一传统形而上学思维模式上。既然网络文学可以很“精英”，甚至可以在“虚拟世界”中开启存在意义（参见下文），那么将其评价标准定在“非高雅”精神满足和低层“快感补偿”之上，势必人为拉低网络文学的价值和功能。

第三种代表性观点可概括为网络文学“综合多维标准说”。此类论者多把网络文学理解为“文学＋网络＋市场”的存在物，其特点也主要由传统文学的特点再加上网络传播和文化产业带来的一些新特点集合而成。如此，网络文学评价体系也需要从文学、网络、市场等多维度或用户、内容、舆情、运营等综合考察确定。有学者认为，“当下网络文学已经形成了‘文学写作—市场运作—互联网消费’相互制约、相互依存三位一体的结构”，[12]即需要从文学、网络、市场等多维度对网络文学开展综合研究与评价。沿着这样的思路，有学者明确提出建立多维性网络文学批评标准的主张：“网络文学批评的标准至少要从三个新维度来考量”，即“审美维度”“技术维度”“商业维度”。[13]更有人使用数理统计方法确定网络文学的综合多维评价指标，将之细分为“人气类指标”“道具类指标”“用户类指标”“销售类指标”“影响力”“推荐票”“改编情况”等方面，然后打出权重分数并以复杂的数学公式计算出总分值。[14]也有人把多维综合转向了评价主体，主张“构建‘作者—网站—评论家—读者’这一全方位多角度的综合评价体系”。[15]

“综合多维标准说”的思路具有重要的探索价值，不过，这一思路隐含着评价标准的双重性和矛盾性。它最大限度地肯定了网络文学具有不同于传统文学（印刷文学）的特点，如网络化、商业性等，主张根据这些特点建立属于网络文学自己的评价标准，而一旦谈到网络文学质量，持论者又大都认为网络技术、商业写作伤害了文学性（审美性），要提高网络文学创作质量，就应向传统文学学习、向传统文学的文学性（审美性）靠拢或回归，这就又回到了传统印刷精英文学价值标准。同时，这一思路的某些论述过于笼统和粗放。实际上任何事物都有多维性，多维综合是对其进行合理评价的基本要求。仅仅指出评价活动应着眼于多个维度是远远不够的，需要探索的关键问题是，进入这些维度进行评价、确定各项权重分数时，究竟应该根据什么、使用何种具体尺度进行评价。另外，确认综合多维评价体系需要立足于多维网络文学整体，而非是彼此分离的文学（审美）、网络（技术）、市场（商业）等各个孤立的部分。不存在单独的文学（审美）维度、网络（技术）维度、市场（商业）维度，只有网络文学存在方式的各个方面，此时网络（技术）性、市场（商业）性都内在于“网络文学性”之中。而如果孤立地看待网络文学的各个维度，似乎在文学（审美）维度这里，“文学”已经由作者完成了，这个完成了的或“自足性”的“文学”再通过网络技术传播、投放市场变成盈利的商品，网络性、商业性就成为打在“文学”上的两块补丁。如此，在评价一部网络“文学”作品时，要看它在“文学”（审美）上有哪些文学性或审美性创造，再看它在网络传播上怎么样，还要看它的市场份额如何，这样的多维综合标准不过是“网络＋文学”意义上的标准，还不是真正“网络文学”意义上的标准。

二

建构网络文学评价标准需要采用合理的价值预设原则。评价属于评价主体的主观行为，为了避免主观评价的任意和随意性，需要确认相对客观的评价标准。这样看来，评价标准是有客观性的，但这个客观性并不完全来源于对批评对象当前现状、客观规律的总结和各项指标的综合计算。评价的实质即价值判断，价值对应的不是对象的“实然性”存在，而是“应然性”存在。“实然性”即存在者现实中的样子，“应然性”则是存在者应该具有的样子。这个“应该具有”的确需要立足于对象现实状态或从对象现状出发，但又不应拘囿于此，而是人的价值理性立足现实并根据理想、愿望和可能，对批评对象作出的“应该如此”的综合判断。因此，评价活动和评价标准需要合理的价值预设性。

从某种程度上可以说，人文学科的理论研究是在主观价值的预设下，以假定、投射、推断方式突破既定知识体系，创造新的意义内涵。格式塔心理学派的“整体观念”、皮亚杰的“认知图示”、库恩的“预设前提”、海德格尔的“前结构”、伽达默尔的“前理解”等，都部分地说明了这一点。目前，网络文学研究界有一种观点认为，以西方的超文本等理论考量当下的网络文学，犯了脱离现实、理论先行的错误，因为超文本网络文学创作在中国大陆很少。这种主张自有其合理的一面，任何研究都要从研究对象的现实存在出发。然而，理论研究的“合理性”除了“符合现实之理”外，还包括合理的价值预设。那些完全不顾中国网络文学现实而生搬硬套地以西方理论解释中国网络文学、建构网络文学评价标准的做法，是不可取的，因为它脱离了中国网络文学现实的合理性；而那种只对中国网络文学现状进行经验总结和实证研究、不顾世界性数字革命的大背景、轻视西方取得的理论成果、将印刷文学观念和标准套用于网络文学的做法，也是不可取的，因为它缺乏在更为开阔的视野下进行价值预设的合理性。学界反复强调，网络文学研究者要走进网络文学现场，作符合中国网络文学现实的研究与批评，但那种以中国网络文学的现实、现状（总体不尽人意或质量低下），框限网络文学批评尺度（具有应然性）的做法，不仅矮化了理论，也违背了文学界通过理论与批评介入中国网络文学生产以提高其质量的初衷。有价值的网络文学评价标准研究恰恰需要以一定的理论视野、理论立场、理论高度为前提，与目前中国网络文学的现实和现状拉开一定的距离，恰恰需要一定程度的“脱离现实”“理论先行”和“价值预设”。

建构网络文学评价标准还需采用历史性、语境化原则。历史性、语境化原则要求把文学、文学批评和评价标准看成一定历史、语境中的具体存在。艾布拉姆斯就是这样看待西方文学批评理论的，他的文学四要素说和批评四大类型说主张一件艺术品总要涉及艺术家、作品、世界、欣赏者四个要点，但“几乎所有的理论都明显地倾向于一个要素，就是说，批评家往往只是根据其中一个要素，就生发出他用来界定、划分和剖析艺术作品的主要范畴，生发出借以评判作品价值的主要标准”。[16]如此就形成了西方批评史上的模仿说、实用说、表现说、客观说等四大批评模式和相应的四种批评标准理论。模仿说倾向于文学活动的“世界”要素，“首要的美学标准即‘忠实于自然’、‘忠实于现实’”。[17]实用说倾向于文学活动的“读者”要素，评价标准即作品为读者提供了怎样的教益、愉悦、快感等。20世纪60年代之后兴起的读者反应批评、接受美学、现代阐释学认为，文学评价尺度应从作家创作出了什么转移到读者在文本中体验到和再创造出了什么，这是对实用说的拓展。表现说倾向于文学活动的“作者”要素，文学评价标准即作者内心、情感表达的“真诚”性、真挚性和强烈性，以及想象力的丰富性，直觉能力、自我、潜意识、集体无意识的展现程度，等等。客观说倾向于文学活动的“作品”要素，文学评价标准包括文学形式、语言、结构的陌生化，以及诗功能、含混、肌质、张力、反讽、纯粹意向性结构等。

文学批评四大类型和四种评价标准理论可谓切中肯綮。然而，20世纪60年代后西方发达国家开始进入了“信息社会”（梅卓忠夫、奈斯比特等）、“网络社会”（卡斯特）、“第二媒介时代”（波斯特）、“数字媒介社会”（水越伸）。中国大陆类似情况出现在90年代之后的发达地区。文学活动和文学发展形态也随之发生了重大变化。总体而言，在传统四要素——世界、作者、作品、读者之外的另一文学要素——媒介要素的地位越来越得以凸显。实际上，口传文学与书写文学不同，原因在于“口语交流把人们联接为一个群体；而书写和阅读属于孤零零的个人活动，使人的心智回归自身”。[18]印刷时代晚期，媒介作为文学第五要素的身份已经展露无遗。在网络文学活动中，数字网络媒介的使用不仅使文学信息生产与传播实现了从“类比方式”到“计算方式”的转变，而且以此为基础改变了所有文学要素的存在样态及相互关系。由此产生的重大效应是去凝固、去阻隔、去静止、去分割、去边界、去等级、去差异，带来的是文学各要素之间真正而切实性的交流、互动、联动、融合、合作和整个文学活动的流动、畅通、生成和一体化，最终形成了史无前例的文学"网络化存在方式"。这种"网络化存在方式"是网络文学成其为网络文学的根本标志，也是建构网络文学评价标准的存在论依据。

如此说来，四要素文学活动说和四种文学批评标准说，都已无法满足新媒介时代文学研究的需要。历史性、语境化原则要求我们从新媒介时代的文化、文学现实出发理解文学活动，确认文学活动理论和文学批评标准。在文学活动问题上，需要看到，没有媒介要素作为关联项（古代已经存在，当代尤为突出），传统四要素无法形成现实的文学动态循环，仅以四要素的动态循环解释文学活动是不切合实际的。因此，当代文论建设需要把四要素文学活动论提升为五要素活动论。既然批评家往往通过"倾向于一个要素"或"只根据其中一个要素"就生发出一种批评模式和批评标准，那么，现在不是四要素，而是五要素，批评家就有可能"倾向于"或"根据"传统四要素之外的媒介要素，创造一种继模仿说、实用说、表现说、客观说之后的批评模式和批评标准。这种新的批评模式和批评标准是艾布拉姆斯及其后继者们无法回答的，却是历史性、语境化原则要求当代文学批评特别是网络文学批评研究必须探讨的重要课题。笔者认为，这一新批评模式可以称之为"媒介存在论"[19]批评。媒介存在论批评有两个基本观念：一是文学批评应从媒介视角和文学媒介要素切入展开；二是把媒介看成文学其他要素或存在者联接成体、互动交流、开启存在意义的"存在之域"。媒介自古就是文学活动要素，媒介存在论批评可以用于口传文学、书写文学和印刷文学等不同形态的文学，而把媒介存在论批评运用于网络文学能够使批评模式和批评对象之间体现出更大的契合度。相对于其他文学范式，网络文学更是媒介要素凸显的产物，作为网络文学独立存在依据的“网络化存在方式”，主要是数字网络媒介牵动其他要素联合生成的结果。寻找和建构更为合理的网络文学评价标准，需在媒介存在论批评视野下进行。

三

既然媒介存在论批评是“倾向”或“根据”媒介要素生发出来的，它首先也要从媒介要素确定文学评价标准，但由于媒介是文学活动的联接性和综合性要素，是其他要素互动交流、开启存在意义的“存在之域”，媒介存在论批评标准就有可能超越其他批评模式因只着眼于某一要素和作品关系而带来的片面性。具体到网络文学评价标准问题上来，它就不再是现实性、真诚性、快感奖赏、形式陌生化等某个或某类单一标准，也不是审美性、技术性、商业性等分离性尺度的简单相加，而是以媒介要素切入、立足整体性“网络化存在方式”的多层、多维评价尺度系统。这一尺度系统既有广度又有深度。就广度而言，它涉及文学活动的各个要素和完整活动过程；就深度而言，它触及网络化存在方式中的存在意义之开启问题。在网络文学评价尺度系统中，至少包括下面几个具体尺度。

一是网络生成性尺度。媒介存在论批评认为，网络文学质量的高低首要地体现在对网络媒介网络审美潜能的开掘程度上。网络文学中的网络媒介具有强大的生产、生成性功能。在此意义上，不能把网络文学理解为“网络原创文学”（即以印刷文学惯例创作，在网络上首次发表），而应解释为“网络生成文学”（通过网络生成出“网络文学性”）。在西方和中国台湾的网络超文本创作中，网络潜能被充分激发出来，往往形成了人与网络充分结合的“赛博格作者”(cyborg author)。成功的网络文学往往是通过“赛博格作者”创作出了关于文学多维立体、路径纵横的“歧路花园”，作者—读者联合生产主体可以从中体会到创作、阅读与再创作共在的审美体验。中国大陆的网络文学生产也存在着网络功能发挥程度的差异性。目前大陆许多网络作家常常借助一些写作软件进行创作。如“小黑屋”云写作助手不仅具备字数统计、一键排版、章节起名、过滤敏感词、资料查找等功能，而且可以设定程序，强制使用者进入创作状态或与其他写作者开展竞赛方式，推动创作进程。这是网络媒介去除人—机界限、实现两者合作的重要表现。而是否使用这种软件、使用的称手与否、使用的效率怎样、最终对文本质量和整体网络文学活动产生正面或负面的影响及其程度，等等，就成为评价某一网络文学活动优劣的重要尺度。

二是技术性—艺术性—商业性的融合尺度。在古代社会，技术和艺术本不分家。亚里士多德就把诗人的创作与绘画、雕塑等一起归于“模仿技艺”。鲍姆嘉通、康德、席勒、黑格尔等美学家把艺术限定为“感性审美”，强调天才、独创性、想象力等是艺术创造力的来源。由此，天才式“创造”(creation)被归为艺术行为；技术参与的“生产制作”(production)行为被归为工艺活动。但技/艺截然分开的观念已不再适合数字媒介时代的文学艺术活动。“今天的艺术家比以往任何时候都更为依赖于技术”、“技术和艺术正在重新融为一体，回归到它们原初的身份”。[20]优秀的网络文学生产往往来自创作者和接受者对“数字技艺”的驾驭。在传统硬媒介时代，文学的商业性遭人诟病，这与文学艺术价值需要依靠载体媒介的物化价值才能实现具有一定的关系。其时，文学作品艺术价值的实现需要以物质性媒介(如纸张、铅墨、书本等物质资料)的消耗、购买、交换为前提。网络文学价值则通过网络并以“比特”形态传播、显现，不需要消耗原子性资源和从事物质生产的劳动力。在具备计算机网络等硬件设备的前提下，作为精神存在的文学意义和艺术价值有史以来第一次可以脱离原子性物质载体而进行生产、流通和消费，文学产业一定程度上也成为真正的、独立的“精神生产”（同样还有物质性，但已与印刷时代不同）。这样一来，网络文学的商业性就可以名正言顺地回归文学活动本身。不仅如此，越具有“技艺性”的文本越应拥有市场。在评价网络文学时，不是看批评对象是否具有技术性、艺术性、商业性，而应看三者融合得怎么样，三者的融合程度，以及从“技术性”要“艺术性”、从“技艺性”要“商业性”的程度，是评价网络文学优劣的尺度之一。

三是跨媒介、跨艺类尺度。网络媒介的最大优势在于去界限、去阻隔，这使网络文学也走上了跨媒介、跨艺类的发展道路。这又分为三种情况：首先是大类媒介系统内部不同次级媒介形式之间的跨越，主要指网络文学文本跨越了传统单一语言符号界限，形成了文字、图像、声音等相结合的复合符号文本，取得了传统单一语言符号文本无法取得的审美效果。其次是不同大类媒介系统之间的跨越，主要指网络文学跨越到出版、电影、电视等媒介领域。再次是不同文艺类别之间的跨越，主要指网络文学跨越到影视剧、网络自制剧、动漫、游戏、舞台剧等艺术、泛艺术领域。后两种情况往往交叉在一起。需要强调的是，网络文学跨越到其他大类媒介和艺类领域，但它本身并没有变成其他艺类，更没有消失，而是成为其他艺类的语言和故事部分。在这个意义上，网络文学的实体书出版（印刷文学）和影视剧、网络剧、动漫、游戏改编，只是网络文学的跨媒介、跨艺类的延伸。网络文学和这些艺类之间不是等同关系，而是合作关系。这同样是网络媒介去阻隔、促融合功能在不同媒介和不同艺类之间的一种落实。这样的跨媒介、跨艺类的成败和效果也应成为评价网络文学优劣得失的一个尺度。

四是“虚拟世界”的开拓尺度。在优秀的网络文学创作中，数字技术和艺术可以交融为“数字技艺”，其焕发出的力量已经改变了传统文本世界的性质及其与现实世界、精神世界的关系。使用“虚拟世界”可以把这层意思标识出来。“虚拟”（virtualization）并非“虚构”，本意有力量（force）、强力（power）、潜能（potential）等意义。[21]“虚拟世界”不再必须以现实世界、精神世界为“本体”，它可以成为一个与后两者平行的、拥有自己的存在论地位的新世界。网络文学追求“虚拟世界”恰恰是张扬其个性和独创性的重要表现。在玄幻、奇幻、仙侠、修真类网络小说中，衡量这种世界设定水平的高低，不以走近现实世界，而恰是以走出现实世界的距离为尺度。例如，作为网络修真类小说的开山之作，《缥缈之旅》的成功主要体现在对世界体系开创性设定方面。如对筑基期、旋照期、避谷期、结丹期、元婴期、出窍期、分神期、合体期、渡劫期、大乘期的修真等级设定；再如对仙人期、地仙期、天仙期、金仙期、玄仙期的修仙等级设定；又如对神人期、偏神期、准神期、主神期、神王期、天尊期的修神等级设定，等等。按照这一尺度进行批评，自然会得出该作优于《凡人修仙传》《修真世界》《百炼成仙》等同类作品的结论，因为它们或多或少都有对前者的模仿痕迹。

五是主体网络间性与合作生产尺度。在网络文学活动中，主体间性的具体形态表现为“主体网络间性”，即以网络为关联域和交流平台的主体间性。充分的网络文学活动已经实现了“主体网络间性”的充分释放。以此为基础，“作者—读者在线交互主体”已经形成，并成为网络文学活动中的新型主体。越是优秀的网络文学创作越能体现出这一特征。在西方一些超文本网络文学活动中，作者构设故事框架、设定链接路径，读者选择路径、通过网络导航功能架构出新文本或者“补写”出新文本，实现了作者和读者之间的交互合作生产。在中国大陆一些网络文学活动中，读者通过论坛表达对小说人物关系和情节发展的愿望，与作者谈判，作者则在坚持自己创作原则和底线的基础上与读者达成妥协，实现了另一种合作生产。值得肯定的活动往往表现为作者和读者相互激发、良性互动。相反，有些活动中作者被低水平读者牵制，并一味迎合其低级趣味，或者作者与读者发生激烈冲突。在某一具体网络文学批评活动中，需要批评主体使用“主体网络间性与合作生产尺度”对批评对象予以分析评判。

六是“数字此在”对存在意义的领悟尺度。海德格尔等人认为，人存在的基本结构表现为“在世界中存在”（being-in-the-world）。但现实中人与世界往往无法达到相互融合的理想状态，人在和这个世界“打交道”的过程中与“异化”相伴而行。当人走进艺术活动时，这个“在世界中存在”的理想状态就可能出现。艺术本身即是通过世界与大地的争执“将真理自行植入作品”，艺术具有强大的“去蔽”功能。当人处于“在艺术世界中存在”时，就有可能领悟到存在的意义。网络文学使“在艺术世界中存在”的结构出现了新情况：作为“此在”的人成为“数字此在”；[22]世界成为网络“技艺”世界；“在世界中存在”（being-in-the-world）结构也变成了此在“在虚拟世界中的存在”（being-in-a-virtual-world）。这里还存在着“虚拟世界”对存在意义的敞开和遮蔽的双重性问题，即存在意义在“虚拟世界”中是个“显—隐”的双向过程。就此而言，作为网络“技艺”的某一网络文学活动构成的是对存在意义的遮蔽还是敞开，抑或这种遮蔽和敞开所占比率的大小，其中的“数字此在”对存在意义的领悟程度等，就应成为我们评价网络文学成败得失的关键尺度之一。

最后需要强调的是，进行网络文学批评时，既需要批评主体以上述每个尺度对应分析网络文学活动和文本，还需要从多个尺度形成的系统层面作出综合评价，如此才可能改变目前网络文学批评的无序和杂乱状况。

注释：

① 潘凯雄：《对网络文学究竟该如何评价》，《中国青年报》2015 年 6 月 19 日第 11 版。

② 李朝全：《评价网络文学的几点思路》，《深圳特区报》2014 年 10 月 30 日第 B5 版。

③ 彼得·威德森：《现代西方文学观念史》，钱竞、张欣译，北京大学出版社 2006 年版，第 7—8 页。

④ J.希利斯·米勒：《全球化时代文学研究还会继续吗?》，《文学评论》2001 年第 1 期。

⑤ 汤哲声主编：《中国当代通俗小说史论》，北京大学出版社 2007 年版，第 340 页。

⑥⑧ 李敬泽：《网络文学：文学自觉和文化自觉》，《人民日报》2014 年 7 月 25 日第 24 版。

⑦ 范伯群主编：《中国近现代通俗文学史》，江苏教育出版社 2010 年版，第 14—15 页。

⑨ 刘扬体：《流变中的流派——“鸳鸯蝴蝶派新论”》，中国文联出版公司 1997 年版，第 35 页。

⑩ 廖俊华：《通俗娱乐文学与多巴胺》，参见中国作家协会创研部选编《网络文学评价体系虚实谈——全国网络文学理论研讨会论文集》，作家出版社 2014 年版，第 114 页。

⑪ 王祥：《网络文学创作原理》，中国人民大学出版社 2015 年版，第 14 页。

⑫ 马季：《网络文学之于中国当代文学的三个变量——市场机制下的网络文学审美视域》，《创作与评论》2015 年第 4 期。

⑬ 禹建湘：《网络文学评价体系的多维性》，《求是学刊》2016 年第 3 期。

⑭ 高宁：《基于多属性综合评价方法的网络文学评价指标体系研究》，《出版参考》2015 年第 8 期。

⑮ 徐静：《构建网络文学出版评价体系及推荐系统浅析》，《出版发行研究》2016 年第 2 期。

⑯ M. H.艾布拉姆斯：《镜与灯：浪漫主义文论及其传统》，郦稚牛等译，

北京大学出版社 2004 年版,第 5 页。

⑰ M. H.艾布拉姆斯:《以文行事:艾布拉姆斯精选集》,赵毅衡等译,译林出版社 2010 年版,第 6 页。

⑱ W. J. Ong, *Orality and Literacy: The Technologizing of the Word*, New York: Routledge, 2002, p.67.

⑲ “媒介存在论”中的“存在论”,是从现象学生发出来的现代哲学思想,它以追问存在意义为旨归。“媒介存在论”从媒介视角审查存在问题,认为存在意义或存在本身的“显—隐”以存在者的媒介化活动得以达成。

⑳㉒ 约斯·德·穆尔:《赛博空间的奥德赛——走向虚拟本体论与人类学》,麦永雄译,广西师范大学出版社 2007 年版,第 137 页,第 146 页。

㉑ 参见 Marie-Laure Ryan, *Narrative as Virtual Reality: Immersion and Interactivity in Literature and Electronic Media*, Baltimore: Johns Hopkins University Press, 2001, pp.26 - 27.

(原载于《文学评论》2017 年第 2 期)

研究反思

面对网络文学：学院派的态度和方法

邵燕君

中国网络文学的强势发展已经到了不仅打破了主流文坛的一统格局，也逼得学术界不得不正视的时候了。笔者甚至大胆地预言，如照此势头发展下去，十年之后，中国当代文学的主流很可能将是网络文学。

之所以作出如此大胆的预言，不仅因为全球化网络时代的到来不可逆转——包括文学艺术在内的人类文明必须面对印刷文明以来的千年未有之变局，也因为中国网络文学发展的独具特色——正如伴随社会主义文化体制建立起来的作协—文学期刊和专业作家的文学机制目前基本已为全世界独有一样，中国网络文学的兴旺蓬勃也是风景这边独好，而这两者之间有着必然的联系。一方面，由于客观的原因，中国的畅销书机制和动漫产业远不如欧美日韩成熟发达，使得大众文化消费者一股脑地涌向网络文学，而文化政策管理的相对宽松，也使各种“出位”的内容可以在这里存身，尤其对本身就属于“网络一代”又在价值观上倾向“非主流”的80后、90后群体具有吸引力。另一方面，伴随社会结构的转型，曾在1950年至1970年代以独特方式成功运转、在1980年代焕发巨大生机的主流文学生产机制，进入21世纪以后，逐渐暴露出严重危机。文学不是在经济社会被正常地边缘化了，而是不正常地圈子化了。无论是作家队伍还是读者队伍都出现了严重的老龄化倾向，缺乏可持续性发展的新陈代谢能力。与此同时，网络文学在十几年的发展中已经自生自发出一套写作—分享—评论一体化的生产机制，这套生产机制在资本和新媒体双重爆发力的作用下，正在高速铺设其基础架构，不但建立起一支无论在数量还是在覆盖规模上都足与当年“专业—业余”作家队伍匹敌的百万写手大军，[①] 还利用“粉丝经济”[②] 重建了读者与文学的亲密关系。更值得注意的是，这些年来，网络文学完全是在自己打造的营盘上发展起来的，不仅由于是网络这种新媒介形式的出现使得新文学生产机制的生成有了依托可能，也是由于网络作者和读者在文学资源、美学标准和师徒传承等方面都与主流文坛失去了关系，这个断裂是全方位的。也就是说，主流文学对网络文学的失控不仅是体制上的脱钩，也是文化领导权上的丧失。这是我们今天必须正视的。

反思精英标准　理解网络文学

网络文学如此坐大，却一直未得学术界正眼相看。在不少学者看来，网络文学貌似新鲜，实则俗旧——尤其是“全盘类型化”以后，其通俗文学属性几成铁板一块，而且其中一些类型让人明显感觉到黑幕小说、蝴蝶鸳鸯派的气息。这些当年被新文学压下去的旧文类，再兴盛似乎也如沉渣泛起，不足为论。

学术界这种评价所依据的标准无疑是自五四新文学运动建立起来的精英文学标准（或称严肃文学标准），现代学科体系和教育体系的建立也与之共生。在学院派内部，这套精英评价体系几乎是不证自明的。今天，面对网络文学的冲击，我们却需要对其前提进行反思。

正如王德威等人近年对从晚清到五四的文学研究显示的，五四新文学传统的确立与当时“德先生”、“赛先生”的引进直接相关，背后是对启蒙主义弘扬的科学精神的崇拜。“文以载道”的士大夫传统和“感时忧国”的现实驱动，使五四前辈们化繁为简，弃宽择窄，放弃了自己曾经尝试过的多种文类，选择写实主义为唯一正统。[③]后来现实主义更与马克思主义相结合，在新中国文学体制中被定于一尊。在这里，笔者不想讨论前辈们选择的功过是非，只想说，无论在“现代文学 30 年”、当代文学“一体化”的 1950—1970 年代，还是 1980 年代的新时期，现实主义手法都成功地实现了其文学功能和被要求的意识形态功能。而其成功的基础恰在于，当时的社会都坐落在一套明确完整的理想价值体系里（尽管各时期的蓝本不同）。因为，现实主义文学的核心功能是“客观真实地反映世界”。何为“客观真实”？如何“透过现象看本质”？必须有一套社会整体“上下认同”的“镜与灯”。这“灯”里不仅有乌托邦图景，还要有一套可执行的替代性制度，因此才不但能教育民众认识世界，还能切实地鼓舞人民改造世界：富国强兵、建设“新中国”、与世界接轨——现实主义文学在各个历史时期产生的巨大社会动员力和凝聚力，是文学精英和政治精英们确认其严肃文学的价值，并以此贬斥消遣性的通俗文学的资本。

现实主义文学在实现意识形态整合功能的同时，对于个体读者而言，也具有巨大的精神抚慰功能。它使每一个孤独的个体在一个文学的整体世界里获得了定位、归属，尤其是在各个历史时期都特别受普通读者欢迎的“成长小说”，它向每一个底层青年许诺，只要勤奋上进，就能在现实社会中以合法（或至少是合情合理）的方式出人头地。这种功能直到 1980 年代都有效地发挥着作用，其中最成功的作品是路遥的《平凡的世界》（1986年）。[④]然而，现实主义的路在路遥这里既是顶点也是转折点。1990 年代以后，随着世界格局和中国社会结构发生的重大变迁，支持现实主义的价值系统遭受重创，甚至中国民间价值观都遭到深层质疑。于是，现实主义向“新写实”转向，“冷也好热也好活着就好”，“为了活着而活着”的福贵和用一张贫嘴打造幸福生活的张大民成为“精神胜利”的平民楷模。到了2005年余华出版《兄弟》的时候，代表“时代精神”的是“成功的恶人”李光头，而代表道德良心的宋钢则是在物质和精神上都沦为可怜可笑的乞丐。这其中重要的转型作品是阎真的《沧浪之水》(2003年)，小说沉痛无奈地书写了坚守“君子之风”和“人道主义”的知识分子池大为在现实“操作主义”面前放弃、屈服的必然性，惟其沉痛无奈，更反证了现实法则的不可抗拒。此后的现实主义写作就彻底进入了“狼图腾”的时代，不过“丛林法则”和“坏蛋逻辑”毕竟与和谐社会的主旋律违背，所以，主要在商业文学和网络文学领域大行其道。“主流作家”则退入“纯文学”倡导的“个人化写作”，包括一些号称“时代大书”的鸿篇巨制，本质上也是“小时代”的“小叙事”。这种价值模糊、趣味中庸的“小叙事”实际上是当代“主流文学”的创作主流，加之“专业作家”体制让不少著名作家居于云端，使得“主流文学”虽然仍以“现实主义”为主导原则，但已在各个向度上日益丧失了反映现实的功能。

更深层地反映现实主义困境的是“底层文学”遭遇的困境。2004年前后兴起的“底层文学”是当代文学自80年代中期进入象牙塔以来第一次大规模地转向社会重大现实问题，曾被寄望为“现实主义的复兴”，但却在爆发不久后就陷入困境。根本原因是，这些揭露现实苦难的作品背后没有一套批判现实的价值系统。作家们只能站在朴素的人道主义立场同情“底层”的苦难，却只能哭喊不能呐喊。价值系统的缺失不但限制了作品的思想性，也内在伤害了作品的美学效果和快感机制——由于作家在思想上没底气，无法塑造出具有英雄色彩的主人公，现实主义作品中那种最令人期待的高潮情节，也总是推进一半就泄了气。[5]于是，再苦难的现实描写都不能形成悲剧感，既不能鼓舞人心，也不能抚慰人心。

就在现实主义写作陷入死胡同的时候，出人意料的，网络文学从另一边绕了过来。大众文化的一个基本功能就是满足主流文化空缺的匮乏。这些匮乏有些是主流价值观排斥压抑的，有些则是主流文化弱化后空缺的。以往我们对网络文学的关注点主要在前者——不错，那些被新文学压抑的旧文类重新成为文学超市的基础货架，被严肃文学鄙夷的消遣娱乐功能被当作基本的商业道德。[6]但真正构成今日网络文学发展核心动力并且可能孕育新变的则是后者——尤其在网络文学中新生的也是最居“王道主流”的文类，如玄幻、穿越、耽美等，它们在很大程度上满足的正是当今社会特别缺失的主流价值观。比如，就像西方玄幻小说的兴起，是为了满足启蒙理性杀死上帝之后，人们生活目的意义匮乏一样，中国的玄幻小说也在满足着个人的世界归属和终极意义的匮乏；耽美小说[7]是在传统言情模式在现代社会受阻之后，“换种说法说爱你”，继续满足对纯爱的匮乏；就连那些似乎只专注于“打怪升级”的“小白文”，也在满足着在学校—家庭—补习班中规规矩矩长大的男孩儿们青春热血的匮乏。这些匮乏，应该说正是属于80后、90后的“网络一代”特别拥有的。相比他们，前辈们都多多少少在自己现实生活结构中获得了满足，他们还可以从上世纪下载信仰和激情，这些正是今天包括红色“谍战片”在内的“主旋律”影视剧的主要精神资源，而没有这样生活经历和文艺记忆的“网络一代”，干脆自己创造。

我并不是想美化网络文学，但认为，如果要理解网络文学，必须先破除一个误区：所谓欲望，就一定是低级欲望；所谓匮乏，就一定是无聊的匮乏。网络文学中自然有很多是赤裸裸地满足读者低级庸俗甚至畸形变态的欲望的，但不是全部。事实上，一种类型发展得越成熟，越受资深粉丝追捧的作品，越具有较高的精神和文学品质。有些欲望和匮乏不仅是正当的，甚至是高尚的。比如，网络文学里有一个特别流行的词叫"有爱"。指的是作者对写作本身、对其笔下的人物"有爱"，作品里人物之间"有爱"，粉丝对作品中的人物"有爱"，与作者之间"有爱"，等等。因此，网络文学生产所依赖的"粉丝经济"，也有研究者称之为"有爱的经济学"。[8]"有爱"这样的概念，在当代文学创作中已经多少年不存在了？自从现实主义写作遭遇困境，同时大量写实作家东施效颦地模仿现代派写作之后，真善美的价值系统就在文学中分离了。当我们责备"网络一代"过于现实功利、缺乏理想激情和崇高美感的时候，有没有反思过是谁把这样一个精神荒芜的世界留给他们的？[9]

也只有在平等尊重的前提下，我们才能从积极的角度理解网络文学的两个重要概念："爽"和"YY"。[10]"爽"是网络文学发展最基本的动力，"YY"是最基本的手法，但也一直受到精英体系最严厉的批判，认为这是一种对现实的逃避和自我麻醉沉溺。这里确实凸显了两种文学观的根本对立。从本质上说，通俗文学是追求"快感"的，严肃文学是追求"痛感"的。虽然双方都明白"不痛不快"的道理（网络小说的"爽"里也包含"虐"），但目的和手段的定位是不同的。严肃文学以挖掘痛感为目的，因为痛会引起疗救的注意，从而达到改造世界的根本目的。而恰恰这个"改造世界"的前提是网络小说的作者和读者不认同的。所以，他们也不会在一个"严肃—通俗"的序列里接受自己的次等地位和精英的指导批评。在他们看来，既然"铁屋子"无法打破，打破后也无路可走，为什么不能在白日梦里"YY"一下，让自己"爽"一点？这个"白日梦"并不像如琼瑶类的传统通俗小说那样天生带有“弱智”色彩，而可能是清醒者的自我麻醉。高级阶段的“白日梦”可以带有乌托邦的色彩，但又不等同于现实主义文学中作为“灯塔”的乌托邦，而是个可以与现实社会并存互动的“异托邦”——在这里现实主义可能产生新的变种，我姑且地称之为“异托邦”里的“新现实主义”。

“异托邦”里的“新现实主义”

王德威不久前在将刘欣慈的科幻小说《三体》放到晚清以来的文学史中解读时，借助福柯20世纪60年代提出的“异托邦”概念，分析科幻小说在当下社会中的意识形态功能，其理论和方法对以类型小说为主体的网络文学研究有着直接的启发性和参照性。[11]

按照王德威的归纳，“异托邦”（Heterotopias）指的是我们在现实社会各种机制的规划下，或者是在现实社会成员的思想和想象的触动之下，所形成的一种想象性社会。它和乌托邦（Utopia）的区别在于，它不是一个理想的、遥远的、虚构的空间，而是有社会实践的、此时此地的、人我交互的可能。“异托邦指的是执政者、社会投资者或者权力当局所规划出的一种空间。在这个空间里，所谓正常人的社会里面所不愿意看到的、需要重新整理、需要治疗、需要训练的这些因素、成员、分子，被放在一个特定的空间里。因为有了这个空间的存在，它反而投射出我们社会所谓‘正常性’的存在。”“异托邦”可以是监狱、医院、学校、军队，也可以是博物馆、商场、主题公园。当然，也可以是科幻小说。王德威借助“异托邦”的概念想强调的是：“科幻文学作为一种文类，带给我们乌托邦、恶托邦的一些想象空间。还有，这种文类存在于我们的文学场域里面，它本身的存在就是一种异托邦的开始。它不断刺激、搅扰着我们：什么是幻想，什么是现实，什么是经典或正典以内的文学，什么是次文类或正典以外的文学，不断让我们有新的思考方式。”

“异托邦”的概念确实为网络文学的研究打开了一扇理论窗口。其实，网络小说的各种类型，尤其是那些超离现实的幻想类型都和科幻小说一样，是一种“异托邦”。如果说现实主义创作遭遇困境的根本原因在于从现实逻辑到通往乌托邦想象的道路受阻，那些超离现实的幻想小说则可以通过打造一个“第二世界”⑫使受阻的愿望得以实现。相对于现实主义小说作者，幻想类小说作者拥有一个最大的特权，就是在其营造的“第二世界”里，自己可以成为立法者。但是这个立法者并不像上帝那样具有绝对的权力，特别在“高度幻想的幻想文学”（High Fantasy）⑬里，“第二世界”内部必须有严密的逻辑体系，而其逻辑法则必须以现实世界的逻辑法则和读者的愿望为参照，否则就不可能产生真实感和满足感。网络小说一直被诟病为装神弄鬼、脱离现实，其实，越是在架空、穿越、玄幻的“第二世界”，越需要强大的“现实相关性”作为读者的精神着陆点。营造一个可以在现实中存在、互动的“异托邦”，这正是网络小说介入现实的方式。所以，对网络小说的研究，最重要的不是分析他们虚构了一个怎样的世界，而是这个虚构的世界投射了他们对现实的怎样认识，以及他们讲述这种认识的方法。

经由这个路径，我们可以从一个更具开放性的文学史视野纳入网络文学的研究，甚至可以内怀精英目光为网络文学分级定位。如何区分一部类型小说是普通的大众通俗作品还是有着精英引导性的经典作品？用网络语言说，如何区分“大神之作”和“大师之作”？关键就要看作者在其创建的“第二世界”里如何立法。一般的作者其实只能复制现实逻辑，然后修改某些参数，让读者"爽一把"。比如，在一个"狼吃羊"的社会里，让一个个平时为羊的读者跟随被赋予"超能力"的"猪脚"（网络语，即主角）一路嚣张，随心所欲。但这样的"爽"只能给读者带来暂时的满足感，却进一步强化了"羊只能被狼吃"的现实逻辑。只能复制现实逻辑的作者技法再高也仅仅是"大神"级的。而"大师"不仅是"大神"技巧的集大成者，更是真正的"立法者"——在参照现实逻辑打造一个高度仿真的"第二世界"之后，通过一系列的文学手段让读者在信服认同中完成对现实逻辑的颠覆，于是，正义匡扶，大快人心——这就是金庸大师曾经达到的境界。要达到这样的境界，不仅需要文学功力，更需要精神情怀。从某种意义上说，那些经营"第二世界"的"大师作者"和西方理论界"六月风暴"后退回书斋的"大师学者"之间有异曲同工之处，都是在不能颠覆现实秩序之后颠覆文字秩序。不过，通俗文学界的"大师"是"大众的大师"，"大师"的诞生不是天才降生，而是读者孕生。也就是说，"大师时代"的来临，意味着配得上"大师"的读者群形成了。

中国网络文学发展十余年来基本处于"大神阶段"，但非常令人惊喜的是，最近一两年，开始出现有大师品相的作品。我这里特别推介猫腻的《间客》，这部2010年起点中文网男生频道推选的年度作品（2011年连载完）在网络文学发展史上具有标志性意义。小说在玄幻的背景下讲述了一个小人物许乐的成长故事，经过一系列的奇遇和磨难，主人公不但人生大放异彩，而且始终保持着道德的纯洁和内心的完整。相比作者2008年走红的《庆余年》，《间客》在思想境界上有着质的飞跃，主人公不再为了自己和亲人的利益不择手段，而是始终在人类终极关怀的意义上听从着道德良心的要求。由于主人公身处的背景有着极强的现实相关性和前沿性（那个虚构的联邦很像中国人想象中的美国，而且是金融危机之后寡头政治浮出水面的美国），因此，作者可以在一个很高的起点上讨论诸如个人自由与国家责任、联邦精神与家族利益、神圣目的与卑劣手段、绝对正义与局部妥协之间的悖论问题。小说的调子恢宏而明朗——在各种权力和隐形权力、规则和潜规则复杂博弈的背景下，以主人公明朗乐观的性格、简单率性的行为方式（通常是直接暴力）和光辉灿烂的人生结局笃定地告诉读者："内心纯洁的人前途无限。"于是，"小人物"的一腔不平之气得以舒张，人们心中的"道德律"终于又得平安地落回"头顶星空"的照耀之下（康德的那句名言被列为小说的卷首语）。这位被称为"老猫"的年轻作者虽然并不是当前网络文学中最火的作家，但在精英粉丝中深受拥戴。从《庆余年》到《间客》，作品境界的提升并不只是作者个人的飞跃，[14]而是显示着从 2008 年奥运会前的高歌猛进到地震雪灾、金融危机之后的国民整体心理转向。在大灾难大危机之后重新考虑生命的意义，重新树立对人类基本价值观的信仰至少成为一部分人的精神趋向。

在目前的网络文学中，像《间客》这样的作品尚属凤毛麟角，甚至可称"孤本"，但却是特别值得精英批评者关注的写作倾向。从中我们可以尝试总结出几个"异托邦"中的"新现实主义"的核心要素。第一，它不是客观真实地反映现实，但却要精确深刻地把握现实逻辑，并将读者的深层欲望和价值关怀折射进小说创造的"第二世界"。第二，作为"高度幻想的幻想文学"，"第二世界"自身需有严密的逻辑系统，这个系统是在参照现实逻辑的基础上"重新立法"，重塑具有超越性、引导性的价值观。第三，现实逻辑和想象力逻辑相互渗透，为满足读者"爽"的目的，允许"YY"。[15]

通过建构一个"第二世界"并在其中重新"立法"，"异托邦"中的"新现实主义"突破了传统现实主义的价值观困境。许乐是一个如孙少平一样的从底层走出的大好青年，但在池大为那里无论如何也跨不过去的“坎儿”，他轻易就跨过去了。因为，作者在赋予他强大的道德系统的同时，更为他配备了超强的神秘能力系统。他可以把所有级别的李光头打倒在地，从而使宋钢成为欢乐英雄。于是我们看到，在现实主义小说中受到阻遏的美感快感通道得以疏通，在酣畅淋漓的叙述中，“大写的人”重登神坛。意识形态整合功能也得到替代性修复——当然是在“异托邦”的意义上——没有人会以许乐同志为榜样，所有那些许乐在小说中“不忍”的，都是我们在现实生活中必须忍的。小说提供了一套不同的价值系统，里面有了敬仰、爱和温暖，但仍旧是一副麻醉剂。高级的“爽”能让人更好地“忍”，所以，这样的“异托邦”不但是可以与现实社会并存的，甚至是被需要的，因为它既是反抗的，又是安全的。

“异托邦”的“新现实主义”在网络文学出现确实搅扰了我们的文学秩序，让我们不得不重新思考，什么是正统的，什么是非正统的？什么是严肃的雅文学，什么是消遣的俗文学？它们之间的界限如何划定？对于这些问题的探讨势必不局限于网络文学研究领域，而是整个当代文学研究不能回避的。

创建网络批评独立话语从“文化研究”到“文学研究”

只有在反思精英标准、理解网络文学的基础上，我们才可能真正进入网络文学的研究。目前的网络文学研究存在着几种有问题的倾向。一种是盲目西化，照搬西方的“超文本”理论，偏于抽象化和观念化，与中国的实际情况不搭界。另一种是精英本位，以一种本质化的“文学性”来要求网络文学，结论必然是其缺乏艺术性和精神深度。从文化研究的角度，尤其在理论资源的援引和立场上，也存在着几种类似的问题倾向。一种是对后现代理论的简单套用，一种是对法兰克福学派大众文化批判立场的惯性继承。还有一种是，过于简单地肯定文学的娱乐性和逃避现实的特征，某种意义上是大众文化批评的颠倒。所谓提问的问题和提问的方式影响着答案，这样的研究基本是外在于网络文学的，不可能挖掘出其潜力。

为了突破目前的研究困境，需要探索一条新的理论与实践相结合的路径。针对这个问题，2011 年 6 月北大中文系韩国留学生崔宰溶博士答辩通过的博士论文《网络文学研究的困境与突破——网络文学的土著理论与网络性》[16]提出的一些观点非常具有启发性。特别是他深入阐发的“介入分析”的方法对于当下的研究有很强的可操作性。

“介入分析”的概念是美国学者亨利·詹金斯(Henry Jenkins)提出的，这与其说是概念，不如说是一种研究态度和文化实践，即更积极地接近和参与文化研究对象的态度。研究者是以“学者粉(aca-fan)”的身份自命的，在研究文章中不仅大量引用一次性资料(粉丝们自己写的文章)，还直接参与有关讨论。“学者粉”们的工作，实际是在学院派的学术理论和精英粉丝的“土著理论”之间架一座桥梁，彼此对话和翻译。学术理论会给网络文学的享受者提供更加准确犀利的语言。反过来，网络文学的享受者会给学术研究者提供更加贴实的洞察力和我们经常缺乏的“局内人知识”(insider knowledge)。对话双方的地位是平等的，但从哪里做起很重要，在这个问题上，笔者也特别赞同崔宰溶博士的观点，要从精英粉丝的“土著理论”开始。原因是，在目前的学术理论并没有一种贴合网络文学实际情况的前提下，从理论出发的研究会陷入封闭性循环——研究者只看到他们想看到的。而从“土著理论”的概念切入，则可以从内部去把握其现实。崔博士设计的“善循环”是：首先，理论研究者向网络文学的实践者，特别是精英粉丝们学习，倾听他们几乎是本能地使用着的“土著理论”，然后，将它们加工（或翻译）成严密的学术语言和学术理论，最后，将这个辩证的学术理论还给网络文学。

在这个过程中，我们必须创建出一套专门针对网络文学研究的批评话语系统。如果我们将一套传统文学的学术术语和概念直接植入网络文学的研究中，自己写来得心应手，却不能被网络读者接受，结果很可能是自说自话，不能融入网络文学生态。崔宰溶博士在他的论文中也谈到，学院学者必须警惕一种文化殖民的倾向，他还举了一个非常生动的比喻：学者们应该首先把自己当成一个外地人，而不是殖民者。面对难懂陌生的语言，首先是学会，然后是翻译。这样的翻译、整合中必然有许多保留和创新，然后形成一种独立的网络文学批评语言系统。这套批评话语应该是既能在世界范围内与前沿学者对话，也能在网络文学内部与作者和粉丝对话。

目前的网络文学研究大都采取文化研究的方法。文化研究固然是特别适合于网络文学研究的方法，但时至今日，我以为该到了我们进入“文学研究”，打“阵地战”的时候了。[17]从中国网络文学的实际创作情况出发，那些在传统文学领域已嫌过时的研究方法，在这里未必不适用。比如，面对靠“大神”支撑的各大网站，在罗兰·巴特的意义上讨论“作者已死”意思不大，同样，网络文学也绝不是什么碎片化的、零散化的，而是充满了各种结构完整的“宏大叙事”。如果搬出“主题分析”、“人物分析”等传统的十八般武艺，再加上一定的文化研究的视野来开垦这片学术荒地，一定能颇有斩获。其实，这也正是草根的“精英粉丝”们自发自觉的研究路数。而学院研究者的进入可以带进文学史的坐标系和文学理论的资源，可以在对比中考察什么是变了的，什么是没变的，什么是有意味的新变。

事实上，一旦进入网络文学研究，我们不可能墨守成规，一定会根据研究对象的变化而自然地（或要求自己自觉地）调整研究方法。比如对网络文学的一个重要特征“网络性”的认识。不同于纸媒文学的写作—发表—阅读—评论方式，网络文学的生产—分享是一种几乎同时发生的集体活动——每一部热门的网络小说在它连载一两年的时间里，都会有大量的铁杆粉丝日夜跟随。粉丝是作者的衣食父母，也是诤友兄弟。他们的指手画脚时时考验着作家的智力和定力，也给予其及时的启迪和刺激。网络作家之所以能够长期保持如此“非人”的更新速度，不仅是迫于压力，也是因为很多时候处于激情的创作状态。而相比起金庸时代的报刊连载，网上的交流空间更像古代的说书场。一部吸引了众多精英粉丝跟帖的小说是集体智慧的结晶，作者像是总执笔人。想想中国绝大多数古典名著的诞生方式，这未必不是诞生伟大的中国小说的特色道路。这样的“作品研究”就需要加上跟帖、“同人”[18]创作等，而在这样的意义上讨论“作者已死”也才更具有中国特色的理论意义。

以上的研究态度和方法，需要我们在具体的研究实践中探索其有效性。从一个更长远的角度看，这套批评话语系统的建立不但对网络文学研究有效，也将促进中国学术界原创批评理论的建设。百年以来，中国文学从创作到批评都是跟随西方亦步亦趋，而网络文学的兴盛局面目前确实中国一家独有。这逼迫我们必须在理论上自力更生，也提醒我们该是中国理论界为世界文学理论的建设作出贡献的时候了。

最后，回到文章开头笔者的大胆预言。我之所以认为照目前的态势发展下去，十年之后，中国当代文学的主流很可能将是网络文学，并不是出于媒介崇拜，而是认为这里有活的文学机制和新的文学样式。我也不认为在网络时代精英就必然要被“去”掉“化”掉，相反，越是在资本横行、大众狂欢的时代，越需要建立精英标准，而这正是学院派的义务。或者可以说，这是网络时代对当代文学研究的从业者提出的新要求。在我个人的文学理念里，良好的文学生态是一个塔尖和塔座互认互动的金字塔。如果以大众文学为主体的网络文学已经不认号称“纯文学”的“主流文学”的领导地位了，精英的塔尖有没有可能从它自身生长出来？这就需要学院派能够介入性地影响粉丝们的“辨别力”和“区隔”，[19]将自己认为的优秀作品和优秀元素提取出来，在点击率、月票和网站排行榜之外，重建一套具有精英指向的评价标准体系。要想让这套标准体系真正产生影响力，它必须得是重建的——和创建新文学理念和地基的五四前辈们不同，我们身处的金字塔尖已经悬空。所以，先要走出来，进入人家的地盘，再寻找工具和方法。

注释：

① 据中国作家协会专门负责与文学网站联系并追踪观察网络文学多年的马季先生的调查研究，“现在全国大约有一万家的文学网站和社区，从事各种形式网络写作的人有千万以上，排除了重复注册等因素，经常写作、有签约的作者大概有 100 万，其中一万到两万人能从中获得经济收益，3 000 到 5 000 人从事专职写作。专职写作的这部分人收入稳定，月收入少则一两千，多则 10 万元以上，甚至有个别月收入 20 万元以上的网络作家。整体来看，专职作者的分布呈梭形，两头小，中间大，月收入三五千的最多”。他还特别强调：“我们能注意到，传统写作者大部分居住在一线、二线城市，而网络写作者分布极其广泛，很多在小县城，甚至边远山区。”马季：《网络写作：意义超越任何一次文学革命——访中国作协网络文学专家马季》，载《中国社会科学报》2011 年 1 月 25 日。

② “粉丝经济”是约翰·费克斯在粉丝文化研究奠基性论文《粉都的文化经济》（收入陶东风主编《粉丝文化读本》，北京大学出版社 2009 年 2 月

版）中提出的概念，他认为生产力和参与性是粉丝的基本特征之一。粉丝的生产力不只局限于新的文本生产，还参与到原始文本的建构之中。以后的粉丝文化研究者也倾向认为，“粉丝经济”最大的特点是生产—消费一体化，粉丝既是“过度的消费者”，又是积极的意义生产者，于是产生了一个新词粉丝“产消者”（Prosumer，由 Producer 和 Comsumer 两个单词缩合而成）。

③ 王德威：《被压抑的现代性》，见《想像中国的方法：历时·小说·叙事》，生活·读书·新知三联书店 1998 年版，第 3—19 页。

④ 路遥不但塑造了孙少平这样出身乡土、心存高远的“当代英雄”，而且提供了一套“黄金信仰”：勤劳能致富，好人有好报。这套源于民间价值的信仰因为小说恰好创作于 1980 年代中期农村土地承包的“黄金时期”，因而有了制度基础，加上路遥以命相抵的真诚和大量精雕细缕的细节描写，成功打造了一个高度逼真的梦想世界。该书是新时期以来在民间流传最广最久的文学作品，甚至是唯一对网络作家有深刻影响的作品，后文推介的《间客》后记中作者称“我最爱《平凡的世界》”，是其学习的两大样板之一。

⑤ 曹征路的中篇《那儿》（2004 年）或许可称唯一的例外，小说的美学成功恰恰建立在特殊的题材和视角上，使小说具有了明确的价值支撑和批判指向。而在其长篇《问苍茫》（2008 年）里，由于面对的问题更加复杂，同样出现了由于思想困境造成的美学内伤。参见笔者《从现实主义文学到“新左翼”文学》，载《南方文坛》2009 年第 2 期。

⑥ 颇有代表性的是网络作家南派三叔主编的小说杂志《超好看》（2011 年 8 月创刊，磨铁图书有限公司出品，青海人民出版社出版），其宣传口号赫然是“凡是不以好看为目的的小说就是要流氓，做最好看的小说月刊！”据称首印 50 万册第二天即断货的巨大销量，以及郭敬明主编销量稳定在 50 万册左右的《最小说》、韩寒主编《独唱团》、安妮宝贝主编《大方》都超过 100 万的首期销量，这从另一方面反证，主流文学期刊读者流失的主要原因不在媒介革命而在机制危机。见《南派三叔〈超好看〉出版　畅销作家当主编成趋势》，载《法制晚报》2011 年 8 月 9 日。

⑦ “耽美”一词最早是出现在日本近代文学中，为反对“自然主义”文学而呈现的另一种文学写作风格，日文发音“TANBI”，本义为“唯美、浪漫”之意，耽美即沉溺于美，一切可以给读者一种纯粹美享受的东西都是耽美的题材，BL（Boy's Love，即男—男之爱）只是属于耽美的一部分。但就目前而言，我们提及耽美 99％指的是与 BL 相关的文化现象，“耽美”也就被引申为代指男性之间不涉及繁殖的恋爱感情。这种感情是“女性向”的，不仅作者和受众基本是女性，而且对立于传统文学的男性视

点，纯粹从女性的审美出发，一切写作的目的都是为了满足女性的心理、生理需求。中国网络文学中的耽美文学深受日本动漫影响，但也形成了自己的风格。有关耽美文学的发展流变、快感机制和接受心理分析，可参阅吴迪《一入耽美深似海——我的"耽美·同人"史》，载《网络文学评论》2011 年 10 月创刊号，广州省作家协会主办，花城出版社出版。

⑧ 这个概念是参加我在北京大学开设的网络文学研讨课的林品（中文系在读博士生）提出来的，主要观点是：在 Web 2.0 时代，一方面，网友们可以利用便捷的"转发"、"分享"机制，急剧放大那些令他们感到"有爱"的网络文学作品的传播效应；另一方面，作为"粉丝"的网友们也会出于对某些既有作品或素材"有爱"，无偿地花费巨大的心力，去创作大量的"同人"或"同类型"作品，极大地丰富了网络文学的样貌，极大地增长了网络文学的产量。可以说，"有爱"，既是网络文学最重要的传播动力，也是网络文学最重要的生产动因；而这些网友自发的、无偿的"分享"与"创作"，又是诸多网站增加点击率、获取流量、提升经济效益的重要源泉。

⑨ 这是在一次我和学生们的深入讨论中，一位 80 后女生在课下邮件中提出的质问，当时看到，震动不已。

⑩ "爽"和"YY"的含义都很复杂，需要从上下文的语境中理解。简略来说，"爽"不是单纯的好看，而是一种让读者在不动脑子的前提下极大满足阅读欲望的超强快感，包括畅快感、成就感、优越感，等等。"YY"即汉语"意淫"的拼音字头，发音为"歪歪"。此语源于曹雪芹的《红楼梦》，意指在不通过身体接触的前提下，视觉所见后通过幻想达到心理极大满足的行为。网络用语中的"YY"不一定和性有关，泛指一切放纵幻想的白日梦。更多的含义可参考百度百科的介绍。

⑪ 王德威先生于 2011 年 5 月 17 日在北京大学做了题为《乌托邦，恶托邦，异托邦——从鲁迅到刘慈欣》的演讲，演讲稿见《文艺报》2011 年 6 月 3 日、6 月 22 日、7 月 11 日分三期连载。

⑫ "第二世界"的概念最早是由《魔戒》的作者托尔金提出来的，相对于"第一世界"即神创造的现实世界。在这里，人代替了神，用神赋予的想象力创造了一个新的世界。

⑬ 幻想文学分为"低度幻想的幻想文学"（Low Fantasy）和"高度幻想的幻想文学"（High Fantasy）。前者虽然能够拥有较为宏大或者新奇的世界观，但却会呈现出一种混乱的姿态，缺乏内在的联系。后者内部则呈现出高度而严密的内在一致性，能给人带来真实般的感受。前者虽然也有成功之作，但成熟之作和经典之作基本是后者。

⑭ 在《间客》之前，猫腻曾著有《朱雀记》和《庆余年》。其中《朱雀记》获得2007年新浪原创文学奖玄幻类金奖。他曾用马甲“北洋鼠”写过《映秀十年事》，汶川地震后慨叹“映秀十年事，生者庆余年”。

⑮ 庄庸在论文《中国网络文学十年的关键点》(《网络文学评论》2011年10月创刊号)中详细界定、辨析了网络文学中的“新现实主义”、“伪现实主义”的概念及其与传统现实主义的区别。庄庸博士多年观察研究网络文学，颇多洞见发人深省，可称目前网络文学研究界非常难得的“草根学者”。无论对于我本人的研究转向还是对北大网络文学课程的建设，庄博士都给予了极重要的帮助支持，在此深表感谢。有关《间客》的解读及其中蕴含的“新现实主义”要素特征，我们曾深入讨论，彼此多有激发。由于具体表述不同，公开发表时间又相近，相约不互相引用。

⑯ 韩国学者崔宰溶博士的这篇论文对于当下中国网络文学的研究有特别及时的指导意义，作为中国研究者，对此深表感谢。同时，崔博士在论文中对笔者在论文《传统生产机制的危机和新型机制的生成》(载《文艺争鸣》2009年第12期)表现出的对法兰克福精英立场的惯性继承有中肯批评，促成本人研究态度的转向，也特表感谢。

⑰ 当然，这立即会涉及一系列纠结的概念，比如，在“作者已死”的概念已经阻击传统作者研究多年之后，如何研究“网络写手”意义上的作者？在“超文本”的网络时代，如何界定“作品”？作品(work)与文本(text)、超文本(hyper-text)的关系是什么？这些问题确实需要一些学者进行理论上的廓清，但与此同时，我主张研究者不妨就以传统的作家作品研究的方法进入，先做起来再说。

⑱ “同人”创作指的是粉丝们根据原有文本进行的自发创作，至少创作时具有非商业性。

⑲ 辨别力(Discrimination)与区隔(Distinction)也是约翰·费克斯提出的粉丝的基本特征之一。粉丝会非常敏锐地区分作者，推崇某些人，排斥某些人，在一个等级体系中将他们排序，这对于粉丝是非常重要的。参见约翰·费克斯《粉都的文化经济》。

(原载于《南方文坛》2011年第6期)

艺术界与异托邦

——对中国网络文学研究的一些看法

[韩] 崔宰溶

1. 导　　论

网络文学是一种新的艺术形式吗？虽然中国网络文学的历史只不过 20 年左右，并且这个看上去很简单的问题至今尚未定论，但这个问题已让人觉得厌倦。很多研究者和写手都对此提出了意见，但能够明确地解释网络文学的“新”和“旧”到底在哪些方面的研究其实是很难看到的。

笔者在博士论文[①]当中探讨了中国的现有网络文学研究成果，结果得出了这样的结论：以前的中国网络文学研究一般有严重的抽象化倾向，它与中国网络文学的具体体现之间存在脱节问题。然后笔者提出“土著理论”和“网络性”等概念，通过这两个概念来试图确立一个比较新鲜的、与中国的现实更加符合的研究角度。笔者的博士论文的最终目标是将网络文学研究从既有的学术研究倾向（例如西方的超文本理论，或者以主流传统文学观念为主的研究倾向）中拯救出来，进而给它一个具有独立性的研究空间。

笔者从一些国内外学者最近发表的文章中发现我们不仅需要认真研究中国网络文学的具体存在模式，而且还需要以更加广阔的视野去理解它，也就是说，研究它在整个现代中国社会当中的位置。特别是，贝克(Howard S. Becker)的“艺术界”(The Art World)概念给我们提供一个切入点，通过它我们能够理解网络文学与围绕着它的各种复杂体制之间的互动；邵燕君所提出的“异托邦”概念则使我们看到中国网络文学的一种新的理论可能性。笔者将要以这两个概念为出发点，探讨有关最近中国网络文学的一些看法。通过下面的分析，笔者想指出：中国网络文学已形成了比较独立的“艺术界”，特别是它与资本、审查等这一新艺术界的其他因素积极地互动着，造成了一个独特的文化景观。当然，这个新艺术界的独立性不是绝对的，它与以前的传统文学界保持很复杂的关系：在其中，资本、主流文学界、学术及批评界、党和政府的文化政策等很多因素正在发挥着很大影响力，而它们的关系有时是协调的，有时是矛盾的。

2. 艺术界的概念和网络文学的“堕落”

“艺术界”这一概念是从霍华德·贝克[②]那里接过来的。贝克在《一个新的艺术形式：超文本小说》[③]中利用这一概念来说明超文本小说为什么是一个新的艺术形式。他说：

> 我们可以对艺术界下一个这样的技术性的定义：艺术界由协调性活动的网状结构而构成，这里包括所有对最终的艺术作品的产生作出贡献的人，而他们使用他们所共有的一些惯例的理解。[④]

他还指出，“以前未存在的那样的一个世界(有关超文本的艺术界)现在存在了，在这个意义上，超文本小说是新的”。[⑤]简而言之，在他发表这一篇文章的时候，超文本小说已有了有关它的各种“协调性活动的网状结构”，而这一结构是前所未有的，所以超文本小说是一个新的艺术形式。依我看，他的逻辑在对中国网络文学的独特性的分析上也有很重要的启发意义。也就是说，与其将网络文学看作一个传统文学的变种，不如将它看作一个独特的艺术界——即具有自己的生产—流通—消费—评价体系的一个新的文化活动的总体，这样我们才会看到网络文学的真正的“新”在何处。已有学者指出，网络文学的生产及消费体制与传统印刷文学迥然不同，特别是盛大集团收购几乎所有的大型文学网站以后，它确立了一个以大规模资本为基础的商业化运作模式。[6]虽然网络文学与传统文学之间的关系不至于是替代性的、矛盾的，但网络文学的“艺术界”已不再以文学期刊、作协、教授及评论家等传统文学界的主要因素为其核心因素，[7]在这个意义上，我们可以说网络文学有了它自己的独特的艺术界。

我们可以将陈立群的文章《网络文学“堕落”论的文艺学反思》[8]放在这个“艺术界”论的脉络中来讨论。她首先对现有的中国网络文学研究进行激烈批判，说“学界却痴心不改，始终将子虚乌有的‘超文本’看做网络文学的真身”。[9]她还批评说，中国学界有一种“技术拜物教”，“而其更深层的心理渊源则可以追溯到半殖民地半封建社会所谓的‘师夷长技以制夷’”。她认为，这个“技术拜物教”“既是对技术的夸大，又是对技术的贬低”，因为它绝对化技术的影响力，同时将它的影响局限在“媒体、信息、载体、符号”的层面上。简言之，她认为一个新技术（网络文学）的意义是只能通过对整个“生产体制、社会关系”的考察才会理解到的。[10]

到这儿为止，她所说的与贝克的艺术界概念一脉相承：作为一种艺术，至少一种文化行为，网络文学不是以完全独立的纯粹艺术形式而存在，而是由很多制度、体制、惯例、观念的网络而构成的。所以，如果我们将注意力只集中在其媒体的、技术的不同上，那我们就无法看到作为一个独立艺术界的网络文学之创新和独特在哪些方面。以前的很多研究都未能从这样的困境中摆脱出来，笔者认为陈立群一文对此问题的突破意义不小。

但在文章的后半部，笔者觉得她还暴露出不少问题，因为她自己也尚未从同一个的陷阱中完全脱身出来。例如，她说网络文学的“民间性”与“作品质量”的“明显下滑”有关，[11]又说网络文学缺乏“话语权”和“等级权力体制”。[12]这就证明，她不是从整个网络文学的艺术界的角度看这一问题的，而是从她所理解的“话语权”，即“主流文学界”的角度看这一问题的。

依笔者看，她这样的理解是不太正确的，因为目前中国的网络文学确实具有一定的“话语权”，而且这个话语权甚至可以说是比“主流文学界”的话语权更强：所谓的主流文学已不再是文学的坚定不移的中心，[13]网络文学和各种商业主义文学已占领了文学方面畅销书的排行榜。网络文学和主流文学之间的等级关系也许是只有在传统文学界里面的人的错觉中才存在的。

正像她指出的那样，网络文学的“堕落”其实是学界“臆造”出来的，这一点是毫无疑问的。可是这并不意味着网络文学一直处在一个边缘的、堕落的状态中，从未有过“制高点”。[14]在某种意义上，每天都是它的历史中的制高点。不同的艺术界拥有不同的评价体系，所以中国网络文学的评价体系（虽然它尚未确立一个为学界公认的体系）也应该是与既有的“主流文学界”的评价体系有所不同的。

3. 作为网络文学界的一个组成部分的审查制度：西方对中国网络文学的态度问题

海外学界，特别是西方学界在涉及中国网络（文学）时，最频繁地被讨论的主题应该是审查制度（censorship）的问题。虽然这一问题相当敏感，但如果我们要理解西方的研究趋势，这一问题是不能回避的。在这个意义上，迈克尔·豪克斯（Michel Hockx）在 2005 年发表的《中国的虚拟文学：对网络诗歌社团的比较研究》[15]这一篇文章很有参考意义。该文章从贝克的艺术界概念出发，对西方的既有中国互联网研究进行尖锐的批判，进而分析了中美两国的具体网络文学现象。

豪克斯将既有的西方研究成果的大致趋势概括为：

到目前为止，绝大部分的中国网络研究者的最主要兴趣在于审查（censorship）和控制的方法和技术，也就是说，在于中国网站上哪些不存在，而不在于哪些存在。[16]

看一看豪克斯提供的参考书目我们就会发现，他这样的主张并不是夸大其词。有关中国网络的英文材料中，我们很难发现对中国现实进行客观的、具体的、现实的分析的文章。豪克斯十分肯定地说，"有关中国网站上的文化产物的研究材料几乎不存在"。[17]换言之，至少到 2005 年为止（以后的研究成果需要进行另外的梳理与研究），西方的研究主要集中在对审查和国家控制的批评这一方面上，而不在对中国网络的现实的具体分析上。这样的批评当然具有政治或意识形态的色彩，如我们考虑到西方学者往往以中国的人权和各种监管问题为借口批评过中国的各种政策这一事实，那我们就很容易看到，醉翁之意不在酒，他们的这些批评其实是另有所图的。

但是，豪克斯的文章超越了这些政治性批评的水平，他对中国网络文化的态度可以说是对那些单纯的、意识形态的偏见的纠正。他说，“没有理由忽视监管，但同样没有理由过分强调它或者将它从文学领域中的其他动因的活动区分开来”。[18]换言之，“监管员和他们的活动可以，也应该被当作整个文学行为的一部分而进行研究”。[19]显而易见，这种看法是以贝克的艺术界概念为其思想背景的。如果说艺术界是有关某种艺术活动的一切制度、技术、经济、社会体制的总体，那中国网络文学的监管制度和国家控制当然也是这个艺术界的合法的、正当的组成部分。豪克斯说，“审查是一种常态，而不是个例外”。[20]

还有，豪克斯还指出在中国的网络文学中，西方理论最讲究的那些超文本(超媒体)写作是非常罕见的，而中国网络文学似乎已成为印刷文学的一个子类，因为在中国的很多大型书店都设了“网络文学”专区，网络文学以纸本书的形式大量流通着。这一观点无论对西方学界还是对中国学界都很有启发性，因为以前的大多数研究都盲目地套用那些先锋理论，认为这些理论可能才是网络文学的真身。然后，豪克斯对一组中国和美国的诗歌网站进行对比研究。虽然他的分析对象相当局限，因此不能达到两国网络文学的一个全面比较，但他尽量保持一个公正客观的态度，并进行一个具体的、现实的考察，这一点是在西方的中国网络文学研究中难能可贵的。

在该论文的结尾，他提出如下的意味深长的观点：

> 没有证据表明中国的赛博写作会引起中国社会的，甚至是中国文学的急变……部分是因为其很多参与者不愿意做一个有改革能力的人或一个有先锋性的人；部分是因为

在中国的文化中，文学发挥一个不同的功能。[21]

这是一个符合现实的、比较客观的见解。但笔者认为，至于在什么才是“急变”“改革”“先锋性”这个问题上，尚有进一步讨论的余地。豪克斯暗示，西方研究者之所以强调中国的审查问题是因为只有这样他们才会感觉到对中国的一种文化优越感：他们的文化是自由的，而中国的是被控制的、不自由的。这一批判是完全正确的。但同时，他还暗示着他所说的“急变”、“改革”、“先锋性”等的变化是有已定的方向的：急变和改革必须是通往西方理论所提出的那个目的地的运动。比如说，他认为中国的网络文学没有（西方）超媒体、超文本写作那么先锋，并且它未能根本改变中国的既有文学，但这个判断是很可疑的。他不知不觉地断定，文学的根本变化应该是向超文本和多媒体写作那一道路的变化。但是，除了这些西方理论所提出的方向以外，还有很多“急变”和“改革”的可能性，中国网络文学的实际变化已经具有很先锋的一面，只不过这个先锋性与西方学界所理解的先锋性不一样。

虽然这一篇论文中有很多正确的看法，但至少有一个观点笔者绝不能同意：他认为论坛（BBS）里的“帖子”（thread）的结构是以“线形的、按时间顺序的”方式构成的，所以“帖子本身不是超文本”。[22]他不能从帖子—回复的“线形”结构中看出与印刷文学不同的有意义的特征。特别是他所分析的“中国诗人”网站中的一个专区（选载名作的论坛）里，互动性几乎不存在，因为在这里你不能随意发帖子或回复，一般会员只有阅读的权利。换言之，这样的网页与印刷期刊或纸本书相差不远，所以这里的网络文学活动不是具有“改革能力”的，它不会引起文学的“急变”。

笔者在博士论文中反驳过这样的观点。每个 BBS 或网站都是一个超文本，即“网络”，而在这个“网络”之内的所有文本（帖子、回复、公告、统计数据……）都获得一种流动性。简言之，网上的存在模式本身给一个文本赋予一种独特的意义，这个意义就是笔者所说的“网络性”。[23]帖子绝不是固定不变的，甚至名作专区里的那些作品也是整个网络的一部分，那里存在无数的超链接，而这些链接的网状结构是纸面媒体中很难发现的。豪克斯不能看到这一点，是因为他还是在传统的文学观念之内进行他的思考。更准确地说，他不考虑整个网络文学的艺术界，而在网络文学中只试图发掘一些传统文学界所认可、所熟悉的价值。这样就不会看到帖子和论坛具有的先锋性和变化的力量。由很多帖子和回复之间的网络结构而构成的一个网站本身是一种超文本，其创新性和先锋性也许不在于传统意义上的作品性和艺术性层面上，而在于其作为更广阔的文学空间内发生的文学活动的特征上。

虽然不是完全没有问题的，但总体来看，豪克斯的这一篇文章提出很多中国网络文学研究者都必须倾听的重要问题。特别是，中国网络文学的使用者也许“不愿意”做一个先锋实验者这一观点是很有启发意义的，也与笔者在博士论文中得出的结论（作为网络文学的土著理论家，很多网民对深刻的艺术成就不太感兴趣，他们的主要评价标准是某一文本的“爽”与否[24]）有一脉相承之处。还有，他对中国的监管制度的看法也是很有意义的。在中国的政治、文化体制中，党和政府的文化政策应该被看作网络文学界的一个合法的组成部分。豪克斯从贝克的艺术界概念出发，但笔者认为他的观点比贝克更符合中国的现实。豪克斯敢于承认监管也是中国网络文学的常态，这一点是很有开拓性的看法。

4. 资本：艺术界的一个重要组成部分

在关于网络文学的讨论中，大资本或商业主义与网络文学的关系一直是非常引人注目的话题。一般来说，既有的几乎所有研究都批评中国网络文学的商业性，至少对此表示忧虑。但是如果我们说中国的网络文学已形成了（或至少正在形成）一个比较独立的"艺术界"，那我们就可以理解，大资本或许不是危害网络文学这一艺术形式的"外部"因素，而是该艺术界的一个"内部"因素，并且是一个重要的组成部分。商业主义导致了网络文学质量的下滑、类型化，使它变成一个千篇一律的垃圾文学的看法虽然不是完全缺乏根据的，但事情并不那么简单：资本和网络文学之间存在的是一种非常复杂的互动关系，而绝不是简单的矛盾关系。笔者认为，以前很多学者都对资本与商业化问题持有否定态度是因为他们将网络文学中的"艺术"成分从网络文学的整个艺术界之内的其他组成部分分离出来，以传统文学界的评价体系来对它进行分析。

在这种意义上，2011年王晓明发表的《六分天下：今天的中国文学》一文值得认真讨论。虽然该文章不是专门分析网络文学的，但他讨论的是"今天的中国文学"天地中网络文学所扮演的角色，这对我们来说也许比专门讨论网络文学的研究更有意义。顾名思义，他将网络文学看作最近15年间发生的六个主要文学潮流之一。该文章试图从比较宏观的视野（例如时代、社会的变革，各种不同的文学趋势之间的互动关系等）理解网络文学，这一点对我们的讨论有不少意义。

特别引笔者注意的地方是王晓明对大资本的看法。更具体地说，他分析网络文学领域中盛大集团所引起的影响，说“大资本的直接介入，其网上文学盈利模式的强力推广，从根本上改变了网络文学的基本走向”。[25]还有，他在近现代通俗小说与以粉丝经济学为基础的当代商业主义大众文学之间作出明显的区分，这一点也值得一提。他以郭敬明（郭已不再是单纯的网络写手，而成为一个文化产业的巨商）的抄袭事件为例，分析道：“它（指郭敬明所代表的新资本主义文学——引者注）建基于作家与其作品的新的站位关系，在这种关系中，作家越是成为大众偶像，他本人就越比他的作品靠前。”[26]虽然这一分析不是针对网络文学而进行的，但如果我们考虑在大型网站中所谓“大神”们所享受的人气和在各种“排行榜”里发生的粉丝们之间的激烈竞争，[27]这一分析对网络文学，特别是对盛大集团所代表的商业主义网络文学而言也同样是非常有效的。

王晓明对网络文学的看法大体上有一定的说服力，不过笔者觉得下一点是有待于进一步讨论的：他说“大资本的胃口虽然凶猛，它的兴趣却很狭隘，它好像是要把一切都搞成让它赚钱的东西”。[28]当然，资本的最基本的目的在于资本本身的增加，还有盛大集团旗下的主要网站里的文学实践中确实出现了一些比较明显的商业化现象，这是不争的事实。不过笔者认为，我们应该对如下问题进行更深入的分析和讨论，即大资本的兴趣是那么狭隘吗？还有，大资本所企图的目标和中国网络文学的具体现实一致吗？资本显然已成为当代中国网络文学的一部分，但它的影响力并不是绝对的，而总是在与该艺术界中的众多其他因素的非常复杂的协调或矛盾关系中才能够被发挥的。虽然资本对文学的影响确实有消极的一面，但同时又有积极的一面。艺术和资本从未形成过绝对的矛盾关系。

下面让我更仔细地讨论这一问题。王晓明对目前的网络文学的主要不满在于盛大集团的大资本使网络文学变得狭窄的、只产生出能够挣钱的类型化文学。他说“作者与读者的‘即时’互动,这是互联网的一大创造”,但“这种互动的散漫多变的特性,与‘盛大文学’追求的模式化状态,毕竟距离太大”。[29]首先,我们有必要重新考虑他所提出的二元对立的合法性:“互动的散漫多变的特性”真的离“模式化状态”那么遥远吗?笔者曾指出,大型文学网站的分类系统不是固定不变的,而是一直在变化着的。网络文学中的众多“模式”或“类型”其实是处在不断的生成、熄灭、变化、融解的过程当中。虽然王晓明也在文章的第15条注释承认这一点,但他最终还主张“首页上列出的一级分类,则大体保持不变”,[30]从而过于低估了文学网站所拥有的历史性和互动性。中国大型文学网站顶多具有十年左右的历史,而在这一段不长的历史中这些网站已产生出这么一个复杂的分类系统(初期文学网站的首页上的分类只不过是十个左右),这是难能可贵的。

还有一点值得讨论:对读者来说,完全类型化的机械的作品是一点魅力都没有的,所以类型化本身与资本的目的有互相矛盾的一面。其实,目前大行其道的所谓类型化文学,虽然从“外部”看时似乎是千篇一律的,但从“内部”去看它时,我们会发现它们之间存在很微妙的,但还是很重要的区别。[31]换言之,即使是在最商业化了的文学网站上发生的文学活动,也不是那么狭隘的,也不是那么模式化了的。至少16个以上的,有时多达50多个的五花八门的网络文学类型的存在,[32]其实是网络文学的“互动的散漫多变的特性”的一个很好的例证。

作为一个盈利企业,盛大集团会积极追求模式化,进而尽量提高生产效率,这是很自然的事情。但盛大在生产其“商品”时,它不得不考虑艺术界的其他环节。盛大等大资本不能“决定”网络文学产品的所有内容和形式，也不能给读者强加一个兴趣。大型网站离不开使用者的积极参与：点击率、VIP（收费）阅读、推荐、月票、排行榜……这些都是使用者在网络文学的艺术界中作出的积极贡献。大资本虽然通过作家的明星化、排行榜运作的部分收费化等各种方式试图鼓励大众的消费，激发大众不需要的欲望，但同时，资本也给使用者们提供一个比较稳定的、规模非常庞大的活动空间。借用塞尔托的话来说，网络文学的使用者在这一空间中“盗猎（poach）”[33]资本提供给他们的文化产品。并且，资本给写手提供的厚重报酬无疑是一种很强大的写作动机，如没有这一动机，我估计写手们应该很难长期持续每天多达一两万字的惊人的写作速度。

王晓明往往将网络文学的使用者看作被动的接受者。这样的读者概念显然是不太现实的：即使传统文学的读者也拥有一定的积极性，这是很多接受理论家都指出过的。况且在网络文学这里，读者的积极性远远超过了以往的任何文化形式。但王晓明还使用“潜移默化”、“不知不觉”等词汇，这些词都暗示着他持有的如下看法，即读者的“精神世界”是单方向地受到“一种新的文学”的影响的。[34]不过文化产业的力量和影响力不是绝对的。资本并不是无所不能、天下无敌的。我们不要过分强调资本的力量，进而使它变成一个怪物。目前，与资本完全无关的文化领域已经几乎不存在，所以如果我们敌视资本的话，那就很容易坠入一个乌托邦式的理想主义的陷阱中。这才是一种躲避现实的行为。王晓明寄望于博客文学等“小范围”的另类文学行为，但博客也毕竟是资本的产物：维持一个每天可容纳几百万人次的网络服务是很花钱的。

因此，我们与其试图逃避资本，不如将资本当作艺术界的合法的组成部分。资本当然另有所图，但为了实现它的目标，它必须和网络文学这一艺术界的其他因素——读者(使用者)、作者、评论家、党和政府的政策、网络服务提供者、中国社会的各种惯例等——保持合作关系。就其使用者而言,他们不是消极的、愚蠢的受害者。他们不把荒诞不经的网络文学作品当成现实。根据一个调查,93%的女大学生觉得“穿越小说里面所描绘的与现实差距大”,并且79%不想模仿她们“所喜欢的女主人公的言行”。[35]很明显,她们不是被“潜移默化”的,而是主动地“使用”着这些穿越小说。

如果我们想达到对网络文学这一新艺术界的比较客观公正的理解,我们不能敌视或排斥其中的任何因素。在某种意义上,我们可以说网络文学没有敌人:连对它的批评和攻击也是该艺术界的一部分。在网络文学界中,资本和文学的互动和合作正在产生一个前所未有的新艺术形式。当然,至于对这一新形式的评价问题,则有待于更耐心地观察和研究。

5. 异 托 邦

上面笔者主要探讨了有关艺术界概念的一些问题。可是,如此强调艺术界概念,也就是说,强调资本、媒体、审查制度等文学“外部”的因素的合法性,一方面可以给网络文学研究作出不少贡献,另一方面也会引起不少问题。已有很多学者对此表示忧虑,认为网络文学也是文学的一种,对它的研究应该更加关注其作为文学的“内部”价值。这确实是一个难题:以传统文学的标准来衡量网络文学,必然会导致对网络文学的误解吗?从“通变”的观点,即断裂和持续的观点看,对网络文学的评价标准与传统文学应该多么不一样?网络文学这一新的艺术界已确立了自己的独特评价体系吗?这样的体系应该存在吗?

在笔者的博士论文中，笔者对既有研究成果基本上保持否定的态度，这是因为，依笔者看，既有研究大体上都不能从传统的文学观念和评价体系中摆脱出来，所以确立一个网络文学使用者自己的新评价体系是当务之急。㊱但笔者从未完全否定过传统文学理论的价值本身。笔者要打击的是以传统文学观念当成一个绝对价值标准的研究态度，而不是优秀的文学理论和分析技术本身。虽然很多网络文学使用者明确否定那些深刻的文学理论，而持有“爽”的文学观，㊲但作为学者，我们不能放弃传统的主流文学观念和理论。

对这一问题，邵燕君的《面对网络文学：学院派的态度和方法》一文很有启发性意义。很显然，她站在传统现实主义文学的立场上，但面对网络文学这一新文学现象，她却保持非常开放的态度：她理解网络文学的创新意义，也敢于批评和承认以前的精英主义研究倾向所暴露的困境。但更重要的是，她既不着迷于这一新文学形式的技术可能性，也不放弃传统精英主义的立场。她说“如果搬出‘主题分析’、‘人物分析’等传统的十八般武艺，再加上一定的文化研究的视野来开垦这片学术荒地，一定能颇有斩获”，㊳这样的学术研究也许是笔者曾提出的土著理论和学术理论之间的“善循环”㊴的一个很重要的环节。

笔者认为，在她的分析中特别值得关注的部分就是有关“异托邦（heterotopia）”的讨论。她说，王德威曾在对科幻小说的分析上使用过福柯的异托邦概念，而邵燕君则将这一概念用在网络文学的分析上。看来，她的这一尝试是相当成功的，这就证明传统文学（文化）理论的方法论在网络文学的研究领域中也可以是一个有效的工具。

她的分析大概可以概括如下：异托邦是一种由正常人不愿意看到的，应该被治疗或被训练的存在而构成的空间。㊵王德威使用这一概念来对科幻小说进行分析时认为，作为一种异托邦的科幻小说“不断刺激、搅扰着我们：什么是幻想，什么是现实，什么是经典或正典以内的文学，什么是次文类或正典以外的文学，不断让我们有新的思考方式”。[41]邵燕君则进一步指出，看似离现实非常遥远的那些网络小说也以一种独特的方式能够“介入现实”，也就是说，网络小说会创造拥有强大的“现实相关性”的“第二世界”，而这个“第二世界”可以发挥异托邦效果——它可以在现实中存在、互动，使我们去重新思考我们的现实。

这是对网络文学在中国社会中所发挥的作用的非常精彩的分析。在这个角度下，“不现实”的网络文学才能够获得一种“现实”的意义，即一个传统主流文学界和理论界可以接受并理解的意义。相对于将网络文学看作一个躲避现实的消极行为的那些观点而言，这显然是一大进步。

不过，笔者觉得有一个问题有待进一步考察。她在思考网络文学时，一直是从它与传统现实主义文学之间的关系这一角度进行分析的。她似乎认为，传统现实主义文学追求的一般是作为“灯塔”的乌托邦，而网络文学则追求一种“异托邦”效果，即通过远离现实的方式而获得的一种反讽的“现实性”。[42]这是一个具有一定说服力的对比，可是笔者认为，我们还可以“颠倒”两者的关系。她的分析是以如下的诊断为其根据的：网络文学看似离我们的现实很远，并且它所表现出的是为那些主流话语权所排斥的，让正常人觉得陌生的另类世界。但第一，不是所有网络文学都涉及这样的另类世界：言情、军事、都市甚至一部分穿越小说都试图表现和模仿“第一世界”而不想打造“第二世界”。比如说，蔡智恒和安妮宝贝的小说中几乎不存在超出现实的因素。第二，即使涉及另类世界的那些网络小说，也往往与现实太相似，现实和小说描绘的世界之间只存在外表的差异。这样的

“第二世界”里的欲望大多是很现实的，它直接折射出网络文学使用者们自己的现实欲望。当然，邵燕君最终想要强调的不是这种“第二世界”：她提出“高度幻想的幻想文学”概念，在“大师之作”和“大神之作”之间作出区分，说大师之作“在参照现实逻辑打造一个高度仿真的‘第二世界’之后，通过一系列的文学手段让读者在信服认同中完成对现实逻辑的颠覆”。[43]但她自己也承认，在中国网络文学的现实中“大师之作”是很难看到的，说“中国网络文学发展十余年来基本处于‘大神阶段’”。[44]看一下最近一直高居文学网站排行榜的那些作品，我们就不难发现这些文本所折射出的大体上是我们社会的“主流”价值观的欲望。比如说，武侠玄幻小说中对义气、对家人的爱情的强调；穿越小说中的女性的自我实现（无论是事业方面的还是爱情方面的成功）；军事小说中的民族主义因素等，都是被我们的正常社会所认可的。

简言之，中国网络小说中的“第二世界”往往过于接近现实，因此其作为异托邦的效果也不会很显著。异托邦“不断刺激、搅扰着我们”去面对我们“正常人”不愿意看到的东西，进而摇动我们的日常世界，但目前的中国网络小说却着迷于描写并满足那些我们的现实社会所追求的那些露骨的现实欲望，来强化我们社会的主流价值观。

总而言之，将网络文学当成异托邦的看法，虽然有一定的理论意义，但却不能说是对中国网络文学的一个客观的观察。网络文学往往试图描绘出一个很陌生的、很新鲜的世界，这是不争的事实，但这种新鲜感是很难持续下去的，因为现实中它很快变为熟悉感和舒服感。中国网络文学太接近当代中国的现实，换言之，它缺乏一个“异托邦”所必要的离现实的距离。对网络文学的很多使用者来说，网络文学与其说是一个纯粹的、独立的艺术，不如说是他们的日常生活本身，是他们的现实的一部分。

笔者认为，邵燕君的研究态度既表现出以传统文学理论为基础的研究之强点，又表现出其弱点。她从网络文学中发现它作为异托邦的可能性是没有问题的。并且，她通过对《间客》的分析来成功地证明一些网络文学确实具有异托邦的性质。这显然是传统学界能够承认的一个很重要的文学价值。但是，对学界最有意义的网络文学不一定是对网络文学使用者也最有意义的文学。所谓“大师之作”不是网络文学的普遍现实，而是一种理想的境界。我们不能以大师之作来衡量整个网络文学的标准。重要的是，学界不应该也不能给网络文学界强加他们的评价体系。当然，两者的评价体系也未必是互相矛盾的，但网络文学中确实存在学界所不熟悉的价值，所以我们不用太轻易地放弃传统文学的价值观，但同时应保持开放的态度。这样我们才会看到网络文学的真相。

6. 结论：新的艺术界、旧的想象力

上面笔者以艺术界和异托邦两个概念来简单地探讨了中国网络文学的若干问题。艺术界概念使我们看到，资本或监管等以前被看成危害文学艺术的那些因素其实是网络文学这一艺术界的正当的组成部分；异托邦概念则使我们看到网络文学与传统文学理论之间的复杂关系。

到目前为止，对网络文学的看法还是众说纷纭。笔者认为，导致这个混乱的主要原因之一是网络文学本身的暧昧性：网络文学既是很崭新的，又是很陈旧的。当然“新”和“旧”是一双相对的概念，只有“旧”才会有“新”。因特网所代表的通信技术的革新无疑是我们当代社会的最重要的新变化之一，它给人类带

来了巨大影响。但是，这一新事物所面临的最大的困难或许不是技术性的，而是观念性的。人类的想象力其实是很局限的：为了彻底理解一个新技术所拥有的可能性，人类往往需要很漫长的思想改造的工程。面对新技术，人类总得经历适应、学习的过程，否则旧的想象力会阻碍那一新技术的全面发挥。

如何理解信息技术的革新给我们带来的变化？至少从中国网络文学这一例子看，这一变化不是我们想象的那么快，那么大。网络文学已开始形成比较独立的新艺术界，但其中还存在旧的想象力。目前，中国网络文学不在积极探索其哲学的、艺术的极端可能性，它反而融入我们的现实中，最终变成一个网络文学使用者在日常生活中的实践。整体性、线形性等一些旧的文学观念还是网络文学作品中很显著的特征，但人们感知这一世界的方式与文学对人们具有的意义和功能本身却正在慢慢地变化着。我们目睹的是新的艺术界与旧的想象力之间的碰撞。我们要注意的是，新的未必是“好”的，而旧的也未必是“坏”的，反之亦然。在网络文学这一广阔的文学空间中，将会发生很多有趣的文化现象，我们学者应该以开放的态度关注它。

注释：

① [韩] 崔宰溶：《中国网络文学研究的困境与突破——网络文学的土著理论与网络性》，北京大学博士论文，2011 年 6 月。

② [美] 贝克：《艺术界》，加州大学出版部 1982 年版。（Howard S. Becker, *Art Worlds*, Berkeley, Los Angeles, London: University of California Press, 1982）

③ [美] 贝克：《一个新的艺术形式：超文本小说》（*A New Art Form: Hypertext Fiction*），http://www.uv.es/~fores/programa/becker_hypertextfiction.html。

④⑤ [美] 贝克：《一个新的艺术形式：超文本小说》。“An art world, to give a technical definition, consists of the network of cooperative activity involving all the people who contribute to the work of art coming off as it finally does, using the conventional understandings they share.""In just the sense that there is now such a world where none was, hypertext fiction is new."

⑥⑬㉕㉖㉘㉙㉚㉞ 王晓明:《六分天下:今天的中国文学》,载《文学评论》2011 年第 5 期。

⑦㊳㊵㊷㊸㊹ 邵燕君:《面对网络文学:学院派的态度和方法》,载《南方文坛》2011 年第 6 期。

⑧⑨⑩⑪⑫⑭ 陈立群:《网络文学"堕落"论的文艺学反思》,载《中州学刊》2011 年第 4 期。

⑮ [英] 迈克尔·豪克斯:《中国的虚拟文学:对网络诗歌社团的比较研究》,第 670—691 页,载《中国季刊》第 183 号,2005 年 9 月。(Michel Hockx, "Virtual Chinese Literature: A Comparative Case Study of Online Poetry Communities", *China Quarterly*, No. 183. Sep. 2005, pp.670 - 691)

⑯⑰⑱⑲⑳㉑ [英] 迈克尔·豪克斯:《中国的虚拟文学:对网络诗歌社团的比较研究》,第 671、672、673、673、691 页。"Most researchers of the Chinese internet so far seem to be predominantly interested in methods and technologies of control and censorship, that is, in what does not appear on the Chinese Web, rather than what does." "References to research on cultural production on the Chinese internet are almost absent." "There is no reason to ignore censorship but there is similarly no reason to overemphasize it or isolate it from the practices of other agents within the literary field", "censors and their practices can and should be studied as part of literary practice as a whole", "Censorship is the norm, rather than the exception." "There is no indication that Chinese cyber writing will radically transform Chinese society or even Chinese literature ... partly it is because many of its practitioners lack interest in being either transformative or avant-garde or both; partly it is because literature fulfils a different function in Chinese culture."

㉒ [英] 迈克尔·豪克斯:《中国的虚拟文学:对网络诗歌社团的比较研究》,第 682 页,载《中国季刊》第 183 号,2005 年 9 月。

㉓㉔㉗㉛㊲㊴ [韩] 崔宰溶:《中国网络文学研究的困境与突破——网络文学的土著理论与网络性》,第 71—76、82—85、97—104、42—43、91—97、60—61 页,北京大学博士论文,2011 年 6 月。

㉜ 王小英、祝东:《论文学网站对网络文学的制约性影响》,载《云南社会

科学》2010 年第 1 期。

㉝ 德塞都将积极的阅读形容为“盗猎”，并指出这种“盗猎”是一种“挪用”而不是“误读”。参见亨利·詹金斯、杨玲：《大众文化：粉丝、盗猎者、游牧民——德塞都的大众文化审美》，载《湖北大学学报（哲学社会科学版）》2008 年第 4 期。

㉟ 湖南商学院文学院“穿越小说”课题组：《女大学生“穿越小说”阅读情况调查及分析报告》，载《文学界理论版》2011 年第 8 期。

㊱ ［韩］崔宰溶：《中国网络文学研究的困境与突破——网络文学的土著理论与网络性》，第 4.1.1.2 节，“殖民化了的土著理论”，北京大学博士论文，2011 年 6 月。

㊶ 王德威：《乌托邦，恶托邦，异托邦——从鲁迅到刘慈欣》，转引自邵燕君：《面对网络文学：学院派的态度和方法》，载《南方文坛》2011 年第 6 期。

（原载于《南方文坛》2012 年第 3 期）

网络文学研究的挑战与启示

黄发有

随着网络传播的迅速发展，网络文学生产产销两旺，创作队伍和读者规模都日益壮大。近年以网络文学为核心IP来源的产业链的建立，使得网络文学成为影视、网络游戏、动漫的上游资源，进一步扩大了网络文学的社会影响。根据中国互联网络信息中心2016年7月发布的《第38次中国互联网络发展状况统计报告》，截至2016年6月，我国网民规模达7.10亿，手机网民规模达6.56亿；就网络文学而言，“网络文学用户规模达到3.08亿，较去年底增加1 085万，占网民总体的43.3%，其中手机网络文学用户规模为2.81亿，较去年底增加2 209万，占手机网民的42.8%”。[①]这确实是无法忽略的惊人的数据。相对于网络文学创作而言，网络文学评论与网络文学研究明显滞后。就网络文学研究而言，算得上是中国文学研究的一个新兴的、边缘的分支。在学院空间内专注于网络文学研究的学者，目前屈指可数。在文学创作圈，有相当一部分以纯文学作家自居者对网络文学创作存在偏见，认为网络文学创作虽然热闹，但泥沙俱下，少有佳作。一些文学学术圈的学者对网络文学研究也有一种先入为主的看法，认为网络文学创作艺术价值不高，这也决定了网络文学研究缺少学术含金量，而且，在网络文学日益商业化和娱乐化的环境中，网络文学评论与网络文学研究难免会“凑热闹”，甚至为了利益牺牲自己的价值立场，只是一味地“拍巴掌”。

说实话，对于有志于网络文学研究的学者而言，必须认真对待同行的这种忧虑。只有避免了“凑热闹”和“拍巴掌”，网络文学研究才能确立自己的学术根基，才能守护自己的独立性。

一

网络文学研究者如果仅仅追求学术产出的数量，看完一篇作品就写一篇评论，或者跟踪一个作家写出一系列的评论，这确实是一件轻松的事情。但是，如果要披沙拣金，从一些艺术价值不高的作品或独特的网络文学现象中挖掘有价值的学术问题，提升研究的理论含量和学术品质，网络文学研究具有很高的挑战性和学术难度。

首先，阅读的挑战。从事网络文学研究，必须阅读大量的网络文学作品。网络文学作品良莠不齐，而且网络小说的篇幅被日益拉长，上千万字的单篇作品并不鲜见，这就给研究者带来严峻的考验，必须从芜杂的文字中遴选出极少数特色鲜明的作品。据我所知，对于一些研究当代文学的学者而言，阅读网络类型小说简直就是一种折磨。在研究生的学位论文开题会、答辩会和学术会议上，不止一次听到一些学者对网络文学的质疑。尽管随着时间的推移，学术圈对网络文学变得日益宽容，但是，主流学术圈对于网络文学的偏见还是极为突出。台湾年轻学者陈征蔚在其专著《电子网路科技与文学创意——台湾数位文学史(1992—2012)》一书的“后记”中，深有感触地说：“选择一个鲜为人知的论文题目是道两面刃，一方面当时数位文学是块‘处女地’，任我驰骋遨游；但另一方面正因为理解这种新文学形式的学者不多，我在研究过程中遭遇的困难挫折，甚至误解苛责，实在比想象中多得多。犹记得在硕士论文口试时，受到口试委员

'围攻'的窘境。而在博士班入学口试中,也有委员当面质疑,为何我选择了这个冷僻的题目。"陈征蔚认为自己在探索这一学术领域时,陷入了一种孤立的境地:"只不过,技术演进与表现形式的发展需要时间累积,过早探索新的领域,难免处处碰壁。正所谓'领先一步是先进,早人三步成先烈',我经常在研究过程中感到缺乏志同道合的伙伴,以及提携后进的前辈,因而深觉'风萧萧兮易水寒'。"② 从事网络文学研究,很容易被同行贴上"赶时髦"的标签,尽管研究者花费了很多心力,但一些心怀偏见的学者或作家在根本没有阅读的前提下,也可以振振有词地批评这些成果花拳绣腿,缺乏学术深度。

研究网络文学,除了阅读文字作品,还得关注以网络文学作品为脚本的大量改编作品,诸如电影、电视、网络游戏、动漫等。这确实是非常繁重的任务。值得注意的是,大多数网络文学研究者在进入这一领域之前,重点关注的往往是印刷文学。在审美趣味已经成型的前提下,要理解大异其趣的网络文学,无疑是对自我的一种挑战。邵燕君主张以"粉丝"的姿态进入网络文学阅读,她说:"对于网络文学研究,我也是一定程度上的(虽然还很浅)'学者粉丝'了。就像'博士'(或称'窄士')是今天进入专业学术研究的敲门砖一样,在未来的流行文化研究中,'粉丝'也是基本的入场资格。"③ 确实,如果一个阅读者以高高在上的姿态藐视网络文学,那根本无法把握网络文学的特质。更有甚者,有些学者对网络文学并不了解,却可以大言不惭地大发议论,说出网络文学的种种缺点,诸如趣味低下、结构臃肿、语言夸张等。一位不愿透露姓名的网文作者在接受《南方人物周刊》记者的采访时,提到 2009 年鲁迅文学院首次开办的"网络作家培训班",2009 年被部分人称为"网络文学招安之年",他语气直白激烈地说:"在那儿把我这辈子的气都受尽了,真的从来没这么生气过。

那些老教授，居然说出‘我是没有看过什么网络文学，但我知道那些都是垃圾’这样的话来，气死我了。”④与此异曲同工的是，一些网络文学评论者放弃了美学原则，大唱赞歌，面对所有的网络文学作品，都能从脓包中看见桃花。一味地排斥和毫无立场的褒奖，都是没有难度的、不负责任的态度。

其次，知识结构的挑战。网络文学作为一种新生的文学现象，其生产方式、传播方式都有别于以印刷媒体为核心介质的文学创作，这就要求研究者必须更新自己的知识结构。就现有的网络文学研究成果而言，一些评论家还是采用其熟悉的方式来解读网络文学作品。当然，当前的网络文学确实在不少方面延续了本土文学传统，尤其是通俗文学的传统，但是，以不变应万变的研究者难免会有误判。英国的科学家和作家斯诺在《两种文化》中认为科学家和作家存在观念的对立：“一极是文学知识分子，另一极是科学家，特别是最有代表性的物理学家。二者之间存在着互不理解的鸿沟——有时（特别是在年轻人中间）还互相憎恨和厌恶，当然大多数是由于缺乏了解。他们都荒谬地歪曲了对方的形象。他们对待问题的态度全然不同，甚至在感情上难以找到很多共同的基础。非科学家倾向于认为科学家粗鲁，自吹自擂。”⑤斯诺还分析了这种对立的内在分歧：“非科学家有一种根深蒂固的印象，认为科学家抱有一种浅薄的乐观主义，没有意识到人的处境。而科学家则认为，文学知识分子都缺乏远见，特别不关心自己的同胞，深层意义上的反知识，热衷于把艺术的思想局限在存在的瞬间。”⑥斯诺所言的“两种文化”之间的冲突，与印刷文学、网络文学之间的潜在敌意颇为相似。目前大多数研究者忽略了媒体技术变革对网络文学的深层影响，即其技术性因素，依然将网络文学还原到印刷形式，然后考察其思想内涵和形式特征。也就是说，研究主体依然以相对恒定的经典的标准来衡量瞬息万变的网络写作。在网络文学作品中，总体而言佳作的比例偏低。如果以考察文学经典的套路来解读网络文学作品，这显然缺乏针对性。即使那些艺术性较高的网络文学作品，大多数在文字上还比较粗糙，瑕瑜互见。因此，从事网络文学评论与研究，就应当将审美批评与文化研究有机地结合起来，不仅要发现那些有审美价值的艺术元素，还要指出那些有商业价值却损害艺术性的流行元素。也就是说，网络文学评论与研究需要一种症候分析的眼光，剖析令人眼花缭乱的网络文学症候，并抓住其症结所在。

随着媒体格局的迅速转换，网络文学与网络文化的传播途径日益多样化。如果只关注网络文学本身，忽略网络文学的周边事物，这样的研究近乎盲人摸象，很难有学术深度。譬如网络在线游戏，就与网络文学有密切的关联。正如美国研究者 Nick Yee 所言，网络在线游戏“能够代替现实，影响现实，或者重构现实”。⑦当前的网络类型小说尤其是玄幻小说，在情节线索、叙事结构、人物关系等方面都受到网络在线游戏的影响。从我吃西红柿的《星辰变》到风青阳的《龙血战神》，主人公的成长都有鲜明的“升级流”模式。而我吃西红柿的《吞噬星空》则以“升级换地图”的模式，让在地球上成为最强者的主人公乘坐飞船进入外太空，一切归零，重新开始，再次从最低级的弱者起步，战胜重重险阻后，在新的空间中成为强者。这种叙述模式有拖长篇幅的嫌疑，其正面效果是使得作品具有丰富的层次感和庞大的规模感。作为“第九艺术”的网络游戏，它综合了多种艺术元素，既与文学有密切关系，又与文学有明显区别。网络游戏有鲜明的参与性，游戏玩家及其扮演的角色是游戏的核心要素，这明显区别于小说读者外在于小说进程的旁观者身份。而且，游戏有相对固定的叙事框架。如果研究者在面对深受网络游戏影响的文字文本乃至游戏脚本时，依然从小说的角度进行解读，其结论显然是站不住脚的。忽略网络文学作品特有的媒介属性，用通用的文学原理解释网络文学文本，从中提取文学的公因式，这样的研究就像咸菜作坊的工艺，榨干了各种蔬菜最鲜活的汁液，只剩下干巴巴的内容。

从20世纪80年代以来，人文学术界一直有有识之士倡导触类旁通的跨学科研究。就真实情况而言，学科之间的细分化趋势越来越明显，不同学科之间缺乏必要的沟通与交流，跨学科研究在一些以正统自居的学者眼中无异于旁门左道。没有深厚的积累，浮于表面的跨学科研究确实难有深入的发现。值得注意的是，20世纪以来取得重大突破的学术大师如弗洛伊德、福柯、布厄迪尔等人都有跨学科研究的学术背景。在当前国内的学术体制中，不同的研究方向有一种潜在的等级关系，譬如在中国文学研究的领域内，就曾流传一个说法："搞古代文学的看不起搞现代文学的，搞现代文学的看不起搞当代文学的。"如果固守着自己的一亩三分地，对相关学科不闻不问，这种学术研究的视野难免显得狭隘。要深入研究网络文学，我认为应当从社会学、文化学、新闻传播学、信息科学等相关学科中吸取营养，只有这样才能拓展学术视野，从网络文学中看到文学未来的发展趋势，看到网络文学之外更为广博的现实动向与社会变迁。

再次，观念与方法的挑战。在文学研究和文学评论领域，一直有一种潜在的规则，那就是重视对经典作家和经典作品的研究，退一步来讲，也得研究那种具有经典品质的作家或作品，即"准经典"。正因如此，研究者的主要任务是阐释经典的特质，也就是这些作品为什么是"好作品"。事实上，在现当代文学的发展历程中，经典作家和经典作品都是有限的，大多数作家或作品都有种种瑕疵。有趣的是，一些研究者在评说一些并不入流的作品时，为了显得自己不掉价，总要拿着放大镜找出种种优点。颇为吊诡的是，不难看到一些毕生致力于研究一个重要作家的学者，总是想方设法为其研究对象辩护，似乎研究对象身上的污点就是研究者的污点，这种逻辑真是让人哭笑不得。我感兴趣的是，难道那些优点不多、缺点不少的作品就没有研究价值？如果一个学者可以说出网络文学作品为什么“不好”而且还能吸引大批网民，这样的研究不是更为难得嘛！美国的芝加哥学派和英国的伯明翰学派对青年亚文化的研究，就为我们提供了学术范本，他们以同情性理解与批判性审视，深入研究青年中的越轨人群、越轨行为乃至犯罪现象，富有学术的想象力和开创性的见解。在我个人看来，中国的网络文学也具有青年亚文化的特征，一方面中国网民的主体是年轻人，网络文学的写作者和接受者绝大多数也是年轻人；另一方面，网络文学的总体风格也打上了较为鲜明的青年流行文化的烙印，既有反叛的一面，也容易被种种外在的诱惑所收编。在研究方法上，伯明翰学派的学术实践也有启示意义：“既要具体而深入地考察当代文化的一个‘领域’(region)，也要搞清这一领域是如何以解释性的、非还原的(non-reductive)方式与更大范围的文化和社会结构连接起来的。”⑧研究网络文学，同样需要微观分析与宏观把握的有机结合，既要集中而深入地考察研究对象的内在结构与文本特征，也要搞清网络文学背后更为复杂的社会背景与文化根源。

就目前的研究成果而言，相当一部分论著都是把网络文学视作纯粹的文字艺术，忽略了人机关系、视觉文化对网络写作的影响与渗透，也忽略了网络文学的内在逻辑和接受机制。南帆主张：“网络小说巨大的市场号召力再度证明了通俗文学的半壁江山，那么，作为某种理论回应，‘欲望’有必要纳入文学知识成为一个常规范畴，并且与‘无意识’‘象征性补偿’等另一些精神分析的概念相互补充。现今，两种文学类型的分歧、竞争比以往任何时代都要尖锐。对于文学想象来说，遵从历史逻辑与遵从欲望逻辑包含了内在的对立，批评必须为两种类型的文学解读设置不同的代码系统。”⑨在中国大陆中文系的课程设置中，重视向学生灌输文学史基础知识，培养学生理解作品和分析作品的能力。在文学研究中，文本细读非常重要，但是，如果面对风格悬殊、写法各异的网络文学作品，也采用分析经典的解读方式，那无异于缘木求鱼。在评价尺度方面，现在有不少研究者用一种放之四海而皆准的通行标准去衡量网络文学，强调审美性和规范性。在严苛的标准面前，草根化的网络写作自然难入这些专家的法眼。事实上，网络文学创作并不以思想性和艺术性见长，它以流动的形态呈现了广泛的青年群体和草根阶层的生活状态与内在现实。将网络文学限定在纯文字艺术的视野中，很难揭示网络文学丰富而复杂的内涵。因此，研究网络文学需要具备审美的眼光，还需要研究者具有一种文化的视野，通过网络文学观察文化潮流的转换，体悟世道人心的波动。正如邵燕君所言：“如果说文学是一个社会的梦幻空间，那么，文学批评者的工作就有点像释梦师。我们要在作者有意识的书写背后，读出一个时代的集体无意识，在貌似肤浅的流行背后，读出人们深层的怕与爱；通过文学潮流的兴衰把握时代精神的走向。这是当代文学研究最迷人的地方，也是最吸引我的地方。当代文学研究还有一个迷人的地方是它的介入性。”⑩

二

当前从事网络文学研究的学者都有一种迫切感，那就是为网络文学设定理论边界，对网络文学区别于传统的印刷文学的特性进行归纳和概括。由于网络文学拥有广大的受众群体，各级部门日益关注网络文学的发展态势。最近几年，不少省市成立了网络作家协会，或在各级作家协会的架构中增设网络文学委员会，一些与文艺评论有关的机构也设立了网络文学评论的组织，这一方面是好事，有利于网络文学和网络文学评论的持续发展。值得注意的是一些新的动向：首先是片面地总结网络文学的成就，在喜气洋洋的氛围中忽略乃至无视存在的问题；其次是为网络文学制定各种评价指标，促使其规范化、标准化。在我个人看来，不要急于给网络文学设置种种框框，这样会抑制网络文学的活力，压缩其可能性的生长空间。

尽管不少文学研究者习惯于将网络文学定位为“网上的通俗文学”，但我个人以为网络文学的重要意义并不在于它对印刷传播的通俗文学传统的继承，恰恰在于其表达方式、传播方式、接受方式的异质性。在某种意义上，当前的文学秩序呈现出纸上文坛与网上文坛对立、交融的复杂格局。正如南帆所言：“当社会的阅读重心从印刷传媒转向互联网之后，如火如荼的网络小说必然谋求文学殿堂的正统身份。除了拥有不可比拟的读者数量，互联网同时展示了一个新型的知识传播体系。对于门户俨然的学院来说，互联网的冲击可能迅速颠覆沿袭已久的教学体系。这个意义上，网络小说的积累和总结不仅促进了文学知识的持续增长，更重要的是逐渐显示出两套文学知识的分歧和角逐。”[11]

网络文学在某种意义上具有一种反叛性，即对那种无视读者感想、充斥说教、高高在上的精英趣味的背弃。正如福柯所言的对“治理化”的质疑：“它蔑视、挑战、限制这些统治艺术，对它们作出评判，改变它们，寻找摆脱它们的方式，或至少是取代它们的方式，从根本上怀疑它们，但也正因此而成为统治艺术的发展线索。”[12]相对于野生野长的网络文学而言，所谓的纯文学和精英文学形成了过分固定的观念壁垒和形式框架。在“十七年”建立并延续至今的文学秩序中，存在一种界限分明的等级结构，譬如作家身份的等级、文学刊物的等级、文学组织的等级、文体的等级、文学奖项的等级等。一个作家的成长过程就是一种按部就班的、漫长的升级过程，而且，文学权力的分配并不仅仅取决于文学的艺术品质，这和政治、社会、文化存在千丝万缕的复杂关联。也就是说，伴随着方方面面的文学规范的确立乃至固化，文学界成为一种被全方位治理的行业，文学创作成为一种高度专业化的手艺，文学发展缺少一种内在的活力。20 世纪 90 年代王小波之所以被称为“文坛外高手”，其原因在于他作为自由撰稿人的写作方式以及其创作的风格在当时都有一种陌生化效果。由此可见，标准的作家已经有一种通行的模板，这就使得文坛和文学创作都形成一种高度稳定的结构，就其内部而言较难产生一种突破性的思维和自我解放的力量。尽管当前的网络文学存在过度商业化、娱乐化、类型化的趋向，但是，网络写作与网民平等对话的姿态，网络写手的写作方式与生存方式，网络文学的语言风格与叙述模式，必然对长期形成的纸媒文学的稳定模式形成冲击。当像我们这样读着纸质书长大的人群慢慢老去，与互联网共同成长的作者、读者成为文学生产、文学接受的主体，文学的网络化趋势必将不断强化，网络文学不再是一个封闭的领域，文学的网络性将成为一种常态。

在一百多年前，报纸和杂志在中国也是新媒体，当时也遭受到一些保守派人士的抵制。但随着时间的推移，其影响越来越大，而且辐射到社会生活的各个方面。现代媒介的崛起，扩展了舆论空间，以一种催化作用，推动现代知识阶层的兴起与壮大。在“五四”新文化运动中，以《新青年》和《晨报副刊》为代表的媒介空间，就对新文学的发生与建构发挥了重要的作用。耐人寻思的是，鸳鸯蝴蝶派文学有效地利用了现代媒介尤其是都市小报的传播渠道，准确把握了市民阶层的文化心理，以通俗的、类型化的写作满足他们的文化与娱乐方面的需求。可以预见的是，网络媒体的出现和曾经作为新媒体的印刷媒体一样，必将对文学的传播形式、文体形式、语言风格产生深远的影响。尤其值得重视的是，这种影响还远未完全呈现出来。在民国时期，随着市民报纸的繁盛，连载小说成为一种时兴的文类，报纸的媒体特性给连载小说的文体留下了鲜明的烙印。20 世纪 90 年代，作家们为了使自己的作品容易被改编成影视剧，普遍爆发出一种高涨的"触电"激情，使得小说创作尤其是中长篇小说呈现出明显的剧本化倾向，在故事情节、人物性格、文字特点等方面都表现出向分镜头剧本靠拢的倾向。随着时间的推移，我认为中国的文学创作必将会表现出越来越明显的网络化特征，就像今天的玄幻小说已经逐渐变成了网络在线游戏的脚本。

在我个人看来，所谓的"网络文学"注定是一个过渡性的"中间物"，随着媒体融合趋势的加速，传统的文学媒体诸如期刊、图书、副刊也将与网络发生越来越密切的关系，进而潜移默化地改变所谓的"印刷文学"的内在品质。正如美国学者亨利·詹金斯所言："媒体融合并不只是技术方面的变迁这么简单。融合改变了现有的技术、产业、市场、内容风格以及受众这些因素之间的关系。融合改变了媒体业运营以及媒体消费者对待新闻和娱乐的逻辑。"[13]我并不像一些悲观的学者那样认为纸质媒体和纸媒文学行将消逝，纸质媒体和纸媒文学在较长一段时间内还会存在下去，但其存在方式必将改变，而且其影响力的衰退是一种难以逆转的趋势。因此，研究网络文学并不能仅仅着眼于当下，应该有一种前瞻性的眼光，考察媒体变革和文学格局变化对未来的文学形态的多层面的影响。

网络文学并没定型，在媒体日新月异的发展趋势下，在中国动态的现实面前，我以为它还会继续发生令人惊异的裂变。因此，观察、记录和反思是网络文学研究的重要使命。要给今日的网络文学进行清晰而准确的定位，在某种意义上并不是同时代的评论者和研究者可以完成的任务。网络文学研究还面临一个难题，那就是网络史料的保存问题。网络文学的版本非常复杂，大多数网络文学作品首次公开的版本和图书版本的差异非常大，但是，其最早的网络版本已经无处寻觅。值得注意的是，多数研究者在解读《悟空传》《成都，今夜请将我遗忘》《明朝那些事儿》等作品时，依据和引用的都是其纸质版本。仅仅两三年以后，研究者要复原并不遥远的网络文学发展现场，都变成一件非常困难的事情。正因如此，网络文学的评论者作为见证人，其工作就具有了另一层意义，那就是保留网络文学的第一手史料。

在“速度文化”泛滥的背景中，网络文学研究应当与网络潮流保持必要的距离。也就是说，网络文学研究不能被研究对象所控制，否则，研究者就像落马的骑手一样，只能无奈地紧追脱缰的烈马。如果深究下去，网络文学也具有内在的复杂性和丰富性。那些流行的类型文学通过对各种欲望与诱惑的形式包装，给接受者带来替代性满足。值得注意的是，网络文学也沉积着草根人群的难言之隐，欲说还休地表述饱受挫折的、并不出格的种种诉求。像《琅琊榜》之所以会盛行一时，正因为它能激发不同阶层、不同处境的受众的驳杂的想象。在 21 世纪初年，具有鲁迅风范的网络时评曾经风靡一时，但随后逐渐消退。早期的网络小说《悟空传》和《成都，今夜请将我遗忘》也都内含着一种反叛激情或批判意味，但这种写作路数日益寂寥。事实上，有不少网文作家对现实极为关注，但对现实发言并不容易，一是创作者的功力不够；二是画鬼容易画人难，玄幻小说和盗墓小说的虚写天马行空，无拘无束，更容易施展拳脚，也更容易讨得网民的欢心；三是网络作家策略性地回避现实；四是随着玄幻小说、穿越小说等类型小说规模化地将 IP 资源转换成商业回报，这必然会带来一种集聚效应，吸引网络写手转换套路，紧跟潮流。网络文学的现状并非完全是网络作家刻意为之，在某种意义上是半推半就，被潮流所裹挟。个别精英文学的代表认为网络文学之所以充斥着风花雪月和妖魔鬼怪，根本原因是网络作家趣味低俗、格调不高，这种论调显然是一种门户之见。王祥认为："各种幻想文学的世界设定，看起来可以随心所欲，不受人间法则限制，比写实小说的世界设定要更自由。其实文学世界离现实越远，就越是需要自身的内在同一性，因为它没有现实情境来掩护或者依托，世界整体与每一个局部，都更容易受到读者的推敲与质疑。"⑭

网络文学研究要获得认可，最为关键的是要拿出真正有分量的学术成果。就网络文学研究的现状而言，可谓任重道远。有志于深耕这一领域的学者，除了直面阅读、知识结构、观念与方法的挑战，尤为重要的是保持研究主体的独立性与批判性，对潮流以及潮流背后的利益结构、权力关系保持警惕。否则，在网络文学越来越红火的背景下，网络文学评论与网络文学研究就难免陷入"帮忙"或"帮闲"的境地。正如布厄迪尔所言："真正批判性的思想首先应该批判这种思想本身的经济及社会基础（多半未被意识到）。"⑮

注释：

① 中国互联网络信息中心：《第 38 次中国互联网络发展状况统计报告》，http://www.cnnic.cn/hlwfzyj/hlwxzbg/hlwtjbg/201608/P020160803367337470363.pdf。

② 陈征蔚：《电子网路科技与文学创意——台湾数位文学史（1992—2012）》，台湾文学馆 2012 年版，第 300 页。

③⑩ 邵燕君：《网络时代的文学引渡》，广西师范大学出版社 2015 年版，第 4 页。

④ 邱苑婷、张宇欣、孟依依：《网络文学江湖》，《南方人物周刊》2016 年 10 月 24 日。

⑤⑥ [英] C. P.斯诺：《两种文化》，纪树立译，生活·读书·新知三联书店 1994 年版，第 4、5 页。

⑦ Nick Yee, The Proteus Paradox. Yale University Press, 2014, p.210.

⑧ [英] 斯图亚特·霍尔、托尼·杰斐逊编：《通过仪式抵抗：战后英国的青年亚文化》，孟登迎等译，中国青年出版社 2015 年版，第 31 页。

⑨⑪ 南帆：《文学批评拿什么对"网络文学＋"发声?》，《文艺报》2016 年 10 月 28 日。

⑫ [法] 米歇尔·福柯：《什么是批判》，汪民安编，北京大学出版社 2016 年版，第 174 页。

⑬ [美] 亨利·詹金斯：《融合文化：新媒体和旧媒体的冲突地带》，杜永明译，商务印书馆 2012 年版，第 47 页。

⑭ 王祥：《网络文学创作原理》，中国人民大学出版社 2015 年版，第 79 页。

⑮ [法] 皮埃尔·布尔迪厄，汉斯·哈克：《自由交流》，生活·读书·新知三联书店 1996 年版，第 72 页。

（原载于《文艺争鸣》2016 年第 11 期）

作者简介

南帆，福建省社会科学院研究员。主要从事中国现当代文学和文学理论研究，著有《理解与感悟》《冲突的文学》《后革命的转移》等。

杨新敏，苏州大学凤凰传媒学院教授。主要从事新闻学研究，著有《网络新闻评论研究》《电视剧叙事研究》《徐志摩传》等。

欧阳友权，文学博士，中南大学文学院教授，中国文艺理论学会网络文学研究会会长。主要从事文艺理论、网络文学、新媒体文化和文化产业研究等，著有《网络文学论纲》《网络文学本体论》《数字化语境中的文艺学》等。

黄鸣奋，厦门大学人文学院中文系教授。主要从事古代文论、文艺心理学、文艺传播学、电子艺术与计算机文化之教学与研究，著有《电脑艺术学》《比特与缪斯的碰撞——网络与艺术》《超文本诗学》《网络媒体与艺术发展》等。

陈定家，文学博士，现为中国社会科学院文学研究所研究员。主要从事文艺理论研究，著有《隐形手与无弦琴——市场语境中的艺术生产研究》等。

邵燕君，文学博士，北京大学中文系教授，主要从事中国当代文学与网络文学研究，著有《倾斜的文学场》《网络时代的文学引渡》等。

许苗苗，文学博士，北京社科院文化研究所研究员。主要从事网络文化、都市文化、媒介批评和当代文学研究，著有《性别视野中的网络文学》等。

马季，一级作家，现供职于中国作家协会。在创作的同时主要进行网络文学研究，著有《网络文学透视与备忘》《欧美悬念文学简史》《读屏时代的写作——网络文学十年史》等。

周志雄，文学博士，曾为山东师范大学文学院教授，现为安徽大学文学院教授。主要研究方向为中国现当代文学与网络文学，著有《生存境遇的追问：张洁论》《网络空间的文学风景》等。

徐艳蕊，博士，浙江大学宁波理工学院传媒与设计学院副教授。主要研究方向为性别研究与文化研究，自2005年起开始关注女性网络文学，著有《媒介与性别：女性魅力、男子气概及媒介性别表达》等。

王小英，文学博士，西北师范大学文学院副教授。主要研究方向为网络文学、符号学与比较文学，著有《网络文学符号学研究》等。

吕周聚，文学博士，山东师范大学文学院教授。主要从事中国现当代文学思潮研究，兼及中国现代文化思想研究，著有《中国现代主义诗学》《中国当代先锋诗歌研究》《现代中国文学沉思录》等。

傅其林，文学博士，四川大学文学与新闻学院教授。主要从事文艺理论研究，著有《宏大叙事批判与多元美学建构——布达佩斯学派重构美学思想研究》《审美意识形态的人类学阐释——二十世纪国外马克思主义审美人类学文论》《阿格妮丝·赫勒审美现代性思想研究》等。

禹建湘，文学博士，中南大学文学院教授，主要研究方向有文化产业、文化传播学、文艺美学，著有《徘徊在边缘的女性主义叙事》《乡土想像：现代性与文学表意的焦虑》等。

郭新茹，产业经济学博士，南京师范大学社会发展学院副教授，文化部—南京大学国家文化产业研究中心特聘研究员，主要研究方向为文化产业价值链与文化产业空间集聚。

向勇，管理学博士，北京大学艺术学院教授。主要研究方向为文化产业、艺术创意管理、人力资源开发与管理，著有《创意领导力：创意经理人胜任力研究》《区域文化产业研究》《中国创意城市——创意城市发展研究》等。

刘俐俐，南开大学中文系教授。主要从事文艺理论研究，著有《文学“如何”：理论与方法》《中国现代经典短篇小说文本分析》《新时期小说人物论》等。

单小曦，文学博士，曾执教广西师范大学文学院，现为杭州师范大学人文学院教授。主要从事文学基础理论、美学、新媒介文艺研究，著有《媒介与文学：媒介文艺学引论》《现代传媒语境中的文学存在方式》等。

崔宰溶，文学博士，韩国明知大学中语中文学科系主任，副教授。主要研究方向为网络文学、大众文化、文化产业及内容产业，著有《中国网络文学研究的困境与突破》(北京大学 2011 年博士论文)等。

黄发有，文学博士，山东大学文学院教授。主要研究方向为文学传媒、当代文学与客家文化，著有《媒体制造》《准个体时代的写作——20 世纪 90 年代中国小说研究》《想象的代价》等。

图书在版编目(CIP)数据

突破与转型：新世纪以来网络文学研究文选 / 荣跃明主编；袁红涛编选. —上海：东方出版中心，2018.11

ISBN 978-7-5473-1341-1

Ⅰ.①突… Ⅱ.①荣… ②袁… Ⅲ.①网络文学—文学研究—中国—文集 Ⅳ.①I207.999-53

中国版本图书馆 CIP 数据核字(2018)第 186253 号

突破与转型

新世纪以来网络文学研究文选

出版发行：东方出版中心
地　　址：上海市仙霞路 345 号
电　　话：(021)62417400
邮政编码：200336
经　　销：全国新华书店
印　　刷：杭州日报报业集团盛元印务有限公司
开　　本：890mm×1240mm　1/32
字　　数：342 千字
印　　张：14.75
版　　次：2018 年 11 月第 1 版第 1 次印刷
ISBN 978-7-5473-1341-1
定　　价：58.00 元